Amanda ist frisch gebackene Polizistin, aber sie hat diesen Beruf aus einem sehr persönlichen Grund gewählt. Sie will diejenigen, die sie für den Selbstmord ihrer Schwester verantwortlich macht, um jeden Preis bestraft sehen … Adnan kommt direkt aus dem Gefängnis – er hat wegen eines Drogendelikts gesessen. Jetzt muss er dringend seine Schulden im Milieu bezahlen … Magnus ist Kommissar. Er ermittelt immer hart am Rand der Legalität und hat eine Schwäche für schöne Frauen. Er bekommt einen merkwürdigen Anruf, den er zunächst für einen schlechten Scherz hält … Schon bald finden sie sich alle drei in einem schier unentwirrbaren Geflecht aus Sex, Lügen und Intrigen zwischen Polizei und Unterwelt gefangen.

Anna Karolina Larsson wuchs in Finspång auf, ging aber 2001 nach Stockholm um dort als Polizistin zu arbeiten. 2010 zog sie nach Malmö, wo sie auch heute noch mit Mann und zwei Kindern lebt. In Malmö begann sie zu schreiben. »Der Pavian« ist ihr erster Kriminalroman.

Max Stadler (geb. 1981) lebt als freier Schriftsteller und Übersetzer in Berlin. Er studierte in Frankreich und Schweden und verbringt den Winter seit einigen Jahren in Ostafrika. Zu den mehr als fünfzig von ihm übersetzten Werken zählen u. a. *Once a Runner* von John L. Parker, *Frühstück mit den Borgias* von DBC Pierre und *Cornflakes mit Johnny Depp* von B. J. Novak.

ANNA KAROLINA LARSSON

DER PAVIAN

THRILLER

Aus dem Schwedischen
von Max Stadler

Berlin Verlag Taschenbuch

Mehr über unsere Bücher und Autoren:
www.berlinverlag.de

FSC
www.fsc.org
MIX
Papier aus verantwortungsvollen Quellen
FSC® C083411

ISBN 978-3-8333-1017-1
April 2016
Die Originalausgabe erschien unter dem Titel
Stölt av Babian bei Norstedts, Schweden

First published by Norstedts, Sweden
Published by arrangement with Nordin Agency, Sweden
Für die deutsche Ausgabe:

Umschlaggestaltung: ZERO Werbeagentur, München
Umschlagmotiv: FinePic®, München
Gesetzt aus der Adobe Garamond von psb, Berlin
Druck und Bindung: CPI books GmbH, Leck
Printed in Germany

1

Fuck, fuck, fuck! Adnan warf erneut einen Blick in den Rückspiegel. Der verdammte Saab folgte ihm immer noch. Kein Zweifel. Sie waren hinter ihm her. Vollgas oder sterben. Scheiße!

Er hatte ihn an der Tankstelle bemerkt, der Wagen stand schief geparkt. Adnan dachte nicht weiter darüber nach. Tankte einfach und atmete ein paarmal tief durch. Er liebte den Geruch von Benzin. Schüttelte den Zapfhahn, bloß kein Tropfen auf den Lack. Er fuhr mit dem Finger über die Motorhaube. Keine Kratzspuren. Diamantschwarz. Er hatte das Teil gewachst wie Karate Kid persönlich. Wax on, wax off, wax on, wax off. Er wäre vor Stolz fast geplatzt, als er die Schlüssel kriegte. Mit dem Wagen wuchs er. In Sachen Respekt. Er sah, wie die anderen gafften. Er war jemand. Er und der Wagen – der reinste Magnet für Bräute.

Er checkte die Kleine an der Kasse, als er bezahlte. Große Brüste. Er warf eine Schachtel Gummis auf den Tresen, dann noch eine zweite. Neue Zeiten waren angebrochen. Herrliche Zeiten! Endlich wieder nageln nach anderthalb Jahren Selbstversorgung im Knast. Nicht sehr geil in einer kleinen Zelle mit kahlen Betonwänden und einem harten Minibett. Da brauchte es ordentlich Fantasie.

Der Scheißsaab war direkt hinter ihm losgefahren. Raus auf den Drottningholmsvägen. Sie hatten ein anderes Auto dazwischengelassen. Hielten sich wohl für schlau. Auf dem Ulvsundavägen waren sie in die Nebenspur gewechselt. Wieder direkt hinter ihm. Fuck, fuck, fuck! Diesmal würden ihn Milorads Männer massakrieren. Ihm lebend die Haut abziehen.

Beim letzten Mal hatte man ihn aus Gnade verschont. Seine Ehre war im Arsch. Er hatte ihre dreckigen, ekligen Stiefel geküsst. Sie abgeleckt. Die Jungs hatten ihn ausgelacht. Gelacht, wie es nur Jugoschweine können. Sie wollten ihre Kohle.

»Mit Zinsen macht das dreihundertfünfzig Riesen«, hatte Milorad mit seiner heiseren, tiefen Stimme gesagt, die selbst einem Tauben Angst gemacht hätte. Er hatte seinem Gorilla einen Blick zugeworfen, der besagte: noch einen Tritt. Der Gorilla hatte ausgeholt wie zum entscheidenden Elfer im WM-Finale und ihn mitten auf dem Solarplexus getroffen. Er hatte zum Glück keine besonders gute Technik, aber der Tritt war trotzdem von heftiger Wirkung. Alles schwarz. Panikattacke. Die Lunge versagte den Dienst. Ein verhinderter Adrenalinrush. Er lag da wie ein beschissenes Baby. Zusammengekrümmt. Sie standen um ihn herum. Eine Wand aus dreckigen Stiefeln. Lachten. Traten. Spuckten. Pissten auf ihn. Lachten noch mehr. Schmierten ihm Dreck ins Gesicht. In den Mund. Dreck mit Anabolika-Urin. Dreck mit Anabolika-Urin von drei Jugoslawen. »Du und dein Araberkumpel, ihr habt eine Woche. Dann kriegt ihr was anderes zu fressen.« Mehr Gelächter. Mehr Tritte. Das hatte er durchgemacht. Nie wieder!

Der Saab noch immer im Rückspiegel. Er brauchte jetzt einen guten Einfall. Aber mit einem Maximalpuls waren geniale Gedanken unmöglich. Er sah die Shell-Tankstelle vor sich auf der linken Seite. Rechts – ein Villenviertel. Da konnte er sie bestimmt abschütteln. Immerhin hatte er eine Wahnsinnskarre. 520 Pferde unter der Motorhaube. Er drückte das Gaspedal durch und vergrößerte den Abstand ein wenig. Die Villen zischten vorbei. Er umklammerte das Lenkrad und bog in die Siedlung ein. An der ersten Kreuzung schwenkte er abrupt nach rechts. Die Reifen quietschten. Er lenkte gegen. Schlingerte. Fand zurück in die Fahrspur. Nächste Kreuzung, wieder rechts. Bald hatte er den Saab abgeschüttelt.

Fuck! Betonsperren auf der Straße!

Bremse.

Rückwärtsgang.

Wieder ab.

Verdammt!

Scheinwerfer tauchten im Rückspiegel auf und kamen näher. Bamm! Sein Kopf knallte gegen das Lenkrad. Ihm wurde schwindlig. Er musste weg. Noch eine Tracht Prügel würde seine Ehre niemals überleben. Seine Mama auch nicht. Und dabei hatte sie das letzte Mal nur eine Beule an seiner Stirn und einen abklingenden blauen Fleck unter seinem Auge gesehen. Sein Vater hatte ihm vorwurfsvoll erklärt, dass sie danach mehrere Wochen lang nicht richtig geschlafen hatte. Adnan hatte versucht, seinen Eltern möglichst aus dem Weg zu gehen, aber zur Schulabschlussfeier seines kleinen Bruders Samir hatte er wohl oder übel sein demoliertes Gesicht zeigen müssen. Inzwischen hatte er sich wieder halbwegs erholt und sah aus wie vorher. Und trotz der zahlreichen Schläge hatte seine Nase, die nicht hakenförmig war wie bei den meisten Arabern, ihre gerade Form behalten.

Durch den Aufprall hatte der Wagen eine halbe Drehung gemacht. Adnan drückte wieder aufs Gas. Der Saab wie eine notgeile Schwuchtel am Hintern. Bamm – ließ sich zurückfallen – bamm – ließ sich zurückfallen. Scheiße, er hatte keinen Bock, gefickt zu werden! Drückte heftiger aufs Gas. Das schien den Saab noch mehr anzuturnen. Krachte mit noch mehr Wucht hinten drauf. Bamm. Adnan verlor die Kontrolle über den Wagen. Ein Baum. Er riss das Lenkrad herum. Drehte sich wie eine Eisprinzessin. Eine Runde, zwei Runden. Zählte bald nicht mehr mit.

Dann war Stopp. Zwei Gedanken: raus, losrennen. Aber: Die Scheinwerfer des anderen Wagens waren nur wenige Zentimeter von der Tür entfernt. Aus den beiden Lichtern wurden auf einmal tausend auf der Netzhaut. Jemand riss die Beifahrertür auf. Eine kräftige Handfläche traf sein Gesicht. Plötzlich lag er wieder mit der Fresse im Dreck. Die Gedanken wirbelten umher. Seine Beine waren noch im Wagen. Seine Arme wurden festgehalten. Er versuchte, sich loszureißen. Protestierte. Warf sich hin und her. Protestierte noch mehr. Der Griff wurde härter.

Plötzlich spürte er Stiche in den Augen, als würde jemand mit einem Messer darauf einhacken. Es brannte. Die Tränen flossen. Diese Säcke hatten Tränengas! Sie brüllten wie die Irren. Adnan brüllte auch. Mitten im ganzen Tumult: ein Brüllen, das zu hell klang für das, was abging. Etwas stimmte nicht. Überhaupt nicht. Plötzlich fiel der Groschen. Erleichterung. Bullen. Es waren Bullen. Er war gerettet. Er würde nicht sterben. Nicht heute. Nicht jetzt.

»POLIZEI, bleib liegen, verdammt noch mal! Sonst wird es nur schlimmer!« Die Bullenhure schrie wie eine Wahnsinnige. Andere auch. Gewicht von Körpern auf seinen Armen.

Die Erleichterung verwandelte sich in Wut. Für wen hielten die sich?

»Verdammte Schwachköpfe! Ihr habt mich um ein Haar totgefahren!« Das Tränengas ließ ihn flennen wie eine hysterische Braut. Totale Erniedrigung. Der Rotz floss nur so raus. »Tränengas! Ihr feigen Wichser!«

»Das ist kein Tränengas. Das ist OC-Spray. Wenn du mal kurz Ruhe gibst, dann können wir dir helfen. Es ist nicht gefährlich.«

Der Strom an Rotz nahm zu. Stürzte aus seiner Nase. Blieb am Kinn hängen. »Geht mir doch am Arsch vorbei, was das für ein Zeug ist! SCHEISSE!« Seine Augen brannten.

»Es ist nur Chili, nichts Schlimmes.«

Wenn die Bitch nicht gleich die Klappe hielt, würde er sie kaltmachen. Scheiß auf die Folgen. »Verdammt!«

Eine tiefere Stimme: »Ich weiß, dass es sehr wehtut, aber wenn du dich jetzt beruhigst, können wir dich aufrichten, und dann wird es bald besser.«

»Ich bin ruhig, verdammte Scheiße!«

»Lass die Arme locker.«

Adnan minderte die Spannung in seinen Oberarmmuskeln, die er wenige Stunden zuvor noch bis zum Platzen aufgepumpt hatte. Besser, er spielte mit.

»So, schön. Wir setzen dich jetzt auf. Bleib ruhig.«

Er versuchte, die Augen zu öffnen, um zu sehen, wer ihn da anzwitscherte. Seine Lider zwinkerten jedoch unkontrolliert. Er konnte nur drei Personen ausmachen, vielleicht vier, als es ihm gelang, die Augen einen Sekundenbruchteil lang offen zu halten.

Der Polizist mit der Zwitscherstimme streckte die Hand aus. »Da hast du ein Feuchttuch«, sagte er.

Adnan nahm das Tuch und rieb sich die Augen. »Aaaahh, das wird ja nur schlimmer!«

»Versuch, die Augen zu öffnen. Das ist schwer, aber die frische Luft hilft. Je mehr du blinzelst, desto schneller geht es vorüber.«

Vielleicht war es doch nicht übel, den Rat anzunehmen.

»Warum bist du abgehauen?«

»Woher sollte ich bitte wissen, dass ihr Bullen seid?«

»Wer sollten wir denn sonst sein?« Die Bitch mischte sich ein.

»Du, mit dir rede ich nicht.« Adnan wollte ihr einen bösen Blick zuwerfen, merkte aber rasch, dass das ein Fehler war. Seine Augen tränten mehr als vorher und der Druck breitete sich bis in seinen Schädel aus. Er bekam kaum Luft. Hyperventilierte. Konzentrierte sich, damit man es ihm nicht ansah.

»Hol tief Luft. Ich weiß, dass es sich schlimm anfühlt.«

»Und woher weißt du das?«

»Wir haben es selbst ausprobiert. Sonst dürfen wir es nicht verwenden.«

Adnan knurrte etwas, sagte es aber nicht laut. Wahrscheinlich hatten sie mal einen kleinen Tropfen getestet, aber keine ganze Dose! »Habt ihr dann auch ausprobiert, euch gegenseitig zu erschießen?«

»Du, Adnan, wir versuchen hier, nett zu sein. Wie du uns behandelst, werden wir dich behandeln. Das ist fair, oder?« Die Zwitscherstimme schien der Chef zu sein.

»Nett! So benehmt ihr euch also, wenn ihr nett seid? Fahrt mich fast tot und sprüht mir Tränengas in die Fresse.«

»Das ist OC-Spray, aus Chili gemacht. Das ist nicht gefährlich.« Die Bitch kam immer wieder mit ihrem Chili.

Dieses Mal ließ er sich nicht zu einer Antwort herab. Am besten man beachtete sie gar nicht. Er hatte nicht vor, mit einer Bullennutte zu reden.

»Wir haben Leuchtsignale gegeben und die Stoppkelle gezeigt. Hast du das nicht gesehen?«

Hatte er nicht. Auf seiner Netzhaut hatte er nur Jugoslawen, Dreck und Urin gehabt. Zerstörte Ehre. »Woher wisst ihr überhaupt, wer ich bin?«

»Wir arbeiten mit dem Nova-Projekt. Kennst du das?«

Plötzlich wuchs er. Vor Stolz. Vom flennenden Weib zum gefürchteten Kriminellen. Er war auf der Nova-Liste! So gefürchtet, dass er im größten Bullenprojekt vorkam, in dem die kriminellsten Typen aus Stockholm erfasst waren. Er war einer der Größten in der Stadt, vielleicht im ganzen Land. Krass.

»Ich weiß, was ihr macht«, sagte er.

»Hast du was dabei?«

»Ich hab aufgehört mit dem Scheiß.« Reflexartig fuhr seine Hand über die rechte Hosentasche. Das geschah automatisch. Unmöglich zu kontrollieren. Die Gewohnheit, immer ein paar kleine Tütchen mit portioniertem weißen Pulver herumzutragen. Oder noch öfter: die Reste davon.

»Was hast du denn in der Tasche?« Die Bitch starrte auf seine rechte Hosentasche. »Wir werden dich sowieso durchsuchen, also kannst du es gleich rausholen.«

»Durchsucht mich doch, wenn ihr meint. Ihr werdet nichts finden.« Er war sauber. Hatte weder was genommen noch gedealt, seit er in den Knast gewandert war.

»Du kannst dich aufrichten. Wann hast du das letzte Mal was genommen?«

»Hast du eine lange Leitung? Ich hab mit dem Scheiß aufgehört.«

»Was hast du früher genommen?« Die Bitch ging ihm ernsthaft auf den Sack.

»Das könnt ihr selber nachschauen. Ihr scheint ja viel über mich zu wissen.«

»Aber ich frage dich jetzt. Unsere Unterhaltung läuft nicht ganz rund, habe ich den Eindruck. Alles ist deutlich geschmeidiger, wenn du kooperierst und ein paar Fragen beantwortest.«

Adnan protestierte, indem er schwieg.

»Was hast du vorhin durchs Fenster geworfen?«

Von was redeten die da?

»Stell dich nicht dumm, wir werden so oder so nachsehen.«

Plötzlich fiel ihm ein, dass er ein Kaugummipapier aus dem Wagen geworfen hatte, als er nach dem Tanken losgefahren war.

War das der Grund für diesen ganzen Zirkus? Ein Kaugummipapier! Extrascharf mit Pfefferminzgeschmack. Danach konnten sie seinetwegen suchen. Hoffentlich lange.

Die Zwitscherstimme schaltete sich ein. »Du hast vor Kurzem anderthalb Jahre wegen Besitz von Narkotika abgesessen, stimmt das?«

»Wenn ihr das sagt.«

»Du willst doch nicht gleich wieder in den Bau, oder? Du hast schließlich keinen Führerschein. Fahren ohne Fahrerlaubnis ist eine Straftat.«

Adnan blinzelte, um einen Blick auf die Polizisten um ihn zu erhaschen.

»Aber dafür gehe ich doch nicht in den Knast! Meine Vorstrafen sind alle getilgt.« Er wischte sich das Gesicht ab.

»Man hat sie dir wahrscheinlich erlassen, weil du gleichzeitig wegen Drogendelikten verurteilt worden bist. Aber auf Fahren ohne Fahrerlaubnis steht bis zu ein Jahr. Denk also ein bisschen nach. Wem gehört der Wagen überhaupt?«

»Einem Kumpel.«

»Wie heißt der?«

»Warum? Er hat mit der ganzen Sache nichts zu tun.«

»Ich wollte nur so nett sein und deinem Kumpel ... Diar verraten, dass er gerade seinen nagelneuen Wagen losgeworden ist.«

»Ihr könnt nicht den Wagen nehmen!«

»Du, Adnan, wir tun nie etwas, das wir nicht dürfen. Du bist in den letzten Monaten dreimal in diesem Wagen angehalten und noch viel öfter damit gesehen worden. Also bist du der Nutzer, und der Wagen wird beschlagnahmt. Du solltest dir eine gute Geschichte ausdenken. Deinen Kumpel dürfte das nicht sehr freuen, oder?«

»Hey, stellt mir einen Strafzettel aus, macht, was ihr wollt, aber nehmt nicht den Wagen! Ich hab ihn nur ausgeliehen!« Adnan bekam jetzt ernsthaft Schiss.

»Du weißt, dass wir nur unsere Arbeit tun. Wir haben zwei gute Gründe, den Wagen zu nehmen. Der erste ist, dass du regelmäßig ohne Führerschein fährst, der zweite, dass du Schulden beim Fiskus hast. Für die ist das doch merkwürdig, dass du ihnen fast eine halbe Million Kronen schuldest und dann in einem Auto durch die Gegend kutschierst, das praktisch dasselbe wert ist.«

»Aber das ist doch verdammt noch mal nicht mein Wagen!« Das hier lief richtig mies. Er schwitzte. Seine Augen tränten noch immer. Die Nase lief auch.

»Adnan, ich verstehe genau, wie ihr das macht. Es ist überhaupt nicht ungewöhnlich, dass ihr Autos, Häuser und Ähnliches unter den Namen von Verwandten, Freunden und so weiter laufen lasst, nur um eure ja – tja, wie sollen wir es nennen – schwarzen Einkünfte zu verbergen. Aber diesmal funktioniert das leider nicht.«

Es war vorbei. Finish. Er wusste es. Ein Schlag in den Magen. Schlimmer als beim letzten Mal, als der Gorilla ausgeholt hatte. Diars Karre beschlagnahmt. Diars Ein und Alles. Adnan hatte sich den Wagen geliehen, während Diar im Knast saß. Erst wollte er ihn nur einmal nehmen. Dann hatte Diars Schwester angerufen und ihn gebeten, sie zu fahren. Da war es plötzlich legitim geworden. Daraus entwickelte sich eine schlechte Angewohnheit, und Adnan war jeden Tag rumgekurvt.

Diar: Der Typ hasste körperliche Aktivität. Hatte sicher zehn Kilo verloren, seit er im Knast war. Adnan hatte ihn bei der Gerichtsverhandlung gesehen. Sah aus, als käme er aus einem Arbeitslager. Die Klamotten hingen an ihm herab. Seine Wangen waren eingefallen. Eigentlich könnte Diar total bullig sein. Das lag in seinen Genen. Wenn er nur mal seinen knochigen Arsch ins Fitnessstudio bewegen würde. Aber dem Kerl war das egal. Fand, dass Bodybuilder ihre Zeit vergeudeten.

Adnan hatte versucht, ihm zu verklickern, was aufgepumpte Muskeln wert waren: Bräute, Respekt, der Neid der anderen. Mehr Bräute. Die Liste war noch länger. Aber Diar kümmerte das nicht. Ihm reichte ein geiles Gefährt.

Ein Gefährt, mit dem jetzt die Bullen davonfuhren. Scheiße!

Adnan stützte sich mit der Hand ab und sprang über die Sperre zur U-Bahn. Das war eine alte Gewohnheit. Aber seine verwirrten Augen schätzten die Höhe falsch ein. Der rechte Fuß blieb hängen, und er fiel kopfüber nach vorn. Die Handgelenke knackten. Ein Knie knallte auf den Boden.

Zwei Mädchen unterbrachen ihr Simsen und kicherten.

Adnans Reaktion: schnellstens wieder hoch! Nicht hinken. So tun, als wäre nichts geschehen. Er nahm die Rolltreppe zur U-Bahn, die bereits eingefahren war, er musste mit dem schmerzenden Knie rennen, um sie noch zu erwischen.

Er sah sich selbst in der Fensterscheibe, während der Zug durch den schwarzen Tunnel rauschte. Wandte den Blick ab. Ausnahmsweise war er nicht zufrieden mit dem, was er sah. Ein hochrotes Gesicht mit erniedrigtem Blick. Seine Augen tränten nicht mehr, waren aber noch immer rot unterlaufen. Schlimmer als bei einem Kater. Das Hirn leer. Seine Hose war nach dem Angriff der Bullen voller Dreck. Seine Handflächen zerschürft nach dem Sturz, nun klebten die Bazillen von halb Stockholm darauf. Sein Knie pochte. Arschgefickt vom Leben.

Er hatte nicht die geringste Lust, die U-Bahn zu nehmen. Das Transportmittel der arbeitenden Menschen.

Einen ganzen Monat malochen, den Lohn dann im nächsten bekommen – nichts für Adnan. Das sollten die normalen U-Bahn-Kunden ruhig machen.

Schnelle Jobs mit Sofortbezahlung, das war eher Adnans Ding.

Vor langer Zeit hatte er einmal versucht, dies seiner Mutter klarzumachen, aber sie hatte es nie kapiert. Sie hatte ihm die Ohren vollgejammert von wegen, dass eine gute Ausbildung wichtig sei und dass er gute Noten haben müsse. Dann würde er einen guten Job bekommen. Aber Adnan checkte die Konsequenz: je besser die Noten, desto mehr Knete. Aber trotz guter Knete – die Kohle war immer vor Monatsende zu Ende.

Er konnte das bei seinen Eltern beobachten. Sein Vater schuftete sogar am Wochenende, um ein bisschen was dazuzuverdienen. Seine Mutter versuchte, das Geld so zu verwalten, dass es mit zwei hungrigen Jungen reichte. Der Vater nie zu Hause. Kein Familienleben. Aber sie hielten zusammen, das gehörte zu ihrer Kultur. Und Adnan wusste, dass sie sich irgendwo tief drin liebten. Aber wer wollte denn bitte so etwas?

Nein, die Art von Arbeit, mit der die Pendler ihr Leben ruinierten, war nichts für Adnan.

Ein geiles Auto, das war der Bringer. Nur nicht an diesem Scheißtag.

Er konnte ja keinen Kumpel anrufen. »Du, hab Diars Benz vercheckt, kannst du mich holen …« Niemals! Er hatte Diar verraten. Einen Eid gebrochen. Die Bullen hatten ihn gefickt. Schlimmer als die Jugoschweine.

2

Dreizehn Polizisten warteten darauf, dass die Lagebesprechung für die Nachtschicht begann. Einige der Kollegen waren noch in der Garage und führten die obligatorische »Kontrolle vor Abfahrt« durch. Der Ölstand wurde untersucht, das Scheibenwaschwasser, das Kühlwasser, der Luftdruck in den Reifen, Sirenen, Blaulicht, Blinker, Scheinwerfer. War das Absperrband da? Hatten sie alle Formulare dabei? Den Strafzettelblock? Die Sitze wurden angehoben – es kam manchmal vor, dass ein Kiffer es schaffte, ein wenig Gras aus der Unterhose zu pulen und an den erstbesten Stellen zu verstecken. Die Liste dessen, was zur Kontrolle gehörte, konnte noch verlängert werden, wenn man zu den gewissenhaften Beamten zählte. Wer seine Liste abgekürzt hatte, trank Kaffee aus der Selecta-Maschine der Dienststelle oder aß den letzten Rest aus der Essensbüchse.

Amanda war spät dran und schaufelte ihre selbstgemachte Lasagne in sich hinein. Sie hatte sie in der Mikrowelle aufgetaut und damit erreicht, dass sie an den Rändern brennend heiß und in der Mitte noch immer gefroren war. Aber sie schlang dennoch alles hinunter. Wenn man einmal unterwegs war, konnte man nicht wissen, ob man noch mal etwas zu essen bekam.

Zwanzig Sekunden bevor der Zeiger auf zehn Uhr rückte, trat sie eilig in den Besprechungsraum und schluckte den letzten Bissen hinunter.

»Das war knapp«, sagte Marcus, der seelenruhig an dem länglichen Tisch hockte.

Amanda wusste, dass er auf eine Torte anspielte. Wer zu spät kam, wurde so lange von den Kollegen bearbeitet, bis etwas Leckeres auf dem Kaffeetisch stand. Das waren ungeschriebene Regeln. Eine Torte war auch die Strafe bei selbst verursachten Verkehrsstörungen, falschem Alarm oder anderen unbesonnenen Vorkommnissen. Die Jury neigte zu Schuldsprüchen und plädierte nur selten auf Freispruch. Mit anderen Worten: Es stand praktisch immer eine Torte im Pausenraum.

Sie legte ihr tragbares Funkgerät ab. Die Stühle waren nicht angepasst an uniformierte Polizisten, die schwere Gürtel um die Hüfte trugen und deren Umfang durch die daran befestigten Dinge deutlich vergrößert wurde: Pistole, OC-Spray, Schlagstock, Handschellen, Reservemagazin, Funkgerät. Sie hatten sich schon oft beklagt, dass die Armlehnen an den Stühlen unpraktisch waren, aber dies zu ändern war nur einer von vielen Vorschlägen, die von den Leuten ignoriert wurden, die über das Inventar entschieden. Die Stühle waren ein wiederkehrendes Gesprächsthema. Eine Petitesse, konnte man finden, aber sehr nervig für diejenigen, die jeden Tag damit leben mussten.

Alle fanden ihre eigenen Varianten, um sich hinzusetzen. Die rechte Hüfte anwinkeln, sodass die Waffe unter der Armlehne landete, die linke Hüfte anwinkeln, sodass das Funkgerät unter der anderen Platz fand. Die erfindungsreichsten Kollegen brachen die Lehnen einfach ab.

Amanda fragte sich, was während der bevorstehenden Nachtschicht passieren würde. Man wusste nie, was kam. Das war eine der schönen Seiten des Berufs.

Der westliche Teil der Stadt bot eine ganze Bandbreite von Leckerbissen. Kista: mit dem Einkaufszentrum, in dem sich der Kampf der Kulturen abspielte und wo lauter Kleptomanen rumliefen. Hässelby: das Königreich der Sozialfälle. Vällingby: Sammelplatz der Alkoholiker. Bromma: die Heimat der Hells

Angels, dazu all die Flugzeuge, die in Richtung Flughafen über die Häuser hinwegdonnern. Sundbyberg: ein Loser-Vorort, in dem identitätssuchende, rappende Jungen Fuß zu fassen versuchen – Möchtegern-Hiphopper, Möchtegern-Ganoven. Alvik: ungelenke, picklige Kinder von reichen Eltern, die im Leben wohl nur einen einzigen Satz gelernt haben: »Mein Daddy ist übrigens Anwalt.« Nockeby: ein psychisch Gestörter neben dem anderen. Auf der anderen Seite der Brücke, das schöne Drottningholm: das vielbesuchte Schloss der königlichen Familie mit verrückten Stalkern. Ekerö: entlaufene Kühe. Solna: Fußballhooligans. Rinkeby, Tensta, Hjulsta, Akalla: Hier gab es jede Art von Leckerbissen, außer dem »Mein Daddy ist übrigens Anwalt«-Satz. Drogen in Unmengen: braun, grün, weiß. Und so fort. Kleine Ganoven, große Ganoven, Ganoven, die sich gegenseitig ausraubten.

Einsatzchef Nils Söderling leitete die Lagebesprechung und erklärte, wer mit wem in welchem Wagen fahren würde. Er berichtete, was seit der letzten Schicht passiert war, was in der bevorstehenden zu beachten war und wer an diesem Tag Namenstag hatte. Letzteres war zu Nils' Markenzeichen geworden, etwas, worüber alle grinsten, wenn Kollegen von außerhalb anwesend waren und sich nach dem Sinn fragten. Einen echten Sinn gab es nicht, der Namenstag war nur eine Sache, die angesprochen werden musste, um die Lagebesprechung abzurunden.

Was für einen Scheißjob hatten sie da bloß gewählt? Amanda sah, wie ihr Kollege Tobbe sich eine Träne von der Wange wischte. Beide waren froh, dass sie bei dem unfassbaren Auftrag, den sie soeben hinter sich gebracht hatten, einander zum Partner gehabt hatten.

Sie hatten ein totes Baby im Astrid-Lindgren-Krankenhaus identifiziert. Ein Junge, der nur vier Monate alt werden durfte.

Seine Eltern waren wegen Kindesmords festgenommen worden. Ein vieldiskutiertes Phänomen: *shaken baby syndrome*.

Eine Krankenschwester hatte sie zum Zimmer geführt. Sie ging schweigend mit gesenktem Kopf vor ihnen her. Zu hören war nur das langsame Schlurfen ihrer Schuhe auf dem Boden. Sie öffnete die Tür und gab ihnen mit einer Handbewegung zu verstehen, dass sie eintreten sollten. Es war ein dunkler Raum, der von einer Kerze erhellt wurde. Die Wände waren kahl und von sterilem Weiß. Zu der sparsamen Möblierung zählte ein Stahltisch, der an der Wand stand. Darauf lag eine gelbe Decke, die leicht gewölbt war.

Die Krankenschwester ging hin und hob die Decke so vorsichtig an, dass man glauben konnte, es läge eine tickende Bombe darunter. Stattdessen kam ein steifer menschlicher Körper zum Vorschein, der zu klein war, um dort zu liegen. Die Haut ganz hell, fast durchsichtig. Die Lippen eisblau. Die Augen geschlossen. Augen, die die Welt nicht mehr erforschen durften.

Es war vollkommen unwirklich. Ein Baby, das nicht warm war, das nicht um Aufmerksamkeit buhlte. Ein Baby, das nicht plapperte, nicht schrie.

Still. Stumm.

Jemand hatte einen Teddybären mit einer roten Halsschleife danebengelegt.

Tobbe drehte sich bei diesem Anblick weg. Amanda verstand ihren Kollegen: Er hatte selbst ein einjähriges Kind. Sie schrieb den Namen »Hugo Lindström« auf das Identitätsband und befestigte es um den Knöchel des Babys, das Handgelenk war zu schmal. Dann benachrichtigte sie den Transportdienst, der Hugo zur Obduktion in die Gerichtsmedizin bringen würde. Hugo, der ganz allein war.

Mit seinem Teddybären.

»Sorry, dass ich das vorhin nicht hingekriegt habe.« Tobbe lehnte den Kopf gegen die Nackenstütze.

Amanda steuerte den Streifenwagen durch die dunklen Straßen. »Kein Ding.«

»Ich bin froh, dass ich mit dir unterwegs bin.«

»Ich weiß, beim nächsten Mal bin ich diejenige, die es nicht hinkriegt.« Sie lächelte Tobbe zu, und er sah dankbar aus.

Sie dachte, dass das nie geschehen würde. Dass sie etwas nicht packte. Sie hatte es seinetwegen gesagt. Wollte nicht, dass er sich schämte. Ein großer starker Polizist mit Waffe und Schlagstock, der weinte. Aber das war okay. Sie wünschte, sie wäre in der Lage zu weinen. Das hatte sie seit Jahren nicht mehr getan. Nicht mehr, seit ... Sie ließ den Gedanken nicht zu.

Es war eine Weile still. Das Einzige, was man hörte, waren die Scheibenwischer, die auf die niedrigste Geschwindigkeit eingestellt waren. Sie bekämpften den feinen Nieselregen, der eingesetzt hatte, als sie mit dem kleinen Hugo fertig gewesen waren. Ein Regen, bei dem man keine Tropfen spürte. Man wurde nur nass. Gemütlich, solange man im Wagen saß.

Sie machte das Radio an und stellte *Bandit* auf 106,3 ein. Edsel Dope brüllte aus den Lautsprechern: »*... die motherfucker die motherfucker die ...*«

»Oh, vielleicht nicht gerade das, was wir im Moment brauchen.« Sie streckte die Hand nach dem Radio aus.

»Nein, nein, lass nur. Wir können ja nicht ewig rumheulen.«

Sie beugte sich vor und drehte stattdessen lauter.

»*... die motherfucker die motherfucker die ...*«

Nach ein paar Minuten donnernder Metal-Musik sah Amanda, dass Tobbe sein normales Ich wiedergefunden hatte. Der kleine Hugo war in den berühmten Rucksack gestopft worden. Bei den meisten Polizisten, die seit einer Weile Dienst leisteten, war dieser Rucksack bis oben hin voll.

Sie fuhren weiter durch die Stockholmer Nacht. Kreuz und quer durch das Industriegebiet. Schauten beim Solvalla Camping vorbei. Im Dunkeln liegende Villen in Äppelviken. Sie kauften frisch gebackene Brötchen in einer Bäckerei. Stoppten ein paar Autos und führten Alkoholkontrollen durch. Plötzlich vibrierte das Handy in ihrer Hosentasche. Amanda ratterte im Kopf ein paar Namen herunter, von denen die SMS sein könnte. Die Sekunden der Ungewissheit, bevor man den Namen auf dem Display sah, waren immer spannend. Würde es eine nette Nachricht sein? Oder eine noch nettere? Oder nur eine von ihrer Mutter? Zufrieden las sie den Namen: Adnan.

Adnan von vorgestern. Ein seltsames Gefühl breitete sich in der Magengegend aus. Freude? Sie hatte gespürt, dass er sich melden würde. Die Frage war nur gewesen, wann. Zwei Tage: schneller als erwartet. Die ungeschriebene Regel besagte doch drei, oder?

Sie las die Nachricht: *wie stehts? will dich trefen.*

Analyse: *wie stehts* – was meinte er damit? War sie nur ein Kumpel?

Will dich trefen – er wollte sie auf jeden Fall wiedersehen. Als Kumpel? Wann? Der Rechtschreibfehler ärgerte sie. Kein *LG* oder *War schön, dich getroffen zu haben.* Nicht einmal ein Smiley. War er schüchtern? Traute er sich nicht, zu zeigen, was er empfand? War er überhaupt interessiert?

»Was grinst du denn?« Tobbe sah zu ihr und auf ihr Handy, das vielleicht etwas zu viel von ihrer Aufmerksamkeit in Anspruch genommen hatte, wenn man bedachte, dass sie am Steuer saß.

»Nur eine SMS.«

»Jetzt komm schon!«

»Ich hab vielleicht jemanden kennengelernt.«

»Aha, wen? Jemanden von der Dienststelle?«

Sie versuchte, das Handy in die Hosentasche zu stopfen und sich gleichzeitig auf die Straße zu konzentrieren.

»Auf keinen Fall. Man kann nicht mit einem Polizisten zusammen sein.«

»Dachte ich mir schon.« Er knuffte sie. »Erzähl schon!«

»Ich weiß eigentlich nicht sehr viel über ihn. Wir haben uns nur kurz unterhalten. Er wirkt nett.«

»Wo habt ihr euch denn kennengelernt?«

Sie überlegte kurz, ob sie ehrlich sein sollte oder nicht. »Im Supermarkt.«

»Was, echt?«

»Das ist doch romantisch, oder? An der Kühltheke im Supermarkt. Er sah verdammt gut aus, also bin ich einfach zu ihm hingegangen und hab angefangen, über die Hühnchen dort zu reden.«

Tobbe lehnte den Kopf gegen die Nackenstütze und lachte. »Du hast doch einen Knall!«

»Ich weiß. Aber man kann auch nicht zu Hause hocken und darauf warten, dass jemand an die Tür klopft.«

»Da hast du recht. Das war mutig.«

»Was blieb mir anderes übrig? Er sah total heiß aus.«

»Ich sage ja, dass es mutig war! Aber bevor ich meine Genehmigung erteile, muss ich wissen, was er für ein Auto hat.« Tobbe, der Autofetischist. Er war ein Fanatiker und kannte jedes Fabrikat, jedes Modell, jedes Wagenteil, jede Schraube.

»Einen Mercedes.«

»Gut.« Er nickte. »Modell und Farbe?«

»Schwarz. Keine Ahnung, welches Modell.«

»Ein schwarzer Mercedes. Klingt nach Ganove.«

Nicht schlecht geraten. Adnan Nasimi war ein Schwerkrimineller und stand auf der Nova-Liste. Sie hatte nicht vor, dies Tobbe oder irgendjemand anderem zu verraten. Sie wusste, dass sie ein hohes Risiko einging, aber es musste sein. »Ja, wer weiß das schon in dieser Stadt.«

»Hast du dir das Nummernschild aufgeschrieben?«

»Ha, du kennst mich. Hab ich schon überprüft. Das Auto läuft nicht auf ihn. Ich werde noch ein bisschen nachforschen müssen.«

»Ja, da ist was faul.«

»Vielleicht hat er den Wagen ausgeliehen.«

Sie zog es vor, nicht zu erzählen, was sie über den Wagenhalter herausgefunden hatte. Er tauchte in sämtlichen polizeilichen Registern auf. »Ich werde ein bisschen nachbohren, wenn ich ihn das nächste Mal treffe.«

»Ihr seht euch also wieder?«

»Ja, zumindest wenn ich seine SMS richtig deute. Warum seid ihr Kerle so schlecht darin, euch klar auszudrücken?«

»Was stand denn drin?«

»›Wie steht's? Will dich treffen.‹ Schreibt man so was?«

»Klar, er will dich halt sehen.«

»Aber man stirbt nicht davon, ein bisschen ausführlicher zu sein.«

»Er will dich treffen. That's it.«

»Glaubst du, er will mit mir ins Bett?«

»Klar will er das.«

Sie wurden vom Polizeifunk unterbrochen, der in der vergangenen halben Stunde ungewöhnlich still gewesen war. Eine männliche Stimme erklang: *Drei null an drei. 33-3120. Over.*

Tobbe nahm das Mikrofon. »Solna, ich höre. Kommen.«

Fahrt zum Maltesholmvägen Nummer 73 in Hässelby, dort haben wir eine Frau, die vergewaltigt worden ist. Wohnung 5, an der Tür steht Didriksson. Over.

»Verstanden. Over.«

Der Türcode lautet 3588, ersten Informationen zufolge fand die Vergewaltigung nicht in der Wohnung statt. Eine Freundin der Frau hat uns angerufen.

»Ja, verstanden, wir sind unterwegs. Over.«

Over and out.

Amanda schluckte und versuchte, unberührt zu wirken. Aber die Vergangenheit ließ sich nicht ausschließen. Die Erinnerung an ihre Schwester und an das, was ihr widerfahren war, brach über sie herein und beherrschte ein paar Sekunden lang ihre Gedanken. Dann zwang sie sich zurück in die Gegenwart und bemühte sich, die Fassung zu wahren. Offenbar glückte es ihr, denn Tobbe schien nichts bemerkt zu haben.

»Du hast dir die Adresse gemerkt, oder?«, fragte er.

»Ja, ja, logisch.«

Sie schaltete das Blaulicht ein und schlängelte sich durch den spärlichen nächtlichen Verkehr. Ließ die Sirene aus, da es keinen Sinn hatte, wie die Irren zu einer Vergewaltigung zu rasen, bei der der Täter nicht mehr vor Ort war. Ein bisschen Blaulicht reichte vollkommen. Es war trotzdem schön, schnell zu fahren.

In der Wohnung war es warm und stickig, der Schweiß lief ihnen unter der Schutzweste herab. Es stank nach Urin, und als Amanda am Badezimmer vorbeikam, sah sie ein Katzenklo neben der Toilette, das vermutlich die Ursache war. Im Wohnzimmer stand ein abgenutztes Stoffsofa an der Wand, und auf dem Couchtisch lagen Zigarettenstummel, die von dem überfüllten, als Aschenbecher dienenden Teller gefallen waren. Stella Didriksson kauerte auf einem Sessel und starrte Amanda und Tobbe mit vom Weinen geröteten Augen an. Die Mascara hatte schwarze Streifen auf ihren bleichen Wangen hinterlassen, ihre braunen Haare hingen in Strähnen herab.

»Sie hat mich angerufen und gesagt, dass sie vergewaltigt wurde.« Stellas Freundin fing an, auf Amanda und Tobbe einzureden, bevor diese sich überhaupt vorstellen konnten. »Dann wollte sie nichts mehr sagen, ich glaube, sie hat Angst um ihr Leben, so ist sie sonst nie.«

Amanda ging neben Stella in die Hocke. »Hallo, ich heiße Amanda. Ich weiß, dass es sehr schwierig ist, darüber zu sprechen, aber du musst dich vor uns nicht schämen. Wir haben viele Frauen getroffen, denen ähnliche Sachen passiert sind.«

Stella nickte.

»Willst du erzählen, was passiert ist?«

Stella schüttelte den Kopf.

»Dann werde ich dir eine Frage stellen, auf die du bitte entweder mit Ja oder Nein antwortest. Wurdest du heute Abend vergewaltigt?«

Stella schien zu zögern, dann murmelte sie: »Ja.«

»Dann muss ich dich fragen, warum du uns nicht mehr erzählen willst.«

»Ich will einfach nicht.«

»Magst du nicht, dass mein Kollege zuhört?« Amanda deutete mit einem Kopfnicken auf Tobbe.

»Nein, das spielt keine Rolle. Aber ich wollte gar nicht, dass ihr überhaupt herkommt. Emma hat euch gerufen, ich hätte ihr echt nichts sagen sollen.«

Stella schluchzte auf und verbarg das Gesicht in der Armbeuge. Amanda wartete eine Weile und gab ihr Zeit, sich zu beruhigen.

»Wo ist es passiert?«

Stella schüttelte den Kopf und sagte nichts.

»War es im Freien oder in einem Haus?«

»In einem Haus.«

»Kennst du den, der es getan hat?«

Stellas Lippen zitterten, als sie antwortete: »Ich weiß, wer es ist.«

»Kannst du ein bisschen beschreiben, was passiert ist?«

Stella änderte plötzlich die Tonlage. »Ihr kapiert das nicht, ich kann nichts sagen!«, schrie sie. »Sonst kann ich gleich einpacken, das geht nicht!«

»Warum kannst du gleich einpacken, wie meinst du das?«

»Ich sage jetzt nichts mehr, das geht nicht.«

Amanda schielte zu Tobbe, der in der Türöffnung stehengeblieben war. Er schüttelte den Kopf, um zu zeigen, dass es keinen Sinn hatte. Amanda spürte, wie der Frust in ihr hochkam, aber es brachte nichts, die Frau unter Druck zu setzen.

»Stella, wir brauchen heute nicht mehr mit dir zu reden, aber ich hoffe, dass du dich irgendwann anders entscheidest. Offenbar hat er dich bedroht, und da ist es besonders wichtig, dass wir herausfinden, wer es ist. Du bist vermutlich nicht sein einziges Opfer.«

Stella saß schweigend da.

Amanda richtete sich auf, um die Beine durchzustrecken. Sie hatte ein wenig zu lange in der Hocke gesessen. »Dafür wollen wir aber, dass du mit ins Krankenhaus kommst für eine ärztliche Untersuchung. Es ist sehr wichtig, dass wir das jetzt machen, um noch Spuren zu finden.«

»Ich habe schon geduscht.« Stella kauerte sich noch tiefer in den Sessel.

»Das ist schade, aber es gibt vielleicht trotzdem Spuren und mögliche Verletzungen. Die Ärzte sind unheimlich kompetent, es gibt keinen Grund, sich Sorgen zu machen.«

»Nein, ich will nicht.«

»Stella, was ist, wenn du eines Tages deine Meinung änderst und wir keinen Beweis haben?«

»Ich werde meine Meinung nicht ändern.«

»Warum? Was macht dir so eine schreckliche Angst?«

»Ich will einfach nicht. Ich weiß, wie das funktioniert, euer Zeug würde sowieso zu nichts führen. Am Ende würde einzig und allein ich in der Scheiße sitzen. Niemand würde mir glauben, warum sollten sie auch?«

Amanda verstand, was Stella meinte. Es stand Aussage gegen Aussage zwischen einem Mann und einer Frau, und außerdem war sie vollkommen zugedröhnt. Amanda entschied, den Drogenkonsum zu ignorieren und nicht zu vermerken. Das würde es noch unwahrscheinlicher machen, dass Stella irgendwann ihr Schweigen brach.

Amanda unternahm einen letzten Versuch: »Mir ist absolut bewusst, dass es für alle, die eine Vergewaltigung zur Anzeige bringen, ein langer Prozess ist und dass es nicht immer klappt. Vergewaltigungen geschehen fast immer ohne Zeugen. Deshalb müssen wir so schnell wie möglich erfahren, wer es ist, da es auch bei ihm Spuren von dir geben kann. Je mehr Zeit verstreicht, desto schwerer wird es, eine Verurteilung zu erreichen. Außerdem kannst du dazu beitragen, dass er nicht einer anderen dasselbe antut.«

Stella schwieg eine Weile und schien zu überlegen. Als sie antwortete, wusste Amanda, dass sie heute nicht weiterkommen würden, vermutlich auch morgen oder übermorgen nicht. »Er wird es wieder tun.« Sie blickte Amanda mit geweiteten Pupillen an. »Und er hat es vorher schon getan. Ist man irre und setzt man alles auf eine Karte, geht das auch mal schief. Aber ich überlebe. Und zwar immer.«

Es war fünf Uhr morgens, als Amanda und Tobbe die Wohnung von Stella Didriksson in Hässelby verließen. Keiner von beiden war sonderlich zufrieden, nachdem sie es nicht geschafft hatten, Stella zum Reden zu bringen. Das einzig Positive daran war, dass sie an diesem Morgen nicht länger bleiben mussten. Überstunden nach einer Nachtschicht waren die reinste Qual.

Da Stella eine ärztliche Untersuchung verweigerte, kamen auch Amanda und Tobbe um diese Prozedur herum. Amanda sah das Schild vor ihrem inneren Auge: NOTAUFNAHME FÜR VERGEWALTIGTE FRAUEN. Das Schild befand sich am Krankenhaus in Söder, und Amanda war schon mehrmals mit Frauen dort gewesen, die sich hatten untersuchen lassen müssen. Sie hatte nie verstanden, was dieses überdeutliche Schild sollte. Vielleicht diente es dazu, die Hälfte aller Frauen, die sich dorthin schleppten, zu verschrecken, weil sonst eine Überbelastung eintreten würde. Aber heute hatten sie ohnehin eine Patientin weniger, ganz unabhängig von dem, was auf dem Schild stand.

Sosehr Amanda Stella und die anderen Frauen verstand, die nicht die Kraft aufbrachten, die unzähligen Vernehmungen und Untersuchungen zu ertragen, so sehr verachtete sie sie auch. Wegen ihrer Schwäche liefen andere Gefahr, derselben Sache ausgeliefert zu werden. Wie ihre Schwester Sanna. Der Gedanke, dass es vielleicht hätte verhindert werden können, wenn nur eine sich getraut hätte auszusagen, machte sie stinkwütend.

An diesem Morgen vernahm Amanda beim Einschlafen Stellas Worte im Kopf: »Aber ich überlebe. Und zwar immer.« Warum hatte Sanna es nicht geschafft? Warum hatte sie nicht um Hilfe gebeten?

3

Im Gerichtssaal ging die Verhandlung in geordneter Form vonstatten, trotz der seltsamen Mischung von Leuten, die sich in dem Raum befanden. Ein älterer Beisitzer gähnte und nickte manchmal. War er überhaupt wach? Der Staatsanwalt versuchte, den Vorsatz des Täters zu belegen. Der Verteidiger tat das Gegenteil und fand alle möglichen Erklärungen für das Agieren seines Mandanten. In Magnus' Ohren: lächerlich. Auf den Zuschauerrängen gab es zwei verschiedene Lager. Das eine bestand aus tätowierten Männern, die vor Testosteron nur so strotzten. Rasierte Schädel oder Pferdeschwanz, dazwischen nichts. Hemden, die sich über die Muskeln spannten. Zornige Blicke, aus denen die Verachtung für den Rest der Gesellschaft sprach. Verachtung für überhaupt alles, was existierte, außer ihnen selbst. Das andere Lager bildeten Magnus und ein paar seiner Kollegen. Sie waren gekommen, um Jeppe zu unterstützen, der bei einer Prügelei in einem Fitnessstudio in Sundbyberg eingeschritten war. Jeppe war Polizeiassistent, seit drei Jahren im Dienst, ein sogenannter Strich-PA, der auf der Schulterklappe einen Strich neben der Goldkrone trug. Magnus hatte ihn aus der Einsatztruppe abgeworben. Er mochte tatkräftige Kollegen. Nicht jeder war in der Lage, einen bulligen Rocker-Typen von den Einprozentern daran zu hindern, einen anderen im Fitnessraum mit einer Zehn-Kilo-Hantel niederzuschlagen. Wer kam überhaupt auf den Gedanken? Der Rocker hatte vermutlich auch nicht damit gerechnet, dass ein zufällig anwesender Dritter es wagen würde, einzugreifen. Deshalb saßen sie heute hier und beobachteten das Schauspiel. Denn Jeppe hatte den Einprozenter mit bloßen Händen gepackt. Eine Erniedrigung für die Rockergruppe. Pluspunkte für Jeppe. Anerkennung für das Raubdezernat. Rückenklopfer. Informanten hörten Gerüchte in der Stadt. Die Rocker wussten, wo Jeppe wohnte. Sie würden ihn umlegen. So lief es, und Bullen mussten damit zurechtkommen. Deshalb hielten auch sie zusammen wie Pech und Schwefel. Standen füreinander ein. Das System konnte einem Kollegen in einer Notlage nicht helfen. Man musste selbst schauen, wo man blieb, und man konnte sich nur auf die engsten Kollegen verlassen – wenn man sich selbst kollegial verhielt.

Mittagspause. Magnus und seine Männer verließen den Saal als Erste und stellten sich an den Eingang. Plauderten ein wenig. Ließen die Rocker vorbei. Musterten sie eingehend. Hatte einer von ihnen ein neues Tattoo? War ein neues Mitglied dabei? Welche Autos fuhren sie? Ironischerweise hatten sie keine Bikes dabei! Lustig – wie alte Schachteln in einer Strickgruppe, die lieber Kuchen als Stricknadeln mitbrachten. Die Einprozenter starrten zurück. Versuchten wahrscheinlich, sich die Gesichter der Polizisten einzuprägen. Als sie mit quietschenden Reifen abgedüst waren, ging Magnus mit seinen Kollegen in ein Restaurant, das ein paar Häuser weiter lag. Dort wurde ein Buffet serviert, und donnerstags bekam man auch eine Nachspeise. Apfelkuchen mit Vanillesauce oder Pfannkuchen mit Konfitüre, Eis und Sahne. Magnus nahm immer beides.

Heute gab es Hacksteak mit Fetakäse, Bulgursalat und Guacamole. Natürlich auch Erbsensuppe. Magnus lud seinen Teller voll und ging zur Salatbar. Neunzig Flocken kostete der Spaß, da wollte er auch was für sein Geld. Er ging zu der Kassiererin und stellte sein Tablett ab. Sie lächelte. Hübsches Mädchen. War sie neu? Magnus nahm die Würfel, die auf dem Tresen lagen, und warf sie. Hatte man zwei gleiche, bekam man das Essen umsonst. Magnus hatte zwei Sechser.

»Gratulation! Ein Mann mit Glück heute.« Das Mädchen hinter der Kasse lächelte noch breiter.

»Das ist Können. Ich kriege immer, was ich will.« Magnus' Blick glitt über ihren Körper. Von der Brust bis zur Hüfte hinab, dann wieder hinauf. Kreuzte ihren Blick. Hielt ihm stand, bis sie errötete.

»Ja, heute kriegen Sie schon mal umsonst zu essen.«

»Mm, vielleicht gönne ich mir dann noch eine Nachspeise.«

»Himmel noch mal ...«, knurrte Erik hinter ihm in der Schlange.

Magnus grinste. Nahm sein Tablett und setzte sich. Wählte einen Platz, von dem aus er weiterhin die Kasse sehen konnte. Erik sabotierte immer alles. Er mochte es nicht, wenn man mit jungen Frauen scherzte. Seine Alte hielt die Zügel sehr kurz.

Zwanzig Minuten darauf war Magnus fertig. Er hatte sich zweimal eine Nachspeise geholt. Dabei hatte er dem Mädchen an der Kasse jedes Mal im Vorbeigehen zugelächelt. Sie hatte das Lächeln erwidert, aber schnell weggesehen. War sie schüchtern? Er linste zu ihr hinüber. Blonde Haare, zu einem Knoten hochgesteckt. Eine Strähne hing ihr ins Gesicht. Ein paar Kilo zu viel auf den Rippen, aber nichts, was störte. Das machte die Brüste größer, betonte die Kurven. Plötzlich sah sie ihn an. Er war entlarvt, aber was machte das schon? Sie lächelte verlegen und schaute wieder weg. Offenbar machte sie seine Anwesenheit nervös. Er gefiel ihr, sie fühlte sich geschmeichelt. Das sah er. Wie würde sie nackt aussehen? Ohne diese weiße Bluse. Ohne den schwarzen Rock. Das Haar offen. War es so lang, dass es bis über ihre Brüste fiel?

»Sind alle fertig? Es ist gleich eins.« Erik stand auf, die anderen folgten seinem Beispiel.

Magnus wäre gern noch ein bisschen sitzen geblieben, aber die Pflicht rief, er musste zurück in den Gerichtssaal. Es würde noch weitere Gelegenheiten geben.

Am Nachmittag verließ er sein Büro früher als sonst. Es war erst vier Uhr. Aber dieser Tag war etwas Besonderes. Er war unterwegs, um seinen neuen Wagen zu holen. Einen nagelneuen Audi A6. Dunkelblau.

Der Verkäufer gab ihm die Hand und redete, als würden sie sich schon ewig kennen. Magnus spielte mit. Eigentlich hasste er solche schleimigen Typen. Aber heute war er strahlender Laune. Das Selbstvertrauen top nach dem Flirt im Restaurant. Er hatte während der Verhandlung an sie gedacht. Beschlossen, dass er am nächsten Donnerstag wieder hingehen würde.

Als alle Papiere unterschrieben waren, bekam er die Schlüssel. Er stieg ein und setzte sich. Das Leder der Sitze roch neu. Alles roch neu. Glänzte. Er drehte den Schlüssel um und drückte auf den Anlasser. Der Motor startete, kaum hörbar. Magnus rollte davon. Lächelte dem zufrieden aussehenden Verkäufer zu. Fuhr hinaus auf den Frösundaleden. Suchte am Armaturenbrett nach der Klimaanlage und stellte sie an. Kam auf Höhe eines braunen Opels, als er an einer roten Ampel hielt. Eine Frau Anfang vierzig am Steuer. Etwa so alt wie er selbst. Aber scheiße, wie fertig die aussah. Klar, auch er hatte ein paar Falten um die Augen, aber das machte einen ja eher attraktiver, oder? Und er hatte noch immer alle Haare. Nein, er hatte keine Probleme, Frauen klarzumachen. Als die Ampel auf Grün schaltete, drückte er das Gaspedal durch. Fuhr dem Opel und der tristen Schachtel davon. Legte den Arm um die Nackenstütze des Beifahrersitzes und lehnte sich zurück.

4

Adnan sagte einmal mehr seinem Stolz ade und passte sich an das Leben ohne Karre an. Er zog die Kapuze so tief wie möglich ins Gesicht und kauerte sich im U-Bahn-Wagen zusammen. Die Tante vom Sozialamt konnte ihn mal! Ein paar zusätzliche Tausender für Adnan, das sah sie überhaupt nicht ein. Er müsse mit dem Existenzminimum zurechtkommen. »Wie alle anderen!«

Er schaute auf das Geschmiere, das die Rückenlehnen der Sitze vor ihm zierte. Mit blauem Filzstift hingekritzeltes Zeug. Der Künstler hatte das Werk mit seiner Signatur versehen, um von anderen Schmierfinken erkannt und verehrt zu werden. Verdammte Idioten! Wenn der Typ eines Tages erwischt wurde, durfte er für jede einzelne Zeichnung blechen, die er signiert hatte. Adnan kapierte nicht, was das sollte. Wo war der Kick bei einem Filzstift? Einer Spraydose? Erfindet doch was anderes, Mann! Etwas, das sich lohnt!

Sein Handy klingelte. Er zog es aus der Hosentasche und schaute auf das Display. Mirans Name blinkte hysterisch. Sah der Schwachkopf nicht endlich mal ein, dass es keinen Sinn hatte? Adnan drückte den Anruf weg. Er ahnte, um was es ging – die Jugoslawen. Wie zur Hölle sollte er das Problem lösen? Er bohrte mit dem Finger in einem Loch in seinem Sitz herum, zupfte an dem Futter, das hervorlugte. Beschloss, bald mal mit Hajir zu quatschen. Der Mann hatte Lösungen für alles. Und war immer bereit auszuhelfen. Immer.

Der Zug bewegte sich rasch auf Stockholms westliche Viertel zu. Vorbei an Västra Skogen – ungefähr neunzig Prozent Schweden im Zug. Sundbyberg – achtzig Prozent Schweden. Rissne – fünfzig Prozent. Rinkeby – drei Prozent. Tensta – noch ein Schwede, der eingeschlafen war. Kaum war er ausgestiegen, wurde er ausgeraubt. Sein Kram war schon weitervertickt, bevor er überhaupt geschnallt hatte, an welcher U-Bahn-Station er sich befand.

Tensta: das Mekka der Ganoven.

Entworfen von einem Architekten, der Venedig mit all den Brücken liebte. Brücken, die das Fußvolk vom Verkehr trennte. Weil das eine friedvolle Atmosphäre schafft. Yeah, genau!

Das war eine der wenigen Sachen, an die sich Adnan von den vereinzelten Unterrichtsstunden in Geologie erinnerte, in die er sich mal geschleppt hatte. Oder hieß das Geografie? Scheißegal.

Aber das war jedenfalls das Dümmste, was er je gehört hatte – damals.

Der Herr Architekt übersah zwei Faktoren: den Mangel an Wasser und die unzähmbaren Kids. Die Kleinterroristen herrschten frei und munter. Klauten einander Handys und Canada-Goose-Jacken. Brauchten nur über die Fußgängerbrücken zu fliehen, wo ihnen die Bullen nicht hinterherfahren konnten. In Sekundenschnelle über alle Berge.

Sie schmissen Steinbrocken auf Busfahrer, die sich vor Schiss in die Hose machten. Warfen Molotowcocktails auf die Polizisten: fünf Punkte für einen Streifenwagen, zehn für einen zivilen. Es war mehr wert, einen Zivilfahnder auszumachen. Schmissen Feuerwerkskörper auf Bewohner von Tensta. Die wünschten sich, sie hätten das Geld, woanders zu leben.

Die Kleinganoven waren so scharf auf Aufmerksamkeit, dass sie nicht schnallten, dass sie sich selbst fickten. Die Bullen waren gezwungen, sich immer in der Nähe aufzuhalten. Sie zu überwachen. Ihnen auf den Senkel zu gehen. Totaler Kackmist für alle!

Für Adnan hieß das: unschön für seine Geschäfte. Bullerei an jeder Ecke. Stoppten ihn. Stellten ihn und den Wagen auf den Kopf. Suchten. Schnüffelten. Wühlten. Fanden immer etwas, das Ärger bedeutete. Weitere Einträge im Register. Briefe von der Polizei. Er öffnete sie nie.

Und das Tüpfelchen auf dem i: der Fiskus ständig auf der Jagd nach jeder Krone über dem Existenzminimum. Und jetzt – Diars Benz beschlagnahmt. Diars Ein und Alles. Diars Diamant.

Die Brücken sollte man sprengen.

Den Architekten hängen.

5

Der Mann vom Schlüsseldienst war jemand, der für den Pferdeschwanz, den er trug, schon ein paar Jahre zu alt war. Er öffnete die Wohnungstür innerhalb von fünfzehn Sekunden. Steckte nur ein Spezialwerkzeug durch den Briefschlitz und führte es zum Riegel hoch. Schnell und effektiv – wenn man davon absah, dass Amanda und Tobbe eine Stunde lang auf ihn gewartet hatten. Er war vom anderen Ende der Stadt gekommen, zur Hauptverkehrszeit. Um Zeit und Geld zu sparen, hatte Amanda bei der Verwaltung die Anschaffung ähnlicher Werkzeuge beantragt, aber sie hatte eine glatte Absage kassiert. In einer Notsituation sollte man die Tür mit einem Stemmeisen aufbrechen. Aber wer litt darunter? Nur derjenige, der in der Wohnung Hilfe brauchte. Entscheidend war, dass der Schlüsseldienst nicht seinen wichtigsten Kunden verlor.

Amanda und Tobbe traten ein, und der besondere Geruch, den sie schon durch den Briefschlitz wahrgenommen hatten, schlug ihnen entgegen. Es gab keinen Zweifel, dass jemand tot in der Wohnung lag. Amanda hatte sich allerdings schon einmal getäuscht, als ein älterer Mann bei sich zu Hause hingefallen war und mehrere Tage dagelegen hatte, bevor ein Nachbar reagierte. Damals hatte es genauso gerochen, aber der Alte hatte noch geatmet, als sie hereingekommen waren.

Was würden sie dieses Mal finden? Sie wussten, dass eine fünfunddreißigjährige Frau in der Wohnung lebte. Ihre einzige Angehörige war die Mutter, und die wohnte in Deutschland.

Ein Zeitungsbote hatte die Polizei gerufen, da ihm der seltsame Geruch im Treppenaufgang aufgefallen war.

»Leise«, sagte Amanda.

Sie standen still da und lauschten. Etwas raschelte. Amanda blickte Tobbe fragend an. Er zuckte mit den Achseln. Sie bewegten sich vorsichtig weiter. Eine ungewöhnlich große Fliege landete träge auf Amandas Arm. Sie verjagte sie mit einem Klaps, das Insekt flog schwerfällig davon.

»Scheiße«, sagte Tobbe, als er in die Küche schaute.

Amanda blickte ihm über die Schulter. »Das ist einer von den heftigeren Fällen.«

Tobbe nickte.

Die Frau lag rücklings auf dem Küchenboden, bekleidet nur mit einem weißen Nachthemd. Sie starrte ins Leere. Die Wangen eingesunken. Unter der bleichen Haut an den Armen und Beinen standen die Knochen hervor. Aber was am meisten Aufmerksamkeit auf sich zog, war die rege Aktivität in ihrem Bauch. Es wimmelte von Maden. Die Tiere bohrten sich durch das Nachthemd, das von der Leichenflüssigkeit durchweicht war. Ein Teil hatte sich in Richtung Gesicht aufgemacht. Kroch am Kehlkopf herum. Eine Menge Fliegen kreisten über dem Leichnam, manche strebten zu den Lichtstreifen, die durch die angewinkelten Jalousien hereinfielen.

»Ich rufe gleich den Transportdienst«, sagte Tobbe. »Hier will man nicht länger sein als notwendig.«

Amanda öffnete den Kühlschrank. Er war leer bis auf einen Minikarton Milch, deren Haltbarkeitsdatum seit einem Monat abgelaufen war, und ein paar Kartoffeln, aus denen bereits Triebe hervorwuchsen. Sie ging zurück in den Flur und sah die Post durch, die auf einem Haufen vor dem Briefschlitz lag. Die Briefe waren seit einem Monat nicht geöffnet worden, was zeitlich gut zu der Milch passte. Sie entdeckte einen Kalender auf einem Schreibtisch und blätterte darin.

»Ach du Schande, schau dir das mal an, Tobbe.« Sie hielt ihm den Kalender ihn. »Sie hat jeden Tag ihr Gewicht eingetragen. Hier, im Mai wog sie 51 Kilo, dann Mitte Juni noch 47.« Sie blätterte weiter. »Der letzte Eintrag stammt von vor fünf Wochen, da wog sie 44 Kilo. Sie hat sich zu Tode gehungert.«

»Krank. Der Leichenwagen braucht fast eine Dreiviertelstunde bis hierher. Lass uns solange rausgehen.«

»Was für eine furchtbare Art, sich das Leben zu nehmen.«

»Scheiße, stinkt das hier.« Tobbe ging zur Tür.

»So tragisch, niemand hat sie vermisst. Einen Monat lang.« Amanda folgte ihm. Sie drehte sich um und blickte noch einmal zu dem Leichnam. Schüttelte den Kopf. Dachte unwillkürlich an Sanna. Wie lange hätte sie wohl dagelegen, wenn Amanda damals nicht zu ihr gefahren wäre? Wenn sie nicht wenige Tage zuvor dieses Telefongespräch geführt hätten, bei dem Amanda gemerkt hatte, dass irgendetwas nicht stimmte.

Amanda erinnerte sich noch daran, als wäre es gestern gewesen. Ihre letzte Unterhaltung. Sanna hatte eine schleppende Stimme. Amanda vermutete, dass sie high war.

»Du musst mir helfen, Amanda, du, du musst …«

»Was ist passiert?« Amanda hatte die Tür ihres Zimmers geschlossen und sich auf die Bettkante gesetzt. Sie wollte nicht, dass ihre Eltern mithörten.

»Der arme Affe.« Sanna schluchzte.

»Was brabbelst du da? Reiß dich zusammen! Erzähl mir, was passiert ist.«

»Ich konnte ihm nicht helfen.«

»Wem?«

»Dem Affen.«

»Sanna, was hast du geschluckt?«

»Du kapierst es nicht. Du wirst es nie verstehen. Er hat mich in der Hand.«

»Wer?« Stille. Dann ein Geräusch, als würde Sanna sich schnäuzen. »Hallo! Sanna, bist du noch da?«

Ein gemurmeltes Ja.

»Von wem sprichst du? Erzähl, was passiert ist.«

»Er hat mich vergewaltigt.« Kaum hörbar.

»Was?!«

Sanna schnaubte. »Siehst du. Du glaubst mir nicht. Genau wie dieser Bulle.«

»Natürlich glaube ich dir. Ich bin nur schockiert. Wann war das? Hast du es angezeigt?«

»Ja, aber das spielt keine Rolle. Der Bulle hat mir nicht geglaubt, das habe ich gemerkt. Also wird der Typ weitermachen. Er wird weitermachen, so lange er will, und niemand kann ihn daran hindern.«

»Wer denn? Hast du dem Polizisten den Namen gesagt?«

»Ja, aber er war so herablassend, als wäre das Ganze meine Schuld.«

»Aber dann haben sie immerhin seinen Namen. Woher kennst du ihn? War das der Kerl, von dem du schon mal erzählt hast? Sanna? Hallo? War das …?«

»Ich lege jetzt auf, Schwesterherz. Hab dich lieb.«

»Warte …« Es wurde still in der Leitung. »Sanna?«

Amanda rief noch einmal an, landete aber nur auf dem Anrufbeantworter. Eine eisige Kälte breitete sich in ihr aus. Sie wusste nicht, was sie denken sollte. Sanna hatte ganz deutlich unter Drogen gestanden, aber sie würde in solch einer Sache niemals lügen, auch wenn Amanda das mit dem Affen nicht verstand. Vergewaltigt? Um Himmels willen! Aber wenn sie Anzeige erstattet hatte, würde die Polizei ja etwas tun. Amanda versuchte noch einmal, sie zu erreichen, kam aber wieder nur zum Anrufbeantworter, auf dem Sannas Stimme munter und fröhlich klang.

»Hab dich auch lieb«, sagte sie leise, als sie die Ansage zu Ende gehört hatte.

In dem Augenblick befand sie sich noch in dem glücklichen Unwissen, dass es ihr letztes Gespräch gewesen war.

6

Ekerö war »cop land«. Jedes zweite Haus gehörte einem verbeamteten Mittelschichtsbürger. Magnus und Pia hatten ihr Traumhaus vor fünf Jahren gekauft. Pia war verzückt gewesen, und er auch. Ein Domizil, wie auf sie zugeschnitten. Ruhig und friedlich. Keine Nachbarn, die die falsche Sprache sprachen. Keine lauten Bälger, die wild herumtollten. Kein störender Autoverkehr. Abgelegen, ganz am Ende einer Sackgasse. Ein weiß verputztes Haus, modern und stilecht.

Sie waren aus Hässelby hierhergezogen. Oder eher geflohen. Dort hatten sie fast zehn Jahre lang gewohnt, und am Anfang war das auch recht angenehm gewesen. Moderate Preise für Stockholmer Verhältnisse und viele Kollegen im Umkreis. Es war ruhig und behaglich. Dann hatte sich etwas verändert. Es kam schleichend, um schon bald zu explodieren. Plötzlich war kaum noch ein Kollege da. Kein einziger schwedischer Mitbürger. Manche waren vielleicht auf dem Papier schwedisch, aber kaum schwedisch in Magnus' Augen. Eine Invasion von verschleierten Frauen und Sozialhilfeempfängern. Der Geruch seltsamer Gewürze verbreitete sich im Treppenhaus und bahnte sich seinen Weg in ihre gemütliche Zweizimmerwohnung. Durch den Lüftungsschacht. Die Türritzen. Setzte sich in den Klamotten fest. Dieser Geruch verfolgte Magnus, wohin er ging.

Rund um die Uhr herrschte reges Treiben. Überall rannten Kinder herum, im Hof, im Treppenhaus. Ihre Schreie waren durch die Wände zu hören. Sie vermehrten sich wie Amöben.

Es wimmelte überall von frischgebackenen schwarzen Schweden. Als einer der wenigen Steuerzahler in der Gegend war es bald nicht mehr zu ertragen. Magnus hatte keine Lust, sich an Leute anzupassen, die keine Arbeitszeiten einzuhalten hatten. Die nachts nicht schlafen mussten, um tagsüber in ihren Jobs zu bestehen.

Das Traumhaus auf Ekerö kam keinen Tag zu früh.

Magnus fuhr mit dem Wagen durch das Tor im schwarzen Eisenzaun, der den liebevoll gepflegten Garten umschloss. Dort gab es Apfelbäume, Pflaumenbäume, Stachelbeersträucher, Rhabarber, Beete mit Rosen und allen möglichen Blumen, deren Namen er nicht kannte. Pia genoss es, nach der Arbeit und an den Wochenenden im Garten herumzuwerkeln. Sie verbrachte ihre Zeit lieber dort, allein, anstatt mit ihren Freundinnen. Das war gut, fand Magnus. Er hatte ihr das schon vor Langem klargemacht. Seiner Meinung nach waren ihre Freundinnen komplett bescheuert.

Sein Magen knurrte. Was hatte sie heute zum Essen gemacht? Er öffnete die Haustür und trat ein. Schloss sie leise hinter sich. Dann öffnete er sie erneut und trat hinaus. Immer alles zweimal tun – sonst würde etwas Schlimmes passieren. Er ging wieder hinein und machte die Tür zu. So, ja, besser. Er versuchte zu riechen, was es zum Essen gab, aber da war nichts. Stattdessen hörte er Gekicher aus dem Wohnzimmer. Er zog die Schuhe aus, ging weiter ins Haus und lauschte. Pia musste Besuch haben. Das war ungewöhnlich. Warum hatte sie nichts gesagt? Der Zorn wuchs. Bestimmt war ihre verrückte Schwester da. Er trat ins Wohnzimmer und sah seine Vermutung bestätigt. Annelie hockte in seinem Lieblingssessel, *Ägget*, designt von Arne Jacobsen. Elegant aus schwarzem weichem Leder. Es gab einen Fußhocker dazu, auf dem Magnus immer die Füße ablegte, wenn mal ein gutes Fußballspiel im Fernsehen lief. Jetzt lag dort eine rote Handtasche. Finde den Fehler! Pia saß gegenüber auf dem Sofa und blickte zu ihm auf. Hielt mitten im Lachen inne.

»Hallo, Annelie hat kurz auf einen Sprung vorbeigeschaut.« Sie sah aus wie ein ängstlicher Hundewelpe. Nahm eine Demutshaltung ein, wenn sie wusste, dass sie etwas falsch gemacht hatte. Entblößte die Kehle.

Er setzte sein charmantestes Lächeln auf. »Hallo, ihr zwei. Wie schön, dass du zu Besuch bist. Haben uns lange nicht gesehen.«

Annelie wandte sich um. Blickte ihn an. Musternd. »Ja, ist eine Weile her. Meine kleine Schwester hat mir gefehlt, da dachte ich, ich sollte mal vorbeikommen. Ich hoffe, du hast nichts dagegen?«

Bissig wie immer. Sein Lächeln wurde noch breiter.

»Absolut nicht. Du kommst viel zu selten.« Eine glatte Lüge. Er wusste, dass sie ihm das nicht abkaufte. Aber es klang gut. Er ging zu Pia, beugte sich vor und küsste sie auf den Mund. »Hallo, Liebling.«

»Wir haben Apfelkuchen gegessen, es ist noch was davon in der Küche, wenn du Hunger hast.«

»Nein, danke. Ich habe heute schon viel zu viel bei der Arbeit gegessen.«

»War es anstrengend?«, fragte Annelie.

»Ja, es ist eine Menge los. Heute haben wir wegen zwei Raubüberfällen vier Kerle verhaftet. Da gibt es am Anfang immer einen Haufen zu erledigen. Und ich muss ja schauen, dass alles gemacht wird. Aber es läuft verdammt gut. Morgen holen wir noch zwei andere.«

Er kam immer ins Schwärmen, wenn er über seine Arbeit redete. Sein ganzer Stolz. Er wusste, dass er der Beste war. Keiner übertraf ihn bei der Ganovenjagd und er hatte Informanten in jeder Jugendgang. Die konnten ihn jederzeit anrufen, Tag wie Nacht. Sein Handy war immer an. Er lobte die Jugendlichen, die ihn mit heißen Infos versorgten. Schmeichelte ihnen. Gab ihnen den Eindruck, dass sie etwas Besonderes waren, dass sie an einer wichtigen Polizeiermittlung teilhatten. Von Magnus bekamen sie die Bestätigung, die ihnen zu Hause fehlte. Er war ein Menschenkenner. Wusste genau, an welchen Punkten er ansetzen musste.

»Spannend«, sagte Annelie.

Zum Teufel mit ihr! Sie war eine vertrocknete Alte in den Wechseljahren, das war sie schon immer gewesen. Es ging ihm nicht ein, wie sie Pias Schwester sein konnte. Pia, groß und blond. Unglaublich hübsch. Tat das, was er ihr sagte. Stimmte ihm in allem zu. Fügsam traf es gut.

Annelie – Pias Gegensatz. Wahrscheinlich war sie neidisch auf ihre Schwester und wollte sich irgendwie behaupten. Hatte Komplexe wegen ihrer kleinen Titten und ihrem breiten Arsch. Sie war alles andere als eine Schönheit mit ihren vorstehenden Echsenaugen und dem strähnigen Haar. Und sie konnte ums Verrecken nicht die Klappe halten. Ständig musste sie widersprechen. Sie fand an allem, was er sagte und tat, etwas auszusetzen.

Pia war jedes Mal aufmüpfig, wenn sie sich mit Annelie getroffen hatte. Widersprach und stellte sich quer. Manchmal dauerte es mehrere Tage, bis sie wieder sie selbst war.

»Na, dann lasse ich euch mal allein, damit ihr weiterplaudern könnt. Ich nehme eine Dusche.« Er blickte zu Pia. »Wir können ja dann essen, wenn ich fertig bin.« Die Botschaft war klar. Er wandte sich an Annelie.

»Und wir sehen uns bald wieder, hoffe ich.« Der Sinn der Worte: Du bist hier weg, wenn ich aus der Dusche komme. Er sah ihr an, dass sie es verstanden hatte. Er verließ den Raum und stieg mit großen Schritten die weiß gestrichene Holztreppe in den ersten Stock hoch.

Im Badezimmer zog er sich aus, faltete seine Klamotten ordentlich zusammen und legte sie in den Wäschekorb. Er stellte sich vor den Spiegel und musterte seine Figur. Sein Blick blieb am Bauch hängen. Er zog ihn ein und hielt kurz die Luft an. Dann atmete er wieder aus, der Magen nahm wieder seine ballonähnliche Form an. Er drehte sich um neunzig Grad und hoffte, dass dies einen Unterschied machen würde. Hielt eine Weile die Luft an und ließ sie wieder entweichen. Das Ergebnis war dasselbe. Mit dem vagen Vorsatz, öfter mal in den Kraftraum zu gehen, stieg er in die Dusche und schob die Türen zu. Öffnete sie wieder und stieg heraus. Schloss sie. Öffnete sie und stieg hinein. Er ließ das warme Wasser über den Kopf rieseln. Stand lange so da und versuchte sich zu entspannen. Aber sein Körper war angespannt. Der Nacken, die Kiefermuskeln, die Schultern. Die Gedanken wollten ihn nicht in Ruhe lassen. Die SMS, die er Amanda vor einigen Stunden geschickt hatte, nahm den Großteil seiner Energie in Anspruch. Oder besser gesagt die Frage, warum sie nicht geantwortet hatte. Sie hatte den ganzen Tag über Zeit gehabt. Klar, nach ihrer Nachtschicht schlief sie vermutlich noch. Aber das sah ihr nicht ähnlich. Normalerweise antwortete sie immer kurz. Meldete sich, wenn sie sich schlafen legte oder wenn sie aufstand. Inzwischen müsste sie eigentlich Zeit gehabt haben. Es war bald sechs Uhr. In der Regel schlief sie nicht länger als bis drei. Es ärgerte ihn, dass ihn das überhaupt kümmerte. Aber langsam wurde er auch richtig wütend. Was war das für eine verdammte Art? Dachte sie, sie könnte ihn behandeln wie den letzten Dreck? Er quetschte sich einen großen Klecks von Pias Duschpeeling auf die Hand und rieb es hart am ganzen Körper ein. Es roch nach Pfirsich.

Eigentlich wusste er haargenau, weshalb der Ärger nicht weichen wollte. Sein Magen zog sich zusammen, als er daran dachte. Die Erinnerung an den frühen Morgen wollte nicht verschwinden. Er hatte Amanda eine Nachricht geschickt, als er sie aus der Ferne beim Debriefing gesehen hatte. Sie hatte dagesessen und geschrieben. Offenbar müde. Ihr Trottel von Kollege war mit einer Tasse Kaffee angekommen. Hatte sich ganz nah neben sie gestellt und sich zu ihr gebeugt, ihr eine Hand auf den Rücken gelegt. Sich angebiedert. Sie hatte die Tasse entgegengenommen und den Stümper angelächelt. Magnus war nicht eifersüchtig. Absolut nicht. Aber sie redete ständig von diesem Tobbe, oder wie er nun hieß. Die beiden hatten so viel Spaß zusammen. Arbeiteten ähnlich. Dachten ähnlich. Hatten viel miteinander erlebt. Gingen zusammen durch dick und dünn. Bla, bla, bla. Sie war seit kaum einem Jahr auf Streife. Wie viel konnte sie dabei schon erlebt haben? Und wenn jemand sie unterstützen müsste, dann doch wohl er! Schließlich hatte er sich von Beginn an um sie gekümmert. Als sie damals blutige Anfängerin gewesen war. Er hatte sie unter seine Fittiche genommen. Zugesehen, dass sie ihr Anwärterjahr bei ihm im Raubdezernat absolvieren durfte. Dort, wo alle hinwollten, aber nur wenige Glückliche die Chance bekamen. Von ihm persönlich ausgewählt. Magnus' Anforderungsprofil: hungrige Wölfe, gierig darauf, die Gauner hinter Gitter zu bringen, noch unbeeinflusst von älteren, faulen Kollegen in Uniform, tatkräftig, entschlossen und der Meinung, dass Gerechtigkeit vor Gesetz geht. Der Job musste zu hundertzehn Prozent ihr Leben sein – die Familie kriegte das, was übrigblieb. Seine Männer gingen voran, sie zeigten, wo der Hammer hing, sie bahnten anderen den Weg. Wer diese Anforderungen erfüllte, durfte sein Lehrling werden.

Er erinnerte sich, wie er Amanda zum ersten Mal gesehen hatte. Ein Spielwarenladen in Tensta war überfallen worden, und der Ladenbesitzer hatte eine Ladung Pfefferspray ins Gesicht abbekommen. Es war ein Routineauftrag für Magnus und seine Bande vom Raubdezernat gewesen. Schon als die Täterbeschreibung über Funk herausgegeben wurde, sagte ihm sein kleiner Finger, welche drei Kerle vermutlich dahintersteckten. Ein Anruf später: Sein Informant hatte ihm bestätigt, dass er den richtigen Typen auf der Spur war. Nun ging es nur noch darum, den Informanten zu schützen. Das war immer das Schwierigste. Es bedeutete meist, dass er die übrigen Kollegen und sogar den Einsatzleiter anlügen musste.

Magnus' Methode: Er schickte seine eigenen Jungs los, um die Wohnadressen der Täter zu überwachen – natürlich ohne das mit dem Einsatzleiter abzusprechen. Die Täter würden hoffentlich auftauchen, und Magnus' Männer konnten sie aufgrund der Täterbeschreibung aufgreifen und das Diebesgut feststellen. In diesem Falle herrschte Friede, Freude, Eierkuchen. Wenn die Verdächtigen sich umgezogen hatten – dann war das ein kluger Schachzug, aber kaum ein Hindernis für Magnus. Seine Männer fanden stets einen Grund für eine Leibesvisitation. Eine sichere Karte war es, Zeichen für Drogenkonsum zu erkennen. Es reichte, dass einer frech wurde. Da wurde im Handumdrehen die Kleidung untersucht – mit dem angeblichen Ziel, Drogen zu finden, logisch –, aber stattdessen fand man das Diebesgut! Hoppla! Wenn die Kerle die Beute versteckt hatten – dann besaßen sie mehr Grips als der Durchschnitt in dieser Branche. Auch das kein Hindernis für Magnus. Das Gesetz konnte in jederlei Hinsicht umgebogen werden, vorausgesetzt, man kannte es. Es gab immer irgendeinen Verdacht, der ausreichte, um die Jungs für ein paar Tage getrennt in einer Zelle versauern zu lassen. Und diese Zeit genügte, um sie am Schweigegelübde ihrer Kumpanen zweifeln zu lassen; um sie darüber fantasieren zu lassen, wie viele Beweise die Polizei eigentlich hatte; um Raumangst und Panik zu erzeugen. Am Ende konnte man in ihnen lesen wie in einem offenen Buch. Sie erzählten alles bis ins kleinste Detail – und noch ein wenig mehr.

In dem damaligen Fall hatte Magnus den Einsatzleiter Inspektor Konradsson getroffen und war kurz bei ihm stehengeblieben. Er wollte sichergehen, dass Konradsson keine Beweissicherung übersah. Besonders, da Magnus wusste, wer die Täter waren – was aber natürlich Konradsson nicht wusste. Konradsson war ein großer, bulliger Mann und nicht gerade das hellste Licht auf Erden. Er hatte Erfahrung in der Leitung größerer Einsätze und war es gewohnt, Anweisungen zu geben, aber er hatte nicht den leisesten Schimmer, was nach einem Einsatz zu tun war. Und er wusste noch weniger, was es brauchte, damit in der »Lotterie«, auch Gerichtsverhandlung genannt, die Beweise für einen Schuldspruch standhalten würden.

Amanda hatte im Hintergrund gestanden, und Magnus hatte sie anfangs nicht beachtet. Es gab ständig irgendwelche Neulinge, die konnte man sich nicht alle merken. Konradsson hatte jedenfalls den klugen Entschluss gefasst, den Laden für die Spusi abzusperren. Bei Weitem nicht alle Einsatzleiter trafen diese Art von lästigen Entscheidungen. Manchmal reichte die Aussage eines schockierten Zeugen, dass die Täter Handschuhe anhatten, dann verzichteten sie auf die Spurensicherung am Tatort. Mehrmals war Magnus heilfroh gewesen, dass er die Überwachungsfilme durchgesehen hatte – in denen klar zu erkennen war, dass die Täter alles Mögliche angefasst hatten, selbstverständlich ohne Handschuhe.

Nun hatte Konradsson ausnahmsweise mal das Richtige getan. Und man sah an seiner ganzen Körpersprache, dass er mächtig stolz darauf war. Amanda hatte einen Schritt nach vorn gemacht und stand nun neben Konradsson. Ein riesiger

Kontrast. Dick und Doof. Nicht, dass sie besonders klein gewesen wäre, aber Konradsson hatte wirklich eine enorme Körperfülle.

Amanda fragte: »Sollten wir nicht auch vom Ladenbesitzer eine Hautprobe nehmen?«

Konradsson runzelte die Stirn und polterte: »Wozu soll das denn gut sein?«

»Na ja, er wurde ja angesprayt. Da könnte eine Vergleichsprobe beweisen, wer das Spray benutzt hat.«

Konradssons Gereiztheit war nicht zu übersehen. »Sollen wir also jede einzelne Spraydose, die wir finden, untersuchen?« Er blickte zu Magnus. Wollte Unterstützung. Bekam keine.

Das war interessant. Magnus sagte nichts und hörte einfach nur zu. Amanda behauptete sich. Mutig. Das traute sich nicht jeder Anwärter.

Sie fuhr fort: »Vielleicht findet man ja während der Ermittlungen eine Spraydose. Dann könnte man das Spray in der Dose mit dem Spray auf der Haut des Ladenbesitzers in Verbindung bringen.«

Magnus konnte sich nicht zurückhalten. »Gut gedacht. Hervorragend. Echt gut. Oder, Konradsson?«

Konradsson vollzog eine Wende um hundertachtzig Grad. »Ja, aber ich bin davon ausgegangen, dass die Kollegen, die ihn gerade verhören, sich darum kümmern.«

»Ich schaue mal.« Amanda ging zu den Kollegen, die bei dem Ladenbesitzer saßen.

Magnus' Blitzanalyse: kluges Mädchen. Denkt einen Schritt weiter. Traut sich auch, das laut auszusprechen. Außerdem: verdammt scharf.

Er ging hinter ihr her und klopfte ihr auf die Schulter. »Hallo, ich bin Magnus.« Er streckte die Hand aus.

»Amanda.«

»Ich hab dich noch gar nicht gesehen.« Er schielte auf die Silberkronen, die ihre Schulterklappe schmückten. »Anwärterin, wie ich sehe?«

»Ja, stimmt. Ich bin neu dabei.«

Er hielt noch immer ihre Hand. »Guter Gedanke, das mit dem Spray. Die meisten tun nur das, was der Einsatzleiter sagt. Ich mag Leute mit Eigeninitiative. Ich bin der Chef des Raubdezernats hier in Västerort.« Er wartete auf eine Reaktion, ein Zeichen, dass sie kapiert hatte, von wem sie gerade rekrutiert wurde. Das blieb aus. »Ich würde gern dafür sorgen, dass du während deiner Anwärterzeit ein paar Monate bei uns arbeitest.«

»Ah.«

Er ließ ihre Hand los. »Ja, ich will tatkräftige, entschlossene Leute, und mein Eindruck ist, dass du gut in meine Gruppe passen würdest.«

»Oh, schön, dass du das findest.« Sie sah aus, als gefiele ihr seine Schmeichelei zumindest ein bisschen. »Aber ich habe nur noch meine Kripo-Zeit im Anwärterjahr übrig, da bleibt wahrscheinlich kein Platz mehr, oder?«

»Dann solltest du diese Zeit bei uns absolvieren. Wir führen ja auch Ermittlungen durch, aber das sind spannendere Sachen als Handtaschenklau und Frauenmisshandlung und dieser ganze Mist. Einen Kripo-Eindruck kriegst du also sicher, und bei uns kannst du richtige Räuber jagen. Wir sind viel unterwegs, also keine Gefahr, dass du an deinem Bürostuhl festwächst.« Er lachte laut über seinen eigenen Witz.

»Das klingt echt cool.« Sie lächelte. »Ehrlich gesagt hatte ich schon ein bisschen Angst, ein paar Monate lang im Büro arbeiten zu müssen. Ich bin gern da, wo was los ist.«

»Da bist du bei uns richtig. Bei uns oben passiert deutlich mehr als bei den Schlafmützen von der Kripo. Wenn du wahre

Polizeiarbeit kennenlernen willst, dann musst du zu mir. Wer ist dein Betreuer?«

»Rickard Almén.«

»Dann rede ich mal mit Almén und freue mich, dass du bald bei uns anfangen wirst.« Er blinzelte. Wollte, dass ihr klar wurde, dass er das nicht für jeden tat.

Er schaute ihr nach, als sie zu den Kollegen ging, die den angesprayten Ladenbesitzer verhörten. Hübsche Heckansicht. Richtig hübsch. Sie war vermutlich das heißeste Wesen, das er je in Uniform gesehen hatte. Das dachte er zwar jedes Mal, wenn frisches Blut in der Dienststelle auftauchte. Aber diese hier hatte etwas Spezielles. Er konnte nicht genau sagen, was. Intelligent und dazu unglaublich sexy. Vielleicht war es das. Wie dem auch sei, er hatte sich bereits fest vorgenommen, ihr demnächst an die Wäsche zu gehen.

Der Strahl der Dusche hatte sich abgekühlt. Magnus drehte den Regler ein Stück weiter. Wie heiß konnte man eigentlich duschen? Wie viel hielt ein menschlicher Körper aus? Er drehte noch ein wenig weiter. Ließ sich den Körper an die Hitze gewöhnen und erhöhte noch mehr. Das tat er fünfmal. Dann stellte er das Wasser ab. Drehte es wieder auf und testete den Strahl. Stellte es ab. Seine Haut brannte und war krebsrot. Er stieg aus der Duschkabine und machte die Tür zu, öffnete sie wieder und stieg hinein. Öffnete und stieg aus. Fertig. Er nahm das Handy, das er auf der Toilette abgelegt hatte, und wischte mit dem Finger den Dampf vom Display – noch immer keine Nachricht. Sein Magen zog sich wieder zusammen. Er knotete sich ein Handtuch um die Hüfte und ging langsam die Treppe hinab. Lauschte, ob Annelie noch da war, aber es war still im Haus.

Er fand Pia in der Küche. Sie stand nach vorn gebeugt und wühlte im Gefrierfach. Was für eine verdammte Verliererin.

Wollte sie tatstächlich erst jetzt anfangen, Essen zu kochen? Das noch dazu gefroren war. Es würde mindestens eine Stunde dauern, und er war hungrig. Er beobachtete sie schweigend, während sie Hähnchenfilets hervorholte. Sie legte vier davon auf einen Teller. Warf die Plastikverpackung in den Abfalleimer. Wusch sich die Hände am Wasserhahn. Warum zum Henker hatte sie das nicht früher vorbereitet? Er räusperte sich, und sie zuckte zusammen. »Wie lange du geduscht hast. War es schön?«

Er sagte nichts.

»Ich wollte Fliegenden Jakob machen, dein Lieblingsessen.« Zitterten ihre Hände?

»Wäre es nicht klüger gewesen, wenn du diese Teile etwas früher aufgetaut hättest?« Er deutete mit einem Kopfnicken auf die Hähnchenfilets.

»Ich habe das vollkommen vergessen, als Annelie gekommen ist. Aber das geht schnell.«

Annelie. Es war immer das Gleiche. Nach Annelies Besuchen stand alles kopf. Pia konnte sich nicht einmal erinnern, dass er essen musste wie alle anderen Menschen.

»Von wegen das geht schnell.« Heute war er dünnhäutiger als sonst. Das war Amandas Schuld. Warum hatte sie nicht geantwortet? Es war auch Annelies Schuld, weil sie hergekommen war und gestört hatte. Aber am meisten war es Pias Schuld. Warum zur Hölle hatte sie nicht rechtzeitig etwas zu essen gemacht? Warum war sie so verdammt unfähig?

Er fingerte an einem der Hähnchenfilets herum. Nahm es in die Hand. Die Kälte drang durch seine Haut.

Pias dümmlicher und ängstlicher Blick.

Der Griff um das Filet wurde härter.

Er hob die Hand.

Schwang sie mit voller Wucht auf das Ziel zu.

Erleichterung.

7

»Scheiße, ist das geil!« Adnan setzte sich neben Hajir. Es klatschte kurz, als die durchgeschwitzten Shorts auf die Holzbank plumpsten. Thaishorts, gekauft im Lumphini-Park in Bangkok. Echte Ware! Jetzt war er herrlich verschwitzt. Thaiboxen. Das war Training auf höchstem Niveau. Sowohl für den Körper als auch für den Kopf. Selbst wenn der Kopf bei manchen ein paar Schläge zu viel abbekommen hatte.

»Krass«, sagte Hajir. Genauso verschwitzt wie er.

Adnan zog die Boxhandschuhe aus, und der vertraute Geruch stickigen Schweißes drang ihm in die Nase. Er spuckte den Zahnschutz aus, der von schleimiger roter Spucke überzogen war. Er hatte den Geschmack von Eisen im Mund. Seine Oberlippe schwoll an. Pochte. Das Gefühl war eine Wucht! Damit konnte sich nichts messen. Nicht einmal ein guter Fick. Puls an der Grenze zur Explosion. Der Gedanke an Milorad und seine Jungs hatte den Ton für das Training vorgegeben: Durst nach Rache. Es hatte Schläge gehagelt. Kicks. Kniehiebe. Tritte. Das hier war verdammt noch mal das Leben!

Er hatte heute besonders hart an seiner Verteidigung gearbeitet. Vernachlässigte diese gern, wenn er müde wurde. Hatte nicht mehr so viel Luft wie früher. War nicht mehr so schnell. Aber seine Technik war noch immer ganz ordentlich. Daran hatte er in der Zelle feilen können. War ja nichts anderes zu tun gewesen. Boxen und wichsen. Wichsen oder boxen.

Jetzt war es Zeit für ein ernstes Gespräch mit Hajir. Er hatte mehrere Tage lang auf eine gute Gelegenheit gewartet. Wusste nicht, wie viel er erzählen sollte.

Er nahm Anlauf. »Du, ich sitze in der Scheiße.«

»Was ist passiert?« Hajir kapierte es sofort. Saß man in der Scheiße, dann saß man ernsthaft in der Scheiße.

»Milorad und seine Nutten sind hinter mir her.«

»War mir klar, dass das kommen würde. Wie viel?«

»Dreihundertfünfzig.« Die Summe fühlte sich kleiner an, wenn er die Tausender wegließ.

»Dreihundertfünfzig?«

»Ja. Der Arsch hat seinen eigenen Spezialaufschlag draufgepackt.«

»Hast du einen Plan?«

»Vielleicht.«

»Ich hoffe, dass ich da nicht mit eingerechnet bin.«

»Du ziehst doch sonst nie den Schwanz ein? Irgendwas springt bestimmt für dich raus.«

»Klar, aber du bist ein zu großes Risiko, Mann. Du stehst auf der Nova-Liste. Die Bullen überwachen dich sicher rund um die Uhr. Wahrscheinlich stehen sie gerade draußen und warten darauf, dass du rauskommst. Die wissen, mit wem du neulich im Bett warst. Die wissen, was du zum Frühstück gegessen hast.«

Adnan zuckte zusammen. War das möglich? Stand er wirklich unter Dauerüberwachung? Daran hatte er bisher noch nicht gedacht. Sicher hatte er manchmal mit dem Gedanken gespielt. Aber nur, weil sich das heftig anfühlte. So wichtig zu sein, dass die Bullen einen mit einer höheren Priorität versahen. Jetzt bekam das plötzlich negative Konsequenzen. Es störte total. Er war nicht mehr attraktiv auf dem Arbeitsmarkt.

»Scheiße, glaubst du das?«

»Hundertprozentig. Warum denkst du denn, dass Diar und Company im Bau hocken? Die halbe Bande stand auf der Nova-Liste. Ich kapier nicht, was sie sich gedacht haben. Shit, echt. Polizeihubschrauber abschießen und den ganzen Mist. Und Kohle haben sie auch keine abgestaubt. Alles voll unnötig.«

»Ich hab keine Wahl. Ich brauch dich bei dieser Sache, Hajir.«

»Und was ist mit Miran? Der scheint doch mindestens genauso tief in der Scheiße zu stecken wie du.«

Das stimmte. Miran hatte hundertmal angerufen seit dem Abend, an dem Adnan Dreck mit Jugo-Urin gefressen hatte. Adnan hatte ihn jedes Mal weggedrückt. Ihm war klar, dass Miran auch Besuch bekommen hatte. Er hatte keinen Bock, mit einem hysterischen Araber auf Drogen zu reden. Seit er im Knast gesessen hatte, hing Miran an der Nadel. Vorher hatte er ab und zu mal auf Partys eine Line gezogen. Genau wie Adnan. Aber irgendeine Kacke war da hinter den Gittern passiert. Miran hatte nie erzählt, was. Aber er hatte seither Nerven wie ein Weibsbild. Zuckte zusammen, wenn jemand nieste.

»Miran ist dabei. Aber du weißt ja, wie er ist. Wir müssen mindestens zu dritt sein.«

Hajir schüttelte den Kopf. »Ich muss mich gerade rar machen, Mann.«

»Warum?«

Hajir zögerte kurz. »Ich hab da was am Laufen mit einer Braut.«

Adnan atmete auf. Wenn es nur das war.

»Das ist ernst.« Pause. »Ich bin verliebt.«

Adnan stand der Mund offen. Verliebt? Hajir? Er starrte stumm zu Boden.

Hajir sagte auch nichts.

Adnan sah den Ernst der Lage: Hajir *in love*. Wenn er nachdachte, erschien das nur logisch. Die ganze Zeit dieses dumme Grinsen im Gesicht. Hajir hatte sich in letzter Zeit anders benommen. Hatte irgendwie vor Energie gesprudelt. Positiv in allem.

Adnan fragte: »In wen?« Er war auf einmal neugierig. Vielleicht kannte er sie?

»Das ist genau die Sache. Es ist nicht ganz einfach.«

»Mit Weibern ist es nie einfach.« Er lachte laut und schlug Hajir brüderlich mit der Faust gegen die Schulter.

Hajir sah wütend aus. »Ich meine es ernst.«

»Jetzt komm schon. Erzähl.«

»Isabella Toros.«

Adnan starrte Hajir an. »Du hast sie doch nicht alle, verdammte Scheiße!«

»Ich kann's nicht ändern.«

Isabella Toros: die Exbraut des Gorillas. Vermutlich die heißeste Lady südlich vom Süden. Hatte sie nicht sogar einen Balg mit dem Gorilla? Das hier konnte ein richtig fettes Problem werden. »Weiß er davon?«

»Ja, Sandra hat ihm gesagt, dass ihre Mama mit einem anderen Mann im Bett gelegen hat. Kannst dir vorstellen, was das für ein Theater war.«

»Wie alt ist sie? Die Kleine meine ich.«

»Vier.«

»Scheiße, Hajir, pass bei diesem Dreckskerl auf. Mit dem ist nicht zu spaßen. Ernsthaft.«

Adnan war nun klar, dass in den Tritten des Gorillas nicht nur der Zorn über ausgebliebene Kohle enthalten gewesen war. Die Gefühle des Gorillas waren verletzt. Er hatte Herzschmerz. Sogar Jugos hatten Emotionen. Und dafür hatte Adnan extra bezahlt.

Hajirs Augen funkelten, als er erzählte, wie sie sich kennengelernt hatten. Wie lange sie schon zusammen waren. Hörte nicht auf, von der vierjährigen Sandra zu reden. Adnan begriff, dass Hajir verloren war. In Romantik gefangen. Aber Adnan würde nicht so leicht aufgeben. Er brauchte Hajir wirklich. Hajir war erfahren und verlässlich. Miran hingegen: eine Notlösung.

Sie saßen noch fast eine Stunde auf der Bank. Hatten ungewöhnlich viel zu besprechen. Beobachteten, was im Kraftraum los war. Ein paar erwachsene Anfänger versuchten sich mit Hüpfseilen auf der blauen Gummimatte. Verzogen das Gesicht, wenn das harte Seil einen Zeh traf. Begutachteten sich selbst in den großen Spiegeln an der Wand. Adnan stellte fest, dass eine der Tussis einen stärkeren BH gebraucht hätte. Zwei Männer waren oben im Ring und kämpften. Der eine sah fix und fertig aus. Der andere prügelte auf ihn ein. Ihr Trainer stand daneben und brüllte. Ein paar Typen auf dem Weg nach draußen, wo sie eine Joggingrunde drehen wollten, grüßten Adnan und Hajir. Drüben an den Sandsäcken trainierten manche eins gegen eins und übten verschiedene Tritte. Alle gaben ihr Maximum, ein Typ sank zu Boden. Adnans Blick blieb an zwei Frauen haften, die einen Sack mit den Knien traktierten. Die kleinere von den beiden war Polizistin. Angeblich hatte sie gekündigt und arbeitete jetzt im Sicherheitsbereich. Spielte keine Rolle. Einmal Bulle, immer Bulle. Vor einem Jahr oder so hatte sie den WM-Titel geholt. Eine Australierin vermöbelt. Er sah ihre Oberschenkel, die waren enorm. Sie war ein Muskelpaket. Unweiblich. Sonst war sie eigentlich ganz süß. Ziemlich mutig von ihr, sich herzutrauen. Völlig egal, dass sie ihren Polizeiausweis zurückgegeben hatte. Die meisten, die im Kraftraum abhingen, waren nicht gerade Bullenfreunde. Er nickte ihr gewöhnlich zu, wenn sie sich über den Weg liefen. Mehr nicht. Wollte nicht zu vertraut wirken. Musste an sein Image denken.

Bevor sie unter die Dusche hüpften, hatten sie so lange dagesessen, dass Adnan eine Gänsehaut bekommen hatte. Hajir beeilte sich. Wollte nicht zu spät zu seiner neuen Donna kommen. Es würde einen verdammt wasserdichten Plan und eine krasse Bearbeitung brauchen, um Hajir rumzukriegen. Ein hartes Projekt. Aber nicht unmöglich. Nichts war unmöglich.

Adnan nahm sich unter der Dusche mehr Zeit als sonst. Seifte sein bestes Stück sorgfältig ein. Später am Abend würde er eine Braut treffen, die verdammt selbstbewusst zu sein schien. Sie hatte ihn im Supermarkt angesprochen. Hatte lange blonde Haare und scharfe blaue Augen. Eine Braut, die selbst die Initiative ergriff. Cool. Er brauchte gar nichts zu machen. Und sie war heiß wie der Teufel, eine Schwedentussi. Er würde heute Abend ficken. Er seifte den Schwanz noch einmal ein. Er nahm sich viel Zeit. Hatte ihr versprochen, dass er sich im Laufe des Abends melden würde, aber er wollte nicht zu früh anrufen. Wusste, worauf so eine abfuhr. Wenn sie sich ein paar Gedanken mehr machte, wurde sie besonders feucht.

Er hatte die Katze im Sack.

8

Amanda hatte sich nur aus einem einzigen Grund bei der Polizeischule beworben. Diesen Grund nannte sie beim Bewerbungsgespräch natürlich nicht. Sie hatte sich in Schale geworfen, weiße Bluse, bis zum Hals hinauf zugeknöpft und nicht zu enganliegend. Jeans, um dennoch entspannt zu wirken. Das Haar zu einem Zopf geflochten, das machte einen sportlichen und zugleich sympathischen Eindruck. Sie saß einem aufgedunsenen Mann gegenüber, Kommissar, und einer an Anorexie leidenden Frau, Psychologin. Das Gespräch war ein Kinderspiel.

Als die obligatorische »Warum wollen Sie Polizistin werden«-Frage kam, formulierte Amanda ihre Antwort so, dass sie perfekt in den Rahmen dessen passte, was eine aufrichtige angehende Polizeianwärterin denken und meinen sollte. Weder nach links noch nach rechts hervorstechen. Nein, sie hatte noch nie geklaut. Nein, sie hatte noch nie Drogen ausprobiert. Ja, sie würde ihren Kollegen anzeigen, wenn er Mohammed Abdullah mit »Scheißkanake« anschrie. Ja, sie fand es vollkommen okay, wenn schwedische Polizisten einen Turban oder einen Schleier trugen. Yes and Amen. Halleluja. Sie hatte sogar erwogen, so zu tun, als wäre sie lesbisch. Was aber unnötige Schauspielerei gewesen wäre. So oder so würde man sie annehmen. Sie hatte sich sorgfältig vorbereitet. Die harte Arbeit würde später folgen.

Die drei Jahre an der Polizeischule waren problemlos verlaufen. Sie begab sich auf ein mittelmäßiges Niveau, um mit der Masse zu verschmelzen. Bestanden oder gut bestanden in den meisten Fächern. Gemocht von den meisten. Einige waren hervorragende Talente. Andere: eher zweifelhaft. Sie trainierte mit ihren Klassenkameraden, machte Gruppenarbeiten, feierte. Fand eine kleine Wohnung in Råsunda zur Zwischenmiete. Das musste vorübergehend reichen. Mit dem mickrigen Gehalt gab es nicht viele Alternativen.

Amanda hatte ihr Leben lang in Finspång gelebt, einem kleinen Ort in Östergötland. Sie hatte eine relativ anormale Familie – zumindest für gegenwärtige schwedische Verhältnisse. Mutter, Vater und Schwester. Die Eltern nicht geschieden. Amanda hatte stets zu ihrer Schwester Sanna aufgesehen, die zwei Jahre älter war. Amanda durfte oft mit ihr und ihren Freunden mitkommen, meistens vermutlich, weil Sanna zu lieb war, um es ihr zu verbieten. Um Sanna roch es ständig nach Abenteuer. Sie kam mit den beliebtesten Typen zusammen, brachte Amanda mit deren Kumpeln in Kontakt. Sannas und Amandas Mutter war Friseuse und hatte einen eigenen Salon am Marktplatz. Als sie klein waren, war der Salon wie ein zweites Zuhause. Sie waren, sooft sie konnten, dort. Durften Puppen die Haare schneiden, was in vielen bizarren Frisuren resultierte. Sie wetteiferten miteinander, während ihre Mutter versuchte, eine gerechte Schiedsrichterin zu sein. Ihr Vater nahm jeden Morgen den Bus nach Norrköping, wo er als Journalist bei der Regionalzeitung arbeitete. Am Abend aßen sie zusammen in ihrem Haus, das gerade groß genug für die Familie war. Schlicht gesagt, eine ungewöhnlich glückliche Familie. Mit östgötländischem Dialekt.

Als Sanna mit zwanzig nach Stockholm zog, brach die Familienidylle auf. Es geschah langsam und schleichend. Anfangs reiste Sanna oft nach Hause. Nach einer Weile kam sie nur noch, wenn ihre Mutter sich lange genug beklagt hatte. Schließlich kam sie überhaupt nicht mehr, und Amanda merkte, was vor sich ging. Die Drogen hatten Sanna in einen anderen Menschen verwandelt, ihre Launen glichen einer Achterbahn. Amanda sah alle Anzeichen. Ihre Eltern verdrängten es. Die Anrufe wurden immer seltener, am Ende kamen nur noch ein paar pflichtschuldige SMS. Dann folgte dieses Gespräch mitten in der Nacht, bei dem Sanna von der Vergewaltigung erzählt hatte. Danach ging sie nicht mehr ans Telefon. Ein paar Tage später nahm Amanda den Zug in die Hauptstadt. Sie sagte ihren Eltern nichts, wollte ihnen nicht unnötig Sorgen bereiten. Wusste, dass etwas nicht stimmte. Sie fuhr direkt zur Adresse, Näckrosvägen 27 in Råsunda. Zuvor hatte sie eine Reihe von SMS geschickt und ihr Kommen angekündigt, sie rief mehrmals an und lauschte Sannas eingespielter Antwort auf dem Anrufbeantworter. Es war schön, ihre Stimme zu hören. Sie hinterließ mehrere Nachrichten und hoffte bis zuletzt, eine Antwort zu bekommen. Wohl wissend, dass das nicht passieren würde.

Sie öffnete die Wohnungstür mit einem Schlüssel, den sie bei ihrem letzten Besuch mitgenommen hatte, das war über ein Jahr her. Sie begriff sofort, was geschehen war, eigentlich hatte sie es die ganze Zeit gewusst. Die Post lag auf einem Haufen hinter dem Briefschlitz. Sie stieg darüber hinweg. Sah, dass die Lampe im Wohnzimmer brannte – draußen herrschte strahlender Sonnenschein. Hörte Bob Marley mit seiner schunkelnden, benebelten Stimme »No woman, no cry« singen. Das war Sannas Lieblingslied. War die Stereoanlage auf »repeat« eingestellt? Der Gestank, der sich in ihre Nase bohrte, war neu für Amanda, aber nicht misszudeuten. Der Tod hatte seine ganz eigene Duftnote. Sie ging weiter ins Wohnzimmer und setzte sich neben Sanna, die auf dem Sofa lag. Nahm ihre

Hand. Sie war kalt, und schief im Ellbogen hing eine leere Spritze. Auf dem Tisch befanden sich verschiedene Medikamente. Manche noch in den Schachteln, andere auf dem Tisch verteilt oder mit diversen Getränken vermischt. In einem Glas hatte sie versucht, mehrere Tabletten in Wodka und Orangensaft aufzulösen. Die Tabletten lagen in einem Klumpen am Boden des Glases. An der Menge erkannte Amanda, dass es Sanna nicht nur um einen Hilferuf gegangen war. Die Absicht war klar. Als Back-up hatte Sanna eine Plastiktüte über den Kopf gezogen und um den Hals festgezurrt. Die Plastiktüte war durchsichtig und hatte einen schwarzen Aufdruck: Stadium.

Amanda saß eine Ewigkeit stumm da.

Hielt Sannas Hand.

Dachte nach.

In ihrem Kopf rauschte es.

Die Wahrheit war zu schmerzhaft, um akzeptiert zu werden.

Sie ging wie in Trance in der Wohnung umher.

Suchte nach etwas. Wusste nicht, nach was.

Ein Gedanke kam immer wieder. Jemand war verantwortlich dafür.

Sanna, ihre geliebte Schwester.

Die vor Leben und Energie gesprudelt hatte.

Das Abenteuer selbst.

Gab es nicht mehr.

Die Obduktion bestätigte Amandas Annahme. Sanna war an Sauerstoffmangel gestorben, verursacht durch die Plastiktüte um ihren Kopf. Ohne die Plastiktüte wäre es auch passiert. Die Tabletten hätten ausgereicht, zehn Erwachsene umzubringen. Die Obduktion bestätigte auch Sannas vorhergehenden Drogenkonsum. Den Bezeichnungen nach zu urteilen waren Kokain, Amphetamine und Ecstasy durch sie hindurchgeströmt, sie wog zehn Kilo weniger als zu dem Zeitpunkt, als sie ihr Zuhause verlassen hatte.

Ihre Eltern konnten es nicht fassen. In ihrer Welt war Sanna die perfekte Tochter. Sannas Leben in Stockholm war ein anderer Planet. In einem anderen Sonnensystem.

Ihre Mutter versuchte, den Verlust zu verarbeiten, indem sie die Anzahl der Kunden im Salon verdoppelte. Dort hielt sie den Schein aufrecht und plauderte mit ihnen über Wind und Wetter, über die Unsicherheit des Arbeitsmarktes und über Zinserhöhungen. Sie war eine Amateurpsychologin für Beziehungsprobleme. Zu Hause jedoch holte sie die Wirklichkeit ein, und sie hockte meist stumm in ihrem Sessel und beobachtete, wie die Bäume vor dem Fenster die Farben wechselten.

Ihr Vater war seither krankgeschrieben. Konnte keine Zeile mehr schreiben. Er verbrachte mehr und mehr Zeit in der Kneipe um die Ecke und verschob alle Arbeiten im Haushalt auf später.

Amanda litt mit ihren Eltern.

Sie hatte rasch entschieden, was zu tun war. Dieser Entschluss war bereits damals in Sannas Wohnung gereift. Im Laufe der Zeit wuchs die Überzeugung, dass die Entscheidung richtig war. Sie würde mit den wenigen Indizien anfangen, über die sie verfügte.

Die Bewerbung für die Polizeischule war der erste Schritt auf dem Weg zur Wahrheit.

Die Wahrheit über Sannas Tod.

Jemand würde die Verantwortung tragen müssen.

9

Magnus war mit der Arbeit fertig für diesen Tag. Seine Gruppe hatte drei Räuber und zwei Vergewaltiger dingfest gemacht. Drei von ihnen saßen in Untersuchungshaft, und bei den beiden anderen hatte er aufgrund ihres Alters dafür gesorgt, dass das Jugendamt sie zwangseinweisen ließ. Er war mehr als zufrieden. Eines konnte Magnus sämtlichen Ganoven in seinem Bezirk versichern – wer vom Raubdezernat erwischt wurde, brauchte sich über seine nähere Zukunft keine Gedanken zu machen. Und das machte die Runde, wie er von mehreren Tippgebern gehört hatte. Die Kanaille in Västerort war auf der Hut. Verübte lieber in anderen Bezirken Raubüberfälle. Dort war das Risiko, geschnappt zu werden, deutlich geringer. Manche wechselten die Branche und verlegten sich auf Einbrüche. Das bedeutete einen längeren Weg bis zur Knete, war aber eine sicherere Wahl.

Magnus verließ das Polizeigebäude und blickte zu seinem Audi, der auf der anderen Straßenseite geparkt war. Er war mächtig stolz. Manche Kollegen hatten ihren Neid nicht verhehlen können, als er ihn das erste Mal vorgeführt hatte. Er sah zur Windschutzscheibe, auch heute kein Strafzettel. Es lohnte sich, es darauf ankommen zu lassen. Parken kostete sonst fünfunddreißig Kronen am Tag. Der reinste Diebstahl.

Er hatte noch immer keine Antwort von Amanda. Inzwischen waren drei Tage vergangen, und er war richtig sauer. Jetzt würde er zu ihr fahren und klingeln. Ihm war klar, dass das allen Prinzipien zuwiderlief. Aber die Gedanken raubten zu viel Energie.

Ihre Wohnung lag in Råsunda in einem mittelgroßen Gebäude mit Schotter in der Einfahrt. Die Birken im Hof waren das Einzige, was sich von der grauen Umgebung abhob. Er ging ins Haus und schaute, ob jemand ihn beobachtete. Dann ging er wieder hinaus und erneut hinein. Schwitzte ein wenig am Rücken, als er vor ihrer Wohnungstür ein paar Stockwerke höher anlangte. Er lauschte kurz, bevor er klingelte. Eine schlechte Angewohnheit nach unzähligen Hausdurchsuchungen. Er hörte nichts. Klingelte und lauschte erneut. Stille. Er öffnete den Briefschlitz und sah das Schuhregal zur Rechten, vollgestopft mit Stiefeln, Pumps und Halbschuhen. Wie konnte eine Person allein so viele Schuhe haben? Es drang noch immer kein Geräusch aus der Wohnung.

Er verließ das Haus, setzte sich in den Wagen und wartete. Das war noch mehr gegen das Prinzip. Er kroch im Staub. Es war ihm egal.

Er wusste, das sie nicht arbeitete. Davon hatte er sich vorher überzeugt. Er nutzte die Zeit, um ein paar Informanten anzurufen. Es schadete nie, sich die Leute warmzuhalten. Ihnen ein wenig Honig ums Maul zu schmieren und sie zu loben. Bahnte sich im Bezirk ein größeres Ding an? Wer hatte den Zeitschriftenladen in Hallonbergen überfallen? Wer zündete ständig Autos in Rinkeby an? Ah, die Husby-Bande will einen Supermarkt ausrauben? Wann?

Zwanzig Minuten verstrichen.

Er überlegte, ob er auf dem Nachhauseweg Blumen für Pia kaufen sollte. Sie hatte in den vergangenen Tagen ein wenig mies gelaunt gewirkt und musste aufgemuntert werden.

Fünf Minuten später sah er Amanda, wie sie angelaufen kam. Offenbar hatte sie eine Joggingrunde gedreht. Sie trug eine enge Laufhose und ein rosa T-Shirt. Gab es etwas Heißeres als eine Tight an einem durchtrainierten Körper? Umwerfend. Wäre er nicht so wütend auf sie gewesen, hätte er sofort einen Steifen bekommen.

Er stieg aus seinem Wagen und musterte sie von oben bis unten. Konnte nicht vermeiden, doch ein wenig geil zu werden. Er versuchte, unberührt zu klingen: »Du warst nicht zu erreichen, da habe ich mir gedacht, ich schaue mal vorbei.«

»Ja, das ist lieb. Ich hatte in den letzten Tagen einen Haufen zu tun.« Sie lächelte und stützte sich mit den Händen auf den Knien ab. Atmete schnell und heftig.

Sein Blick blieb an ihrem Ausschnitt hängen. Sie log. Für eine SMS fand man immer Zeit.

»Aha, was hast du denn gemacht?«

»Gearbeitet, trainiert, Freunde getroffen. Du weißt schon. Ich hatte einige Nachtschichten, bin ziemlich gerädert. Es war jetzt echt schön, ein bisschen zu laufen und richtig wach zu werden.«

»Aber eine SMS hättest du schon schicken können.«

Sie lachte auf: »Es klingt fast so, als würde dir unsere Affäre etwas bedeuten.«

War das so? »Das gehört sich doch wohl einfach.«

»Aber du hast doch deine Frau. Da solltest du keine Forderungen an mich stellen.«

»Triffst du dich auch noch mit anderen, oder was?« Eifersucht stieg in ihm auf.

»Das geht dich nichts an. Solange du deine Frau hast, Magnus, kann ich tun und lassen, was ich will.«

»Du hast also noch jemanden?«

»Das habe ich nicht gesagt. Nur, dass du nicht glauben solltest, über mich bestimmen zu können. Ich bin Single. Und solange das so ist und du vergeben bist, kann ich tun, was ich will. Bist du anderer Meinung?«

»Du, wenn du einen anderen hast, beenden wir diese Geschichte lieber sofort. Ich bin dir auch nicht böse.«

Sie ging in die Hocke und dehnte ein Bein. »Ich treffe keinen anderen, wenn du das unbedingt wissen willst. Aber wie gesagt, du hast kein Recht, über mich zu bestimmen.«

»Versuchst du, Bedingungen zu stellen? Ist es das, worum es dir geht? Was soll ich deiner Meinung nach machen? Pia nach fünfzehn Jahren einfach sitzenlassen? Mit Haus und allem Drum und Dran?«

»Tja, mein Lieber, das ist eben dein Problem. Bei eurer schönen Beziehung wäre das wirklich schade.«

Versuchte sie, ihn lächerlich zu machen? Sie ging in Richtung Haustür.

»Kann ich mit raufkommen?«

»Klar kannst du das. Aber ich habe nicht vor, diese Diskussion fortzusetzen.«

Das hatte Magnus auch nicht. Er ließ sie auf der Treppe vorangehen. Guckte ihr auf den Hintern. Packte sie an der Hüfte, als sie die Tür aufschloss. Drückte sich an sie. Sie roch nach Gucci Rush, ihrem Lieblingsparfüm. Schweißtropfen rannen von den blonden Strähnen herab, die sich aus ihrem Pferdeschwanz gelöst hatten. Er schob eine Strähne beiseite und küsste sie auf den Hals. Es schmeckte nach Salz. Sexy. Wenn er nicht bald seine Unterhose auszog, würde sie platzen.

Sie löste sich aus seinem Griff. »Ich hab meine Tage. Du wirst dich beherrschen müssen.«

Magnus mit Explosionsrisiko: »Das geht schon. Wir nehmen halt die Dusche.«

»Nein, ich habe keine Lust. Mir tut auch der Bauch weh. Und diese Diskussion eben war auch nicht gerade hilfreich.«

Für Magnus war sie das beste Vorspiel seit Langem gewesen. Ein kleiner Zank führte immer zu heißem Versöhnungssex. Er versuchte es erneut. Packte sie am Arm und zog sie an sich. Drückte seinen Schritt gegen ihren Unterleib: »Spürst du's?«

»Hör jetzt auf. Kapier auch mal, wenn jemand Nein sagt.« Sie riss sich los, ging ins Badezimmer und schloss die Tür hinter sich.

»Was soll das?« Er starrte auf die Badezimmertür. »Gleich so eingeschnappt!«

Sie öffnete die Tür einen Spalt und antwortete: »Bin ich nicht. Aber du musst lernen, auch mal mit einem Nein klarzukommen.« Sie schloss die Tür wieder.

Okay, vielleicht war sie doch nicht eingeschnappt. Aber er wirklich verflucht geil. Scheiße!

Als sein Schwanz sich wieder normalisiert hatte, setzte auch die Gehirntätigkeit wieder ein. Der Gedanke, dass sie vielleicht einen anderen kennengelernt hatte, wurde immer drängender. Es gab mehrere Warnzeichen. Sie hatte sich mehrere Tage lang nicht gemeldet, und jetzt wollte sie ihn kaum anrühren.

Er sah ihr Handy, das sie auf den kleinen Tisch im Flur gelegt hatte. Der Kopfhörer steckte noch drin. Sie hörte immer Musik, wenn sie joggte. Er überlegte. Sollte er es tun? Das hieße, verdammt tief zu sinken. Aber das Telefon lockte. Er hörte, dass sie noch immer duschte. Nahm das Handy. Öffnete den Ordner für eingegangene Nachrichten. Da waren mehrere SMS von einer Freundin, eine von ihm selbst. Er sah, dass sie die Nachricht auf jeden Fall gelesen hatte. Ärgerte sich erneut, dass sie nicht geantwortet hatte. Scrollte weiter. Adnan. Er starrte auf den Namen. Adnan? Traf sie einen Scheißaraber? Er öffnete die SMS. *Hi Süße wann sehn wir uns wider?* Die Wut traf ihn wie ein Peitschenhieb. Er drückte die Nachricht weg, scrollte weiter nach unten. Wieder Adnan. *Ok melde mich wenn ich fertig bin.* Er las die folgende Adnan-SMS auch: *Trainiere da aber später.* Noch eine: *Wie stehts? Will dich träfen.*

Er hörte, dass Amanda bald fertig war. Riss ein Stück Papier von einer Zeitung ab, die im Flur lag, und schrieb die Nummer dieses Adnan-Schweins ab. Legte das Telefon zurück. Sein Herz schlug wild. Er wusste nicht, ob es an der Spannung durch seine Schnüffelei lag oder an dem Araber. Er versuchte, so natürlich wie möglich zu wirken, als sie herauskam. Sagte, dass er losmüsse. Noch etwas auf der Arbeit zu erledigen habe. Sie versuchte nicht, ihn aufzuhalten, und wirkte erleichtert, als er ging. Kein Wunder! Wenn sie in den letzten Tagen einen Araberschwanz in sich gehabt hatte, war sie ja bestens bedient!

Die Eifersucht legte sich wie ein dichter Schleier über ihn.

Magnus fuhr wieder zurück zur Arbeit. Diesmal parkte er in der Garage. Abends beklagte sich darüber niemand. Wenn man dort tagsüber seinen Wagen abstellte, gab es einen Riesenzinnober. In den Büros des Raubdezernats brannte noch überall Licht. Am einen Ende des Ganges lief ein Radio und spielte die aktuellen Partyhits. Am anderen Ende hatte jemand eine CD mit Hippiemusik eingelegt. Ungefähr dort, wo sich die Musikströme trafen, loggte Magnus sich in seinen Computer ein. Der Rechner fuhr langsamer hoch als sonst. In der Zwischenzeit ging er in die Küche und holte sich eine Tasse Kaffee. Der stand vermutlich seit der Nachmittagspause dort. Im Kühlschrank befand sich ein Paket Milch, auf dem »Nina« und »Nicht anrühren« stand. Er goss einen Schluck in seinen Kaffee. Nina konnte es vergessen, dass ihre Milch in Ruhe gelassen wurde. Geizige Kuh. Noch geiziger war die Behörde, die keine Kaffeemilch mehr bereitstellte. Er hörte Stimmen von nebenan. Die Jungs vom Morddezernat arbeiteten noch. Er ging rüber und sagte Hallo. Erklärte, dass er noch was zu erledigen habe. Keiner stellte das infrage. Sie waren es gewohnt, dass er in seiner Freizeit da war. Er war ja Chef.

Als er zurückkam, war der Computer startklar. Er holte Adnans Handynummer hervor. Versuchte es gar nicht erst über die Telefonauskunft. Ein Araber, der keinen Schimmer von korrekter Rechtschreibung hatte und eine Blondine fickte, war mit absoluter Sicherheit ein Krimineller. Und Kriminelle verwendeten nichtregistrierte Kartentelefone. Er loggte sich in das zentrale Ermittlungsregister ein und tippte die Handynummer ins Suchfeld. Landete sofort einen Treffer. Klickte weiter.

Adnan Nasimi: Geburtsdatum. Er rechnete rasch im Kopf – neunundzwanzig Lenze. Dreizehn Jahre jünger als er selbst. Magnus sah, dass der Araber in den meisten Registern vorkam. Er begann mit dem allgemeinen Ermittlungsregister. Der letzte Eintrag war kaum eine Woche alt: Widerstand gegen die Staaatsgewalt und Fahren ohne Fahrerlaubnis. Wagen beschlagnahmt. Ein Benz. Der Kerl hatte offenbar Kohle. Welcher Ganove hatte das nicht? Die schliefen lieber auf einer dreckigen Matratze und sparten bei der Stromrechnung, nur um in einer schicken Kiste glänzen zu können. Magnus las weiter und sah, dass der Benz nicht Adnan gehörte. Pech.

Er pflügte weiter durch das Register. Grübelte. Überschlug. Der Araber hatte eine Menge auf dem Kerbholz. Raubüberfälle, seit er vierzehn war, Misshandlungen, Erpressungen, mehrere Drogendelikte. Es gab Hinweise auf Überfälle auf Geldtransporte, aber man hatte ihm nichts nachweisen können. Der Araber hatte Verbindungen zu richtigen Schwergewichten – ein paar davon hockten in Untersuchungshaft wegen des Überfalls auf einen Geldtransporter in Göteborg. Er hatte allerdings zum betreffenden Zeitpunkt eingesessen. Vermutlich war er deshalb nicht bei dem Coup dabei gewesen. Falls doch, hätte Magnus seinen Namen gekannt. Er und seine Männer hatten die Polizei von Göteborg bei Hausdurchsuchungen unterstützt, da die

Bande aus Västerort stammte. Organisierter Drogenhandel war der Grund, weswegen dieser Adnan für anderthalb Jahre ins Gefängnis gewandert war. Vor knapp einem Monat war er freigelassen worden, und das Erste, was er gemacht hatte, war offenbar, eine Braut aufzureißen. Magnus versuchte, seine Wut zu beherrschen. Die Musik dröhnte in seinen Ohren. Er konnte sich nicht zurückhalten, wollte wissen, wie sein Widersacher aussah. Suchte ein Passfoto heraus. Das letzte war vor fünf Jahren aufgenommen worden. Magnus musste widerwillig zugeben, dass der Araber gut aussah. Breite Kinnpartie und männliche Züge. Augenbrauen in Ordnung – nicht ineinander verwachsen wie bei den meisten von denen. Gerade Nase. Seine Eitelkeit verleitete ihn dazu, auch die Fahndungsbeschreibung aufzurufen: 192 Zentimeter groß, muskulöser Körperbau, mehrere Tätowierungen auf dem Rücken und auf dem linken Unterarm. Auf solche Typen stand Amanda also: groß, bullig, mit Tätowierungen auf dem halben Körper. Räuber. Dealer. Er nahm an, dass der Araber selbst nicht drogenabhängig war, sonst wäre er nicht in so guter Form. Vertickte wahrscheinlich das meiste. Nahm ab und zu selbst was auf Partys. Schluckte Anabolika.

Seine heftige Eifersucht wunderte Magnus. Oder war er wütend? Ja, das war es wohl eher. Er war wütend, weil Amanda ihn in diese Lage gebracht hatte. Was war, wenn jemand herausfand, dass seine Braut ihn mit einem Ganoven betrog? Ja, deshalb fühlte er sich so. Eigentlich war sie ihm scheißegal. Aber sie erniedrigte ihn. Kränkte ihn. Dachte nur an sich selbst. Verdammte Hure!

Das würde er nicht zulassen.

Oder war sie so blauäugig und kapierte nicht, dass sie es mit einem Schwerverbrecher trieb? Konnte sie so bescheuert sein? Vielleicht.

Wenn es so war, dann hatte er da einen Trumpf im Ärmel.

Er saß noch zwei Stunden da und las alles über diesen Scheißaraber Adnan Nasimi.

10

Adnan fuhr in das Parkhaus unter der Kista Galleria. Heute hatte er sich den Wagen seines Vaters borgen dürfen. Papa Hossein hatte natürlich wissen wollen, warum Adnan nicht Diars feinen Benz nahm. Adnan war vorbereitet gewesen und hatte erklärt, dass das Auto in der Werkstatt sei – Ärger mit dem Getriebe. Hossein hatte die Stirn gerunzelt, sich aber mit der Antwort zufriedengegeben. Er hatte Adnan die Schlüssel seines treuen alten Hyundais ausgehändigt. Dass Adnan keinen Führerschein besaß, versuchte Hossein vehement zu verdrängen. Er war zwar ein ehrlicher Mann, der Schwedens Gesetze befolgen wollte. Aber dass sein Sohn nicht Autofahren dürfen sollte, war eine Schande, gegen die Hosseins Moral nicht ankam.

Adnan war froh, sich den Wagen ausleihen zu dürfen, schämte sich aber trotzdem, wenn er darin saß. Er sollte ein luxuriöseres Gefährt fahren, und er bildete sich ein, dass ihn alle anglotzten. Dass sie sich fragten, warum er in so einer klapprigen Kiste herumfuhr. Na wartet, bald würde er sich im teuersten und geilsten Wagen von ganz Skandinavien zeigen. Er versuchte, sich hinter dem Steuer unsichtbar zu machen.

Adnan ging die Treppen zur Galleria hoch. Seine Beine waren steif und schmerzten, er hatte Muskelkater vom Thaiboxen. Er sah sein Spiegelbild in den großen Glasscheiben, fuhr sich mit den Fingern durchs Haar und zerzauste es. Holte eine kleine Strähne vor und ließ sie in die Stirn hängen – das hatte ihm sein Friseur gezeigt. So sah er verdammt sexy aus.

Adnan war nicht zum Zeitvertreib oder Shoppen in die Galleria gekommen. Er hatte eine Aufgabe. Es gab drei verschiedene Läden, die sich für Raubüberfälle eigneten. Er wollte sehen, welcher am besten passte. Alles hing davon ab, wie viel Mann sie sein würden.

Er ging in Richtung des Juweliergeschäfts Guldfynd. Sah eine blonde Frau von hinten. Zuckte zusammen. Amanda? Sie drehte sich um: nein. Er war erleichtert und enttäuscht zugleich. Das wäre weder der Ort noch der richtige Zeitpunkt, sie hier zu treffen. Er mochte keine Überraschungen. Warum hatte er eben so reagiert? Er war kurz nervös geworden. Seine Gedanken schweiften ab. Sie hatte etwas Besonderes. Beim letzten Mal hatte sie ihn heftig abgewiesen. Er war mit der Erwartung eines netten Ficks zu ihrem Date gegangen. Stattdessen: ein Spaziergang im Park und ein Kuss auf die Wange. Er hatte sich wie der letzte Loser gefühlt. Was für eine Zeitverschwendung. Aber dann war etwas Seltsames passiert: Sie tauchte überall auf. Sobald er eine blonde Braut sah, dachte er an sie und glaubte, es sei sie. Seine Neugier war geweckt. Er wusste, dass er sie noch einmal treffen musste.

Guldfynd lag mitten in der Galleria, am Food-Court. Ein Nachteil: wahnsinnig viele Leute. Er blickte auf das Meer von hungrigen Menschen, die dasaßen und mampften. Sie kamen aus allen Ecken der Welt, genauso wie das Essen. Die unterschiedlichen Düfte weckten Adnans Hunger. Früher waren seine Kumpel und er hier Stammgäste gewesen. Es war perfekt, wenn einer griechisch, einer türkisch, ein anderer thailändisch essen wollte. Sie mussten sich nie streiten.

Er bemerkte aber auch den Vorteil von Guldfynd: Das Juweliergeschäft lag an einem Zugang zum Parkhaus. Wer auch immer die Lage des Geschäfts geplant hatte, er hatte nicht mitgedacht. Adnan ging hinein und sah sich um. Trat zu einem

Glaskasten. Tat so, als würde er sich Verlobungsringe ansehen. Versuchte, aus den Augenwinkeln zu erkennen, ob es Kameras gab. Er fand zwei – eine über der Kasse und eine am Eingang. Das Geschäft war so klein, dass die Kameras vermutlich die gesamte Verkaufsfläche abdeckten. Sämtliche Schmuckstücke von Wert waren in Kästen eingeschlossen. Er sah, dass es nicht schwer sein würde, die Kasse mitzunehmen. Allerdings würde deren Inhalt kaum der von Milorad geforderten Summe entsprechen. Bei dem Gedanken lief Adnan ein Schauer über den Rücken. Die Frist von einer Woche war bereits abgelaufen, und er wusste, dass sie ihn früher oder später finden würden. Obwohl er sich ständig wie ein Geheimagent bewegte. Umwege machte. Aus dem Zug sprang, kurz bevor sich die Türen schlossen. Stets die Kapuze hochgeschlagen hatte. Leute, die einen verpfiffen, gab es genug.

Beim Hinausgehen warf er einen Blick auf den Typen hinter der Kasse. Ein Schwede, über fünfzig. Vorher hatte ein jüngerer Kerl dort gestanden, mit flaumigem Schnurrbart. Vielleicht der Sohn des Mannes? Ihm wäre der Schnurrbart lieber bei einem möglichen Überfall – er wirkte ängstlich. Würde sich vermutlich in die Hose pinkeln. Adnan würde sich noch ein paar weitere Gedanken über das Potenzial von Guldfynd machen müssen. Die Kohle dort deckte nicht einmal Milorads Zinsaufschlag. Er wäre gezwungen, die Glaskästen zu zerdeppern.

Das nächste Objekt war Exchange. Adnan kam auf dem Weg dorthin am Café Momo vorbei. Gab dem Eigentümer Sacha die Hand und drückte ihm sein Beileid aus. Sachas Bruder war vor etwa sechs Monaten erschossen worden. Ein Vergeltungsakt. Alle wussten, wer dahintersteckte, aber es war nicht zu beweisen. Die Spannungen zwischen den verschiedenen Gruppen hatten sich dadurch noch erhöht. Die Jugos. Die

Albaner. Die Russen. Die Araber. Die Esten. Die Gambier. Alle wollten an die Macht. Adnan merkte an dem Gerede, dass sich ein Krieg anbahnte. Sacha schien sich zu freuen, Adnan wiederzusehen. Fragte, wie es im Knast gewesen war. Wollte ihn auf einen Espresso einladen. Adnan nahm dankend an. Musste alte Kontakte pflegen.

Sacha sah fertig aus und hatte bestimmt fünfzehn Kilo abgenommen. Seine Haare hatten graue Strähnen bekommen, obwohl er erst Mitte dreißig war. Rechnete vermutlich ständig damit, dass auch ihm jemand eine Mündung an die Stirn hielt. Adnan stellte keine Fragen zu Sachas Bruder. Hatte keine Zeit für eine lange Geschichte.

Mittendrin rief Diars Schwester an. Er ging nicht ran und bekam ein schlechtes Gewissen. Sie war nett. Aber der Zeitpunkt war nicht gerade optimal. Er würde sie bald zurückrufen und eine Erklärung liefern. Der Stress setzte ihm zu. Sein Bein wippte rhythmisch unter dem Tisch. Er nutzte den Moment, als Sacha Kunden bedienen musste, um seinen Anwalt anzurufen. Er hieß Johan Karlsson, einer der Besten in Schweden. Johan hatte dafür gesorgt, dass er die Untersuchungshaft überlebt hatte.

Johan meldete sich beim zweiten Klingeln – stets auf dem Posten. »Hallo Adnan.«

»Hallo. Ich rufe noch mal wegen dem Auto an. Wie läuft es?« Klang er verzweifelt? Das wollte er auf keinen Fall.

»Ich habe gleich nach unserem letzten Gespräch Widerspruch eingelegt. Jetzt können wir nur warten, aber ich verspreche, dass ich mich dahinterklemmen werde.« Johan war ruhig und geduldig wie immer.

»Fein, echt. Fein. Wie lange wird das deiner Meinung nach dauern?«

»Leider haben solche Fälle beim Staatsanwalt keine Priorität, aber ich werde tun, was ich kann. Rechne auf jeden Fall damit, dass es noch ein paar Wochen dauert. Vielleicht Monate.«

»Monate!« Adnans Unruhe nahm zu. »Aber kriege ich ihn dann zurück, was meinst du?«

»Also, nachdem der Wagen sehr viel wert ist, wird zunächst einmal gründlich ermittelt, wer der Eigentümer ist. Die Polizei ist ja in ihrer Beurteilung davon ausgegangen, dass du es bist, da du ihn so oft benutzt hast. Andererseits ist er auf Diar zugelassen. Sollte der Wagen dir zugeordnet werden, dann wird vermutlich das Finanzamt ihn beschlagnahmen, weil du Schulden hast. Wird der Wagen Diar zugeordnet, bekommt er ihn zurück. Wenn nicht auch er verschuldet ist oder andere Zahlungen zu leisten hat.«

In Adnans Ohren: Pest oder Cholera. Er war am Arsch. Finito.

»Hallo Adnan, bist du noch da?«

»Ich bin geliefert, Johan, ich bin total geliefert. Wenn der Wagen offiziell mir gehört, dann ist er also weg? Wenn er Diar gehört, kriegt er alles raus. Und der Wagen ist vielleicht trotzdem weg, wenn Diar beim Fiskus in der Kreide steht.«

»Ja, das ist gut möglich. Das Beste ist, wenn wir nachweisen können, dass du ihn nur ausgeliehen hast. Dann müssen wir hoffen, dass Diar schuldenfrei ist. Ich werde das überprüfen.«

»Mach das. Verdammte Scheiße!«

»Rechne damit, dass die Geschichte eine Weile dauert. Und mach dir währenddessen nicht allzu viele Gedanken.«

»Ich bin total im Arsch!«

»Jetzt beruhige dich erst mal. Ich melde mich, wenn ich etwas Neues erfahre.«

Adnan drückte das Gespräch weg.

Wieso hasste ihn das Leben so sehr?

Er trank den letzten Schluck Espresso. Bedankte sich bei

Sacha, der ihn bat, doch bald mal wieder vorbeizuschauen. Adnan versprach es.

Er ging weiter zu Exchange und hob ein wenig Geld vom Geldautomaten gegenüber ab. Wollte nicht ohne Grund hineingehen. Musste erst einmal von außen auskundschaften. Es lag günstiger als Guldfynd, an einem Ausgang – zwei schnelle Schritte, und er war auf der Straße. Weg, bevor die Angestellten überhaupt kapiert hatten, was passiert war. Das Problem war das bruchsichere Glas. Außerdem war Exchange im vergangenen Jahr sicherlich dreimal ausgeraubt und die Sicherheitsmaßnahmen deswegen vervierfacht worden. Angeblich hatte das Personal geschlampt und bei einem der Überfälle den Safe offen gelassen. Adnans Hypothese: Insider. Könnte auch für ihn eine Alternative sein. Wenn er in dem Augenblick hinter den Tresen gelangte, in dem jemand den Safe öffnete, konnte er die Taschen mit diversen Währungen füllen. Er zählte vier Angestellte. Schien immer mindestens eine Person im Hinterzimmer zu sein. Hier brauchte es eine entschlossene Attacke. Die Angestellten durften nicht einmal zu denken wagen, auf den Alarmknopf zu drücken.

Jemand tippte ihm an die Schulter. Er drehte sich um und musste nach unten blicken. Eine Oma mit Mütze und Mantel wollte an den Geldautomaten. Er lächelte und ließ sie vorbei. Den Älteren immer Respekt erweisen.

Er dachte über die nächste Alternative nach. Diese erforderte deutlich mehr Planung als die beiden anderen. Die Idee war so groß, dass Adnan sie kaum ernstnehmen konnte. Aber der Gedanke kitzelte, machte fast eine Gänsehaut. Er ging ins Parkhaus hinunter und setzte sich in Hosseins Liebling. Saß eine Weile da und starrte durch die Scheibe. Auf die Safetür in einer Ecke. Dahinter landeten die Geldbündel, die aus den Läden der Galleria in Boxen vom oberen Stockwerk heruntergeschickt wurden. Sie glitten durch einen Tunnel. Landeten genau dort, worauf Adnans Blick jetzt ruhte. Er durchdachte die Möglichkeit, den Safe aufzubrechen – mit einem Brecheisen kaum machbar. Außerdem dauerte es zu lange.

Sie wären gezwungen, den Geldtransporter anzugreifen. Genau im richtigen Moment. Adnan ließ das Geschehen vor seinem inneren Auge ablaufen. Er sah sich selbst in dunklen Klamotten, die Sturmmaske übers Gesicht gezogen. Brüllend wie ein Irrer mit einer Kalaschnikow, die auf die überrumpelten Wächter gerichtet ist. Sie zu Boden zwingend. Alle Scheine in eine Hockeytasche packend. Spurlos verschwindend mit der größten Beute in der Geschichte Schwedens. Er würde zu einer Legende. Alle würden ahnen, dass er es war. Aber niemand würde es wirklich wissen.

Er verdrängte das größte Hindernis: Miran und er – nicht die richtige Konstellation für diese Mission.

Adnan erwachte aus seinen Träumen und verließ das dunkle Parkhaus. Fuhr hinaus ins Tageslicht. Es war erst drei Uhr. Er überlegte, welche Leute er hinzuziehen sollte. Man konnte sich auf niemanden verlassen. Er entschied sich für Vincent und fuhr in Richtung Stadtmitte. Den musste er so oder so treffen. Sehen, ob er ihm etwas Knete bieten konnte. Adnans Sozialhilfe gestattete keine unerwarteten Ausgaben. Es war die reinste Erniedrigung. Reichte kaum für die Miete. Er wohnte in Diars Wohnung. Völlig aussichtslos, mit seinem Lebenslauf eine eigene zu finden. Wenn er so nachdachte, hatte er Diar viel zu verdanken. Andererseits: Er blechte für die Miete, während der Kerl im Knast saß. Außerdem goss er die Blumen. Zwei Kakteen, die auf dem Fensterbrett über der Badewanne standen.

Er näherte sich einem von Vincents Etablissements in der Kungsgatan, parkte aber eine Straße weiter. Wollte nicht, dass jemand seine Karre sah.

Im Restaurant sammelte ein Mädchen in schwarzem Minirock die Teller vom Mittagessen ein. Sie war gestresst und antwortete kurz, dass Vincent unterwegs sei. Adnan könne gern warten.

Das war wohl das Sinnvollste. Er hatte keine Telefonnummer von Vincent. Der Typ wechselte seine Nummer mindestens einmal pro Monat. Adnan ahnte, dass er in zwielichtige Geschäfte verwickelt war, aber er fand trotzdem, dass Vincent es übertrieb. Der Kerl war krank.

Vincent war der Boss vom Stureplan. Besaß drei der größten Clubs und mehrere kleinere. Brauchte nur mit den Fingern zu schnippen, um zu bekommen, was er wollte. Oder wen er wollte. Alle sahen zu Vincent auf: die Hipster, die Bräute, die Stars. Alle krochen ihm in den Arsch. Kumpel mit ihm zu sein war ein Freiticket zur Crème de la Crème des Stockholmer Nachtlebens. Er organisierte die Feste, auf die es sich zu gehen lohnte: Partys für Stars, Filmpremieren, Kokspartys, Partys mit Luxusbräuten.

Bevor Adnan in den Bau gewandert war, hatte er bei Vincent an der Tür gearbeitet. Nicht das Türstehen an sich hatte gelockt, sondern die positiven Nebeneffekte: Blondinen, Brünette, Rothaarige, Scheine zugesteckt von Wannabes, die in der Warteschlange gesehen werden wollten, der Status, ein krasses Kontaktnetz – die Kokslieferungen rotierten so schnell, dass Adnan kaum mit dem Tütchenfüllen hinterherkam.

Aber das war Vergangenheit. Er hatte sich selbst geschworen, nie mehr zu dealen. Zu hohes Risiko. Anderthalb Jahre im Knast waren anderthalb Jahre zu viel.

Er hatte oft darüber nachgedacht, was schiefgegangen war. Miran und er hatten über einen längeren Zeitraum hinweg kleine Portionen verkauft. Das Geschäft lief, und die Kohle floss. Dann wollte Mr Kraljevic, dass sie zwei Kilo vertickten.

Der Jugo hatte einen neuen Kontakt gefunden und schien Unmengen ins Land schmuggeln zu können. Adnan und Miran waren nach den Erfolgen zuvor übermütig geworden. Nahmen den Deal an. Als sie das Material in Mirans Wohnzimmer abwogen, dröhnte es an der Wohnungstür wie bei einem Erdbeben. Adnan schnallte sofort: Bullen. In Sekundenschnelle hatte er sich im Badezimmer eingeschlossen. Spülte wie ein Irrer weißes Pulver die Toilette hinunter. Spülte noch einmal. Spülte hysterisch. Fluchte über das verdammte Wasser, das nicht schnell genug nachfloss. Miran reagierte nicht so gut und schaffte es, eine Tüte aufzuschneiden und aus dem Fenster zu werfen. Die unten stehenden Bullen waren mitten im Schneetreiben gelandet und hatten wohl auch die eine oder andere Prise abbekommen.

Adnans schnelle Reaktion hatte sie vor einer zehnjährigen Gefängnisstrafe bewahrt. Das Koks, das die Drogenfahnder retten konnten, brachte Adnan und Miran für anderthalb Jahre hinter Gitter. Als Bonus obendrauf: eine fette Schuld beim Jugoschwein.

Den Polizeiberichten zufolge hatten die Fahnder – mehr oder weniger zufällig – einen Mann dabei beobachtet, wie er in Mirans Gebäude gegangen war, um fünf Minuten später durch die Kellertür wieder herauszukommen. Dies hatte den Verdacht auf Drogenverkauf genährt, und sie hatten den Mann angehalten und durchsucht. In einem Strumpf fanden sie eine Tüte mit Kokain. Weitere Ermittlungsarbeit hatte ergeben, dass der Mann kurz zuvor Mirans Nummer angerufen hatte. Das hatte gereicht. Verdacht auf Drogenhandel und hopp: Sie stürmten im null Komma nichts die Wohnung.

Es stimmte, dass kurz zuvor ein Mann zu Miran gekommen war und Koks gekauft hatte. Adnan würde diesen zwanzigjährigen Typen mit seinen nach hinten gegelten Haaren nie vergessen. Aber dass die Fahnder den Kerl rein zufällig bemerkt hatten, war mehr als unwahrscheinlich. Da war die Chance größer, einmal eine Prinzessin ficken zu dürfen. Der Polizeibericht war getürkt, davon war Adnan überzeugt. Er konnte nur nicht erkennen, in welcher Hinsicht.

Nachdem er fast zwei Stunden lang in Vincents Restaurant gewartet hatte, gab er auf. Er hatte die Bedienung mit dem kurzen Rock nach einer Telefonnummer von Vincent gefragt. Hatte sie nicht. Adnan war klar, dass sie log. Und ihr war klar, dass Adnan das wusste. Normal: Adnan sieht zu, dass er bekommt, was er will. Heute: nicht so dringend. Lieber keinen Konflikt riskieren. Stattdessen bat er sie, Vincent auszurichten, dass er sich doch bitte melden solle. Frage: Was hatte diese Obertunte Vincent nur für einen Mist am Laufen?

11

Es hatte geklappt, wie Amanda es sich gedacht hatte. Sogar noch besser. Sie hatte sich einfach ein paar Tage lang nicht bei Magnus gemeldet, und schon hatte ihn sein Kontrollbedürfnis überwältigt. Es war so einfach mit Männern wie Magnus: übertrieben charmant an der Oberfläche, um mangelndes Selbstvertrauen im Inneren zu verbergen.

Amanda hatte die SMS von Adnan gespeichert. Wollte, dass Magnus sie las. Und sie wusste, dass er es auch gemacht hatte. Das Handy lag nicht mehr so auf dem Tisch, wie sie es hingelegt hatte – die rechte Kante genau an der kleinen Schramme, die beim Umzug entstanden war.

Sie war froh, dass er ihre Wohnung so schnell verlassen hatte. Hatte keine Lust auf Schauspielerei an diesem Abend. Der Gedanke an sein hartes Geschlechtsorgan, das er wie ein geiler Hund an ihr gerieben hatte, war so ekelerregend gewesen, dass sie sich im Bad fast übergeben hätte. Wie sie alle anderen Geiler-Magnus-Erlebnisse in den vergangenen sechs Monaten überlebt hatte, wusste sie selbst kaum. Sie war eine Expertin darin geworden, Gefühle auszuschalten. Dachte an etwas anderes, wenn sie die leidenschaftliche Liebhaberin spielte. Danach rauschten Übelkeit und Ekel wie ein Sturzbach durch sie hindurch. Der Gedanke an Sanna trieb sie jedoch immer weiter. Warum hatte Magnus Blomberg das Ermittlungsverfahren zu der von Sanna angezeigten Vergewaltigung eingestellt? Warum hatte er ihre Aussage nicht ernst genommen?

Amanda hatte den Brief in der Post vor Sannas Tür gefunden. Eine Kopie der Anzeige, von der Sanna am Telefon gesprochen hatte. Was hatte sie noch einmal gesagt? Dass Amanda ihr nicht glaube, genau wie dieser Polizist. Sie hatte die Anzeige mehrmals gelesen. Sie war kurz gefasst, es stand nicht einmal darin, was genau passiert war. Nur, dass es in einer Bar in Stockholm stattgefunden hatte. Das war merkwürdig. Amanda hatte den Eindruck gehabt, dass Sanna den Täter kannte. Warum stand das nicht in der Anzeige?

Dann hatte Amanda etwas getan, das man eigentlich nicht tun durfte. Sie hatte Sannas Tagebuch gefunden. Erst wollte sie es auf dem Bett liegenlassen, ohne es anzurühren. Dann öffnete sie es und fing an zu lesen. Die Umstände gaben ihr die Erlaubnis. Sie überflog die Einträge, die ein paar Jahre zurückreichten. Der anfangs leichte Ton schwand, je näher sie dem Ende kam. Die Worte drückten immer mehr Angst und Verzweiflung aus. Dann kam Amanda zu dem Vorfall, der die Vergewaltigung gewesen sein musste. Es stand nichts Konkretes da. Aber Sanna war wütend. Enttäuscht. Fürchtete sich. Das war klar zu erkennen. Sie schrieb, dass sie ausgenutzt worden sei. Dass die Polizei sich weigere, sie anzuhören. Dass es so schade um den »Pavian« sei. Unzusammenhängende Sätze.

Amanda hatte das Tagebuch seitdem mehrmals gelesen. Hatte niemandem davon erzählt. Nicht einmal ihren Eltern. Sie suchte nach einer Antwort. Warum hatte ihre Schwester sich das Leben genommen? Warum hatte die Polizei nicht geholfen?

Amanda hatte noch in derselben Woche bei der Polizei angerufen und gefragt, ob es mehr Informationen gebe als in der Anzeige. Die weibliche Stimme am anderen Ende der Leitung hatte geantwortet, die Anzeige sei leider zugangsbeschränkt.

Nur Leute mit einer entsprechenden Befugnis dürften Vernehmungsprotokolle und Ähnliches lesen. Eine solche Befugnis habe sie selbst nicht. Amanda hatte gebeten, mit jemandem sprechen zu dürfen, der diese Befugnis habe, und war zu einer Person mit dem Titel »Revierleiter« weitergeleitet worden. Nun war es eine männliche Stimme, die ihr erklärte, zwar die Befugnis zu besitzen, aber leider keine Angaben herausgeben zu können. Dies sei der Zweck einer Zugangsbeschränkung für bestimmte Anzeigen. Er klang freundlich, aber bestimmt, und Amanda war immer noch nicht weitergekommen. Sie fuhr persönlich zur Polizeistation. Rief mehrmals dort an, bekam jedes Mal dieselbe Antwort. Leider nein. Die Anzeige sei zugangsbeschränkt. Sie bat, mit Magnus Blomberg sprechen zu dürfen, aber da er im Schichtdienst arbeitete, war es schwierig, ihn zu erreichen. Stattdessen hinterließ sie ihre Telefonnummer, damit er sie kontaktieren konnte, aber er meldete sich nie. Als sie ihn nach mehreren Wochen endlich erreichte, war er alles andere als entgegenkommend. Die Anzeige sei zugangsbeschränkt. Schluss, aus. Er habe keine Voruntersuchung eingeleitet, weil es zu wenige Anhaltspunkte gegeben habe. Amanda erklärte ihm, dass Sanna tot sei. Dass sie sich kurz nach der Anzeige bei der Polizei das Leben genommen habe. Es wurde eine Weile still, dann murmelte er ein paar Worte des Bedauerns. Leider gebe es nichts, was er tun könne, um ihr zu helfen. Er legte auf. Amanda saß da, den Hörer noch am Ohr, und war überzeugt, dass er deutlich mehr wusste, als er erzählen wollte. Amanda begriff, dass sie nicht weiterkommen würde, wenn sie nicht bereit war, alles auf eine Karte zu setzen. Sie war gezwungen, eine von ihnen zu werden: eine Polizistin. Sie würde diesem Magnus Blomberg auf die Pelle rücken. Ihn von A bis Z durchleuchten. Aber vor allem herausfinden, wen er schützte.

Als sie nach drei Jahren die Polizeischule absolviert und einen Platz im Polizeirevier von Västerort bekommen hatte, war Magnus Blomberg mittlerweile zum Kommissar im Raubdezernat befördert worden. Sie bemühte sich, dass er sie so bald wie möglich bemerkte. Er war extrem charismatisch und nach außen hin sehr selbstsicher. Eine Führungsfigur, zu der alle Kollegen aufsahen, die angehört und bewundert wurde. Sie lachten über seine Scherze. Er drückte andere herab, um sich selbst zu erhöhen. Es wunderte sie, dass niemand dieses Spiel durchschaute, aber er war geschickt. Vermutlich dachte er nicht einmal darüber nach. Das war ein Schutzwall gegen die Unsicherheit, die seit Kindesbeinen in ihm gewachsen sein musste. Er erfüllte mehrere Kriterien, die für Psychopathen galten. Für eine normale Person war es alles andere als selbstverständlich, diese Zusammenhänge zu erkennen. Für Amanda, die Tausende Seiten von Verhaltenswissenschaften und Psychologie gewälzt hatte, war es glasklar. Sie würde seine schwachen Punkte ausnutzen.

12

Der völlig verängstigte Junge stand stumm im Arrestzimmer zwischen zwei Polizeiinspektoren, die im Vergleich zu ihm riesig aussahen. Die Jeans hing ihm unterhalb der Hüfte, und Magnus erkannte deutlich die Marke seines Slips, Calvin Klein. Die Kollegen nahmen ihm die Handschellen ab und setzten ihn auf eine Bank. Er rieb sich die roten Handgelenke und sah unglücklich aus.

Der Einsatzleiter, an diesem Tag Bengt Tyrman, stellte die üblichen Fragen:

»Wie heißt du?«

»Wie alt bist du?«

»Haben dir die Polizisten gesagt, weshalb du hier bist?«

»Du wirst bis zur Vernehmung in einer Zelle eingeschlossen. Nimmst du irgendwelche Medikamente, die du dringend benötigst?«

»Wie geht es dir sonst? Keine Depression? Selbstmordgedanken?«

Der Junge wirkte verwirrt.

Magnus hielt sich im Hintergrund und überließ die Leibesvisitation seinen Kollegen. Nicht, weil er faul war. Es handelte sich um einen taktischen Zug. Er würde der gute Polizist sein. Der Polizist, der dem Jungen aus der Patsche half. Erst musste der Kleine aber ein wenig in der Zelle schmoren. Zeit haben, darüber nachzudenken, wie sein Leben gerade den Bach hinunterging.

Eine Stunde später steckte Magnus den Schlüssel in das

Schloss der Zellentür und trat ein. Wollte wieder hinausgehen und das Ganze wiederholen. Ein Gleichgewicht herstellen. Aber er war auf Arbeit und musste sich beherrschen. Konzentration. Fokus auf die Aufgabe.

Es roch muffig in dem Raum. Der Gestank von Schweiß. Der Junge war definitiv weichgekocht. Bereit für eine Bearbeitung.

»Hallo, ich heiße Magnus Blomberg. Dachte, wir unterhalten uns ein bisschen.«

Der Junge schielte unter seinen dunklen Wimpern hindurch. »Werden Sie die Vernehmung machen?«

»Nein, aber ich bin der Chef des Mannes, der dich nachher verhören wird. Wir warten nur noch, bis dein Verteidiger kommt. Wen hast du eigentlich verlangt?«

»Keine Ahnung. Irgendwas mit Pflicht.«

»Pflichtverteidiger.«

»Ich verstehe nicht, warum ich hier bin.«

»Du bist vorläufig festgenommen wegen Raubs, und da du hier sitzt, wird dir klar sein, dass wir einiges haben, was gegen dich spricht.«

»Was denn?«

»Das werde ich dir nicht sagen. Du kannst selbst erzählen, was du an dem betreffenden Abend gemacht hast.« Magnus ließ dem verwirrten Jungen kurz Zeit, die Worte aufzunehmen. »Und sollte sich zeigen, dass du an diesem Abend etwas ganz anderes gemacht hast, bist du wieder frei.«

»Dann wäre ich nicht mehr verdächtig?«

»Genau.«

Der Junge wirkte ein wenig beruhigter. »Ich hab echt nichts gemacht, Mann. Ich will ja Polizist werden, da würde ich doch niemals jemanden ausrauben.«

Aha! Der Junge wollte zur Polizei. Es wurde immer besser.

»Du willst Polizist werden? Ja, dann hoffe ich, dass du dir nicht wegen eines bescheuerten Handys alle Zukunftschancen verbaut hast.«

»Bestimmt nicht. Ich war das nicht.«

»Du scheinst ein netter Kerl zu sein. Wenn es stimmt, was du sagst, dann sorge ich dafür, dass du ruckzuck wieder draußen bist.«

»Können Sie das?«

»Sobald mein Kollege Pontus die Vernehmung mit dir erledigt hat, werde ich mit dem Staatsanwalt reden. Sollte ich der Meinung sein, dass du unschuldig bist, hole ich dich raus, versprochen.«

»Kriege ich irgendwelche Punkte oder wie das heißt?«

Magnus lächelte. »Nein, es gibt keine Punkte, wie alle glauben. Ich werde persönlich dafür sorgen, dir gute Referenzen zu geben, wenn du welche brauchst.«

»Was?«

»Ja, wir können nach dieser Sache in Kontakt bleiben. Ein bisschen bequatschen, was in der Stadt vor sich geht und so.«

Gerunzelte Stirn. »Soll ich andere verpfeifen?«

»Sieh es nicht als verpfeifen. Stell dir mal vor, jemand beklaut deine Freundin. Und dieser Typ ist an einer krummen Geschichte beteiligt, von der du weißt. Dann ist es doch klüger, mit mir zu reden. Du wärest den Kerl eine Weile los, ohne dass er checkt, dass du dahintersteckst. Oder?«

Schweigen.

Der Junge überlegte vermutlich nach allen Kräften.

Magnus setzte die Bearbeitung fort. »Oder irgendjemand tut etwas, was unter aller Kanone ist. Schlägt eine alte Frau nieder oder so. Wäre es nicht verdammt gut, den Typen dafür dranzukriegen? Ohne selbst Ärger zu bekommen? So was bringt Pluspunkte, wenn du dich bei der Polizeischule bewirbst, musst du wissen. Eigeninitiative und Loyalität. Es geht nicht darum, jemanden zu verpfeifen. Es geht darum, schlau zu sein und seine eigenen Interessen durchzusetzen. Und du bist doch ein kluger Kerl!«

»Ja.«

Magnus sah, dass er gute Arbeit geleistet hatte. Wie immer. Der Junge war reif. »Ich werde dich bald mal anrufen, und wir quatschen ein wenig. Viel Glück jetzt für das Verhör. Erzähl genau, was du an diesem Abend gemacht hast, dann darfst du bald raus.«

»Super.«

»Ich lege meine Visitenkarte zwischen deine Klamotten. Brauchst dich nur zu melden, falls du irgendwelche Fragen hast.«

Magnus schlich aus der Zelle und hoffte, dass der Einsatzleiter ihn nicht sah. Bengan wurde sauer, wenn Magnus seine Häftlinge »beackerte«. Völlig gegen Bengans Prinzipien. Alles sollte den Gesetzesparagrafen entsprechen. Magnus' Prinzipien waren anders. Wollte man in dieser Welt etwas erreichen, musste man gelegentlich auf die Gesetze pfeifen und die Grauzone betreten.

Er ging leise pfeifend davon. Noch einen Informanten gesichert. Und nicht irgendeinen. Sondern Samir Nasimi. Den kleinen Bruder dieses Scheißarabers Adnan Nasimi!

Es war kinderleicht gewesen. Wenige Stunden zuvor war er zur Adresse der Familie Nasimi gefahren und hatte eine Weile im Auto gewartet. Es dauerte nicht lange, bis der kleine Bruder auftauchte. Magnus studierte sein Aussehen, seine Kleidung. Fuhr zurück aufs Revier und wühlte in ein paar Raubfällen, die auf dem Schreibtisch lagen. Fand eine Täterbeschreibung, die wunderbar auf Samir zutraf.

Araber, 16–18 Jahre alt
Ca. 180–185 groß, normaler Körperbau
Große Nase, buschige Augenbrauen
Bekleidet mit schwarzem Kapuzenpullover und blauer Jeans

Magnus hatte den Staatsanwalt angerufen. Innerhalb einer Minute hatte er einen Strafbefehl. Zwei Stunden später hatte er den Schlüssel zu dem verfickten Adnan in der Hand.

»Wie läuft es auf der Arbeit, Magnus? Wieder einen Mord gelöst?« Magnus' Mutter musterte ihn. Ingers Augen schienen bei jeder ihrer Begegnungen ein wenig blasser geworden zu sein.

»Das tun wir jeden Tag, Mutter. Sind das hier alle Rechnungen, die du bekommen hast?« Er blätterte in einem Haufen Briefe, die auf dem Küchentisch lagen.

»Ja, ich lege sie immer dorthin.«

»Gut, ich nehme sie mit nach Hause und erledige das übers Internet.«

»Ja, mach das, ich verstehe nichts davon.«

Magnus öffnete den Kühlschrank. Schloss ihn und öffnete ihn erneut. Stellte fest, dass der Pflegedienst dagewesen war und das Mittagessen gebracht hatte, aber es war kaum angerührt. »Du hast nicht viel gegessen.«

»Nein, ich bin nicht hungrig. Und es schmeckt auch nicht.«

Magnus drehte den Milchkarton und die Marmeladengläser so, dass die Etiketten nach vorn zeigten. Fein säuberlich der Größe nach aufgereiht. Er notierte auf einem Block, was eingekauft werden musste. »Du musst ordentlich essen. Du hast abgenommen in letzter Zeit.«

»Ach, ich leide keine Not. Meistens sitze ich nur hier.«

Magnus blickte zu ihr. Sie hockte auf einem Sprossenstuhl, schaute aus dem Küchenfenster und verfolgte den Alltag der

Nachbarn. Sie wusste vermutlich alles über sie. Zumindest eine kurze Weile lang. »Wir können einen Spaziergang machen, sobald ich aufgeräumt habe. Möchtest du?«

»Aber hast du Zeit?«

»Klar.«

Ein Schimmer von Freude trat in Ingers Augen. Magnus begann aufzuräumen. Dachte, dass es eigentlich Sache des Pflegedienstes sei, lobte diese Leute aber dennoch insgeheim. Er wusste, dass sie nicht alles schaffen konnten. Am Ende ging er in den Flur und hängte die Mäntel in der richtigen Reihenfolge auf, den längsten rechts und den kürzesten links.

»Ich bin fertig.« Er ging zurück in die Küche und half ihr, sich aufzurichten und den Rollator zu nehmen. Ihre Hände zitterten, bevor sie den Griff erreichten.

»Hast du heute Mordfälle gelöst, Magnus?«

»Ja, das tun wir jeden Tag.«

13

Adnan saß wieder in Papa Hosseins Schatz. Der Hyundai war in der vergangenen Woche zu einem zweiten Zuhause geworden. Der Hyundai im Parkhaus der Kista Galleria. Der Hyundai vor der Kista Galleria. Der Hyundai auf Rundkurs um die Kista Galleria. Adnan wollte die Abläufe der Geldtransporte herausfinden. Schien aber unmöglich. Sie tauchten unregelmäßig auf. Er notierte den Körperbau der Wächter. Ihre Arbeit. Ihre Ausrüstung. Waren sie schnell? Stark? Dick? Auf der Hut? Schlampig? Er fragte sich, warum er überhaupt die Geldtransporte auskundschaftete. Mit Miran als Komplizen war die Chance ähnlich groß wie ein Millionengewinn im Lotto. Er brauchte einen Insider. Jemanden, der den unlogischen Fahrplan der Transporter kannte. Fuck! Er war total auf diese Idee fixiert.

Adnan stopfte das letzte Zimthörnchen in den Mund und knüllte das Papier zusammen. Warf es auf den Boden vor dem Beifahrersitz. Dort sah es aus wie in einer Mülltonne, zerknüllte Gummibärchentüten, Safttüten und -flaschen, Sandwichpapiere und McDonald's-Kartons.

Überwachungsaufträge waren nicht optimal für die Figur. Er hatte seit einer Woche nicht trainiert, und sein Magen war von dem ganzen Herumsitzen aufgebläht. Er war ständig gezwungen, die Scheibe herunterzukurbeln, um frische Luft hereinzulassen. Nun war es an der Zeit, richtig in Form zu kommen. Bei einem solchen Unternehmen scherzte man nicht. Die Physis war ebenso wichtig wie für einen Hochleistungssportler.

Er nahm eine Flasche Apfelsaft und schraubte den Verschluss ab. War kurz davor zu trinken, als er seinen Irrtum bemerkte: Die Flasche hatte er als Pissoir benutzt, um seinen Beobachterposten nicht verlassen zu müssen. Er warf sie aus dem Fenster. Bekam ein paar Tropfen auf die Finger ab. Zeit für eine Pause. Er hatte zu lange gearbeitet. Sein Gehirn machte nicht mehr mit.

Er lenkte den Hyundai in Richtung der Wohnung seiner Eltern in Tensta. Seine Mutter hatte ihn ein paar Stunden zuvor angerufen und gebeten, zum Abendessen nach Hause zu kommen. Das Angebot war verlockend nach all dem Junkfood der vergangenen Tage. Im Treppenhaus empfing ihn der vertraute Geruch – die Mischung aus feinem Essen und schäbigem Gebäude. Dabei schlampte der Hausverwalter durchaus nicht bei der Reinigung. Die Jugendlichen von Tensta machten es den Reinigungskräften nur unmöglich, hinterherzukommen. Zigarettenstummel, Kondome, leere Dosen, Urinlachen, klebrige Kaugummis. Trotz des Geruchs war das hier Adnans Zuhause.

Seine Mutter strahlte wie eine Sonne, als er in die Wohnung trat.

»Adnan, mein Schatz.« Sie nahm sein Gesicht in beide Hände. Musterte ihn. Gab ihm einen Kuss. Dann verfinsterte sich die frohe Miene ebenso schnell wieder. »Erkläre mir bitte mal das hier.« Sie reichte ihm einen geöffneten Brief. Die blaue Krone auf dem Kuvert verriet, dass er von den Bullen war. Verdammte Scheiße! Das war der Nachteil, wenn man bei seinen Eltern gemeldet war. Der Vorteil: schwieriger für die Bullen, eine Hausdurchsuchung an seinem tatsächlichen Wohnort durchzuführen. Bei Diar. Natürlich hatten weder Diar noch er ihre Namen auf dem Türschild. Dort stand noch immer Kjellgren, das war der Typ, der Diar die Wohnung untervermietete.

Hossein steckte den Kopf aus der Küche. Er sagte nichts. Sah Adnan nur an. Wartete auf eine Erklärung.

Adnan überflog den Brief. »Das ist nichts Besonderes. Sie haben mich für eine Verkehrskontrolle angehalten.«

»Warum bist du Auto gefahren?« Seine Mutter sah noch finsterer drein.

»Mama, du weißt, dass ich Auto fahren muss. Das geht nicht anders.«

»Was geht nicht anders? Du kannst die U-Bahn nehmen wie alle anderen. Du hast keinen Führerschein. Du darfst nicht Auto fahren.« Sie bedachte ihn mit einem zornigen Mutterblick. »Hörst du, was ich sage?«

»Ja, ja.«

»Wie bist du überhaupt hergekommen?«

»Ich habe doch den Hyundai.«

Hossein war nun auf Adnans Seite. »Er hat Freunde, die ihn fahren.«

»Und warum stehen wir dann hier mit einem Brief von der Polizei? Ich muss mich vor den Nachbarn schämen. Stell dir vor, wenn sie gesehen haben, wie wir die Post bekommen haben.«

»Niemand sieht es, wenn wir die Post bekommen. Ganz ruhig, Mama.«

Hossein legte ihr einen Arm um die Schulter. »Mach dir keine Sorgen.«

»Wie soll ich mir keine Sorgen machen? Wie willst du Diars Wagen zurückbekommen?«

»Das wird schon, Mama. Das wird schon.«

Adnan ging ins Wohnzimmer. Perfekt aufgeräumt wie immer. Seine Mutter war fantastisch. Ertrug nicht das kleinste Staubkorn. Es musste furchtbar anstrengend sein, inmitten all des Rüschen- und Plüschzeugs aufzuräumen. Seine Eltern hatten den Ikeastil nie übernommen. Stattdessen: rustikale verschnörkelte Möbel, kleine Marmorfiguren, Glastische, Perserteppiche. Rüschen-Vorhänge vor den Fenstern. Es musste ewig gedauert haben, sie aufzuhängen. Rüschen-Tischdecken. Rüschen-alles. Er sah seinen kleinen Bruder, der auf dem großen weißen Ledersofa fläzte, den Kopf auf ein Rüschen-Kissen gelegt. Glotzte was mit amerikanischen Cops. Ungewöhnlich.

Samir blickte ihn unter seiner Kappe hervor an. »Hi. Alles klar? Hast du wieder Ärger?«

Adnan überlegte, wie viel er erzählen sollte. Es war schön, vor seinem Bruder manchmal das Herz auszuschütten. Obwohl dieser erst siebzehn war. Aber die Anwesenheit der Eltern ließ das nicht zu.

»Nein, nichts Besonderes. Auch wenn die Bullen ständig hinter mir her sind.«

»Die haben meistens einen guten Grund.«

»Du, ich hab meine Strafe abgesessen. Sie haben kein Recht, mich zu erniedrigen, sobald sie mich sehen. Ich hab so eine verdammte Wut auf diese Hurensöhne.«

»Aber du weißt schon, dass man in Schweden einen Führerschein braucht, wenn man Auto fahren will, oder?«

Dieser Dreikäsehoch versuchte ihn zu belehren. »Das gibt ihnen noch lange nicht das Recht, mich die ganze Zeit anzuhalten.«

»Gib ihnen gar nicht die Möglichkeit dazu. Fahr doch stattdessen mit der U-Bahn.«

Nicht du auch noch! Adnan verzichtete auf eine Antwort.

Samir fuhr fort: »Nur ein Tipp vom zukünftigen Polizisten in der Familie.« Er konzentrierte sich wieder auf den Fernseher.

»Hast du dir diese bekloppten Träumereien noch nicht aus dem Kopf geschlagen?«

»Warum sollte ich? Das wäre doch geil. Ein Verbrecher und ein Polizist in der Familie. Du könntest mein Informant werden.«

»Du hast sie doch nicht mehr alle.« Er schleuderte ein Kissen auf Samir.

»Au!« Samir warf es zu Boden und legte sich wieder zurecht. »Stell dir doch mal vor, du hast eine megasüße Freundin. Dann geht sie mit einem Kerl fremd. In dem Fall könntest du einfach mit mir reden, mir von einem Überfall oder so erzählen, mit dem der Typ was zu tun hat, und dann hole ich ihn mir. Du wärst ihn los und müsstest dir nicht mal die Finger schmutzig machen.« Samir blickte verträumt in die Luft.

Adnan starrte ihn an. Versuchte, Zeichen einer möglichen Haschischpsychose zu erkennen. »Woher hast du denn diesen Müll?« Sein Bruder drehte heute anscheinend komplett am Rad. Auch sonst sparte er nicht mit seltsamen Ideen, aber das hier war echt der Abschuss. Auf Samir ließ er nichts kommen. Er würde alles für ihn tun. Respektierte sogar die Tatsache, dass er auf die feindliche Seite wechseln wollte. Trotzdem würde das eine merkwürdige Situation in der Familie ergeben. War er neidisch? Ein bisschen vielleicht. Er wollte auch Hossein stolz machen. Aber für Adnan war in dieser Hinsicht der Zug schon abgefahren, der perfekte Sohn würde er nie sein, war er auch noch nie gewesen. Er hatte es gemacht wie seine Kumpel. Angefangen wie die meisten: heimlich geraucht und gestohlen. Bald waren Gras und Überfälle an der Reihe. Bevor er überhaupt richtig nachdenken konnte, stand er auf der Nova-Liste und wurde von der jugoslawischen Mafia gejagt. Vielleicht nicht gerade das idyllischste Leben. Aber es war seines, und er wollte um keinen Preis der Welt tauschen. Nur ein paar halbwegs geglückte Augenblicke wären nicht schlecht.

Das Abendessen war reibungslos verlaufen, trotz des schlechten Starts. Das Couscous seiner Mutter war immer ein Erfolg. Er hatte vier Portionen davon gegessen. Sein Bruder fünf. Sie wetteiferten immer, aber diesmal hatte Adnan es nicht darauf angelegt. Der Taillenumfang war wichtiger als das Prestige.

Adnan hatte erfahren, dass die Polizei Samir verhaftet hatte, aber dass es ein Irrtum gewesen war. Die Bullen waren sogar in die Wohnung gekommen und hatten im Zimmer seines Bruders herumgestöbert. Ihre Eltern waren vollkommen verstört gewesen, bis sich alles als Irrtum herausgestellt hatte. Sie waren noch immer aufgewühlt. Samir hingegen schien das Ganze nicht sehr mitgenommen zu haben. Er wirkte eher froh, einmal mit seinem Traumjob in Berührung gekommen zu sein. Bei seinem Bruder war wirklich eine Schraube locker.

Als Adnan in den Hyundai stieg, schaute er sich sorgfältig um. Würden Milorads Leute aus dem Gebüsch springen? Die Frist war schon seit über einer Woche abgelaufen. In der Stadt kursierten Gerüchte. Einer, der einen kannte, der einen kannte, hatte gehört, dass ein Jugo nach Adnan Nasimi gefragt hatte. Er war froh, Diars Wohnung zu haben. Von der wussten nicht viele. Aber die ständige Anspannung machte ihn fertig. Die Energie floss aus ihm heraus. Der Einzige, der ihm helfen konnte, war Vincent. Warum rief die Schwuchtel nicht an?

Das Problem mit Diars Benz nagte auch an Adnan, obwohl es nicht so drängend war wie die Jugoproblematik. Er hatte während seiner Zeit auf dem Beobachtungsposten viel nachgedacht. Wenn der Benz ihm zugeordnet würde, wäre der Wagen futsch. Damit dies nicht geschah, könnte er eingestehen, ihn ohne Erlaubnis genommen zu haben. Der Nachteil war, dass er dann wieder eine Gefängnisstrafe riskierte. Außerdem verlor Diar die Karre vielleicht trotzdem. Wie Adnan die Problematik auch drehte und wendete: 1 + 1 = 3. Bald hatte er

Schulden bei den Jugoschweinen und einem verdammt wütenden Diar. Er war geliefert.

Adnan fuhr nach Hause in sein geheimes Nest. Eigentlich hätte er mit seiner Beobachtermission fortfahren sollen, aber er war müde. Hatte in letzter Zeit hart geschuftet. Brauchte einen Kollegen, mit dem er sich die Arbeit teilen konnte. Und jetzt, wo seine Pläne langsam konkretere Formen annahmen, erschien Miran noch mehr als Fehlbesetzung. Er würde vermutlich die falsche Galleria auskundschaften. Es war eine Ewigkeit her, seit er mit dem Junkie geredet hatte. War vielleicht mal an der Zeit, den Allgemeinzustand des Jungen zu überprüfen.

14

Amanda stand vor dem Spiegel und bemalte sich die Wimpern mit Mascara. Lachte über sich selbst, als sie ihre konzentrierte Miene sah. Angespannter offener Mund. Aufgesperrte Augen. Volle Aufmerksamkeit, damit es keine Klumpen gab oder nichts daneben landete. Die Mascara war Amandas liebster Freund in der Schminktasche. Spielte keine Rolle, ob sie nur kurz in den Waschkeller gehen wollte. Es musste ran, sonst fühlte sie sich nackt.

Es war bald drei Uhr nachmittags. Sie hatte in der Nacht gearbeitet und wanderte herum wie ein Zombie. Die Nachtschichten zehrten an ihr. Deutlich schlimmer, als sie es sich je hätte vorstellen können. Wie hielten das bloß ihre älteren Kollegen aus, die schon viel länger Schicht arbeiteten?

Um sechs würde sie Vicky in Kungsholmen treffen. Sie hatten sich den ganzen Sommer über nicht gesehen. Vicky hatte zwei Monate lang als Aushilfe auf Gotland gearbeitet, damit die Kollegen dort auch Urlaub nehmen konnten. Amanda war neugierig, wie es ihrer Freundin ergangen war.

Sie nahm die U-Bahn in Richtung Stadtmitte. Die blaue Linie – tief unter der Erde. Sie war früh dran. Es war Zeit, sich mal mit Jensine zu unterhalten, Sannas Freundin und Friseurkollegin. Sie hatten im selben Salon gearbeitet. Sanna hatte oft von ihr gesprochen, wenn sie Amanda erzählte, was für spannende Dinge sie in Stockholm tat.

Das erste und einzige Mal, dass Amanda sie bislang getroffen hatte, war Sannas Beerdigung gewesen. Jensine war verzweifelt gewesen und hatte Sturzbäche geweint. Während der Trauerfeier hatte Amanda sich neben sie gesetzt, um ein wenig mehr über Sannas Großstadtleben zu erfahren. Jensine hatte ihr erzählt, wie sie sich im Salon kennengelernt hatten. Dass sie viel zusammen weggegangen waren und gefeiert hatten. Beide waren ja Single. Sie konnte nicht verstehen, warum das passiert war. Sanna sei doch eine so fröhliche Person gewesen.

Amanda hatte ihr gegenüber infrage gestellt, ob Sanna wirklich Single gewesen war. Wer war denn dieser Adnan?

Jensine hatte eine Weile nichts gesagt. Dann aber erzählt, dass Sanna in der Tat mal mit einem Adnan ausgegangen war. Aber das war nie richtig etwas Ernstes geworden. Sanna war jedoch sehr in ihn verliebt gewesen.

Warum war Adnan nicht zur Beerdigung gekommen?

Jensine hatte keine Ahnung.

Wie hieß er weiter?

Nasimi. Jensine hatte ein wenig zu lange gezögert, bevor sie es sagte.

Amanda hatte sich damals mit den mageren Informationen zufriedengegeben. Hatte gemerkt, dass Jensine nicht bereit war zu reden. Die Umstände waren ja nicht gerade optimal.

Auf Adnans Namen war Amanda im Tagebuch ihrer Schwester gestoßen, er tauchte sehr oft auf. Sanna hatte nur »Adnan« geschrieben, oder »A«. Manchmal »Liebling«. Und was Jensine gesagt hatte, schien zu stimmen, es war nie etwas Ernstes geworden. Sanna hatte Adnan ihr selbst gegenüber nie erwähnt. Warum?

Amandas einzige Spur zu »Adnan«, »A«, »Liebling« war seine Telefonnummer, die Amanda an jenem Tag in Sannas Handy gefunden hatte. Er war der Letzte gewesen, den Sanna angerufen hatte. Die Nummer gehörte zu einer Prepaidkarte und war nicht zurückzuverfolgen.

Adnan Nasimi. Adnan Liebling Nasimi.

Der Kerl, der es nicht ernst meinte.

Der nicht zur Beerdigung seiner Wenn-es-mal-passte-Freundin kam.

Zur Beerdigung von Amandas toller, geliebter Schwester.

Zorn.

Amanda stieg an der Station Rådhuset aus der U-Bahn und ging in Richtung Fridhemsgatan. Hoffentlich würden vier Jahre Abstand die Auskunftsfreude erhöhen. Der Friseursalon lag an der Kreuzung Fleminggatan/Scheelegatan. Amanda hoffte, dass Jensine noch dort arbeitete. Als sie den Laden betrat, bimmelte ein Glöckchen über der Tür. Es roch nach Dauerwellmittel. Jensine stand im hinteren Ende des Raumes. Sie drehte Lockenwickler in das Haar einer älteren Dame.

Das Mädchen an der Kasse lächelte übertrieben fröhlich. »Hallo, kann ich Ihnen helfen?«

»Ja, ich würde gern einen Termin bei Jensine vereinbaren.«

»Ich sehe mal, wann sie etwas freihat.« Sie blätterte in einem großen Kalender.

»Am besten rede ich mit ihr selbst. Sie nimmt sich nämlich oft extra Zeit für mich.«

»Ach so. Na klar.« Das Mädchen ging nach hinten zu Jensine. Redete mit ihr. Jensine blickte auf. Lächelte erst. Dann schien sie sich zu erinnern. Das Lächeln wirkte auf einmal künstlich. Sie legte die Schale beiseite und kam zu Amanda herüber.

»Mensch, hallo. Du bist doch Sannas Schwester, oder?«

»Stimmt.«

»Wohnst du jetzt in Stockholm?«

»Ja.« Amanda nickte und musterte Jensine. Merkte, dass diese von dem etwas zu langen Schweigen verunsichert wurde.

»Und du willst einen Termin vereinbaren?«

»Nein. Ich dachte, dass wir uns kurz unterhalten könnten. Am liebsten jetzt.«

Zögern. »Ich mache die Dauerwelle fertig. Wir können reden, während die Dame unter der Wärmehaube sitzt. Du kannst solange da drüben warten.« Sie deutete auf eine Gruppe rosafarbener Rokoko-Sessel. Über ihnen hing ein kitschiger Kristallleuchter.

»Super.«

»Hm, aber ich habe nicht lange Zeit. Gleich kommt eine neue Kundin.«

Amanda nickte. Setzte sich und blätterte im Zeitschriftenstapel. Sie wählte eine der Friseurzeitschriften. Liebte es, darin zu blättern. Zu schauen, was in dieser Saison modern war. Etwas zu finden, das sie sich selbst vorstellen konnte. Sie war immer auf Veränderungen aus. Aber dann blieb sie doch wieder bei einer blonden, langen Frisur, in Stufen geschnitten.

Sie blickte von der Zeitschrift auf und beobachtete Jensine. Diese schien ein Mädchen zu sein, das Neues auszuprobieren wagte. Als sie sich das letzte Mal gesehen hatten, hatte sie ihr Haar halblang in einem Pagenschnitt getragen. Inzwischen hatte sie es lang wachsen lassen, es fehlten nur noch zehn Zentimeter bis zur Taille. Blond mit einem hellroten Stich. Der Pony hing ihr in die Augen. Sie sah modisch aus. Trendy. Aber das war wohl bei den meisten Friseuren so.

Eine Viertelstunde später war die Kundin unter der Wärmehaube und Amanda und Jensine saßen im Personalraum, der nicht mehr als eine Küchennische mit einem an der Wand befestigten Klapptisch war. Es hatten nicht mehr als zwei Personen Platz. Die Mieten in Kungsholmen waren sicher schweineteuer. Jensine hatte ihnen Kaffee gemacht.

»Nun. Ich nehme an, du willst ein bisschen über Sanna sprechen.«

»Ja, es gibt zu viele Fragezeichen. Du weißt ja selbst, wie lebensfroh sie war. Es ist schwer, einen Strich unter die Geschichte zu machen, solange ich nicht verstehe, wieso sie es getan hat. Darüber zerbreche ich mir ständig den Kopf. Das Warum.«

»Ich verstehe das. Ich war auch schockiert. Wir haben uns ja im Prinzip jeden Tag gesehen. Und ich habe nichts gemerkt.«

»Gar nichts?«

»Nein, ich hatte keine Ahnung, dass es ihr so schlecht ging.«

»Ging es ihr schlecht?«

»Ja, muss es wohl, wenn sie sich … ja, du weißt.«

»Ich hatte schon den Eindruck, dass bei ihr am Ende nicht alles so war, wie es sein sollte. Sie wirkte irgendwie unglücklich. Nervös. Komisch, dass du nichts gemerkt hast, wo du sie doch jeden Tag gesehen hast.«

»Ja, sie war vermutlich ein bisschen down wegen diesem Typen. Aber deswegen hätte sie sich doch nicht das Leben genommen. Jeder hat doch mal Liebeskummer, und das geht vorbei. Oder?«

»Stimmt. Und ich bin überzeugt, dass sie sich nicht wegen irgendeinem Kerl umgebracht hat. Sanna war nicht so dumm. Sie stand mit beiden Beinen auf dem Boden.«

»Hm.«

»Mich würde auch interessieren, warum Sanna mit Drogen angefangen hat.«

Jensine saß da wie gelähmt.

»Erzähl mir bloß nicht, dass du keine Ahnung hattest. Ihr wart ja ständig zusammen. Hast du sie in die Scheiße hineingezogen?«

Die Bombe funktionierte.

»Ich? Ganz sicher nicht.«

»Wer dann? Habt ihr auf Partys Drogen genommen?«

Schweigen.

Amanda bohrte weiter: »Ich will es nur wissen. Ich gebe dir keine Schuld, wenn ihr beide ab und zu was genommen habt. Sanna war ja erwachsen. Es war ihre Entscheidung. Ich will es nur wissen.«

»Es kam schon mal vor, dass wir ein bisschen Schnee genommen haben, wenn wir auf der Piste waren. Aber nicht mehr als das.«

»Schnee?« Amanda stellte sich naiv.

»Ja, Kokain halt.«

»Und was ist mit dem Typen, diesem Adnan?«

»Was soll mit ihm sein?«

»Hat er Drogen genommen? Hatte er einen schlechten Einfluss auf sie?«

»Soweit ich weiß, nicht. Ich hab ihn aber nur ein paarmal gesehen, wenn wir aus waren.«

»Aber du kanntest immerhin seinen Nachnamen.«

»Das ist nicht verwunderlich. Sanna konnte an nichts anderes denken. Sie redete ständig von ihm.«

Amanda beugte sich zu Jensine. »Du, ich weiß, dass Adnan Nasimi mit Drogen zu tun hatte. Und das nicht nur für den Eigengebrauch.« Amanda ließ die Worte kurz wirken. »Ich weiß nicht, warum du mich anlügst. Aber ich merke, dass du diesen Adnan schützt, und ich werde herausfinden, was passiert ist. Ich hoffe sehr, dass du nicht in der ganzen Sache drinsteckst.«

Jensine war einen Tick blasser geworden. Der Kontrast der Hautfarbe zum roten Haar wurde noch deutlicher. »Woher weißt du das alles über Adnan?«

»Ich habe natürlich auch mit anderen Leuten gesprochen. Aber ich will mehr von dir erfahren. Du warst ja ihre beste Freundin. Warum kannst du mir gegenüber nicht ehrlich sein?«

»Das verstehst du nicht.«

»Vielleicht nicht. Aber es weiß doch niemand, dass wir hier sitzen und uns unterhalten. Was soll schon passieren?«

»Alles! Alles könnte passieren!«

»Was denn zum Beispiel?«

Jensine nahm einen Schluck von ihrem Kaffee. Ihre Hände zitterten. »Alles hat angefangen, als sie Adnan kennengelernt hat.«

»Erzähl weiter.«

»Sie war Hals über Kopf verliebt. Tat alles für ihn. Er dagegen benahm sich total grob. Tauchte nicht auf, wenn sie verabredet waren, und so weiter. Kann mir vorstellen, dass sie nicht die Einzige war, um es mal so zu sagen.«

»Und was war mit den Drogen?«

»Damals fing sie an. Adnan hatte immer was dabei, und ich hab es auch ausprobiert. Aber Sanna kam davon nicht mehr los. Brauchte immer was. Ich konnte ab und zu etwas nehmen, um Spaß zu haben. Schließlich vernachlässigte sie die Arbeit. Die Kunden beklagten sich, und manchmal tauchte sie überhaupt nicht auf. Das klappte nicht.«

»Vorhin meintest du noch, du hättest nichts gemerkt, und jetzt sagst du, dass sie nicht einmal mehr ihre Arbeit ordentlich machen konnte. Warum hast du das nicht gleich gesagt?«

»Ich wollte halt nicht wie der letzte Junkie dastehen. Ich hab mit dem Mist aufgehört.« Jensine erhob sich. »Du, ich muss jetzt weitermachen. Wühle nicht zu viel in diesen alten Geschichten. Das wird dich nicht glücklicher machen.« Sie verließ die kleine Küchennische und ging wieder hinaus in den Salon.

Amanda hatte nicht so viel herausgebracht, wie sie gehofft hatte. Aber was sie seit Sannas Tod geahnt hatte, war bestätigt. Ihr war von Anfang an klar gewesen, dass Adnan kein Musterschwiegersohn war. Dass die Drogen von ihm stammten, hatte sie damals nur raten können. Erst als sie Polizeianwärterin geworden war und Zugang zur Datenbank bekommen hatte, konnte sie genau nachverfolgen, was er trieb. Sein Strafregister war so lang wie eine halbe Magisterarbeit. Die Liste der Taten, derer er verdächtigt wurde, ebenso. Codiert als »Adnan«, »A«, »Liebling« stand da GEFÄHRLICH: WAFFEN, GEWALT, KAMPFSPORTLER. Die meisten Einträge betrafen Drogen, Überfälle und Verkehrsvergehen, aber es gab noch reichlich weiteren Stoff. Amanda hatte auch gesehen, dass er wegen Drogenhandels anderthalb Jahre abzusitzen hatte. Enttäuscht hatte sie festgestellt, dass sie ihren Plan aufschieben musste. In der Zwischenzeit hatte sie umso intensiver den schleimigen Kommissar Magnus Blomberg bearbeitet. Kein Traumszenario, aber was blieb ihr anderes übrig. Musste ihn sich schließlich warmhalten, bis Adnan wieder in Freiheit war. Amanda hatte ständig ein Auge auf Adnans Gefängnisaufenthalt gehabt. Wusste, wann er Ausgang hatte. Wusste, als er freigelassen wurde. Ließ ihm einen Monat Zeit, bis sie einen Vorstoß unternahm. Sie hatte ihn eine Weile beobachtet. Wusste, wo er wohnte, wo er trainierte, wo er einkaufte. Welche Mädchen er getroffen hatte, welche Autos er fuhr. An der Kühltheke im Supermarkt hatte sie letztlich zugeschlagen.

Die Operation Adnan hatte begonnen.

Vicky war bereits da. Sie saß auf der Terrasse und las Zeitung, als Amanda ihr auf die Schulter tippte.

»Hi, meine Schöne! Ist lange her.«

Vicky fuhr auf und umarmte sie stürmisch. »Ja, aber jetzt bin ich wieder zurück auf dem Festland.«

»Bestellen wir sofort? Danach kannst du erzählen. Ich bin furchtbar hungrig.«

»Klar. Ich kann reingehen und du passt auf unsere Plätze auf. Das Übliche, oder?« Vicky ging los.

»Jepp, wieso was Neues ausprobieren?«, rief Amanda ihr nach.

Es war schön, Vicky wiederzusehen. Sie war ganz die Alte. Wie immer hochmodisch gekleidet, lackierte Fingernägel und tadellos geschminkt. Sie hatten sich in Amandas Anwärterzeit kennengelernt, in der sie ein paar Monate in Vickys Zug verbracht hatte. Sie trafen sich regelmäßig, um den neuesten Klatsch durchzutratschen.

Amanda bewunderte die Aussicht. Hier war es immer herrlich. Das Restaurant lag ganz oben auf den Fredhällsfelsen mit Aussicht aufs Wasser, und in der Ferne sah man die Tranebergsbron. Die Sonne wärmte noch angenehm, obwohl der Abend schon angebrochen war.

Sie blätterte in der Zeitung. Überflog die Überschriften und musterte zugleich die Leute im Restaurant. Manche sahen aus, als seien sie direkt vom Strand gekommen. Sie hatten nur ein Kleid oder Shorts über die Badesachen gezogen. Andere trugen Anzug, vermutlich kamen sie von der Arbeit. Einige wollten scheinbar danach noch in die Stadt. Feine Klamotten, Frisur und Make-up saßen.

Amandas Blick blieb an einer Überschrift haften. *Pavian gestohlen.* Sie zuckte zusammen. Las weiter.

In der Nacht zum Freitag wurde ein Pavian aus dem Tierpark Kolmården entwendet.

Tierpfleger Björn Lindqvist ist bestürzt: »Ich kann mir nicht vorstellen, weshalb jemand einen Pavian stehlen sollte. Ich hatte Julia seit neun Jahren. Sie ist wie ein Familienmitglied für mich.«

Die Polizei äußert sich bislang nur sehr zurückhaltend. »Wir haben zurzeit noch keinen Verdächtigen, aber es muss sich um mehrere Täter handeln, die sich gut mit diesen Tieren auskennen«, sagte Jens Pilgrim, Sprecher der Polizei von Norrköping.

Ein Gedanke tauchte auf. Amanda drängte ihn beiseite. Unmöglich. Aber er kam zurück. War es nur Zufall? Sie las erneut die Überschrift.

Sanna hatte etwas von einem Affen gesagt, der ihr leidtat. Amanda hatte dies als zusammenhangloses Gerede eingestuft. Später war die Erwähnung des Affen von der Vergewaltigung in den Hintergrund gedrängt worden.

Pavian gestohlen. Amanda konnte nicht aufhören, auf die Buchstaben zu starren.

Sanna hatte mit Bleistift einen Affenkopf in ihr Tagebuch gezeichnet. Irgendwo am Schluss. Warum hatte Amanda nicht eher daran gedacht? Gab es einen Zusammenhang? Unwahrscheinlich. Sanna war vor vier Jahren gestorben.

»Endlich. Eine ewig lange Schlange. Und die Mädels an der Kasse sind bestimmt nur Sommervertretungen.« Vicky kam zurück mit zwei Tellern Focaccia mit Schinken, Mozzarella, Rucola und Dijon-Senf. »Ich hab uns auch zwei Gläser Rosé mitgenommen.«

»Perfekt. Jetzt erzähl von Gotland. Das muss toll gewesen sein.«

»Ja, kann man wirklich sagen. Ich hab die ganze Zeit gearbeitet, aber es hat sich trotzdem wie Urlaub angefühlt. Visby ist ja eine so lauschige Stadt. Und ein paar Freunde kamen zwischendurch zu Besuch, du hättest auch rüberkommen sollen.«

»Das wäre super gewesen, aber ich hatte hier voll zu tun. Hab den ganzen Sommer durchgearbeitet.«

»Amanda, du hältst doch mit was hinterm Berg. Hast du jemanden kennengelernt?«

»Keine Zeit für so was.« Amanda hatte nicht vor, von Adnan oder Magnus zu erzählen. Und eigentlich log sie damit ja auch nicht. Die beiden waren kaum richtige Liebhaber. Eher Aufträge. »Aber du hast doch einen Kollegen kennengelernt, meintest du. Kam er nicht sogar aus dem höheren Dienst?«

»Ja, aber das ist schon vorbei.« Vicky sah düster drein.

»Was ist passiert?«

»Um es kurz zu machen: Wir haben uns im Munken kennengelernt, als ich mit einer Freundin dort war. Sie kannte Niklas von früher, deshalb kamen wir ins Gespräch. Dann fingen wir an, uns regelmäßig zu sehen. Problem war nur, dass er noch verheiratet war.«

»Ein ganz kleines Detail ... So ein Schwein!«

»Du sagst es. Er hat immer wieder behauptet, dass sie sich schon lange getrennt hatten. Sie hatten nur noch nicht die Scheidung eingereicht.«

»Na logisch.« Amanda verdrehte die Augen.

»Hm, ich weiß, was du denkst. So im Nachhinein ist es ja leicht zu erkennen. Aber am Anfang glaubte ich ihm echt. Wir trafen uns mehr oder weniger jeden Tag und übernachteten bei ihm oder mir. Wir fingen sogar an, für die Zeit nach Visby zu planen. Er hat dort ja nur eine vorübergehende Stelle, deshalb sprach er davon, dass er so bald wie möglich versuchen würde, etwas Ähnliches in Stockholm zu finden.«

»Stammt er von Gotland?«

»Nein, aus Stockholm. Er hatte den Posten auf Gotland nur angenommen, um Karriere zu machen und Erfahrung als Polizeirat zu sammeln.«

»Wie alt? Polizeirat klingt alt!«

»Dreiundvierzig. Elf Jahre Altersunterschied.«

»Ein alter Typ.« Amanda lachte. »Du bist so jung und hübsch, du kannst dir die Kerle doch aussuchen.«

»Stimmt. Ich bereue es ja auch wirklich, meine Energie für diesen Trottel verschwendet zu haben.« Vicky sah ein wenig munterer aus. Vermutlich tat es ihr gut, darüber zu reden.

»Du kannst froh sein, dass du diese Dumpfbacke los bist.«

»Da hast du recht. Darauf stoßen wir an!« Vicky hob ihr Glas.

»Prost!«

Sie füllten ihre Weingläser im Laufe des Abends noch viermal nach, und Vicky verriet noch intimere Dinge über sich und den Polizeirat. Allzu niedergeschlagen schien sie nicht zu sein. Amanda musste sich zusammenreißen, um den Geschichten ihrer Freundin zu folgen. Was aber nicht am Wein lag. Es war die Zeitungsnotiz, die ihr nicht aus dem Kopf ging.

15

Magnus saß an seinem Schreibtisch auf dem Polizeirevier und aß Schokolade, Marabou 200 Gramm. Der Süßigkeitenverkauf im Personalraum war lebensgefährlich. Sollte verboten werden. Er war allein im Büro, die anderen Stühle standen leer. Es sah aus, als wäre ein Tornado durch den Raum gefegt. Papiere lagen kunterbunt durcheinander, Aktenordner, die in den Regalen keinen Platz mehr hatten, standen auf dem Boden. Aber Magnus war klar, dass seine Leute in all diesem Chaos wussten, wo sich ihre Sachen befanden. Seine Philosophie: Wenn man hart arbeitete, hinterließ das Spuren. Das galt auch für Kollegen, die wegen übermäßiger Gewalt, Misshandlung oder Ähnlichem angeklagt wurden. Sie hatten verstanden, was es hieß, Polizist zu sein. Die Übrigen, die nie angezeigt wurden, gaben ihren Dienstausweis besser wieder zurück.

Magnus' Männer waren drüben im Arrest und bearbeiteten drei Ganoven. Es bestand die Gefahr, dass sie Überstunden machen würden. Aber sie mussten heute Abend allein zurechtkommen, er hatte andere Pläne. Als offizielles Dienstende hatte er Pia drei Uhr genannt. In Wirklichkeit war er um dreiundzwanzig Uhr fertig. Dazwischen: Zeit für eigene Unternehmungen in der Stadt.

Er hatte vorher noch zwei wichtige Dinge zu erledigen und fing mit Samir Nasimi an. Holte sein Telefon hervor und tippte die Nummer ein.

»Hallo.«

»Hallo, ist dort Samir?«

»Wer ist dran?«

»Hier ist Magnus. Du weißt schon, wir haben uns neulich unterhalten. Im Arrest.«

»Ah.«

»Kannst du reden?«

»Einen Moment.«

Perfekt. Wenn er warten sollte, dann hatte der Junge geschnallt, dass das Gespräch außerhalb der Hörweite neugieriger Ohren stattfinden sollte.

Samirs Stimme kam zurück. »Hallo?«

»Ich bin da.«

»Sie können nicht einfach irgendwann anrufen. Ich bin meistens mit Kumpels zusammen. Das kann fett schiefgehen.«

»Tut mir leid. Ist sonst alles klar?«

»Alles bestens. Warum fragen Sie?«

»Wollte nur mal hören. Immerhin haben wir dich zu Unrecht beschuldigt. Ist doch das Mindeste, was ich machen kann, oder?«

»Ich sollte eigentlich Schmerzensgeld kriegen.«

»Tja, leider funktioniert das nicht so. Aber das Gute ist, dass du in Zukunft verdammt gute Referenzen für die Polizeischule kriegen kannst. Das sollte doch ein paar Stunden in Haft wert sein.«

»Das müssen wir noch sehen.«

»Ja, das werden wir. Alles hängt von dir ab. Wenn du mir hilfst, helfe ich dir. Es ist eine Frage des Vertrauens. Ich muss spüren, dass ich mich auf dich verlassen kann. Und du musst spüren, dass du dich auf mich verlassen kannst. Wenn du mir ein paar kleine Tipps gibst und sie stimmen, dann wird mein Vertrauen in dich wachsen. Und du wirst merken, dass alles unter uns bleibt. Ich halte immer dicht. Du bist viel zu wertvoll für mich. Ohne Leute wie dich wüssten wir gar nichts. Und solltest du irgendwann mitbekommen, dass etwas Größeres geplant ist, gibt es vielleicht auch ein bisschen was für dich zu verdienen.«

»Würden Sie mich bezahlen?«

»Ja, wenn es sich um einen heißen Tipp handelt. Dann springt auch was für dich raus.«

»Oh Mann.«

Magnus hörte, dass ihm der Junge endgültig ins Netz gegangen war. Sie waren alle gleich. Wenn sie herausfanden, dass sie Kohle bekommen konnten, verschwand der Zweifel in der Stimme.

»Wie soll ich das denn machen? Einfach anrufen, wenn ich etwas erfahre?«

»Du meldest dich, so schnell du kannst. Ich bin immer erreichbar. Und speichere meine Nummer unter Maria oder so ab, um sicherzugehen.«

»Und was ist mit der Kohle?«

»Das sehen wir noch. Du musst erst einmal zeigen, was du draufhast. Gib mir ein paar gute Hinweise, und du wirst merken, dass du ein hübsches Sümmchen dazuverdienen kannst. Du, ich muss jetzt was anderes erledigen, wir sprechen uns. Ruf mich an, sobald was passiert.«

Magnus legte auf. Dann stand er auf und schrie aus vollem Hals: »YEEESSS!!!« So erregt, als hätte Djurgården gegen den AIK ein Tor erzielt. Er holte das Passfoto von Adnan fucking Nasimi hervor, das er auf einem DIN-A4-Blatt ausgedruckt hatte. Nahm einen Bleistift und malte die Nase breiter. Hakenförmiger. Füllte die Augenbrauen, bis sie ineinander verwachsen waren. Jetzt war es nur noch eine Frage der Zeit, bis der Fickaraber wieder hinter Schloss und Riegel saß. Aber das Beste von allem: Amanda würde eine ordentliche Überraschung erleben, und ihre Karriere würde einen kräftigen Dämpfer erhalten. Für Sex mit Ganoven gab es keine Verdienstorden.

Eine Aufgabe blieb noch, bevor er gehen konnte. Er stopfte sich den letzten Rest Schokolade in den Mund und marschierte zu dem Schreibtisch seines Kollegen Sandén. Dieser befand sich im selben Stockwerk, aber am anderen Ende des Gebäudes. Er wusste, dass Sandén an einem Fall arbeitete, bei dem fünf somalische Teenagerinnen mehreren alten Frauen die Handtaschen geraubt hatten. Heißer Stoff für die Boulevardblätter. Sein Journalistenfreund hatte ihn vor ein paar Stunden angerufen, er brauchte etwas Saftiges. Und Magnus musste seinen Monatslohn ein wenig aufrunden. Die Behörde sollte sich verdammt noch mal an die eigene Nase langen, wenn sie lieber Neulinge bevorzugte, anstatt jene anständig zu entlohnen, die den ganzen Laden am Laufen hielten. Was er auf dem Lohnzettel hatte, war ein einziger Hohn. Die Beförderung deckte nicht einmal die Inflation.

Er fand den Fall ganz oben auf Sandéns Tisch. Nahm den Ordner und ging in das Stockwerk darüber. Hier werkelten die Drogenfahnder. Er wollte nicht riskieren, dass irgendein Papier in der Kopiermaschine auf seinem Stockwerk steckenblieb. Er holte die wichtigsten Informationen hervor. Ganz hinten im Ordner befanden sich die Fotos der verdächtigen somalischen Mädchen. Sollte er die auch mitschicken? Er entschied sich dafür. Diese erbärmlichen Bräute, die ihre Schleier als Maske verwendeten, konnten den Wölfen zum Fraß vorgeworfen werden.

Er war wie geplant von der Arbeit losgekommen und mit dem Wagen in die Stadt gefahren. Hatte in der Olof Palmes Gata geparkt. Lief zu Fuß zur Adolf Fredriks Kyrkogata. Kein angenehmer Ort zu Nachtzeiten: Zwei fein herausgeputzte Typen pinkelten in ein Gebüsch. Ein paar Mädchen in aberwitzig kurzen Röcken tranken den letzten Rest aus einem Flachmann.

Konnten es sich wohl nicht leisten, in den Bars vorzufeiern. Ein übergewichtiger Mann lag halb bewusstlos auf einer Parkbank.

Die Warteschlange vor dem Paradis war gigantisch. Sogar die Schlange der VIPs war unglaublich lang. Er ging zum Türsteher vor und wurde sofort hineingelassen. Sah die erstaunten Blicke der Wartenden. Blicke, die fragten: Wer zum Henker ist das? Fühlte sich auf einmal wie ein Schauspieler. Wie Ola Rapace. Streckte den Rücken durch und ging zurück zu einer blonden Barbie, die schon ziemlich lange zu warten schien.

»Hallo, meine Hübsche. Willst du mit rein?«

Magnus nahm sie beim Arm und nickte dem Türsteher zu, der sie sogleich durchließ.

»Shit. Wie ging denn das jetzt? Ich stehe hier seit fast einer Stunde.« Das Mädchen war überglücklich.

»Gut, dass ich aufgetaucht bin. Komm, ich lade dich auf einen Drink ein, meine Schöne.«

Sie gingen durch große Glastüren und wurden von poppiger Diskomusik empfangen. Magnus wurde vom Rhythmus gepackt. Riesige Scheinwerfer befeuerten die tanzenden Menschen mit wechselnden Farben.

Sie orientierten sich in Richtung Bar. Magnus winkte. Der Barkeeper erkannte ihn und kam sofort. »Ja, bitte?«

»Ein Bier und für die Dame einen Orgasmus.«

Sie kicherte. Magnus begutachtete sie von oben bis unten. Ließ sie seine Blicke spüren. Stellte fest: kurviger Körper, nettes Lächeln, geile Augen. Bestimmt zwanzig Jahre jünger als er. Sein Organ wuchs. Er machte einen Schritt näher und legte ihr den Arm um die Hüfte. »Und wie heißt so eine Schönheit wie du?«

»Olivia.«

»Hallo Olivia. Ich heiße Magnus.« Er strich ihr über den Rücken. »Bist du allein hier?«

»Nein, meine Freunde sind noch draußen in der Schlange.«

»Dann hast du mich ihnen vorgezogen?«

»Ja, das war vielleicht nicht so nett.« Kichern.

Er schob seine Hand unter ihr Top und fühlte die warme Haut ihres Rückens. Sein Organ pochte inzwischen heftig.

Der Barkeeper kam mit dem Bier und dem Cocktail.

Magnus nahm den Drink und gab ihn der kurvigen Olivia. »Bitte schön, die Dame. Dein erster Orgasmus heute Abend.« Er lachte laut über seinen eigenen Witz.

Sie kicherte. »Danke, danke.«

Sie standen eine Weile da. Magnus trank sein Bier, und Olivia saugte ihr Getränk in sich hinein. Er beobachtete, wie sich ihre Lippen um den Strohhalm schlossen. Zum Irrewerden!

Er kam ohne Umschweife zur Sache: »Du, ich finde, du siehst umwerfend aus. Warst du schon mal im VIP-Raum?«

»Nein.«

»Hinter dem VIP-Raum gibt es noch ein Zimmer. Sogar mit Dancefloor. Und abgetrennten Kabinen, in denen man ganz unter sich ist …« Magnus zwinkerte ihr zu.

Hysterisches Kichern. »Warum nicht. Ich muss mich vorher nur kurz mal frisch machen. Wenn du verstehst, was ich meine.« Olivia zwinkerte zurück.

Nun pulsierte Magnus' Organ heftiger als die Musik. Er starrte auf ihren üppigen Hintern, als sie durch die Menge tanzender Menschen davonstöckelte.

Nach zehn Minuten ging ihm ein Licht auf. Total erniedrigt, weil er auf den einfachen Trick hereingefallen war. Sein Selbstvertrauen sank wie die *Estonia*. Wut überkam ihn, weil sie vermutlich irgendwo auf der Tanzfläche stand und ihn auslachte. Ihren Freunden davon erzählte. Diese Hure konnte ihn mal!

Er steuerte stattdessen allein auf den VIP-Raum zu. Bereute, dass er nicht wie geplant sofort dorthin gegangen war. Warum vergeudete er seine Zeit mit kichernden Tussis?

Der Türsteher ließ ihn mit einem Nicken durch. Sagte etwas in sein Headset. Auf der anderen Seite: ruhigere R-'n'-B-Töne. Nicht viel los, es war noch zu früh. Die Berühmtheiten hatten sich noch nicht ins nächtliche Getümmel gestürzt und die Masse von Möchtegernpromis mitgeschleppt, die alles tun würden, um Zutritt zu diesem magischen Raum zu kriegen.

Magnus stapfte weiter zu einem anderen Türsteher, der seine Tür wortlos für Magnus öffnete. War vermutlich vorgewarnt worden, dass sich ein Ehrengast näherte. Hier kamen nicht einmal die Berühmtheiten rein. Magnus hingegen: Hatte sich einen Freifahrtschein gesichert, der für immer galt.

Der R'n' B ging über zu Reggae. Magnus liebte diesen schunkelnden Rhythmus. Hier war die Einrichtung anders als draußen. Moderne Loungegruppen aus schwarzem Kunstleder und stilechte Polster oder Inseln aus dreieckigen Kissen zum Drauflegen. Typisch Thai. Er blickte zu der kleinen Tanzfläche. Zählte fünf Mädchen. Zwei rekelten sich an einer Stange. Die anderen drei saßen auf Schaukeln und warteten. Blickten herausfordernd zu Magnus, als er hereinkam. Ein paar Stufen weiter oben gab es mehrere Kabinen. Drei von ihnen waren geschlossen, dort ging es zur Sache.

Er begutachtete die schaukelnden Mädchen. Zwei Blondinen und eine Brünette. Die eine Blondine war zu dick. Die andere hatte kurzes Haar. Er entschied sich für die Brünette. Sie war groß und hatte schöne Kurven. Langes, glänzendes Haar. Er ging zu ihr und packte die Schaukel, bevor sie wieder nach hinten schwingen konnte.

»Hi, wie heißt du?«

Sie musterte ihn. »Rebecka.«

»Komm, Rebecka.«

Er half ihr von der Schaukel und nahm sie bei der Hand. Führte sie die wenigen Stufen zu den Kabinen hoch. Er wählte die letzte zur Linken. Das war die größte. Er ließ sie zuerst eintreten. Streichelte ihren Po. Griff ihr zwischen die Beine. Wurde sofort geil. In der Kabine befand sich ein Bett, an der Decke war ein Spiegel und über dem Bett hing eine Art Gurt. Er hatte den schon einmal ausprobiert. Das Mädchen um seinen Schwanz gedreht. Hammer. Er schloss die Tür und sperrte ab. Öffnete sie erneut und schloss sie wieder. Sperrte ab und rüttelte kurz daran, um sicherzugehen. Rebecka sah ihn komisch an, sagte aber nichts. Er knöpfte seine Hose auf und zog sie und seinen Slip zu den Knien hinab. Setzte sich aufs Bett.

»Wie alt bist du?«

»Zweiundzwanzig.«

»Herrlich.« Er packte sie bei den Haaren und drückte ihr Gesicht auf sein steifes Glied. Sie fing an zu blasen. Dieses Mädchen brauchte keine Führung. Er ließ ihr Haar los und lehnte sich zurück. Ließ sie selbst erforschen. Ihre Zunge glitt über die dünne Haut. Sie umschloss ihn. Rieb. Er stöhnte. Genoss es. Hob den Kopf, um sie anzusehen. Ihre Haarmähne wippte auf und ab. Mittendrin fragte sie:

»Wie alt bist du denn?«

Nervige Störung.

»Mach einfach weiter.«

»Aber …«

»Ist doch scheißegal jetzt!«

»Ich will es nur wissen.«

»Du brauchst jetzt nichts zu wissen.« Der Vorfall mit Olivia kam ihm in den Sinn. Er packte sie wieder an den Haaren und drückte ihren Kopf in seinen Schritt. Sie bekam keine Luft und befreite sich.

»Aber ich bin nur neugierig, ob du so alt bist wie mein Vater oder so.«

»Willst du, dass ich dein Vater bin, hä? Willst du das?«

Sein Zorn wuchs. Fand sie, dass er zu alt war? Die Wut nahm weiter zu. Erhöhte seine Erregung. Er überlegte, ob er den Gurt anwenden sollte. Entschied sich dagegen. Es dauerte zu lange, ihn in der richtigen Höhe zu justieren. Stattdessen richtete er sich auf und warf sie auf den Bauch. Hob ihren Hintern ein wenig an.

»Nein, hör auf! Nicht ohne Kondom.«

»Halt's Maul!« Er packte sie mit beiden Händen am Hals und drückte zu. Zielte und drängte sich hinein. Stieß so hart zu, wie er konnte. Sie wimmerte. Schnappte nach Luft. Fuchtelte mit den Armen. Zerrte an seinen Händen. Seine Erregung stieg, je mehr sie kämpfte. Führte ihn zum Höhepunkt. Er zog seinen Schwanz heraus und spritzte auf ihren Rücken. Stöhnte laut. Ließ ihren Hals los.

Sie sackte röchelnd zusammen.

Nach ein paar Minuten hatte Magnus sich wieder erholt. Seine Atmung war wieder normal. Während er die Hose hochzog, dankte er seinem glücklichen Stern, der ihm diese Gelegenheit verschafft hatte. Rebecka lag noch immer auf dem Bett. Ihr Röcheln war in eine Art Wimmern übergegangen, das Magnus unerträglich fand. Es erinnerte ihn an Pia, wenn sie sich in der Toilette eingeschlossen hatte und dachte, er höre sie nicht.

Er ging zu ihr und stupste sie gegen die Schulter. »Du.« Bekam keine Antwort. »Scheiße, das war gut. Oder?«

Schweigen.

War er zu weit gegangen? Aber sie war so etwas doch wohl gewohnt? »Du, ich hab vielleicht ein bisschen übertrieben. Aber du weißt ja, wie das ist.«

Schweigen.
Nur ein Schluchzen.
Scheißegal!
Er wollte weg von hier. Jetzt!

16

Heute war Adnans Tag gewesen. Er hatte sich Urlaub von seinem Beobachterjob genommen. Sich gesagt, wo er ohnehin keine Kompagnons hatte, konnte er sich genauso gut einen freien Tag gönnen.

Schon um neun Uhr war er im Kraftraum gewesen und hatte eine harte Thaiboxen-Einheit geschoben. War bereits nach dem Aufwärmen am Ende gewesen. Eine Viertelstunde Seilhüpfen. Kondition war definitiv ein verderbliches Gut. Dann war er auf einen Sack losgegangen. Rechter Haken, linker Haken, Uppercut. Verschiedene Kombinationen. Dazu Tritte, Kniehiebe, Finten. Schmerzen am ganzen Körper danach. Wie es sein sollte.

Nach dem Training hatte er ein Mittagsdate mit der Schwedenbraut gehabt. Amanda. Eigentlich nicht sein Stil – Mittagsdate, aber manchmal musste man sich opfern. Sie hatten Pasta im Parma in Sundbyberg gegessen. Passte Adnan gut, sich ein wenig am Rand der Stadt zu bewegen. Dort war die Gefahr nicht so groß, erkannt zu werden. Sie hatten über alles Mögliche gesprochen. Sie wollte wissen, was er für eine Arbeit hatte. Wo er wohnte. Hatte er Geschwister? Wie lange wohnte seine Familie in Schweden? Mit welchen Frauen war er schon zusammen? Hatte er mal eine längere Beziehung? In Adnans Augen: Sie stellte zu viele Fragen. Wurde anstrengend, Antworten auf alles zu finden. Wie viel sollte er erzählen? Manchen Bräuten konnte man imponieren, indem man mit einem Gefängnisaufenthalt prahlte oder anderen netten Begegnungen mit Bullen. Aber bei Amanda war es anders. Sie war keine gewöhnliche Frau. Jedenfalls keine wie jene, mit denen Adnan sonst zu tun hatte. Und sie erinnerte ihn an jemanden. Manche ihrer Mienen. Ihr Lachen. Es war, als hätten sie sich schon einmal getroffen. Aber sie ähnelte sicher nur jemandem. Irgendeinem Star vielleicht?

Nach dem Mittagessen hatten sie eine Runde um die beiden Seen in Sundbyberg gedreht. Lötsjön und Råstasjön hießen die Gewässer, hatte Amanda ihn belehrt. Fünf Kilometer. Sie schien ein Faible für Spaziergänge zu haben. Adnan hatte vor allem Schiss und glaubte, hinter jedem Baum verstecke sich ein Jugo. Jedes Mal, wenn sie jemandem mit hochgeschlagener Kapuze begegneten, machte er sich darauf gefasst, sich verteidigen zu müssen. Nach einer Weile entspannte er sich. Dieser Ort schien ein angesagtes Ausflugsziel für Schwedenfamilien zu sein. Überall Eltern mit Kindern. Aßen Eis vor einer grünen Hütte. Fütterten die Vögel. Einige joggten.

Schlussfolgerung: Es waren zu viele Leute unterwegs, da würden die Jugos keinen Angriff wagen.

Das Beste aber kam am Ende. Als es Zeit war, sich zu verabschieden. Adnan wusste nicht, wie er sich verhalten sollte. Fühlte sich wie ein schüchterner Teenager. Aber sie ergriff die Initiative und küsste ihn. Ein warmer, langer Kuss. Sie schmeckte nach Erdbeere. Hatte ihre Lippen mit irgendeinem klebrigen Glitterzeug eingeschmiert. Er wurde verlegen. Adnan Nasimi verlegen! Küsste ein hübsches Mädchen mitten am Tag. Nach einem romantischen Spaziergang. Verdammte Scheiße! Was ging hier vor? In seiner Tasche warteten die Kondome. Wenn sie in diesem Tempo weitermachten, würden die das Haltbarkeitsdatum dreifach überschreiten. Er erkannte sich selbst nicht wieder, aber die Braut hatte etwas Besonderes. War er dabei, in dieselbe Falle zu tappen wie Hajir? In den Sumpf der Romantik.

Der zweite Grund, weshalb für Adnan an diesem Tag die Sonne schien, war ein Anruf von Vincent. Vincent Bonnerud. Die Obertunte. Der Partymacher. Der Boss. Wollte, dass Adnan noch am selben Abend in den Club kam. Er hatte nicht gesagt, um was es ging, aber das war Adnan egal. Er musste schleunigst mit ihm reden.

Jetzt war Adnan auf dem Weg zu Vincent. Er hatte den ganzen Nachmittag lang überlegt, wie er ihn davon überzeugen könnte, seine Kohle zu verleihen. Und wie er sie eines Tages wieder zurückzahlen könnte.

Er ging zum Türsteher am Eingang des Paradis. Seltsames Gefühl. Vor einiger Zeit hatte er selbst gestanden und auf diejenigen gezeigt, die reindurften.

»Du, ich hab eine Verabredung mit Vincent.«

Der Türsteher musterte ihn mit steinerner Miene. »Warte hier.« Er rief jemanden namens Oskar über sein Funkgerät. Sagte etwas. Schaute Adnan an. »Du kannst rein.«

Drinnen erwartete ihn ein weiterer Türsteher. Vermutlich Oskar.

»Komm mit.« Oskar ging voraus.

Was für ein Theater. Scheiße, er hatte hier selbst mehrere Jahre gearbeitet. Kannte sich mit dem Job zehnmal besser aus als diese Dilettanten. Aber er folgte dennoch brav.

Wie immer war die Bude gerammelt voll. Beeindruckend. Bei der harten Konkurrenz in dieser Stadt konnte die Beliebtheit eines Clubs schnell umschlagen. Am einen Tag war er noch der heißeste Tipp, am nächsten leer. Aber der Boss wusste, wie er seine Karten ausspielen musste. Setzte auf die richtige Art der Unterhaltung.

Sie gingen durch den VIP-Raum, und Oskar öffnete die Adnan wohlbekannte rote Samttür zur Hurenabteilung. Adnan hatte diese Geschäftsidee nie gemocht. Auch wenn es ein genialer Zug war. Er konnte nur schätzen, welche Summen die Obertunte jeden Abend einheimste. Hierhin durfte nicht jeder, die Typen kamen nicht in einem Hyundai angetuckert, um es so zu sagen. Adnan hatte noch nie begriffen, wieso jemand eine Braut fickte, die eigentlich nicht wollte. Aber der Markt war offenkundig groß.

Er sah, dass die Mädchen gewechselt hatten. Nicht verwunderlich, immerhin waren ein paar Jahre vergangen und in der Branche war die Haltbarkeit kurz. Die Typen vögelten am liebsten Mädchen, die aussahen, als wären es ihre eigenen Töchter. Oder Enkelinnen.

Die berühmten Kabinen waren aber noch da. Nun rot bemalt mit schwarzen Tupfern. Er erinnerte sich mit Ekel daran, wie er stets die Papierkörbe leeren musste, die voll von zusammengeknülltem Toilettenpapier und schmierigen Kondomen waren.

Vielleicht war es doch die falsche Entscheidung gewesen, sich an Vincent zu wenden. Auf keinen Fall wollte er wieder diese Fickkabinen putzen und dafür sorgen, dass die Typen sich an die Regeln hielten. Letzteres war nicht gerade einfach. Er hatte im Laufe der Jahre viele Mädchen getröstet und einige zur Notaufnahme fahren müssen. Auch sein Lieblingsjob am Eingang kam nicht infrage. Seine Türsteher-Vollmacht war mit der Verurteilung auf immer dahin. Vincent achtete sehr genau darauf, sich ans Gesetz zu halten. Zumindest nach außen.

Vincent hatte ein eigenes Büro, das man über die Hurenabteilung erreichte. Der Club war gigantisch. Bestimmt noch einmal doppelt so groß wie der Bereich für die normalen Gäste. Adnan war nicht einmal sicher, ob er selbst schon alles gesehen hatte.

Er wurde erwartet. Vincent hatte vier Lines Kokain vorbereitet. Hübsch hintereinander auf einem viereckigen Spiegel, der auf einem Tisch lag.

Neben dem Tisch standen zwei Chesterfield-Sessel, die sich deutlich von der übrigen Einrichtung in Schwarz und Weiß abhoben. Vincent saß in einem davon und stand auf, als Adnan hereinkam. Er sah aus wie immer. Lang und dürr. Die Hose so eng, dass er sich auf den Rücken gelegt haben musste, um sie anzubekommen. Sie saß stramm um seinen Schritt. Echte Stureplan-Frisur, die Haare nach hinten gegelt.

»Adnan, mein Freund. Ist eine Weile her.«

»Ich war beschäftigt.«

Vincent grinste. Ein vertrautes Grinsen für Adnan. Durchtrieben. Man wusste nie, was dieser Teufel im Sinn hatte.

»Bitte sehr.« Vincent deutete auf den Tisch, wo das Kokain wartete.

Adnan hätte gern abgelehnt. Er hatte den Bullen die Wahrheit gesagt. Seit er raus war, hatte er nichts genommen. Wollte nichts riskieren. Andererseits: schlechtes Timing, um Vincents Gastfreundschaft zurückzuweisen.

Er ging zum Tisch und zog eine Line. Das brannte. Zog eine zweite. Wischte sich mit dem Handrücken über die Nasenspitze. Der plötzliche Rush erinnerte ihn daran, warum man das Zeug wieder nehmen wollte. Und wieder. Und wieder. Und wieder.

Vincent sniffte die beiden anderen Lines. Dann stellte er sich auf und schien um ein paar Zentimeter gewachsen zu sein. Das neugewonnene Selbstvertrauen streckte den ganzen Mann. Er musterte Adnan.

»Ich habe gehört, dass Milorad Kraljevic hinter dir her ist.«

Die Erwähnung dieses Namens brachte Adnan wieder zurück in die Wirklichkeit. »Wo hast du das her?«

»Spielt keine Rolle. Aber ich habe gehört, dass Mister K bei eurer nächsten Begegnung nicht lange fackeln wird, um es mal so zu sagen.«

Herzlichen Dank für die Aufklärung. Das konnte Adnan sich selbst zusammenreimen.

Vincent fuhr fort: »Ich kann dir helfen, wenn du möchtest. Mr Kraljevic und ich kommen gerade ziemlich gut miteinander aus, ohne dass ich das jetzt weiter ausführe. Ich kann bis morgen ohne größere Schwierigkeiten, lass uns sagen, zweihundert Riesen besorgen. Was sagst du dazu?«

Man musste kein Genie sein, um zu kapieren, dass die Tunte irgendetwas im Schilde führte. Etwas, bei dem Adnans Fähigkeiten gefragt waren. Aber was auch immer das war, Vincent und seine Geschäftsideen dürften eine deutlich bessere Alternative sein als der verrückte Jugo. Also: akzeptieren.

»Und warum willst du mir helfen?«

»Du bist mein Freund, Adnan. Und ich helfe meinen Freunden.«

»Ernsthaft. Was soll ich tun?«

»Lass es uns so sagen: Natürlich verschenke ich nicht einfach so Geld, sondern investiere. Und manchmal brauche ich einfach loyale Freunde um mich herum.« Vincent hob die Augenbrauen. »In ein paar Monaten werde ich einen neuen Club eröffnen. Dort könnte es einige Aufgaben für dich geben. Bist du interessiert?«

»Ich will nicht undankbar erscheinen, aber zweihundert reichen nicht. Der Jugo will dreihundertfünfzig. Wenn das überhaupt noch genügt. Wahrscheinlich hat er inzwischen noch mehr draufgeschlagen.«

»Du kriegst zweihundert morgen. Dann sorge ich dafür, dass Mr Kraljevic damit fürs Erste zufrieden ist. Den Rest kriegt er später.«

»Ich habe nicht den Eindruck, dass Mr Kraljevic ein Mann ist, der mit sich verhandeln lässt.«

»Um diesen Teil kümmere ich mich, wie schon gesagt.«

»Und wie stellst du dir das vor? Soll ich wieder den Türsteher machen? Ich hab doch keine Erlaubnis mehr.«

»Ich weiß, was du hast und was du nicht hast, Adnan Nasimi. Und ich weiß, was du kannst und was nicht. Aber vor allem weiß ich, was ich kann und was ich brauche. In diesem Moment kann ich dich aus einer verdammt kniffligen Lage befreien. Im Gegenzug dafür verlange ich nur deine Loyalität. Bist du dabei oder nicht?«

No more questions. »Ich bin dein Mann.«

Vincents Miene änderte sich schlagartig, er strahlte auf einmal wie ein Honigkuchenpferd. Würde Adnan ihn nicht schon lange kennen, hätte er gedacht, er sei schizophren.

»Wunderbar! Darauf stoßen wir an, mein lieber Freund.« Vincent schlenderte zur Bar und schenkte zwei Whiskygläser voll.

Adnan stand vor Mirans Wohnungstür und klopfte. Seit fünf Minuten schon. Er wusste, dass Miran da war. Hörte, wie sich drinnen jemand bewegte.

Er öffnete den Briefschlitz. »Miran, echt jetzt. Ich bin es. Mach auf. Du siehst doch, dass ich es bin.«

Die Tür öffnete sich einen Spalt. Die Sicherheitskette war eingelegt.

»Bist du allein?« Miran klang verängstigt.

»Ja, mach auf.«

Miran öffnete und ließ Adnan rein. Danach legte er die Kette wieder ein. Offenbar totale Verfolgungsangst.

Es war kohlrabenschwarz in der Wohnung. Große Vorhänge verdeckten die Fenster. Nur eine staubige Tischlampe verbreitete im Flur einen schwachen Lichtschein.

»Scheiße, stinkt das hier«, sagte Adnan. »Du musst unbedingt lüften. Mach verflucht noch mal ein Fenster auf!«

»Hast du sie noch alle? Schau dir an, was sie mit mir gemacht haben.«

»Ich sehe hier drin gar nichts. Und du wohnst doch im fünften Stock!«

»Die können ja vom Dach aus zuschlagen.«

»Du guckst zu viel Fernsehen. Komm jetzt. Mach ein Fenster auf, damit ich atmen kann, scheiße. Ich verspreche, dass die Jugos nicht in einem Hubschrauber angeflogen kommen und sich durchs Fenster hereinschwingen.«

Miran öffnete widerwillig ein Fenster im Wohnzimmer. Adnan machte die Deckenlampe an. Miran kniff die Augen zusammen. Hatte vermutlich seit mehreren Wochen kein Licht gesehen.

»Shit, wie siehst du denn aus.« Adnan starrte Miran an. Seine Nase war schief. Das Gesicht mit gelben Hämatomen übersät. Dunkle Ringe unter den Augen. Eingefallene Wangen. Der linke Arm in Gips.

»Ich bin fast verreckt, Mann. Schau mal, wie ich am Rücken aussehe. Da.« Miran zog sein T-Shirt hoch und entblößte große gelbe Flecken in verschiedenen Formen auf seinem Rücken. »Warum gehst du nicht ran, wenn ich anrufe? Ich versuche seit Wochen, dich zu erreichen!«

»Ich hab genauso tief in der Scheiße gesessen wie du. Musste erst mal nachdenken. Aber ich hab gute Neuigkeiten.«

»Ja, schlimmer kann es ja kaum werden. Hast du was dabei?«

»Ich hab mit der Kacke nichts mehr zu tun. Und du solltest auch aufhören. Du siehst grauenhaft aus. Wann hast du das letzte Mal was gegessen?«

Miran baute sich wenige Zentimeter vor Adnan auf. Starrte

ihm in die Augen. »Du hast verdammt noch mal gerade was gesnifft. Was redest du da für einen Scheiß! Ich brauche was. Jetzt. Sonst werde ich verrückt.«

»Ich geb's zu. Aber das ist quasi Teil der guten Neuigkeiten. Willst du sie hören oder lieber losziehen und Stoff besorgen, damit Milorad dich wieder ins Visier kriegt?«

Miran zitterte. Vermutlich nicht nur wegen seiner Abstinenz, sondern auch der Erinnerung an Milorad. »Dann erzähl schon, Mann.«

»Ich habe zweihundert besorgt. Wir werden die Jugos morgen treffen und die Knete übergeben.«

Miran stand der Mund offen. »Nie im Leben treffe ich diesen Psycho freiwillig. Woher zum Teufel hast du das Geld?«

»Hab es geliehen. Mehr brauchst du nicht zu wissen. Aber das rettet deinen feigen Arsch auch.«

»Nein, nein, nein! Was ist mit dem Rest? Er wird sich erst zufriedengeben, wenn er alles hat. Der Typ wird komplett durchdrehen. Was ist das für eine Scheiße in deinem Kopf?«

»Das ist alles geregelt. Milorad hat einen Aufschub akzeptiert. Beruhige dich jetzt. Das Einzige, was du tun musst, ist mitkommen.«

»Niemals. Das geht nicht!« Mirans Stimme stieg ins Falsett. »Ich brauche sofort Stoff. Und du musst mir helfen. Mein Lieferant ist sauer, weil ich ihn die letzten Male nicht bezahlen konnte.«

Adnan wurde plötzlich klar, dass Miran nicht einmal für den morgigen Auftrag taugte. Der Typ war fertig. Würde sich vermutlich in die Hose machen, bevor sie dort waren.

»Miran, das kriegen wir schon hin. Ich kümmere mich allein drum. Aber du musst dich echt am Riemen reißen. Mach eine Therapie oder so was. Ich hab was am Laufen. Und dafür brauche ich dich. Kapierst du? Du kannst hier nicht weiter verrotten. Du bist doch verflucht noch mal Miran Kudin! Geh raus und jogge oder so. Mach irgendwas. Aber hocke hier nicht rum und tu dir selbst leid. Erst mal ist Entwarnung, aber wir kriegen nicht ewig Aufschub. Wir brauchen mehr Knete. Und ich weiß, wie wir das deichseln. Aber das klappt nicht, wenn du so zugerichtet bist. Verstanden?«

Miran ließ sich auf das Sofa sinken. Schlug die Hände vors Gesicht und schaukelte vor und zurück. Wie ein kleines Kind, das nicht stillsitzen kann. »Ist mir schon klar. Ich werde mich zusammenreißen. Aber das ist nicht so einfach. Du musst mir helfen.«

»Ich werde sehen, was ich tun kann. Ich komme morgen wieder, wenn alles geregelt ist. Sieh zu, dass du was in den Magen kriegst. Und kauf ein paar Putzmittel, Menschenskind.«

Miran starrte Adnan an, als habe er ihn aufgefordert, einen Stein vom Mond zu holen.

Miran war dabei, vollends aus der Bahn zu geraten. Es brauchte eine verflucht drastische Maßnahme, um ihn wieder kampffähig zu kriegen. Adnan würde es versuchen. Der Vorrat an Kameraden, aus dem er schöpfen konnte, war nicht sonderlich groß.

17

Der Zeitungsartikel über den Pavian hatte sich in ihr Unterbewusstsein geätzt. Amanda hatte Sannas Tagebuch wieder hervorgeholt und die Seiten gelesen, die sie schon so viele Male studiert hatte. Sie schaute sich erneut die Zeichnung an, den mit Bleistift gemalten Affenkopf. Der Affe? War das ein Spitzname? Oder hatte Sanna nur halluziniert?

Amanda beschloss, dem seltsamen Diebstahl näher auf den Grund zu gehen. Die geraubte Julia aus dem Kolmården Zoo. Vielleicht könnte sie ausschließen, dass es zwischen dem Diebstahl und Sannas Tod eine Verbindung gab. Was nach so vielen Jahren ohnehin unmöglich schien. Aber warum verschwand dieser absurde Gedanke trotzdem nicht?

Sie hatte Henrik angerufen, einen ehemaligen Klassenkameraden von der Polizeischule, der in Norrköping arbeitete. Henrik hatte natürlich von dem Pavianraub gehört. Alle redeten darüber, meinte er. Und keiner könne verstehen, weshalb jemand einen Pavian klaute. Offenbar war fünf Jahre zuvor schon einmal ein ähnlicher Raub geschehen. Danach hatte man Überwachungskameras installiert. Diesmal konnte man sehen, dass die Tat von Profis ausgeführt worden war. Fünf maskierte Männer. Hatten wie Soldaten agiert. Schnell, effektiv, strukturiert. Sie hatten einen Kleinlaster benutzt. In Stockholm gestohlen.

Henrik hatte ihr das Kennzeichen durchgegeben. Sie war in ihr Büro gefahren und hatte den Bericht gelesen. In der Nacht vor dem Raub war der Laster in Åkersberga entwendet worden.

Sten Andersson, der Eigentümer, hatte es am Morgen bemerkt, als er zur Arbeit fahren wollte. Er hatte den Diebstahl sofort gemeldet. Mehr stand nicht in dem Bericht.

Amanda saß im Wagen, unterwegs nach Åkersberga. Sie war nicht im Dienst, hatte ihren Dienstausweis aber dennoch mitgenommen. Sie suchte auf der Karte nach der Adresse. Es war immer schwer, sich draußen auf dem Land zurechtzufinden. Überall kleine Schotterwege ohne Schilder und Häuser ohne Nummern.

Schließlich war sie da. Zumindest hielt sie es für das richtige Haus. Auf dem Grundstück standen mehrere Autos älteren Baujahrs. Sie zählte sechs Stück. Es schien, als würde Sten in seiner Freizeit gern Autowracks reparieren. Sie parkte in der Auffahrt und stieg aus. Als sie die Hälfte des Wegs zum Haus zurückgelegt hatte, wurde die Tür von einem Mann Anfang fünfzig geöffnet. Er trug einen ölverschmierten Overall und eine Kappe. Passend zu seinem offensichtlichen Hobby.

»Hallo, ich heiße Amanda und bin von der Polizei. Sind Sie Sten Andersson?« Sie zeigte ihm ihren Dienstausweis.

Der Mann wirkte überrascht. »Ja, ist etwas passiert?«

»Nein, ich wollte nur noch ein paar Fragen zu Ihrem gestohlenen Kleinlaster stellen.«

»Ach so. Und dafür kommen Sie extra hierher?«

»Ja, es kann sein, dass Ihr Lieferwagen für ein schweres Verbrechen benutzt wurde. Deshalb würde ich gern mit Ihnen sprechen. Ob Sie etwas gesehen oder gehört haben.«

»Nein, ich schlafe nachts wie ein Murmeltier. Habe erst etwas gemerkt, als ich morgens losfahren wollte. Für welches Verbrechen wurde er benutzt, meinten Sie?«

»Ich kann Ihnen leider nicht mehr sagen. Ich wollte nur

überprüfen, ob Ihnen am Tag vor dem Diebstahl irgendetwas aufgefallen ist. Vielleicht Personen hier in der Gegend, die Sie vorher nie gesehen haben.«

»Nein, da fällt mir nichts ein. Haben Sie den Lieferwagen denn gefunden?«

»Nein, leider nicht.«

»Ach, schade.«

»Ja, aber trotzdem vielen Dank.« Amanda ging wieder zu ihrem Wagen.

»Halt, warten Sie kurz«, rief Sten ihr nach.

Amanda drehte sich um. »Ja?«

»Probieren Sie es doch mal bei Agda in dem gelben Haus da drüben.« Sten deutete auf ein Wäldchen. »Sie ist eine neugierige alte Frau. Wenn Agda nichts weiß, dann ist tatsächlich nichts passiert.«

Amanda blickte zu dem Gehölz. Nahm etwas Gelbes zwischen den Bäumen wahr. »Vielen Dank. Dann rede ich ein wenig mit Agda.«

»Ja, viel Glück!« Sten grinste.

Amanda fuhr auf dem Schotterweg zurück, umrundete das Wäldchen und gelangte zu Agdas Haus. Sie klopfte. Eine Klingel gab es nicht. Die Tür wurde sofort geöffnet. Vor Amanda stand eine kleine Dame mit silbergrauem Haar und sah sie von unten herauf an.

»Ach, wie schön, Besuch! Ich habe gesehen, dass Sie gerade bei Sten Andersson waren. Womit kann ich helfen? Wie hübsch Sie sind, meine Liebe!«

»Hallo, ich bin von der Polizei und würde Ihnen gern ein paar Fragen stellen.«

»Polizei! Das ist ja allerhand. So hohen Besuch bekommt man nicht oft. Nur herein, meine Liebe.« Agda machte einen Schritt zur Seite, und Amanda trat in den Flur, dessen Wände von vergilbten Tapeten mit Blumenmustern bedeckt waren. Der Boden knarrte unter ihren Füßen.

»Es wird nicht lange dauern«, meinte Amanda. »Ich würde nur gern wissen, ob Ihnen in den letzten Wochen irgendetwas Ungewöhnliches aufgefallen ist.«

»Ja, kann man wohl sagen. Meine Katze kam neulich mit einem großen Vogel an. Meine Güte. Überall war Blut.«

»Oje. Aber nun ist es ja so, dass vor ein paar Tagen Stens Lieferwagen gestohlen wurde. Da wollte ich fragen, ob Sie da vielleicht etwas gesehen haben.«

»Ach, der arme Sten. Mein Mann hat ihm beim Bau seines Hauses geholfen. Oh, was haben die beiden geschuftet.«

»Ja, es sieht sehr schön aus. Ist Ihr Mann vielleicht auch zu Hause?«

»Oh nein. Gustav starb vor fünfzehn Jahren. Jetzt bin nur noch ich hier. Wie hübsch Sie sind, meine Liebe. Wer sind Sie noch mal?«

»Ich bin von der Polizei. Wollte einmal fragen, ob Sie in der vergangenen Woche etwas Merkwürdiges beobachtet haben.«

»Ja, dem armen Sten wurde der Lieferwagen geklaut. Ist das nicht schrecklich?«

Amanda dämmerte, worüber Sten bei der Erwähnung von Agda gegrinst hatte. »Ja, das ist furchtbar. Wissen Sie, wie es passiert ist?«

»Nein, nein. Der arme Sten.«

Amanda wandte sich wieder zum Gehen. »Vielen Dank, Agda. Ich werde Sie nicht länger stören.«

»Oh, Sie stören doch nicht, meine Liebe. Ich habe nicht oft die Gelegenheit, mich mit jemandem zu unterhalten. Das letzte Mal, dass ich Besuch hatte, haben sie nicht angeklopft. Sie schlichen nur im Wald herum.«

»Von wem sprechen Sie?«

»Zwei Männer. Ganz flott. Stattlich wie mein Gustav.«

»Haben Sie mit den beiden geredet?«

»Nein, als ich rausgegangen bin und nachgefragt habe, meinte der eine, dass sie Beeren pflücken wollten. Aber ich kann Ihnen sagen, meine Liebe, Beeren haben die ganz sicher nicht gepflückt. Der andere sagte irgendwas auf Russisch. Dann sind sie einfach verschwunden.«

»Woher wissen Sie, dass es Russisch war?«

»Mein Gustav war von Zeit zu Zeit zum Arbeiten in der Sowjetunion. Wenn es eine Sprache gibt, die ich erkenne, dann Russisch. Ich bin vielleicht eine vergessliche alte Frau, aber ich weiß, was ich gehört habe. Und das war Russisch. Flott waren die beiden.«

»An welchem Tag waren sie hier?«

»Lassen Sie mich nachdenken. Als ich wieder reinkam, habe ich Erbsensuppe und Pfannkuchen gegessen. Das tue ich jeden Donnerstag. Also muss es ein Donnerstag gewesen sein.

Agda hatte offenbar doch noch einen gewissen Durchblick.

»Vielen Dank, Agda. Sie waren eine große Hilfe.«

»Ja, meine Liebe. Ich helfe sehr gern. Wollen Sie nicht bleiben und eine Tasse Kaffee trinken?«

»Ich danke vielmals, aber ich muss leider los.«

Adga tat ihr leid. Sicherlich nicht toll, den ganzen Tag allein in einem Haus auf dem Land zu sitzen. Aber Amanda wollte nachdenken. Ein Resümee ziehen. Henrik hatte gesagt, es seien Soldaten gewesen. Die alte Agda hatte von flotten Russen gesprochen. Was wollten russische Soldaten mit einem Pavian? Sie wusste, dass es mehrere russische Banden in Stockholm gab. Manche hatten sich auf Einbrüche spezialisiert. Andere auf Schwarzhandel. Sie war bei einer Razzia in einer Wohnung dabei gewesen, in der vier Russen wohnten. Sie wurden mehrerer Einbrüche verdächtigt. Drei von ihnen wurden erwischt. Der vierte schaffte es, nur mit Unterhose bekleidet vom Balkon zu springen und an der dort postierten Hundepatrouille vorbeizuschleichen. Der Hundeführer schickte ihm seinen Schäferhund hinterher. Kurz darauf hörte sie den Hund winseln. Als sie ihn fand, waren beide Vorderbeine gebrochen. Nicht jeder konnte einen Polizeihund mit bloßen Händen überwinden. Diese Russen waren spezialausgebildete Elitesoldaten.

Amanda überlegte weiter: Wenn der Lieferwagen in Stockholm gestohlen worden war, lebten die Täter mit großer Wahrscheinlichkeit auch in der Gegend. Zumindest vorübergehend. Dann handelte es sich um russische Soldaten, die in Stockholm tätig waren. Auf der Suche nach einem Pavian.

Sie war nicht viel klüger nach ihrer Recherche in Åkersberga. Zwar hatte sie einen Hinweis erhalten, aber sie konnte nicht die geringste Verbindung mit Sannas Tod erkennen. Nun hieß es warten, bis der Lieferwagen irgendwann auftauchte. Wo hatten sie ihn entsorgt?

Sie beschloss, die Polizei von Norrköping nicht von ihrem Gespräch mit der alten Agda zu unterrichten. Es war nicht sonderlich beliebt, wenn Polizisten in der Freizeit mit ihrem Dienstausweis herumfuchtelten. Das konnte sie ihren Job kosten.

Es war bald Mittag, und sie fuhr wieder zurück in dichter besiedeltes Gebiet. Heute würde sie bei McDonald's sündigen. Hamburger Royal TS mit Bananenmilchshake. Gab es etwas Besseres?

Gestern hatte sie mit Adnan gegessen. Pasta in Sumpan. Hatte gemerkt, dass Dating nicht seine Sache war. Ihre Fragen hatten ihn gestresst, um die unbequemen hatte er herumgeredet. Hatte nichts über seinen kriminellen Lebensstil gesagt.

Vielleicht wollte er sie erst abtasten? In dem Fall war es ein Zeichen, dass er sich ernsthaft für sie interessierte. Sie hatte ihn am Haken.

Sie hatte sich vor dem Kuss gefürchtet, aber gewusst, dass es notwendig war. Zwang sich dazu, als sie sich verabschiedeten. War von der Hitze überrascht worden, die sich in ihr ausbreitete. Vermutlich beruhte es darauf, dass sie schon lange niemanden mehr kennengelernt hatte. Jemanden, für den sie sich interessierte. Bald würde sie gezwungen sein, einen Schritt weiter zu gehen. Sie musste ihn dazu kriegen, dass er sich öffnete. Dass er redete. Von seinem Leben erzählte. Seinem früheren Leben.

18

Magnus war auf Arbeit. Wieder. Er hatte nie frei. Er mochte zwar seinen Job, aber die Arbeitszeiten waren eine Frechheit. Seit die neue Vereinbarung zu den Arbeitsstunden unterzeichnet worden war, hatten sich mehrere Urlaubstage in Luft aufgelöst. Dass er sein Gehalt mit ein paar Tipps für seinen Journalistenfreund aufbesserte, verschaffte ihm kein schlechtes Gewissen. Er verstand die Kollegen, die sich einen anderen Job suchten. Es gab eine Menge Unternehmen, die ehemalige Polizisten mit Kusshand aufnahmen. Versicherungsunternehmen und diverse Sicherheitsfirmen, die deutlich besser bezahlten als der Staat. Kein Verständnis hatte er hingegen für die Kollegen, die so viele Überstunden machten wie möglich und sich damit über Wasser hielten. In seinen Augen fehlte es ihnen an Willen zur Initiative. Sie waren Sklaven, die sich von einer rücksichtslosen Behörde ausnutzen ließen.

Eine Teambesprechung stand an. Seine Männer saßen am Konferenztisch. Ausgerüstet mit Waffe, OC-Spray, Schlagstock, Handschellen. Jeder verbarg die Gegenstände auf unterschiedliche Weise, was eine wahre Herausforderung war, wenn man in Zivilklamotten arbeitete. Für Anette war es unmöglich, die Schutzweste zu verstecken. Ihre großen Brüste sorgten dafür, dass sie wie Dolly Parton aussah, wenn sie die Weste anhatte. Sie war die einzige Frau in Magnus' Team. Wäre es nach ihm gegangen, würden hier nur Männer sitzen. Die arbeiteten doch viel besser. Aber die Leitung hatte wissen wollen, warum er nie Frauen einstellte. Gleichberechtigung bla, bla, bla. Um das

Gejammer zu beenden, hatte er schließlich Anette ausgewählt. Wenigstens hatte er so etwas für die Augen. Aber er hatte bald gemerkt, dass sie scheißverklemmt war. Sie hatte nach einem kleinen Klaps auf den Hintern total die Krise gekriegt. Hatte offenbar echte Probleme, sich zu sozialisieren.

Amanda hätte eigentlich besser ins Team gepasst. Sie war ungewöhnlich scharfsinnig – für eine Frau. Konnte seinen Jungs durchaus das Wasser reichen. In ihrer Anwärterzeit hatte sie absolut brilliert. Aber er wollte keine anstellen, mit der er ein Techtelmechtel hatte. Das machte nur Probleme. Und wie sich inzwischen gezeigt hatte, lag er damit goldrichtig. Es wäre verdammt hart gewesen, sie jeden Tag zu sehen und dabei zu wissen, dass sie von einem Scheißaraber gebumst wurde.

Sie hatten schon lange nicht mehr miteinander gesprochen. Warum rief sie nicht an? War das ihre Art, jemanden abzuservieren? Sich einfach nicht mehr melden. Er verstand gar nichts. Wollte natürlich keinen Gedanken daran verschwenden. Aber sie spukte ihm ständig im Kopf herum. Verflucht. Vielleicht sollte er sie doch bald mal wieder anrufen. Oder war eine SMS besser? Eigentlich wollte er sie über den Araber ausquetschen, andererseits wollte er aber auch nicht verraten, dass er Bescheid wusste. Er begriff seine eigenen Gefühle nicht. In der einen Sekunde sehnte er sich nach ihr. In der nächsten suchte er mit aller Macht nach einem Weg, es ihr heimzuzahlen. Sie war schuld, dass er oft mies gelaunt war, dass er bei der kleinsten Gelegenheit in die Luft ging, dass er unkonzentriert war. Ihretwegen hatte er im Paradis die Kontrolle verloren. Alles war ihre Schuld.

Der Bonze hatte ihn am Tag danach angerufen und sich beklagt. Vincent Bonnerud höchstpersönlich hatte sich bei Magnus Blomberg beklagt. Gejammert, dass die Nutte mehrere Tage, vielleicht mehrere Wochen nicht arbeiten können würde. Offenbar hatte sie ein großes Würgemal am Hals. Und außerdem stehe sie unter Schock.

Magnus wusste, dass er zu weit gegangen war. Aber wenn es einen gab, der sich nicht zu beklagen brauchte, dann Vincent. Magnus hatte von diesem Schwachkopf definitiv keine Lektion nötig. Er sollte eigentlich am besten wissen, wann man die Klappe hielt. Hatte er vergessen, dass er von seinem guten Willen abhängig war? Falls dem so war, würde Magnus ihn bald mal daran erinnern müssen.

Magnus trat in den Konferenzraum und warf den *Expressen* auf den Tisch.

»Hallo zusammen. Hier habt ihr Sandéns Ermittlung in der Zeitung. Auf der ersten Seite mit allem, was dazugehört.«

Das Geräuschlevel im Raum senkte sich beträchtlich.

Erik, einer von denen, die am längsten beim Raubdezernat waren, zog die Zeitung an sich. Las. »Verdammt. Wie zum Henker haben sie das erfahren?«

»Ja, wir haben offenbar jemanden im Haus, dem wir nicht vertrauen können.«

Die Kollegen redeten wild durcheinander. Zerrten an der Zeitung.

»Sie haben sogar Bilder von den Mädchen veröffentlicht«, sagte einer.

»Jepp. Und ich kann euch sagen, dass es Sandén nicht sonderlich gut geht. Die Eltern und Anwälte der Mädchen terrorisieren ihn schon den ganzen Tag mit Anrufen.«

»Ich habe mir das schon öfter gesagt«, meinte Anette. »Dass wir hier Ermittlungsakten offen herumliegen lassen. Wir sollten uns angewöhnen, sie irgendwo einzuschließen, wenn wir nicht da sind.«

Magnus stimmte zu. »Vollkommen richtig. Schließlich haben nicht nur wir Zutritt zu den Büros hier. Die Putzleute rennen jeden Tag herum.«

»Die neue Putzfrau ist mir nicht geheuer. Versprüht überall Duftmittel. Man kann hier drin kaum noch atmen«, sagte jemand.

Alle nickten zustimmend, und die Diskussion drehte sich um die komische Putzfrau, die überall mit dem Putzwedel herumfuhrwerkte, während man am Schreibtisch saß und arbeitete. Und die Handwerker, die kamen und gingen. Die Schuld wurde mehr und mehr ihnen angelastet. Es schien leichter zu sein, jemanden von außen zu beschuldigen als jemanden aus den eigenen Reihen.

Magnus lenkte das Gespräch wieder auf die aktuellen Themen. Sie besprachen kurz, welche Raubüberfälle seit der letzten Sitzung geschehen waren. Welche Gebiete waren am meisten betroffen? Gab es eine Bande, die dort herrschte? Alle bekamen Arbeitsaufträge. Einige sollten eine Hausdurchsuchung durchführen. Einer sollte einen Verdächtigen vernehmen, der im Arrest saß. Ein paar sollten dem Drogendezernat helfen, eine Wohnung zu überwachen. Alle konnten es kaum erwarten, loszulegen. Wie hungrige Wölfe.

19

Hajir war ein Kumpel, der einen nie im Stich ließ. Er war nicht begeistert von dem Vorschlag gewesen. Aber einer wie Hajir war in einer Notlage immer da.

Adnan fuhr wieder mit Hosseins Hyundai. Hajir hockte neben ihm. Auf dem Schoß hatte er eine große schwarze Sporttasche. Voll mit Scheinen.

Sie waren vorhin beim Paradis vorbeigefahren. Es war alles vorbereitet gewesen. Vincent hatte einfach die Kohle in die Sporttasche geschmissen. Dann hatte er ihnen noch gesagt, wo sie Mr Kraljevic treffen würden. Mit dem Versprechen, dass der Jugo sich an die Absprache halten würde. Zweihundert jetzt. Aufschub für den Rest. Niemand würde zu Schaden kommen.

Adnan war nervös. Doch der Auftrag musste ausgeführt werden. Es würde rasch gehen. Geschmeidig. Raus aus dem Wagen. Kohle übergeben. Schnell wieder rein in den Wagen und ab die Post. Dann brauchte er nicht mehr ständig unter Hochspannung zu sein. Zumindest nicht in der nächsten Zeit.

Er wollte eigentlich eine schusssichere Weste anziehen, aber Hajir hatte gemeint, dass sie dadurch die Jugos nur reizen würden. Indem sie zeigten, dass sie Schiss hatten. Hajir hatte recht. Deshalb hatte Adnan die Schutzweste in den Kofferraum gelegt. Nur für den Fall.

Sie fuhren Richtung Westen. Über die Tranebergsbron, weiter auf dem Ulvsundavägen. Adnan dachte an die Bullen und das Tränengas, als er dort angehalten worden war. Oder OC-Spray, wie diese Bitch immer wieder betont hatte. Chili. Wie auch immer die Zutaten aussahen, er erinnerte sich noch klar an den heftigen Schmerz.

Plötzlich klang es, als würde ein riesiger Lastwagen in sie hineinkrachen. Adnan zuckte zusammen. Hajir lachte auf.

»Immer mit der Ruhe, Mann. Du bist ja voll das Nervenbündel. Wir übergeben nur die Kohle und zischen wieder ab. Alles wird glattgehen.«

Adnan merkte, dass das laute Motorengeräusch von einem Flugzeug stammte, das auf dem Flughafen Bromma landete. Es hätte fast das Autodach abrasiert. Verdammt merkwürdig, dass Stockholm einen Flughafen mitten in der Stadt hatte. Jagte den Leuten doch einen Heidenschreck ein.

Hajir hatte recht. Es würde alles glattgehen. Aber es war trotzdem kein Vergnügen. So ungefähr musste sich ein Selbstmordattentäter kurz vor der Explosion seiner Bombe fühlen.

Sie fuhren weiter auf dem Ulvsundavägen. Adnan schaute immer wieder in den Rückspiegel, ob ihnen Zivilbullen folgten. So geil es auch war, auf der Nova-Liste zu stehen, das Ganze hatte doch fette Nachteile, wenn man wichtige Sachen zu erledigen hatte. Wäre sehr ungünstig, jetzt angehalten zu werden. Eine weitere Anzeige wegen unerlaubten Fahrens konnte er gut und gerne verschmerzen. Aber die Bullen würden garantiert auch die Kohle nehmen. Und dazu Hosseins Schatz.

Es herrschte viel Verkehr, eigentlich die Zeit, die man in Stockholm meiden sollte. Alle ehrlichen Schweden auf dem Weg nach Hause von der Arbeit. Man kam kaum voran. Adnan konnte es nicht fassen, wie die Leute ihre Nine-to-Five-Jobs ertrugen. Dazu das Pendeln.

Die Ampel auf Höhe der Kymlinge-Umfahrung war rot. Bestimmt fünfzig Autos vor ihnen. Eine unendliche Schlange. Die Ampel war wieder rot, noch bevor sie bei der Kreuzung angelangt waren.

»Wie spät ist es?«

»Fünf vor.«

»Scheiße!«

»Keine Sorge. Wir kommen schon rechtzeitig.«

Adnan fand überhaupt nicht, dass sie sich keine Sorgen machen sollten. Er wollte Milorad nicht den geringsten Grund geben, sauer zu werden.

Die Ampel schaltete auf Grün. Die Schlange rollte langsam los. Adnan ließ Abstand zu dem Wagen vor ihnen und fuhr immer langsamer. Jemand hinter ihnen hupte. Adnan achtete nicht darauf. Die Ampel sprang auf Gelb. Adnan kroch nun wie eine Schnecke dahin. Als es Rot wurde, drückte er das Gaspedal durch. Hinter ihnen wurde wieder gehupt. Adnan blickte in den Rückspiegel. Sollte ihnen jemand gefolgt sein, dann hatten sie ihn garantiert abgeschüttelt. Sonst würde er sich verraten und bei Rot über die Ampel fahren. Kein Auto überquerte nach ihnen die Kreuzung. Adnan atmete aus. Sah aus den Augenwinkeln, wie Hajir ihn kopfschüttelnd musterte. Aber er sagte nichts.

Wie konnte Hajir so ruhig bleiben? Aber so war es immer mit ihm. Eiskalt. Dann fiel Adnan etwas ein, an das er bislang nicht gedacht hatte.

»Du weißt schon, dass Fatos wahrscheinlich dort sein wird.« Fatos – der Gorilla, der gern mit Stiefeln zutrat. Der Gorilla, der mit Hajirs Braut ein Kind hatte.

»Ja. Er wird da sein«, sagte Hajir. »Er weicht nie von Mr Kraljevics Seite.«

»Shit, Mann! Daran hab ich nicht gedacht. Warum hast du nichts gesagt?«

»Was spielt das für eine Rolle? Hier geht es ums Geschäft. Das andere ist privat.«

»Wie kannst du so cool bleiben? Der Typ wird dich fressen.«

Hajirs Stimme nahm einen härteren Ton an. »Bin ich jemand, der sich versteckt? Ich denke nicht. Isabella und ich sind jetzt zusammen, und das muss dieser Arsch einfach akzeptieren.«

Adnan wurde plötzlich klar, dass Hajir sich auf das Zusammentreffen freute. Nicht wegen der Geschäfte, sondern um sich gegenüber dem Gorilla zu behaupten.

»Ja, ja, klar. Ich hab bisher nur nicht dran gedacht. Und ich vertraue diesem Wichser nicht. Der Kerl ist doch vollkommen irre. Würde, ohne zu zögern, seine eigene Mutter umbringen.«

Hajir antwortete nicht. Sah grimmig drein.

Adnan ließ das Thema fallen. Jetzt waren sie unterwegs. Der Auftrag konnte nicht wegen der verletzten Gefühle des Gorillas abgebrochen werden.

Die Übergabe sollte in Husby geschehen. In einem Wäldchen neben dem Fußballplatz. Vincent hatte ihnen klare Anweisungen gegeben.

»Ihr parkt an der Straße. Dann geht ihr über den Fußballplatz und in den Wald rein. Dort führt ein Weg über eine Anhöhe. Auf der anderen Seite trefft ihr Mr Kraljevic. Kommt nicht zu spät.«

Adnan wusste, wo es war. Hatte dort früher oft Fußball gespielt und danach heimlich in dem Wäldchen geraucht.

Sie parkten an der Straße, wie von Vincent verlangt. Es standen schon drei andere Schrottlauben dort. Eine davon konnte man kaum noch Auto nennen. Alles von Wert war abmontiert. Ein roter Zettel an der Windschutzscheibe erklärte, dass es in naher Zukunft abtransportiert würde. Keiner der Wagen konnte den Jugos gehören. Die parkten vermutlich woanders. Adnan schaute zur Uhr. Zwei Minuten nach. Verdammt!

Es war ein merkwürdiges Gefühl, die Schutzweste im Auto

zurückzulassen. Aber Adnan wollte auf keinen Fall seine Angst zeigen. Er war Adnan Nasimi. Niemand machte Adnan Nasimi Angst.

Hajir war schon bis zur Mitte des Fußballplatzes vorgelaufen. Hielt die Tasche fest in der Hand. Adnan lief ihm nach. War froh, dass er Miran zu Hause gelassen hatte. Der hätte sich vermutlich an seinem Gurt festgeklammert. Den Sitz vollgepinkelt. Brüllend nach einer Spritze verlangt. Nein, Miran war ein Problem, das er sich für später aufheben musste.

Hajir hatte schon fast den Waldrand erreicht, als Adnan ihn einholte. »Siehst du sie?«

»Nein, aber sie sind da.«

»Woher weißt du das?«

»Sie sind da.«

Sie gingen in hohem Tempo weiter. Durch das Wäldchen. Auf dem ausgetretenen Pfad, umgeben von Birken, Fichten, Büschen. Rauf auf den Hügel. Adnan sah sich um. Suchte Jugos. Heute waren sie da. Sie würden auftauchen. Er sah nichts. Hörte nichts. Außer ein wenig Vogelgezwitscher und das dumpfe Brummen des Verkehrs in der Ferne. Er war mehr und mehr überzeugt, dass die Jugoslawen noch nicht gekommen waren. Dass er und Hajir die Ersten waren und warten mussten. Dabei noch nervöser würden. Zumindest Adnan. Hajir wirkte total ruhig. Vollkommen auf die Aufgabe konzentriert.

Doch da tauchten sie wie aus dem Nichts auf. Milorad Kraljevic stand ein paar Meter entfernt vor ihnen. Der Gorilla neben ihm. Links und rechts hatten sich zwei weitere Hünen postiert. Adnan kannte sie noch nicht. Sie wirkten gigantisch. Und dabei war Adnan selbst kein Zwerg. Wo fand Milorad eigentlich all diese bulligen Jugos mit steinerner Miene? Sicher nicht unkompliziert, seinem Anforderungsprofil zu entsprechen.

Er sah, dass die neuen Büffel Waffen trugen. Sie zeigten sie deutlich. Hatten die Hand am Kolben. Hatte Vincent nicht klargemacht, dass keine Waffen mitgenommen werden durften? Galt das nur für ihn und Hajir? Was waren das für verfluchte Regeln? Hatte Vincent ihn übers Ohr gehauen? War Vincent von Mr K übers Ohr gehauen worden? Wie auch immer: Scheißsituation. Irgendetwas lief schief.

Er musterte Milorad und den Gorilla. Beides Muskelberge. Milorad war ungefähr so groß wie Adnan. Der Gorilla einen Tick kleiner. Aber dafür doppelt so große Bizepse. Der Typ schluckte garantiert Anabolika. Hob zweimal am Tag Gewichte. Seine Nasenflügel bebten, als er Hajir entdeckte. Sah aus wie ein angriffsbereiter Stier. Adnans Talent im Thaiboxen in allen Ehren, mit dem Gorilla wollte er lieber keinen Nahkampf wagen. Er beschloss, was er tun würde, wenn die Lage außer Kontrolle geriet – davonrennen. Das Problem waren nur die Waffen. Hajir und er waren krass unterlegen.

»Guten Tag, Adnan. Wie ich sehe, hast du Gesellschaft.« Milorads tiefe, heisere Stimme durchbrach die Stille.

»Du auch.«

Dumpfes Gelächter. »Nicht gerade der Moment, lustig zu werden.«

»Ich dachte, Vincents Anweisungen gelten auch für dich.«

»Vincent, diese kleine Ratte. Glaubst du, der hat mir etwas zu sagen? Ich betreibe ein paar Geschäfte mit Vincent, weil ich das will. Ich ficke ihn in den Arsch, wenn ich das will. Ich ficke seine Mutter, wenn ich das will. Dass ich heute hier bin, bedeutet nicht, dass sich irgendetwas verändert hat. Du bist mir eine Menge Kohle schuldig. Du hast ein verdammtes Glück, dass du noch am Leben bist.«

»Ich habe zweihundert dabei, wie ausgemacht.« Adnan war selbst erstaunt, wie ruhig seine Stimme klang.

»Du und ich haben gar nichts ausgemacht. Ich bestimme die Bedingungen. Aber du kannst dich heute bei deinem Schutzengel bedanken. Zweihundert reichen dieses Mal. Danach wird nicht mehr gespaßt.«

Was bildete Milorad sich eigentlich ein? Versuchte der Jugo, ihm weiszumachen, dass Vincent nicht das Sagen hatte? An Vincents Macht konnten nicht einmal die Jugos rütteln. Er hatte ein Kontaktnetz, das über das ganze Universum verstreut war. Dieser Mann könnte mit einem Fingerschnipsen den Dritten Weltkrieg starten.

Aber Ádnan hielt lieber die Klappe. Es war besser, dem Jugo seinen Glauben zu lassen.

»Na, gebt ihr uns die Kohle heute noch?« Milorad schien es eilig zu haben.

Adnan blickte zu Hajir und bedeutete ihm mit einem Kopfnicken, dass er die Tasche aushändigen sollte.

Hajir machte einen Schritt nach vorn. Die Nasenflügel des Gorillas bebten.

»Wir haben das Geld. Aber nicht hier«, sagte Hajir.

Adnan starrte ihn an. Brach in Schweiß aus. Was zum Teufel trieb der Volltrottel da? War er lebensmüde?

»Ist das ein Scherz, oder was? Ihr seid überhaupt nicht in der Position, Witze zu machen.« Milorad wurde sauer. Die Büffel neben ihm machten einen Schritt vorwärts. Fingerten an ihren Waffen herum.

Hajir fuhr seelenruhig fort: »Wir haben das Geld an einer sicheren Stelle in der Nähe. Wenn ihr die Waffen weggelegt habt, holen wir es. Dann kriegt ihr eure Kohle.«

Adnan sah, dass Milorad nicht sonderlich amüsiert war. »Ihr wisst schon, mit wem ihr es zu tun habt? Das ist gegen die Abmachung. Ihr solltet das Geld dabeihaben, hier und jetzt.«

»Und nach der Abmachung sollte niemand Waffen tragen.

Deine beiden Heinis können gleich mal anfangen.« Hajir war eiskalt. Nickte in Richtung der Büffel.

Milorad schien nachzudenken. Wollte offenbar nicht an Prestige verlieren. Dann hob er beide Arme. Die beiden Männer reagierten sofort und legten ihre Waffen vor sich ab.

»Ihr auch.« Hajir schaute zu Milorad und dem Gorilla.

Der Gorilla murmelte etwas Unverständliches.

Milorad – waren seine Wangen rot geworden?

Hajir gab nicht nach. »Ich weiß, dass ihr auch Waffen habt. Es hat keinen Sinn zu diskutieren. Wollt ihr die Kohle, dann macht, was ich sage. Nachher können alle zufrieden wieder nach Haus gehen.«

Milorad sagte etwas zu dem Gorilla, das nicht auf Schwedisch war.

»Hört auf mit diesem Jugogequatsche! Hier sollen alle verstehen, was gesagt wird.«

»Du wirst das hier eines Tages bereuen«, knurrte Milorad. Fühlte sich wohl gekränkt. Er und der Gorilla zogen jeweils eine Waffe hinter dem Rücken hervor. Legten sie vor sich auf den Boden.

»Jetzt geht fünf Meter zurück.«

Keiner bewegte sich.

»Zurück mit euch, verdammt!« Hajir senkte die Stimmlage um eine Oktave. Seine Körpersprache verlangte nach Respekt.

Machtspiel.

Milorad machte den ersten Schritt rückwärts. Die Übrigen folgten seinem Beispiel. Widerwillig.

»Jetzt scheinen wir uns langsam einig zu werden. Wir sind in fünf Minuten wieder hier. Und dann liegen die Waffen noch da. Wenn ihr euch nur einen Millimeter rührt, könnt ihr das Geld vergessen.«

Hajir ging ein paar Meter rückwärts auf dem Pfad, auf dem

sie gekommen waren. Trug die schwarze Tasche in der Hand. Dann drehte er sich um und ging weiter. Adnan folgte ihm. Blickte sich ständig um und schaute, was die Jugos machten. Aber sie standen weiter da. Reglos.

Adnan wartete, bis sie außer Hörweite waren.

»Was zur Hölle treibst du hier? Wenn du dich umbringen willst, hättest du mir vorher Bescheid geben können. Dann hätte ich Miran mitgenommen.«

»Du, diese Wichser wollen sich nur aufspielen. Die hätten doch niemals geschossen. Aber sie sollen verflucht noch mal nicht glauben, dass sie mich einschüchtern können.«

Adnan beschlich der Verdacht, dass Hajirs private Angelegenheiten die Ursache für sein Handeln waren.

»Wenn du nicht dachtest, dass sie schießen könnten, dann war dieses Theater verflucht unnötig.« Adnan packte die Wut. Er hatte keine Lust, sein Leben zu opfern, nur weil Hajir dem Gorilla trotzen wollte. »Und wo ist die Kohle bitte?«

»In der Tasche natürlich.«

Adnan ging ein Licht auf. Hajir hatte die Jugos reingelegt, und auch ihn. Er war sich nicht sicher, was er davon halten sollte. Aber er musste zugeben, dass Hajir ihm imponierte.

»Was machen wir jetzt?«

»Wir warten kurz und gehen dann zurück. Lassen die Tasche oben auf der Anhöhe. Das ermöglicht uns einen ordentlichen Vorsprung bis zum Auto.«

»Ich kapiere nur nicht, wieso sie alles akzeptiert haben, was du verlangt hast. So nötig haben sie normalerweise doch die Kohle nicht.«

»Denen ist das Geld total egal. Die wollen nur ihr Revier markieren. Aber Vincent muss ein heftiges Druckmittel gegen das Schwein haben. Sonst hätten sie niemals einen Aufschub und den ganzen Blödsinn hier hingenommen.«

Hajir imponierte ihm noch mehr. Er hatte recht. Natürlich verdankten sie es Vincent, dass sie nach diesem Auftritt von Hajir noch lebten. Vielleicht hatte Hajir die Lage also doch im Griff. Warum sollten sie sich vor den Jugos beugen? Adnan fragte sich, was für ein Druckmittel Vincent hatte. Aber Vincent beherrschte die ganze Vergnügungsindustrie. Kannte jeden Politiker, der nicht nur seine Frau fickte. Jeden Star, der mehr wollte als nur Alkohol. Jeden Hinz und Kunz, der aus dem üblichen Raster des braven Schweden ausbrechen wollte.

Hajir blieb stehen, als sie von der Anhöhe heruntergekommen waren. »Lass uns mal sehen, was sie machen.« Er legte sich auf den Bauch und robbte zu einem Busch vor. Adnan folgte ihm. Entdeckte zu seinem Erstaunen, dass die Jugos sich nicht vom Fleck gerührt hatten.

Adnan flüsterte. »Hast du den Gorilla vorhin gesehen? Du hast keinen positiven Eindruck auf ihn gemacht.«

»Nein, sicher nicht. Außerdem hat ihm Isabella vor Kurzem eine Neuigkeit überbracht.«

»Welche Neuigkeit?«

»Wir kriegen ein Kind.«

»Du verarschst mich.«

»Natürlich verarsche ich dich nicht. Der Gorilla ist komplett durchgedreht. Hat gedroht, ihr sein Messer in den Magen zu bohren. Das Schwein kann vergessen, Sandra je wiederzusehen. Dieser Irre würde sein eigenes Kind umbringen, nur um Isabella wehzutun.«

Adnan wurde mit einem Mal wieder unsicher. Es ging hier längst nicht mehr nur um die Übergabe des Geldes. Alles drehte sich um ein Dreieckecksdrama, in das er hineingezogen worden war.

»Verdammte Scheiße, du hättest etwas sagen können.

Jetzt haben wir die Kacke. Ich traue diesem Spinner nicht. Wir geben ihnen die Kohle ein anderes Mal und hauen lieber ab.«

»Wir können jetzt nicht weg, Mann. Damit geben wir ihnen nur einen Grund zum Angriff. Und willst du zurück zu Vincent kriechen, um ihm zu sagen, dass du dir plötzlich in die Hose gemacht hast?«

Adnan wurden die Konsequenzen klar. Der einzige Ausweg: weitermachen. »Verflucht noch mal!«

»Du könntest gratulieren.«

Adnan runzelte die Stirn.

»Zum Kind«, meinte Hajir.

Vielleicht nicht das Erste, an das Adnan in dieser Lage dachte, aber logisch. »Glückwunsch, Bruder. Wir reden nachher noch drüber, okay?«

»Ja. Jetzt ab. Bist du bereit?«

»Kann losgehen.«

Sie krochen ein Stück zurück und standen auf, sobald sie sicher waren, dass die Jugos sie nicht sehen konnten. Stiegen wieder auf die Anhöhe. Die Jugos noch immer in derselben Position. Wie fest verwurzelte Bäume.

Hajir brüllte. »Hier habt ihr das Geld!« Er warf die Tasche ein Stück den Hang hinab.

Bevor Adnan sich umdrehte, um loszurennen, sah er, dass die Jugos stehenblieben. Bis auf einen.

Der Gorilla.

Adnan rannte. Hajir war knapp hinter ihm. Hatte Zeit verloren, als er die Tasche geworfen hatte.

Adnan schielte zurück. Sah, wie der Gorilla seine Waffe vom Boden aufhob.

Milorad brüllte etwas in einer Jugosprache.

Der Gorilla war schon halb den Hang hoch. Sie hatten

seine Geschwindigkeit unterschätzt. Wie ein Sprinter. Trotz der enormen Muskelmasse.

Scheiße! Adnan beschleunigte. Näherte sich dem Fußballplatz. Hörte Hajir hinter sich.

Es knallte, und etwas sauste an Adnans Ohr vorbei.

Panik. Der Gorilla hatte total die Kontrolle verloren.

Milorad brüllte noch immer.

Es knallte erneut.

Adnan hörte den Aufprall.

Sah Hajir auf dem Bauch liegen. Das Kinn im Dreck. Die Augen aufgerissen.

In Adnans Ohren brauste es. Irgendwo brüllte Milorad.

Hajir reglos.

Der Gorilla blieb stehen. Starrte Adnan an. Senkte die Waffe. Machte kehrt und verschwand im Gebüsch.

Adnan hyperventilierte.

Vorhang zu.

20

»Was hast du heute Leckeres?« Tobbe neigte sich vor, um zu sehen, was sich Amanda in der Mikrowelle aufwärmte.

Sie holte den Teller mit Fleischbällchen und Makkaroni heraus.

Tobbe grinste. »Aha, Singlefraß.«

»Hör mal, nur weil du Frau und Kinder hast, musst du mir nicht so kommen.«

»Oh, da hat jemand etwas in den falschen Hals gekriegt.«

»Unsinn. Ich will halt nicht den ganzen Tag zu Hause hocken und Kinder hüten. Nein danke, mir geht es gut so.«

»Schon gut, du gewinnst.«

»Hm, in der Tat. Dass du nie lernen wirst, dass man mit mir lieber nicht rumdiskutiert. Und was weißt du schon? Vielleicht bin ich ja gar nicht mehr Single.«

»Ist es jetzt ernster mit diesem Benz-Typen?«

Zum Glück wusste Tobbe nicht mehr über Adnan als seinen Vornamen. Wobei Adnan ja eigentlich kein Kerl war, mit dem sie zusammen sein wollte. Aber warum fiel es ihr dann so schwer, nicht an ihn zu denken?

Sie setzten sich in den Aufenthaltsraum, um zu essen. Amandas Haare tropften nach der Dusche. Sie hatten eben eine Sporteinheit hinter sich, und es war immer stressig, noch schnell etwas zu essen und zu duschen, bevor man den Bereitschaftsdienst begann. Die Jungs hatten es da einfacher. Keine Schminke und keine langen Haare, die gebürstet und zurechtgemacht werden mussten.

»Wie still du auf einmal bist. Da habe ich wohl ins Schwarze getroffen.« Tobbe ließ nicht locker. »Ich sehe ja, wie du strahlst.«

»Wahrscheinlich wegen der neuen Foundation.«

»Der neuen was?«

»Foundation. Gesichtscreme.« Sie lachte.

»Mir war schon klar, dass es irgend so etwas ist. Aber mich kannst du nicht täuschen. Ich sehe, dass du was am Laufen hast.«

»Du darfst denken, was du willst. Ich bin auf jeden Fall Single.«

»Wie du willst. Mit wem fährst du heute eigentlich zusammen?«

»Mit Kerstin.«

»Na Glückwunsch.« Tobbe grinste. Amanda verstand, was er meinte.

Mit Kerstin wollte nach Möglichkeit niemand im Wagen landen. Eine ältere Kollegin, die schon längst nicht mehr auf Streife gehen sollte. Nicht sonderlich sicher, sie an der Seite zu haben. Mit ihren Nerven wäre sie besser für die Asservatenkammer geeignet. Sobald sie mit Blaulicht fuhr, wurde sie so gestresst, dass sie nur noch einen Tunnelblick hatte. Außerdem hatte sie kaum noch Platz auf dem Sitz.

»Wenigstens ist sie nett. Hoffentlich kriegen wir nichts Schlimmeres zu tun als ein paar Taschendiebe.«

»Ja, hoffentlich. Und übrigens, hast du gesehen, wie sie Micke anmacht? Der Gute ist völlig fertig.«

»Ich hab's gemerkt, der Arme.«

Micke war ein Praktikant von der Polizeischule und saß an der Rezeption. Keiner konnte übersehen, wie Kerstin um ihn herumschwänzelte. Aber es war schön zu beobachten, wie sie in der letzten Zeit aufgeblüht war.

Die Besprechung dauerte nur kurz. Einsatzleiter Nils Söderling fasste die wichtigsten Ereignisse zusammen, die seit dem letzten Mal geschehen waren. Und natürlich erwähnte er auch, wer Namenstag hatte.

Eine halbe Stunde später saßen sie im Streifenwagen. Kerstin fuhr, und Amanda übernahm den Platz am Funkgerät. Kerstin schnaufte und stöhnte. Rutschte hin und her. Versuchte, eine bequeme Sitzposition zu finden. Zerrte an ihrem Waffengürtel, um die Handschellen zur Seite zu schieben, weil sie im Rücken drückten. Amanda lächelte. Auch sie musste ganz schön tricksen, um im Wagen mit der Ausrüstung zurechtzukommen. Da verstand sie Kerstin, die ein paar Kilo mehr auf den Rippen hatte.

Bevor sie aufgebrochen waren, hatte sich Amanda noch rasch in den Computer eingeloggt. Sie wollte sich den Bericht zu dem gestohlenen Lieferwagen ansehen. Inzwischen war etwas Neues hinzugekommen, und sie las, dass der Wagen in einem Waldgebiet in Vällingby aufgefunden worden war. Er war ausgebrannt. Man hatte keine verwertbaren Spuren mehr sichern können.

Amanda hatte richtig geraten. Der Lieferwagen war in der Stockholmer Gegend entsorgt worden. Ihre Ahnungen über den Aufenthaltsort der Täter schienen sich zu bewahrheiten. Irgendwo in ihrer Nähe. Russische Soldaten, die aus irgendeinem Grund einen Pavian gestohlen hatten. Sie überlegte, was sie mit der neuen Information anfangen konnte. Im Augenblick – nichts. Sie konnte nur abwarten und hoffen, dass etwas passierte, aus dem sie neue Schlüsse ziehen konnte.

Dann war da auch noch Magnus. Er hatte sich schon lange nicht mehr gemeldet und sie sich auch nicht. Wie hart arbeitete er an Adnan? Sie wusste, dass er es tat, so gut kannte sie ihn inzwischen. Er würde sich niemals ausbooten lassen, ohne an Revanche zu denken. Sie hoffte nur, dass er in die Richtung steuerte, die sie selbst geplant hatte. Damit das alles nicht umsonst gewesen war. All das, was sie auf sich genommen hatte. Aber Sannas Schicksal war wichtiger. Die Ungewissheit sorgte dafür, dass sie keinen Strich unter die Sache ziehen konnte. Alles hinter sich lassen, trauern. Amandas Leben befand sich im Stand-by-Modus.

Pause.

Kerstin fuhr in Richtung Ekerö. Es war typisch für sie, eine ruhige Gegend zu wählen. Wenn irgendwo ein Alarm rausging, dann waren sie meistens so weit weg, dass die Einsatzleitung eine andere Patrouille rief. Amanda nervte das. Sie hatte keine Lust, die ganze Schicht lang an Wiesen und Feldern vorbeizufahren und Kühen beim Weiden zuzusehen.

»Wäre es nicht besser, wenn wir in der Gegend um Järva oder so bleiben, damit wir ein bisschen was zu tun kriegen?« Amanda blickte zu Kerstin und versuchte, nett zu klingen.

»Nein, da fahren ja alle anderen herum. Es ist besser, wenn wir uns ein wenig verstreuen. Da draußen können auch Dinge passieren, weißt du.«

»Vielleicht. Aber sehr wahrscheinlich ist es nicht. Es erscheint mir ziemlich sinnlos, stundenlang nur durch die Gegend zu fahren.«

»Aber es ist auch gut, einfach nur gesehen zu werden, weißt du. So beugt man Verbrechen vor. Die Leute fahren langsamer beispielsweise, wenn sie uns sehen.«

»Ja, das ist schon gut.«

»Ja, ist es. Das kann viele Leben ret…« Kerstin wurde von einer Funkdurchsage unterbrochen.

Von drei null, Prio eins. Schusswechsel in Husby. Tatort ein Waldgebiet am Fußballplatz. 33-9100, ihr seid dran? Kommen.

Hier 33-9100, verstanden. Dann möchte ich zuallererst ein paar Wagen, die in der Nähe sind. Bitte um Meldungen, aber haltet die Leitung frei. Kommen.

33-3170, aus Rinkeby. Kommen.

33-3950, am Hjulstakreuz. Kommen.

33-3980, Traneberg. Kommen.

Typisch, wie immer gab es einen hitzigen Kollegen, der nicht kapierte, dass man die Klappe hielt, wenn man sich am anderen Ende des Bezirks befand.

Vier Täter haben den Tatort verlassen, bislang alle unbekannt. Und wir nehmen Kanal 31. 33-9100. Kommen.

Amanda schaltete auf Kanal 31. Drehte den Kopf und blickte zu Kerstin hinüber. Was trieb die Frau? Tuckerte weiter gemütlich dahin!

»Hast du nicht gehört! In Husby wurde auf eine Person geschossen!«

»Klar hab ich es gehört. Ich muss nur noch eine Stelle zum Wenden finden.«

»Schalte doch einfach die Sirene an und dreh hier um.«

Kerstin starrte auf das Armaturenbrett und fuhr mit den Fingern über die Knöpfe. Es war schlimmer, als Amanda gedacht hatte. Kerstin fand nicht einmal den Knopf für das Blaulicht. Amanda streckte die Hand aus und half ihrer Kollegin. Die Sirene heulte auf.

»Herrje! Wo soll ich hier wenden? Es kommen so viele entgegen!« Kerstin fuchtelte am Lenkrad herum. Schaltete aus Versehen die Scheibenwischer ein. Sie knirschten auf der trockenen Scheibe.

»Ganz ruhig, Kerstin. Hol tief Luft und fange langsam an zu wenden, sodass die entgegenkommenden Fahrer verstehen, was du willst. Sie werden stehenbleiben und dich durchlassen.« Es hatte keinen Sinn, Kerstin noch mehr zu stressen. Nach einer Weile schaffte sie es. Jetzt fuhren sie immerhin in die richtige Richtung.

Amanda konzentrierte sich wieder auf die Funkdurchsagen. Verstand, dass 33-3950 bereits vor Ort war. Dem Opfer war in den Rücken geschossen worden. Nicht bei Bewusstsein, und es sah kritisch aus. Eine weitere Person befand sich am Tatort, war aber unverletzt.

33-9100 an 33-3950. Kommen.

Verstanden.

Ist es sicher genug, um einen Krankenwagen zu schicken? Kommen.

Ja, es sind nur noch der Verletzte und sein Freund da. Kommen.

Gut, drei null, habt ihr das gehört? Kommen.

Drei null verstanden.

33-3950 noch einmal. Was wissen wir über die Täter und ihr Fluchtfahrzeug? Kommen.

Leider nicht viel. Der Freund hier sagt, dass es vier Männer waren. Mehr weiß er aber nicht. Das Fluchtfahrzeug ist unbekannt. Meiner Meinung nach will er nicht reden. Es scheint sich um eine Art Abrechnung zu handeln. Kommen.

Verstanden. Schaut, dass ihr so viel wie möglich herauskriegt und die beiden Betroffenen identifiziert. Kommen.

Verstanden.

Und 33-3170. Kommen.

Du übernimmst die Leitung vor Ort, Nilsson. Sperrt die Gegend ab und achtet darauf, dass so wenig Leute wie möglich im abgesperrten Bereich herumlaufen. Auch keine Kollegen. Kommen.

Ist klar.

Amanda hatte sich noch nicht gemeldet. Sie waren noch immer ein ordentliches Stück vom Tatort entfernt. Kerstin kroch im Schneckentempo dahin. Wurde von anderen Autos überholt, obwohl das Blaulicht an war. Peinlich. Aber Amanda sagte lieber nichts. Weitere Patrouillen meldeten sich an. Fahnder, Hunde, Einsatztruppe. Ein paar Wagen aus Norrort, die den Nachbarbezirk unterstützen wollten.

Als Kerstin es endlich bis zum Brommaplan geschafft hatte, war es an der Zeit, sich zu melden.

»33-3920 an drei null, wir sind am Brommaplan. Fahren jetzt zum Einsatzbereich. Kommen.«

Drei null verstanden.

»Der Einsatzbereich? Wo ist der?« Kerstin fuhr extra vorsichtig durch den Kreisverkehr.

Amanda seufzte innerlich. Kerstin bekam vor Stress nichts mehr mit, hörte nicht einmal mehr, was per Funk durchgegeben wurde.

»An der Shell-Tankstelle in der Norgegatan. Wir sind wahrscheinlich als Letzte dort. Mal sehen, ob für uns noch etwas zu tun ist.«

Kerstin sagte keinen Mucks.

Im Äther ging die Kommunikation weiter. Patrouillen kontrollierten Fahrzeuge und Personen. Überprüften U-Bahnen und Busse. Techniker wurden hinzugerufen. Hundepatrouillen ausgesandt. Die Befragung der umliegenden Bewohner eingeleitet.

Kerstin fuhr vorsichtig weiter. Die Sirene schrie. Sie näherten sich der Umgehungsstraße bei Kymlinge.

33-3950 an 33-9100. Kommen.

Verstanden. Kommen.

Wir haben einen der Betroffenen identifiziert, den Unverletzten. Er heißt Adnan Nasimi. Kommt in den meisten unserer Register mit schweren Vergehen vor. Er steht nicht auf der Fahndungsliste. Diesem Adnan zufolge heißt der Verletzte Hajir El-Batal. Wir haben noch keine Identitätsnummer von ihm. Er wird in diesem Augenblick in den Krankenwagen gehievt. Kommen.

Verstanden. Eine Patrouille soll die Identität des Verletzten überprüfen. Eine Patrouille ohne Auftrag. Kommen.

Amanda meldete sich sofort. »33-3920 übernimmt. Ich nehme an, es geht zum KS? Kommen.«

33-3950 hier. Ja, KS. Over and out.

Amanda war plötzlich froh, dass sie mit Kerstin unterwegs war. Hätte es sich um einen engagierteren Kollegen gehandelt, würde sie jetzt in Uniform vor Adnan herumtanzen. Und das war nicht im Sinne des Erfinders. Sie erschauderte unwillkürlich. Adnan bei einem Schusswechsel. Nicht völlig unerwartet. Aber dennoch. Er hätte sterben können. Verletzt. Der Gedanke machte Angst.

Nun würde sie stattdessen ins Karolinska Sjukhuset fahren, um Adnans Kumpel zu identifizieren, Hajir El-Batal. Der Name sagte ihr etwas. Kam öfter im Zusammenhang mit Adnan im Fahndungsregister vor.

Kerstin wirkte erleichtert. Ihr Griff um das Lenkrad hatte sich gelockert. Jetzt musste sie nicht ins Auge des Sturms. War vermutlich einfacher für sie, es mit einem halbtoten Menschen auf dem Operationstisch zu tun zu haben.

Sie gingen in die Notaufnahme und stiegen die Treppe zum Schockraum hoch. Klingelten. Eine Krankenschwester öffnete in voller Montur, Schutzkleidung, Handschuhe, Haarnetz, Mundschutz. Sie wurden hereingelassen, stellten sich in eine Ecke und warteten. Nicht der Augenblick, Angaben zur Identität zu erfragen, während die Ärzte versuchten, das Leben zu retten. Etwa zehn Personen arbeiteten konzentriert. Hajir war kurz vor Amanda und Kerstin angekommen. Er lag auf dem Operationstisch, der von einer gigantischen Lampe erhellt wurde. Ein Anästhesist hielt ihm eine Sauerstoffmaske über das Gesicht. Er lag reglos da. Stumm. Jemand schnitt die blutigen

Klamotten auf. Ein anderer setzte Spritzen. Einer blickte zur Uhr. Es schien, als versuchten sie erst einmal, die kräftigen Blutungen zu stillen. Amanda glaubte, ein Einschussloch im Rücken zu sehen, aber keinen Ausschuss auf der Vorderseite. Vermutlich handelte es sich um Munition, die sich im Opfer zerlegte statt geradewegs hindurchzugehen. Wer solche Patronen benutzte, war darauf aus, so viel Schaden wie möglich zuzufügen. Die Polizei verwendete dieselbe Munition, aber aus einem anderen Grund: um das Risiko zu minimieren, dass die Kugel eine weitere Person traf. Es war ein umstrittenes Thema unter Kollegen, aber Amanda war der Meinung, dass die Behörde die richtige Entscheidung getroffen hatte. Lieber den Täter schwer verletzen, als zu riskieren, dass die Kugel einen Unschuldigen traf.

Sie standen etwa zehn Minuten lang da, bis eine Ärztin zu ihnen trat.

»Hallo, ich nehme an, dass Sie ihn identifizieren wollen? Ich glaube, dass er einen Geldbeutel in der Hose hatte.« Sie hielt ihnen eine Plastiktüte mit den blutigen Klamotten hin.

»Danke«, sagte Amanda. »Ja, vernehmungsfähig scheint er definitiv nicht zu sein. Wird er überleben, was meinen Sie?«

»Er ist schwer verletzt und hat viel Blut verloren. Die ersten vierundzwanzig Stunden sind besonders kritisch. Es ist momentan schwer, eine Prognose abzugeben. Sollten Sie einen Personalausweis finden, wäre es schön, wenn Sie uns auch Bescheid geben.«

Amanda zog sich ein Paar Plastikhandschuhe über und wühlte vorsichtig in der Tüte. Sie wollte die Klamotten möglichst unberührt lassen, da sie noch zur Spurensicherung geschickt würden. Sie fand den Geldbeutel und versuchte, ihn herauszunehmen, ohne ihre Uniform mit Blut zu beschmutzen. Durchsuchte den Inhalt. Eine Visa-Karte, eine Trainingskarte für ein Thaiboxen-Studio in Söder. Amanda kannte es. Allgemein bekannt als Treffpunkt für Kriminelle. Eine Ikea-Family-Karte. Unerwartet, das schien nicht zu diesem Typen zu passen. Schließlich fand sie einen Ausweis von Hajir. Stellte fest, dass er zwei Jahre älter als Adnan war. Braune Haare, Bartwuchs. Nicht unbedingt ein Adonis, sah aber nett aus.

Nachdem sie den Schockraum verlassen hatte, rief sie den Einsatzleiter an und bestätigte, dass es sich bei dem Verletzten um Hajir El-Batal handelte. Sie bekamen die Anordnung, im Krankenhaus zu bleiben und Wache zu halten. Im Moment war nicht klar, ob die Täter zurückkommen würden, um ihr Werk zu vollenden. Aus Erfahrung wusste man auch, dass die Belegschaft gelegentlich Unterstützung brauchte, wenn die Verwandten des Opfers auftauchten. Verzweifelte Angehörige hatten schon öfter Chaos im Krankenhaus verursacht.

Amanda war zufrieden mit der Aufgabe. So ging sie Adnan aus dem Weg, der zur Vernehmung mit aufs Revier genommen worden war. Überlegung: Sollte sie ihn später anrufen, wenn sie ihre Schicht beendet hatte?

Amanda und Kerstin standen fast eine Stunde lang vor dem Schockraum, bis Hajir auf die Intensivstation gebracht wurde. Aufgrund der Gefahrenlage bekam er ein eigenes Zimmer, und Amanda holte zwei Stühle, die sie vor die Tür stellte, damit Kerstin und sie sich hinsetzen konnten.

»Na, dann schauen wir mal, wie es für Hajir El-Batal ausgeht«, meinte Amanda.

»Ja, um Gottes willen! So aufeinander zu schießen. Das ist doch verrückt. Glaubst du, sie kommen hierher und versuchen es noch einmal?«

»Nein, da brauchen wir uns keine Sorgen zu machen, denke ich. Diese Leute wissen ganz genau, dass wir hier sind. Wenn es hier Ärger gibt, dann wohl eher wegen seiner Familie, die bald antanzen wird.«

»Aber wir werden bestimmt abgelöst, bevor sie herkommen. Denkst du nicht?«

Amanda nickte und hoffte es. Vor allem für Kerstin.

21

Magnus war sofort in den Wagen gesprungen, als er die Nachricht gehört hatte. Samir hatte ihn angerufen. Vollkommen hysterisch. Man hatte auf seinen Bruder geschossen?

Magnus hatte die Einsatzkanäle im Polizeifunk abgesucht. Er scherte sich nicht um die Vorschrift, das Gerät stets im Waffenschrank im Büro einzuschließen. Er hatte es immer dabei. Es war gut zu wissen, was auf den Straßen los war. Auch kein Nachteil, von den Verkehrskontrollen zu hören. So konnte er zwischendurch mal seinen Journalistenfreund anrufen und erzählen, wo es brannte. Nachdem die Polizei ihr Funksystem geändert hatte, konnte niemand von außerhalb mehr heimlich mithören. Journalisten waren von hilfsbereiten Polizisten abhängig. Und am besten nutzte man es jetzt aus, wo es funktionierte. Es war sicher nur eine Frage der Zeit, bis irgendein Computernerd sich wieder ins System hackte. Dann war es vorbei mit dem leicht verdienten Geld.

Nach einer Weile hatte er den richtigen Kanal gefunden. Aus dem, was gesprochen wurde, schloss er, dass Samir fehlinformiert war. Man hatte auf jemanden geschossen, aber nicht auf Adnan Nasimi. Der saß wohlbehalten in einem Streifenwagen und wurde aufs Revier gebracht. Aber der kleine Samir durfte noch ein wenig auf die frohe Botschaft warten. Schadete nicht, wenn er eine Weile schwitzte. Außerdem hatte Magnus jetzt keine Zeit, es gab Wichtigeres. Er wusste, dass Amanda arbeitete, ihre Schichten hatte er stets im Kopf. Wie viel hatte sie mitbekommen? War sie bei dem Einsatz dabei?

Wie auch immer, spätestens jetzt würde sie wissen, dass sie es mit einem Ganoven trieb. Falls sie es nicht schon die ganze Zeit gewusst hatte. Der Gedanke, von diesem verfickten Araber ausgebootet worden zu sein, schmerzte. So eine Scheiße, dass er heute nicht im Dienst war und ein bisschen was drehen konnte.

Er fuhr direkt zum Polizeirevier. Der Tatort war uninteressant. Der Einsatz längst vorbei. Er ging zu dem Beamten, der die Aktion geleitet hatte. Tat so, als wäre er im Dienst, und hoffte, dass er nicht nachfragte.

»Grüß dich, Söderling, wie läuft's?«

Söderling antwortete, ohne den Blick vom Computerbildschirm zu nehmen. »Na ja, noch haben wir nichts Konkretes. Der Zeuge ist nicht sonderlich kooperativ. Mal sehen, ob er bei der Vernehmung mehr redet.«

»Daran hab ich gerade gedacht. Wäre gut, wenn nicht irgendwer das Verhör macht. Du weißt, was ich meine. Das ist ja unsere Chance, etwas rauszukriegen. Wäre blöd, wenn irgendein müder Sesselfurzer von der Kripo es versaut.«

»Wolltest du dich selber vorschlagen, oder was?« Söderling blickte Magnus jetzt zum ersten Mal an. Magnus wusste, dass Söderling nicht viel für ihn übrighatte. Wahrscheinlich weil Magnus einige kritische Ansichten zu Fällen geäußert hatte, für die Söderling verantwortlich gewesen war. Söderling war nicht gerade jemand, der einen Fall energisch pushte. Setzte ungern Mittel ein, die im Anschluss hinterfragt werden könnten. Wartete lieber und ließ den Staatsanwalt entscheiden – was meist in einem Nein mündete.

»Klar wäre das die beste Lösung.« Magnus blinzelte Söderling zu, der aber nicht im Geringsten amüsiert aussah. »Aber ich muss mich zurückhalten. Wir haben den Kerl anderweitig im Visier.«

»Inwiefern?«

»Kann ich nicht sagen. Aber es hat keine Bedeutung für diesen Vorfall.«

»Und wie kannst du dir da so sicher sein?«

»Ich weiß es. Zumindest ist es nichts, was im Augenblick wichtig ist. Irgendwann landen die Ermittlungen aber ohnehin bei uns. Da ist es unnötig, wenn ich jetzt Infos preisgebe. Du weißt, wie die Kollegen sind. Hält man ihnen den kleinen Finger hin, nehmen sie gleich die ganze Hand.«

Söderling konzentrierte sich wieder auf seinen Bericht.

Magnus fuhr fort. »Ja, ich dachte an Amanda aus deinem Team. Hat verdammt was drauf, das Mädchen. Sie hat bei mir oben gearbeitet, als sie Anwärterin war. Sie könnte doch die Vernehmung führen?«

Söderling hielt den Blick auf den Bildschirm gerichtet, während er antwortete. »Sie hat etwas anderes zu tun. Ist im KS bei dem Verletzten. Ich habe Öhlund für die Vernehmung eingeteilt.«

»Öhlund? Willst du alles vermasseln?«

»Er ist völlig in Ordnung. Er hat viel Erfahrung und kennt sich mit dem Fall aus.«

»Dass er viel Erfahrung hat, bedeutet nicht, dass er auch kompetent ist.«

»Meiner Meinung nach ist er kompetent. Du, ich will jetzt in Ruhe weiterarbeiten.«

Verfluchter Söderling! »Klar. Wünsch Öhlund viel Glück von mir. Wird interessant zu sehen, wie er sich angestellt hat, sobald wir die Sache übernehmen. Bis dann.«

Na ja. Vielleicht machte es ja nichts, wenn Öhlund die Vernehmung in den Sand setzte. Adnan wurde schließlich keiner Tat verdächtigt.

Magnus' Trumpf war nun der kleine Samir. Er holte sein

Handy hervor und rief ihn an. Dabei ging er in sein Büro zurück. Samir meldete sich beim ersten Klingeln.

»Was ist los? Warum haben Sie nicht angerufen?«

»Ich rufe ja jetzt an. Und ich habe gute Neuigkeiten, mein Junge. Dein Bruder ist unverletzt. Er ist gerade auf dem Revier und wird vernommen.«

»Was! Stimmt das?«

»Ja, natürlich stimmt das.«

Samir schrie anderen irgendetwas in Kanakensprache zu, und Magnus hörte laute Freudenrufe im Hintergrund. Musste das Handy vom Ohr weghalten.

»Hallo? Waren das deine Eltern, oder was?«

»Ja. Sie haben sich unglaubliche Sorgen gemacht. Meine Mutter hätte fast einen Herzinfarkt bekommen. Wir dachten, Adnan sei tot oder so. Jeder hat etwas anderes gesagt. Einer meinte, mein Bruder. Ein anderer meinte, Hajir. Niemand wusste Genaues. Hatten Schüsse gehört und so. Scheiße, Mann.«

Typisch Dschungeltelefon. Alle wussten alles, aber eigentlich doch nichts.

»Adnan hat Glück gehabt. Aber Hajir ist leider sehr schwer verletzt. Kennst du ihn?«

»Ja, scheiße. Er ist wie ein Bruder für mich. Kenne ihn, seit ich klein bin. Wird er überleben?«

»Weiß ich nicht. Er wurde ins KS gebracht. Aber ich bleib am Ball und geb dir Bescheid, Samir.«

»Super, Mann.«

»Du, was deinen Bruder angeht. Dir ist sicher auch klar, dass er ein wenig auf die schiefe Bahn geraten ist. Mit den falschen Leuten zu tun hat. Man gerät ja nicht einfach so in eine Schießerei.«

»Ja, ist mir klar.«

»Es klingt vielleicht ein bisschen komisch, aber das Beste,

was du tun kannst, ist, mir alles über deinen Bruder zu erzählen. Denk dran, er wäre heute um ein Haar gestorben. Und das willst du doch nicht, oder?«

»Nein, natürlich nicht.«

»Wenn du deinem Bruder helfen willst, finde heraus, so viel du kannst. Wen er trifft. Was er macht. Alles. Dann kann ich verhindern, dass so was noch mal passiert. Verstehst du, was ich meine?«

Pause. »Ja, ist klar.«

»Aber wenn ich dir helfen soll, muss ich wirklich alles erfahren. Ich weiß nicht, wie viel ihr miteinander redet und so, aber du musst ihn echt dazu bringen, alles zu erzählen. Schnallst du das?«

Längere Pause. »Ja.«

»Hier geht es um Leben oder Tod, Samir. Willst du, dass dein Bruder lebt, musst du anfangen, etwas zu liefern. Ich will wissen, wo er wohnt, mit wem er herumhängt, ob er ein Ding am Laufen hat, wen er vögelt, was er isst. Ich habe mir inzwischen seine Akte angesehen. Er ist nicht gerade ein Unschuldslamm. Da ist es nur eine Frage der Zeit, bis er wieder etwas anstellt. Dann schießt vielleicht ein Polizist auf ihn. Und der wird ihn nicht verfehlen, glaube mir. Ich mache das hier für dich, Samir. Aber dann musst du auch zu hundert Prozent auf demselben Kurs sein.«

»Ist klar, ich bin dabei. Meinem Bruder darf echt nichts zustoßen.«

»Du bist ein kluger Junge, Samir. Dir stehen alle Wege offen. Dafür werde ich sorgen. Du, ich melde mich wieder, wenn ich mehr über Hajir weiß. Dein Bruder kann das Revier verlassen, sobald die Vernehmung vorbei ist.«

Magnus gab den Ton an.

Der kleine Samir fraß ihm aus der Hand.

Zwei Stunden später hatte Öhlund den Bericht über die Vernehmung fertig geschrieben. Magnus hatte in der letzten Stunde alle fünf Minuten im Intranet nachgesehen, wann er es endlich gebacken bekam. Jetzt las er. Sieben Zeilen. Das war alles! Was hatte diese Flasche in den zwei Stunden eigentlich getrieben? In fünf Sekunden hatte Magnus das Ganze überflogen. Stellte drei Dinge fest: Die Täter waren Jugoslawen. Adnan und Hajir waren vorher im Paradis gewesen. Der Araber wusste mehr, weigerte sich aber zu reden.

Diese Informationen reichten ihm. Gleich danach klingelte es bei Vincent.

Dieser antwortete mit schleppender Stimme: »Rufst du an, um dich zu entschuldigen?«

Magnus schaltete sofort. Vincent war noch immer sauer. »Du, ich habe eine Frage an dich. Adnan Nasimi?«

Drei Sekunden Stille. »Was ist mit ihm?«

»Ich will alles über ihn wissen. Warum war er heute bei dir?«

»Darf ich fragen, woher dieses plötzliche Interesse kommt?«

»Er wurde heute fast erschossen, ist aber noch einmal davongekommen. Sein Kumpel Hajir wurde in den Rücken getroffen. Und sie waren kurz vorher bei dir. Warum?«

Es wurde wieder still in der Leitung. Vincent schien zu überlegen.

Magnus fuhr fort: »Erfinde jetzt bloß keine Geschichte. Ich hoffe, dass ich dich nicht daran erinnern muss, was ich für dich getan habe.«

»Ich weiß genau, was du für mich getan hast. Wir beide haben eine Abmachung. Aber du treibst es langsam zu weit. Du spielst ein gefährliches Spiel.«

Magnus entschloss sich für einen beschwichtigenden Ton. »Ich weiß, dass ich es mit dem Mädchen ein bisschen übertrieben habe. Das wird nicht mehr vorkommen.«

Das schien zu wirken. Vincent ließ das Thema fallen. »Adnan hat sich Moos von mir geliehen. Er steckte in der Klemme.«

»Und?«

»Das ist alles.«

»Unsinn! Jetzt sag schon! Warum brauchte er Geld?«

»Er meinte nur, dass er jemandem etwas schuldet.«

»Wem?«

Vincent schwieg erneut. Ein gutes Zeichen. »Nur um sicherzugehen, das hier kommt nicht von mir. Da sind wir uns einig, oder?«

Magnus fühlte sich beleidigt. Er würde niemals einen Informanten auffliegen lassen. »Wie lange kennst du mich jetzt?«

Vincent schwieg wieder. Nun komm schon! »Adnan Nasimi schuldet Mr Kraljevic eine Menge Kohle. Deshalb konnte er sich von mir einen Teil leihen. Ich bin großzügig. Helfe denjenigen, die es verdient haben.«

Diese neue Information ließ Magnus innerlich jubilieren. Wenn er seine Karten richtig ausspielte, konnte das hier der Schlüssel zur jugoslawischen Mafia sein. Der Schlüssel zu einem weiteren Schritt auf der Karriereleiter für Magnus Blomberg. Jeder Polizist wünschte sich nichts sehnlicher, als Kraljevic hinter Schloss und Riegel zu bringen. Aber bislang war es niemandem geglückt. Kraljevic war immer einen Schritt voraus. Magnus versuchte, ruhig zu klingen. »Milorad Kraljevic?«

»Richtig. Was danach passiert ist, da musst du selber weiterforschen. Ich habe das Meine getan.«

»Wie viel hast du ihm geliehen?«

»Zweihundert.«

»Zweihundert! Zweihundert Riesen, einfach so?«

»Adnan hat schon für mich gearbeitet. Er ist loyal. Und das ist wertvoll in meiner Branche. Geben und Nehmen. Du weißt.«

»Warum arbeitet er nicht mehr für dich?«

»Er ist gerade erst wieder aus dem Knast raus. Hat seine Arbeitserlaubnis verloren. Aber er kann durchaus wieder bei mir anfangen. Ich brauche immer zuverlässige Arbeitskräfte hinter den Kulissen. Die Frage ist nur, was du für Pläne hast.«

»Gar keine. Ich hab nur gesehen, dass er vorher bei dir war. Da lag es nahe, dass du etwas weißt.« Eine Notlüge, die Vincent sicher sofort durchschaute. Aber egal. Magnus hatte nicht die Absicht, sein persönliches Interesse für Adnan Nasimi an die große Glocke zu hängen. Am liebsten hätte er Vincent so richtig in die Mangel genommen und alles aus ihm herausgequetscht, was er über den Fickaraber wusste. Aber es war nicht angeraten, ihn zu reizen. Mit Vincent verscherzte man es sich besser nicht.

Sie beendeten das Gespräch. Magnus war zufrieden. Der Araber schuldete einem schießwütigen Jugoslawen einen Haufen Kohle. Schlussfolgerung: Adnan fucking Nasimi würde in naher Zukunft wieder in Schwierigkeiten geraten. Dann würde Magnus Blomberg ihm einen Schritt voraus sein.

22

Adnan verließ das Polizeirevier in Västerort. Der Schock hatte sich ein wenig gelegt. Er war überrascht, welch enorme Kraft solch ein Schockzustand hatte. Er hatte ihn völlig gelähmt. Sein Gehör ausgeschaltet, es hatte eine ganze Weile nur gerauscht in seinen Ohren. Sein Sichtfeld hatte sich verkleinert. Die zeitliche Wahrnehmung war vollkommen verschwunden.

Er dachte zurück. Wie er zu Hajir gerannt war. Auf seine eigene Sicherheit gepfiffen hatte. Er hatte Glück. Der Gorilla hatte die Waffe auf ihn gerichtet, aber nicht geschossen. Adnan wusste nicht, weshalb. Milorad brüllend im Hintergrund. Vielleicht war es das, was den Gorilla letztlich davon abhielt. Adnan konnte nur Vermutungen anstellen. Verstand keine Jugosprache. War nur erleichtert, als er sah, dass sie abhauten.

Das Blut quoll stoßweise aus Hajir. Er röchelte. Versuchte, etwas zu sagen. Adnan würde sich immer an die Augen erinnern. Augen, die um ihr Leben schrien. Adnan nahm Hajirs Hand. Er riss sich den Pullover vom Leib und drückte ihn auf das pulsierende Loch. Spürte, wie das Blut seine Hand wärmte.

Er hörte die Sirenen in der Ferne. Sein Instinkt befahl ihm zu fliehen. Zu rennen wie ein Irrer. Sich nicht von den Bullen erwischen zu lassen. Dann fiel es ihm ein, er war hier nicht der Schuldige. Dieses Mal nicht. Er brauchte nicht abzuhauen. Konnte bei seinem Kumpel bleiben.

Wer hatte den Notruf getätigt? Er selbst hatte nicht daran gedacht. Aber die Frage wurde rasch beantwortet. Neugierige Anwohner tauchten überall auf. Jeder mit einem Handy in der

Hand. Sie filmten und verschickten Nachrichten. Schießerei auf dem Fußballplatz. Wie Fliegen um ein Stück Fleisch.

Plötzlich standen mehrere Personen in blauer Uniform um Adnan herum, und ausnahmsweise war er froh, dass sie da waren. Sie nahmen ihn zur Seite. Er sah, wie die Sanitäter Hajir auf eine Trage legten. Ihn abtransportierten. Selbst setzte er sich in einen Streifenwagen. Freiwillig. Es war sogar gut, sich dort verkriechen zu können. Sich vor den neugierigen Blicken zu verstecken.

Ein Bulle setzte sich zu Adnan auf die Rückbank und stellte sich als Tobbe vor. Redete mit ihm. Fragte, wie es ihm gehe und so. Normalerweise: Adnan hätte das bescheuert gefunden. Nun: Die Frage berührte ihn irgendwie. Er war kurz davor loszuheulen. Kämpfte wie ein Schwein, um die Tränen zurückzuhalten. Sie saßen fünf Minuten lang da. Oder waren es fünfzehn? Oder eine Stunde? Adnan wusste es nicht. Der Bulle stellte eine Menge Fragen, und Adnan antwortete »Keine Ahnung« auf jede davon. Seit der Jugend verinnerlicht. Antworte auf nichts. Dann konnte man auch nicht getäuscht werden oder sich irgendwie verplappern.

Schließlich erklärte der Bulle, dass Adnan zur Vernehmung mit aufs Revier kommen müsse. Er protestierte nicht. Noch ein Beweis für die Durchschlagskraft des Schocks. Der Bulle klärte ihn freundlich darüber auf, dass sie ihn zur Vernehmung mitnehmen dürften, wenn ein so ernstes Verbrechen geschehen sei. Adnan gab die Erfahrung mit dem netten Polizisten ein neues Gefühl. Auf der guten Seite des Gesetzes zu sein, das gehörte nicht zur Regel. Er war völlig von der Rolle. War es gewohnt, den Bullen den Stinkefinger zu zeigen.

Auf der Fahrt quatschte dieser Tobbe weiter. Stellte endlos Fragen, nur nicht über das, was passiert war. Der Typ schien der totale Autofreak zu sein. Kommentierte jede Karre, die ihnen entgegenkam. Adnan versuchte, die Durchsagen im Polizeifunk aufzuschnappen, wenn Tobbe zwischendurch mal Luft schnappen musste. Sie hatten die Lautstärke runtergeregelt. Er hörte nur Bruchstücke. Verstand, dass sie die Umgebung abgesperrt hatten. Nach Beweisen suchten. Zeugen suchten. Dann hörte er eine weibliche Stimme und dachte an Amanda. Was war so besonders an dieser Frau? Nicht nur, dass er bei jeder Blondine, der er begegnete, dachte, es sei sie. Jetzt bildete er sich auch noch ein, dass er sie hörte. Verrückt!

Als sie beim Polizeirevier ankamen, wartete die nächste Überraschung. Adnan wurde nicht in den Arrest gebracht. Stattdessen gingen sie vorne durch den Haupteingang und setzten sich in einen Vernehmungsraum. Niemand tastete seine Kleider ab. Suchte nach Waffen oder Drogen. Der Bulle namens Tobbe sagte ihm, dass er ein wenig warten müsse. Fragte, ob er einen Kaffee wolle. Man gab ihm sogar ein frisches Hemd. Tobbe entschuldigte sich dafür, dass das Hemd nicht besonders hübsch war. Ausgewaschen und zwei Größen zu groß. Aber besser als nichts. Da saß Adnan also, auf einem Polizeirevier, und trank Kaffee mit einem Bullen namens Tobbe. Redete über Autos. Die Welt stand kopf.

Nach einer Weile kam ein anderer Typ herein. Ein dünner, rotwangiger Mann um die sechzig. Sah aus wie ein Alkoholiker. Hatte eine Kartoffelnase mit tiefen Mulden. Keine Uniform. Stellte sich als Öhlund vor. Offenbar sollte er die Vernehmung durchführen. Tobbe verschwand. Die angenehme Stimmung mit ihm. Öhlund schaltete den Computer an und fluchte über irgendetwas, das nicht zu funktionieren schien. Dauerte sicherlich fünf Minuten. Adnan saß stumm da. Starrte Öhlund an. Der Typ sah definitiv nicht wie ein Bulle aus. Hätte in Uniform draußen auf der Straße nicht gerade beeindruckt. Vielleicht hockte er deshalb hier hinter dem Schreibtisch.

Öhlund wollte Adnans Ausweise sehen, aber er hatte keinen dabei. Dafür musste Adnan eine Menge Fragen über sich selbst beantworten. Erzählen, wann er das letzte Mal verurteilt worden war. Wofür? Wie lange hatte er gesessen? Wie hießen seine Eltern? Ihre Identitätsnummern? Adnan hatte keine Ahnung, welche Identitätsnummern seine Eltern hatten. Wer zum Henker wusste so etwas? Dann sah Adnan sein eigenes Foto auf dem Bildschirm, es war das von seinem Pass. Wieso all diese Fragen, wenn Öhlund sein Passfoto hatte? Am Ende wirkte Öhlund jedenfalls zufrieden. Schien sich sicher zu sein, dass Adnan tatsächlich Adnan war. Die eigentliche Vernehmung begann. Adnan war auf einmal gestresst. Wie viel konnte er verraten? Er hatte keine Zeit gehabt, sich eine Geschichte zurechtzulegen, dieser Tobbe hatte ihn mit seinem Gerede abgelenkt. Die Jugoslawen durfte er nicht erwähnen. Dann war er geliefert. Der nächste Gedanke war schrecklich: Hajir starb vielleicht. Oder war er etwa schon tot? Adnan wurde ganz übel. Es war furchtbar, nicht Bescheid zu wissen. Er fragte Öhlund. Öhlund hatte keine Ahnung, und ihn schien das auch nicht sonderlich zu kümmern. Adnan entschied sich für das übliche Konzept. Schweigen.

Öhlund wollte, dass Adnan erzählte, was er den Tag über gemacht hatte. Adnan nannte das Paradis und sagte, dass sie dort gegessen hatten. Hoffte, dass Hajir dasselbe sagen würde – sofern er noch lebte. Dann würde die Story halten. Alle wussten, wie es ging. Erzähle Details von allem, was vorher und nachher war. Dann glichen sich die Geschichten aller Beteiligten. Was das eigentliche Ereignis betraf: Gedächtnisverlust. Das machte es für die Bullen schwieriger, einem etwas nachzuweisen.

Adnan musste es sich noch einmal klarmachen: Dieses Mal wurde er nicht verdächtigt. Aber es war trotzdem besser, sich an das übliche Konzept zu halten. Öhlund seufzte und tippte im Adler-Such-System. Es dauerte hundert Jahre. Schließlich drehte er den Bildschirm, und Adnan durfte den Bericht lesen. Sieben Zeilen. Öhlund fragte, ob Adnan bestätige, was dort stand. Er nickte. Öhlunds Zeigerfinger kreiste erneut über der Tastatur und fügte eine weitere Zeile hinzu. Verhörprotokoll am Bildschirm gelesen und bestätigt. Jetzt durfte Adnan gehen. Komisch, einfach so abzuziehen, nachdem die Vernehmung vorbei war.

Draußen war es kalt. Zumindest in dem dünnen Hemd, das Adnan bekommen hatte. Der Herbst hielt Einzug, und es war spät geworden, fast Mitternacht. Er merkte, dass er seit dem Vormittag nicht mehr auf sein Handy geblickt hatte. Sechsundfünfzig verpasste Anrufe. Die meisten von seinem kleinen Bruder. Adnan fluchte innerlich. Natürlich hatte Samir von dem Schusswechsel gehört, und dann wussten die Eltern auch Bescheid. Verdammt! Er hatte keine Lust, sich von ihnen noch mehr Klagen anzuhören. Und vor allem wollte er nicht, dass sie sich Sorgen machten.

Er ging in Richtung U-Bahn-Station Solna. Dachte an Amanda. Er brauchte Gesellschaft. Jemanden, mit dem er reden konnte. Er suchte ihre Telefonnummer heraus und wurde nervös. Was war, wenn sie nicht wollte? Der Freiton erklang. Sie ging ran, und er fragte, was sie gerade machte.

»Nichts Besonderes. Liege auf dem Sofa und schaue fern. Wollte mich bald hinlegen. Und du?«

»Bei mir ist was passiert. Ich bin in Solna und wollte fragen, ob ich vielleicht kurz bei dir vorbeikommen könnte.«

»Oh, klar. Natürlich. Ich hoffe nur, es ist nichts Schlimmes?«

»Doch, leider schon. Wo wohnst du?«

»In der Förrådsgatan. Nummer neun.«

»Ich weiß ungefähr, wo das ist. Das finde ich.«

Adnan war erleichtert. Hatte keine Lust gehabt, jetzt allein zu Hause zu sein. Er ging am Einkaufszentrum vorbei. Max Hamburgare. Statoil. Bog in den Råsundavägen. Der lag verlassen da, bis auf einen Typen, der seinen Hund Gassi führte. Ein einzelner Wagen. Er hatte nicht die Kraft, Samir anzurufen. Ihm alles zu erklären. Nicht heute. Er schickte stattdessen eine SMS und schrieb, dass alles in Ordnung sei. Dass er morgen anrufen würde. Sobald er die Nachricht abgeschickt hatte, klingelte sein Telefon. Samirs Name leuchtete auffordernd auf dem Bildschirm. Adnan ging ran.

»Ja.«

»Bist du noch ganz dicht? Wir dachten, du seist tot. Ich war den ganzen Abend bei Mama und Papa, und du schickst nur eine SMS und sagst, alles in Ordnung!« Samir klang wütend. Sonst wurde er nie laut.

»Ich weiß. Ich hatte nur das Gefühl, dass ich das jetzt nicht mehr packe. Heute ist zu viel passiert. Komme gerade von einer Vernehmung bei den Bullen. Will jetzt nur nach Hause und pennen.«

»Was ist denn eigentlich passiert? Wer hat geschossen?« Während Samir fragte, hörte Adnan Hosseins Stimme im Hintergrund. Aufgeregt. Befahl Adnan, sofort nach Hause zu kommen.

»Wir reden morgen darüber«, meinte Adnan.

»Was für eine Scheiße hast du diesmal wieder gebaut? Und Hajir! Sein Alter hat mehrere Male angerufen und gefragt, ob wir irgendetwas wissen.«

Adnans Magen verkrampfte sich, als er Hajirs Namen hörte. »Wie geht es ihm?«

»Er liegt im Koma. Kapierst du? Er kann sterben!«

»Hab's kapiert. Wir reden morgen weiter. Ich bin fix und fertig.«

»Papa will mit dir …«

Adnan schaltete den Anruf weg. Nicht noch mehr Vorwürfe. Er war doch verdammt noch mal derjenige, auf den man geschossen hatte. Der Bulle namens Tobbe hatte mehr Verständnis als seine eigene Familie.

Adnan stand vor der Haustür und klingelte. Im Treppenhaus ging das Licht an, und sie kam die Treppe herunter. Bekleidet mit einer grauen Jogginghose und einer weißen Bluse in Übergröße. Die blonden Haare offen. Wie hübsch sie war. Klar hatte er das vorher auch schon gewusst. Aber an diesem Abend war der Eindruck stärker als zuvor. Vielleicht war er besonders verletzlich. Sein Puls raste. Was zum Teufel sollte er sagen?

Sie öffnete die Tür und umarmte ihn. Roch nach frisch gewaschenen Klamotten. Sie gingen in ihre Wohnung hoch.

»Willst du was trinken? Einen Tee vielleicht?«

Adnan merkte, dass er seit einer Ewigkeit nichts mehr gegessen hatte. »Das wäre super. Hast du vielleicht auch ein Brot oder so was? Hab eine Weile nichts gegessen.«

»Logisch, bring ich dir.«

Adnan machte es sich auf dem Sofa bequem und hörte, wie Amanda den Wasserkocher füllte. In der Küche herumwerkelte. Es war schön, hier zu sein. Entspannt irgendwie. Er atmete aus und sah sich um. Gemütliche Wohnung. Typisch weiblich eingerichtet. Überall Kerzen, hübsche Vorhänge. Das meiste in Weiß, Rosa oder Schwarz. Er entdeckte den Fernseher. Ein Panasonic-Röhrengerät, 25 Zoll, einen Meter tief. Er konnte sich nicht zurückhalten.

Amanda rief aus der Küche. »Worüber lachst du?«

»Ach, nichts.«

»Jo, sag schon.« Sie kam mit einem Tablett ins Wohnzimmer.

»Toller Fernseher. Wo hast du den gefunden?«

»Ich weiß. Der ist antik. Schon über zwanzig Jahre alt, aber er funktioniert noch bestens.«

»Man braucht bestimmt ein Vergrößerungsglas, um etwas zu erkennen.«

»Red keinen Unsinn. Der ist super. Der einzige Nachteil ist, dass ich das Kabel aus der Digitalbox umstecken muss, wenn ich DVDs schauen will.«

»Was?«

»Der Fernseher hat nur einen Anschluss.«

»Du machst Witze. Wieso überhaupt DVD? Es gibt doch Internet.« Adnan beugte sich zum Fernseher und kniff die Augen zusammen. »Da werde ich wohl mal helfen müssen.«

Amanda lachte und stellte das Tablett auf den Tisch. Seine Nervosität wich ein wenig, und er schaute, was sie alles gebracht hatte. Verschiedene Brotsorten, Aufschnitt, Tee.

»Shit, so viel Zeug. Selber hab ich gerade mal eine Leberpastete im Kühlschrank.«

»Ja, ich kann mir denken, dass du nicht gerade der Typ bist, der Großeinkäufe tätigt.«

»Nein, das ist nicht so mein Ding.« Er griff zu. Strich sich gleich drei Brote auf einmal. »Mann, ist das gut. Hab schon verdammt lange nichts in den Bauch gekriegt.«

»Was ist denn passiert? Normalerweise bist du ja nicht in Solna, oder?«

Adnan schwieg kurz. Überlegte, wie er anfangen sollte.

»Ich hab vielleicht nicht ganz alles über mich erzählt. Es ist früher eine Menge Mist passiert, und das hat mich irgendwie eingeholt. Ich mag dich, also erzähle ich dir das jetzt. Und kann nur hoffen, dass du mich nicht für einen Riesenidioten hältst.«

»Warum sollte ich?«

Adnan seufzte tief. Zum ersten Mal würde er mit seiner kriminellen Laufbahn keinen Eindruck schinden können. Er nahm einen Schluck Tee. Verbrannte sich den Gaumen.

»Au, verdammt! Heiß.«

»Hm, lass dir Zeit.«

»Ich finde, ich bin ganz vorsichtig rangegangen.« Er traf ihren Blick. Sie lächelte, hatte die Anspielung verstanden. Sein Magen zog sich zusammen. Ungewöhnlich. Er musste sich daran erinnern, was er eigentlich erzählen wollte. »Ich wurde heute fast erschossen.«

Amandas Augen wurden größer.

»Mein bester Kumpel wurde in den Rücken getroffen. Er liegt im Krankenhaus. Ich weiß nicht, ob er überlebt.«

»Ich nehme an, dass du über so etwas keine Witze machst. Was ist passiert?«

»Ich schulde einem Typen Geld. Aber eigentlich glaube ich nicht, dass es darum ging. Ich glaube, einer von den anderen war ganz einfach eifersüchtig.«

»Äh, jetzt wird das alles ein bisschen verwirrend. Erzähl doch bitte von Anfang an.«

Adnan beschloss, reinen Wein einzuschenken. Zumindest fast. »Ich war wegen Drogenhandel im Knast. Anderthalb Jahre. Ich wurde vor Kurzem rausgelassen.« Er sah sie an, um ihre Reaktion zu beobachten.

»Weiter«, sagte sie nur.

»Ich und ein Kumpel, der Miran heißt, haben das Zeug für einen Jugoslawen verkauft. Als wir eines Tages dasaßen und den Stoff portionierten, platzten die Bullen herein. Ich konnte noch einen Teil die Toilette runterspülen. Sonst hätte ich viel länger gesessen, kann ich dir sagen. Aber jetzt findet der Jugo, dass ich ihm was schulde wegen dem verschwundenen Koks. Heute hatte ich mich mit ihm verabredet, um ihm die Schulden zurückzuzahlen.« Er sah Amanda wieder an. Noch immer keine Reaktion. »Sag doch was!«

»Ich weiß nicht, was ich sagen soll. Ich treffe nicht jeden Tag einen Kerl, der so etwas erzählt.«

»Verstehe. Und du brauchst es mir nur zu sagen, wenn ich gehen soll. Ich will nur ehrlich sein. Ich will mit der Kacke nichts mehr zu tun haben, aber es ist nicht so leicht, da rauszukommen.«

Amanda drehte die Teetasse hin und her. »Aber warum hat er denn geschossen? Du hattest doch das Geld dabei, oder?«

»Ja, aber es war ein anderer, der geschossen hat.«

Sie hob die Augenbrauen.

»Der Jugo hat immer Unterstützung dabei. Unter anderem einen Typen, den wir den Gorilla nennen. Und um es kurz zu machen, Hajir ist mit der Ex vom Gorilla zusammen.«

»Der Gorilla, sagst du?« Amanda stellte die Tasse mit einem harten Knall ab, sodass der Tee spritzte. »Warum wird er der Gorilla genannt?«

Adnan zuckte mit den Schultern. »Weil er so aussieht.«

»Aha. Und wie heißt er mit richtigem Namen?« Sie nahm eine Serviette und wischte damit den Tisch ab.

»Fatos irgendwas. Warum fragst du?«

»Nur so. Und wer ist dieser Hajir?«

»Mein Kumpel, auf den geschossen wurde.«

»Ich dachte, das war Miran?«

»Nein, Hajir ist für Miran eingesprungen. Milorad hat geschrien wie ein Irrer, die ganze Zeit, und ich bin ziemlich sicher, dass er versucht hat, ihn aufzuhalten. Aber ich weiß es nicht.« Adnan aß sein letztes Brot und strich sich ein neues.

»Wer ist Milorad?«

»Der Jugo. Er ist der Jugoboss in der Stadt.«

»Es ist nicht ganz leicht, dir zu folgen. Was hat dieser Milorad denn geschrien?«

»Keine Ahnung. Das war in Jugosprache.«

»In Jugosprache?« Amanda lachte.

»Ja, oder wie das halt heißt.«

»Bosnisch, Kroatisch, na ja, weiß ich auch nicht so richtig.«

Es war eine Weile still. Adnan wartete auf das Urteil. Würde sie ihn auffordern, die Wohnung zu verlassen? Stattdessen – sie rutschte näher. Legte ihm die Arme um den Hals. Drückte ihn. Spielte mit der Hand in seinen Nackenhaaren. Er sog ihren Duft ein. Erwiderte ihre Umarmung.

»Wie kommt es, dass du in Solna gelandet bist?« Sie zog sich ein wenig zurück und schaute ihn an.

»Ich musste mit aufs Polizeirevier für eine Vernehmung.«

»In Solna?«

Er nickte.

»Aber das ist doch gut. Dann werden sie diesen Gorilla bald schnappen, oder?«

»Nein, ich habe niemanden verpfiffen. Das macht man nicht. Sonst ist man geliefert. Ich könnte mich genauso gut vor einen Zug werfen.«

»Um Himmels willen! Aber was machst du denn jetzt?«

»Keine Ahnung. Eine Weile untertauchen, nehme ich an.«

»Wissen sie, wo du wohnst?«

»Nein, aber man kann nie sicher sein.«

Sie schien zu überlegen. Biss sich auf die Unterlippe. »Du kannst heute Nacht hier schlafen. Wenn du willst, meine ich.«

Ob er wollte? Adnan hätte niemals damit gerechnet. Wenn es so gut lief, konnte man jeden Tag auf ihn schießen. »Gern, wenn das okay für dich ist. Ich will mich nicht aufdrängen.« Er wunderte sich über sich selbst. Redete wie der reinste Gentleman.

»Nein. Ist doch nett.«

»Dann macht es dir nichts aus? Das alles, was ich erzählt habe.«

»Wir gehen jetzt schlafen, dann sehen wir weiter. Es ist ein bisschen schwer, alles auf einmal zu verdauen. Im Moment fühlt es sich jedenfalls richtig an, dass du hier übernachtest. Willst du eine Zahnbürste?«

Das Letzte, an das Adnan jetzt dachte.

»Klar. Wenn du eine hast.«

Er folgte ihr ins Badezimmer. Auch da war es typisch frauenhaft eingerichtet. Alle Fläschchen und Dosen zu zählen hätte die ganze Nacht gedauert. Brauchte man das ganze Zeug wirklich?

Sie kramte in einer Schublade und gab ihm eine rosa Zahnbürste.

»Ich hab leider keine andere Farbe.« Sie lachte und ging raus.

Als er fertig war, ging er ins Schlafzimmer und kroch unter die Decke. Rosa. Das Bett roch frisch bezogen. Er wartete auf sie. Hörte im Badezimmer das Wasser laufen. Überlegte, was er am nächsten Tag machen sollte. Priorität eins lautete: Checken, wie es Hajir ging. Wenn er es wagte. Wusste ja nicht, wie die Jugos dachten. Vielleicht hingen sie vorm Krankenhaus rum. Priorität zwei war Vincent. Der war ihm eine verdammte Erklärung schuldig! Hatte versprochen, dass alles reibungslos laufen würde.

Adnan war fast eingeschlafen, als Amanda zu ihm ins Bett kam. Die Ereignisse forderten ihren Tribut. Sie trug schwarze Spitzenunterwäsche, einen halb durchsichtigen Slip. Nichts obenrum. Träumte er? Sie legte sich dicht neben ihn. Strich ihm mit einer Hand über den Brustkorb.

»Hm, ist lange her, dass ich es so gemütlich hatte.« Adnan meinte, was er sagte.

»Du warst ja schon halb eingeschlafen.«

»Bin nur ein bisschen weggenickt. Du musst das positiv sehen, ich fühle mich hier wie zu Hause.«

Ihre Hand glitt nach unten. Ein Finger fuhr den Rand seines Slips entlang, wieder hoch zum Brustkorb. Adnan schluckte.

»Das ist doch gut, oder?«, sagte sie.

»Hoffentlich schon.«

»Hey, ich hab mich eins gefragt, um wie viel Geld ging es eigentlich?« Ihre Hand tanzte auf seiner Haut.

Fuck, was für eine heiße Braut. »Was?«

»Ja, das du diesem Milorad geschuldet hast.«

»Ach so, dreihundertfünfzig.«

»Dreihundertfünfzigtausend!«

»Ja, aber er hat heute zweihundert bekommen.«

»Und woher hattest du die?«

»Oh, du stellst echt viele Fragen.«

»Wundert dich das? Du liegst in meinem Bett. Und dann erzählst du mir, dass du einem Kerl einfach so zweihunderttausend gegeben hast. Die kriegt man nicht einfach so. Mir ist sehr wohl klar, dass die Sache nicht ganz sauber ist.«

»Ich hab doch gesagt, dass ich einiges auf dem Kerbholz habe.«

»Ja, und deine Ehrlichkeit ist gut. Aber mir ist auch klar, dass du diesem Typen immer noch hundertfünfzigtausend schuldest. Und die kriegst du nicht mit normaler Arbeit zusammen. Oder? Übrigens, du meintest doch, dass du für einen Lieferdienst arbeitest.« Sie zog die Hand weg.

»Das hab ich erfunden. Wollte das hier nicht sofort erzählen.« Er sammelte vermutlich keine Pluspunkte.

»Hab ich mir schon gedacht.« Sie seufzte. »Und woher kriegst du den Rest?«

»Weiß ich noch nicht. Aber ich glaube, dass sich das lösen

wird. Die zweihundert, die ich heute übergeben habe, hat mir ein Typ geliehen, für den ich früher gearbeitet habe. Also hoffe ich, dass er mir auch den Rest leiht.«

Amanda sah misstrauisch aus. Ihm ging auf, dass das alles ziemlich verrückt klingen musste.

»Wirst du das Geld abarbeiten, oder was?«

»Ja, so kann man es sagen. Er meinte jedenfalls, dass er mich bald braucht. Er eröffnet bald einen neuen Club.«

Amandas Augen forderten ihn auf, fortzufahren.

»Er betreibt schon mehrere in Stockholm. Ihm gehört die ganze Vergnügungsbranche, sollte ich wohl sagen. Ich war bei ihm früher Türsteher.« Er schob die Decke beiseite. Musste sich ein wenig abkühlen.

»Was sollst du in dem neuen Club machen?«

»Weiß ich noch nicht. Er hat nur gesagt, dass er mich brauchen wird. Es gibt ja auch andere Sachen zu tun, als an der Tür zu stehen. Drinks servieren und so, du weißt.« Adnan hatte nicht vor, von Vincents weniger legalem Business zu erzählen. Er lag bereits bei minus hundert.

»Dann wirst du eine Menge Drinks servieren müssen, um das alles zurückzuzahlen. Du, ich bin nicht völlig beschränkt. Ich weiß ja nicht, was für Frauen du früher getroffen hast, aber mich täuschst du nicht.«

»Ehrlich, ich weiß nicht, was er von mir verlangen wird. Aber er ist meine einzige Chance. Wir werden sehen, was er haben will.«

»Welche Clubs hat er?«

»Paradis, Tiger, En halv trappa upp. Und noch einige andere. Kennst du die?«

»Ja. Ich war mal im En halv trappa upp. Aber ich gehe nicht so oft weg. Und wenn, dann gehen wir meistens in ein Pub oder so.«

Es herrschte wieder eine Weile Stille. Hatte er zu viel gesagt? Aber sie hatte ihn immerhin nicht aufgefordert, zu gehen. Seine Gedanken wanderten zu Vincent. Ihm war ebenso klar wie Amanda, dass er keine Drinks servieren würde. Er vermutete, dass er wieder auf Huren aufpassen musste. Aber was blieb ihm für eine Wahl?

»Na, ich mache jetzt das Licht aus. Wir müssen beide erst einmal eine Nacht darüber schlafen.« Sie streckte die Hand nach der Nachttischlampe aus, und es wurde finster. Nur die Straßenbeleuchtung drang durch die Ritzen der Vorhänge. Er drehte sich zu ihr. Strich ihr über den Rücken. Ließ seine Lippen über ihre Haut wandern. Fand den Mund. Sein Glied wurde sofort steif. Er drückte sich an sie. Griff nach ihrer Brust. Fest. Die Warzen waren hart. Shit, er konnte sich nicht mehr lange zurückhalten. Zog an ihrem Slip.

»Adnan, lass uns jetzt schlafen. Ich muss erst mal über alles nachdenken.

Fuck! »Ich konnte mich einfach nicht zurückhalten. Du bist so verdammt schön.« Seine Augen hatten sich an die Dunkelheit gewöhnt. Er sah, dass sie lächelte.

»Gute Nacht.«

»Gute Nacht.«

Er lag eine Weile da und starrte zur Decke. Unten noch immer steif. Er versuchte, an eine hässliche Braut zu denken, damit sich das Teil wieder beruhigte. Unmöglich mit dieser Frau neben sich. In schwarzem Spitzenunterhöschen. Sie hatte einen wunderschönen Körper. Muskulös, aber dennoch weiblich. Was trainierte sie? Ganz bestimmt keine Pseudoeinheiten im Fitnessstudio. Er würde sie am Morgen fragen. Wenn sie dann noch mit ihm reden wollte.

23

Amanda wachte früh auf und hatte Adnan Nasimi neben sich. Wie konnte das passieren? Und vor allem: Wie sah die Fortsetzung aus? Nun hatte sie ihn dort, wo sie ihn von Anfang an haben wollte. Er hatte sich geöffnet und von seinem Leben erzählt. Jetzt hatte sie die Chance, sich einzunisten. Merkwürdig war nur, dass es sich nicht komisch anfühlte, dass er in ihrem Bett lag. Im Gegenteil, es war total angenehm.

Sie schaute zu ihm. Er lag auf dem Rücken und atmete tief. Hatte ein schönes Profil, eine gerade Nase, lange dunkle Wimpern. Ein maskulines Aussehen. Sexy. Sie war schon ziemlich lange wach und hatte überlegt, ob sie am Vorabend die richtige Taktik gewählt hatte. Funktioniert hatte es jedenfalls. Er hatte Details erzählt, von denen sie nicht im Traum gedacht hätte, dass er sie offenbaren würde. Sie hoffte, dass es nicht nur das traumatische Erlebnis war, das ihn so redselig gestimmt hatte. Dass er sich wieder verschloss, sobald der Schock sich gelegt hatte.

Sie kroch leise aus dem Bett, machte in der Küche die Kaffeemaschine an und ging dann auf die Toilette. Saß dort und blickte auf den Wäschekorb vor sich, der sie daran erinnerte, dass sie gestern die Polizeiuniform darin versteckt hatte. Sie hoffte, dass sie nichts anderes hatte herumliegen lassen. Normalerweise nicht. Sie nahm die Uniform nur mit nach Hause, wenn sie sie waschen wollte. Ihr Polizeiausweis lag im Rucksack. Sie ging wieder in die Küche und wurde von dem Kaffeeduft empfangen. Kaffee am Morgen war einfach etwas Besonderes. Sie füllte ein Tablett mit Joghurt, Müsli, Orangensaft, belegten Broten und Kaffee. Ging zu Adnan zurück. Er blinzelte ihr entgegen.

»Bist du wach? Das hier sollte eine Überraschung werden.«

»Die Wohnung ist ja nicht riesig.« Er grinste. »Es riecht gut.«

Sie stellte das Tablett auf seinen Schoß und setzte sich ins Bett. »Wie fühlst du dich heute?«

»Es war echt komisch, als ich aufgewacht bin. Erst wusste ich nicht, wo ich bin. Und als ich mich wieder erinnert habe, fühlte sich das saugut an. Dann fiel mir Hajir ein. Ich muss heute zu ihm.«

»Verstehe ich. Aber schön, dass es dir gefallen hat, hier aufzuwachen.«

»Findest du?« Er griff nach ihrem Handgelenk und massierte es mit dem Daumen. »Ich hatte schon Angst, du würdest mich rausschmeißen, sobald du die Augen aufmachst.«

Die Berührung jagte ihr einen Schauer über den Leib, und sie wusste kaum, was sie sagen sollte. »Stell jetzt einfach mal keinen Unfug an. Ich möchte nicht, dass dieser Jugoslawe sich vor meiner Haustür rumtreibt.«

»Nein, auf keinen Fall. Wie sollte er auch hierherfinden? Meinst du etwa, ich könnte öfter vorbeikommen?« Er zwinkerte.

»Oh, dabei wollte ich doch die Unzugängliche spielen.«

»Aber du bist doch unzugänglich, oder? Ich kriege dich nicht richtig zu fassen.«

»Findest du? Inwiefern?«

»Ich komme hier nicht rein.« Er legte ihr die Hand auf den Brustkorb. »Ich weiß nicht, wer du bist.«

»Aber so lange kennen wir uns doch noch nicht.«

Sie rutschte zu ihm, und er legte ihr die Hand auf den

Nacken. Zog sie an sich. Sie küssten sich. Weich. Sachte. Erforschten einander mit den Händen. Adnan nahm das Tablett und stellte es auf den Boden. Beugte sich über Amanda. Sie legte sich auf den Rücken. Intensivere Küsse. Sie spürte sein hartes Glied an ihrem Unterleib. Es pochte zwischen ihren Beinen. Der Slip wurde feucht. Seine Hand näherte sich, ein Finger fuhr die schwarze Spitze entlang. Sie hörte sich selbst keuchen. Drückte sich an ihn. Wartete, dass seine Finger tiefer wanderten. Dann waren sie da. Streichelten. Er stöhnte laut. Ganz offenbar erregt, weil sie bereit war. Sie griff mit der Hand nach unten und zerrte an seinen Boxershorts. Er legte sich zur Seite und half. Zog sie aus. Sie nahm sein Glied in die Hand. Warm, hart. Oben ein wenig feucht. Auch er war bereit.

Sie ließ den Kopf auf seiner Schulter ruhen und atmete aus. Der Puls noch immer schneller als normal. Sie hatte alle Gedanken an Sanna verdrängt und einfach losgelassen. Sie war zwiegespalten. Der Mann, der neben ihr im Bett lag, hatte Sanna mit Drogen versorgt. Aber das war eine andere Wirklichkeit. Trotzdem war es ihr bewusst. Er war der Schlüssel zu Sannas Freundschaftskreis. Einer der Gründe, warum ihre Schwester nicht mehr am Leben war.

»Oh, was ist passiert?«, fragte sie.

»Ja, was ist eigentlich passiert?«

Beide lächelten und sahen sich an. Sie wusste, dass es nicht bei diesem einen Mal bleiben würde.

»Ich muss wohl noch mal frischen Kaffee machen.«

Adnan lehnte sich über die Bettkante und tunkte einen Finger in die Tasse. »Ja, außer du stehst auf Eiskaffee.«

Als er sich streckte, stach ihr eine seiner Tätowierungen ins Auge. Seitlich am Rücken, unter dem Arm. FTP. Sollte sie die dumme Blondine spielen? Ihn erklären lassen. Ja, dürfte interessant werden, was er sagen würde.

»Was bedeutet das hier?« Sie fuhr mit einem Finger über die schwarzen Buchstaben.

Er schwieg kurz. Schien zu überlegen, was er sagen sollte. »Das hab ich vor langer Zeit machen lassen. Vielleicht nicht so klug.« Er legte sich wieder hin.

»Aber was bedeutet es?«

»Fuck the police. Das ist zwar meine Meinung, aber trotzdem ist es nicht gerade die klügste Tätowierung.«

»Nein, das kann man wohl sagen. Die machen ja nur ihre Arbeit.«

Kurze Pause. Hatte sie zu viel verraten?

»Mein kleiner Bruder will Bulle werden.« Er starrte zur Decke, während er das sagte.

»Was?«

»Das ist sein größter Traum.«

Sie musste sich halb aufrichten, um ihm in die Augen sehen zu können. »Wenn er Bulle ist, wirst du ihn dann auch für einen Idioten halten?«

»Ich wusste, dass das jetzt kommt. Aber das ist etwas anderes. Er weiß, wie es ist, in unserer Gegend aufzuwachsen. Er würde nie jemanden vorverurteilen.«

»Aber es gibt heutzutage doch eine Menge Polizisten, die einen ausländischen Hintergrund haben, wenn es das ist, was du meinst.« Sie legte die Hand auf seine Brust, die Haut war warm und feucht.

»Ja, ja, aber die halten sich nur für die Geilsten, wenn sie mit ihren Schlagstöcken ankommen. Wollen zeigen, dass sie Macht haben und so.«

»Und das wird dein Bruder nicht tun, denkst du?«

»Er ist nicht so.«

Amanda konnte sich nur mit allergrößter Mühe ein Lachen verkneifen. »Wie würde dann eure Beziehung aussehen, was meinst du?«

»Es wäre total seltsam. Aber irgendwie würde es mich auch stolz machen. Weil er es geschafft hätte.« Adnan zuckte mit den Schultern und legte die Hände hinter den Kopf. »Es ist nicht so leicht, sich in die schwedische Gesellschaft einzugliedern, wenn man nicht blond ist und Svensson heißt oder so.«

»Du hasst also die Polizei, weil du denkst, du selbst bist gescheitert?«

»Ich bin nicht gescheitert.«

Sie schob die Decke beiseite und schwang die Beine über die Bettkante. Sie wollte die Diskussion beenden, da sie merkte, dass er wütend wurde. Er war es vermutlich nicht gewohnt, auf diese Weise infrage gestellt zu werden. Wahrscheinlich hatte er nie darüber nachgedacht, warum er die Polizei hasste. Für ihn war es einfach so.

Um die Stimmung zu retten: »Egal. Was sagst du zu frischem Kaffee? Du kannst ja duschen, während ich ihn mache.«

Amanda ging wieder in die Küche und setzte Kaffee auf. Hörte Adnan im Badezimmer. Wurde nervös wegen der Uniform. Aber er würde doch wohl nicht in ihrem Wäschekorb wühlen?

Fünf Minuten später kam er heraus. Mit nassen Haaren und einem Handtuch um die Hüfte gewickelt. Sie schluckte. Ließ den Blick auf seinen Brustmuskeln ruhen. Auf den Tropfen, die dort nach der Dusche noch glitzerten. Seinem Sixpack.

Die entspannte Stimmung kehrte zurück. Sie aßen zusammen, und Amanda sagte, dass sie am Abend einen Flug habe. Sie hatte ihm erzählt, dass sie als Stewardess für SAS arbeite. Zum Glück stellte er keine allzu neugierigen Fragen dazu. Wollte nur wissen, ob sie Flugangst habe und an welche Orte sie schon gereist sei. Die Mahlzeit zog sich bis in den späten Vormittag, gegen elf Uhr verließ Adnan die Wohnung. Er wollte zu Hajir ins Krankenhaus und fragte sie, ob sie mitkommen wolle. Sie war überrascht, merkte aber, dass er es ernst meinte. Als würde er ihre Unterstützung brauchen. Sie sagte, sie hätte schon etwas vor. Durfte nicht riskieren, Kollegen zu treffen, falls sie noch auf Hajir aufpassten. Außerdem war vielleicht dasselbe Personal da wie am Vorabend.

Sie sah ihm durch das Fenster nach. Er trug ein Hemd, das er im Arrest bekommen hatte. Er hatte von einem Bullen erzählt, der total autoverrückt war. Tobbe hatte also seinen üblichen Trick angewandt – so viel wie möglich quatschen, damit der andere keine Zeit hatte, sich Lügen auszudenken. Sie stieß einen langen Seufzer aus. Was ging hier vor? Sie wollte sich nicht in etwas einlassen, das von Anfang an zum Scheitern verurteilt war. Nein, sie hatte alles unter Kontrolle.

Sie stand am Fenster, bis Adnan außer Sicht war.

Was sollte sie nun tun? Sie wollte bei so schönem Wetter nicht in der Wohnung bleiben und schickte Vicky eine SMS, fragte, ob sie mit ihr inlineskaten wolle. Bekam schnell eine Antwort. Vicky war dabei. Amanda nahm eine Blitzdusche und wusch die morgendlichen Aktivitäten weg. Trug Mascara auf. Machte Zöpfe. Das war am praktischsten, wenn sie einen Helm aufsetzte. Dann packte sie ihre Sachen zusammen und fuhr zu Vicky, die in der Järnvägsgatan in Sundbyberg wohnte. Mit dem Auto waren es nur fünf Minuten.

Vicky kam aus dem Café, das an der Ecke ihrer Straße lag. Sie hatte Vanillebrötchen gekauft, die sie nach dem Sport naschen konnten. Sie düsten in Richtung Kärsön. Der beste Badeort im westlichen Stockholm. Er lag direkt hinter der Nockebybron. Ein perfekter Ausgangspunkt. Fahrradwege, die sich über ganz Ekerö erstreckten. Kaum Verkehr. Es standen nur wenige Wagen auf dem Parkplatz, was nicht verwunderlich war, wenn man bedachte, dass es ein Montag Ende August war. Alle normalen Menschen arbeiteten inzwischen wieder. Das war einer der besten Aspekte von Schichtarbeit. Dass man mitten in der Woche freihatte.

Sie legten ihre Ausrüstung an. Amanda war Anfängerin und hatte ein ganzes Schutzarsenal dabei: Knieschutz, Ellbogenschutz, Handgelenkschutz, Helm. Dauerte bestimmt eine Viertelstunde, bis alles saß. Vicky begnügte sich mit einem Helm, den sie auf ihre dunkle Haarmähne presste. Sie war früher sehr viel Schlittschuh gelaufen und war viel sicherer unterwegs als Amanda.

Nach anderthalb Stunden waren sie zurück, nahmen ihre Ausrüstung ab und gingen zum Strand hinunter, wo sie eine große Decke auf den Rasen legten. Es gab nur vier weitere Grüppchen plus ein paar Jugendliche, die Volleyball spielten.

Sie zogen die verschwitzten Klamotten aus und kühlten sich mit einem Sprung ins Nass ab. Als sie zur Decke zurückkamen, holte Vicky die Vanillebrötchen und zwei Flaschen Mineralwasser hervor.

»Echt gut, dass du daran gedacht hast, dass der Kiosk nicht mehr offen hat.« Amanda nahm den ersten Bissen von ihrem Vanillebrötchen. Himmlisch gut. »Hast du von dem Kommissar auf Gotland inzwischen wieder was gehört?«, fragte Amanda.

»Keinen Mucks. Es ist, als hätte der Sommer mit ihm nie existiert. Wahrscheinlich ist er zurück zu seiner Frau.«

»Aber besonders traurig scheinst du ja nicht zu sein, oder?«

»Nein, aber das Schlimmste ist, dass ich neulich was gehört habe.« Vicky nahm ein paar Schlucke von ihrem Mineralwasser. Stellte die Flasche ins Gras und wartete, als wolle sie den Gewinner eines Wettbewerbs verkünden. »Er hat einen Posten als Polizeichef in Västerort bekommen.«

»Du machst Witze!«

»Ich wollte, es wäre so. Bald ist er also wieder mein Chef. Und wir werden uns ständig über den Weg laufen. Cool, hm?«

»Mal wieder typisch. Wie wahrscheinlich ist denn bitte so etwas? Wann fängt er an?«

»Im November, glaube ich.«

»Aber dann erfährst du ja vielleicht, ob er wieder zurück zu seiner Alten ist oder nicht.«

»Ja, wobei, mir ist das inzwischen egal. Aber natürlich ist es interessant zu wissen, ob ich nur ein Zeitvertreib für ihn war.«

»Hm, wird cool zu sehen, wie er so ist, dein Kommissar.« Amanda wickelte das Handtuch um sich. Die sommerliche Wärme war verschwunden, und es war eigentlich zu kalt, um am Strand zu liegen. Man bekam eine Gänsehaut, sobald die Sonne von einer Wolke verdeckt wurde. Sie holte ihr Handy hervor, um nachzuschauen, wie spät es war, und sah, dass sie eine SMS bekommen hatte. Sie dachte sofort an Adnan und freute sich. Sie machte die Nachricht auf und las.

Hure. Das war alles.

Sie kannte die Nummer nicht. Darauf war sie nicht gefasst gewesen. Hatte sich jemand in der Adressatin geirrt?

»Was ist los? Du siehst komisch aus.«

»Ich bin ein bisschen baff. Da steht nur ›Hure‹ in der SMS.«

»Hure! Wer hat sie geschickt?«

»Keine Ahnung. Ich kenne die Nummer nicht.«

»Schick sie zur Auskunft.«

»Mache ich.« Amanda schickte die unbekannte Handynummer weg und erhielt innerhalb weniger Sekunden eine Antwort. Die Nummer war nicht registriert. Also ein Kartentelefon.

»Du musst dem nachgehen. Habe ich nicht erzählt, was mir im Frühjahr passiert ist?«

»Nein.«

»Das war kurz bevor ich nach Gotland gefahren bin, deshalb hab ich es dir wohl noch nicht gesagt. Eine total kranke Geschichte. Es fing damit an, dass ich eine lange SMS bekommen habe, die mit ›Hallo Mia‹ begann. Dann folgte ekliges pornografisches Zeug, wo er sich für das letzte Mal bedankte. Wie schön es gewesen sei, seinen Schwanz … du weißt schon … und aller möglicher Schweinekram. Er schrieb, dass er Andreas heiße. Ich hab ihm geantwortet, dass er die Nachricht an die falsche Person geschickt haben musste. Daraufhin kam eine Entschuldigung zurück, in der er erklärte, wie sehr er sich schäme und dass das nicht mehr vorkommen würde. Eine Woche später kam dann eine ähnliche Nachricht. Dieselbe Leier, ›Hallo Mia‹, das ganze Zeug und dass sie von Andreas war.«

»Oh Gott, kennst du denn einen Andreas?«

»Nein. Ich hab ihm wieder geantwortet, dass er sich in der Adressatin geirrt hat, und hab gefragt, wie ihm das zweimal hintereinander passieren könne. Aber er schob es darauf, dass meine Nummer vom letzten Mal noch auf seinem Handy war. Und jetzt kommt das Schlimmste: Ein paar Tage später kam eine MMS, die jemanden zeigte, wie er sich einen runterholte.«

»Was! Wie sah er aus?«

Ein paar Jungs, die zuvor Volleyball gespielt hatten, gingen vorbei und blickten neugierig herüber.

Vicky dämpfte ihre Stimme ein wenig. »Nein, es war nur eine Nahaufnahme. So verdammt eklig. Aber nun kommt der Oberhammer: Kurz danach bin ich mit Jenny Streife gefahren. Dabei hab ich ihr davon erzählt. Und es kam raus, dass sie genau dieselben Nachrichten bekommen hatte. Erst ein paar, in denen ›Hallo Mia‹, von Andreas und eine Menge pornografisches Zeug stand. Dann auch so eine MMS.«

»Aber wie ist das möglich? Das muss ja einer gewesen sein, mit dem ihr beide mal zu tun hattet.«

»So dachten wir auch. Deshalb erschien uns die Sache noch unschöner.«

»Aber habt ihr Anzeige erstattet? Das ist ja vielleicht ein irrer Psychopath?«

»Die Sache ist, wir wissen inzwischen, wer es ist. Und ja, ich habe Anzeige erstattet, aber da war es schon zu spät.«

»Warum? Wer war es?«

»Jenny hat Anette davon berichtet. Und die arbeitet ja im Dezernat für Raubüberfälle. Sie wiederum hat alles ihrem Chef erzählt, Magnus Blomberg. Für den habe ich nach der ganzen Geschichte nicht mehr viel übrig, kann ich dir sagen.«

Amanda zuckte zusammen. Wurde noch neugieriger. »Warum denn? Was hat er gemacht?«

»Er hat einfach bei dieser Handynummer angerufen. Ein kleines Mädchen ging ran und reichte es ihrem Papa weiter. Und als Magnus fragte, wo er gelandet war, stellte sich der Typ als Hundeführer vor.«

»Was? Ein Polizist?«

»Jepp. Es war ein Kollege.«

»Das ist ja total krank.«

»Meine Worte.«

»Hat er es zugegeben?«

»Also, ich glaube nicht, dass er überhaupt vernommen wurde. Denn dieser Magnus Blomberg ist offenbar mit dem Chef der Hundeeinheit befreundet. Er hat ihn also direkt angerufen und alles erzählt. Daraufhin bekam dieser Hundeführer angeblich eine heftige Ermahnung.«

»Eine Ermahnung? Dieser Typ hat bei der Polizei nichts verloren. Was macht so jemand bei normalen Leuten, wenn er sich schon bei Kollegen so verhält?«

»Absolut einverstanden. Und ich habe ja Anzeige erstattet. Aber da war es zu spät. Der Hundeführer war bereits verwarnt, und plötzlich wollte Jenny nicht mehr gegen ihn aussagen. Sie hatte früher mit dem Typen zusammengearbeitet, und er tat ihr wohl leid oder so. Ich weiß es nicht.«

»Aber hallo? Es spielt doch wohl keine Rolle, ob er ihr leidtut. Ich will auf keinen Fall mit Kollegen arbeiten, die so etwas treiben. Und was war mit Magnus Blomberg? Er hätte doch ein Disziplinarverfahren an den Hals kriegen müssen, wenn er der Anzeige nicht nachgegangen ist?«

»Davon war nicht die Rede. Stattdessen erhielt ich einen Anruf von Anette, bei dem sie mich ausschimpfte, weil ich Anzeige erstattet hatte. Sie bekam auf einmal kalte Füße, da sie ihren Chef in das Ganze reingezogen hatte. Wie du sagst, er hätte ein Disziplinarverfahren verpasst kriegen müssen. Vermutlich hatte sie Angst, sich mit ihm anzulegen.«

»Also kam nichts dabei raus?«

»Nein, ich wurde vernommen, aber ich weiß nicht, ob der Hundeführer auch zum Verhör musste. Auf jeden Fall arbeitet er weiter, der Fall wurde irgendwann zu den Akten gelegt, nehme ich an.«

»Scheiße, so pervers.« Amanda schüttelte den Kopf. »Stell dir mal vor, du selbst schickst Fotos von deinem Unterleib an deine männlichen Kollegen … Du wärst schneller suspendiert, als du schauen könntest, und würdest in die Klapsmühle eingewiesen. Aber bei einem Mann ist es okay, denn er ist ja nur ein bisschen scharf auf Aufmerksamkeit!«

»Ich weiß. Aber so ist es in diesem Verein. Das wirst du bald noch merken.«

Amanda konnte nicht fassen, was sie da gehört hatte. Ging ihr Arbeitgeber so mit sexueller Belästigung um? Erschreckend.

Vicky fuhr fort. »Deshalb hab ich so auf die SMS reagiert,

die du gerade bekommen hast. Du musst überprüfen, ob dich da nicht irgendein Kollege belästigt.«

»Total verrückt, überhaupt daran denken zu müssen. Aber ich werde dem nachgehen.«

Sie würde die Nummer prüfen, wenn sie das nächste Mal arbeitete. Sie glaubte nicht, dass es ein perverser Kollege war, aber auch nicht, dass sich jemand mit der Nummer geirrt hatte. Sie war gemeint.

24

Magnus hatte mehrere Tage vor Adnans Wohnung gesessen. Tenstagången 30. Hatte beobachtet. Die seltsamsten Menschen ein und aus gehen sehen. Ein dürrer Somalier, der ständig auf Kat herumkaute. Die Familie Abdullah: der Mann immer gestresst, die Frau mit Kopftuch und schleppenden Schritten. Sechs Kinder am Rockzipfel. Kein Wunder, dass sie müde wirkte. War ja okay, wenn sie Verhütungsmittel nicht buchstabieren konnten, aber wenigstens anwenden könnten sie sie! Eine hellhäutige alte Frau verließ das Haus stets um 9.15 Uhr mit einem leeren Einkaufstrolley und war gegen zehn Uhr zurück. Den Trolley voller Essenswaren. Magnus hatte auf der Tafel im Treppenhaus gesehen, dass sie Palmqvist hieß. Warum wohnte eine ältere schwedische Frau im Ghetto? Vermutlich war sie dageblieben, nachdem ihre schwedischen Nachbarn in den Achtzigern ausgezogen waren. Magnus hatte in der Woche, die er hier verbracht hatte, zwei Berichte geschrieben. Er hatte eine Wohnung im Haus gegenüber entdeckt, in der zweifellos jemand wohnte, der seinen Lebensunterhalt mit organisierter Hehlerei bestritt. Jungen und Männer unterschiedlichen Alters kamen mit Sachen an – und gingen ohne wieder weg. Vermutlich um ein paar Hunderter reicher. Der andere Bericht betraf Prostitution. Hin und wieder tauchten junge Damen auf und ein bulliger Typ, der sie zu bewachen schien. Nach neun Uhr abends gaben sich dann notgeile Kerle die Klinke in die Hand. Nicht, dass Magnus prinzipiell etwas gegen dieses Geschäft hatte. Im Gegenteil, warum sollten erwachsene Menschen nicht selbst entscheiden, was sie mit ihren Körpern anstellten? Aber hier konnte er Pluspunkte sammeln. Eine Bande auffliegen lassen. Lob einheimsen. Magnus hätte eigentlich noch ein paar weitere Berichte schreiben können. Die Krux war nur, dass er auch in seiner Freizeit dort gesessen hatte. Er wollte mit seinen Beobachtungen nicht zu sehr Aufsehen erregen.

Er hatte jetzt ein komplettes Bild von allen Bewohnern des Hauses. Wusste, wann sie morgens aufstanden und wann sie sich abends schlafen legten. Wer nachts aufs Klo ging und wer in den jeweiligen Familien den Müll runterbrachte. Er wusste alles über alle – außer über Adnan fucking Nasimi. Der Araber war kein einziges Mal aufgetaucht. Über mehrere Tage hinweg! Zwar hatte Magnus nicht rund um die Uhr dort gesessen. Aber fast.

Samir hatte endlich angefangen zu liefern. Kapiert, wie ein Informant sich zu verhalten hatte. Es war ein Geben und ein Nehmen. Auch wenn es die Familie betraf. Magnus hatte ihn mehrmals angerufen und gefragt, warum Adnan nie in seiner Wohnung war. Samir hatte beteuert, dass er es nicht wisse. Fand auch, dass es komisch war. Hatte seit der Schießerei nichts mehr von seinem Bruder gehört. Nur eine SMS bekommen. Vielleicht war er bei einer Braut? Magnus hatte aufgehorcht. Klar. Der Araber verlegte bestimmt sein Rohr in Solna. Bei Amanda. Traf sie Adnan auch jetzt noch, wo sie Bescheid wusste? Seine Verwicklung in das Schussdrama konnte ihr nicht entgangen sein. Sollte er den Posten nach Solna verlegen und vor Amandas Haus Wache schieben? Das beinhaltete ein großes Risiko. Andererseits: zwei Fliegen mit einer Klappe.

Am nächsten Tag schickte er seine Kollegen zu verschiedenen Aufträgen und sagte, dass er selbst ein paar Informanten treffen würde. Niemand stellte das infrage. Alle wussten, wie wichtig solche Kontakte waren.

Er parkte weit weg von Amandas Wohnung, wollte sich nicht durch den Wagen verraten. Setzte sich in ein Treppenhaus, von dem aus er die Haustür und ihr Küchenfenster im Blick hatte. Um vierzehn Uhr fing er an. Gegen fünf hatte er vom Sitzen kräftige Schmerzen in einer Pobacke. Er ging zu einem kleinen Laden um die Ecke. Kaufte eine große Cola, Erdnüsse und die Abendzeitung. Trat gerade wieder auf die Straße, als bei Amanda die Haustür aufging. Bingo. Es war, wie er vermutet hatte. Adnan Nasimi kam heraus. Er trug einen weißen Pullover, die Kapuze hochgeschlagen. Kam Magnus entgegen. Wollte der Araber auch einkaufen? Magnus schlug die Zeitung auf und tat so, als würde er im Gehen lesen. Der Luftzug, als sie aneinander vorbeigingen, war ebenso spürbar wie Adnan Nasimis Blick, der die Zeitung zu durchbohren schien. Der Araber hatte sicher Schiss. Magnus war froh, dass er heute keinen Ohrhörer trug. Wusste, dass die Ganoven als Erstes danach Ausschau hielten. Ohrhörer und Schutzweste. Mit einer Schutzweste flog man sofort auf.

Adnan Nasimi ging tatsächlich in den Laden. Magnus machte eine schnelle Runde um den Häuserblock und huschte wieder in das Treppenhaus. Sah, wie der Araber zurückkam. Groß. Muskulös. Magnus legte die Erdnusstüte beiseite. Sein Selbstvertrauen war wieder im Keller. Damit war es in den vergangenen Wochen stetig bergab gegangen. Seit Adnan Nasimi aufgetaucht war und alles versaut hatte.

Um sieben Uhr hielt er es nicht mehr aus. Fühlte sich wie der übelste Verlierer. Da hockte er, Magnus Blomberg, in einem Treppenhaus. Beobachtete eine Wohnung, in der seine Liebhaberin mit einem Araber fickte. Wahrscheinlich taten sie es gerade. Lagen sie im Bett? Vögelte er sie auf dem Küchentisch? Unter der Dusche? Auf dem Sofa? Allerlei Bilder erschienen vor seinem inneren Auge. Er brauchte Frischluft.

Zu Hause in der Villa war es stockdunkel. Totale Stille.

»Hallo, Pia?« Sie hatte sich doch wohl noch nicht hingelegt? Es war erst halb elf. War sie auf dem Sofa eingeschlafen? Er ging ins Wohnzimmer. Der Fernseher aus. Keiner da. War sie nicht zu Hause? Was zum Teufel trieb sie? Sie ging doch sonst nirgendwohin. Er schlich zum Schlafzimmer hoch und öffnete die Tür. Er schloss sie wieder. Öffnete sie erneut. Er wollte sie nicht wecken. Wollte nur nachsehen, ob sie wirklich dalag. Seine Augen mussten sich erst an die Dunkelheit gewöhnen. Das Bett war ordentlich gemacht. Und leer. Verflucht! Wo war sie? Die Wut wuchs. Hier herumlaufen und die eigene Frau suchen zu müssen! Er holte sein Handy hervor und rief sie an. Hörte den Klingelton ihres Telefons im unteren Stockwerk. Lief hinab und fand es auf der Küchenbank. Vor Zorn wurde seine Kieferpartie ganz steif. Er nahm ihr Telefon und sah, dass der letzte Anruf von Annelie stammte. Natürlich. Wenn jemand Pia weggelockt hatte, dann die hässliche Annelie. Er durchforstete das Handy. Öffnete den Ordner »Empfangene Nachrichten« – leer. »Gesendete Nachrichten« – leer. Blätterte durch alle Kontakte. Wollte sehen, ob es jemanden gab, den er nicht kannte. Fand niemanden. Er legte das Telefon zurück. Öffnete den Kühlschrank und nahm sich ein Guinness. Stellte es zurück und schloss die Kühlschranktür. Öffnete sie wieder, nahm das Bier heraus und goss es in ein Bierglas. So schmeckte es am besten. Im Wohnzimmer machte er den Fernseher an, setzte sich in seinen Sessel, legte die Beine auf den Fußschemel und wartete. Wartete, dass seine Frau nach Hause kam. Er zappte von Kanal zu Kanal. Blieb bei *Two and a half man* hängen. Es war eine alte Folge, aber das machte nichts. Unterhaltsamer Zeitvertreib.

Um 23.10 Uhr hörte er ein Auto kommen. Er ging zum Fenster und sah, wie Pia aus einem Taxi stieg. Zurück in seinem Sessel, nahm er einen Schluck von Bier Nummer zwei. Sah zu, wie Charlie Sheen im Fernsehen eine Braut nagelte. Hörte, wie Pia den Schlüssel ins Schloss steckte. Sie öffnete und kam ins Haus.

»Hallo, bist du schon zu Hause?« Pia klang fröhlich.

Magnus hielt das Bierglas fester als normal. »Ja, weshalb sollte ich das nicht sein?«

»Na, du meintest doch, dass du nicht vor zwölf Schluss hast. Ich bin nur überrascht.«

»Um elf hab ich Schluss. Und wo warst du?«

»In der Stadt mit Annelie. Sie hat mich zum Essen eingeladen, weil ich morgen Geburtstag habe.«

Genau, verdammt! Pias Geburtstag. »Aha, schön. Aber du hättest wenigstens Bescheid sagen können. Ich hab mir Sorgen gemacht.«

Pia ging zum Sofa und setzte sich. »Ich dachte, ich wäre vor dir wieder zu Hause. Außerdem hab ich es mehrmals bei dir versucht. Aber du bist nicht rangegangen.«

Magnus erinnerte sich auf einmal, dass Pia angerufen hatte. Dreimal sogar, während er im Treppenhaus gesessen und Amanda und den Araberschwanz überwacht hatte. Er hatte keinen Bock gehabt ranzugehen. Während einer Beobachtungsmission hatte er keine Zeit. »Du hättest ja eine Nachricht hinterlassen können. Du weißt genau, dass ich Überraschungen hasse.«

»Ja, aber ich dachte, vor dir wieder da zu sein.«

»Du wolltest mir also nicht sagen, dass du ausgegangen bist und Männer angemacht hast, meinst du?« Magnus wusste, dass er sich beherrschen sollte. Aber er konnte nicht. Er musterte sie von oben bis unten. Sie war verdammt hübsch. So hübsch hatte er sie schon lange nicht mehr gesehen. Ihr Haar war irgendwie anders. Hatte sie sich Locken machen lassen? Sie trug einen braunen Rock. Stiefel mit hohen Absätzen. Eine weiße Bluse.

»Du, meine Schwester hat mich zum Essen eingeladen. Wenn hier irgendwer jemanden angemacht hat, dann nur in deinem Kopf.« Pias heitere Stimmung war verschwunden. Stattdessen klang sie verärgert. »Und wie sagt man so schön? Man soll nicht von sich auf andere schließen.«

»Was willst du damit sagen?«

»Ich will gar nichts sagen.« Sie zupfte an ihrem Rock, der ein Stück hochgerutscht war, als sie sich hingesetzt hatte.

»Wie viel hast du eigentlich getrunken?«

»Zwei Gläser Wein und einen Drink, wenn du das unbedingt wissen musst.«

»Du wirkst, als hättest du die ganze Bar leergetrunken.«

»Warum kannst du dich nicht einfach freuen, dass ich mal was unternommen habe? Ich gehe sonst nie aus, und ich habe auch keine Freunde mehr, die ich treffen könnte. Das Einzige, was ich mache, ist, zur Arbeit fahren und wieder nach Hause. Dann sitze ich hier und warte auf dich.«

So war es immer. Jedes Mal, wenn sie diesen Drachen von Schwester getroffen hatte, jammerte sie rum. Beschimpfte ihn. Als wäre es seine Schuld, dass all ihre Freundinnen Scheiße im Kopf hatten. »Es klingt, als wärst du unzufrieden, Pia. Ist das so?« Er sah ihr an, dass ihr klar war, dass sie die Grenze überschritten hatte.

Sie antwortete mit sanfterer Stimme. »Ich möchte nur manchmal auch Dinge unternehmen können. Ohne dass du mich gleich beschuldigst, ich würde mit anderen flirten.«

»Wer hat denn hier von flirten gesprochen? War es das, was du heute gemacht hast?« Magnus stellte sich Pia in der Bar vor. Wie sie mit einem anderen Mann redete. Auf einen Drink eingeladen wurde. »Du siehst aus wie eine Nutte in diesen Klamotten.« Magnus sah vor seinem inneren Auge, wie der Mann an der Bar zu Pia zurücklächelte. Ihr mit der Hand über den Rücken strich. Die Eifersucht stach ihm in den Magen.

»Ich gehe jetzt schlafen. Wir können das morgen diskutieren.« Pia machte Anstalten, sich aufzurichten.

Magnus brüllte los. »Du gehst nirgendwohin! Sag es mir! Erkläre mir, warum du mich so behandelst! Jeder kann sehen, wie du dich aufgedonnert hast. Locken, geschminkt, diese Klamotten. Jeder Typ in dieser Bar muss gedacht haben, dass er andocken kann.« Magnus nahm zwei Schlucke von seinem Bier. »Das war klar zu sehen, als du reingekommen bist. Du hast überglücklich ausgesehen. Wie viele Anträge hast du heute Abend bekommen? Hä?«

»Magnus, hör jetzt bitte auf. Ich habe keine Lust, mich zu streiten.«

»Streiten! Du willst nicht streiten! Wer hat denn hier gesessen und sich Sorgen gemacht? Und jetzt willst du mir nicht einmal eine Erklärung geben.«

»Wir gehen jetzt lieber schlafen.«

Magnus musterte sie erneut von oben bis unten. Die Eifersucht kochte in ihm, während er an die Männer in dieser Bar dachte. All jene, die darüber fantasiert hatten, seine Frau später am Abend flachzulegen. »Warum takelst du dich nie so auf, wenn du mit mir zusammen bist?«

»Wir gehen ja nie zusammen aus. Und außerdem fandest du, dass ich aussehe wie eine Hure.«

»Komm her.«

Magnus streckte die Hand nach ihr aus.

»Ich sitze doch hier.«

»Komm her, sage ich!«

Pia hielt ihm die Hand hin. Magnus packte zu wie eine Kobra. Riss sie an sich. Drückte sie. Presste sich an sie.

»Au, nicht so fest. Ich kriege keine Luft.«

Er küsste sie auf den Hals. Zwickte sie in den Po. »Das gefällt dir, was! Wie viele haben das heute Abend gemacht?«

»Hör auf. Das ist nicht schön.«

»Magst du es nicht mehr, wenn ich dich anfasse? Dürfen das nur noch andere?« Das Blut pulsierte in seinem Schritt.

»Du tust mir weh. Sei doch ein bisschen vorsichtig.«

Er knöpfte seine Hose auf. Gab dem Schwanz Freiraum. Küsste sie hart auf den Mund. Leckte ihr über die Lippen. Verschmierte ihren Lippenstift. Er riss die Bluse auf. Hörte, wie einer der Knöpfe auf dem Wohnzimmertisch landete. Sie schluchzte auf. Das gab erst recht einen Kick. Beim geringsten Widerstand wurde er geiler. Er riss ihr den BH vom Leib und leckte ihre Brustwarzen. Biss zu. Rieb sein Geschlechtsorgan an ihrem Unterleib. Hörte in der Ferne, wie sie heulte: »Nein, hör auf!« In Magnus' Kopf: Mach weiter, härter. Er hörte sich selbst sagen: »Ah, dir gefällt das. Nicht wahr?« Er zerriss ihren Slip. Versuchte, ihre Beine zu spreizen. Plötzlich: ein krachender Schlag gegen den Schädel. Etwas Warmes rann ihm über die Wangen. Er betastete die Stelle und schaute. Blut. Sah einen Kerzenständer in Pias Hand. Der auf dem Fernsehtisch gestanden hatte.

»Du kleines Luder! Ist es das, was du willst?« Plötzlich war er zurück in Vincents enger Kabine. Warf die Nutte auf den Bauch. Umklammerte ihren Hals mit einem harten Griff. Drang in sie ein. Grunzte laut. Stieß so fest zu, wie er konnte. Näherte sich dem Höhepunkt. Die Kontrolle zu haben gab ihm den Kick. Er erhöhte den Rhythmus. Stöhnte laut, als es so weit war. Schoss die Ladung in ihr ab. Bebte. Zitterte. Löste seinen Griff. Legte die Hände auf die Hüfte der Nutte. Stieß noch ein paarmal zu, bis der Schwanz erschlaffte.

Als sich sein Atem wieder beruhigt hatte, kehrte er in die

Wirklichkeit zurück. In die Villa. Pia! Die Angst traf ihn wie ein Tsunami, dem er nicht ausweichen konnte, sosehr er es auch versuchte. Seine Frau schnappte nach Luft. Sie hatte grauschwarze Wangen von der Mascara. Was hatte er getan? Aber schließlich hatte sie angefangen. Oder?

»Warum zum Teufel hast du mich geschlagen? Ich bin ja voller Blut.« Er stand auf und ging ins Obergeschoss. Unter die Dusche. Schrubbte sich ordentlich. Wusch das Blut aus dem Gesicht. Fingerte an der Beule am Kopf herum. Verdammt. Als er fertig war, wickelte er sich ein Handtuch um die Hüfte und ging zum Spiegel. Musterte die Beule. Seine Haare verbargen Pias Attacke. Gut. Er trocknete sich ab. Juckte es nicht ein bisschen da unten? Er nahm seinen Penis in die Hand und guckte ihn eingehend an. Sah, dass er ganz rot war. War da nicht auch eine kleine rote Blase an der Spitze? Vermutlich nur die Spuren der letzten Aktivitäten. Aber hatte es in den letzten Tagen nicht auch schon gejuckt? Er verjagte den Gedanken.

Magnus erwachte zeitig am nächsten Morgen. 6.30 Uhr. Er hörte das Klirren von Geschirr unten in der Küche und merkte, dass Pia nicht neben ihm geschlafen hatte. Sein Magen zog sich zusammen, als er sich an den Vorabend erinnerte. Pia musste stinksauer sein. Aber sie hatte angefangen. Er betastete die Beule auf seinem Kopf. Zog eine Jogginghose und ein T-Shirt an und ging in die Küche. Pia war vollständig angezogen. Strich Brote.

»Guten Morgen. Hast du hier unten geschlafen?«

Pia drehte sich zu ihm um. Ihr Blick war kühl. »Ich bin auf dem Sofa eingeschlafen.«

Magnus starrte auf den Schal, der um ihren Hals gewickelt war. So etwas trug sie sonst nicht. Er trat zu ihr und hob ihn ein wenig an. Erschrak, als er die blauen Flecken sah.

»Ist das von gestern?«

»Ja, wovon sonst?«

»Ich dachte nicht, dass es so schlimm aussehen würde. Wir hatten doch nur ein bisschen Spaß, oder?«

»Bist du noch ganz dicht? Du hättest mich fast erwürgt.«

»Ach komm schon. Du hast doch angefangen. Fühl mal hier.« Er nahm Pias Hand und führte sie an seine Beule. »Spürst du? Das tut furchtbar weh. Aber das war es wert.« Er blinzelte. Pia drehte sich wieder um. Bestrich weiter ihre Brote.

Scheiße! Was hatte er angerichtet? So konnte sie unmöglich zur Arbeit gehen. Wenn das jemand sah. Wäre unmöglich, einen Würgegriff zu erklären. Er trat näher und umarmte sie von hinten. Küsste sie aufs Haar. Sprach mit ganz weicher Stimme.

»Liebling, es war keine Absicht. Ich hab vielleicht ein bisschen übertrieben. Dachte, dir gefällt es.« Sie antwortete nicht. Wirkte verbissen. Konzentriert auf ihre Brote. »Schatz, das wird nie wieder passieren. Ich liebe dich doch. Wenn dir diese härtere Gangart nicht gefällt, dann machen wir das nie wieder.«

Sie legte das Messer beiseite. Stützte sich mit beiden Händen gegen den Küchenschrank. »Das sagst du jedes Mal, wenn du die Beherrschung verloren hast. Aber es passiert wieder, Magnus. Wieder und wieder und wieder. Dieses Mal bist du zu weit gegangen.« Sie nahm den Schal ab und entblößte den Hals.

Es war noch schlimmer, als er zunächst gedacht hatte. Die Hämatome zeigten deutlich, wo er zugedrückt hatte. In ihm stieg Panik auf.

»Liebling, es tut mir furchtbar leid«, sagte er. »Wirklich. Ich gebe zu, dass ich zu weit gegangen bin. Ich habe komplett die Besinnung verloren. Du warst gestern so unglaublich schön.«

»Du meintest, ich sei eine Hure.«

»Aber du verstehst wohl, dass ich das nicht so gemeint habe, oder? Ich hab überreagiert, ich weiß. Nun komm schon.« Er lächelte. Berührte sie sanft am Kinn. Machte sich daran, sie auf den Mund zu küssen. Sie entzog sich ihm. Als hätte er die Pest. Das lief nicht gut. Die weiche Taktik funktionierte nicht wie sonst. Diesmal war es schlimmer. Er wusste es. Er war dabei, die Kontrolle zu verlieren. »Warum darf ich dich nicht küssen?«

»Ich will nicht. Ich fahre jetzt zur Arbeit. Ich bin schon spät dran.«

»Du kannst heute nicht da hin, das ist dir doch hoffentlich klar. Wie willst du den anderen das hier erklären?« Er deutete mit einem Kopfnicken auf Pias Hals.

»Vielleicht sage ich einfach genau, wie es war.«

»Spinnst du? Die würden ja denken, dass ich dich misshandelt habe.«

»Hast du das denn nicht?«

»Jetzt stell dich nicht dumm. Du weißt, dass es nicht böse gemeint war. Ich habe mich nur ein bisschen reingesteigert.«

»Das kannst du dann ja allen sagen. Dass du dich ein bisschen reingesteigert hast.«

»Was zum Henker willst du damit sagen? Willst du zur Arbeit fahren und behaupten, dass ich dich misshandelt habe, oder was? Hast du das vor? Unsere Ehe zerstören. Mich den Wölfen zum Fraß vorwerfen? Ist es das?«

»Ja, vielleicht will ich das. Vielleicht hocke ich lieber allein zu Hause, als von dir vergewaltigt zu werden.«

»Vergewaltigt?« Magnus fing an zu schwitzen. Wie zum Teufel konnte sie ihn der Vergewaltigung bezichtigen? »Du wolltest es genauso wie ich.«

»Ach ja? Habe ich deshalb geweint und versucht, wegzukommen? Zeigt man so, dass man will?«

»Ja, was weiß ich denn noch, wann du willst. Ist nicht leicht, sich zu erinnern, wenn zwischen jeder Runde ein oder zwei Monate liegen.«

Pia hatte ihre Brote fertig gestrichen. Sie ging in den Flur.

»Du fährst da heute nicht hin. Die ganze Woche nicht. Erst wieder, wenn diese blauen Flecken verschwunden sind. Kapierst du das?« Magnus drängte sich an ihr vorbei und blockierte die Haustür. »Wer wird dir glauben? Hä? Willst du dich vor meine Kollegen hinsetzen und behaupten, dass ich dich misshandelt habe?«

Er sah, dass sie zögerte. Ihr Blick flackerte.

»Pia, ich weiß, dass du wütend bist. Aber tu jetzt nichts Unüberlegtes. Dabei kannst du nur verlieren. Lass uns lieber darüber reden. In Ruhe frühstücken. Komm, Schatz.« Er drückte sie. Strich ihr über den Rücken. Sie schluchzte. War weich geworden. »Ach, Liebling. Es wird alles gut, du wirst sehen. Manchmal gibt es Missverständnisse. So ist es in jeder Ehe. Aber wir beide werden immer eine Lösung finden. Weil wir uns lieben. Oder?«

Sie schluchzte kaum hörbar. Vergrub ihr Gesicht in seinem Brustkorb. Er strich ihr übers Haar. Küsste sie. Zärtlich. Er suchte nach ihrem Mund. Fand ihn. Küsste sie vorsichtig. Sie gab nach. Erwiderte den Kuss. Leidenschaftlich. Er hatte gesiegt. Erneut. Und er würde eine Belohnung bekommen – Versöhnungssex. Immer wieder gut. Er zog sie aus. Bedächtig diesmal. Sie wirkte geiler als er. Zerrte seine Hose herunter. Ging in die Knie. Nahm seinen Schwanz in den Mund. Das hier war das Leben. Sein Glied schwoll weiter an. Er hörte, wie sie stöhnte. Als er es kaum noch zurückhalten konnte, setzte er sie auf den Küchentisch. Befriedigte sie mit der Zunge, bis er spürte, wie das Blut heftig zwischen ihren Beinen pulsierte. Sie stieß beim Orgasmus einen spitzen Schrei aus. Er drang in sie ein, und sie krampfte sich um seinen Schwanz. Das machte ihn fast verrückt. Er kam nach nur wenigen Stößen. »Oh Liebling, du bist einfach wunderbar.«

Sie aßen Frühstück auf dem Sofa und schauten die Morgennachrichten. Pia war wie ausgewechselt. Sprudelnd vor Lebensfreude. Sie kroch in seine Arme und kuschelte sich an ihn. Magnus konnte aufatmen. Die Lage war gerettet. Aber warum konnte er sich nicht beherrschen? Seine Ausraster gefährdeten alles. Seine Ehe. Seinen Job. Doch manchmal packte ihn die Eifersucht wie aus heiterem Himmel. Alles andere verschwand dann. Nur der Zorn blieb. Trieb ihn zum Angriff. Wie in Notwehr. Das war es wohl. Notwehr.

Er würde es irgendwie wiedergutmachen. Vielleicht sie mit einer Reise überraschen. War lange her, dass sie etwas zusammen unternommen hatten. Vielleicht brauchten sie das. Mehr Zeit miteinander.

Die Nachrichten waren zu Ende, das Morgenmagazin begann. Magnus wurde unruhig. Pia war auf dem Sofa eingeschlafen. Er kratzte sich im Schritt. Das erinnerte ihn an seine möglicherweise einsetzende Geschlechtskrankheit. Er musste das nachsehen lassen. Jetzt, wo er und Pia wieder zusammengeschweißt waren, wäre es ein verdammt schlechtes Timing, mit einer Geschlechtskrankheit anzukommen. Es gab keine Erklärung, die so etwas aus der Welt schaffen konnte.

25

Adnan lag im Bett und starrte an die Decke. Die vergangenen Tage waren chaotisch gewesen. Sein Leben stand kopf. Völlig verquer. Amanda war zwei Stunden zuvor zur Arbeit gefahren, aber er konnte sich nicht aufraffen, aufzustehen. Morgens war die Angst am stärksten. Überfiel ihn mit voller Wucht. Hajirs bleiches Gesicht war das Erste, was vor seinem inneren Auge auftauchte, sobald er aufwachte.

Was hatte er angestellt? Dann kamen die Gedanken an Milorad Kraljevic. Adnan war gezwungen, bald etwas gegen den Jugo zu unternehmen. Konnte sich nicht ewig verstecken.

Am Tag nach der Schießerei hatte Isabella ihn im Krankenhaus zur Schnecke gemacht. Sie hatte neben Hajir auf einem Hocker gesessen und seine Hand gehalten, als er ins Zimmer kam. Hajir lag reglos da. Überall Schläuche. Isabella blickte Adnan mit vor Weinen geröteten Augen an. Dann sprang sie auf. Brüllte ihn an. Schrie, dass es seine Schuld sei. Dass er Hajir mitgelockt habe. Sie wollte wissen, was genau passiert war. Adnan stand wie versteinert da und bekam kein Wort raus. Was sollte er sagen? Er traute sich nicht, von den Jugos zu erzählen.

Isabella hatte weitergemacht. Geschrien. Geweint. Mit den Fäusten gegen seinen Brustkorb geschlagen. Geschluchzt, dass ihr Kind niemals seinen Vater kennenlernen würde. Dass sie bereits ein Kind ohne Vater habe. Adnan verstand, was sie meinte. Der Gorilla hatte seine väterlichen Pflichten nicht sehr ernst genommen.

Adnan hatte Lust, zurückzubrüllen. Zu brüllen, dass es ihre Schuld sei, dass Hajir dort lag. Die Schuld auf sie zu übertragen. Damit er sich besser fühlte. Hätte sie mit dem Gorilla kein Gör fabriziert, würde Hajir jetzt nicht so daliegen. Reglos. Aber Adnan sagte nichts. Ihm war klar, dass Isabella unter Schock stand. Und er ahnte, dass sie Bescheid wusste. In ihrem Innersten wusste sie, dass ihr irrer Ex dafür verantwortlich war. Dass man nicht zufällig auf Hajir geschossen hatte. Der Gorilla hätte jede andere Gelegenheit genutzt, wenn er in Husby nicht die Chance bekommen hätte. Nur Pech für Adnan, dass er dieses Treffen initiiert hatte.

Isabella beruhigte sich nach einer Weile und sank in sich zusammen. Die Luft war raus. Sie klang apathisch, als sie sagte: »Ich weiß, dass es nicht deine Schuld ist. Aber solange Hajir hier liegt, kannst nur du etwas machen. Nur du kannst der Polizei sagen, wer geschossen hat. Wenn du es nicht machst, dann hat er gewonnen. Er wird uns auf ewig terrorisieren. Alles liegt in deiner Hand.« Adnan begriff, von wem sie sprach. Natürlich wusste sie alles. Adnan hatte nur als Punchingball für ihren Zorn herhalten müssen.

»Du weißt selbst, warum das nicht geht. Denn dann liege ich beim nächsten Mal hier.« Adnan ging rückwärts aus dem Zimmer, während er das sagte.

Hörte, wie Isabella ihm nachrief: »Er ist dein bester Freund, Adnan. Bitte!« Sie weinte. Sein Magen schnürte sich zusammen. Die Angst, die ihn in diesem Augenblick überkam, fühlte er nun bei jedem Aufwachen. Er war überrumpelt worden. War nicht darauf gekommen, dass Isabella dort sein könnte. Vielleicht, weil er die beiden noch nie zusammen getroffen hatte. Aber jetzt war sie die Mutter von Hajirs zukünftigem Kind. Hajir war so stolz gewesen, als er davon erzählt hatte. Wenn Adnan daran zurückdachte, erinnerte er sich, wie die Freude

Hajirs Augen zum Leuchten gebracht hatte. Jetzt bestand die Gefahr, dass er sein Kind nie erleben würde. Adnan schlug mit der Faust gegen eine Tür. Scheiße! Eine Krankenschwester starrte ihn erschrocken an und machte einen Schritt zurück, als er an ihr vorbeiging.

Er konnte unmöglich jemanden anschwärzen! Das gab es in seinem Weltbild einfach nicht, ganz egal, was auch passierte. So etwas taten nur Feiglinge. Adnan würde Fatos auf seine eigene Art erledigen. Wenn die Zeit reif war.

Nach dem Krankenhausbesuch war der Moment gekommen, in dem Vincent eine Erklärung geben musste. Es war Nachmittag, sie saßen im Paradis und tranken Caffè Latte. Außer der Eismaschine, die im Hintergrund brummte, war es mucksmäuschenstill. Der Club erschien trostlos ohne die zahllosen betrunkenen Gäste. Keine Musik. Die Stühle umgedreht auf den Tischen. Dieselbe dunkle Beleuchtung wie nachts. Gespenstisch. Vincent wusste, was geschehen war. Vermutlich hatte man ihn sofort informiert. Dieser Teufel hatte Augen und Ohren überall. Er sah ernst aus. Überhaupt nicht gut gelaunt wie sonst immer. »Adnan, tut mir leid, was passiert ist. Mr Kraljevic hat es total versaut.«

Adnan konzentrierte sich, um sich zu beherrschen. »Du hast mir dein Wort gegeben, dass nichts passieren würde. Ich habe mich auf dich verlassen.«

»Ich weiß. Deshalb bin ich auch so tief enttäuscht von ihm. Aber ich habe gehört, dass seine rechte Hand wegen persönlicher Interessen durchgedreht ist. Dein Kumpel hat ihm angeblich seine Kleine ausgespannt, stimmt das?«

»Ja, das ist richtig. Ich habe nicht daran gedacht, als wir dorthin gefahren sind. Sonst hätte ich Hajir niemals mitgenommen.«

»Spielt keine Rolle. Das hier ist geschäftlich. Das andere privat. Mr Kraljevic ist für seine Männer verantwortlich. Und dieses Mal ist es verdammt in die Hose gegangen.« Vincent schwieg eine Weile. Rührte in seinem Latte. Adnan wartete ab. Hatte eigentlich vorgehabt zu attackieren, aber schnell gemerkt, dass Vincent sich nicht rausreden wollte. Er hatte etwas vor. Wie immer. Vincent fuhr in ernstem Ton fort: »Ich will Kraljevic loswerden.«

Adnan fragte sich, was das hieß. Wollte Vincent ihn als Killer einsetzen? Gegen die Jugos? Er schluckte.

»Mach kein so entsetztes Gesicht. So habe ich das nicht gemeint. Natürlich hätte ich nichts dagegen, aber das ist ein zu großes Risiko. Wir müssen es schlau anstellen. Meine Zusammenarbeit mit Mr Kraljevic muss zu einem Ende kommen. Man kann sich nicht auf ihn verlassen, und da kommst du ins Bild. Du musst gegen ihn aussagen.«

Nicht noch einer. Warum wollten alle, dass er freiwillig Selbstmord beging?

»Du weißt selbst, dass das nicht geht. Glaube mir, keiner wünscht sich mehr als ich, dass er verschwindet. Aber dir ist auch klar, was passiert, wenn ich plaudere. Sein Anwalt holt ihn im Handumdrehen raus, und dann bin ich Fischfutter.«

»Er wird dich nie in Ruhe lassen, denk daran.«

Wut stieg in Adnan auf. Er versuchte, sich zu beherrschen. »Was habe ich denn für eine Wahl? Vielleicht solltest du einfach noch den Rest blechen, damit ich keine Schulden mehr habe.«

»Für deine Schulden kann ich nichts, Adnan. Und das größte Problem für Mr Kraljevic dürfte im Moment kaum die Kohle sein. Er wird dich endgültig ruhigstellen wollen. Kapiert?«

»Ja, danke, schon kapiert.«

Sie saßen wieder eine Weile schweigend da. Tranken ihren Kaffee. Vincent schien ausnahmsweise in einer Lage gelandet zu sein, aus der er keinen Ausweg fand. Schlimmer als sonst. Verfickte Scheiße.

»Was habt ihr eigentlich für ein Business am Laufen, du und Milorad?«

»Du weißt, dass ich niemals unnötig über meine Geschäfte rede. Du hast lange nicht mehr für mich gearbeitet. Aber okay, ich brauche jemanden, auf den ich zählen kann. Und ich brauche dich für meinen neuen Club, sofern du noch interessiert bist.«

»Ich weiß ja nicht mal, um was es geht.«

Vincent sah nachdenklich aus. »Ich bin dabei, eine neue Geschäftsidee zu entwickeln. Etwas, das ich schon vor ein paar Jahren mal ausprobiert habe. Das wird ein Kracher.« Vincent kam ins Schwärmen. »Die Leute werde aus ganz Europa hierherpilgern. Das wird einschlagen wie eine Bombe. Und hier kommst du ins Spiel, Adnan. Du wirst meine rechte Hand sein, und das wirst du nicht bereuen. Solange du für mich arbeitest, wirst du finanziell unabhängig sein.«

»Wenn man finanziell unabhängig ist, braucht man doch nicht zu arbeiten, oder?«

»Du weißt schon, was ich meine. Du wirst dir alles leisten können. Alles, was du willst. Eine coole Karre, Bude, Bräute. Was du willst.«

Adnan horchte auf. Eine neue Karre. Ein Haus. Davon hatte er früher geträumt. Der Gedanke an Diars beschlagnahmten Benz kam auf. Eine kleine Angstattacke überkam ihn. Wenn das, was Vincent sagte, stimmte, wäre die ganze Situation gerettet. Der Benz. Die Schulden. Alles wäre viel einfacher. Adnan wäre der König. Andererseits: Er würde zu Vincents Nutte. Aber was hatte er für eine Wahl? Es hagelte nicht gerade

Jobangebote. Er hatte sich entschieden. »Schon klar. Aber ich möchte gern wissen, was ich machen muss.«

»Saugeil, Adnan. Saugeil!« Vincent strahlte in der dunklen Beleuchtung. »Immer eins nach dem anderen. In zwei Wochen ist die Einweihungsfeier für den neuen Club. Da kommst du hin, und ich erzähle dir mehr.«

»Ich dachte, du brauchst mich sofort, wenn du ihn eröffnest. Wie heißt der Club eigentlich?«

»Bonobo.«

»Bonobo? Was ist denn das für ein kranker Name? Wo ist er?«

Vincent sah zufrieden aus. »Du wirst das schon noch verstehen. Die Geschäftsidee ist genial. Ich hab ein kleines Lokal am Stureplan umgebaut. Das wird kein Club in dem Sinne. Eher privat, wenn du verstehst, was ich meine.«

Adnan verstand. Er würde wieder Hurensitter spielen müssen. Der Beschützer, der die Freier in Schach hielt.

»Ach, übrigens, nach der Einweihung spendiere ich dir eine Reise nach Sri Lanka. Das ist das Mindeste, was ich tun kann, nach allem, was passiert ist.«

Alarmglocken. »Sri Lanka? Was soll ich da? Du hast doch sicher irgendeinen Hintergedanken.«

»Du kennst mich zu gut, Adnan.« Vincent grinste breit. »Es gibt dort einen Club, der auf eine vorbildliche Weise geführt wird. Sieh es als einen Studienbesuch für deine zukünftigen Arbeitsaufgaben. Dafür brauchst du nur ein paar Stunden, den Rest der Zeit kannst du genießen. Du musst mal eine Weile weg und ausspannen. Dich nicht gejagt fühlen. Oder?«

Vincent hatte recht. Eine Auszeit, in der er den Kopf freibekam, wäre perfekt. Am liebsten hätte er sofort die Fliege gemacht. »Bloß, damit du es weißt. Wenn es mit Drogen zu tun hat, kannst du mich vergessen. Mit diesem Zeug habe ich aufgehört. Hab keinen Bock, wieder in den Knast zu wandern.«

»Immer mit der Ruhe. Du riskierst nichts. Glaube mir. Bei der Einweihung erzähle ich dir mehr. Jetzt muss ich weiter. Der Job gehört dir.« Vincent streckte die Hand aus.

Adnan zögerte kurz, schlug dann aber ein.

Der Händedruck war fest und bestimmt. Ihre Zusammenarbeit war besiegelt.

Mit einer Kraftanstrengung zwang sich Adnan aus dem Bett. Er ging ins Bad und spritzte sich eiskaltes Wasser ins Gesicht. Trocknete sich mit einem rosafarbenen Handtuch ab. Hob einen von Amandas Slips auf, der auf dem Boden lag, und warf ihn in den Wäschekorb. Er hatte sich für den Tag etwas vorgenommen: bei Miran vorbeischauen. Mission impossible. Adnan hatte ein schlechtes Gewissen, weil er nicht schon eher hingefahren war. Aber er hatte sich bei Amanda verkrochen. Teils, weil er den Jugos aus dem Weg gehen wollte, vor allem aber, weil es schön war. Entspannt. Keiner wusste von ihrer Existenz. Niemand würde ihn dort finden. Natürlich nur, solange er nicht verfolgt wurde. Deshalb war es am besten, so wenig wie möglich nach draußen zu gehen. Und wenn er es tat, war er auf der Hut. Besah alle Autos in der Nähe. Schaute, ob jemand drin saß. Notierte die Kennzeichen. Überprüfte bei der Zulassungsbehörde, wem sie gehörten. Musterte jede Person, der er begegnete. Hatten sie Ohrhörer? Sahen sie aus wie Bullen? Jugos?

Mirans Wohnung war noch immer verrammelt, die Vorhänge zugezogen. Schwaden von Urin und anderen Ausscheidungen stiegen in die Nase. Kacke? Nachdem Adnans Augen sich an die Dunkelheit gewöhnt hatten, wurde ihm klar, woran es lag. Im Flur lagen braune Klumpen, in die jemand hineingetreten war. Dieser Jemand war offenbar Miran. War er in einem so üblen Zustand, dass er es nicht einmal mehr schaffte, aufs Klo zu gehen? Adnan würgte und musste sich die Nase zuhalten. Miran sah ungefähr so aus, wie Adnan es sich vorgestellt hatte. Die Hämatome waren zwar verschwunden, aber sonst war der Kerl vollkommen am Ende. Mager und grau. Glänzende, aufgesperrte Augen, die einen viel zu starken Drogenkonsum verrieten.

Miran hatte noch mehr Schiss als zuletzt. Er hatte von der Schießerei gehört. Irgendein Junkie hatte geplaudert. Gesagt, dass Hajir tot sei. Adnan erklärte, wie es wirklich war. Miran hörte nicht auf zu wiederholen, dass er stattdessen dort hätte liegen können. Adnan hatte keinen Bock, ihm zu erklären, dass der Gorilla sich persönlich bei Hajir rächen wollte. Versuchte, Miran begreiflich zu machen, dass auch er den Jugos Kohle schuldete. Genauso viel wie Adnan. Sie waren gezwungen, das beschissene Problem zusammen zu lösen. Miran musste sich am Riemen reißen. Sonst würde er in dieser ekligen Wohnung verrotten. Miran kapierte das. Versprach hoch und heilig, zu helfen. Wollte sich auch nicht mehr verstecken. Sehnte sich nach den Kumpels. Nach Frauen. Partys. Wollte sein Leben wieder zurück. Wieder Geld verdienen. Eine Arbeit haben.

Adnan ging in die Küche und schaute in den Kühlschrank. Er fand ein paar Eier, die er in einer Pfanne briet. Er servierte Miran die beste Mahlzeit seit Langem. Adnan war frustriert über den Zustand seines Freundes. Musste sich eine Lösung überlegen. Im Moment war Miran nichts wert. Adnan stand allein mit ihren Schulden da. Er war abhängiger denn je von Vincent. Aber der Gedanke an den Geldtransporter spukte weiterhin in seinem Kopf herum, das war noch immer ein Backup, wenn das mit Vincent in die Hose ging.

Der gigantischste Raubüberfall der Stadt! Die Idee war verlockender, als er zugeben wollte.

Adnan atmete tief ein, als er wieder an die frische Luft kam. Der Gestank in Mirans Wohnung war furchtbar gewesen – mit das Schlimmste, das sich je in seine Nasenlöcher gebohrt hatte. Er ging mit hochgeschlagener Kapuze in Richtung U-Bahn und sah sich immer wieder um. Vermied Blickkontakt und eilte weiter, zurück zu Amanda. Sein Handy klingelte. Bruderherz. Sie hatten seit mehreren Tagen nicht miteinander gesprochen. Er hatte nicht die Kraft gehabt, ranzugehen. Wie immer fühlte er sich schuldig, weil er seinen Eltern Sorgen bereitet hatte. Ständig enttäuschte er sie. Samir, der Brave, hätte sie bestimmt mal angerufen, um sie zu beruhigen.

Adnan ging ran. Früher oder später musste er den Schlag eh einstecken.

Samir klang gestresst. Irgendwas stimmte nicht. Adnan drückte das Telefon fest ans Ohr, um ihn besser zu verstehen.

»Sie waren hier. Mama hatte einen Herzinfarkt. Sie waren hier, Adnan. Hätten uns fast umgebracht. Du musst herkommen.« Adnan hörte Hossein im Hintergrund jammern. Er wiederholte ständig den Namen der Mutter. »Samira. Samira.«

»Hast du den Krankenwagen gerufen?« Adnan bemühte sich, ruhig zu klingen.

»Ja, der ist unterwegs.«

»Gut, melde dich wieder und sag mir, in welches Krankenhaus sie kommt.«

Samir versprach es.

Adnan hätte um ein Haar das Telefon auf den Asphalt geschleudert, hielt sich aber im letzten Augenblick zurück. Diese Arschlöcher! Genau das hier hatte er befürchtet. Dass sie seine Familie angreifen würden. Alles nur seinetwegen. Diese Jugoschweine sollten noch bereuen, jemals geboren worden zu sein. Adnan wusste, dass er die Sache nun in die Hand nehmen musste.

26

Die Register der Polizei waren unschlagbar. Nachdem Amanda die Nummer eingegeben hatte, dauerte es nur wenige Sekunden, bis der Name auftauchte. Pia Blomberg. Es war also Magnus' Frau, die ihr eine SMS mit dem Wort *Hure* geschickt hatte. Eine Überraschung. Amanda wäre überhaupt nicht auf den Gedanken gekommen. Hatte Magnus seiner Gattin von dem Seitensprung erzählt? Wohl kaum. Oder hatte Magnus die Nachricht geschickt? Hm. Noch unwahrscheinlicher. Dafür war er zu stolz.

Amanda zog ihre Uniformjacke und die Schutzweste aus und hängte sie über die Stuhllehne. Zupfte an dem T-Shirt, das an ihrer Haut klebte. Klickte sich durch die verschiedenen Berichte. Pia hatte ihre Handynummer bei einer Vernehmung angegeben, die vor drei Jahren erfolgt war. Schwere häusliche Gewalt. Der Fall war zugangsbeschränkt, Pia diejenige, die Anzeige erstattet hatte. Das hieß, dass der Beschuldigte Magnus sein musste. Offenbar ein häufig wiederkehrendes Phänomen, dass Anzeigen zugangsbeschränkt waren, wenn Magnus damit zu tun hatte. Er misshandelte also seine Frau! Keine Überraschung.

Die neue Entdeckung ließ sie fast euphorisch werden. Sie war nun umso mehr davon überzeugt, dass ihr Bauchgefühl sie nicht getäuscht hatte. Dass Magnus bei Sannas Anzeige Fakten unter den Tisch hatte fallen lassen. Etwas verborgen hatte. Aber warum?

Und wenn er nun Pia misshandelte! Dann hätte Amanda

etwas viel Konkreteres, mit dem sie weiterarbeiten konnte. Ein Entschluss reifte in ihr, und sie musste sofort handeln. Es war einen Versuch wert. Sie blickte von ihrem Bildschirm auf und sah, dass der Wärter, der für den Arrest zuständig war, im Pausenraum stand und mit ein paar ihrer Kollegen schwatzte. Sie ging zum Arrestbereich und öffnete die Tür mit ihrem Chip-Schlüssel. Wie erhofft, war niemand da. Sie beugte sich hinter einen Schreibtisch und sah den roten Knopf. Drückte darauf. Die Alarmanlage heulte los. Sie rannte in die Garage nebenan und hörte, wie hinter ihr die Kollegen herbeieilten. Durch einen anderen Eingang gelangte sie zum Zimmer der Revierleiter. Auch diese waren zum Arrest gelaufen. Und hatten sich dabei – wie Amanda vermutet hatte – nicht aus ihren Computern ausgeloggt. Nun hatte sie nur wenige Sekunden. Ihr Puls beschleunigte. Mit wenigen Klicks suchte sie die Anzeige heraus. Klickte auf *Drucken.* Dann die Vernehmung. *Drucken.* Hörte Stimmen, die sich näherten. Sie brachte die Fenster auf dem Bildschirm wieder in ihre alte Position. Schlüpfte in den Pausenraum. Traf dort auf Tobbe.

»Wo warst du? Hast du den Alarm nicht gehört?«

»Doch, aber ich war auf dem Klo. Was war denn?«

»Nichts. Da war keiner. Der Alarm muss wohl von selbst losgegangen sein.«

»Komisch.« Amanda ging weiter. Zum Drucker. Fischte die Anzeige und die Vernehmung heraus. Faltete die Blätter und steckte sie in die Tasche. Es hatte geklappt. Ihre Hände zitterten.

Nach ihrer Schicht fuhr sie auf dem schnellsten Weg nach Hause. Sie wollte das Protokoll nicht im Büro lesen. Irgendjemand würde sicherlich fragen, was sie da machte.

Sie radelte am Einkaufszentrum vorbei. Statoil. Max Hamburgare. Durch das alte Viertel in Råsunda. Zu Hause in sieben Minuten.

Seltsamerweise fühlte es sich leer an, wenn Adnan nicht da war. Sie stellte fest, dass man sich schnell an nette Gesellschaft gewöhnte. Adnan hatte seit der Schießerei jede Nacht bei ihr geschlafen. Sie waren zu dem Schluss gekommen, dass es so das Beste war. Der sicherste Ort für ihn, solange diese Jugoslawen hinter ihm her waren. Und auch für Amanda war es gut. Nun hatte sie die Gelegenheit, ihn näher kennenzulernen. Er hatte immer mehr über seine Vergangenheit erzählt. Aber noch gab es viel aufzudecken. Sie ging vorsichtig vor. Wollte ihn nicht mit ihrer Neugierde verscheuchen.

Sie setzte sich auf das Sofa. Adnans Jacke lag dort. Sie bohrte die Nase in den Stoff. Chanels Allure. Himmlisch. Männlich. Sie sah Adnan vor ihrem inneren Auge, ein Prickeln durchlief sie. Sie legte die Jacke weg und konzentrierte sich auf das Papier, das sie in der Hand hielt. Las. Der Anzeige zufolge hatte Magnus Pia während ihrer gesamten Beziehung misshandelt. Es hatte mit dem einen oder anderen Schubser begonnen. War zu Faustschlägen eskaliert. Das Problem war nur, dass nicht Pia, sondern ihre Schwester die Misshandlungen angezeigt hatte, Annelie Friberg. Annelie schilderte, wie ihre Schwester sich verändert hatte, seit sie mit Magnus Blomberg zusammen war. Aus einer fröhlichen und sozial aktiven Frau war jemand geworden, der sich zu Hause einschloss und jeglichen Kontakt verloren hatte. Pia verteidigte Magnus jedes Mal, wenn er sie geschlagen hatte, und schob stattdessen die Schuld auf sich selbst. Amanda las weiter. Erkannte das klassische Muster wieder. Wie die Frau langsam psychisch gebrochen wurde, bis der Mann die totale Kontrolle über sie hatte. Bis sie keine Kraft mehr besaß, ihre Freunde zu treffen, weil sie Streit vermeiden wollte, aber auch, um sich nicht mit skeptischen Fragen auseinandersetzen zu müssen. Am Ende war dieser Mann der einzige Mensch in ihrem Leben. Der Einzige, der sich um sie kümmerte.

Als Amanda das Ganze gelesen hatte, war ihr klar, warum die Ermittlungen zu nichts geführt hatten. Pia hatte alles geleugnet und bei der Vernehmung ausgesagt, dass ihre Schwester die Geschichte komplett erfunden habe. Aus Eifersucht auf Pia, die im Gegensatz zu ihr eine gute Beziehung führte.

Annelie hatte außerdem keine konkreten Beweise. Nur ihre eigenen Beobachtungen.

Magnus hatte Glück gehabt. Amanda konnte sich vorstellen, wie er geschwitzt haben musste, bevor die Sache zu den Akten gelegt wurde. Ein Schuldspruch hätte ein jähes Ende für seine Karriere bedeutet.

Amandas Schlussfolgerung: Pia war psychisch so am Ende, dass sie ernsthaft dachte, Magnus sei für sie der einzige Mann auf der Welt. Sie glaubte sogar, dass sie ihn liebte. Sie war eifersüchtig. Sonst hätte sie nicht in seinem Handy herumgeschnüffelt und Amanda per SMS beschimpft.

Pia hatte ihr unbewusst neue Möglichkeiten eröffnet.

Am Tag darauf stand Amanda schon um fünf Uhr auf, gab Adnan einen Kuss auf die Wange und fuhr mit dem Auto zum Büro. Das sagte sie ihm jedenfalls. Aber ihr Ziel war Ekerö. Amanda vermutete, dass Magnus Frühschicht hatte, da fuhr er gegen halb sieben von zu Hause los. Sie wollte nicht riskieren, ihm unterwegs zu begegnen. Es wäre schwierig, zu erklären, was sie um diese Uhrzeit dort draußen trieb.

Es war wenig los auf den Straßen, noch waren nicht viele Leute wach. Alle Ampeln schalteten auf Grün, wenn sie sich näherte, und sie musste nicht ein einziges Mal stehenbleiben. Nach der Nockebybron veränderte sich die Landschaft, Wasser und Äcker schoben sich zwischen die Häuser. Kuhweiden lösten einander ab, es war schwer, sich vorzustellen, dass sie immer noch in einer Großstadt war. Die Kühe blinzelten träge in Richtung des Motorengeräuschs, als sie vorbeifuhr. Schliefen sie im Stehen?

Sie parkte in einer Querstraße unweit von Magnus' Villa. Von dort würde sie sehen, wenn er losfuhr. Sie hoffte, dass er zuerst aufbrach und Pia allein zu Hause ließ.

Amanda wartete. Und wartete. Beschattungsdienst war nichts für sie. Sie war zu rastlos. Doch um fünf nach halb sieben zahlte sich ihre Geduld aus. Magnus fuhr vor ihr in seinem Audi vorbei. Blickte nicht einmal in ihre Richtung. Sie ließ den Motor an und fuhr zum Haus. Ein großes weißes Gebäude in modernem Stil. Sie parkte vor einem schwarzen Eisentor. Ging geradewegs zur Haustür und klingelte. Wartete eine Minute. Zwei Minuten. Die Tür ging auf. Pia in einem rosafarbenen Morgenmantel. Pantoffeln. Und einem Schal? Amanda kannte sie von einem Foto, das Magnus ihr einmal gezeigt hatte. Pia wirkte verwundert. Fragte sich vermutlich, wer so früh am Morgen bei ihr klingelte.

Amanda kam direkt zur Sache. »Hallo, ich bin Amanda. Du hast mir eine SMS geschickt, in der Hure steht.«

Pia sah noch erstaunter aus. »Ah.«

»Ja, es scheint vielleicht merkwürdig, dass ich hergekommen bin. Aber ich wollte persönlich mit dir reden. Als Erstes wollte ich eines klären. Und ich möchte ehrlich sein. Ich hatte eine kurze Affäre mit Magnus, aber das ist inzwischen vorbei. Weil ich eingesehen habe, wie er ist. Er ist nicht nett zu Frauen, um es mal so zu sagen.« Amanda wartete auf eine Antwort. Diese blieb aus. »Er hat mich nie geschlagen. So weit ist es nicht gekommen. Aber ich habe die Tendenzen bemerkt, wenn du verstehst, was ich meine?«

»Nein, verstehe ich nicht. Und ich verstehe auch nicht, was du hier machst! Wenn du wirklich etwas mit meinem Mann hattest, dann hättest du wenigstens Respekt zeigen und nicht zu uns nach Hause kommen können.«

»Ich verstehe deine Reaktion. Aber ich bringe dir keine Neuigkeit. Du hast ja etwas vermutet. Sonst hättest du mir nicht diese Nachricht geschickt, oder?« Pia sah aus, als wäre sie kurz davor, auf sie loszugehen und ihr die Augen auszukratzen. Amanda fuhr fort. »Ich weiß, dass er dich misshandelt, deshalb bin ich hier.«

»Was sagst du da? Du weißt gar nichts!« Pia wollte die Tür schließen. Amanda stellte den Fuß dazwischen.

»Warte, bitte.«

Pia hielt inne.

»Warum hast du einen Schal um den Hals? Versteckst du blaue Flecken? Ich verstehe, wenn du nichts erzählen willst. Aber du sollst wissen, dass du nicht die Einzige bist, die er mies behandelt. Und wenn jemand die Möglichkeit hat, Schlimmeres zu verhindern, dann du. Auch deinetwegen solltest du ordentlich nachdenken. Ob du willst, dass es dein Leben lang so weitergeht.«

»Geh jetzt! Du weißt nichts!« Pia drückte gegen die Tür, und Amanda nahm den Fuß weg. Sie hatte mehr loswerden können als ursprünglich geplant. Vielleicht hatte sie einen Keim in Pias Bewusstsein legen können. Der Schal um ihren Hals war ein deutlicher Hinweis. Nicht gerade etwas, womit man sein Outfit aufpeppt, wenn man im Morgenmantel die Tür öffnet. Und Pias Reaktion reichte Amanda als Beweis. Magnus misshandelte seine Frau noch immer.

Amanda ging zurück zu ihrem Wagen und stieg ein. Überlegte. Pia musste sich sehr gewundert haben, dass plötzlich jemand vor der Tür stand und auf einen Punkt verwies, den

Pia vermutlich in ihrer gesamten Ehe zu verdrängen versucht hatte.

Amanda holte ihr Handy hervor und schrieb eine Nachricht.

Verstehe, wenn dich mein Besuch verwirrt hat. Weiß aber etwas, das ich noch nicht erzählen kann. Tipp: Schreib alles auf, was er dir antut. Wie ein Tagebuch. /A

Sie suchte Pias Nummer hervor. Schickte die Nachricht ab. Ihr war klar, dass auch diese SMS verwirrend sein würde. Sie war ein großes Risiko eingegangen. Jetzt konnte sie nur hoffen, dass es funktionierte.

27

Magnus' Verdacht hatte sich bestätigt. Es waren Chlamydien. Das kleine Luder hatte seinen Schwanz vergiftet! Dafür gesorgt, dass er seine Frau verlieren könnte. Aber das würde er niemals zulassen. Niemals! Nach langem Grübeln war er zu einer Lösung gelangt und befand sich jetzt mit einer Extraportion Antibiotika auf dem Nachhauseweg. Er hatte ganz einfach die Ärztin wenige Stunden später noch einmal angerufen und gesagt, dass er das Medikament verloren habe und ein neues Rezept brauche. Es war nicht schwer gewesen, sie zu täuschen. Sie hatte kaum eine Gegenfrage gestellt.

Natürlich hatte er eine Ärztin bekommen. Bei jedem anderen Körperteil hätte ihm das wunderbar gepasst. Aber der Schwanz! Das war verflixt noch mal nicht optimal. Doch er hatte seinen Stolz runtergeschluckt und von seinem Dilemma berichtet. Mit pädagogischer Stimme hatte sie gepredigt, wie wichtig es sei, Kondome zu verwenden, auch wenn er sterilisiert sei. Als müsste sie ihn in Sexualkunde unterrichten! Außerdem musste er angeben, mit wem er im vergangenen Jahr Sex gehabt hatte. Im vergangenen Jahr! Kein Wunder, dass die Leute bei den Gynäkologen im Land Schlange standen. Jeder Seppel bekam einen Chlamydienbrief nach Hause geschickt. Anonymer Absender. Aber Magnus war vorbereitet gewesen. Hatte seinen Ehering abgenommen und der Frau Doktor gesagt, dass er im vergangenen Jahr zwei sexuelle Beziehungen gehabt hätte. Die eine mit Lucinda Persson und die andere mit Angela Forsman. Er hatte keine Ahnung, wer das war, sondern hatte die beiden per Zufall im Passregister herausgesucht. Er fand, dass Lucinda pornomäßig klang, außerdem sah sie auf dem Foto hübsch aus. Angela war fünfzehn Jahre jünger als er, und das machte sie sofort zu einer Kandidatin. Magnus hatte die Ärztin stolz angeblickt, als er Angelas Identifikationsnummer angab. Hatte fast den Eindruck, dass sie ihn während der restlichen Zeit des Besuchs mit einem neuen Blick ansah. Vielleicht eine Spur von Begehren?

Als Magnus zu Hause die Tür öffnete, kam ihm ein Duft entgegen. Was roch da so gut? Er zog seine Lederjacke von Armani aus und hängte sie zusammen mit dem Stofftuch, das er um den Hals getragen hatte, an einen Haken im Schrank. Holte den Haken wieder heraus und platzierte ihn weiter links neben ein paar Jacken. Besseres Gleichgewicht.

Pia war dabei, das Geschirr abzuwaschen.

»Hallo Liebling.« Er küsste sie auf den Mund. »Was machst du da Leckeres?«

»Ich habe ein Hühnchen im Ofen, mit einer tollen Sauce. Nicht gerade kalorienarm, aber es wird richtig gut. Ich habe das Rezept von Nina, meiner Kollegin.«

»Mm, das klingt toll. Wann ist es fertig?«

»In zehn Minuten ungefähr.«

»Schön, dann decke ich den Tisch und mach uns was zu trinken auf.«

Pia blickte ihn erstaunt an.

Magnus deckte den Tisch. Füllte eine Kanne mit Wasser. Holte eine Flasche Rotwein. Amarone. Goss Pias Lieblingsglas voll. Ein handgefertigtes Weinglas mit Blumenmuster, das sie von ihrer Großmutter geerbt hatte. Er schielte zu ihr hinüber. Sie spülte noch immer ab. Er kramte in seiner Hosentasche. Knipste eine Antibiotikatablette aus ihrer Hülle und versuchte, sie zwischen den Fingern zu zermahlen. Steinhart. Unmöglich. Stattdessen legte er die Tablette in das Weinglas. Hoffte, dass sie sich auflösen würde. Er holte einen Teelöffel. Rührte um. Versuchte, die Tablette zwischen Löffel und Glaswand zu zerdrücken. Pia wandte ihm weiterhin den Rücken zu. Sie drehte den Wasserhahn zu. War offenbar fertig mit Abspülen. Er nahm den Teelöffel heraus und stellte das Weinglas auf den Tisch. Der Schweiß stand ihm auf der Stirn. Aber was sollte er tun?

»Oh, trinken wir Wein dazu?«

»Ja, dachte ich mir, wenn du so lecker gekocht hast.« Pia blickte ihn an, sagte aber nichts. Er wusste, dass er sich ungewöhnlich nett und hilfsbereit benahm. Aber das war es wert. Er hatte in den vergangenen Tagen richtig Angst gehabt. Es hätte alles zum Teufel gehen können. Pia war diesmal ernsthaft sauer geworden. Zwar hatte er sie noch einmal besänftigen können. Aber er hatte gemerkt, dass es nicht mehr wie vorher war. Irgendwie verhielt sie sich anders. Er wusste nicht, was es war. Er spürte es nur. Sie trug noch immer einen Schal um den Hals, und er bekam jedes Mal ein schlechtes Gewissen, wenn er ihn sah. Konnten diese verfluchten Hämatome nicht bald mal verschwinden?

Das Essen dampfte, als es aus dem Ofen kam, und er nahm sich von dem Hühnchen, das in einer rotbraunen Sauce badete. Schaufelte sich auch Reis und Salat aus einer großen Schale auf den Teller. Kostete. Kaute. »Nina hatte recht. Das ist richtig lecker.«

»Ja, nicht wahr? Einfach ist es auch. Man muss nur Sahne, Crème fraîche, Sojasauce und Sambal Oelek mischen. Dann alles in den Ofen. Supereinfach.« Pia lächelte.

Magnus war nicht sonderlich am Rezept interessiert, lächelte aber auch. »Dann mal prost.« Er hob sein Glas. Beobachtete

Pia genau, als sie den Wein probierte. Wie sie ihn durch die Zähne saugte. Schluckte.

»Mm, der ist gut. Was ist das für einer?«

»Amarone.« Es hatte geklappt. Trotzdem würde es problematisch werden, Pia neun Tage lang die Antibiotika unterzujubeln. Neun verdammte Tage! Eines war auf jeden Fall sicher. Er würde ein Experte in der Küche werden. Pia würde sich freuen, dass er sich mehr im Haushalt engagierte. Pluspunkte.

Am nächsten Morgen stand Magnus besonders früh auf und bereitete das Frühstück zu. Verrührte eine Antibiotikatablette in Pias Tee. Stellte alles auf ein Tablett und ging ins Schlafzimmer hoch. Pia wirkte erst schockiert. Doch dann erstrahlte sie wie eine Sonne. Magnus' Herz sang. Er war ein Gentleman. Er war so zufrieden wie schon lange nicht mehr, als er in den Wagen stieg und zum Revier fuhr.

Seine Schicht begann mit einer Chefbesprechung. Unter den Vorgesetzten wurden verschiedene Themen diskutiert. Wie die Verabschiedung von Sven Hugosson vonstattengehen sollte, wenn er in Pension ging. Wer dafür sorgen sollte, dass die Lüftung im Erdgeschoss eingestellt wurde, damit das Personal nachmittags nicht immer so müde wurde. Aber der Hauptzweck dieser Besprechungen war es, einander über aktuelle Ermittlungen zu informieren. Die Schießerei in Husby war im Augenblick das heißeste Thema. Crippe Nilsson brachte die anderen auf den neuesten Stand. Die Arbeitshypothese: Opfer und Täter kannten sich. Wahrscheinlich handelte es sich um einen Vergeltungsakt in der Unterwelt. Magnus rutschte auf seinem Stuhl hin und her. Toll. Komm mit was Neuem. Crippe laberte weiter. Mehrere Hinweise aus dem Milieu besagten, dass die jugoslawische Mafia ganz oben auf der Verdächtigenliste stand. Kraljevic & Co. Das Opfer Hajir El-Batal war mit Fatos Bilajbegovics Expartnerin zusammen. Fatos Bilajbegovic: verantwortlich für mehrere Morde und rätselhafte Fälle, in denen Menschen verschwunden waren. Wenn sie hierzu mal Zeugen gefunden hatten, litten diese sofort an Gedächtnisverlust, sobald der Prozess sich näherte. Fatos Bilajbegovic kam in Crippes Augen definitiv als Täter infrage.

Vermutlich hatte der Zeuge Adnan Nasimi für diese Jugoslawen Drogen verkauft, als er zwei Jahre zuvor gefasst wurde. Die Verwicklung der Jugoslawen konnte nie bewiesen werden, aber mehrere Tipps deuteten darauf hin. Und Milorad Kraljevic war nicht dafür bekannt, Milde walten zu lassen, wenn jemand versagt hatte.

Magnus war klar, dass Crippe früher oder später erfahren würde, wer die Täter waren. Bei solchen Vergeltungsakten war es eher die Regel als die Ausnahme, dass ein Tipp hereinkam. Das Schwierige war allerdings, ein Urteil herbeizuführen, wenn die Zeugen durch Drohungen zum Schweigen gebracht wurden oder schlicht spurlos verschwanden. Natürlich wollte auch Magnus, dass das Verbrechen aufgeklärt wurde. Aber es war noch zu früh dafür. Kraljevic und seine Killer sollten sich ruhig noch eine Weile in Freiheit tummeln und von Adnan Nasimi Geld erpressen. Geld, das Adnan Nasimi nicht hatte und sich beschaffen musste. Irgendwie. Und an diesem Tag würde Magnus bereit sein. So was von bereit.

Die Krux war nur der kleine Bruder. Samir hatte offenbar Besuch von ein paar Schlägern gehabt, die seine Eltern bedrohten. Wollten Adnan offensichtlich zum Schweigen zwingen. Total übertrieben, fand Magnus. Der Araber hatte schon so genügend Schiss. Würde niemals etwas ausplaudern. Das Risiko mit dem kleinen Bruder war da deutlich größer.

Samir sah völlig fertig aus. Bleich, dunkle Ringe unter den Augen.

»Grüß dich, wie geht es dir? Du siehst aus, als hättest du ein Jahr nicht gepennt, Junge.«

»Scheiße, ja. Es geht gar nicht gut, Mann.«

Sie saßen in Magnus' Wagen. Einem Überwachungsfahrzeug des Überfalldezernats. Ein alter Saab mit eigentlich zu vielen verräterischen Antennen. Aber für solche Gespräche taugte er. Solange keine ernste Lage herrschte, sozusagen. Magnus hatte sich entschieden, Samir am Hässelby-Strand zu treffen. Der Ort war leicht für Samir mit der U-Bahn zu erreichen und er konnte auch rechtzeitig wieder in der Schule sein. Außerdem konnten sie abseits auf dem Parkplatz neben dem Badeplatz sitzen. Bei der Kälte war niemand im Wasser. Schon gar nicht an diesem regnerischen Tag. Die Einzigen, die draußen waren und spazieren gingen, waren Hundebesitzer.

»Erzähl, Samir. Was ist passiert?«

Samirs Stimme zitterte. »Das ist total krank, Mann. Ich hab so was noch nie erlebt. Es hat an der Tür geklingelt. Ich hab aufgemacht. Sie stürmten einfach rein. Riesentypen. Einer davon ist auf mich los. Sie hatten Messer. Drückten sie mir und meinem Vater an den Hals. Meine Mutter hat geschrien. Da haben sie sie geschlagen. Dann fing einer von ihnen an, von Adnan zu reden. Dass es das Beste für ihn sei, wenn er die Klappe hält. Sonst würden sie zurückkommen und uns umbringen und so.« Samir war noch bleicher geworden. Die Augen so groß wie Fünf-Kronen-Münzen.

»Hast du jemandem davon erzählt?«

»Nein, verdammt. Sonst bringen die uns um. Diese Typen waren riesengroß!« Samirs Stimme stieg ins Falsett. »Wir wissen nicht, was wir tun sollen. Mein Vater ist total am Ende, und meine Mutter stirbt vielleicht. Sie kann nicht mehr. Es war verdammt noch mal besser, als Adnan im Gefängnis saß. Da wussten sie wenigstens, wo er war.«

»Du weißt also nicht, wo er ist?«

»Nein, er ist direkt danach ins Krankenhaus gekommen. War stocksauer. Sagte, dass er diese Irren umbringen würde. Dann ist er wieder verschwunden.«

»Wusste er, wer es war?«

»Wirkte so.«

»Hat er gesagt, wie sie heißen?«

»Nein, aber es müssen wohl dieselben gewesen sein, die auch auf ihn und Hajir geschossen haben. Warum sollten sie uns sonst bedrohen?«

»Samir, ich habe so meine Vermutungen. Es ist nur so, dass wir hier nicht über ein paar harmlose Lämmchen reden, wie du ja bemerkt hast. Deswegen müssen wir genügend Beweise sammeln, bevor wir sie fassen. Hast du gesehen, wie sie aussahen, oder waren sie maskiert?«

»Nein, die hatten keine Masken. Ich werde niemals vergessen, wie sie aussahen. Vor allem nicht der eine. Er war übel grob und sah widerlich aus.«

»Das ist auch ein Zeichen, dass wir sehr vorsichtig sein müssen. Wenn sie sich nicht einmal maskiert haben. Sie meinen es ernst. Sie werden nicht eine Sekunde zögern, bevor sie euch den Kopf abschneiden, wenn ihr etwas sagen solltet.« Magnus machte eine kurze Pause. Wollte, dass Samir ihm folgte. »Ist dir das klar? Du und deine Familie, ihr dürft auf keinen Fall mit jemandem über die Sache sprechen, bis ich es dir sage. Wir brauchen mehr Beweise, bevor wir zuschlagen. Denn wenn wir das tun, sollen sie für sehr lange Zeit in den Knast wandern. Kapiert?«

»Ja, Mann. Ich werde keinen Ton sagen. Vor allem mein Vater will, dass wir mit der Polizei reden.«

»Dann sorg dafür, dass er es nicht tut. Es gibt immer ein Leck, und die Gefahr ist viel zu groß, dass sie es erfahren, wenn ihr Anzeige erstattet.«

»Ich werde es versuchen.« Samir lehnte den Kopf gegen die Nackenstütze und schloss kurz die Augen.

»Gut, Samir. Du bist ein kluger Kerl. Wir werden das schon hinkriegen. Halte mich auf dem Laufenden.«

»Ja, Mann.«

»Gut.« Magnus sah, dass Samir sich ein wenig beruhigt hatte. Der Kleine war leicht zu händeln. Schluckte alles mit Haut und Haaren. »Was hast du da am Hals?« Magnus schaute auf einen Fleck, der auf Höhe von Samirs Adamsapfel rot leuchtete.

Samir errötete. »Ach nichts.«

»Hast du ein Mädchen kennengelernt, oder was?«

»Vielleicht.«

»Was heißt da vielleicht. Ein bisschen Spaß scheinst du ja gehabt zu haben, oder?«

»Ja, aber das ist noch ganz frisch. Wir werden sehen.«

»Erzähl schon. Wie heißt sie?«

»Sara.«

»Sara. Und wie noch?«

»Warum wollen Sie das wissen? Sie kennen sie doch gar nicht.«

»Das kann man nie wissen. Ich bin ein neugieriges Aas, weißt du. Als Bulle muss man das sein.«

»Nylander.«

»Eine liebe Sara Nylander hinterlässt also Knutschflecken bei dem kleinen Samir.« Magnus lachte laut. »Hast du sie in der Schule kennengelernt?«

»Nein, sie ist jünger als ich. Geht in Alvik zur Schule.«

Sie plauderten noch ein wenig über Samirs neue Freundin,

bis es Zeit für ihn war, auszusteigen und zum Unterricht zu gehen. Magnus sah, wie Samir die Kapuze hochschlug, um nicht nass zu werden. Er schlenderte in Richtung U-Bahn davon. Die Gestalt wurde kleiner und kleiner. Wurde von dem Regen auf der Scheibe verwischt.

Magnus blieb noch eine Weile sitzen. Er dachte nach: Hatte er alles unter Kontrolle? Ja, das hatte er. Samir würde nichts verraten. Und er würde bestimmt seinen Vater überzeugen können, ebenfalls zu schweigen. Hier war alles in Butter. Was Amanda betraf, so grub sie ihr eigenes Grab. Es würde nicht sonderlich lange dauern, bis der Fickaraber einen Fehler beging und sie in die Scheiße hineinzog. Es würde eine Freude sein, das mitanzusehen. Niemand servierte Magnus Blomberg ungestraft ab. Er spürte einen Stich in der Magengegend, als er an sie dachte. Er hasste das; dass er seine Gefühle nicht zähmen konnte. Am liebsten würde er zu ihr fahren und klingeln. Aber das ging nicht. Niemals würde er so tief sinken.

Magnus drehte den Schlüssel um und ließ den Motor an. Schaltete die Scheibenwischer ein und sah zu, wie das Regenwasser zu den Seiten geschoben wurde. Er drehte die Lüftung auf, um die beschlagenen Scheiben freizukriegen. Sicht gleich null, trotzdem fuhr er langsam los. Wischte mit der Hand über die Windschutzscheibe, um überhaupt etwas zu erkennen. Das Lüftungssystem des Wagens war im Arsch. Als er sich der U-Bahn-Station näherte, sah er Samir, der von rechts aus einer Seitenstraße kam. Er musste eine Abkürzung gegangen sein. Die Kapuze noch immer hochgeschlagen. Magnus bremste ab und hob die Hand zu einem Gruß. Da sah er einen schwarzen Jeep, der langsam hinter Samir herfuhr. Seltsam langsam. Getönte Scheiben. Magnus brüllte. Rüttelte an dem Knopf, um die Scheibe herabzulassen. Fuchtelte mit den Armen. Aber es war zu spät. Der Jeep hatte bereits auf Samirs Höhe gehalten.

Die Beifahrertür ging auf, ein dunkel gekleideter Mann stieg aus. Eine Figur wie Hulk. Packte Samir. Schwergewicht gegen Fliegengewicht. Der kleine Samir trat um sich. Hatte nicht die geringste Chance. Wurde auf den Rücksitz geworfen. Alles innerhalb weniger Sekunden. Der Jeep brauste davon. Ein Jeep Grand Cherokee. Magnus drückte das Gaspedal durch und jagte hinterher. Sah den Wagen hinter einer Biegung verschwinden. Er schnitt die Kurve und musste einem entgegenkommenden Saab ausweichen. Kam wieder auf die richtige Spur und fuhr bis zur nächsten Kreuzung. Wählte auf gut Glück rechts. Fluchte laut, als ihm klar wurde, dass er sich falsch entschieden hatte. Der Wagen war weg. Verdammt!

28

Adnan war wieder auf dem Polizeirevier. Dieser Öhlund hatte am Vortag angerufen und gefragt, ob Adnan kommen könne. Er wollte ihm Fotos von einigen Typen zeigen. Vielleicht erkannte Adnan denjenigen, der geschossen hatte.

Adnan saß auf einem harten Holzstuhl und wollte so schnell wie möglich wieder weg. Dieser Ort raubte ihm den letzten Nerv. Er starrte auf die Wände, weiß und schmutzig. Voller Kratzspuren. Öhlund hockte am Schreibtisch und fummelte mit einer Art Katalog herum, während er sich in seinen Computer einloggte. Adnan sah ihn an. War Öhlunds Säufernase in der Zwischenzeit noch größer geworden? Es dauerte bestimmt fünf Minuten, bis Öhlund fertig war und sich zu Adnan umwandte.

»Also. Wie ich schon am Telefon sagte, werde ich Ihnen Fotos zeigen. Insgesamt acht Stück, eins nach dem anderen. Bei jedem Foto möchte ich, dass Sie mir spontan sagen, was Sie denken. Ob Ihnen irgendetwas bekannt vorkommt beispielsweise, auch wenn es keine Ähnlichkeit gibt.«

Fang jetzt an, verflucht noch mal, damit ich hier wegkomme!

Öhlund breitete den Katalog, an dem er zuvor herumgemacht hatte, vor sich aus. Zeigte mit zittriger Hand das erste Foto. Adnan sah sich das Gesicht an. Ein blonder Kerl Anfang zwanzig. Vernarbte Haut. Der Typ hatte offenbar schlimme Pickel in der Pubertät gehabt.

»Was meinen Sie?«, fragte Öhlund.

Adnan sah auf. »Nichts«, antwortete Adnan.

»Nichts?«

»Nein.«

»Aber ist es einer von ihnen?«

Stellte sich Öhlund dumm oder war er wirklich bescheuert? »Ich habe doch gesagt, dass es Jugoslawen waren.«

»Also nicht?«

»Nein.«

»Ganz sicher?«

»Ja.«

Öhlund wirkte zufrieden mit der Antwort. Schrieb fieberhaft. Als er fertig war, blätterte er weiter im Katalog. Zeigte Foto Nummer zwei. Ein Mann mit kurzen dunklen Haaren und Schlitzaugen. Adnan sagte nichts.

»Was meinen Sie?«

»Ich meine, dass das ein Chinese ist.«

»Ist es der Täter?«

What the fuck! »Ja.«

Öhlund sah auf. Überrascht. »Also, dieser Mann ist der Täter?«

»Ja.«

»Sind Sie ganz sicher?«

»Ganz sicher.«

Tiefer Seufzer. »Und woran erkennen Sie, dass er es ist?«

Adnan ließ sich auf dem Stuhl nach unten sinken und streckte seine Beine unter dem Tisch. »Blättern Sie echt mal weiter, damit ich hier wegkomme.«

»Mein Lieber, keinen Quatsch jetzt. Das ist eine ernste Sache.«

Schweigen.

Öhlund machte sich wieder Notizen. Blätterte zum nächsten Foto. Diesmal stimmte es besser. Viel besser. Adnan starrte in die vertrauten kalten Augen. Versuchte, unberührt zu wirken. Erinnerungen blitzten auf. Der Gorilla. Seine Stiefel, die zutreten. Wie er ihm ins Gesicht pinkelte. Die große Muskelmasse, die sich schnell und ungehindert durch das Wäldchen bewegte. Der knallende Schuss. Der fallende Hajir. Die Panik. Adnan schluckte.

»Was meinen Sie?«, fragte Öhlund.

»Nein, das ist er nicht.« Kaum hatte er es gesagt, sah er den reglosen Hajir vor seinem inneren Auge. Die weinende und schreiende Isabella. Außerdem: seine eigene Mutter. Seine geliebte Mutter. Ebenfalls im Krankenhaus aufgrund der hässlichen Fratze auf dem Tisch vor ihm. Ihr Herz war durch den Schock fast stehengeblieben. Hossein hatte auf einem Stuhl neben dem Krankenbett gesessen. Hatte Adnan mit traurigen Augen angesehen, als er hingekommen war. Augen, die sagten: Das ist deine Schuld. Adnan hatte es nicht fertiggebracht, lange zu bleiben. Die Schuldgefühle waren zu stark. Er hatte auch kaum ein paar Worte mit seinem Bruder gewechselt, bevor er wieder abzischte.

Öhlund unterbrach Adnans Gedanken. Sah gestresst aus. »Sind Sie ganz sicher? Schauen Sie noch einmal genau hin. Sie können sich Zeit lassen.«

»Nein, das ist er nicht.«

»Aber was meinen Sie?«

»Dass er es nicht ist.« *Schnallst du das jetzt endlich, du Idiot!*

Öhlund kratzte sich mit dem Kugelschreiber hinterm Ohr. »Nehmen Sie sich ruhig Zeit. Manchmal ist es schwer, Leute auf Fotos zu erkennen.«

»Das ist er nicht. Kapieren Sie das jetzt mal!«

»Ganz ruhig. Ich verstehe.« Öhlund klang wütend und enttäuscht. Nahm den Kugelschreiber vom Ohr. Schrieb etwas. »Dann zum nächsten Foto.«

Erleichterung. Adnan hatte keine Lust, sich den Gorilla länger anzusehen. »Haha. Das ist ja Robban. Mit ihm bin ich zur Schule gegangen.«

»Ihn erkennen Sie also wieder?«

»Ja, ja. Aber ich habe ihn seit einer Ewigkeit nicht gesehen. Woher kriegen Sie eigentlich die ganzen Fotos her?«

»Das ist nicht unser Thema. Wir nehmen das nächste.« Öhlund blätterte weiter. Adnan starrte auf ein weiteres bekanntes Gesicht. Diesmal das von Mr Kraljevic. Ihm lief ein Schauer über den Rücken.

»Nein, das ist er nicht.«

Öhlund seufzte schwer. »Schauen Sie ordentlich hin, Adnan.«

»Das tue ich. Und ich sage, dass er es nicht ist.«

Öhlund griff wieder nach dem Kugelschreiber. Adnan sah, dass er 5 notierte und dahinter einen harten Strich zog. Adnan wollte einfach nur weg. Bereute, dass er dieser Fotosache überhaupt zugestimmt hatte. Er hatte nicht vor, auch nur einen Ton zu sagen.

29

Amanda befand sich in der zweiten Runde von dreien ihres Trainingsprogramms. Sie legte sich ins Zeug. Noch vier Liegestützsprünge. Oder Burpees, wie es viele nannten. Wie auch immer es hieß, es war verdammt anstrengend. Sie sah, dass Vicky genauso müde war wie sie.

Sie trainierten in Kronoberg. Im Kraftraum der Polizei. Aus den Lautsprechern donnerte Rammstein. Perfekte Trainingsmusik. Amanda und Vicky folgten dem amerikanischen Trend. Crossfit. Intensives Training in kurzer Zeit.

Nach der dritten Runde setzten sie sich auf eine Matratze und atmeten durch. Konnten mit gutem Gewissen den anderen zusehen, die sich an den Maschinen abplagten oder Gewichte stemmten. Amanda nahm ihre Wasserflasche und trank sie mit einem Zug halb aus.

Es war Mittagszeit und es wimmelte von Kollegen, die ihre Muskeln aufpumpten. Auch der eine oder andere Staatsanwalt war dabei. Sie hatten ihre Büros im selben Gebäude und durften den Kraftraum auch nutzen. Vicky tippte Amanda auf die Schulter. »Schau dir mal die an. Die hat wirklich nicht auf der faulen Haut gelegen.«

Amanda folgte Vickys Blick. Eine etwa vierzigjährige Frau machte Bankdrücken und hatte sechzig Kilo auf der Hantelstange. Amanda zählte die Wiederholungen. Die Frau stemmte das Gewicht mühelos zehnmal.

»Und sieh dir den da an. Das ist Jocke. Er war mit Pernilla Wahlgren zusammen.«

Amanda lachte. »Du kennst dich ja aus.«

»Ja, aber er sieht verdammt scharf aus.«

»Hm ja, nicht schlecht.«

»Oh, dass du immer so zurückhaltend sein musst.« Vicky blickte sich um. »Was ist mit dem, wie findest du ihn?« Sie deutete auf einen Typen mit einem weißen T-Shirt, der gerade eine Serie Bizepscurls beendete. Amanda sah ihn an. Irgendwie kam er ihr bekannt vor.

»Er sieht nett aus. Gut trainiert. Aber das sind ja die meisten hier.«

»Er sieht nett aus.« Vicky äffte Amanda nach. »Er ist megaheiß. Wir sind zusammen auf die Polizeischule gegangen. Er arbeitet jetzt bei Nova.«

Amanda zuckte zusammen. Nova. Kam er ihr deswegen bekannt vor? Irgendetwas sagte ihr, dass sie ihn vor Kurzem gesehen hatte. In Solna. In der Nähe ihrer Wohnung. War er nicht zeitgleich mit ihr in den Supermarkt gegangen? Sie blickte erneut in seine Richtung. Er hatte die Hantel beiseitegelegt und sah zu ihnen herüber. Amanda schlug die Augen nieder. Ihr Herz pochte wild. Ein unangenehmer Gedanke keimte auf. War es möglich, dass Nova Adnan überwachen ließ? Wenn dem so war: Wussten sie, in welche Wohnung er ging? Mit wem er sich traf? Sie schielte wieder zu ihm. Sah, dass auch er zu ihr schaute. Als versuche er, sie einzuordnen. Verdammter Mist!

»Hallo, an was denkst du?«

»Ich hab mir nur eingebildet, dass ich ihn von irgendwoher kenne.«

»Wahrscheinlich seid ihr euch bei der Arbeit über den Weg gelaufen. Shit, wie er dich anstarrt. Der wäre doch was, oder?«

»Mach mal halblang. Wir sind zum Trainieren hier. Nicht zum Anmachen.«

»Das Nützliche mit dem Angenehmen verbinden.« Vicky grinste.

Amanda legte sich auf eine Matte und machte ein paar Bauchübungen. Klappmesser. Sit-ups. Sit-ups mit Medizinball. Zwischendurch linste sie zu dem Nova-Typen. Sie war nicht sicher. Die Unruhe nagte. Sie versuchte, sich einzureden, dass sie sich das Ganze nur einbildete, dass sie dünnhäutig war. Plötzlich kam er auf sie zu. Amanda konzentrierte sich auf ihre Übungen.

»Lange nicht gesehen.« Er blieb bei ihnen stehen und grüßte Vicky.

»Stimmt, ist eine Weile her. Aber du bist so trainiert und gutaussehend wie eh und je.«

»Haha. Das weiß ich nicht.« Der Nova-Typ blickte zu Amanda. Streckte die Hand aus. »Hi, Petter.«

Amanda legte den Medizinball zur Seite. Gab ihm die Hand. »Amanda.«

»Diese Übung sah interessant aus. Muss ich mal probieren.«

»Ja, mach das.« Amanda rutschte beiseite, sodass er auf der Matte Platz hatte. Petter setzte sich und versuchte, den Ball auf den Schienbeinen zu balancieren. Er rollte ihm davon, sobald er sich nach hinten lehnte.

»Oje, das ist schwieriger, als ich dachte.«

»Ja, es dauert eine Weile, bis man den Dreh raushat.«

Er unternahm einen neuen Versuch und schaffte es zweimal, bevor ihm der Ball wieder wegrollte.

»Verdammt. Das muss ich üben. Du hast ja gerade mindestens zwanzig Stück davon gemacht.«

Vicky spottete: »Schon blöd, von einem Mädchen geschlagen zu werden, was?«

»Ja, das kann ich so nicht stehenlassen. Nee, du. Es ist cool, ab und zu was Neues zu lernen.« Petter lächelte. Vicky hatte recht. Er sah sehr gut aus. Aschblondes Haar. Hellblaue Augen. Nettes Lächeln. Er blickte Amanda an. »Wo arbeitest du?«

»In Västerort. Einsatztruppe.«

»Du kommst mir irgendwie bekannt vor. Trainierst du oft hier?«

»Ab und zu. Vielleicht hast du also schon ein paarmal meine Übungen beobachtet.« Amanda blinzelte ihm zu. Hoffte, dass sie sich deshalb kannten. Als Kollegen.

Sie stand auf und blickte zu Vicky. »Bist du fertig? Ich könnte jetzt eine Runde Sauna brauchen.«

»Wenn wir uns das nächste Mal sehen, kriege ich mindestens zwanzig Stück hin«, sagte Petter auf der Matte liegend.

»Das glaube ich dir gern.« Amanda hob ihren schwarzen Rucksack auf und ging in Richtung Umkleide.

Hörte Vicky hinter sich. »Das lief doch wie am Schnürchen. Und dann haust du einfach ab. Manchmal bist du echt komisch.«

30

Als Magnus gesehen hatte, wie der schwarze Jeep mit dem um sich tretenden Samir davongefahren war, hatte ihn die Panik gepackt. Es war nicht schwer, zwei und zwei zusammenzuzählen: Samir war von Milorad Kraljevic entführt worden. Sie mussten dem Jungen gefolgt sein. Hatten wohl gehofft, dass er sie zu seinem großen Bruder führen würde. Stattdessen hatten sie festgestellt, dass er in ein Bullenauto gestiegen war. Hatten geglaubt, dass er auspackte und von ihrem kleinen Besuch erzählte. Magnus verfluchte innerlich die verräterischen Antennen an dem Wagen. Das hier konnte das Ende für den kleinen Samir bedeuten. Aber auch das Ende für Magnus. Wenn Samir verstümmelt auf einer Mülldeponie gefunden wurde, würde man als Erstes die Handygespräche kontrollieren. Und da würde Magnus' Nummer beim letzten Gespräch auftauchen. Man würde ihm die Hölle heißmachen.

Deshalb hatte er sich sofort entschieden. Diese Sache würde er auf eigene Faust erledigen. Ohne die Kollegen einzuschalten. Er war ja verflucht noch mal selbst die Polizei. Und ihm war klar, welchen Kanal er benutzen musste.

»Du hast doch nicht alle Tassen im Schrank!« Vincent stand in einem blau karierten Morgenmantel in der Tür. Seine Haare standen seltsam in alle Richtungen ab. Ungewöhnlich für jemanden wie Vincent. War offenbar aus seinem Schönheitsschlaf gerissen worden, obwohl es schon fast Mittag war.

Vincents Villa lag auf Lidingö und wurde von einer hohen

Mauer umschlossen, die nur von einem kräftigen Holztor mit Kameraüberwachung unterbrochen wurde. Magnus hatte zehn Minuten lang geklingelt, bis Vincent antwortete. Er klang alles andere als erfreut, hatte dann aber aufgemacht.

Magnus hatte ihm erklärt, was passiert war. Und ihm im Prinzip befohlen, Milorad Kraljevic zu kontaktieren. Er hoffte, dass Vincent es nicht wagte, sich zu widersetzen. Sein Schicksal hing an einem seidenen Faden.

»Scheiße, du bist doch völlig verrückt!«, fuhr Vincent fort. »Ist dir klar, was das bedeutet? Ich würde verraten, dass ich Kontakte bei der Polizei habe. In deren Augen wäre ich eine Ratte. Ein Denunziant.«

»Mir ist absolut bewusst, was das für dich bedeutet. Aber wir beide können uns gegenseitig helfen und diese Dreckskerle später ein für alle Mal ausschalten. Du sitzt auf Informationen, mit denen wir sie für ein halbes Jahrhundert hinter Gitter schicken können. Was hast du für eine Wahl? Du weißt, was ich tun müsste. Lieber würde ich natürlich drauf verzichten.«

Vincent sah fuchsteufelswild aus. Er zischte: »Pass auf, Magnus Blomberg. Du hast keine Ahnung, was ich mit Leuten wie dir anstellen kann. Die ungeladen bei mir aufkreuzen und versuchen, mir zu drohen.« Magnus wurde plötzlich unsicher. Wenn Vincent nicht auf den Plan einging, war er geliefert.

»Wie gesagt, ich will das doch auch nicht. Ich mag dich. Ich finde, unsere Zusammenarbeit hat super funktioniert. Und du könntest ungestört weitermachen.« Magnus blickte Vincent vielsagend an, als er Letzteres sagte. Wusste, dass er damit ins Schwarze traf. »Und ich kann auch weitermachen. Aber jetzt bin ich in einer verzwickten Lage. Und ich brauche deine Hilfe. Mir ist klar, was du riskierst. Aber du hast zwei Alternativen. Entweder hilfst du mir und lässt Kraljevic für immer von der Bildfläche verschwinden. Oder du weigerst dich – dann wirst du behandelt wie alle anderen perversen Typen. Und das wollen weder du noch ich. Oder?«

»Du hast keine Ahnung, in was du dich da einmischst, Blomberg. Du hast nicht die blasseste Ahnung!« Vincent schlug Magnus die Tür vor der Nase zu. Einfach so. Alles war verflucht unklar. Hatte Vincent zugestimmt? Magnus wusste es nicht.

Er stieg in den Wagen und fuhr davon. Gelangte nach Solna, ohne sich zu erinnern, welchen Weg er eigentlich genommen hatte. Seine Gedanken waren woanders. Die Ungewissheit machte ihn verrückt. Nicht, dass er sich um Samir an sich Sorgen gemacht hätte. Nicht als Person. Aber er war die Verbindung zu Adnan Nasimi. Indirekt zu Amanda. Und jetzt war er plötzlich die Verbindung zur gesamten jugoslawischen Mafia. Verschiedene Szenarien waren ihm in letzter Zeit durch den Kopf gegangen. Er träumte davon, ganz allein Kraljevics Drogenimperium auszuhebeln. Wie die Polizei – mit ihm an der Spitze – bei einer großen Lieferung zuschlug. Seine Kollegen und er zogen ihre Waffen. Befahlen allen, sich auf den Boden zu legen. Milorad Kraljevic versuchte zu fliehen. Magnus folgte ihm. Rang ihn zu Boden. Legte ihm Handschellen an. Schulterklopfen von allen Kollegen. Kraljevic und seine Gefolgsleute würden für zehn Jahre in den Knast wandern. Magnus Blomberg würde zum berühmtesten Polizisten in ganz Schweden. Interviewt im Fernsehen. Befördert zum Hauptkommissar. Stattdessen: Falls der kleine Samir auf einer Müllhalde auftauchte – wäre alles rabenschwarz. Vielleicht bot man ihm danach einen Posten in der Asservatenkammer an. Wenn überhaupt.

Er hatte den Rest des Tages hin und her überlegt, um auf einen Plan B zu kommen. Musste allerdings einsehen, dass es keine gute Lösung war. Nicht einmal in der Nähe von gut. Er hatte Milorad Kraljevic in den Polizeiregistern gesucht. Wollte sehen, wo er wohnte. Wo er sich eventuell aufhielt. Wo sie vielleicht Samir hingebracht hatten. Wenn er noch lebte. Hatte entdeckt, dass der Mafioso im Midsommarkransen gemeldet war. Zur Miete in einer Zweizimmerwohnung. Die Notizen des Überwachungsdienstes besagten allerdings, dass der Jugoslawe nie dort war. Dass er stattdessen in einer Villa in Nacka hauste. Kraljevics Nichte war als Eigentümerin des Anwesens eingetragen. Wie dem auch sei: Magnus konnte kaum hinfahren und Samir zurückfordern. Sein Plan B beinhaltete derzeit nur einen Alleingang mit einer Reihe von Zauber-Moves à la Jason Bourne. Zehn fiese Muskelberge niederringen. Samir herausholen und mit quietschenden Reifen davonrasen. Ausgeschlossen.

»Dieser Idiot! Man sollte ihn abknallen!« Crippes Gebrüll war bis zu Magnus' Schreibtisch zu hören. Er ging in den Pausenraum. Crippe stand mit Bengt und Anders, zwei erfahrenen Ermittlern, an der Küchenzeile.

»Was ist los?«

Crippe blickte zu Magnus. Er sah stinksauer aus. »Dieser verfluchte Öhlund hat eine Fotogegenüberstellung durchgeführt. Er hat alles zerstört.«

»Die Schießerei in Husby? Aber Öhlund hat doch mit deinen Ermittlungen gar nichts zu tun?«

»Nein, exakt. Aber der Trottel hat wohl in seinem Leben ein paar Schnäpse zu viel getrunken. Jetzt hat er uns jedenfalls um Milorad Kraljevic und Fatos Bilajbegovic gebracht. Wenn es denn die beiden waren. Aber das ist ziemlich wahrscheinlich, alles spricht dafür.«

»Willst du sagen, dass Öhlund Fotos von den beiden gezeigt hat? Wie zum Henker hat er von ihnen erfahren?«

»Wahrscheinlich hat er in den Akten herumgeschnüffelt. Was weiß ich! Und nicht genug damit. Die ganze Zusammenstellung war der reinste Witz. Die Einzigen mit jugoslawischem Aussehen waren Milorad und Fatos selbst. Der Depp hatte sogar einen Asiaten dabei.«

»Meine Güte. Da war es ja sogar gut, dass niemand erkannt wurde. Muss der Traum jedes Verteidigers sein, so eine Fotogegenüberstellung zu zerlegen.«

»Jeder Idiot weiß doch, dass niemand die jugoslawische Mafia beschuldigen würde. Alle außer Öhlund. Der kriegt von mir eine Dienstaufsichtsbeschwerde an den Hals!«

Magnus verstand Crippes Frust. Sollten sie tatsächlich Beweise finden, die Kraljevic und seine Gefolgsleute mit der Schießerei in Verbindung brachten, wäre es ein großes Minus, dass das Opfer sie bei der Fotogegenüberstellung nicht erkannt hatte. Magnus war immer schon der Auffassung gewesen, dass Öhlund total inkompetent war. Nun allerdings kam ihm diese Inkompetenz sehr gelegen. Umso größer war die Chance, dass Magnus den Mafioso selbst überführen konnte. Dass er glänzen konnte. Es war an der Zeit, dass auch Magnus Blomberg mal ein bisschen Dusel hatte.

Gegen siebzehn Uhr verließ Magnus das Polizeirevier. Wann würde das Höllentheater losbrechen? Wann würden Samirs Leichenteile an Land gespült werden? Vincent war nicht rangegangen, als Magnus ihn gegen zwei Uhr angerufen hatte. Auch danach nicht, um drei Uhr, vier Uhr. Dieser Arsch zog den Schwanz ein. Magnus war außer sich. Der König der Nachtclubs hatte offenbar vergessen, warum er sein flottes Hugh-Hefner-Leben noch leben konnte.

Magnus näherte sich seinem Juwel – dem Audi. Er stieg ein und schlug die Tür zu. Bemerkte aus den Augenwinkeln eine rasche Bewegung, bevor die Tür wieder aufgerissen wurde. Eine Hand packte ihn am Hals. Presste ihn in den Sitz. Er saß fest wie in einem Schraubstock. Fatos Bilajbegovic starrte Magnus geradewegs in die Augen. Verzog keine Miene. Schien sich nicht einmal besonders anzustrengen. Magnus schnappte nach Luft. Hörte sich selbst röcheln. Vergebliche Mühe. Verschlimmerte nur seine Lage. Ihm wurde schwindlig. Seine Augen traten vor. Der Schreck packte ihn nun richtig. Ihm wurde klar, dass dies das Ende sein konnte. Er hatte keine Chance. Magnus sah die Fakten. Er würde sterben. Hier und jetzt. Ermordet in seinem eigenen Wagen. Seinem neuen Audi A6. Vor dem Polizeirevier. Plötzlich lockerte sich der Griff ein wenig. Eine Stimme zischte: »Steig aus und setz dich in den Wagen dahinter. Denk gar nicht erst an etwas anderes. Kapiert?« Magnus nickte. Bekam keinen Laut hervor. Fatos ließ los und machte Platz, damit Magnus aussteigen konnte. Seine Beine zitterten, als er aufstand. Ein schwarzer Jeep Grand Cherokee hatte hinter dem Audi geparkt. Dasselbe Auto, in das sie auch Samir geworfen hatten. Jetzt war Magnus an der Reihe. Er machte ein paar wacklige Schritte auf den Jeep zu. Hörte, wie Fatos hinter ihm die Fahrertür des Audis zuschlug. In diesem Moment gab es eine Möglichkeit zur Flucht. Die Beine in die Hand nehmen und rennen. Warum ließ der Jugoslawe ihm diese Chance? Vermutlich, weil er wusste, dass Magnus gehorchen würde. Oder wollte er seine Drohung in die Tat umsetzen? Magnus auf der Stelle umlegen?

Magnus traute sich nicht, es auszuprobieren. Ohnehin hatte er keine Kraft für einen Wettlauf. Die hintere Beifahrertür des Jeeps ging auf, und Magnus versuchte ins Innere zu schauen. Die getönten Scheiben machten dies unmöglich. Fatos schubste ihn nach vorn. Eine bullige Gestalt war auf dem Rücksitz zu erkennen, Magnus landete neben ihr. Fatos auf der anderen Seite. Etwas wurde ihm über den Kopf gestülpt. Ein Stoffbeutel? Wurde festgezogen. Alles schwarz. Der Jeep fuhr los.

Noch nie in seinem Leben hatte Magnus solche Angst gehabt. Ein Polizeikommissar in den Händen der jugoslawischen Mafia. Sie konnten ihn jederzeit umbringen. Auf jede erdenkliche Weise. Würde es gewaltsam ablaufen? Mit Foltermethoden? Würden sie ihm die Fingernägel ausreißen, die Finger abknipsen? Ihm die Zähne ziehen? Er versuchte, tief ein- und auszuatmen. Wollte seinen Puls beruhigen. Sich konzentrieren, um rauszufinden, wohin sie fuhren. Den Solnavägen entlang, so weit konnte er folgen. Sie bogen links ab. Also kamen sie bald am Einkaufszentrum von Solna vorbei. Sie blieben stehen. An einer Ampel? Fuhren wieder los. Geradeaus. Gamla Råsunda musste jetzt links von ihnen liegen. Links. Rechts. Geradeaus. Rechts. Rechts.

Fatos' zischende Stimme brach das Schweigen. »Schade, dass du nicht versucht hast, abzuhauen. Ich mag keine Bullen.«

Magnus hatte also richtig vermutet. Der Jugoslawe hatte ihm absichtlich die Chance zur Flucht gelassen. Um ihn auf der Stelle erledigen zu können. Oder einen – in deren Welt – rechtschaffenen Grund zu haben, um ihn zu vermöbeln. Er nahm an, dass Fatos von oben die Anordnung bekommen hatte, ihn zu holen. Ihn an Milorad Kraljevic zu liefern. Sonst wäre er bereits tot. Der Beutel über seinem Kopf war ein weiterer Hinweis, dass er leben sollte. Sonst würden sie sich nicht darum kümmern, dass er die Fahrtroute kannte. Dieser Gedanke beruhigte ihn ein wenig. Sie bogen nach links. Magnus hatte die Orientierung verloren. Hatte keine Ahnung mehr, wo sie waren. Mist!

Nach etwa einer Stunde blieben sie stehen. Magnus lief der Schweiß den Hals hinab. Ihm war kochend heiß. Niemand hatte während der Fahrt einen Ton gesagt. Die Wagentür wurde geöffnet. Mit einem festen Griff wurde er nach draußen gezerrt. Er stolperte. »Stufen«, sagte die zischende Stimme. Fatos. Er fluchte innerlich. Der Muskelberg hätte das ein bisschen eher sagen können. Aber das war nicht der Moment, sich zu beklagen. Musste sich konzentrieren, das Gleichgewicht zu wahren. Sie gingen in irgendein Gebäude. »Weiter.« Erneut Fatos. Magnus hing an seinem Arm. Noch mehr Treppenstufen. Magnus empfand plötzlich Mitgefühl für die Blinden. Es musste furchtbar sein, nicht zu sehen, was um einen herum geschah, nur Geräusche wahrzunehmen, die man so gut wie möglich zu deuten versuchte. Er wurde auf einen Stuhl gesetzt. Jemand fummelte an dem Beutel herum. Riss ihn herab. Das Licht blendete ihn. Er kniff die Augen zusammen. Versuchte, sich an die Umstellung zu gewöhnen.

»Guten Tag.« Magnus blickte in Richtung der Stimme – noch ein Hüne. Keine Überraschung. Milorad Kraljevic. Saß auf einem Sofa. Die Arme über die Lehne ausgebreitet. Trotz der lockeren Haltung: Der Mann beherrschte den Raum.

»Ach herrje. Wirst du geblendet?« Milorad blickte zu einem weiteren großen Mann an der Tür, der sofort das Licht herabdimmte. Magnus' Augen konnten sich entspannen. Er sah sich um. Milorad auf dem Sofa. Der Mann an der Tür. Fatos schräg links hinter ihm.

»Ich bitte vielmals um Entschuldigung, falls die Fahrt nicht sehr behaglich war. Aber ich muss an die Sicherheit denken, weißt du.« Milorad klang freundlich. Unangenehm freundlich. Magnus schwieg. Ihm fiel nichts ein, das er hätte sagen können. Ein falsches Wort konnte das Ende bedeuten. Er schielte nach hinten zu Fatos. Wollte sehen, was der Muskelberg machte.

Milorad grunzte. Das sollte wohl eine Art Lachen darstellen. »Du hast doch hoffentlich keine Angst? Ich sorge immer gut für meine Gäste. Oder siehst du etwa Dynamit unter deinem Stuhl?« Magnus vergewisserte sich und blickte nach unten. Kein Dynamit.

Milorad veränderte seine Haltung. Beugte sich vor und starrte Magnus in die Augen.

»Wir beide haben gemeinsame Freunde.«

»Ja, das …« Seine Stimme brach. Er räusperte sich. »Ja, das stimmt.« Vincent hatte scheinbar doch nicht den Schwanz eingezogen.

»Nun, ich wusste schon, dass unser lieber Vincent viele verschiedene Kontakte hat. Aber dass er der Kumpel von einem Bullen ist, war eine Überraschung. Das muss ich zugeben.«

Sollte er reden oder die Klappe halten?

Milorad fuhr fort: »Und er wirkte sehr darauf bedacht, dass du nicht zu Schaden kommst. Wobei ich gar nicht begreife, wie er so etwas von mir denken kann. Kannst du das?«

Magnus schüttelte den Kopf. Nicht sehr überzeugt. Zugleich aber zufrieden, dass Vincent seine Drohungen ernst genommen hatte. Vincent wusste, dass die Wahrheit ans Licht kommen würde, sollte Magnus verschwinden. Das hatte er ihm vor einiger Zeit mehr als deutlich gemacht, als Vincent tief in der Scheiße saß. Aber je länger das her war, desto mehr schien Vincent Magnus' Großzügigkeit vergessen zu haben. Schien nachlässig geworden zu sein. Versah Magnus nicht mit der Wertschätzung, die angebracht gewesen wäre. Aber jetzt hatte der Spaßkönig höchstpersönlich seine Prinzipien über Bord gestoßen. Hatte sich selbst in eine miese Lage gebracht, um Magnus Blomberg zu helfen. Das stärkte. Magnus war jemand.

»Aber eines verstehe ich nicht. Wieso dieses Interesse für den kleinen Rotzlöffel?«

Magnus kehrte zurück in die Wirklichkeit. Zu dem Stuhl in

dem Kellerraum. Ihm lief ein Schauer über den Leib. »Samir ist mein Informant. Ich habe eine Verantwortung für ihn.«

»Ach, der Rotzlöffel heißt also Samir? Interessant. Informant, sagst du. Eine Ratte also. Nicht sehr beliebt. Du weißt doch, was mit Ratten passiert?«

Magnus schüttelte den Kopf. Immerhin schien der kleine Samir noch am Leben zu sein, wenn Milorad nicht in der Vergangenheit von ihm sprach.

»Nein? Dann denk mal ein bisschen nach. Wenn ich mich nicht irre, wurde vor einiger Zeit ein Junge im Bällstaån angeschwemmt, man hatte ihm die Augen ausgestochen. Der Arme war erst sechzehn, glaube ich. Traurige Geschichte.«

Milorad schwieg. Magnus erinnerte sich an den Vorfall. Es passierte in seinem Bezirk nicht jeden Tag, dass eine Leiche mit Folterspuren an Land geschwemmt wurde. Das war im vergangenen Frühjahr gewesen. Noch war kein Verdächtiger gefunden worden. Motiv unbekannt. Bis jetzt. Milorad hatte die Tat gerade eben gestanden. Und was brachte das Magnus? Er würde es niemals beweisen können. Wenn er überhaupt noch Gelegenheit bekam, es jemandem zu erzählen.

Als hätte Milorad seine Gedanken gelesen, sagte er: »Es ist bestimmt nicht einfach, an einer Leiche, die einige Zeit im Wasser gelegen hat, noch Spuren zu finden. Oder?«

»Nein, es gibt leichtere Fälle.« Magnus fasste sich kurz. Hätte einen langen Vortrag darüber halten können, was man alles feststellen konnte, aber er wollte nicht zu viel verraten.

»Und die Augen ausgestochen. Muss fürchterlich wehgetan haben. Scheiße, scheiße.« Milorad grinste zufrieden. »Nun, Magnus Blomberg, wie sollen wir die Angelegenheit lösen? Was denkst du? Ich meine, hier hockst du nun. Und du bist ein Bulle. Und du weißt, dass wir diesen ... wie hieß er gleich noch mal ... Samir, ja, entführt haben. Außerdem nutzt du unseren gemeinsamen Freund aus und verlangst, dass wir uns treffen. Wegen einer Ratte.«

Magnus schluckte. Sah aus den Augenwinkeln, wie Fatos einen Schritt näher trat. Magnus, denk nach. Denk nach. Denk nach. Finde eine Lösung, verflixt noch mal!

»Ich frage mich eins«, fuhr Milorad fort. »Kann man eigentlich noch Polizist sein, wenn man blind ist?«

Plötzlich packte Fatos Magnus von hinten. Bog seine Arme in einem unmöglichen Winkel um die Lehne. Milorad stellte sich vor ihn. Hielt einen Teelöffel in der Hand. Zeigte ihn von allen Seiten. Näherte sich dem rechten Auge.

»Nein, nein, tu das nicht«, japste Magnus. Panik überfiel ihn. Er versuchte, sich zu wehren. Loszukommen. Sah den Teelöffel näher kommen. »Ich weiß etwas, das euch interessiert. Ich weiß, wo Adnan Nasimi ist. Bitte! Tu das nicht!«

Milorad nickte Fatos zu, der seinen Griff lockerte. Milorad hielt den Löffel noch immer unangenehm nahe an Magnus' Auge. »Schieß los.«

Magnus keuchte. »Ich interessiere mich auch für Adnan Nasimi. Genau wie ihr. Also hab ich ihn überwacht. Ich weiß, wo er ist.«

Neues Interesse bei Milorad. Er ließ die Hand mit dem Löffel sinken. »Adnan Nasimi. Dann hat Vincent dir also davon erzählt. Interessant. Sehr interessant.« Milorad kratzte sich am Kinn. »Spuck es aus. Wo ist er?«

»Er wohnt bei einer Frau. In der Förrådsgatan in Råsunda. Nummer neun.«

»Und wer ist die Frau?«

»Sie heißt Amanda. Amanda Paller.«

31

Adnan war mehr und mehr auf der Hut, je näher er seiner Wohnung kam. Oder besser gesagt Diars Wohnung. Aber es fühlte sich an, als wäre es die eigene. Er hatte seine ganzen Sachen dort. Deshalb musste er auch noch einmal hin. Um Zeug zu holen. Sonst hatte er nichts Ordentliches zum Anziehen. Hatte auch keine Kohle, um sich neue Sachen zu kaufen. Und an diesem Abend würde er ins Bonobo gehen. Vincents neu eröffneter Club. Es war die Einweihungsfeier, und wenn er Vincent richtig kannte, würden alle Stockholmer Promis sich dort tummeln. Normalerweise: Adnan hätte dem Fest eine höhere Priorität gegeben als einer königlichen Hochzeit. Er hätte kleine Tüten mit weißem Pulver vorbereitet, die er vertickt hätte. Er hätte sich untenrum rasiert, für den Fall, dass er eine Frau klarmachte. Jetzt: null Bock. Fühlte sich nicht mehr wie jemand, der in dieser Liga spielte. Er war zu lange weg gewesen. Hatte die Kontakte verloren. Den Einfluss. Er war ein Nobody. Aber vor allem nahm er ein Megarisiko auf sich, wenn er dorthin ging. Nicht unmöglich, dass Mr Kraljevic auch auftauchte. Gar nicht unmöglich. Zugleich: Inmitten der vielen Leute konnte der Jugo nicht viel machen. Vielleicht würde es sogar ganz cool sein, den Typen ein wenig herauszufordern.

Gleich war er da. Tenstagången. Komisch, mehrere Wochen hatte er sich hier nicht aufgehalten. War wohl noch nie so lange von seinem Viertel weg gewesen. Außer der Zeit im Knast natürlich. Sein Körper passte sich der Umgebung an und bekam einen anderen Rhythmus. Die Schritte wurden wippender. Der Blick cooler. Er schlug die Kapuze hoch.

Vor der Eingangstür begegnete er der Alten, die im selben Haus wohnte. Lief mit so einem Wägelchen herum, mit dem alte Leute Essen einkauften. Sie hatte eine Handtasche um die Schulter gehängt. Wäre ein Kinderspiel, sie ihr wegzunehmen. Leicht verdiente Kohle. Aber ihm war klar, dass das nicht mehr sein Ding war. Peinlich. Alten Damen die Handtaschen wegnehmen, das war etwas für die Kids. Außerdem: zu geringer Gewinn im Verhältnis zum Risiko. Die Bullen in Västerort waren inzwischen hellwach. Buchteten jeden Kleinganoven ein. Adnan hatte es von mehreren Seiten gehört. Wie viele Verräter gab es eigentlich? Schweine! Das Wägelchen der Alten knirschte, als sie es auf dem Asphalt hinter sich herzog.

Dann kam ihm wieder in den Sinn, dass er lieber an seine eigene Sicherheit denken sollte als an die der Alten. Er schob die Kapuze ein wenig zur Seite und sah sich unauffällig um. Die Lage schien sicher zu sein. Er würde schnell reingehen. Sachen holen. Schnell wieder verschwinden.

Beim Betreten des Treppenhauses schlug ihm der wohlbekannte Geruch entgegen. Er lief die Stufen hoch. Nahm manchmal zwei auf einmal. Er hörte Kindergeschrei aus einer Wohnung im zweiten Stock.

Er stieg über einen Haufen Post, als er die Wohnung betrat. Nahm eine Tasche im Flur und stopfte mehrere Klamotten hinein. Sah sich um. Hier müsste mal aufgeräumt werden. Aber lieber warten damit. Im Moment zu riskant, sich hier länger aufzuhalten. Dabei dachte er an Diar. Der saß schon eine verdammt lange Weile in U-Haft. Bei einer Verurteilung käme er frühestens in ein paar Jahren wieder raus. Adnan könnte dann in der Wohnung bleiben. Adnan sah zum Fenster hinaus. Nichts Komisches. Nicht anders als sonst jedenfalls. Er nahm die Tasche mit den Klamotten und ging hinaus. Verließ Tensta. Nahm die U-Bahn bis zu Amanda. Er hatte sie gefragt, ob sie mit zur Einweihung kommen wollte. Sie hatte gezögert und sich um dieselbe Frage Sorgen gemacht wie er – vielleicht waren die Jugos dort? Aber mit ein wenig Überzeugungsarbeit hatte es geklappt. Adnan hatte sich gefreut. Es war immer von Vorteil, eine hübsche Lady dabeizuhaben. Aber wenn er ehrlich mit sich selbst war, dann war es nicht nur das. Er wollte, dass sie ihn begleitete. Wäre enttäuscht gewesen, wenn sie Nein gesagt hätte. Dieses neue Gefühl war seltsam.

Amanda föhnte sich die Haare, als er zurückkam. Sie stand nach vorn gebeugt da, den Po nach hinten gestreckt. Hatte ein kirschfarbenes Kleid an. Eng anliegend. Wahnsinnig scharf. Adnan war einmal mehr fasziniert von ihrem tollen Körper. Das Ergebnis eines knallharten Fitnessprogramms.

Er ging zu ihr und küsste sie. »Du siehst unglaublich aus.«

»Danke, was wirst du anziehen?«

»Ich hab ein Hemd, das ich noch bügeln muss. Du hast doch ein Bügeleisen, oder?«

»Jepp. Schau im Schrank in der Küche.« Adnan holte das Bügelbrett und das Bügeleisen und legte los. Es war schwieriger, als er gedacht hatte. Das Hemd schien faltiger zu werden, je mehr er darüberstrich. Plötzlich stand Amanda neben ihm.

»Klappt es?«

»Nicht besonders gut. Kannst du mir helfen?«

»Nee, das musst du schon selber hinkriegen. Aber ich kann es dir zeigen.« Amanda ging davon und kam mit einer Sprühflasche zurück. »Das Wasserdings vom Bügeleisen ist kaputt, du musst das hier nehmen.« Sie sprühte Wasser auf das Hemd. Nahm das Bügeleisen und strich den einen Ärmel glatt. »So, jetzt musst du nur noch ein wenig üben.«

»Aber du bist viel besser darin.« Er stellte sich dicht neben sie und knabberte an ihrem Ohrläppchen.

»Das kommt nur davon, weil du es noch nie gemacht hast. Oder?«

»Nein, das ist doch Frauenarbeit.«

»Ach so? Aber es ist dein Hemd.«

Amanda löste sich aus seiner Umarmung und ging in die Küche hinaus. War sie sauer? Sie war echt nicht wie die anderen Frauen, die er bisher gekannt hatte. Die hätten das Hemd sofort gebügelt. Hätten alles getan, um es ihm recht zu machen. Aber nicht Amanda. Sie tat alles andere, als sich einzuschmeicheln. Seltsamerweise machte sie das nur noch interessanter. Nicht Adnan legte die Spielregeln fest. Sondern sie.

Sie nahmen ein Taxi zu dem Club, der ein paar Hundert Meter vom Stureplan entfernt lag. In einer Seitenstraße. War das nicht ein bisschen zu verborgen? Aber die Leute würden hinfinden. Das taten sie immer, wenn es um Vincents Lokale ging. Die Leute stellten sich eine Ewigkeit an und taten alles, um hineinzukommen. So war es jetzt auch. Vor dem Gebäude stand ein großer Haufen, und alle versuchten gleichzeitig, sich hineinzudrängen. Adnan und Amanda stellten sich an den Rand der Menge. Vor ihnen standen Bingo Rimér und Katrin Zytomierska. Auch bekannte Persönlichkeiten mussten manchmal Schlange stehen. Für Adnan war es komisch, auf der anderen Seite des Bands zu stehen. Normalerweise war er derjenige, der die Leute musterte und entschied, wer zuerst eintreten durfte. Wer warten musste. Und wer überhaupt nicht reindurfte. Plötzlich wurde er vom Türsteher herangewinkt. Sie gingen an Bingo und Katrin vorbei. An allen vorbei. Im Eingangsbereich wartete Vincent. Er lächelte. Adnan bemerkte die Männer hinter ihm. Zwei Typen in Anzügen. Verbissene Mienen. Wer war das?

»Willkommen.« Vincent begrüßte Adnan und schaute dann zu Amanda. Sein Blick wanderte von oben nach unten. Dann wieder bis ganz nach oben. Langsam. Er streckte ihr die Hand hin. »Vincent.«

»Amanda.«

Vincent war nicht schüchtern. Er starrte sie weiterhin mit halb offenem Mund an. Adnan spürte Zorn in sich aufsteigen. Aber: Dieser Schleimbatzen hatte bei dieser Frau nicht die geringste Chance.

»Ihr könnt eure Jacken dort drüben aufhängen.« Vincent war plötzlich aus seinem Koma erwacht. »Später unterhalten wir uns dann weiter, Adnan.«

»Alles klar.« Adnan nahm Amandas Jacke und gab sie mit der seinen an der Garderobe ab.

»Wer war denn das? Der Eigentümer, oder was?«

»Ja, kümmere dich nicht um ihn. Er denkt, er kriegt alles, was er will.«

»Hab ich gemerkt. Ich hab mich fast nackt gefühlt, als er mich so angestarrt hat.«

»Komm.«

Sie gingen hinein. Wie Vincent gesagt hatte, war der Club nicht so groß wie seine anderen. Die Tanzfläche war klein und der übrige Raum von verschiedenen Sofagruppen eingenommen, wo sich schon ein paar Leute niedergelassen hatten. Der Champagner strömte. Eine Frau stand auf einem Tisch und schüttelte eine Flasche. Spritzte sich die weiße Bluse voll. Adnan führte Amanda weiter hinein und ging zur Bar. Bekam zwei Glas Champagner auf Kosten des Hauses.

»Prost.« Adnan hob das Glas.

»Prost.« Sie tranken je einen Schluck. »Kennst du viele hier?«

Adnan sah sich um. »Ein paar. Aber in erster Linie von damals, als ich selber vorn gearbeitet habe. Privat würde ich mit den meisten nichts zu tun haben wollen.«

Gegen Mitternacht war der Laden gestopft voll, und Adnan und Amanda hatten es sich auf zwei Barhockern gemütlich gemacht. Alle Sofas waren besetzt, manche Leute saßen einander sogar auf den Knien, um Platz zu bekommen. Adnan war angespannt. Er war angetrunken, aber etwas fehlte. Das, was er normalerweise um diese Uhrzeit einwarf. Um richtig in die Gänge zu kommen. Ihm hatte das lange nicht gefehlt. Er hatte kaum daran gedacht. Aber jetzt, wo er wieder in einem Club war, wurde ihm die Abstinenz bewusst. Was sollte er tun? Weitertrinken? Sich volllaufen lassen und morgen total hinüber sein? Lieber high und richtig drauf. Aber er würde der Sucht widerstehen. Das hatte er schon vor einiger Zeit beschlossen. Außerdem war Amanda dabei, und sie würde niemals akzeptieren, wenn er ein paar Lines schnupfte. Das hatte sie ihn klar und deutlich wissen lassen. Sie war wirklich seltsam.

Adnan blickte auf das Meer von Leuten: keine Jugos, keine Bullen. Stattdessen kam Vincent auf sie zu. Dicht dahinter die finster dreinblickenden Typen in Anzügen. Es war auch Zeit, er war schließlich hier, um übers Geschäft zu reden.

Vincent säuselte: »Hello, mein hübsches Pärchen. Wie findet ihr es?«

»Wunderbar«, sagte Amanda.

Adnan deutete mit einem Kopfnicken auf die Typen im Anzug und warf Vincent einen fragenden Blick zu. »Hast du dir jetzt Leibwächter angeschafft?«

Vincent nickte. »In letzter Zeit ist zu viel Mist passiert. Das Ganze ist recht verzwickt.«

Adnan hatte die Frage eigentlich ironisch gemeint. Gedacht, dass die Typen irgendwelche Türsteher in Ausbildung waren. Vincent schien der Arsch ganz schön auf Grundeis zu gehen.

»Komm mal mit. Ich möchte, dass du ein paar Leute kennenlernst«, sagte Vincent und machte auf dem Absatz kehrt. Schaute nicht einmal, ob er nachkam. Nahm es als gegeben an.

Adnan schob Amanda vor sich her und ging ihm nach. Vincent schlängelte sich durch das Gedränge zur Bar am anderen Ende des Raumes. Klopfte einem Mann auf die Schulter. Der Mann drehte sich um. Über einem Auge hatte er eine gewaltige Narbe, die bis zur Wange reichte. Er sah lebensgefährlich aus.

»Hello, mein lieber Freund.« Vincent alberte wieder herum. »Hier ist Adnan, der in Zukunft mit ins Geschäft einsteigen wird. Und das hier sind meine russischen Partner.«

Adnan überlegte, was er tun sollte. Grüßen? Er streckte die Hand aus.

»Adnan.«

Der Russe starrte ihn an. Nickte kurz und wandte sich dann wieder in Richtung Tresen. Leerte sein Glas mit einem Schluck.

»Hi. Putin.« Ein anderer Mann neben dem vernarbten Russen streckte die Hand aus. Offenbar redefreudiger.

Vincent strahlte. »Also nein, Amanda. Jetzt lass dich auf ein Gläschen Champagner einladen, damit diese Herren ein bisschen plaudern können.« Adnan sah, wie Vincent mit Amanda davonschwänzelte und ihr den Arm um die Hüfte legte. Die Tunte sollte es ruhig versuchen. Würde eine Freude sein, zu sehen, wie er sich eine Abfuhr einhandelte.

Adnan hatte keine große Lust, sich mit zwei Russen zu unterhalten. Aber dieser Putin schien reden zu wollen. Der russische Akzent war deutlich zu hören. »Hab gehört, du wirst nach Sri Lanka fahren. Nice.«

Adnan hob die Augenbrauen. »Ach ja? Kann sein.«

»Es gibt dort viele hübsche Mädchen, hab ich gehört.«

Adnan wechselte das Thema. »Ihr arbeitet also für Vincent?«

»Wir arbeiten zusammen, könnte man wohl sagen.« Putin grinste. Adnan begriff. Weitere Fragen waren sinnlos. Jeder kümmerte sich um sein Zeug.

Adnan blickte auf Putins Arm, der von schlimmen Narben übersät war. »Wo kommen die denn her?«

»Bullenschweine.« Putin nahm einen großen Schluck von seinem Drink und schnalzte zufrieden mit der Zunge. »Aber ich habe die Drecksäue reingelegt und bin über den Balkon abgehauen.«

Typisch. Ein von den Bullen gesuchter Kerl. Genau das fehlte Adnan noch.

Putin fuhr fort. »Aber die haben nicht kapiert, mit wem sie es zu tun haben. Ich hab den einen niedergeschlagen, bin in den Wald gerannt und dann haben sie mir den Hund hinterhergeschickt.«

Adnan wurde auf einmal neugierig. »Bist du ihm entwischt?«

»Ja, verdammt. Für wen hältst du mich?« Putin blickte Adnan finster an. »Ich bin ein Speznas.«

Adnan horchte auf. Speznas – russische Elitesoldaten. Darauf trainiert, sich allein in feindlichem Gebiet zu bewegen. Konnten einen mit bloßen Händen erledigen, wenn es nötig war. Mehrere von ihnen waren Teil der Elitetruppe der russischen Armee. Hielten unendlich viele Schläge aus.

Putin weiter: »Weißt du, was man machen muss, um so einem Köter zu entkommen?«

Adnan schüttelte den Kopf und beugte sich vor, um den anderen besser hören zu können.

»Man rennt so schnell wie der Teufel.« Putin lachte, dass ihm die Spucke aus dem Mund spritzte.

Adnan wich ein wenig zurück. Die Neugierde schwand. Er hatte einen seriöseren Plan erwartet.

Putin verstummte abrupt und fixierte Adnan. »Dann drehst du um und läufst ein Stück zurück, genau auf derselben Strecke. Dann testest du, in welche Richtung der Wind weht, und springst, so weit du kannst, dorthin. Wenn der Hund nachkommt, hört für ihn die Witterung dort auf, wo du umgedreht bist. In der Zwischenzeit hast du einen Halbkreis zurückgelegt und kannst von hinten den Hundeführer angreifen.«

Adnan beugte sich wieder vor. »Hast du das gemacht? Von hinten angegriffen.«

»Nein, dieses Mal nicht. Ich hab sie am Leben gelassen.«

»Wen?«

»Die Hundeführerin.«

»War das eine Frau?«

»Ja. Ich bringe Frauen nur um, wenn es unbedingt nötig ist.«

Adnan war sich nicht sicher, ob Putin nur so daherredete. Aber etwas sagte ihm, dass es stimmte. Welcher normale Typ wusste, wie man einem Polizeihund entkam? In Kombination mit dem anderen vernarbten Russen wurde Putin noch glaubwürdiger. Beide wirkten durchtrainiert bis in die letzte Faser. Keine aufgepumpten Muskeln wie Bodybuilder. Eher wie Kampfsportler. Sehnig: kein Gramm Fett am Körper. Explosiv. Ausdauernd.

Adnan bekam Komplexe, wenn er sie ansah. Selbst hatte er in letzter Zeit gerade mal Liegestütze und ein paar einfache Übungen in Amandas Wohnung gemacht. Das Fitnessstudio war für ihn kein sicherer Ort mehr.

Putin besorgte sich einen neuen Drink. Er nippte daran. Der andere Russe wandte ihnen noch immer den Rücken zu. Schien überhaupt nicht an einer Unterhaltung interessiert.

»Was war denn passiert? Warum waren die Bullen hinter dir her?«

Putin starrte Adnan an. »Sie sind immer hinter uns her«, sagte er ein wenig lallend.

Adnan ließ den Blick über die Menschenmenge schweifen und versuchte, Amanda auszumachen. »Du, wir sehen uns.«

»Das werden wir.«

Merkwürdiger Typ! Adnan drehte eine Runde und suchte nach Amanda und Vincent, fand sie aber nicht. Machte er sich Sorgen? Nein. Er drehte noch eine Runde. Musste sich durch die Menge schaufeln. Es war gerammelt voll. Eine Braut schüttete ihm ein halbes Glas Rotwein übers Hemd, als er an ihr vorbeiging. Die Kuh merkte es nicht einmal, versuchte nur weiter lauthals, den Kerl ihr gegenüber zu beeindrucken. Adnan schob sich vorbei. Nahm eine Serviette und wischte das Gröbste weg. Fuck! Jetzt reichte es aber! Wo zum Henker waren sie? Da erblickte er die breiten Rücken der Anzugsfritzen. Ging dorthin. Er sah Amanda und Vincent. Sie saßen mit ein paar anderen auf einer Sofagruppe. Die Anzugsfritzen nahmen ihre Aufgabe ernst. Bewachten die Sofagruppe und die Leute, die sie bevölkerten. Vincent war gerade dabei, seinen Gästen Champagner einzuschenken.

»Da seid ihr ja. Ich hab euch gesucht.« Adnan hörte, dass er mürrischer klang, als er wollte.

Amanda sah zu ihm hoch. »Echt? Wir haben fast die ganze Zeit über hier gesessen.«

»Setz dich, Adnan.« Vincent reichte ihm ein Glas Champagner. »Deine Freundin ist absolut bezaubernd. Auf Amanda!«

»Prost.«

»Welchen Eindruck hattest du von meinen russischen Männern?«

»Nette Typen. Vor allem der mit der Narbe über dem Auge.«

»Fjodor.«

»Kann sein, dass er so heißt. Wir haben uns nicht sehr intensiv unterhalten.«

»Nein, er kann manchmal ein bisschen introvertiert sein. Aber er liefert, was er verspricht.«

»Darüber wollte ich mit dir reden. Soll ich mit denen zusammenarbeiten, oder was?«

»Uuups. Schau mal.« Vincent deutete mit einem Kopfnicken auf zwei Männer in dicken Jacken, die gerade den Raum betreten hatten. »Das Auge des Gesetzes ist neugierig.«

Adnan musterte die beiden. War immer gut, sich die Gesichter von Bullen einzuprägen. Man sah von Weitem, wer sie waren. Kurz geschorenes Haar. Dicht nebeneinanderstehend. Beine breit auseinander. Verschränkte Arme. Sie versuchten, unauffällig zu sein. Total daneben.

Amanda beugte sich zu Adnan vor. Flüsterte ihm ins Ohr. »Ich geh mich kurz mal frischmachen.«

Adnan sah, wie Vincent ihr auf den Hintern glotzte, während sie davonging.

»Was soll ich in Sri Lanka?«

Vincent schaute Amanda weiter hinterher, während er antwortete. »Wie gesagt, sie führen dort ihr Geschäft auf wunderbare Weise, und ich möchte, dass du hinfährst und dich inspirieren lässt. Aber sieh es mehr als einen Gratisurlaub.«

»Und was ist das für ein Geschäft?«

Vincent legte Adnan den Arm um die Schulter. »Nur Geduld, mein Lieber. Geduld. Ich möchte, dass du es in real life erlebst.« Er nippte an seinem Champagner. »Hab ich dich jemals übers Ohr gehauen?«

Adnan wog die Vor- und Nachteile ab. Zum jetzigen Zeitpunkt überwogen die Vorteile. »Wann soll ich fahren?«

»Gut, Adnan! Ich besorge die Tickets, so schnell es geht.« Vincent sah zufrieden aus. »Jetzt muss ich mich kurz um die

Gesetzeshüter kümmern.« Er stand auf und schlenderte zu den Bullen. Die Anzugsfritzen dicht dahinter. Adnan kam nicht umhin, die Tunte zu bewundern. Der Kerl war smart. Stellte sich gut mit seinen Feinden. Egal, welcher Art.

Adnan blieb auf dem Sofa sitzen und betrieb ein wenig Smalltalk mit den anderen. Er hatte keine Ahnung, wer das war. Ging ihm auch am Arsch vorbei. Er fragte sich, wo Amanda steckte. Es war mindestens schon eine Viertelstunde her, dass sie losgegangen war. Er machte sich zu den Toiletten auf. Stellte fest, dass es bei den Frauen keine lange Schlange gab. An der Bar in der Nähe behielt er die Toiletten im Auge. Nach weiteren zehn Minuten holte er sein Handy hervor, um sie anzurufen. Sah überrascht, dass er eine SMS von ihr bekommen hatte. *Musste los. Mir ging's nicht so gut. Sorry.* Verdammter Mist! Konnte sie nicht einfach Bescheid sagen? Die Braut hatte echt einen Schatten. Er ging zur Garderobe und gab dem Mädchen hinter dem Tresen das Plastikteil mit der Nummer. Als sie zurückkam, hatte sie sowohl seine als auch Amandas Jacke in der Hand. Er ging raus auf die Straße, wo der Lärm nicht so groß war, und versuchte, sie anzurufen. Sie ging nicht ran. War etwas passiert? War Kraljevic da gewesen? Hatten sie ihn mit ihr gesehen und die Gelegenheit genutzt?

Er rannte in Richtung Stureplan los.

Was zum Teufel hatte der Arsch gemacht?

Er winkte ein Taxi herbei und sprang schon hinein, als es noch nicht ganz angehalten hatte.

»In die Förrådsgatan in Solna.«

32

Amanda atmete auf, als sie nach Hause kam und die Schuhe mit den hohen Absätzen auszog, die sie zum ersten Mal angehabt hatte. Ihre Ferse schmerzte, und sie fuhr mit dem Finger über die Haut, die sich zu einer prachtvollen Blase aufgerichtet hatte. Typisch, das würde mindestens eine Woche brauchen, bis es verheilt war.

Das war haarscharf gewesen. Als sie sich entschieden hatte, Adnan zu begleiten, war ihr das Risiko vollkommen bewusst gewesen. Es war trotzdem ein Schritt in die richtige Richtung. Eine neue Tür zu der Welt, in der Sanna gelebt hatte. Einer Welt, in der Vincent Bonnerud herrschte. Und es gab etwas, das mit diesem aalglatten Clubboss nicht stimmte.

Schon beim ersten Händeschütteln mit Vincent hatte sie verstanden, warum Adnan ihn Tunte nannte. Seine Homosexualität war unverkennbar. Die Körpersprache. Die Art und Weise, wie er redete. Wie er ging und sich aufführte. Aber trotzdem stimmte etwas nicht. Er hatte sie vollständig mit den Blicken ausgezogen, als sie angekommen waren. Und im Laufe des Abends war es so weitergegangen. Als sie zu zweit gewesen waren, hatte er Andeutungen gemacht. Sie hätte ihm ohne Weiteres »in sein Büro« folgen können, wie er es ausdrückte. Es war nicht schwer sich auszumalen, was sie dort tun würden. Dass es Drogen im Überfluss gab, war auch ziemlich wahrscheinlich. Sie und Vincent hätten das eine oder andere anstellen können, wenn sie gewollt hätte. Sie verstand, dass viele Frauen seinen Komplimenten erlagen. Als König der

Stockholmer Clubbesitzer war es nicht schwer, junge Mädchen anzulocken, die hofften, berühmt zu werden. Berühmt zu werden inmitten all jener, die darauf hofften, berühmt zu werden.

Amanda schaltete den Computer ein, zog die Zündholzschachtel aus ihrer Handtasche und legte sie auf den Tisch. Ihr war die Schachtel sofort aufgefallen, als sie zur Bar gekommen waren. Darauf war der Name des Clubs abgedruckt. Darunter befand sich ein gezeichneter Affenkopf. Er ähnelte dem, den Sanna in ihr Tagebuch gemalt hatte. War das Zufall? Vielleicht. Aber warum hatte Vincent einen Affen als Logo? Und warum hatte Sanna gerade einen Affen gezeichnet? Warum nicht eine Blume, ein Herz oder etwas anderes?

Als sie neben Vincent auf dem Sofa gesessen hatte, wusste sie, dass er Sanna gekannt hatte. Amanda hatte ihn nicht gefragt, sie wusste es einfach. Hatte er mit Sanna geflirtet, wie er es mit ihr getan hatte? Sie mit seinen Blicken ausgezogen. War Sanna der Versuchung erlegen? Hatte sie geglaubt, in diesem Gewimmel aus Stars und Sternchen jemand zu werden? Es gab etwas bei Vincent, das Amanda nicht greifen konnte.

Im Champagnerrausch hatte sie einen Entschluss gefasst. Wenn sie eine weitere Gelegenheit bekäme, ihm »ins Büro« zu folgen, würde sie es tun. Um zu sehen, was passierte. Was er machte. Dieses Risiko musste sie eingehen.

Leider hatte sie diesen Entschluss sehr schnell aufgeben müssen. Plötzlich war Petter aufgetaucht. Petter aus dem Fitnessraum. Nova-Petter. Zusammen mit einem Kollegen stand er auf einmal da, vollkommen fehl am Platz zwischen all den anderen herausgeputzten Gästen. Sie hatten sich im Gewimmel umgesehen. Das war das reinste Mekka für sie. Alle Ganoven an einem Ort versammelt. Voll oder high. Da gab es immer etwas zu berichten. Wer mit wem redete. Wie sie jetzt gerade aussahen. In welchem Wagen sie davonfuhren.

Amanda hatte sich abgewandt und ihre Handtasche vom Boden aufgehoben. Gesagt, sie müsse sich mal frischmachen. Während sie in der Schlange vor der Toilette stand, schlug ihr das Herz bis zum Hals. Sie hatte an ihrer Tasche herumgefingert und fieberhaft überlegt, was sie tun könnte. Ließ ein paar Frauen vorbei, als sie sah, dass Petter und sein Kollege zum anderen Ende des Raums gingen. Da war sie, so schnell sie konnte, ins Freie geeilt. Ohne Jacke, nur im Kleid, ein paar Straßen entlanggelaufen. Weg. Sie hatte keine Lust, zusammen mit Adnan Nasimi auf einem Berichtsbogen zu erscheinen.

Aber das war es wert gewesen. Jetzt hatte sie einen weiteren Schritt in Adnans und Sannas Welt gemacht. War Sanna einmal glücklich gewesen in Stockholm? Vermutlich zu Beginn, bevor sie die Schweine traf, die ihr Leben zerstörten. Manchmal vergaß Amanda beinahe, dass Adnan einer von diesen Leuten war. Aber sonst spukte es immer im Hinterkopf herum. Wenn sie mit Adnan Sex hatte. Wenn sie zusammen frühstückten. Wenn sie abends auf dem Sofa kuschelten. Es war nur ein Job für Amanda. Das versuchte sie sich immer wieder klarzumachen. Aber mit jedem Tag, der verstrich, wurde es schwerer.

Als der Computer hochgefahren war, gab sie »Bonobo« in Google ein. Ging die verschiedenen Suchergebnisse durch. Bekam das bestätigt, was sie vermutet hatte: Bonobo war ein Affe.

*Der **Bonobo** (Pan paniscus), auch **Zwergschimpanse** genannt, gehört neben dem gewöhnlichen **Schimpansen** zu den Menschenaffen, die **genetisch** am engsten mit dem **Menschen** verwandt sind.*
*Der Bonobo lebt in der **Cuvette-Centrale**-Region in der **Demokratischen Republik Kongo**, einer Region, die im Süden*

*von den Flüssen **Kasai** und **Sankuru**, im Osten vom **Lomami** und dem **Kongo** im Norden und Westen begrenzt wird.*
Der Bonobo lebt in Gruppen. Wie bei vielen anderen Säugetieren ist das Männchen größer und muskulöser als das Weibchen (Geschlechtsdimorphismus). Trotzdem haben die Weibchen eine dominierende Rolle, was sie unter anderem bei der Essensverteilung zeigen. Im Vergleich zum Schimpansen hat der Bonobo längere Beine und einen schlankeren Körper.
Bei den Bonobos gebären die Weibchen ungefähr alle fünf Jahre ein Junges. Dieses entwickelt sich langsam und beginnt erst im Alter von etwa sieben Jahren mit den anderen Jungen zu spielen. Später begibt es sich auf Wanderung, um sich einer neuen Gruppe anzuschließen.
Die Bonobos haben ein sehr reges Sexualleben. Es kommen verschiedene Kombinationen und Praktiken vor: Männchen mit Weibchen, Männchen mit Männchen, Weibchen mit Weibchen oder Onanie. Die Sexualität dient sowohl der Stärkung des sozialen Zusammenhalts als auch der Konfliktlösung. Nur ein kleiner Teil der sexuellen Kontakte dient der Reproduktion, drei Viertel der sexuellen Handlungen führen nicht zur Fortpflanzung. Anders als bei Schimpansen sind bei den Weibchen die Genitalien weiter vorn platziert, daher ist es dem Bonobo möglich, sich von Angesicht zu Angesicht mit seinem Partner fortzupflanzen. Die Bonobos werden umgangssprachlich als die »sexgeilsten Affen der Welt« bezeichnet.

Amanda schüttelte den Kopf. Vincent hatte den Club nach sich selbst benannt – *the love monkey*. Adnan hatte ja gesagt, dass Vincent der Meinung war, jede kriegen zu können. Sie las weiter.

Sobald sie geschlechtsreif sind, wechseln die Weibchen in andere Gruppen. Dadurch wird Inzucht vermieden. Das vielfältige Sexualleben und die fehlenden langfristigen Partnerbeziehungen bewirken, dass es für ein Männchen theoretisch unmöglich ist, zu wissen, wer seine Nachkommen sind. Somit wird Infantizid, der bei Schimpansen vorkommt, evolutionär kontraproduktiv, da ein Männchen seine eigenen Nachkommen töten könnte. Infantizid kommt bei den Bonobos nicht vor.
Bei einem Forschungsprojekt an der Georgia State University brachte man dem Bonobo Kanzi eine Sprache bei. Mithilfe einer Tastatur mit Symbolen konnten Kanzi und die Forscher kommunizieren. Kanzi lernte auch, die Forscher zu verstehen, wenn sie auf Englisch mit ihm redeten. Kanzis Sprachverständnis befand sich ungefähr auf dem Niveau eines zwei- bis dreijährigen Kindes.

Amanda unternahm eine neue Suche: »Bonobo Stockholm«. Sie wollte sehen, ob da etwas über den Club geschrieben stand. So war es. Er hatte eine eigene Webseite. Darauf gab es Links zu Vincents anderen Clubs, zu Sponsoren, Blogs und Fotos von feiernden Menschenmengen. Sie klickte auf gut Glück herum, ohne richtig zu wissen, wonach sie suchte. Betrunkene Gesichter, die in die Kamera lachten. Schampus. Drinks mit Schirmchen. Sogar Vincent war auf einigen Fotos drauf. In der Regel mit einer blonden Schönheit im Arm. Plötzlich kam Amanda der Gedanke, dass Sanna auf einem der Fotos zu finden sein könnte. Das machte sie nervös. Sie wusste nicht, wie sie reagieren würde, wenn Sanna plötzlich auf dem Bildschirm auftauchen sollte. Sie klickte zwischen verschiedenen Partys hin und her. Verschiedene Daten. Verschiedene Jahre. Klickte auf Links, die zu anderen Webseiten führten. Nichts. Sie war erleichtert und zugleich enttäuscht. Ohne zu wissen wie, war sie plötzlich auf einer Pornoseite gelandet. Eine Sexszene mit einer weißen Frau und einem schwarzen Mann lief vor ihren Augen ab. Mehrere andere erotische Filme konnten über verschiedene Bilder auf der rechten Seite des Bildschirms aufgerufen werden. Sie war kurz davor, die Seite zu schließen, als sie innehielt. Eines der Gesichter auf einem der Bilder hatte ihre Aufmerksamkeit erregt. Sie schaute genauer hin. Konnte das wirklich sein? Sie klickte den Film an, um die Person in einem größeren Format zu sehen. Jetzt gab es keinen Zweifel mehr. Das vertraute Gesicht starrte in die Kamera. Geradewegs auf Amanda. Amanda saß da wie versteinert und ließ den Film vor sich ablaufen. Ihre Gedanken überschlugen sich.

Ein lautes Klirren riss sie in die Wirklichkeit zurück. Hatte jemand einen Stein durchs Fenster geschmissen? Plötzlich schlugen in der Küche Flammen hoch. Sie griff eine Decke vom Sofa und rannte los, um das Feuer zu ersticken. Sie begann zu husten und versuchte, so gut es ging die Luft anzuhalten. Sie wusste, dass ein einziger Atemzug sie bewusstlos machen konnte. Roch es nach Benzin? Der Feuermelder heulte. Es war zu spät. Das Feuer schluckte die Vorhänge, kletterte die Küchenschränke hoch, breitete sich über den Teppich aus. Fraß sich in Richtung Wohnzimmer. Sie rannte auf die Wohnungstür zu. Da fiel ihr ein, dass sie noch etwas holen musste. Rannte wieder zurück und fischte es aus der Schreibtischschublade. Machte erneut ein paar Schritte auf die Wohnungstür zu. Ihr Brustkorb war kurz davor zu platzen, sie konnte sich nicht mehr zurückhalten. Baumwolle drang in ihre Lunge. So fühlte es sich jedenfalls an. Etwas Scharfes stach von unten in ihren Fuß. Sie schwankte vorwärts. Legte die Hand auf den Türgriff.

Dunkelheit.

33

Es wurde still im Aufenthaltsraum, als es wieder in den Nachrichten kam. Das, worüber alle an diesem Tag sprachen. Das Attentat auf die Kollegin. Die Blicke wanderten zu dem Fernseher, der über einem Tisch hing. Das Kauen wurde unterbrochen. Münder standen offen.

Die Nachrichtensprecherin, eine Frau mit rotblondem Haar, saß hinter ihrem Moderationstisch und sah ebenso ernst drein wie immer. Magnus fragte sich, ob sie wohl genauso seriös aussah, wenn sie den König fickte. Das hatte sie nämlich eine Weile lang getan, zumindest nach Aussage eines ehemaligen Leibwächters des Königs – und Bekannten von Magnus. Obwohl die Leibwächter einer siebzig Jahre langen Schweigepflicht unterlagen, kamen ein paar schmutzige Geheimnisse nach ein paar Bier in der Sauna schon mal zur Sprache. Ein Wiedersehen mit alten Kollegen führte immer zu Tratsch. Egal, ob es eine Adelsperson, einen Star oder nur jemanden aus den eigenen Reihen betraf.

Ein sogenannter Molotowcocktail wurde in der vergangenen Nacht in eine Wohnung im Stockholmer Stadtteil Solna geworfen. Das Feuer breitete sich rasch in der Wohnung aus, aber den Rettungskräften gelang es, ein Übergreifen auf das restliche Gebäude zu verhindern. Die Frau, die in der Wohnung lebte, wurde gerade noch rechtzeitig von einem Nachbarn gerettet, der auch den Notruf tätigte.

Magnus schwitzte. Versuchte, sich nichts anmerken zu lassen. Als wüsste er so wenig wie die Kollegen neben ihm. Er schaute sich erneut das Interview mit dem Nachbarn an, der Amanda gerettet hatte. Der Mann war offenbar aus seiner Wohnung gelaufen, als er den Brandgeruch bemerkt hatte. Er hatte die Tür zu Amandas Wohnung aufgebrochen, wo sie gelegen hatte. Im Flur. Der Mann hatte sie auf den Hof hinausgezogen. Magnus dankte dem Nachbarn innerlich für dessen entschlossenes Eingreifen. Beihilfe zu einem Mord würde der Karriere kaum förderlich sein. Schon so war es schlimm genug. So eine Kacke! Er hörte die Nachrichtensprecherin wieder.

Sämtliche Bewohner des Gebäudes wurden aufgrund der Brand- und Wasserschäden evakuiert. Die Polizei hat bislang noch keinen Tatverdächtigen und hält sich mit Informationen zurück. Der Vorfall wird als vorsätzliche Brandstiftung und Mordversuch eingestuft.

Im Aufenthaltsraum wurde wild spekuliert: Warum hatte man es auf Amanda abgesehen? Hatte sie mit einem speziellen Ganoven zu tun gehabt? War sie schon vorher bedroht worden? War es nur Zufall? Wie ernsthaft war sie verletzt? Warum hielt die Polizeiführung vor den Medien geheim, dass es eine Polizistin betraf? Das Gemurmel hallte zwischen den Wänden wider. Magnus versuchte zu folgen. Brachte ab und zu einen Kommentar ein. Aber zum ersten Mal seit Langem hatte er Angst. Eine Scheißangst! Was zum Teufel hatte er angestellt? Er hätte nie im Leben gedacht, dass Milorad Kraljevic eine Brandbombe in die Wohnung werfen ließe. Vielleicht, dass er hinfahren und den Araber vor dem Haus schnappen würde oder so etwas. Aber das hier! Magnus säße ordentlich in der Tinte, wenn das rauskäme. Aber was hatte er für eine Wahl gehabt? Sich die Augen mit einem rostigen Teelöffel auskratzen lassen. Nein danke! Er war das Opfer. Er hatte sich korrekt verhalten. Und nun hatte er den Salat.

Er versuchte, sich auf die Fakten zu konzentrieren. Was

konnten die Techniker am Tatort finden? Vermutlich nichts. Eine ausgebrannte Wohnung war das Letzte, was sich ein Kriminaltechniker wünschte. Zeugen? Bestimmt gab es eine neugierige Nachbarin, die etwas von ihrem Fenster aus beobachtet hatte. Aber sie hatte wahrscheinlich nur irgendeinen »schwarzgekleideten Mann« gesehen. Wegen der Zeugen brauchte er sich keine Sorgen zu machen. Blieben diejenigen, die selbst auf die eine oder andere Weise mit der Sache zu tun hatten. Milorad Kraljevic und seine Bande. Samir. Vincent. Er selbst. Von diesen Leuten die mit Abstand größte Bedrohung war: Samir.

Sie waren zwei Tage zuvor freigelassen worden. Irgendwo mitten im Wald aus dem schwarzen Jeep geschmissen. Samir hatte gezittert wie Espenlaub und hatte sich vollgepinkelt. Magnus war auch nicht besonders mutig gewesen. Der Unterschied: Er zeigte es nicht. Zusammen waren sie einen Waldweg entlanggegangen. Samir hatte ständig gejammert, dass sie Hilfe rufen müssten. Offenbar hatte der Junge die Botschaft nicht kapiert – weder die von Magnus noch die von Milorad Kraljevic. Samir wollte aussteigen. Wollte keine Infos liefern. Wollte nicht zusammenarbeiten. Glaubte offenbar, er hätte eine Wahl! Magnus: Schnauze voll von diesem Jammerlappen. Er musste mal wieder die Vertrauensnummer durchziehen. Du und ich, Kleiner. Zusammen lösen wir das alles. Lassen diese Kerle ins Kittchen wandern. Die Polizeischule wird dich mit Kusshand aufnehmen. Dein Papa wird so stolz sein. Deine Mutter … Aber erst … Und so weiter. Samir beruhigte sich nach einer Weile. Schien jedoch nicht vollkommen überzeugt zu sein. Magnus war gezwungen, sich ein neues Druckmittel zu verschaffen. Etwas, das den Jungen in Schach hielt. Denn wenn er etwas ausplauderte, gäbe es ein Riesenproblem.

Schließlich waren sie an einen breiteren Weg gelangt und diesem ein Stück gefolgt. Ein Hinweisschild in Richtung von

Ursvik war aufgetaucht. Magnus war erleichtert. Die Jugos hatten sie an einem besser gelegenen Ort abgesetzt, als er gedacht hatte. Sogar in Magnus' eigenem Bezirk. Nun konnte er rasch ihre genaue Position ermitteln.

Eine Viertelstunde später hatte Magnus ein Taxi zu der Stelle gelotst. Das war der Endpunkt dieses Erlebnisses gewesen, eines der merkwürdigsten, das er je durchgemacht hatte. Um ein Haar hätte es ihn das Leben gekostet.

»Willst du einen Zwanziger dazulegen?« Maggan Svensson stand vor Magnus und wedelte mit einem Kuvert.

Er verstand nichts.

»Willkommen auf der Erde. Für die Blumen für Amanda.«

»Ach, stimmt ja.« Er kramte in der Hosentasche. Fand eine Zehn-Kronen-Münze und zwei Fünfer.

Maggan ging weiter zum Nächsten. Er war derjenige, der sich um all die Dinge kümmerte, die für die gute Stimmung im Team wichtig waren. Nicht gerade Magnus' Stärke.

Ein paar Stunden später sprang Magnus mit dem Unihockeyschläger über die Bande und lief wieder auf das Spielfeld. Sein T-Shirt war vollkommen durchgeschwitzt. Sie hatten drei Spiele absolviert. Die Mannschaftsaufteilung: Inspektoren und Kommissare gegen Neulinge. Es war wohl das einzige Mal, dass Magnus sich wünschte, wieder ein Neuling zu sein. Um in deren Mannschaft sein zu können. Jung, frisch, spritzig. Sie taten alles, um ihre älteren Kollegen vom Platz zu fegen. Selbst war er einer der wenigen Kommissare, die überhaupt noch spielten. Die meisten hatten den Schläger schon längst an den Nagel gehängt.

Magnus merkte, dass sich die Stimmung unter den Kollegen im Vergleich zum Morgen ein wenig gehoben hatte. Ein paar Tacklings und schnelle Antritte wirkten Wunder für die

Laune. Er nahm seine Wasserflasche und trank gierig. Wollte noch im Fitnessraum vorbeischauen, bevor er duschte und nach Hause fuhr. Eigentlich war er fix und fertig. Aber wenn man Kolleginnen in Tights und knappen Trainingsoberteilen beobachten konnte, stemmte man gern ein paar Kilo. Egal, wie müde man war. Polizistinnen war mit das Schärfste, was er kannte. Er hatte sich schon öfter gefragt, warum das so war, und war zu dem Schluss gelangt, dass es die Kombination aus wohlgeformten Körpern und ihrer selbstsicheren Ausstrahlung sein musste. Es war höchste Zeit, das eigene Selbstbewusstsein wieder auf Vordermann zu bringen, das nach Amandas Zurückweisung im Keller war.

Er holte tief Luft und trat in den Fitnessraum. Blies die Brust auf. Stellte die Wasserflasche ins Regal und ging zu einer Kraftstation. Packte den Griff und zog ihn zur Brust herab. Ließ locker und zog wieder. Das Beste bei dieser Übung war, dass man nicht genau sah, wie viel Gewicht man bewegte. Bei Langhanteln war es schlechter, dort konnte man einfach die Scheiben zählen. Nach zehn Wiederholungen ging er zur Wasserflasche zurück. Nahm ein paar Schlucke. Sah sich um. Eine Blonde machte sich bereit fürs Bankpressen. Magnus hatte sie schon mehrmals hier gesehen. Vermutlich eine Aspirantin aus dem neuesten Jahrgang. Sie hatte ein rotes Top an, das sich eng an ihren Körper schmiegte, wenn sie schwitzte. Magnus' Blick wanderte zu ihrer Brust hinab. Er sah, dass die Warzen emporstanden. Sie legte sich auf die Bank. Ihre Freundin stand dahinter, um zu helfen. Auch verdammt heiß. Aber die Blondine war einen Tick schärfer. Er starrte auf die Brüste. Stellte fest, dass sie sich noch immer nach oben wölbten, obwohl sie dalag. Vermutlich Silikontitten. Sie hob die Stange aus der Halterung und drückte sie auf und ab. Auf und ab. Ihr Körper spannte sich wie ein Bogen. Magnus hatte einen Steifen. Aber er trug weite Shorts. Routinefrage. Der Schwanz konnte nach Belieben anschwellen. Er ging wieder zu der Kraftstation. Merkte, dass die Freundin der Blonden ihn böse anfunkelte. Ertappt. Aber verdammt. Schauen durfte man wohl noch. Er packte wieder den Griff und zog ihn an die Brust. Sah, wie die Blonde das Gewicht ein letztes Mal hochstemmte. Sie setzte sich auf. Wischte eine blonde Strähne aus den Augen, die sich schweißnass dort verklebt hatte. Mann, war die lecker!

Magnus trainierte noch eine halbe Stunde ziellos weiter. Zerrte an den Geräten. Beobachtete die Blonde und ihre Freundin, während sie verschiedene Übungen machten. War enttäuscht, als er einsah, dass sie bald fertig waren. Beobachtete, wie sie in der Damenumkleide verschwanden. Dort würden sie ihre verschwitzten Trainingsklamotten ausziehen. Sie würden duschen. In Magnus' Fantasie würden sie zusammen duschen. Sich einseifen. Dann …

»Entschuldige, bist du fertig?« Eine weitere heiße Braut stand vor Magnus. Der Fitnessraum der Polizei war das reinste Paradies.

»Ja, klar.« Er erhob sich von der Beinpresse. Überließ sie der Frau. Holte seine Wasserflasche. Sein Schwanz spannte die Unterhose unter seinen Shorts. Er blickte wieder zur Damenumkleide. Er würde alles geben, um dort drin eine Fliege an der Wand zu sein. Alles! Plötzlich hatte er eine Idee.

34

Die Reise nach Sri Lanka war keinen Tag zu früh gekommen, eher zu spät. Nach der Attacke hatte Amanda mehrere Wochen in einem Hotel in Solna gewohnt, und Adnan hatte dort auch ein paarmal gepennt. Um zu variieren und das Entdeckungsrisiko zu mindern, schlief er manchmal auch in Diars Wohnung. Aber eigentlich war es überall gleich gefährlich.

Hier auf der Insel brauchte er sich nicht mehr verfolgt zu fühlen. Er linste zu Amanda, die in einem Liegestuhl fläzte und ein Klatschblatt las, das sie auf dem Flughafen gekauft hatte. Sie streckte die Beine in der Sonne, während der Sonnenschirm ihrem Oberkörper Schatten spendete. Die Sonnenbrille war ihr ein Stück hinabgerutscht, aber das schien sie nicht zu stören. Sie wirkte ebenso entspannt wie er. Trotz allem, was passiert war. Die neue Umgebung hatte seltsamerweise die Probleme weggezaubert. Als hätten sie nie existiert.

Sri Lanka war überhaupt nicht, wie er es sich vorgestellt hatte. Eigentlich wusste er nicht, was er sich vorgestellt hatte. Aber vielleicht hatte er gedacht, es sei weniger zivilisiert. Dass es nur halbfertige Hütten mit Lehmboden und Strohdach gäbe. Keine Autos. Keine Straßen. Keine Restaurants. Vorher hatte er kaum einmal gewusst, wo Sri Lanka lag. Aber er hatte sich während des Flugs eingelesen. Hatte gelernt, dass Sri Lanka eine Insel südöstlich von Indien war. Ein beliebtes Reiseziel in den Siebzigern, aber seitdem hatte der Bürgerkrieg den Tourismus gestoppt.

Jetzt waren sie in Negombo, einer Küstenstadt in der Nähe

des Flughafens. Sie waren seit drei Tagen da und wohnten in einem Dreisternehotel am Strand. Das Zimmer war schön, verfügte über einen Fernseher und einen Wasserkocher. Ein Mitarbeiter sprach sogar leidlich Schwedisch. Er hieß Anton. Adnan hatte gedacht, dies sei ein typischer Schwedenname, aber offenbar hießen viele Sri Lanker so.

»Gehen wir baden?«, fragte Amanda.

»Gern.« Adnan stand auf und zupfte an seinen Badeshorts herum. »Verdammtes Scheißding! Ich krieg einen Vogel, wenn die Koffer heute nicht kommen.«

Amanda kicherte.

Ihre Koffer waren beim Flug verschwunden. Das war das einzig Negative dieser Reise. Adnan hatte sich in einem Souvenirladen Badeshorts besorgen müssen. Sie sahen grauenhaft aus, außerdem drückten sie im Schritt, wenn er sich bewegte. Amanda war besser vorbereitet gewesen. Sie hatte einen Bikini und Wechselsachen ins Handgepäck getan. Erfahrung von früheren Reisen. Aber inzwischen reichte es ihnen, jeden Abend dieselben Klamotten tragen zu müssen. Außerdem wollten sie weiterreisen, Negombo war nur der Ausgangspunkt. Sie hatten beschlossen, einen privaten Guide zu engagieren, den ihnen Anton empfohlen hatte. Der Guide würde sie mit in die Berge nehmen, wo es große Teeplantagen gab. Adnan gingen die Teeplantagen am Arsch vorbei, aber die Tour an sich wirkte ganz okay. Am Ende würden sie in einem dieser Nationalparks eine Safari machen, wo man mit ein bisschen Glück Leoparden zu sehen bekam. Vielleicht war das eine geile Sache? Dann würden sie selbst entlang der Westküste weiterfahren, zurück zum Flughafen und nach Negombo. Einer der Orte, in dem sie einen Halt einlegen wollten, war Hikkaduwa. Das war offenbar einer der beliebtesten Badeorte auf der Insel, aber sie wollten nicht deshalb hin. Es war das Ziel seiner Exkursion, wie Vincent das ausdrückte. Adnan hatte einen Zettel bekommen, auf dem die Adresse stand.

Er war froh, dass Amanda mitgekommen war. Als sie vorgeschlagen hatte, ihn zu begleiten, war er überrascht gewesen. Er hätte eher gedacht, dass sie ihn zum Teufel schicken würde, nachdem sie fast verbrannt wäre. Es war der reinste Dusel, dass sie mit einer leichten Rauchvergiftung davongekommen war, es hätte genauso gut schiefgehen können. Aber sie gab ihm nicht die Schuld. Sie wollte ihn weiter treffen, obwohl sie wusste, dass es ein Risiko darstellte. Sie hatte sich sogar um die Flugtickets gekümmert. Für sie als Stewardess ein Kinderspiel. Ihre Arbeitgeber übernähmen die Kosten, hatte sie gesagt. Sie meinten, dass ihr eine Pause guttun würde. Und nun waren sie also hier. Badeten im Indischen Ozean. Total verrückt! Adnan mit einer Braut an einem vornehmen Sandstrand. Surreal. Oder wie das hieß.

Das Wasser war verdammt angenehm. Hatte fast dieselbe Temperatur wie die Luft, kühlte aber trotzdem ein wenig. Adnan tauchte durch die Wellen. Zog die Badehose hoch, die ihm über den Po gerutscht war. Fühlte sich wieder wie ein Kind. Amanda war weiter draußen und schwamm durchs Wasser.

Als sie zur Mittagszeit zum Hotel hochgingen, kam ihnen Anton am Pool entgegen und sagte, dass ihre Koffer angekommen seien. Anton sah glücklicher aus als sie selbst. Sie eilten zur Rezeption und trugen die Koffer ins Zimmer hoch. Durchsuchten sie. Es schien noch alles da zu sein.

»Mensch, super.« Amanda holte eine Bluse aus ihrer Reisetasche und zog sie über den Bikini. »Und heute Abend zieh ich mein neues Kleid an.«

Adnan folgte ihrem Beispiel. Er streifte ein frisches T-Shirt über und entledigte sich der furchtbaren Badeshorts. Warf sie in den Papierkorb, der umfiel. Die Ameisen darunter stoben auseinander.

»Heb sie doch als Souvenir auf.« Amanda grinste übers ganze Gesicht. Ihr Humor kehrte zurück. Das war ein gutes Zeichen. Der Abstand war die perfekte Medizin.

Er legte sich aufs Bett und sah ihr zu, während sie ihre Klamotten aufhängte. Seine eigenen ließ er im Koffer. Sah keinen Sinn darin, sie herauszuholen. Sie wirkte ruhiger inzwischen, anfangs hatte sie schlecht geschlafen. Nicht verwunderlich. Sie hätte sterben können. Was wäre passiert, wenn er selbst eine Viertelstunde früher dorthin gekommen wäre und Fatos getroffen hätte? Denn er nahm an, dass der hinter der Attacke steckte. Geschickt von Milorad. Wie hatten sie ihn gefunden? Seit dem Vorfall zerbrach er sich den Kopf darüber. Fand nur eine einzige Erklärung. Sie mussten ihm von Diars Wohnung gefolgt sein, als er seine Klamotten geholt hatte. Das war die einzige Möglichkeit. Aber er hatte die ganze Zeit scharf aufgepasst und sich ständig umgesehen. Hatte nichts bemerkt. Es war eigentlich unmöglich, dass sie ihm gefolgt waren. Aber wie konnten sie es sonst erfahren haben? Ganz egal: Mr Kraljevic hatte sich mit dem Falschen angelegt. Erst hatte er seinen besten Kumpel ins Koma befördert. Dann hatte er seine Familie angegriffen. Jetzt: seine Braut. Milorad würde sich noch wünschen, dass seine Mutter niemals ihren Alten rangelassen hätte. Adnan würde diesem Schwein zeigen, dass man mit ihm nicht so umspringen konnte. Wie er das anstellen wollte? Adnan hatte nicht den blassesten Schimmer. Aber irgendwie würde Milorad für das hier büßen. Und zwar heftig!

Am Abend verließen sie das Hotel und gingen zum Essen in die Stadt. In Adnans Augen war es eher ein Dorf. Aber es gab eine Menge Restaurants zur Auswahl. Sie entschieden nach der Zahl der Gäste. Wo die meisten hockten, sollte es normalerweise das beste Essen geben. An diesem Abend fiel die Wahl auf ein srilankisches Restaurant, dessen Anpreiser mit einem englischen Koch lockte, der angeblich die besten Hamburger auf der Insel machte. Genau das Richtige für Adnan. Er hatte die Nase voll von Reis und Curry. Sie bestellten je einen Hamburger und einheimisches Bier.

»Prost.« Amanda hob ihr Glas.

»Prost.« Das Bier war eiskalt. Der erste Schluck schmeckte unheimlich gut. Auch der Rest.

Amanda erhob sich und versuchte, einen Ventilator auszuschalten, der ihr direkt ins Gesicht blies. Ihre Haare wehten in alle Richtungen. Sie trug ein weißes Kleid mit roten Blumen. Eng anliegend. Irgendwie ähnelte sie einem Mädchen, mit dem er mal vor einigen Jahren zusammen war.

»Wie gut du heute Abend aussiehst.«

Sie lächelte und setzte sich wieder. »Danke. Du auch. Es ist schön, wieder etwas zum Anziehen zu haben. Findest du nicht?«

»Weißt du, ich hab öfter gedacht, dass du mich an jemanden erinnerst, und jetzt ist mir eingefallen, wer das ist.«

Amanda sah neugierig aus. »Echt, wer denn?«

»Ein Mädchen, das ich vor einer Weile getroffen habe. Ihr ähnelt euch. Nicht wie ein Ei dem anderen, aber in bestimmten Gesichtsausdrücken und Bewegungen.«

»Ah.« Sie strich sich eine Haarsträhne hinters Ohr. »Warst du mit ihr zusammen?«

»Kann wohl so sagen.«

»Warum ging es auseinander?«

»Eigentlich waren wir nicht richtig zusammen. Wir haben uns nur ab und zu getroffen. Aber sie ist tot.«

»Tot?« Sie beugte sich weiter über den Tisch.

»Ja, sie hat sich umgebracht. Niemand konnte begreifen, weshalb.«

»Um Himmels willen. Erzähl mehr.«

Der Kellner stand plötzlich mit zwei Tellern neben ihnen und unterbrach ihr Gespräch. Adnan war das ganz recht. Er hatte keine Lust, über eine alte Flamme zu reden. In letzter Zeit hatte er Amanda schon viel mehr erzählt, als er vorgehabt hatte, vor allem über seine kriminelle Vergangenheit. Das erschien ihm nur allzu gerechtfertigt nach allem, was sie durchgemacht hatte. Immerhin war sie seinetwegen fast gestorben.

Er blickte auf den Hamburger. Frisch zubereitet. Saftig. Lecker. Ihm lief das Wasser im Mund zusammen. Er nahm einen Bissen. Der Anpreiser hatte nicht gelogen.

Amanda schien mehr am Reden als am Essen gelegen zu sein. »Davon hast du noch nie etwas erzählt. Von diesem Mädchen.«

»Ich habe lange nicht mehr daran gedacht. Es ist ja schon eine Weile her. Aber damals ging es mir ziemlich mies, ich fragte mich, ob es meine Schuld war.« Adnan versuchte, zwischen den Bissen zu sprechen.

»Warum sollte es deine Schuld gewesen sein?« Sie stocherte mit der Gabel in einem Salatblatt herum.

»Ich war nicht immer ganz korrekt zur ihr. Ich meine, ich hatte ihr nichts versprochen oder so, aber mir war klar, dass sie schon ziemlich an mir interessiert war. Und als das Ganze dann passiert ist, fühlte ich mich schuldig. Obwohl ich eigentlich weiß, dass ich nichts dafür kann.«

»Und woher weißt du das? Dass du nichts dafür kannst, meine ich.«

»Wieso sollte ich? Ich hatte ihr ja nichts versprochen. Wir haben uns nur ab und zu getroffen. Und ich hatte keine Ahnung, dass es ihr so schlecht ging.« Adnan nahm einen weiteren Bissen. »Aber das ist lange her. Das Leben geht weiter. Auch wenn es traurig ist, was passiert ist. Aber jetzt reden wir nicht mehr davon. Wir sind ja im Urlaub.« Er hob sein Bierglas, um zu unterstreichen, dass sie über angenehmere Dinge sprechen sollten.

»Ja, so kann man es vielleicht nennen. Auch wenn es ein wenig spezielle Umstände sind.« Sie schnitt ein Stück von ihrem Hamburger ab und nahm den ersten Bissen. »Was denkst du eigentlich, was für einen Betrieb du dir da anschauen musst?«

»Keine Ahnung.« Huren waren das Letzte, was er Amanda gegenüber erwähnen wollte. Das würde sie niemals akzeptieren. »Wenn es um Drogen geht, bin ich sofort raus. Das weiß er.«

»Ich habe wirklich keine Lust, in so einen Mist zu geraten. Hast du geschaut, wie die Bedingungen in den Gefängnissen auf Sri Lanka sind?«

Adnan lachte. »Nee. Und das brauche ich auch nicht. Beim geringsten Anzeichen von Ärger haue ich ab. Dann muss er gucken, wie er allein zurechtkommt.«

»Gut.« Darauf stießen sie an. Amanda sah jedoch nicht vollkommen überzeugt aus. Das war auch Adnan nicht, aber er würde seine Schonfrist so lange genießen wie möglich. Sie hatten noch eine Woche, bevor sie nach Hikkaduwa fuhren. Wenngleich Adnan wusste, dass die Geschichte nicht sauber war, war er doch neugierig. Vielleicht war es ja wirklich eine brillante Geschäftsidee, wie Vincent behauptete. Und Adnan würde daran teilhaben können. Bekäme Prozente. Er würde wieder auf die Füße kommen. Könnte seine Schulden bezahlen und Milorads Fängen entwischen. In die richtigen Kreise gelangen. Respektiert werden. Gefürchtet. Und nicht zuletzt: sich eine eigene Karre anschaffen.

35

Sie saßen still auf der Ladefläche und starrten in die Richtung, in die der Guide zeigte. »Over there. Can you see?« Amanda strengte sich an, das zu erkennen, was der Guide offenbar sah.

»In the tree.«

»Siehst du etwas, Adnan?«

»Ich weiß nicht. Vielleicht.«

»It's taking a rest in the tree. You can see his tail hanging down. Do you see?«

»Maybe, yes.« Amanda versuchte, auf dem Baum, den der Guide vermutlich meinte, einen herabhängenden Schwanz zu erkennen.

Nach einer kurzen Pause fuhren sie weiter.

»Now you have seen a leopard.« Der Guide wirkte zufrieden. Amanda war weniger begeistert. Sie wusste nicht, ob sie was gesehen hatte. Und ihre Beine waren eingeschlafen. Adnan und sie hockten schon den ganzen Tag auf den Holzbänken der Ladefläche und tuckerten durch den Nationalpark Yala. Waren an einem deutlich luxuriöseren Safariwagen vorbeigekommen, in dem ein älteres Paar wie König und Königin auf sesselähnlichen Sitzen thronte. Aber es war ein spannendes Erlebnis gewesen. Sie hatten alle möglichen Tiere in deren ursprünglicher Lebenswelt gesehen. Krokodile und eine riesige Echse, die mit den Farben des Baums verschmolz. Pfaue, die ihre schillernden Schwanzfedern entfalteten. Ein Elefant war bis auf wenige Meter an ihren Wagen herangekommen. Und dann hatten sie offenbar auch einen Leoparden gesehen.

Sie war froh, dass sie ein paar Tage lang mit dem Guide herumgereist waren. Er hatte sie mit in die Berge genommen und ihnen die großen Teeplantagen gezeigt. Sie hatten zwischendurch in den Dörfern entlang der Straßen angehalten, deren Bewohner ihnen zeigten, wie sie lebten und sich versorgten. Adnan und sie hatten eine Menge Dinge gesehen und erlebt. Das kostete zwar viele Stunden im Auto, aber das machte nichts. So hatte sie Zeit gehabt, in Ruhe über all das, was geschehen war, nachzudenken. Wie knapp sie dem Tod entronnen war.

Amanda würde ihrem Nachbarn ewig dankbar sein. Ohne ihn wäre sie jetzt eine verkohlte Leiche. Stattdessen war sie mit einer harmlosen Rauchvergiftung davongekommen. Völlig verrückt eigentlich, wie schnell man das Bewusstsein verlor, wenn man Rauch einatmete. Ein Atemzug, und man war weg.

Sie hatte ihre ganzen Besitztümer verloren, alles, bis auf das Wichtigste: das Tagebuch. Wäre es auch verbrannt, hätte sie nichts mehr von ihrer Schwester gehabt. Zwar kannte sie es inzwischen auswendig, aber das Entscheidende war das Gefühl, wenn sie das schmale Büchlein in der Hand hielt. Wenn sie die Notizen in Sannas Handschrift las, mit der sie ihre intimsten Gedanken festgehalten hatte. Sich selbst entblößt hatte. Zu sehen, wie die Tinte von einer Träne verwischt wurde, wenn es ihr schlecht gegangen war. Oder der Kussmund mit rosa Lippenstift auf einer Seite, als sie einen guten Tag hatte.

Mit Adnan nach Sri Lanka zu fahren war eine vollkommen logische Entscheidung für Amanda gewesen. Da sie vorübergehend kein Obdach besaß, hätte die Reise nicht passender kommen können. Sie konnte für ein paar Wochen der schwedischen Novemberkälte entkommen, außerdem der ganzen Aufregung aus dem Weg gehen. All den Kollegen, die sich besorgt bei ihr meldeten und wissen wollten, warum ausgerechnet sie angegriffen worden war. Sie war ihnen dankbar für ihr Mitgefühl. Zugleich war es immer ein stressiger Moment, wenn sie anriefen und Adnan in der Nähe war. Sie wunderte sich, dass die Presse noch nicht gemeldet hatte, dass sie Polizistin war, was aus dem Angriff eine Topnachricht gemacht hätte. Aber es war nur eine Frage der Zeit, bis jemand das ausplauderte. Je schneller sie mit Adnan ins Ausland abdüste, desto besser.

Sie hatte die Gelegenheit beim Schopf gepackt, als der neue Polizeichef zu ihr ins Krankenhaus gekommen war, um ihr persönlich seine Aufwartung zu machen. Niklas Holm: der untreue Inspektor. Vickys Sommerromanze von Gotland. Amanda verstand, was Vicky bei ihm gesehen hatte. Vom Äußeren her war er eigentlich nichts Besonderes, ein normaler Mann in Amandas Augen. Was ihn speziell machte, war seine Ruhe und Selbstsicherheit, dazu eine Menge Charme. Er war ein typischer Vicky-Kerl. Einer, der Sicherheit ausstrahlte. Leider hatte sich gezeigt, dass der Schein trügen konnte.

Niklas Holm hatte sich vorgestellt und sein Bedauern über das Geschehene geäußert. Amanda hatte ihn gemustert und versucht rauszufinden, ob er es ernst meinte oder nur aus Pflichtgefühl da war. Sie schielte auf seinen linken Ringfinger. Der Ehering blinkte. Also war es so, wie Vicky geahnt hatte. Er hatte seine Stellung als Chef ausgenutzt und sie verführt. Einen angenehmen Sommer auf Gotland verbracht, während seine Frau ahnungslos zu Hause in Stockholm auf ihren Mann wartete. Das Bild des sauberen Niklas Holm verblasste dadurch. Anständig nach außen. Falsch unter der Oberfläche.

Amanda erzählte Niklas Holm von mehreren Einsätzen, bei denen sie in der letzten Zeit dabei gewesen war. Einsätze, bei denen es denkbar war, dass die betroffenen Personen aus Rache einen Molotowcocktail in ihre Wohnung warfen. Natürlich sortierte sie einige Fälle aus. Jeder Ganove stieß diverse Drohungen aus. Wenn man alles persönlich nahm, konnte man seinen Ausweis gleich zurückgeben. Aber dies war eine hervorragende Gelegenheit, um darüber zu spekulieren, wer hinter ihr her sein könnte.

»Und wie sollen wir nun auf die Lage reagieren? Jetzt, bevor die Ermittlungen beendet sind und wir noch nicht wissen, ob die Aktion gegen Sie gerichtet war oder nicht?« Niklas Holm saß auf einem Stuhl neben dem Krankenbett, auf dem Amanda lag.

»Natürlich war das gegen mich gerichtet. Es kann kaum ein Zufall sein, dass jemand bei einer Polizistin einen Molotowcocktail durchs Fenster schmeißt.«

»Ja, ja. Aber wir können trotzdem nicht ausschließen, dass es sich um einen Dummejungenstreich handelt.«

»Würden Sie dasselbe sagen, wenn das in Ihrer Villa passiert wäre?«

»Ich verstehe, worauf Sie hinauswollen. Auch wenn ich nicht ganz einverstanden bin. Zwischen Ihnen und mir besteht ein gewisser Unterschied.«

Amanda kochte innerlich. Es gab in der Tat einen Unterschied: Sie selbst würde nie ihren Partner betrügen. Und schon gleich nicht mit einem Untergebenen. Sie verriet ihre Gedanken nicht, behielt aber ihr Ziel im Auge. Sie wusste, was sie haben wollte. Einen Auslandsaufenthalt, den die Polizeibehörde finanzierte, um eine bedrohte Mitarbeiterin zu schützen. Das war immer noch billiger als eine Rund-um-die-Uhr-Überwachung ihrer Wohnung. Niklas Holm war anfangs überhaupt nicht auf dieser Linie, aber Amanda konnte ihm mehrere Kollegen nennen, die aus ähnlichen Gründen ins Ausland geschickt worden waren, sodass er schließlich nachgab.

»Sie sind also der Meinung, dass Sie wegen dieser Sache ins Ausland gehen müssen?«

»Genau. So funktioniert das normalerweise.«

»Ich werde sehen, was ich tun kann.«

»Danke. Und ich hoffe, dass Sie sehr bald zu einer Entscheidung gelangen. Für mich ist die Lage ziemlich unsicher, solange wir nicht mehr wissen.«

»Ich werde sehen, was ich tun kann.« Er stand auf. »Hat mich gefreut, Sie kennenzulernen, Amanda. Erholen Sie sich gut.«

Amanda ließ langsam die Luft aus ihrer Lunge entweichen.

Es war sieben Uhr abends, und es herrschte rabenschwarze Finsternis. Sie saßen noch immer auf der Ladefläche. Auf dem Weg zurück ins Hotel. Der Chauffeur fuhr wie ein Autodieb. Blendete auf und hupte wild. Amanda hielt sich mit aller Kraft an der Bank fest.

Als der Wagen endlich stehenblieb, sprang der Chauffeur ins Freie und öffnete die Ladeklappe. Seine weißen Zähne leuchteten in der Dunkelheit, als er lächelte. Offenbar war er stolz auf seine Fahrweise.

Er nahm Amanda bei der Hand und half ihr herab. »Thank you. Drive more carefully next time«, sagte sie.

Er sah sie verwundert an. Entweder verstand er kein Englisch oder er begriff nicht, weshalb Amanda das Nahtoderlebnis nicht schätzte. Sie ging auf das Hotel zu. Hörte Adnan hinter sich. »Sollen wir ihm kein Trinkgeld geben?«

»Wohl eher nicht. Oder fandest du, dass er gut gefahren ist?«

Im Hotelzimmer schälte sie sich aus den Kleidern. Die waren nach einem ganzen Tag in der schwülen Hitze völlig durchgeschwitzt und schmutzig von dem vielen Staub.

»Ich geh sofort duschen. Fühle mich verdammt mitgenommen.« Sie hoffte, dass es warmes Wasser gab. Das tat es, und sie ließ den Strahl über sich strömen und wandte das Gesicht zum Duschkopf hoch. Achtete darauf, kein Wasser in den Mund zu kriegen. Als sie die Augen wieder öffnete, sah sie, dass Adnan auf dem Weg zu ihr war. Sie sah ihn durch die beschlagene Glastür an. Die Tatoos, die sich über seinen Muskeln bewegten. Er sah gut aus, daran gab es keinen Zweifel.

Eine Sache hatte sie festgestellt: Es konnte nicht Adnan in dem Pornofilm gewesen sein, den sie entdeckt hatte, als der Molotowcocktail in ihrer Küche gelandet war. Sie hatte den Film noch einmal im Internet gesucht und genau angeschaut. Das Mädchen mit dem halblangen, dunklen Pagenschnitt sah in die Kamera. Ihr Blick war leer, als verstünde sie nicht, was passierte. Sie lag auf dem Rücken. Die Beine gerade in der Luft. Ihre Brüste wackelten, während der Mann heftig in sie stieß. Er stöhnte laut. Ein dunkles Rechteck war im Nachhinein über sein Gesicht gelegt worden. Für Amanda war die Sache klar. Das Mädchen war mit Drogen betäubt worden. Vermutlich war es geplant, wenn man bedachte, mit welcher Sorgfalt die Kameras platziert worden waren. Das Geschehen wurde von der Seite gefilmt. Von vorne. Von oben. Nahaufnahmen der Penetration. Nahaufnahmen des ausdruckslosen Gesichts des Mädchens. Hatte Jensine deshalb inzwischen helles Haar? Um nicht wiedererkannt zu werden. Der Titel des Films lautete: »Geile Jensine«. Bei dieser Entdeckung war Amanda ein schrecklicher Gedanke gekommen. War Sanna auch in irgendeinem Film? Hatte ihr Vergewaltiger die Szene aufgenommen und ins Netz gestellt? Die Aufnahmen in der ganzen Welt verbreitet? Wollte sie deswegen nicht mehr leben? Wie in Trance hatte Amanda nach Filmen mit dem Namen Sanna gesucht. Hatte Tausende Treffer. Musste einsehen, dass es eine Ewigkeit dauern würde, alle anzusehen. Sie hatte per Zufall ein paar ausgewählt und Mädchen in allen möglichen Stellungen gesehen. Zusammen mit anderen Männern. Alten Knackern. Zusammen mit anderen Mädchen. Dreier. Vierer. Keine davon sah aus wie ihre Schwester. Aber es war trotzdem nicht auszuschließen, dass Sanna derselben Sache ausgesetzt worden war wie Jensine. Im Gegenteil, es war sogar sehr wahrscheinlich. Sie waren beste Freundinnen und hatten alles zusammen gemacht. Trafen sich mit denselben Leuten. Amanda wurde klar, dass sie unheimlich viel Internetmaterial durchzuarbeiten hatte. Schneller ginge es, wenn sie herausfände, wer der Mann war. Der Mann mit dem verborgenen Gesicht. Der auf Jensine lag und in sie eindrang. Adnan war es auf keinen Fall. Die Person im Film war dünner. Außerdem hatte er keine Tattoos. Wobei der Film schon einige Jahre alt war. Ein Körper veränderte sich. Tattoos konnten im Nachhinein in die Haut gefräst werden.

Adnan war in der Dusche und trat dicht zu ihr. Umarmte sie. Drückte sich an sie. Sie strich ihm über die Arme, den Po, über die Innenseite des Oberschenkels. Redete sich ein, dass es unmöglich war, in wenigen Jahren so viele Muskeln aufzubauen. Der Mann im Film hatte außerdem eine andere Haltung. Es war unmöglich Adnan. Oder? Er küsste sie auf den Hals, und sie beugte den Kopf nach hinten. Verdrängte alle Gedanken an den Film. Gestattete sich, das zu genießen, was passierte. Hier und jetzt.

36

Siebzehnter November. Weiß nicht recht, wie ich anfangen soll. Aber ich spüre, dass ich alles aufschreiben will. Hab niemanden, mit dem ich reden kann. Niemanden, der mich verstehen würde. Ich will mich einfach öffnen und erzählen. Vor allem für mich selbst. Vielleicht, weil ich es später einmal brauchen kann, wie diese Amanda gesagt hat. Ich fange einfach mal mit diesem sehr komischen Ereignis an.

Es war vor ein paar Wochen, sehr früh am Morgen. Magnus war gerade zur Arbeit losgefahren, als es an der Tür klingelte. Ich öffnete, und da stand Amanda, die Frau, mit der Magnus mich betrogen hat. Zumindest hatte ich diesen Verdacht. Ich bekam einen Schock und wusste nicht, was ich sagen sollte. Ich schämte mich auch ein wenig, weil ich ihr diese SMS geschickt hatte. Aber weshalb sollte ich mich eigentlich schämen? Sie hatte ja mit meinem Mann geschlafen. Das hat sie auch gleich zugegeben. Also müsste sie sich eigentlich schlecht fühlen. Aber das schien nicht der Fall zu sein. Stattdessen machte sie sich Sorgen um mich und deutete an, Magnus würde mich schlagen. Es war so peinlich. Ich stand da in einem Morgenmantel und mit einem Schal, der das Würgemal verdeckte. Man hätte fast glauben können, sie sei eine Seherin. Wie konnte sie das wissen? Ich hatte keine Ahnung, was ich sagen sollte. Fühlte mich bedrängt, also schlug ich ihr die Tür vor der Nase zu. Hatte dieser Frau nichts zu sagen.

Wenig später bekam ich eine SMS von ihr. Sie meinte, ich solle alles aufschreiben. Wie ein Tagebuch. Ich kapiere gar nichts.

Woher weiß sie das? Kennt sie Annelies Anzeige? Magnus würde ihr nie im Leben davon erzählen. Was will sie eigentlich? Ich gestehe mir selbst ja kaum ein, was passiert. Was Magnus mir antut. Aber nach dieser SMS habe ich viel über das nachgedacht, was sie gesagt hat: dass er Frauen gegenüber nicht nett ist. Ich frage mich, was sie damit meint. Hatte er Verhältnisse mit anderen Frauen? Natürlich habe ich das schon öfter vermutet, aber es war trotzdem hart, das zu hören. Solange man etwas nur glaubt, kann man noch hoffen, dass es nicht stimmt. Er sagt ja, dass er mich liebt. Dass ich sein Ein und Alles bin. Dass er ohne mich nicht sein kann. Warum will er dann andere haben? Warum behandelt er mich so? Immer mehr Fragen, je mehr ich schreibe. Ich habe noch nie jemandem erzählt, wie ich mich fühle. Doch, anfangs Annelie. Aber jetzt sage ich ihr nichts mehr, weil sie sich immer nur aufregt und sagt, dass ich ihn verlassen soll. Sie versteht es nicht! Ohne Magnus hätte ich nichts. Ich bin nicht so stark wie sie. Ich wäre ganz allein. Niemand würde mich haben wollen. Was sollte ich tun? Single werden? Mit achtunddreißig Jahren? In eine kleine Wohnung ziehen? Ganz allein? Keine Kinder. Wir versuchen es jetzt schon seit acht Jahren, aber es klappt nie. Und Magnus will keine Hilfe suchen. Er sagt, Kinder sollen natürlich zur Welt kommen. Heute hab ich meine Regel bekommen. Ein paar Tage später als sonst, also hatte ich wieder Hoffnung. Ich bin jedes Mal aufs Neue enttäuscht. Warum kann ich nicht schwanger werden? Dann würde sich alles ändern. Wir hätten etwas Gemeinsames, es wäre ein neuer Start für uns, davon bin ich überzeugt. Ich schäme mich, das zu sagen, aber ich bin jedes Mal eifersüchtig, wenn ich in der Stadt einen Kinderwagen sehe. Diese ganzen verdammten Kinderwagen! Oder die dicken Bäuche. Es wimmelt davon. Wobei es ja nicht deren Schuld ist, schon klar. Man wird nur so frustriert. Aber ich hoffe noch immer, dass ich eines Tages Mutter sein werde, auch wenn die Zeit langsam knapp wird.

Vielleicht geht er deshalb zu anderen Frauen. Weil ich ihm kein Kind schenken kann. Es tut furchtbar weh, wenn ich daran denke. Denn jetzt weiß ich wirklich, dass es so ist. Amanda hat es ja zugegeben. Außerdem hab ich Chlamydien bekommen. Dieser Arsch! Und er hat nichts gesagt. Denn das muss er doch selbst gemerkt haben. Ich bin zum Gynäkologen gegangen, weil es so gejuckt hat. Was für ein Schock, als der Arzt meinte, dass ich Chlamydien habe. Er wollte, dass ich alle Männer aufschreibe, mit denen ich Sex hatte. Das sei man ihnen schuldig, sagte er. Ich habe Panik gekriegt. Dachte, dass Magnus wahnsinnig würde, wenn er es erfuhr. Er würde mich beschuldigen, fremdgegangen zu sein. Selbst würde er es nie zugeben. Obwohl ich Beweise habe. Ich habe gelogen und den Namen eines Typen von der Arbeit genannt. Der Arzt hat sich damit zufriedengegeben.

Ich denke oft an meine alten Freunde und frage mich, was sie machen. Wie es ihnen geht. Haben sie Kinder? Sie fehlen mir. Am liebsten würde ich sie suchen und einfach mal anrufen. Vor allem Lisa. Aber sie und Magnus haben sich überhaupt nicht verstanden. Sie fand, dass er mich kontrolliert. Vielleicht hatte sie recht? Aber für mich war Magnus damals lieb und fürsorglich. Er wollte ja nur mein Bestes. Heute verstehe ich das ein bisschen besser. Magnus hat sich immer um mich gekümmert, aber er macht sich zu viele Sorgen, wenn ich allein etwas machen will. Er hat Angst, dass ich jemand anderes kennenlerne. Wenn er nur wüsste, wie sehr ich ihn in all den Jahren geliebt habe. Dann hätte er gewusst, dass er keine Befürchtungen zu haben braucht. Aber wegen seiner Eifersucht bin ich nicht mehr ausgegangen. Überhaupt rede ich kaum noch mit anderen Männern. Ich schaue sie nicht an. Lächle sie nicht an.

Nur wegen Magnus. Wie letztes Mal, als ich mit Annelie zum Abendessen aus war, da reagierte er wegen meiner Kleidung. Sie war schon ein bisschen aufreizend, aber er hat trotzdem überreagiert. Er hat mir die Kleider vom Leib gerissen, als ich nach Hause kam, und zwang mich zum Sex, obwohl ich nicht wollte. Er war so außer sich. Außerdem tat es ihm nachher leid. Aber ich konnte mehrere Tage nicht zur Arbeit, weil ich einen schlimmen blauen Fleck am Hals hatte.

Ja, ja. Jetzt habe ich immerhin ein bisschen was aufgeschrieben und erzählt, das fühlt sich gut an. Ich werde versuchen, jeden Tag zu schreiben. Und ich muss mir wirklich überlegen, was ich unternehme. Soll ich Magnus mit seinem Fremdgehen konfrontieren? Er würde durchdrehen. Ich weiß nicht, ob ich mich traue. Was ist, wenn er mich verlässt? Ich kriege Panik, wenn ich daran denke.

37

Magnus fuhr die Garagenauffahrt hoch. Einmal mehr wurde ihm bewusst, wie schön sie wohnten. Wie gut sie es eigentlich hatten. Es kam nicht oft vor, dass er über solche Dinge nachdachte. Aber heute verspürte er eine unablässige Unruhe. Diese Nervosität verfolgte ihn schon seit einer Weile und hatte seit der Episode mit Samir und den Jugoslawen zugenommen. Verlor er die Kontrolle? Hatte er sich in etwas hineinbegeben, das er nicht mehr beherrschte? Es würde vermutlich nicht lange dauern, bis Milorad Kraljevic herausfand, dass sie eine Polizistin attackiert hatten. Was würde der Mafioso davon halten? Würden sie ihn ins Visier nehmen, wenn sie es erfuhren? Der Gedanke war nicht erhebend. Er stand ganz allein. Hätte man ihn während des Dienstes bedroht, wäre es eine andere Sache. Dann hätte er den Polizeiapparat hinter sich. Was keine Garantie für Sicherheit war – im besten Fall hätte er die Erlaubnis bekommen, das Funkgerät mit nach Hause zu nehmen. Aber trotzdem. Er wäre nicht allein gewesen. Jetzt war nur er da. Er gegen den jugoslawischen Mafiakönig. Er gegen das Universum. Seine einzigen Waffen: Vincent und der kleine Samir. Beide unzuverlässig. Lieferte er Vincent ans Messer, zog er sich selbst mit ins Verderben. Und Samir war eine unsichere Karte. Doch heute hatte er etwas getan, das getan werden musste. Er war gezwungen gewesen, Samirs Vertrauen zurückzugewinnen.

Magnus war zu der stattlichen Villa in Alvik gefahren. Grönviksvägen. Hier wohnten definitiv keine Hungerleider. Die pompösen Bauten lagen hoch oben auf einem Hang und verfügten über große Panoramafenster in Richtung der tiefer gelegenen Seen. Magnus parkte. Blickte zu der blassrosafarbenen Villa empor und machte sich daran, die breite Steintreppe hochzusteigen. Er hoffte, dass jemand zu Hause war. Konnte nicht erkennen, ob irgendwo Licht brannte, es war mitten am Tag. Er klingelte und lauschte. Hörte Geräusche, jemand war auf dem Weg zur Tür. Er klingelte hastig ein zweites Mal, um ein Gleichgewicht zu schaffen, und ließ die Klingel erst los, als eine etwa fünfundvierzigjährige Frau öffnete. Wahrscheinlich die Person, die er suchte. Braunes glattes Haar. Schulterlang. Sah nett aus. Fein gekleidet, weiße Bluse mit Volantkragen. Magnus fischte seinen Polizeiausweis hervor.

»Guten Tag. Magnus Blomberg, Polizei Västerort.«

Die Frau wirkte baff. »Hallo, was kann ich für Sie tun?«

»Sind Sie Åsa Nylander, die Mutter von Sara?«

Die Frau sperrte die Augen auf. »Ja, ist etwas passiert?«

»Nein, nein. Seien Sie ganz beruhigt. Sara ist nichts passiert. Aber ich bin hier, um Sie über Dinge zu informieren, über die Sie Bescheid wissen sollten.«

»Ach?«

Magnus sah, wie Åsa aufatmete. Wie die meisten Eltern, wenn sie erfuhren, dass mit ihren Kindern alles in Ordnung war.

»Ich arbeite im Dezernat für Schwerverbrechen. Und da höre ich natürlich einiges. Ich komme, weil ich Sie fragen wollte, ob Ihnen bewusst ist, dass Ihre Tochter Sara mit einem Jungen namens Samir verkehrt?«

Erstaunen. »Nein, davon weiß ich nichts. Sind Sie sicher, dass es um meine Sara geht?«

»Ganz sicher. Sonst wäre ich nicht hier. Die Sache ist die, dass dieser Samir einer Jugendbande angehört, die im südlichen Järva ihr Unwesen treibt. Ich weiß nicht, ob Ihnen das was sagt, aber in diesen Banden spielen Drogen eine wichtige Rolle. Sie finanzieren das unter anderem mit Einbrüchen und Raubüberfällen.« Magnus machte eine Kunstpause. »Und als mir auffiel, dass Ihre Tochter mit diesem Samir verkehrt, hatte ich den Eindruck, dass es nicht passt. Diese Art von Umgang. Verstehen Sie, was ich meine?«

Åsa sah schockiert aus. Sie nickte.

Magnus fuhr fort: »Deshalb wollte ich Sie darüber in Kenntnis setzen. So können Sie und Ihr Mann mit Sara reden. Sie ist ja schließlich erst vierzehn, oder?«

»Äh, ja.« Åsa nickte wieder.

»Und Samir ist siebzehn. Sie wissen ja auch, was Jungs in diesem Alter im Sinn haben.«

Åsa sperrte die Augen noch weiter auf. »Ja, aber meine Sara …«

»Es ist nicht selten, dass sie junge Mädchen zum Sex verführen und so. Nicht, dass es in diesem Fall so sein muss. Aber ich möchte nur, dass Sie sich der Lage bewusst sind.«

»Um Gottes willen! Sie ist doch erst vierzehn! Das ist ja Vergewaltigung!«

Bingo! Es lief besser, als er gedacht hatte.

»Genau, wenn es denn wirklich so ist. Ich habe ja nur die Information, dass sie sich oft treffen. Ich dachte nur, dass ich Sie darüber in Kenntnis setzen sollte.«

»Ja, tausend Dank. Gott, ich bin nur ein wenig schockiert. Ich bin Ihnen wirklich sehr dankbar, dass Sie mir das gesagt haben. Ich werde heute Abend mit meinem Mann sprechen.«

»Ja, tun Sie das. Falls Sie noch weitere Fragen haben, können Sie mich gern kontaktieren.« Magnus hielt ihr seine Visitenkarte hin. »Rufen Sie einfach an.«

»Vielen Dank. Sagen Sie, wie heißt dieser Samir eigentlich mit Nachnamen?«

»Nasimi. Samir Nasimi.«

»Wo wohnt er?«

»In Tensta.«

»Tensta!«

Åsas kreidebleiches Gesicht bescheinigte Magnus, dass er ins Schwarze getroffen hatte. Bald würde der kleine Samir wieder um seine Hilfe betteln.

Es war still, als Magnus ins Haus trat, aber er wusste, dass Pia da war. Das war sie um diese Uhrzeit immer. Er zog seine dunkelblaue Ralph-Lauren-Jacke aus, mit der er überaus zufrieden war. Er hatte sie vor einer Woche gekauft, und der Verkäuferin zufolge sah er damit zehn Jahre jünger aus. Er hängte die Jacke an einen Haken in der Garderobe und stellte seine Schuhe in das Schuhregal. Schob sie zurecht, sodass sie in einer geraden Linie standen. Dann nahm er die Jacke wieder heraus und hängte sie erneut an den Haken. Hob die Schuhe an und stellte sie wieder hin. Rückte sie gerade. Machte ein paar Schritte und bekam Sand unter die Socken. Nervig. Hatte Pia nicht staubgesaugt?

»Hallo?«

»Ich bin im Schlafzimmer.« Er hörte Pias Stimme im Obergeschoss.

Magnus ging die Treppe hoch und sah sie im Bett sitzen, den Computer auf dem Schoß.

»Was machst du?«

»Ich google nur ein bisschen.«

»Nach was denn?«

»Nichts Spezielles.«

»Ah. Du hast dich doch wohl nicht bei Facebook angemeldet oder so einem Blödsinn.«

»Nein, warum sollte ich das?«

»Man weiß nie. Heutzutage scheinen ja alle ein enormes Bedürfnis zu haben, jedem mitzuteilen, was sie zum Frühstück gegessen haben. Was ist eigentlich aus der Privatsphäre geworden? Hm?«

»Aber man kann sich doch aussuchen, was man dort schreibt. Mir scheint das eine ziemlich gute Sache zu sein. Dann kann man ein bisschen mit Freunden in Kontakt bleiben, die man sonst nicht mehr so oft trifft.«

»Und mit wem solltest du in Kontakt bleiben?« Sofort tauchte Pias Exfreund vor seinem inneren Auge auf. Rickard. Rickard mit dem lockigen Haar. Tunte.

»Was weiß ich. Mit Lisa vielleicht.«

»Lisa?« Magnus runzelte die Stirn. »Was willst du von der? Außer Partys hat die doch nichts im Kopf!«

»Das ist fünfzehn Jahre her. Und wir haben auch sonst eine Menge unternommen.«

»Aha, du willst also wieder ausgehen und in Bars rumhängen?«

»Hör auf. Ich habe nur gesagt, dass es schön wäre zu wissen, was Lisa jetzt macht. Das ist doch wohl nichts Besonderes.«

Die Wut kochte hoch. Er versuchte, sich zusammenzureißen, aber die Worte entfuhren ihm dennoch. »Vielleicht willst du ja Rickard auch wieder treffen?«

»Jetzt beruhige dich mal. Wie sind wir überhaupt auf diese Diskussion gekommen? Ich habe kein Facebook und habe auch nicht vor, mich dort anzumelden. Also lassen wir das jetzt.«

»Habe ich vielleicht einen wunden Punkt getroffen? Der kleine Rickard scheint ein sensibles Thema zu sein!« Magnus starrte Pia an, die wie ein unschuldiger Engel im Bett hockte. Aber eigentlich wollte dieser Engel nichts mehr, als die Tunte wiederzutreffen. Die Unruhe, die vorher an Magnus genagt hatte, wurde zu einem harten Druck um seine Brust. Er ging zu Pia und riss ihr den Computer aus den Händen. Hörte, wie ihre Fingernägel über das schwarze Plastik kratzten. Blickte auf den Bildschirm. Die Webseite einer Zeitung mit der großen Überschrift *So wirst du schlank in sieben Wochen.*

»Wofür sollst du denn abnehmen? Willst du dich jemandem zeigen, oder was?«

»Hör jetzt auf. Das alles existiert nur in deinem Kopf.« Sie schob ein Kissen hinter ihrem Rücken zurecht. »Du bildest dir ständig ein, dass ich untreu sein möchte oder so etwas. Wenn hier jemand etwas infrage stellen könnte, dann wohl ich.«

Magnus war kurz davor, zu explodieren. »Ach ja!«

»Vielleicht kannst du mal damit anfangen, mir zu erklären, wie du mich mit Chlamydien angesteckt hast?«

Es rauschte in Magnus' Ohren. Panik. Wie war sie darauf gekommen? Dabei hatte er geglaubt, alles gut übertüncht zu haben. Plötzlich fiel es ihm wie Schuppen von den Augen: Was, wenn Pia ihm die Chlamydien angehängt hatte? Verdammt! An diese Möglichkeit hatte er noch gar nicht gedacht. Und die ganze Zeit hatte er geglaubt, es sei seine Schuld. Pia war ja ausgegangen, kurz bevor es anfing, bei ihm zu jucken. Wie konnte sie nur? Sein Blickfeld verengte sich, und er fixierte Pias linke Wange. Seine Hand fuhr ohne Vorwarnung durch die Luft. Traf das Ziel mit einem lauten Klatschen. Pias Körper folgte der Richtung seiner Hand. Sie ließ den Kopf hängen und hielt ihre Hand vors Gesicht. Magnus hasste den Anblick dieser mickrigen Gestalt. Die ihn so fürchterlich gekränkt hatte. Ihn rasend gemacht hatte. Er hörte, dass jemand wie ein abgestochenes Schwein brüllte. Merkte, dass er selbst es war. »Du hast Chlamydien, du verdammte Hure! Mit wem hast du gefickt! Hä? Sag es! Sind es so viele, dass du es nicht weißt? Hä?« Er packte sie an den Armen. Schüttelte sie. »Antworte mir!« Ihr Kopf schwang vor und zurück. Knallte gegen die Wand.

»Au, hör auf.« Sie schluchzte. Diese kleine Hure schluchzte. Wenn hier jemand Recht auf Mitleid hatte, dann wohl er.

»Sag es mir!«

»Lass mich los, bitte.« Sie klang jetzt kleinlaut. Nicht mehr bockig. »Ich habe mit niemandem geschlafen, und das weißt du.«

Magnus ließ ihre Arme los. Blickte die in sich gekauerte Gestalt mit Abscheu an. »Scheiße, bist du eklig. Ich werde dafür sorgen, dass all deine Kollegen erfahren, was für eine Hure du bist. Aber das wissen sie bestimmt schon. Wahrscheinlich hast du dich auch dort schon von jedem flachlegen lassen.« Er sammelte die Spucke, die sich bei dem Wutausbruch in seinem Mund gebildet hatte. Spie sie aus. Traf mitten in ihr Gesicht. Ließ sie zusammengesunken im Bett zurück.

Verdammte Scheiße!

Der Druck auf der Brust wollte nicht weichen. Weigerte sich, ihm die Kontrolle zurückzugeben. Dabei war das so wichtig für ihn. Kontrolle. Sie hatte Macht über ihn. Zwang ihn, alles Erdenkliche zu tun, um sie zu behalten. Pia war die größte Gefahr. Sie konnte ihm am meisten schaden. Ihn verletzen. Ihn lächerlich machen. Sie zwang ihn zu alldem hier. Zwang ihn, die Kontrolle wiederzuerlangen. Über sie. Über ihre ganze Existenz. Ihre und seine. Aber trotzdem, irgendwo hinter der ganzen Aufregung lagen wunde Gedanken: Er wusste es. Sie hatte recht. Das alles existierte nur in seinem Kopf. Die Bilder, die in seinem Gehirn auftauchten. Von Pia. Pia, die andere Männer anlächelte. Pia, die sich für andere Männer hübsch machte. Pia, die andere Männer treffen wollte.

Er wünschte sich, anders handeln zu können. Er wünschte sich einen Maßnahmenkatalog gegen die Gedanken. Wie bei der Arbeit, dort gab es ein einstudiertes System, dem man folgen konnte, und er wusste haargenau, was zu tun war. Aber wenn es um seine eigene Frau ging, hatte er keine Ahnung.

Magnus schloss sich in seinem Büro ein. Hier hatte niemand sonst Zutritt. Pia durfte hier nicht einmal putzen, das erledigte er selbst. Der Raum war sein Zufluchtsort. Seine Spielwiese. An den Wänden hingen Diplome von diversen Kursen, die er im Laufe der Jahre absolviert hatte. Medaillen von Leichtathletikveranstaltungen. In chronologischer Reihenfolge. Die erste war eine Goldmedaille aus der siebten Klasse. Hochsprung. Er erinnerte sich noch, wie stolz er gewesen war. Sein Vater auch. Etwas anderes als Gold zählte nicht.

Er setzte sich an den Schreibtisch und schaltete den Computer an. War gespannt, ob es funktionieren würde – sein kleines Experiment. Er startete das Programm. Ein paar Klicks. Warten … warten … Plötzlich erschien die Umkleide vor ihm auf dem Bildschirm. Die Frauenumkleide. Er beugte sich vor. Es war eine bessere Auflösung als erwartet. Der Typ bei Siba hatte recht gehabt. Es waren die besten Kameras auf dem Markt. Gut so, schließlich hatte er einen ordentlichen Batzen Geld dafür hingelegt.

Magnus hatte sich an einem Tag spätabends in die Umkleide geschlichen, als er wusste, dass nur wenig Personal anwesend war. Rasch hatte er zwei Kameras montiert und zur Dusche hin ausgerichtet. Hatte sie in grünen Plastikpflanzen versteckt, die er mitgebracht hatte. Frauen mochten so ein Zeug. Niemand würde es komisch finden, wenn hier so etwas herumstand.

Magnus fuhr zurück. Eine bleiche und fette Körpermasse mit einem Bauch, der ihn an aufgequollenen Pizzateig erinnerte, tauchte auf dem Bildschirm auf. Das teigige Etwas hängte ein Handtuch auf und ging zur Dusche. Magnus konnte die Frau als Kerstin Johansson identifizieren. Eine verbitterte fünfzigjährige Kollegin, die seit mindestens dreißig Jahren als Streifenpolizistin arbeitete. Kerstin seifte sich ein. Hob die Brust an, um alle Stellen zu erreichen. Magnus erschauderte. Enttäuscht. Die ganze Arbeit, die er investiert hatte, und dann so etwas! Doch da, ein Schimmer am Horizont. Eine Zehn-Punkte-Braut ging in die Dusche und stellte sich neben Kerstin. Magnus kannte sie vom Sehen. Wusste nicht, wie sie hieß. Sie war groß und schlank. Braunes Haar. Sie ließ das Wasser über den Kopf strömen. Über die helle Haut. Die Brüste. Sie nahm ein wenig Shampoo und massierte es in die Haare. Der Schaum folgte dem Wasser abwärts auf die Reise über die Kurven. Magnus knöpfte die Hose auf und arbeitete sich blitzschnell zum Höhepunkt. Verdammte Scheiße, das war nun doch die beste Idee, die er seit Langem gehabt hatte.

38

Die Männer hatten den ganzen Vormittag über mit dem gigantischen Fischnetz gekämpft. Adnan beobachtete sie von seinem bequemen Platz unter dem Sonnenschirm. Schaute zu, wie sie zogen und zerrten. Mindestens dreißig Mann, angefangen von einem kleinen Jungen, der nicht älter als zehn sein konnte, bis zu einem Opa, der schon längst in Rente hätte sein müssen. Der Alte war unheimlich mager, und seine Beine ähnelten Zahnstochern, aber trotzdem sah er zäh und stark aus. Wie war das Ganze eigentlich organisiert? Er hatte mehrere solcher Gruppen von Fischern entlang des Strands in Hikkaduwa gesehen. In dieser schien ein Mann mit einem weißen Schal um den Kopf der Boss zu sein. Er schrie am lautesten und fuchtelte am meisten mit den Armen. Und soweit Adnan erkennen konnte, versuchten die anderen, das zu tun, was der Mann ihnen befahl. Adnan nahm einen Schluck von seinem eiskalten Bier. Schloss genießerisch die Augen. Am besten trank man es, bevor es warm wurde. Es war erst elf Uhr vormittags, aber Amanda und er hatten entschieden, dass es okay war, schon jetzt ein Bier zu trinken. Sie waren ja im Urlaub.

»Amanda, ich glaube, ich habe die neuen Badeshorts umsonst gekauft. Ich hätte es so wie sie machen können.« Adnan deutete mit einem Kopfnicken auf die Einheimischen, die sich mit ihrem Netz mühten. Fast alle waren auf dieselbe Art bekleidet. Es sah aus wie ein Stoffstück, das mit einem dicken Seil zusammengebunden und dann auf unerklärliche Weise um die Hüfte gewickelt worden war, sodass nur der vordere Teil bedeckt wurde. Es sah aus wie ein Stringtanga, nur mit einer dickeren Schnur.

Amanda lächelte. »Ich hätte dich gern in so einem Teil gesehen, Schatz.«

Schatz! Wenn ihn vor einer Weile eine Frau so genannt hätte, wäre er sofort abgehauen. Aber jetzt war es irgendwie cool. Nur ein bisschen ungewohnt. Er blickte zu ihr, aber sie hatte es sich in der Sonnenliege bequem gemacht. Sein Blick wanderte wieder zu den Fischern, die sich bemühten, den Fang an Land zu bringen. Sie schrien und brüllten einander Dinge zu. Dirigierten wild mit den Armen. Was für ein einfaches Leben. Sie brauchten nur daran zu denken, wie sie die Fische fangen und verteilen würden. Für ihn war es umgekehrt. Zu Hause war er die Beute. Zwar immer noch besser, als wie eine Kartoffel dazuliegen wie Hajir. Bei dem Gedanken bekam Adnan ein schlechtes Gewissen. Er stellte das Bier weg. Himmel, wie alles schiefgelaufen war. Er würde seinen Kumpel rächen. Big time. Die Dinge würden sich ändern, und es war an der Zeit, den Zweck der Reise ins Visier zu nehmen. Er würde zu der Adresse fahren, die Vincent ihm gegeben hatte. Ohne Amanda. Ihm selbst behagte der Gedanke nicht, wieder mit dem Mist anzufangen. Aber er brauchte Kohle, um seine Schulden abzubezahlen, und alles war besser, als Milorads Atem im Nacken zu spüren. Vincent hatte ihm obendrein versprochen, dass er sich eine hübsche Karre leisten könnte. Seinen Status zurückbekäme. Den Respekt.

Die Fischer am Strand teilten ihren Fang auf. Einer zog ein T-Shirt an und wickelte die Fische vor dem Bauch darin ein. Ein anderer nahm seinen Anteil in die Hände. Ein Mann, den Adnan als den Besitzer eines der Restaurants am Strand erkannte, winkte mit ein paar Banknoten. Er gab sie dem Mann, der der Boss zu sein schien, und bekam ein paar Fische. Was machten sie alle mit ihrer Beute? Verkauften sie sie, oder nahmen sie sie mit nach Hause, um sie zum Abendessen zu verspeisen? Ganz egal, so oder so mussten sie die Nase ziemlich voll von dem Fischzeugs haben.

Später am Abend war Adnan pappsatt, sein Magen wölbte sich in alle Himmelsrichtungen. Sie hatten beide je eine Pizza vertilgt, nun saßen sie da und genossen ihre Drinks. Er trank einen Gin Tonic, Amanda hatte eine Art Fruchtshake mit Wodka bestellt. Nichts für Adnan. Sobald er ausgetrunken hatte, würde er zu der Adresse fahren. Vincent hatte ihm gesagt, dass er nicht vor elf Uhr abends hingehen könne. Jetzt war es zwanzig vor.

»Wir haben nur noch zwei Abende.«

»Was?« Er blickte zu Amanda.

»Jetzt haben wir nur noch zwei Abende, sagte ich. Die Zeit ist schnell vergangen, oder?«

»Mm.«

»Soll ich nicht doch mitkommen? Du wirkst ein bisschen nervös.«

»Nein, Mensch. Ich gehe allein hin.« Amanda hatte schon mehrmals nachgehakt, aber er wollte sie nicht dabeihaben. Er hatte selbst gemerkt, wie unruhig er im Laufe des Tages gewesen war. Seltsame Dinge waren ihm durch den Kopf gegangen. Warum eine so aufwendige Exkursion zu einem Bumsschuppen? Er kannte sich doch längst mit dem Business aus. Ein Gedanke meldete sich immer wieder: Waren es Kinder? Kleine, die von der Straße aufgelesen worden waren? Der Gedanke war so absurd, dass er fast darüber lachen musste. Nicht einmal Vincent konnte so durchgeknallt sein. Da lag es näher, dass es Schwule waren! Männliche Prostituierte. Vincent sollte sich nur trauen, Adnan in so etwas Perverses zu verwickeln!

Nein, das Ganze war vielleicht eher eine Falle. Vincent hatte jemanden angeheuert, der ihn ermorden und im Dschungel vergraben sollte, wo man seine Leiche nie finden würde. Oder man würde ihn entführen und foltern. Nicht, dass er wüsste, wer ihn entführen wollte. Denn es gab ja keine Kohle mit ihm zu machen. Aber trotzdem. Etwas stimmte ganz und gar nicht. Er leerte sein Glas. Der Drink hinterließ einen bitteren Geschmack im Mund.

»Am besten düse ich gleich los. Wartest du an der Hotelbar, wie wir gesagt haben?«

»Ja, und falls ich nicht dort bin, schlafe ich schon. Dein Telefon hast du dabei, oder?«

»Ja.«

»Schick mir eine SMS, wenn es länger dauert.«

Er stand auf und gab ihr einen Kuss auf den Mund. Schob sich an den anderen Gästen vorbei, die mit ihren Pizzen beschäftigt waren.

Draußen auf der Straße rief er dem ersten Autofahrer, der »Taxi« brüllte, »Yes« zu. Er sah kein Taxischild auf dem Dach, aber das schien hier normal zu sein. Jeder, der ein Auto besaß, fuhr Taxi.

»Wewalgoda road.«

»Eh?«

Adnan wiederholte die Adresse und versuchte, sie diesmal auf eine andere Weise auszusprechen. Der Taxichauffeur sah aus wie ein lebendes Fragezeichen. Adnan hielt ihm den Zettel hin, den er von Vincent bekommen hatte. Der Chauffeur starrte darauf. Dann sprang er aus dem Wagen und lief zu einem anderen Mann, der in seinem Auto hockte und vor sich hin döste. Sie diskutierten wild. Gestikulierten. Dann kam Adnans Fahrer zurück.

»Come, come.« Er gab Adnan zu verstehen, sich in den Wagen zu setzen. »No good, no good«, murmelte er, während er Adnan über den Rückspiegel musterte und übertrieben die Stirn runzelte.

Adnan spürte, wie sich sein Magen zusammenzog. »Is it far?«

»Ten minutes.«

»Okay. What kind of place is it?«

»Eh?«

»What kind of place is it?«, wiederholte Adnan und versuchte, so deutlich zu sprechen wie möglich.

Der Chauffeur schüttelte nur den Kopf. Offenbar hatte er nicht verstanden. Aber es schien kein Ort zu sein, den er empfehlen würde.

Adnan versuchte zu verfolgen, welche Wege sie nahmen, hatte aber rasch die Orientierung verloren. Es war dunkel, und sie fuhren ständig links und rechts. Sie bogen in einen schmalen Schotterweg. Jetzt konnte es nicht mehr weit sein. Nach weiteren zehn Minuten auf dem extrem holprigen Weg hielt der Chauffeur an und deutete auf ein Licht, wenige hundert Meter entfernt.

»Over there?«, fragte Adnan.

Der Chauffeur nickte.

Adnan hatte überhaupt keine Lust, aus dem Wagen zu steigen. Er würde niemals zurück zum Hotel finden, und es war pechschwarze Nacht draußen. Ein Stück entfernt erahnte er ein paar geparkte Autos. »Can you wait here for me?«

»Eh?«

»You wait?«

Der Chauffeur sah zweifelnd drein. »How long?«

»One hour. Maybe two. I pay you. Okay?«

Mit einem gewissen Zögern schien der Chauffeur einzuwilligen, und Adnan gab ihm einen Schein extra, bevor er ausstieg.

Er schloss zögernd die Tür und ging auf das Licht zu. Das Einzige, das den Weg erhellte, waren die Scheinwerfer des Wagens. Würde man ihn jetzt überfallen und mit einem Messer abstechen? Er lauschte auf verdächtige Geräusche, hörte aber nur das durchdringende Zirpen von Grillen oder was auch immer das war. Als er die Hälfte des Weges zurückgelegt hatte, gingen hinter ihm die Scheinwerfer aus. Adnan blieb stehen und blickte sich zum Taxi um. Er sah nichts. Vermutlich nutzte der Chauffeur die Wartezeit für ein Nickerchen. Adnan fluchte innerlich. Holte sein Handy hervor und schaltete die Taschenlampenfunktion ein. Er tastete sich voran und achtete sorgfältig darauf, wo er die Füße hinsetzte. Wusste, dass es von Skorpionen und ähnlichem Krabbelvieh wimmelte. Als er näher kam, sah er Öllampen, die über dem Eingang eines Holzhauses hingen, das völlig einsam im Busch zu liegen schien. Er sah keine Menschenseele, aber durch die Ritzen in den abgedeckten Fenstern drang ein wenig Licht. Soweit Adnan erkennen konnte, gab es hier nichts anderes. Er stieg auf die Veranda, und die Holzplanken knarrten unter seinen Füßen. Er zögerte. Am liebsten hätte er sich wieder in den Wagen gesetzt, aber er war keiner, der den Schwanz einzog. Hob den Arm und klopfte an die Tür. Der Schweiß rann ihm den Rücken hinab. Er nahm den Zipfel seines Hemds und fächerte sich Luft zu, doch die schwüle Hitze war nicht zu besiegen. Plötzlich hörte er, dass drinnen jemand auf dem Weg zur Tür war. Eine kleine Luke öffnete sich, und eine Stimme, deren Geschlecht schwer auszumachen war, fragte: »Yes, can I help you?«

Adnan war verdutzt. Nicht auf die Frage vorbereitet. »Yes, I'm a friend of Vincent.« Mehr brachte er nicht hervor, aber offenbar reichte das. Die Person hinter der Tür machte auf, ohne weitere Fragen zu stellen. »Welcome.«

Es war ein Mann. Adnan trat ein und folgte ihm in einen

größeren Raum, in dem sich mehrere andere Männer aufhielten. Zigarettenrauch lag wie Nebelschleier in der Luft, und die Luft war stickig. Die Möbel aus Holz und Bambus waren sehr einfach, aber das Ganze wirkte dennoch fein eingerichtet. Eine junge Sri Lankerin kam sofort zu ihm und führte ihn zu einem Tisch. Fragte in gebrochenem Englisch, ob er etwas trinken wolle. Er bestellte einen Red Lion, und sie ging davon. Er musterte sie. Sie trug eine Art weinrote Tracht. Ein Kleid, das bis zu den Fußknöcheln reichte, oben konnte man nur an den Armen ein wenig nackte Haut sehen. Er sah zwei weitere Frauen, die ähnlich gekleidet waren. Nur die Farbe ihrer Kleider unterschied sie voneinander. Die eine hatte ein blaues, die andere ein grünes. Sie schienen nur als Bedienungen da zu sein. Ungefähr die Hälfte der Männer waren Einheimische. Die Übrigen mussten Ausländer aus dem Westen sein. Ihnen allen war eines gemein: Sie sahen reich aus. Leute aus dem Westen galten hierzulande wohl immer als reich. Aber er sah, dass die Sri Lanker, die hier waren, einen höheren Status besaßen als die Fischer, die er am Strand beobachtet hatte. Diese hier trugen trotz der unangenehmen Hitze dunkle Hosen und glatt gebügelte Hemden. Wenn sie keine dicke Goldkette um den Hals hatten, dann um die Arme. Das alles wirkte sehr übertrieben. Wie immer, wenn irgendein Kanake zeigen wollte, dass er ein fettes Portemonnaie hatte. Adnan hasste das. Fand es einfach nur peinlich. Ein paar Männer saßen um einen großen runden Tisch und waren vollkommen in ein Kartenspiel vertieft. Adnan nahm an, dass sie pokerten, dafür sprachen jedenfalls die Chips, die in Haufen vor ihnen lagen. An einem anderen Tisch hockten zwei Männer und spielten Backgammon. Adnan dachte unwillkürlich an Amanda, denn sie hatten das Spiel erst vor wenigen Tagen zusammen gespielt. Er hatte es ihr beibringen müssen, da sie es noch nie ausprobiert hatte.

Die Bedienung kam mit seinem Bier, und er nahm einen Schluck. Er fühlte sich gleich besser mit etwas in der Hand. Als hätte er Gesellschaft bekommen. Er ließ den Blick durch den Raum wandern. Versuchte zu entdecken, was an diesem Ort so besonders sein sollte. So speziell, dass die Leute aus ganz Europa zu Vincents Club pilgern würden, wie er behauptet hatte. So wie dies hier der Fall zu sein schien angesichts der vielen Ausländer. Die Männer schienen es nicht eilig zu haben, im Gegenteil. Die meisten sahen aus, als hätten sie schon ein paar Stunden gewartet. Sie spielten Karten oder andere Spiele miteinander. Soweit er erkennen konnte, hatte nur das Pokern mit Geld zu tun. Alles andere war reiner Zeitvertreib.

Eine Stunde später war Adnan ziemlich ungeduldig. Sollte er nur dasitzen und zuschauen? Kein Einziger hatte sich als Vincents Freund vorgestellt. Niemand hatte überhaupt mit ihm gesprochen, ein paar hatten zu ihm rübergeschielt, andere hatten ihn ungeniert angestarrt, um sich dann wieder ihrem Kartenspiel zu widmen. Er hatte die Vorgänge im Haus verfolgt und erahnte ein Schema. Ab und zu ging eine der Frauen zu einem Mann hin und führte ihn durch eine Tür. Nach einer Minute etwa kam sie zurück. Bediente die Gäste im Lokal weiter. Die Männer hingegen kamen nie zurück. Adnan vermutete, dass es auf der Rückseite einen zweiten Ausgang gab. Die Frage war nur, was sie da drin machten. Worauf alle warteten, während sie Poker spielten und quatschten. Adnan musste an einen Film denken, den er vor einiger Zeit gesehen hatte. Er spielte in Bulgarien und handelte von zwei hübschen Mädchen, die zwei Jungs in eine Höhle unter der Stadt lockten. Dort wurden sie überfallen und getrennt in Zimmern gefesselt, die aussahen wie Folterkammern. Auf schauerlichste Art wurden sie dann von einem irre aussehenden Kerl zerstückelt. Augen wurden ausgestochen. Achillessehnen durchgeschnitten. Schrauben in die Knie gebohrt. Die Beine mit Motorsägen gekappt, sodass das Blut nur so spritzte. Am Ende konnte einer der Jungs fliehen. Er entdeckte, dass es sich um eine organisierte Bande handelte, die von Spinnern bezahlt wurde, um dort ihre Fantasien ausleben und Chirurg spielen zu können. Der Film war grotesk und hatte sich in Adnans Gedächtnis geprägt.

Plötzlich war Adnan dran. Er schüttelte die Gedanken an den kranken Film ab. Niemand würde ihm Schrauben in die Knie bohren oder die Achillessehne durchschneiden. Stattdessen versuchte er sich zu freuen, dass er die Sache bald überstanden hatte. Die Bedienung führte ihn zu einem Raum, ließ ihn aber allein eintreten. Die Tür hinter ihm fiel zu. Und wurde abgeschlossen.

39

Amanda zog ein weißes Top an und kurze Tights. Band ihre Haare zu einem Pferdeschwanz. Während sie ihre Laufschuhe schnürte, blickte sie zu Adnan hinüber, der noch schlief. Sie würde ihn heute liegen lassen und allein laufen. Sonst hatten sie das in diesem Urlaub jeden Morgen zusammen gemacht. Sie schlich aus dem Zimmer und schloss die Tür, so leise sie konnte, hinter sich. Ging am Speisesaal vorbei, in dem sie immer das Frühstücksbuffet aßen. Es war nur das Personal da, das ihr nickend zulächelte. Am Pool hatte jemand mit Handtüchern bereits zwei Sonnenliegen reserviert. Peinlich. Sie ging weiter zum Meer hinab. Um diese Tageszeit war es am schönsten. Es war ruhig und friedlich, und nur die Frühaufsteher waren schon wach. Die stärksten Sonnenstrahlen verbargen sich noch hinter dem Horizont, es war angenehm warm draußen. Sie joggte direkt am Wasser den Strand entlang. Dort war der Sand am besten zum Laufen geeignet. Wenn sie zu Hause trainierte, hatte sie immer Musik in den Ohren, aber hier vermied sie das. Es war viel schöner, den Geräuschen des Meers in Bewegung zu lauschen. Sie staunte über die vielen kleinen sandfarbenen Krabben, die flohen, wenn sie merkten, dass etwas Großes herankam. Ihre Beine bewegten sich so schnell, dass es aussah, als würden sie in der Luft schweben. Es wimmelte nur so von diesen Tierchen, und der Strand war voller kleiner Sandkugeln, die sich bildeten, wenn die Krabben sich in ihre Löcher gruben. Amanda liebte es, am Meer zu laufen. Die Leute fragten immer, wie sie es schaffte, im Urlaub zu trainieren, aber für sie war das eine Selbstverständlichkeit. Wann sonst hatte man überschüssige Zeit und Energie, wenn nicht in solchen Momenten.

Sie dachte an den Vorabend zurück. Was hatte Adnan eigentlich erlebt? Er hatte ihr gesagt, dass er allein fahren würde, weil er sie keiner Gefahr aussetzen wolle. Er vertraue Vincent nicht ganz, meinte er. Es sei besser, wenn sie im Hotel bliebe. Sie hatte zugestimmt. In Wirklichkeit aber hatte sie ganz und gar nicht die Absicht gehabt, dazusitzen und zu warten. Das hier war ihre Chance. So konnte sie sehen, was Vincent Bonnerud trieb. Irgendetwas stimmte mit diesem Mann nicht. Warum schickte er Adnan nach Sri Lanka? Ihr fiel keine logische Erklärung ein. War es eine Art Test? Drogen? Hatte Sanna Vincent gekannt?

Nachdem Adnan das Restaurant verlassen hatte, war sie ihm gefolgt. Sie hatte das Gespräch zwischen Adnan, dem Taxichauffeur und einem dritten Mann beobachtet, der ihnen mit der Adresse geholfen hatte. Sobald Adnan und der Chauffeur losgefahren waren, lief sie zu dem dritten Mann und sagte, dass sie zum selben Ort wolle wie die anderen beiden. Der Mann blickte sie seltsam an und schüttelte den Kopf. Murmelte etwas. Dann winkte er ein Tuk-Tuk herbei, das gerade an ihnen vorüberfuhr. Es blieb stehen, und der Mann nannte dem Jungen, der dieses dreirädrige Moped mit montiertem Dach steuerte, die Adresse. Amanda nahm jedenfalls an, dass sie über die Adresse sprachen, da der Junge sie plötzlich auf die Bank setzte und losfuhr, ohne nach dem Ziel zu fragen. Sie saß schräg hinter ihm und sah sein Profil. Durfte er überhaupt so eine Maschine fahren? Er sah nicht älter aus als dreizehn. Aber es war nicht der Moment, sich über seine Fahrkompetenz den Kopf zu zerbrechen.

Der Junge hupte und fuhr im Slalom durch den Verkehr.

Amanda spreizte sich gegen die Rückenlehne. Sie wäre überglücklich, wenn sie lebendig ankam. Als sie einem Bus entgegenrasten, warf er sich zwischen zwei Autos, um nicht frontal mit ihm zusammenzustoßen. Die Busfahrer waren vermutlich die Verrücktesten in diesem Land. Als Amanda und Adnan dies einem Kellner gegenüber erwähnten, mit dem sie sich vor ein paar Tagen unterhalten hatten, meinte dieser, dass die Busfahrer auf Provision fuhren. Je mehr Passagiere, desto höher der Lohn. Dies erklärte, warum die Busse so überladen waren und die Fahrer das Gaspedal durchdrückten. Diesmal entgingen sie einem Zusammenstoß, und Amanda atmete auf. Ließ den Griff los, an den sie sich bei dem plötzlichen Ausweichmanöver krampfhaft geklammert hatte. Sie bogen in einen schmalen Schotterweg und entfernten sich immer weiter von der befahrenen Straße. Wollte er sie ausrauben? Sie überlegte hastig, was sie dann tun würde. Wenn er allein war, würde sie ihn sofort niederschlagen. Darauf würde er nicht gefasst sein. Aber wenn er mit anderen zusammenarbeitete, die aus der Finsternis auftauchten, musste sie alles hervorkramen, was sie hatte – nicht gerade viel. Ein Handy und ein paar Tausend Rupien, die kaum etwas wert waren. Dann müsste sie hoffen, dass sie sie laufen ließen. Der Tuk-Tuk-Fahrer hielt plötzlich mitten im Nirgendwo. Ein schlechtes Zeichen. Sie bereitete sich auf das Schlimmste vor.

»You go.« Der Junge zeigte geradeaus in die Dunkelheit.

»I go?« Amanda machte weiter vorn einen schwachen Lichtschein aus. Entspannte sich ein wenig.

»Yes.«

Sie stapfte los und stolperte über eine Baumwurzel, die quer über den Pfad verlief. Sah, dass einige Autos in der Nähe geparkt waren, und stellte fest, dass eines davon genauso aussah wie das, mit dem Adnan gefahren war. Dies sagte ihr, dass sie richtig war. Sie ging weiter und hob die Füße ordentlich an, um nicht noch einmal zu stolpern. Wie jemand im Delirium.

Im Näherkommen erkannte sie ein großes braunes Holzhaus. Sie versteckte sich hinter einem Busch und wartete eine Weile. Sah einen Schatten, der sich im Inneren bewegte, aber es war unmöglich auszumachen, was drinnen geschah, da die Fenster mit Brettern vernagelt waren. Sie saß bestimmt eine halbe Stunde da, bevor sie das erste Geräusch aus dem Haus vernahm. Sie duckte sich noch tiefer hinter den Busch. Lauschte. Es klang, als öffne sich eine Tür und als käme jemand ins Freie. Nach ein paar Augenblicken hörte sie Stimmen. Zwei Männer redeten miteinander. Auf Russisch? Das Gedankenkarussell in ihrem Kopf nahm Fahrt auf. Kamen in ihrem Leben in letzter Zeit nicht ungewöhnlich viele Russen vor? Erst russische Soldaten, die einen Lieferwagen in Åkersberga klauten, um ihn anschließend für die Entführung eines Pavians zu verwenden. Dann dieser Putin und sein von Narben gezeichneter Kumpan, die Vincent Adnan im Bonobo vorgestellt hatte. Jetzt gab es auch noch Russisch sprechende Männer an diesem Ort mitten im Dschungel. Sie musterte die beiden, als sie an ihr vorbeigingen. Ihr Körperbau ähnelte dem jener Russen, denen sie schon bei der Arbeit begegnet war. Leicht nach vorn gebeugte Haltung, stets bereit für eine mögliche Attacke. Amanda wagte nicht, sich zu regen. Hielt die Luft an. Verdammt, warum hatte sie ausgerechnet ein weißes Top gewählt! Sie sah, wie die Männer in ein Auto stiegen. Die Scheinwerfer gingen an, als sie den Motor anließen, aber zum Glück waren sie nicht auf sie gerichtet. Sie vermutete, dass die Russen aus einer Tür auf der Rückseite des Hauses gekommen sein mussten, und entschied, dort anzufangen. Wenn sie Glück hatte, war die Tür nicht verschlossen. Sie schlich um das Haus. Packte den Türgriff und versuchte zu öffnen. Aber es ging nicht. Sie sah sich nach einem anderen

Eingang um. Auf der Rückseite schien es nur ein einziges Fenster zu geben, auch dieses war vernagelt. Plötzlich hörte sie, dass sich drinnen jemand der Tür näherte. Sie machte ein paar rasche Schritte zurück und versteckte sich hinter einer Mülltonne. Hoffte, dass die Dunkelheit ihr beistehen würde. Jemand öffnete die Tür, an der sie vor wenigen Augenblicken gerüttelt hatte. Es knirschte. Zwei Füße stellten sich ruhig auf die Holzplanken. Es fühlte sich an wie eine Ewigkeit, obwohl es vermutlich nur wenige Sekunden dauerte. Dann machten die Füße kehrt, und die Tür schloss sich knarrend. Amanda atmete auf. Ihre Hände zitterten, und ihr Herz schlug schneller als bei einer Trainingseinheit. Eigentlich wusste sie nicht, warum sie sich versteckte. Warum klopfte sie nicht einfach an? Nach kurzem Überlegen ging sie zur Eingangstür an der Vorderseite. Es bestand zwar die Gefahr, dass Adnan sie entdeckte, aber das musste sie in Kauf nehmen. Sie konnte immer sagen, dass sie sich Sorgen um ihn gemacht hatte und ihm nachgefahren war. Sie klopfte laut. Wartete. Hörte Schritte im Inneren. Eine Luke wurde geöffnet, und sie hörte eine hohe Männerstimme. »Yes, can I help you?«

Amanda schluckte. »Yes, can I come inside please?«

»Sorry, no women.«

»No women, why?«

»Please leave. I cannot help you.«

»But …« Die Luke schloss sich. Sie fluchte leise und entfernte sich ein Stück vom Haus. Blieb stehen und blickte sich noch einmal um. Was zum Teufel ging dort drin vor? Prostitution lag auf der Hand. Nur für Männer! Eine merkwürdige Unruhe überfiel sie. Was machte Adnan da drin? Sie wandte sich um und ging zurück zum Tuk-Tuk. Als sie den halben Weg zurückgelegt hatte, hörte sie die knarrende Tür. Jemand, den sie wiedererkannte, kam herausgerannt und beugte sich vor. Würgte. Übergab sich. Sie eilte hinter ein Gebüsch. Saß reglos dahinter, bis Adnan vorbeigegangen war. Sie war erleichtert, dass er sie nicht entdeckt hatte. Aber die Unruhe wollte nicht weichen. Was hatte er getan?

Amanda beobachtete, wie Hikkaduwa mit jeder Minute mehr erwachte, während sie joggte. Verschlafene Touristen rieben sich die Augen und standen an den Frühstücksbuffets an. Die Einheimischen trainierten Yoga, säuberten den Strand und stellten Tische und Stühle in ihren Restaurants auf. Hunde, mehr oder minder verwahrlost, jagten einander. Die ersten Sonnenstrahlen durchbrachen den morgendlichen Nebel, und die Hitze legte zu. Ein älterer Mann mit enger Badehose und nacktem Oberkörper lief in hohem Tempo an ihr vorbei. Es schmerzte, überholt zu werden, aber der Alte beeindruckte sie auch. Sie hatte ihn praktisch jeden Morgen laufen sehen, er war sicherlich schon seit einigen Jahren in Pension. Als sie sich dem Hotel näherte, sah sie, dass Adnan auf einem weißen Plastikstuhl saß und auf sie wartete. Sie nahm ihre Energie zusammen und spurtete die letzten hundert Meter.

»Du bist schnell.« Adnan applaudierte.

Amanda schnaufte und schnappte nach Luft. »Ich wollte dich nicht wecken. Macht das was?«

»Nein, ich bin sowieso nicht in der Laune für Training.« Er ging zu ihr und küsste sie auf den Mund.

»Ich bin total verschwitzt.«

»Ist mir scheißegal.«

»Hast du den Alten gesehen, der heute wieder gelaufen ist?«

»Ja, hab ich. Wenn man in dem Alter mal so aussieht, kann man froh sein.«

»Aber echt.« Sie stellte ein Bein in den Sand und begann

mit einer Dehnübung. »Du, ich will ja nicht nerven, aber wie war das denn, wo du gestern warst?«

Adnan zeichnete mit dem Fuß ein Muster in den Sand. »Wir haben doch schon drüber geredet. Und wenn ich etwas sage, dann meine ich das auch so.«

»Aber du kannst doch davon erzählen, oder?« Hatte er mit einer anderen geschlafen? Einer Prostituierten?

»Glaub mir, du willst das nicht wissen.«

»Darf ich das nicht selbst entscheiden?« Sie konnte ihre Unruhe nicht mehr kontrollieren.

»Ich weiß, dass du stur bist, aber in diesem Fall ist es besser so. Ich werde das nicht machen und möchte nicht einmal darüber reden.« Er fuhr leiser fort. »Ich weiß nicht, was Vincent sich dabei denkt. Der Typ ist doch total geisteskrank.«

»Sind es Huren?« Sie musste es wissen.

»Frag nicht mehr. Ich werde so oder so nicht mit ihm arbeiten. Es spielt also keine Rolle. Vergiss es.«

»Wie willst du das denn machen?«

»Ich scheiße auf Vincent. Meinetwegen dreht er durch.«

»Aber du schuldest ihm doch Geld.«

»Ich weiß.« Adnan sah grimmig drein. »Das ist ja die Kacke.«

Amanda schwieg kurz. Dehnte die Waden. »Denkst du nicht, dass er es bewusst so angestellt hat?«

»Was denn?«

»Dir Geld leihen, damit du aus dieser Sache nicht mehr rauskommst?«

Adnan hörte auf, Muster in den Sand zu zeichnen, und sah Amanda an. Ihm schien ein Licht aufzugehen. »Verdammte Scheiße! Diese fiese kleine Ratte. Der Kerl hat immer einen Hintergedanken. Ich bin so was von bescheuert!« Er packte eine Handvoll Sand und schleuderte ihn in die Luft. Ein Sandregen ging auf sie herab. »Verdammt!«

Am Abend packten sie ihre Koffer, weil sie am nächsten Morgen zeitig zum Flughafen mussten. Im Handumdrehen war die entspannte und kuschelige Stimmung der letzten zwei Wochen verschwunden. Adnan war genervt und wortkarg. Es machte ihm offensichtlich zu schaffen, in den rauen Stockholmer Alltag zurückkehren zu müssen. Und dazu mit einem Problem mehr, das auf ihm lastete. Vincent Bonnerud. Amanda wusste nicht, ob sie das gut oder schlecht fand. Eigentlich war es ja ihre Absicht, dass die Dinge in diese Richtung verliefen. Dass Adnan so sehr in Geldnot geriet, bis er einen Fehltritt beging. Dann würde sie da sein, ganz in seiner Nähe. Zugleich war er die wichtigste Verbindung zu Sanna. Sie brauchte ihn, um in Sannas ehemaligem Bekanntenkreis verkehren zu können. Dann war da aber noch etwas, das sie sich nicht richtig eingestehen wollte. Etwas, mit dem sie sich jeden Tag herumschlug. In jeder Sekunde an seiner Seite. Seine enorme Anziehungskraft auf sie war nicht Teil des Plans gewesen. Sie versuchte das zu verdrängen und als einen notwendigen Aspekt ihres Schauspiels zu betrachten. Aber ihr war klar, dass sie nicht nur spielte, und verachtete sich selbst für ihre Schwäche. Sie wusste jedoch auch, dass ihr diese Schwäche am Ende nicht im Wege stehen durfte.

Sie begriff, dass sie einen hohen Preis würde bezahlen müssen.

40

Erster Advent. Heute habe ich die erste Kerze angezündet. Ich habe darüber nachgedacht, dass es sich normalerweise immer so gemütlich anfühlt, wenn Weihnachten naht. Aber zum ersten Mal empfinde ich das nicht so. Ich freue mich dieses Jahr überhaupt nicht auf Weihnachten. Nicht, wenn es so zwischen mir und Magnus steht. Er ist fast nie zu Hause, und wenn er da ist, dann ist er ständig sauer. Er hat viel Stress auf der Arbeit, sagt er. Und vielleicht stimmt das auch.

Bei der Frage, warum ich ihn nicht verlasse, lande ich immer wieder bei der gleichen Antwort. Wer wäre ich ohne Magnus? Aber in letzter Zeit habe ich mich über meine eigenen Gedanken gewundert. Ich freue mich auf den Tag, an dem Magnus nach Hause kommt und sieht, dass ich alle meine Sachen gepackt habe und ausgezogen bin. Ohne ihm etwas zu sagen. Dann kann er dastehen und überlegen. Ich wünschte, ich könnte dann seine Miene sehen. Mit so etwas hätte er wohl nie gerechnet. Aber das sind natürlich nur Fantasien, denn ich will ja, dass wir zusammenbleiben, dass es besser wird. Ich will, dass es so ist, wie es momentan manchmal ist, wenn er von der Arbeit nach Hause kommt und gut gelaunt ist. Dann sagt er mir, wie sehr er mich liebt, und ich spüre, dass es wirklich so ist. Wir können einen ganzen Abend zusammensitzen und kuscheln und über alles reden. Er sorgt dafür, dass ich mich besonders fühle. Aber dann kann es sich genauso schnell wieder ändern. Das ist es, was so anstrengend ist. Auf einmal sage ich etwas Falsches oder er bildet sich etwas ein. Wie letzte

Woche, als er meinte, dass ich ihn mit Chlamydien angesteckt habe. Er hat mich sogar geschlagen. Zuerst eine Ohrfeige. Dann hat er mich so heftig geschüttelt, dass ich mit dem Kopf gegen die Wand geknallt bin. Das Schlimmste war aber, dass er mich bespuckt hat.

Ich versuche, mich zu erinnern, wie es am Anfang zwischen Magnus und mir war. Als wir uns vor sechzehn Jahren kennengelernt haben. Ich weiß noch, wie gutaussehend ich ihn fand, ich dachte, es könne nicht wahr sein, dass er sich für mich interessiert. Er war so unglaublich charmant. Machte seine Aufwartung mit Blumen und anderen Überraschungen. Das konnten ganz einfache Dinge sein, wie ein lieber Zettel, den er mir an die Windschutzscheibe hängte. Ich war über beide Ohren verliebt, und wir sahen uns in jeder freien Minute. Meine Freundinnen meinten, ich solle es ein wenig ruhiger angehen lassen, aber sie waren sicher nur eifersüchtig. Das sagte Magnus jedenfalls. Also habe ich sie immer weniger gesehen. Damals war mir das egal, denn ich hatte ja ihn. Und er war immer für mich da. Wenn ich mit jemandem in der Stadt ausging, bot er immer an, mich abzuholen. Ganz egal, wie spät in der Nacht es war. Aber mit der Zeit hatte ich keine Lust mehr, mit den anderen wegzugehen. Magnus fand, das sei unnötig. Ich hatte ja ihn.

Ich frage mich, ob es zwischen uns wieder besser wird. Ich habe immer gehofft, dass er eines Tages aufhört, mich zu schlagen. Dass ich endlich die bin, die ich sein soll. Aber es passiert immer etwas, das alles zerstört.

Ich habe mich entschieden, genau zu überlegen, was ich will. Mal sehen, ob ich zu einem Schluss gekommen bin, wenn ich das nächste Mal wieder schreibe.

41

Es war eine Minute vor acht am Montagmorgen. Magnus saß am Konferenztisch im Polizeirevier und wartete, dass seine Männer zur Besprechung eintrudelten. Jeppe kam mit einer Kanne Kaffee, und der Kaffeeduft breitete sich im Raum aus. Magnus schenkte sich rasch eine Tasse ein und nahm einen Schluck. Es war die beste Zeit am Tag, wenn alle versammelt waren. Hier wurde er bei allen Ermittlungen auf den neuesten Stand gebracht und erfuhr, ob neue Anzeigen eingegangen waren. Das war montags in der Früh immer der Fall. Die Wochenenden lieferten zuverlässig. Anette stieß als Letzte zur Gruppe, die Magnus heute auf sechzehn Mann bezifferte. Sie kam mit einem übervollen Teller mit Müsli und Obst herein. Die Portion war riesig. Wie konnte sie so viel Zeug in sich hineinstopfen? Aber andererseits hatte sie ja einen Braten in der Röhre. Sie hatte gemeint, dass sie ständig etwas essen musste, damit ihr nicht schlecht wurde. Magnus dachte, dass es eigentlich umgekehrt sein müsste, mischte sich aber nicht ein. Mit schwangeren Frauenzimmern legte man sich lieber nicht an.

»Guten Morgen, liebe Kollegen.« Magnus' Stimme unterbrach das Gemurmel der anderen. Sobald er die Aufmerksamkeit aller hatte, fuhr er fort. »Ich hoffe, ihr hattet ein ähnlich schönes Wochenende wie ich. Lasst uns als Erstes die Liste derer durchgehen, die sich bei uns beworben haben. Wir werden vier Leute anstellen dürfen, jetzt habt ihr die Möglichkeit, darauf Einfluss zu nehmen, wer mit euch arbeiten wird.«

Er präsentierte die elf Bewerbungsschreiben, die geschickt worden waren, und rund um den Tisch wurde eifrig diskutiert, wer am besten geeignet wäre. Magnus fand es richtig, seine Männer in die Entscheidung einzubeziehen. Dann fühlten sie sich ernst genommen, zugleich war die Auswahl wasserdicht. Er konnte es sich nicht leisten, Geld für Fehlbesetzungen zum Fenster hinauszuwerfen.

Eine halbe Stunde später hatte Magnus sechs Bewerbungen auf einem Stapel gesammelt, der gemeinsam bestimmten Reihenfolge nach geordnet. Die zwei untersten waren Nachrücker.

»Gut, sind alle damit einverstanden?«

Anette schluckte den letzten Bissen hinunter und öffnete den Mund. »Ich finde, dass Sofia total gut ist, aber das habe ich ja schon gesagt. Sie würde perfekt für diesen Posten passen, ich verstehe wirklich nicht, warum sie nicht in der Auswahl ist.«

Magnus seufzte. Anette hatte während der gesamten Diskussion mit dieser Sofia genervt. »Sie ist bestimmt auch hervorragend, aber im Vergleich mit den anderen kann sie nicht mithalten.«

»Sicher kann sie das. Nichts gegen David beispielsweise, aber er ist erst seit einem Jahr im Dienst und hat keinerlei Erfahrung. Sofia wird nächstes Jahr Inspektorin, war öfter schon Einsatzleiterin und hat mehrere Jahre bei der Kripo gearbeitet. Da verstehe ich nicht, wie du zu dem Schluss kommst, dass sie weniger kompetent ist als David.«

»In meinen Augen hat David eine verdammt gute Spürnase, und er ist neu und hungrig. Ihn werden wir problemlos formen können, damit er in unsere Gruppe passt. Bei Sofia dürfte das schwieriger werden, sie ist schon vorgeprägt von der Kripo. Außerdem kriegt sie bestimmt bald Kinder, und dann verschwindet sie für ein paar Jahre.« Er biss sich auf die Lippen, nachdem er das gesagt hatte. »Also, nichts gegen dich, Anette, aber dir ist ja auch klar, dass es für die Behörde nicht sehr förderlich ist, wenn man vom Storch gebissen wird.«

»Ich verstehe genau, was du meinst.« Mehr sagte sie nicht. Magnus wusste, dass er in ein Fettnäpfchen getreten war, aber es war ihm egal. Das waren Fakten. Nur traute sich niemand, etwas gegen dieses Gleichberechtigungstamtam zu sagen. Die Stimmung am Tisch wurde ein wenig steifer. Erik nahm schließlich den Faden wieder auf.

»Ich habe hier die Liste der Anzeigen, die übers Wochenende reingekommen sind. Oder hatte irgendjemand am Samstag oder Sonntag Schicht?«

Die anderen schüttelten den Kopf oder murmelten ein leises Nein.

»Da wären Raubüberfälle in Spånga, die wahrscheinlich vom selben Täter verübt wurden. Die Beschreibungen und Vorgehensweisen ähneln einander.«

Erik las die vier Anzeigen, und die Gruppe lieferte mögliche Täternamen. »Ola und Lasse, habt ihr noch Luft, könnt ihr diese Überfälle auch noch nehmen?« Ola und Lasse bekamen die Spångasache, und Erik fuhr fort, die Anzeigen vorzulesen und in der Gruppe zu verteilen.

»Hier haben wir die Vergewaltigung einer Minderjährigen. Ein Junge namens Samir Nasimi soll ein vierzehnjähriges Mädchen namens Sara Nylander vergewaltigt haben.« Magnus horchte auf. Erik erklärte: »Offenbar stammt die Anzeige von der Mutter, es scheint also eine klassische freiwillige Vergewaltigung zu sein« – Erik malte Anführungszeichen in die Luft, als er das Wort freiwillig sagte –, »bei der sich die Eltern aufregen, weil sie ihre pubertierende Tochter nicht im Zaum halten können.«

Magnus schaltete sich ein. »Ja, ja, das können wir jetzt noch nicht sagen. Ich übernehme das.« Er streckte die Hand nach dem Papier aus. Erik blickte ihn verwundert an. »Du willst das übernehmen?«

»Ja, ist lange her, dass ich eine Vergewaltigung hatte.« Er winkte mit dem Finger, um Erik klarzumachen, dass er ihm die Akte geben sollte.

»Du kannst mich für die Vernehmung eintragen, dann helfe ich mit.« Anette blickte zu Erik. Dieser nickte.

Magnus protestierte. »Nein, kein Problem. Ich kann das allein machen.«

»Aber wir sollen doch immer zu zweit an einem Fall arbeiten, falls einer mal ausfällt.«

Dass dieses Weib nicht nachlassen konnte! Leider hatte sie recht, und Magnus selbst hatte diese Arbeitsmethode eingeführt.

»Gut«, antwortete er schließlich. Er sagte sich, dass Anette die Vernehmung des Mädchens übernehmen konnte, dann sparte er sich diesen Teil. Sture Teenager waren in der Lage, eine anstrengende Szene zu veranstalten, wenn man sie unter Druck setzte.

Nachdem Erik alle Anzeigen verteilt hatte, beendete Magnus die Besprechung, und alle gingen an die Arbeit. Magnus setzte sich an seinen Schreibtisch und las die Anzeige in Ruhe durch.

Åsa Nylander kam zum Polizeirevier Solna, um zu melden, dass ihre Tochter Sara Nylander vergewaltigt wurde.

VORWURF
Samir Nasimi wird der Vergewaltigung einer Minderjährigen verdächtigt, er soll mehrmals Geschlechtsverkehr mit der 14 Jahre alten Sara Nylander gehabt haben. Der Geschlechtsverkehr hat sich an mehreren Orten im Zeitraum September bis November dieses Jahres ereignet.

HINTERGRUND
Samir Nasimi ist 17 Jahre alt. Laut Åsa Nylander ist Sara seit einigen Monaten mit Samir zusammen, und Sara hat ihrer Mutter erzählt, dass sie freiwillig Sex hatten. Åsa kann nicht genau sagen, wo und wann dies geschehen ist.

Die Anzeige war sehr knapp gefasst, aber das reichte Magnus trotzdem. Er war ein Genie! Suchte die Nummer von Pontus Klinghammar hervor, dem Jugendstaatsanwalt. Während das Freizeichen ertönte, blickte er auf die Namen in der Liste der Staatsanwälte und stellte fest, dass keiner von ihnen Andersson oder Nilsson hieß. Grenekvist, Besserdich, von Cruse, Vinthage. Alte Familien, Hauptsache vornehm! Als Klinghammar abhob, plauderten sie eine Weile, bis Magnus den Fall ansprach. Pontus gab ihm die Anweisungen, die er erwartet hatte. Sie sollten die Klägerin vernehmen und dann Pontus benachrichtigen, um das weitere Vorgehen abzustimmen. Magnus legte auf und ging zu Anette rüber. Sie mampfte gerade einen Apfel, während sie mit ihren klebrigen Fingern auf der Tastatur herumhackte.

»Anette, ich möchte, dass du heute Sara Nylander verhörst, damit wir mit dem Fall weiterkommen.«

»Heute? Aber ich habe alle Hände voll zu tun mit dem Überfall auf den Coop-Supermarkt. Da soll Strafantrag gestellt werden.«

»Lass dir von jemandem helfen. Wir müssen heute die Vernehmung durchziehen, um nicht ins Hintertreffen zu geraten.« Magnus sah nicht ein, warum er auf wertvolle Infos von dem kleinen Samir verzichten sollte, nur weil die trächtige Anette so viel Hunger hatte. Jetzt, da Amanda ohne Wohnung war, wusste er nicht, wo sich Adnan aufhielt. Die Wohnung in Tensta wirkte kalt. Sooft er konnte, war Magnus dort vorbeigefahren und hatte nachgesehen. Und er hatte gehört, dass Amanda aus

Sicherheitsgründen eine Vergnügungsreise spendiert bekommen hatte. Manchen ging es gut! Ob sie sich wohl oben ohne sonnte?

Am Nachmittag kam Anette zu Magnus und legte ein drei Seiten langes Vernehmungsprotokoll auf seinen Schreibtisch. Das Papier war noch warm vom Drucker, als er es durchlas. Er sah sofort, dass das Mädchen überhaupt nicht der Meinung war, vergewaltigt worden zu sein. Aber das Wichtigste stand drin. Sie gab zu, dass sie fünfmal miteinander Sex gehabt hatten, und sie sagte, dass Samir wusste, wie alt sie war. Magnus rief Pontus Klinghammar an, um ihn über die Aussage in Kenntnis zu setzen. Dabei machte er Klinghammar deutlich, dass die Angelegenheit wie eine ganz normale Vergewaltigung zu betrachten sei.

»Schließlich ist sie erst vierzehn. Wir müssen das volle Programm fahren, um nicht wichtige Informationen zu verpassen, falls sich zeigen sollte, dass es ganz anders ist. Vielleicht hat sie Todesangst vor dem Kerl.«

»Ja, hm … aber …«

»Hast du nicht eine Tochter im selben Alter, Klinghammar?«

Die letzte Frage vernichtete Klinghammars sonst so gut entwickelte Fähigkeit, objektiv zu sein.

Wieder bekam Magnus die Anweisungen, die er haben wollte: Haftbefehl für Samir Nasimi. Hausdurchsuchung in der Wohnung, beschränkt auf Samirs Zimmer und die gemeinsam mit der Familie genutzte Fläche.

Freie Fahrt und Vollgas für Magnus.

42

Als Erstes schlug Adnan seine Kapuze hoch, als sie in Arlanda ankamen. Er sah sich um. Ging aufs Klo, um zu sehen, ob ihm jemand folgte. Schielte misstrauisch zu einem grobschlächtigen Typen an der Gepäckausgabe. Ging weiter zur Zollabfertigung. Natürlich pickten sie ihn heraus und durchsuchten seine Sachen, während Amanda problemlos durchkam. Mit strenger und zugleich erwartungsvoller Miene wühlten die Zollbeamten in seinen wenigen Besitztümern im Koffer. Sie drehten und wendeten die Tasche, als dächten sie, es gäbe ein Geheimfach. Als sie seine benutzten Unterhosen in die Hand nahmen, hoffte er unwillkürlich, dass er ein paar braune Flecken darauf hinterlassen hatte. Er sah, wie enttäuscht sie waren, als sie ihn unbehelligt weitergehen lassen mussten. Um sie in ihrem Gefühl zu bestärken, etwas übersehen zu haben, winkte er ihnen mit einem schiefen Grinsen zu, bevor er durch die Tür verschwand.

Der schlechte Start schien die Götter angespornt zu haben, einfach so weiterzumachen. Nicht, dass Adnan an Gott geglaubt hätte, aber er überlegte ernsthaft, Buddhist oder so zu werden. Um das Nirwana zu erreichen und den ganzen Mist loszuwerden. Er gähnte und öffnete die Fahrertür, um seine Beine durchzustrecken. Er saß wieder in Hosseins Hyundai auf Beobachtungsposten. Aber nicht wegen eines möglichen Überfalls, sondern wegen seiner Freundin. Das Radio hatte er absichtlich aus. Er hatte keine Lust auf Musik und schon gar nicht auf irgendwelche überdrehte Morgenmoderatoren. Vincents Stimme hallte noch ausreichend in seinem Kopf wider.

»Du bist ein richtiger Loser, weißt du das? Du kapierst ja nicht einmal, dass deine kleine Prinzessin bei der Bullerei ist.«

»Was?« Adnan hatte laut losgelacht.

»Du fickst eine Bullenhure! Ist das so schwer zu kapieren? Glaubst du, sie trifft dich, weil sie verliebt ist? Du bist ja so ein bescheuerter Romantiker.«

Adnan hatte in Vincents arrogante Fresse gestarrt, um ein Zeichen zu entdecken, dass er log. Aber die angespannte Körperhaltung verriet ihm, dass er sich nicht täuschte. Vincent war auf dem Kriegspfad, seit ihm klar geworden war, dass Adnan nicht für ihn arbeiten wollte, und das war seine Art, es ihm heimzuzahlen. Adnan musste an das denken, was Amanda ihn am letzten Tag am Strand gefragt hatte, und er blickte Vincent wütend an: »Warum hast du mir eigentlich Geld geliehen? Hä? Hast du das nur gemacht, um ein Druckmittel zu haben?«

Vincent lachte künstlich. »Vielleicht bist du doch nicht so dumm, mein lieber Freund.«

»Du spielst mit dem Falschen, du krankes Arschloch!«

»Nein, nein, nein. Ich spiele mit der absolut richtigen Person. Mit jemandem, der von meiner Hilfe abhängig ist.«

»Da irrst du dich gewaltig.« Adnan war ganz und gar nicht sicher, ob er so entschlossen klang, wie er es wollte. Die neue Information hatte ihn wie ein Peitschenhieb getroffen. Aber er war nicht gebunden. Er war nicht Vincents Nutte. Er drehte sich um und ging ruhig davon. Hinter sich hörte er Vincent brüllen: »Wie kannst du es wagen, mich hier stehenzulassen!«

Vincents Gebrüll wiederholte sich in Adnans Kopf, während er vor Amandas Wohnung hockte und darauf wartete, dass sie herauskam und zur Arbeit fuhr. *Wie kannst du es wagen!* In diesem Moment wagte Adnan alles! Es war ihm scheißegal, was passierte. Er schiss auf Vincent. Schiss auf die Jugos. Schiss auf Amanda. Schiss auf alle, die ihn in den Arsch ficken wollten. Jetzt war es an der Zeit, wieder ans Tageslicht zu treten. Er war Adnan Nasimi! In der vergangenen Nacht hatte er gegrübelt, was er tun sollte. Er hatte sie auf dem abgenutzten weißen Ledersofa verbracht. Seine Eltern waren überglücklich gewesen, als er gekommen war, aber Hosseins gerunzelte Stirn verriet auch seine Enttäuschung. Er hatte allerdings nichts gesagt. Vermutlich wollte er das mittlerweile ungewöhnliche Vorkommnis, seinen ältesten Sohn zu Besuch zu haben, nicht zerstören. Zu Adnans Erleichterung stellte er nicht einmal Fragen, sondern begrüßte ihn, als hätten sie sich erst gestern gesehen. Adnans Mutter reagierte ähnlich, nur dass sie ihn so viel umarmte und küsste, dass er sie am Ende bitten musste, damit aufzuhören. Ihr ging es inzwischen besser, und sie nahm irgendeine Medizin.

Samir war später am Abend gekommen. Er war wohl unterwegs gewesen und hatte sich mit einem Mädchen getroffen. Adnan fand, dass Samir anders aussah. Der jungenhaft naive Blick war durch etwas anderes ersetzt worden. Vermutlich lag es an dem Mädchen. Sie hatten ausgemacht, sich morgen ausführlicher zu unterhalten. Im Moment hatte Adnan zu viel Mist im Kopf, er hatte nicht die Kraft, seinem kleinen Bruder zu erklären, warum er untergetaucht war.

Die Nacht war eine Tortur gewesen. Kaum hatte er es mal geschafft einzuschlafen, wachte er wieder auf und bildete sich ein, dass jemand mit erhobenem Messer über ihm stand. Dann folgten die Gedanken an Amanda. Die einzige Frau, für die er je ernsthaft Gefühle gehabt hatte. Er hatte gedacht, es sei tatsächlich ernst zwischen ihnen. Hatte sich sogar kleine Kids und so was für die Zukunft vorstellen können. Aber sie hatte ihn nur benutzt. Welche Art von Bulle war sie eigentlich, wenn sie auf diese Weise ein Milieu infiltrierte? Lag es daran, dass er auf der Nova-Liste stand? Ging die Polizei tatsächlich so weit, nur um ihn wieder einzubuchten? Warum ausgerechnet er? Er fragte sich, wie sie wissen konnten, dass er wieder ein Ding drehen wollte. Hatten sie ihn in der Kista Galleria beobachtet, als er über den Geldtransport Erkundigungen eingezogen hatte? Zwischendurch sagte er sich, dass Vincent vielleicht nicht recht hatte. Aber ihm war bewusst, dass es nicht so war. Vincent würde niemals lügen, wenn ihm das auf längere Sicht keinen Gewinn brachte. Adnan hasste dieses Aas und war froh, dass er ausgestiegen war. Er würde sich selbst die Kohle beschaffen. Er würde diesen Geldtransporter ausrauben. Genau das würde er machen. Die halbe Vorarbeit war bereits erledigt, und er kannte die Abläufe der Sicherheitsleute am Geldschrank. Die Krux war nur, dass sie zu unterschiedlichen Zeiten kamen. Und die größte Frage blieb: Wen sollte er als Kompagnons dabeihaben? Er würde schon eine Lösung finden. Ein paar Abstecher ins Großstadtleben, und er würde wieder in den alten Gangs drin sein.

Als er das letzte Mal zur Uhr gesehen hatte, auf dem Sofa bei seinen Eltern, war es kurz nach vier Uhr morgens gewesen. Beim nächsten Aufwachen war es fünf, und er hatte den Versuch aufgegeben, noch mehr zu schlafen. So oder so musste er los, um vor Amandas Wohnung zu stehen, bevor sie wegfuhr. Aber wohl nicht nach Arlanda zum Flughafen, wie er die ganze Zeit über geglaubt hatte. In welchem Polizeirevier arbeitete sie?

Als Adnan sah, wie Amanda aus ihrem Haus kam und in ihrem Wagen davonfuhr, folgte er ihr. Er ließ einen extra großen Abstand, damit sie ihn nicht sehen konnte. Sie wirkte gestresst, wie immer, wenn sie zur Arbeit musste. Adnan hatte stets gescherzt, dass es keine gute Idee sei, zu spät zu kommen und dann auf das startende Flugzeug zu springen. Ein schweres

Gewicht legte sich auf seine Brust, als er an ihre Antwort und das damit verbundene Lächeln dachte, ein Lächeln, das eine reine Lüge gewesen war. Sie hatte ihm am Vorabend mehrere SMS geschickt und ein paarmal angerufen, aber er hatte nicht reagiert. Wusste nicht, was er sagen sollte. Er hatte nicht vor, ihr seine Erniedrigung zu zeigen.

Amanda fuhr am Råsunda Torg vorbei und weiter auf dem Solnavägen. Es war kurz nach sechs, aber es herrschte bereits viel Verkehr, was Adnan sehr gelegen kam. Hinter dem Solna-Einkaufszentrum sah er, wie Amanda rechts blinkte und an der Ampel neben der Shell-Tankstelle hielt. Er tat es ihr gleich, und jetzt befanden sich nur noch zwei Wagen zwischen ihnen. Seine Hände zitterten. Das kam vermutlich von dem kurzen Abstand, aber auch der Tatsache, dass sich Vincents Behauptung bald bestätigen würde. Sonst wäre es ein seltsamer Weg nach Arlanda. Als Amanda auf den Parkplatz neben dem Polizeirevier von Solna bog, fuhr Adnan geradeaus weiter. Er schlug auf das Lenkrad und fluchte laut. War sie sogar da gewesen, als dieser Suffkopf ihn vernommen hatte? Er fühlte sich leer, zugleich kochte die Wut hoch. Wie hatte er sich nur so täuschen lassen? Von den Bullen! Er fuhr weiter durch den morgendlichen Verkehr, ohne die anderen Autos richtig wahrzunehmen. Die plötzliche Bestätigung schockte ihn mehr als ein Tritt in die Eier, und er wusste nur eines: Jetzt stand er gegen den Rest der Welt.

Adnan fuhr eine Weile planlos umher. Parkte am Hagaparken und saß grübelnd im Wagen. Ging zu einem Aussichtspunkt hoch, um Luft zu schnappen. Sah die Stadt unter sich. Folgte dem Rhythmus der Fahrzeuge und begriff, dass es so funktionierte. Alles floss gut dahin, bis jemand aus der Reihe tanzte. Dann ging es so richtig in die Hose.

Schließlich fuhr er nach Hause zu seinen Eltern in Tensta. Als er die Haustür öffnete, merkte er sofort, dass etwas ganz und gar nicht stimmte. Aufgeregte Stimmen drangen durch die Wände und wurden durch das Echo in dem kahlen Treppenhaus verstärkt. Zwei der Stimmen erkannte er: das tiefe Organ seines Vaters, mit dem er allerdings viel hastiger sprach als sonst, und die verzweifelten Rufe seiner Mutter. Adnan raste die vier Stockwerke zur Wohnung in wenigen Sekunden hoch. Diesmal würden die Jugoschweine nicht ohne Widerstand davonkommen! Niemand verging sich an seinen Eltern! Sie konnten ihn erschlagen, wenn sie wollten, aber dieses Mal würden sie nicht so leicht entkommen. Er riss die Tür auf und stampfte in die Wohnung. Auf Krieg gepolt. Der Erste, der ihm im Weg stand, landete kopfüber im Schuhregal. Er walzte auf das nächste Ziel zu, einen blonden Typen mit weit aufgerissenen Augen und roter Windjacke. Adnan hielt inne. Hörte Hosseins Schreie: »NEIN, NEIN, NEIN!« Dann spürte er den vertrauten Schmerz in den Augen. Wie kleine Nägel, die seine Netzhaut zerstachen. Er versuchte, etwas zu erkennen, aber das war unmöglich. Alles vermischte sich zu einem einzigen Brei.

»Beruhige dich, verdammt!«, brüllte eine hohe Stimme, die trotzdem einem Mann zu gehören schien. Mehrere andere Stimmen riefen verschiedene Sachen wie *Leg dich hin, Zeig deine Hände, Geh zurück.*

Diesmal begriff Adnan schneller als beim letzten Mal. Er stellte sich gerade hin, die Beine breit und die Hände hinter dem Kopf.

»Ich bin ruhig, ich habe keine Waffe. Das ist ein Missverständnis, ich dachte, ihr wärt jemand anderes.« Seine Augen brannten.

»Leg dich auf den Boden!«

Adnan machte, was die autoritäre Stimme schrie.

»Hände auf den Rücken!«

Adnan gehorchte, und etwas Kaltes und Hartes umschloss seine Handgelenke. Es klickte, und seine Hände waren hinter seinen Rücken gefesselt. Im Hintergrund hörte er seine Mutter schluchzen.

»Das war ein Missverständnis, das war keine Absicht. Ich dachte, ihr wärt jemand anderes.« Er versuchte noch einmal, die erhitzte Stimmung zu beruhigen.

»Scheiße«, hörte er jemanden jammern.

»Alles okay?«

Die jammernde Stimme antwortete genervt: »Ich hab mir den Kopf angeschlagen, aber alles okay.«

Adnan lag eine Weile still da und lauschte der aufgeregten Unterhaltung der Bullen. Offenbar war es ein Typ namens Perra, der Adnan in die Quere gekommen war und von dem Sturz gegen das Schuhregal eine Beule am Schädel davongetragen hatte. Perra fragte seine Kollegen mehrmals vorwurfsvoll, wer zum Teufel vergessen hatte, die Tür zu verschließen. Niemand wollte als Letzter hereingekommen sein, und Adnan fragte sich, warum keiner diesen Perra selbst als Kandidaten nannte, schließlich hatte er der Tür am nächsten gestanden. Der Typ mit der hohen Stimme beschwerte sich darüber, dass er geradewegs in der Wolke aus Pfefferspray gelandet sei, und Adnan hörte, wie er im Badezimmer stand und sich die Augen mit Wasser auswusch. Eine Frau redete besänftigend auf Adnans Mutter ein, die noch immer irgendwo in der Nähe schluchzte.

Einer der Bullen versuchte schließlich, eine gewisse Form von Professionalität wiederherzustellen, indem er das Gejammer der anderen unterbrach. »Nun schön. Jetzt mal ganz von Anfang an. Wer bist du?«

Ohne sehen zu können, an wen der Bulle sich richtete, nahm Adnan an, dass er gemeint war. »Ich wohne hier.«

»Dann bist du Adnan, vermute ich?«

»Was wollt ihr?«

»Sie wollen Samir holen.« Adnan hörte die verzweifelte Stimme seiner Mutter, die mit großer Mühe die Worte hervorstieß.

»Samir?«, fragte Adnan verblüfft.

Die Stimme meldete sich wieder. »Samir ist verdächtigt, ein schweres Verbrechen begangen zu haben, und wir haben …«

»Was für ein schweres Verbrechen?« Adnan versuchte zu erkennen, wie der Bulle mit der autoritären Stimme aussah.

»Das kann Samir dir selbst erzählen, wenn er will. Deine Eltern sind informiert …«

»Sie sagen, dass er ein Mädchen vergewaltigt hat.« Das war Hosseins Stimme.

»Soll das ein Witz sein?« Adnan war erleichtert. Er wusste, dass das nicht stimmen konnte, ihm war klar, dass sich die Angelegenheit irgendwie lösen würde.

Die autoritäre Stimme fuhr fort: »Vorläufig steht er nur in Verdacht, ob er schuldig ist, das werden die Ermittlungen zeigen. Aber wir haben einen Haftbefehl gegen ihn und einen Durchsuchungsbefehl, und wir hatten gehofft, die Sache in Ruhe und ohne Zwischenfälle durchführen zu können. Ich verstehe die Aufregung, aber es wird nicht besser, indem ein Riesentheater veranstaltet wird. Ich hoffe jetzt, dass alle kooperieren, damit wir das Ganze auf die beste Art und Weise zu Ende führen können.«

»Ich habe ja gesagt, dass ich dachte, ihr wärt jemand anderes. Sonst wäre das nicht passiert. Aber ihr müsst mir zuhören. Samir hat nichts gemacht, das kann ich beschwören. Ihr seid total auf der falschen Spur.« Adnan wunderte sich, dass er den Bullen gegenüber so nett sein konnte, wo sie ihm schon wieder die Augen ruiniert hatten.

»Wie gesagt, die Ermittlungen werden zeigen, ob er unschuldig ist oder nicht, aber im Moment haben wir genug Hinweise, um ihn mitzunehmen. Und Adnan, du bist auch festgenommen wegen Gewalt gegen einen Beamten.«

»Aber ich hab doch gesagt, dass ich euch verwechselt habe. Kapiert ihr das nicht?«

»Ich höre sehr wohl, was du sagst, aber du kommst mit aufs Revier, und dort kannst du deine Version erzählen.«

Adnan erstickte seinen Zorn in dem harten, muffigen Flurteppich. Trotz der absurden Situation: Lag dieser Teppich nicht schon so lange da, wie er denken konnte? Vermutlich sein ganzes Leben lang. Er rieb sein rotgeheultes Gesicht dagegen und versuchte, das beißende Spray abzukriegen. Der Rotz floss in Strömen, und ein langer, zäher Faden flatterte zwischen Nase und Teppich, als er den Kopf wieder hob. Er verzichtete auf weiteren Protest. Wusste, dass die Bullen sowieso ihren Willen durchsetzen würden. So war es immer. Sie nutzten jede Chance, ihn zu ficken.

Zwei von ihnen halfen Adnan auf und setzten ihn auf einen Küchenstuhl. Dort musste er warten, ohne zu wissen, auf was eigentlich. Die Handschellen schnitten in die Haut, und er versuchte, die Arme zu bewegen, um die Schmerzen zu lindern. Das Schlimmste waren so oder so die Vorwürfe gegen Samir, seinen braven kleinen Bruder. Wie zur Hölle konnten sie denken, dass er ein Mädchen vergewaltigt hatte? Samir, das weiße Schaf der Familie. Den seine Mutter vergötterte. Auf den Hossein so stolz war. Die Bullen machten einen Fehler, das würden sie bald merken.

Seine Eltern mussten ebenfalls in der Küche warten. Sie waren bleich, und Samira atmete laut und angestrengt. Aber ausnahmsweise war nicht Adnan schuld an ihrer Verzweiflung. Der Typ mit der roten Windjacke schien zu einer Art Wachposten auserkoren worden zu sein. Er redete mit Hossein und versuchte zu erklären, was passieren würde. Als der Kerl sich zu Adnan umdrehte und fragte, wie es seinen Augen gehe, antwortete Adnan artig, dass es schon viel besser sei. »Jetzt kann ich erkennen, wie du aussiehst. Und ich vergesse niemals ein Gesicht.«

Der Typ sperrte die Augen auf und versuchte das Gehörte zu ignorieren, indem er sich wieder an Hossein wandte und mit seinem Geplauder weitermachte. Dem Gespräch konnte Adnan entnehmen, dass sein Bruder im Wohnzimmer saß. Adnan fand es seltsam, dass er bis jetzt von Samir noch nichts gehört oder gesehen hatte.

Nachdem sie bestimmt zwanzig Minuten in der Küche gehockt hatten, kam der Bulle mit der autoritären Stimme und meinte, es sei Zeit zu fahren. Er nahm Adnan am Arm, Perra packte ihn am anderen, deutlich gröber. Adnan vermutete, dass dies Perras Art war, sich für den Tischtennisball an der Stirn zu rächen. Als sie am Wohnzimmer vorbeigingen, erblickte Adnan zum ersten Mal seinen Bruder. Samir saß stocksteif auf dem Sofa, kreideweiß im Gesicht und mit leerem Blick. Sah aus, als befände er sich auf einem anderen Planeten. Zwar wurde er einer Vergewaltigung bezichtigt, aber Adnan hatte nicht erwartet, ihn so erstarrt zu sehen. Und hatte er nicht auch einen dunklen Fleck auf der Innenseite von Samirs Hose ausgemacht? Nervöse Ameisen wanderten Adnans Wirbelsäule hoch. Seine Überzeugung, dass Samir unschuldig war, geriet ein wenig ins Wanken. Trotzdem: Samir würde niemals ein Mädchen vergewaltigen. So war es einfach. Aber jemand hatte seinen Bruder zu Tode geängstigt. So sehr, dass er sich vollgepinkelt hatte. Im Flur wurde Adnan an zwei Uniformierte übergeben, die gerade angekommen waren. Der Transport – darauf hatte er also gewartet. Zwei Beamtinnen. Eine davon breit gebaut und klein.

Sie packte seinen Arm. Als ihn die zweite Polizistin auf der anderen Seite ergriff, sog er den Duft von Gucci Rush ein. Amanda verwendete immer dieses Parfüm. Offenbar auch bei der Arbeit. Er schwieg. Tat, als wäre nichts. Ließ sich ruhig zum Auto führen und stieg ein. Die kleine Polizistin setzte sich neben ihn. Half ihm sogar mit dem Gurt, da er Handschellen trug. Amanda setzte sich ans Steuer und redete mit jemandem über Funk. »Zwei plus eins zum Revier. Over.«

Verstanden. Over.

Als Amanda das Mikrofon zurücklegte, trafen sich ihre Blicke im Rückspiegel. Adnan wusste nicht, was genau er sah. Wollte sie etwas sagen? Wollte sie ihm eine Erklärung geben? Oder war es Abscheu in ihrem Blick? Er wusste es nicht. Er wusste verflucht noch mal gar nichts. Nur, dass er sich noch nie so erniedrigt gefühlt hatte wie in diesem Moment. Total getäuscht. Betrogen. Er rieb die Nase an seiner Schulter, um den Rotz fortzukriegen, der noch immer aus seinen Nasenlöchern rann.

43

Nach ihrer Schicht fuhr Amanda geradewegs nach Hause in ihre frisch renovierte Wohnung. Es hatte etwa einen Monat gedauert, sie zu reparieren, und jetzt war sie hübscher denn je mit frisch gestrichenen weißen Wänden und dunklem Parkettboden. Sie hatte alle Möbel wegwerfen müssen. Was nicht verbrannt war, hatte Rauchschäden davongetragen. Die Versicherung hatte einen Teil erstattet, aber das deckte bei Weitem nicht alles ab, was sie kaufen musste. Und einige Stücke hatte sie von ihren Großeltern geerbt, die waren nicht zu ersetzen.

Die heutige Schicht war, gelinde gesagt, merkwürdig gewesen. Aber ihr war alles klar geworden, als sie Adnan in diesem Flur gesehen hatte. Hatte begriffen, dass er Bescheid wusste. Eigentlich hatte sie es bereits am Abend zuvor geahnt, als er nicht, wie ausgemacht, zu ihr nach Hause gekommen war. Und er hatte auf ihre Anrufe und SMS nicht reagiert. Vermutlich hatte er es aus der Zeitung erfahren. Sie hatte die Überschriften gesehen, als sie gelandet waren. Die Geschichte hatte noch einmal Fahrt aufgenommen, nachdem durchgesickert war, dass sie als Polizistin arbeitete. Verschiedene Journalisten und Politiker debattierten darüber, welche Risiken der Polizistenberuf mit sich brachte und welchen Schutz ein Beamter nach solch einem Vorfall bekommen sollte. Wie üblich war es, dass Polizisten auf diese Weise bedroht wurden? Fast ermordet? Wie hoch war die Dunkelziffer? Natürlich war auch Adnan diese Aufregung nicht entgangen. Sie fragte sich, was er dachte. Hasste er sie jetzt? Ihr war von Anfang an klar gewesen, dass dieser Moment kommen musste. Früher oder später hätte er es herausgekriegt. Das war sogar Teil ihres Plans gewesen. Aber es war viel früher geschehen, als sie gedacht hatte – wo sie sich nun endlich in sein Herz vorgearbeitet hatte. Wo sie so nah dran war, alles von ihm zu erfahren, was er über Sanna und ihren früheren Bekanntenkreis wusste. Über den seltsamen Vincent und das, was er von Adnan wollte. Was Adnan so sehr aufgewühlt hatte, dass er sich vor diesem Haus auf Sri Lanka übergeben hatte. Wie alles zusammenhing. Und hatte das überhaupt mit Sanna zu tun?

Nun würde sie ohne Adnans Hilfe weitersuchen müssen. Ohne seine Nähe. Das schmerzte mehr, als sie gedacht hatte.

Die Ereignisse des Tages hatten immerhin eine Sache bestätigt. Magnus hatte wie gewünscht den Köder geschluckt. Es war kein Zufall, dass Adnans Bruder auf einmal einer Vergewaltigung verdächtigt und von Magnus' Truppe geholt wurde. Ganz offensichtlich bearbeitete Magnus Samir nach allen Regeln der Kunst. Amandas Einschätzung zu Magnus' Eifersucht war korrekt gewesen. Eine SMS hatte ausgereicht, um die Lawine loszutreten. Aber dass er nichts unversucht ließ, um Adnan dingfest zu machen, überstieg doch ihre Erwartungen. Es gab scheinbar etwas, das Amanda nicht sah. Etwas, das Magnus so in die Verzweiflung trieb, dass er alles tat, um Samir an sich zu binden.

Ihre Gedanken wurden vom schrillen Läuten der Türklingel unterbrochen. Sie war sofort angespannt. Wer konnte das sein? Niemand klingelte unangemeldet an der Tür. So funktionierte das nicht in Stockholm. Wenn jemand zu Besuch kam, hatte man das vorher ausgemacht. Stand vielleicht Adnan vor der Tür? Das war möglich, da man ihn gleich nach der Vernehmung wieder freigelassen hatte. Ihr Herz machte einen Freudensprung. Oder war es doch eher Nervosität? Sie schlich auf Zehenspitzen zum Türspion. Sah, dass ihre Mutter Ros-Marie draußen stand, ihr Vater Leif dicht dahinter. Amanda machte auf und blickte sie überrascht an: »Aber Mensch, was macht ihr denn hier?«

»Man erwischt dich ja in letzter Zeit nie. Da haben wir die Sache in die Hand genommen und sind hergefahren.« Ros-Marie blickte ihre Tochter vorwurfsvoll an, schien aber dennoch erleichtert zu sein, Amanda in offensichtlich gesundem Zustand zu Hause vorzufinden. »Dürfen wir reinkommen?«

»Natürlich, ich bin nur total baff, dass ihr auftaucht.«

Amanda ließ ihre Eltern eintreten und machte Kaffee für den unerwarteten Besuch. Da sie nur eine Tüte Rosinen zum Knabbern anbieten konnte, ging Leif zum Laden an der Ecke, um ein paar Brötchen zu holen. In der Zwischenzeit erzählte Ros-Marie, dass Leif jetzt seit zwei Wochen nicht mehr getrunken und versprochen hatte, sich zu bessern.

»Ihm ging es furchtbar schlecht nach der Sache mit Sanna, aber jetzt hat er eingesehen, dass er nicht noch mehr verlieren will. Du verstehst, vor ein paar Monaten war ich kurz davor, ihn zu verlassen. Er hatte mehrere Wochen lang durchgesoffen und sich bestimmt einen Monat lang nicht gewaschen.« Ros-Marie redete in hohem Tempo. Als wolle sie möglichst viel erzählen, bevor Leif zurück war. »Jetzt hat er auch wieder angefangen, ein bisschen zu arbeiten. Sie haben ihm eine neue Chance gegeben, wenn er verspricht, zu solchen Treffen zu gehen, du weißt schon, Alkoholikertreffen.«

»Ja, ich finde, dass er viel besser aussieht als beim letzten Mal.«

»Absolut. Der arme Leif. Ihm ist es sehr schlecht gegangen.«

»Und was ist mit dir, Mama?«

»Es war nicht leicht. Aber ich konnte ja jeden Tag zur Arbeit gehen. Das hat geholfen.«

Die Wohnungstür ging auf, und Leif war zurück mit ein

paar vakuumverpackten Muffins. »Es gab nichts anderes«, sagte er entschuldigend. Sie setzten sich an den neuen Küchentisch, den Amanda über ein Inserat im Internet gekauft hatte. Er war weiß, dazu gab es vier Stühle in unterschiedlichen Farben. Das und ein Bett waren im Großen und Ganzen das Einzige, was sie bisher nach dem Brand erworben hatte. Amanda schlang zwei Muffins herunter, obwohl sie fast nur nach Chemie schmeckten. Sie sah ihren Vater an.

»Mama hat erzählt, dass du wieder arbeitest.«

Leif spülte den letzten Bissen mit einem Schluck Kaffee runter. »Ja, hm, ich hab wieder ein bisschen angefangen.«

»Super. Euch scheint es ein wenig besser zu gehen, oder?«

Ros-Marie antwortete schneller: »Man muss es halt versuchen. Es wird nicht besser, wenn man sich eingräbt.« Sie seufzte tief. »Aber ich denke jeden Tag an sie, jede Sekunde.«

Leif nickte zustimmend. Seine Augen sahen traurig aus. So war es seit jenem Tag.

Ros-Marie legte ihre Hand auf die von Amanda. »Wir haben uns solche Sorgen gemacht, als du dich so lange nicht gemeldet hast. Das hat uns an all das erinnert, und ich ertrage den Gedanken nicht, dass auch dir etwas zustoßen könnte.«

»Bei mir ist alles bestens. Es ist nur so, dass ich gefühlt rund um die Uhr arbeite, und es war extrem viel los. Aber ich gelobe Besserung.«

»Ja, aber diese Bombe, das ist doch Irrsinn!«

»Es war ein Molotowcocktail.«

»Was sagst du?«

»Ein Molotowcocktail. Keine Bombe.«

»Ach, was auch immer. Deine Wohnung ist jedenfalls explodiert, und du bist mit Glück lebendig davongekommen. Warum tut dir jemand so etwas an?«

»Ich weiß es nicht. Vielleicht war es nur ein Zufall, dass es mich getroffen hat.«

Ros-Marie schnaubte. »Das glaubst du doch selber nicht. Der Polizeiberuf ist zu gefährlich. Nein, du, willst du dir nicht überlegen, wieder nach Hause zu ziehen? Du könntest bei mir im Salon arbeiten …«

»Ich werde nicht nach Hause ziehen. Und was sollte ich in deinem Salon bitte machen? Haare zusammenfegen?«

»Das wäre immerhin ein Beginn, bis du etwas anderes findest.« Ros-Marie wirkte verletzt.

»Mir gefällt es hier, und ich mag meinen Job. Ihr braucht euch keine Sorgen zu machen. Sanna geriet in schlechte Kreise. Ich weiß aber, was ich mache.«

Leif schaltete sich in das Gespräch ein. »In was für Kreise?«

Amanda begriff, dass sie zu viel gesagt hatte. »Na ja, da sie mit Drogen angefangen hat, muss sie ja die falschen Freunde gehabt haben.«

»Sie war doch nur immer mit dieser Jensine zusammen«, meinte Ros-Marie.

»Und die schien sehr nett zu sein«, fügte Leif hinzu.

»Mm.« Amanda sah Jensine vor sich, auf dem Rücken liegend, von Drogen ausgeknockt. »Ja, das stimmt.«

Vielleicht war es mal wieder an der Zeit, bei Jensine vorbeizuschauen und sie zu dem Film im Internet zu befragen. Ob der freiwillig entstanden war oder ob man sie vergewaltigt hatte. Amanda war von Letzterem überzeugt. Würde ihr Jensine verraten, wer der Mann war? Und die wichtigste Frage von allen: War Sanna dasselbe passiert?

Ros-Marie sammelte die Muffinbrösel ein, die auf dem Tisch gelandet waren, während sie redete. »Ich verstehe einfach nicht, wie Sanna mit den Drogen anfangen konnte. Sie war doch so vernünftig. Ich denke ständig daran. Warum fängt man mit so etwas an, Amanda?«

»Leider geschieht das recht schnell, wenn man, wie gesagt, in den falschen Kreisen landet.«

»Ja, aber wen kannte sie denn noch? Irgendjemand muss sie doch dazu gebracht haben, es auszuprobieren.«

Amanda nickte. Leif wirkte abwesend.

Ros-Marie fuhr fort: »Den Menschen, der sie mit diesen Drogen versorgt hat, würde ich gern treffen. Ich würde ihn mit meinen bloßen Händen erwürgen.«

Amanda hatte auf einmal einen Klumpen im Magen. Ihre Mutter sprach von Adnan. Ihn wollte sie erwürgen. »Du hast recht, Mama, Idioten, die Drogen verkaufen, sollten lebenslänglich eingesperrt werden.« Während sie dies sagte, spürte sie, dass die Entscheidung, die sie in Sannas Wohnung getroffen und anschließend über Monate hinweg vorbereitet hatte, die einzig richtige war. Wenn sie auch dann und wann gezweifelt hatte, so wusste sie jetzt, dass sie ihren Plan durchziehen würde. Adnan hatte indirekt Sanna getötet, so war es einfach. Falls ihre eigenen Gefühle ihr einen Streich gespielt hatten, war das nun vorbei. Nachdem Amanda alles so arrangiert hatte, dass der selbstverliebte Magnus in Adnan einen Konkurrenten bekommen hatte, war der Ball ins Rollen gekommen. Und er war nicht mehr zu stoppen. Das hatte Magnus bereits bewiesen.

Amandas Eltern fuhren gegen acht Uhr abends wieder. Sie würden bei ehemaligen Nachbarn aus Finspång unterkommen, die inzwischen in der Hauptstadt wohnten. Amanda fühlte sich ein wenig lächerlich, weil sie ihnen keinen Schlafplatz anbieten konnte, aber damit hatten sie auch nicht gerechnet, »nach dem Vorfall mit der Bombe«, wie Ros-Marie es nannte. »Und ich würde es auch nicht wagen, hier zu schlafen«, hatte ihre leicht zu verängstigende Mutter hinzugefügt. »Diese Irren können ja jederzeit zurückkommen.«

Amanda teilte die Sorge ihrer Mutter nicht. Nachdem durchgesickert war, dass sie Polizistin war, würden die Jugos es sich zweimal überlegen, bevor sie noch einmal angriffen. Milorad Kraljevic war nicht dumm. Er zog die Aufmerksamkeit der Polizei nicht unnötig auf sich. So etwas würde seine Geschäfte stören.

Eine Viertelstunde nach der Abfahrt ihrer Eltern kam Vicky zu ihr. Sie hatte Amanda im Laufe des Abends eine SMS geschickt und gefragt, ob sie nach dem Training vorbeischauen könne. Amanda war froh über diesen Vorschlag, denn so konnte sie es vermeiden, nur dazusitzen und über alles nachzugrübeln. Diesmal bereitete Amanda Tee anstelle von Kaffee vor, da sie ihren Koffeinbedarf schon mehr als gestillt hatte. Und sie brauchte sich nicht zu kümmern, wenn sie keine Süßigkeiten zu Hause hatte. Vicky steckte in einer intensiven Trainingsphase und aß vor allem Eier und Thunfisch und trank Proteindrinks.

»Wie schön es bei dir wieder geworden ist. Hätte man echt nicht gedacht, so, wie es hier ausgesehen hat.« Vicky saß Amanda am Küchentisch gegenüber, die Haare zu einem verschwitzten Zopf hochgebunden. Sie hatte nicht geduscht und hatte immer noch ganz rote Wangen.

»Stimmt, die Handwerker haben richtig gute Arbeit geleistet. Aber ich brauche noch ein paar Möbel.«

»Ja, aber das kriegst du hin. Immerhin kannst du wieder hier wohnen.«

»Absolut.«

»Hast du was Neues gehört über mögliche Täter?«

»Nein. Und du?«

»Nein.« Vicky zögerte ein wenig. Dann fuhr sie fort. »Du, fasse das jetzt nicht falsch auf. Aber ich muss dich was fragen.«

»Das klingt ernst.«

»Ist es vielleicht. Ich hoffe nicht. Aber ich habe gehört, dass die Leute sich einiges über dich erzählen.«

»Aha, was sagen sie denn?«

»Dass du mit einem Ganoven zusammen bist.«

Amanda lachte. »Interessant, erzähl weiter.«

»Stimmt das?«

»Wo hast du das denn gehört?«

Vicky holte tief Luft. »Ich sage dir das jetzt vertraulich, weil ich mir Sorgen um dich mache. Petter hat mich gefragt, was ich über dich weiß. Du weißt schon, dieser Petter, den wir im Kraftraum getroffen haben.« Amanda wusste, wen Vicky meinte. Schönling-Petter. Nova-Petter. Petter, der im Bonobo aufgetaucht war.

»Ich weiß, wen du meinst.«

»Er hat erzählt, dass sie einen Typen überwacht haben, der früher für ein paar Jugoslawen Stoff verkauft hat. Hinter dem sind sie jetzt her. Und dann war derselbe Typ in diese Schießerei in Husby verwickelt, wo vermutet wird, dass die Jugoslawen dahinterstecken.« Vicky blickte Amanda an, als erwarte sie eine Reaktion. »Dann haben sie diesen Typen mehrmals in dein Haus gehen sehen.«

»Adnan heißt er.«

»Dann stimmt es also?« Vicky sah bestürzt aus.

»Vicky, was ich dir jetzt sagen werde, bleibt unter uns, klar?«

Vicky nickte.

»Du weißt, dass ich eine Schwester hatte, die sich vor ein paar Jahren das Leben genommen hat.«

»Ja.«

»Ich habe herausgefunden, wer ihr damals Drogen verkauft hat.«

»Und?«

»Diesen Kerl treffe ich jetzt. Adnan Nasimi. Oder habe ich getroffen, sollte ich besser sagen.«

»Jetzt kapiere ich nichts mehr. Warum?«

»Weil ich wissen muss, wer meine Schwester auf dem Gewissen hat.«

Vicky starrte sie mit offenem Mund an. »Hast du sie noch alle? Du triffst dich mit einem Kriminellen, nur um zu erfahren, wer er ist? Du opferst deine ganze Karriere dafür, ist dir das klar?«

»Ich weiß. Aber das ist es wert.«

»Aber ich begreife das trotzdem nicht. Was willst du damit erreichen?«

»Ich hatte gedacht, ich könnte ihn irgendwie drankriegen, wenn er etwas verkauft oder so, aber es hat sich herausgestellt, dass er damit aufgehört hat. Dann wurde auf ihn und diesen Hajir geschossen.«

»Warum denn?«

»Das weiß er nicht. Adnan sollte den Jugoslawen, die du erwähnt hast, Geld übergeben, das er ihnen schuldete. Da hat Fatos Bilajbegovic auf sie geschossen.«

»Um Gottes willen, du sitzt ja auf einer Unmenge an Infos. Du solltest das den Ermittlern sagen.«

»Noch nicht. Ich will, dass Adnan unter Druck gerät. Dann muss er sich irgendwie mehr Geld beschaffen.«

»Und zwar nicht durch ehrliche Arbeit, meinst du?«

»Genau.«

»Oh mein Gott, dann willst du ihn also beobachten, bis er einen Fehler macht?« Vicky hatte beide Hände in die Hüfte gestemmt und sah sehr polizeilich aus, obwohl sie in verschwitzten Trainingssachen dahockte.

»So war es gedacht, aber daraus wird nichts, weil wir uns nicht mehr sehen.«

»Und warum nicht?«

Amanda schluckte. »Er hat herausgekriegt, dass ich Polizistin bin.«

Vicky beugte sich über den Tisch. »Menschenskind, das ist lebensgefährlich! Er könnte dir etwas antun.«

»Das würde er niemals machen.«

»Woher weißt du das?«

»Ich weiß es einfach.«

»Aber deine Wohnung wurde ja in die Luft gejagt, das muss mit alldem zu tun haben. Genau wie Petter meinte.« Sie lehnte sich wieder zurück. Die Falte auf ihrer Stirn war tiefer als sonst. »Er denkt, dass du viel mehr weißt, als du sagst. Und da hat er ja recht.«

»Ja und nein. Ich weiß nicht, wer es getan hat, aber Milorad Kraljevic dürfte der wahrscheinlichste Kandidat sein.«

»Dir ist schon klar, wie gefährlich dieser Mann ist?«

»Ja, aber es ist anzunehmen, dass sie in Wirklichkeit hinter Adnan her waren.«

»Geholfen hat dir das in dem Moment nicht, oder?«

»Stimmt, aber jetzt sieht die Lage anders aus.«

Vicky sah auf einmal aus, als wäre ihr die wichtigste Frage von allen eingefallen. Sie neigte sich zu Amanda. »Hast du mit ihm geschlafen?«

Amanda lachte. »Mit Milorad Kraljevic, meinst du?«

»Unsinn, du weißt, wen ich meine.« Vicky blickte Amanda herausfordernd an. »Das hast du, oder nicht?«

Amanda nickte.

»Oh mein Gott!« Vicky schüttelte den Kopf. Sie ähnelte noch immer einem großen Fragezeichen. »Dann schieß mal los.«

»Ich habe nicht vor, irgendwelche Details zu erzählen.«

»War er gut?«

Amanda kam um ein Lächeln nicht herum.

»Aha. Dann hast du es wenigstens nicht umsonst gemacht«, sagte Vicky.

»Absolut nicht.«

Sie lachten. Dann wurde Vicky kurz still, als suche sie nach den richtigen Worten. »Aber war das nicht schlimm? Du musst ja doch etwas für ihn empfunden haben, wenn es so weit gegangen ist.«

»Ja, schon. Ich hätte nicht gedacht, dass ich mich so für ihn interessieren würde, wie es letztlich der Fall war.«

Vicky wirkte misstrauisch. »Bist du verliebt?«

Verliebt? Das Wort klang seltsam in Amandas Ohren. Sie hatte den Gedanken bislang scheinbar verdrängt. »Er sieht ziemlich gut aus, und er war viel netter, als ich gedacht hätte. Aber du weißt ja, auf was ich stehe.« Amanda wusste, dass ihre Antwort so unentschlossen klang, wie sie sich fühlte.

»Du bist verliebt.«

»Nein, ich bin nicht verliebt. Ich entscheide selbst, in wen ich mich verliebe, und das ist ganz bestimmt kein Gangster.«

»Du bist verliebt, und du hast dir ein verdammt großes Problem aufgehalst.«

Amanda wusste, dass Vicky recht hatte. Sie hatte es bereits beim ersten Treffen geahnt, im Supermarkt. Das hatte alles nur noch spannender gemacht.

Vicky bombardierte sie mit tausend Fragen. Amanda versuchte, so ehrlich wie möglich zu antworten, damit Vicky glaubte, sie würde sich ihr vollkommen anvertrauen. Vicky war ihre engste Freundin in Stockholm, und sie wusste, dass sie sich auf sie verlassen konnte. Bis zu einer gewissen Grenze. Die Magnus-Geschichte und ihre Pläne dazu behielt sie für sich. Es wäre zu viel für Vickys Gehirn, noch mehr von dem, was Amanda geplant und über Jahre hinweg ausgetüftelt hatte, aufzunehmen. Kein normaler Mensch konnte verstehen, wieso man sein Leben auf diese Weise preisgab. Zu Beginn war es ein natürlicher Teil des Trauerprozesses gewesen – zu versuchen, ein wenig Licht ins Dunkel zu bringen –, aber irgendwann im Laufe der Zeit hatte Amanda gemerkt, dass sie es genoss. Sie genoss es, andere so zu manipulieren, dass sie nach ihrer Pfeife tanzten. Sich in sie hineinzuversetzen und zu wissen, dass sie alles steuerte. Jetzt, wo sie so weit gekommen war, dachte sie nicht daran, einfach aufzugeben, nur weil Adnan sie entlarvt hatte oder weil die Kollegen ihr auf der Spur waren. Es würde nur noch interessanter werden. Eine Reihe von Ideen nahmen bereits Form an. Sie sah Vicky ernst an.

»Was hast du Petter gesagt, als er dich ausgefragt hat?«

»Nichts. Ich wusste ja nichts, also habe ich gesagt, dass das unmöglich stimmen könne. Ich meinte, dass wir über alles reden und ich auf jeden Fall Bescheid wüsste.«

»Und was meinte er dazu?«

»Dass sie sich ihrer Sache sehr sicher seien. Dass zu viele Ereignisse übereinstimmten und es kein Zufall sein könne. Ich hatte den Eindruck, dass sie irgendetwas gegen dich unternehmen wollen, aber noch nicht genügend Beweise haben.«

»Die können mich doch nicht wegen der Wahl meines Freundes rausschmeißen?«

»Nein, aber du weißt ja, wie es in unserem Laden funktioniert. Wenn man jemanden loswerden möchte, mobbt man ihn hinaus. Du kannst versetzt werden, du kriegst den Posten nicht, für den du dich bewirbst, na ja, du weißt ja selber.«

»Vielleicht lande ich ja in der Asservatenkammer.« Amanda lachte.

»Ja, aber ernsthaft, deshalb habe ich mir auch Sorgen um

dich gemacht. Andere wurden schon für weniger als das degradiert.«

»Ich bin dir echt dankbar, dass du dir Sorgen machst und mir alles erzählt hast. Aber du brauchst dir wegen mir keinen Kopf zu machen, ich weiß, wie ich das angehen werde.«

»Wie denn?«

»Ich muss dich um einen Gefallen bitten.«

44

Hallo, liebes Tagebuch. Es ist so schön, dass ich mich dir anvertrauen kann. Ich kann dir alles erzählen und weiß, dass du mich nicht verurteilst. Heute sind meine Arbeitskollegen auf der Weihnachtsfeier. Sie haben gefragt, warum ich nicht mitkomme. Eigentlich wäre es toll gewesen, sie wollten zum Schloss Ulriksdal, dort soll das Essen wunderbar sein. Aber es ist besser, ich bleibe zu Hause, ich möchte nicht schon wieder Streit. Joakim hat mehrmals gefragt, ob ich nicht doch komme. Warum er das wohl macht? Joakim ist sehr nett, er will immer wissen, wie es mir geht und alles. Auf der anderen Seite ist es ein bisschen anstrengend, wenn er so viel fragt. Zum Beispiel als er wissen wollte, woher ich die blauen Flecken hatte. Ich dachte, ich hätte sie ausreichend überschminkt, aber anscheinend waren sie trotzdem noch zu sehen. Ich hab ihm gesagt, dass ich auf einen Rechen getreten bin und mich der Stiel ins Gesicht getroffen hat. Das ist mir wirklich mal passiert vor langer Zeit, deshalb ist mir diese Lüge wahrscheinlich eingefallen. Ich habe gemerkt, dass er mir nicht glaubte, aber er hat nichts mehr dazu gesagt.

Jetzt bereue ich, nicht mit zur Weihnachtsfeier gegangen zu sein. Magnus hockt den ganzen Abend in seinem Zimmer, es wäre ihm sicher nicht aufgefallen, wenn ich nicht da gewesen wäre. In letzter Zeit verkriecht er sich ständig da drin. In seinem Privatbüro, wie er das nennt. Arbeitet an speziellen Ermittlungen, sagt er. Das klingt seltsam, finde ich, denn so etwas müsste er doch eigentlich auf der Arbeit machen, mit seinen Kollegen. Aber ich will ihn nicht fragen, er war ein paar Tage lang ziemlich ruhig. Und wenn er in seinem Zimmer ist, kann ich in Frieden schreiben. Ich habe viel darüber nachgedacht, was ich will, ich grübele ständig darüber nach. Wenn ich wählen dürfte, würde ich von Magnus wegziehen. Aber wie sollte ich das tun, wie sollte ich ihm sagen, dass ich nicht mehr mit ihm leben will? Manchmal wünsche ich mir, dass etwas passiert, etwas, das dafür sorgt, dass wir nicht mehr miteinander leben können, ohne dass ich es entscheiden muss. Ich wage kaum aufzuschreiben, was ich denke. Manchmal wünsche ich mir wirklich, dass er stirbt. Dass er bei einem Autounfall umkommt oder so etwas. Ich fühle mich furchtbar, wenn ich so etwas denke, und bereue es sofort. Das sind schreckliche Gedanken. Aber ich kann nicht aufhören, mir vorzustellen, wie mein Leben dann aussehen würde …

45

ERMITTLUNGSBERICHT
Zum oben genannten Datum führten ich, Insp. P. Nordlund, und PA O. Möller eine Routinekontrolle im Club Bonobo durch. In diesem Zusammenhang bemerkte ich, Insp. P. Nordlund, dass sich Adnan Nasimi dort aufhielt. Nasimi ist Nova-registriert und steht im Verdacht, mit der jugoslawischen Mafia um Milorad Kraljevic zusammenzuarbeiten. Nasimi wurde dabei beobachtet, wie er eine Zeit lang mit dem Eigentümer des Clubs redete, Vincent Bonnerud, einem der mutmaßlichen Kontaktmänner von Kraljevic im Drogenhandel. Zudem wurde Nasimi mit einer blonden Frau gesehen, die möglicherweise seine Freundin ist.

Nasimi, Adnan
Angaben zur Person, siehe Anlage.

Bonnerud, Vincent
Angaben zur Person, siehe Anlage.

Blonde Frau
Vertrauliche Angaben, siehe Anlage A1.

Magnus dachte kurz über die Informationen nach, die er soeben gelesen hatte. War das gut oder schlecht? Er trommelte mit den Fingern auf den Schreibtisch. Die Nova-Leute waren Adnan und Amanda auf der Spur, so oder so. Dagegen konnte er nichts machen. Also war er gezwungen, die Lage irgendwie zu nutzen. Er verfluchte sich selbst, weil er die Ermittlungsberichte in letzter Zeit nicht fleißiger gelesen hatte. Das hier war über einen Monat her, wenn er sich nicht täuschte, an dem Abend geschrieben, an dem das Attentat auf Amandas Wohnung verübt worden war. Hatte Nova gleichzeitig mit ihm Amandas Haus überwacht? Aus den Augenwinkeln sah er Erik kommen.

»Bist du beschäftigt?«

»Nee, raus mit der Sprache.«

»Ich habe gerade Samir vernommen.«

»Dann ist der Verteidiger also doch noch aufgetaucht?«

»Ja, er hatte den ganzen Tag über Verhandlungen am Gericht, da war er nicht gerade begeistert, den Abend hier verbringen zu müssen.«

»Wie ist es gelaufen?«

»Ich rufe noch den Staatsanwalt an, aber ich selber sehe keinen Sinn darin, Samir länger schmoren zu lassen. Was er sagt, stimmt vollkommen mit den Aussagen des Mädchens überein, und wir haben die Hausdurchsuchung gemacht wie verlangt.«

»Dann scheint es so zu sein, wie wir von Anfang an vermutet haben. Zwei Jugendliche, die ein wenig Spaß hatten, und dann haben die Eltern die Düse gekriegt. Weil sie nicht einsehen wollen, dass ihr kleines Mädchen groß geworden ist.«

»Ja, so in der Art. Mir tut der Kerl leid. Er wirkt vollkommen verstört, hatte sich sogar in die Hose gepinkelt.« Erik schüttelte den Kopf. »Ich hasse diese Fälle. Der Staatsanwalt könnte das doch sofort zu den Akten legen, wenn es so offensichtlich ist. Der Arme ist jetzt für den Rest seines Lebens abgestempelt.«

»Finde ich auch, noch dazu kostet es uns eine Menge Ressourcen. Aber im Gesetz steht, was da steht, und wir sind die Huren der Staatsanwälte.«

»Ja, leider, aber die ganze Sache ist doch reichlich unglücklich gelaufen, das ganze Theater bei der Hausdurchsuchung. Nur, weil der Kerl seine Unschuld verloren hat.«

Magnus hatte auf dem Arrestblatt gelesen, dass Amanda ihren Liebsten abtransportiert hatte. Was hätte er nicht gegeben, um das sehen zu können. Er schaute zu Erik und versuchte, seine Begeisterung zu verbergen.

»Ja, aber das ist eine Geschichte für sich. Wir gehen das morgen bei der Besprechung durch, wenn alle versammelt sind.«

»Stimmt, wir müssen vermeiden, dass sich in der Truppe eine miese Stimmung breitmacht. Perra war nicht gerade froh, um es mal so zu sagen.«

»Ich werde mich drum kümmern. Ruf den Staatsanwalt an, danach kannst du nach Hause. Ich kann Samir rauslassen, dann sparst du dir das.«

Erik sah dankbar aus. »Super, ich hab bald vierzehn Stunden am Stück hinter mir, es wird langsam Zeit, nach Hause zu Frauchen zu fahren.«

Zehn Minuten später war Magnus unterwegs zum Arrest. Als er in der Abteilung der Streife vorbeikam, erblickte er Kerstin, die ein Stück entfernt an ihrem Tisch saß. Sie starrte ihn finster an. War schon immer eine dumme Fotze gewesen. »Hallo«, sagte sie, als er vorbeiging.

»Grüß dich.« Plötzlich tauchte die nackte Kerstin vor seinem inneren Auge auf. Kerstin in der Dusche. Kerstin, die sich ihre Hängetitten einseifte. Magnus lief ein Schauer über den Rücken. Sie nackt zu sehen war die einzige negative Erfahrung bei seinem Filmprojekt gewesen. Sonst waren fast nur Sechs- bis Zehn-Punkte-Weiber vor der Kameralinse gelandet.

Magnus hatte in letzter Zeit viele Stunden zu Hause vor seinem Computer verbracht, wo er seine Kolleginnen nach einem klaren System mit Punkten versah. Extrapunkt für lange, wohlgeformte Beine. Extrapunkt für große feste Brüste. Eine, die eigentlich nur fünf Punkte verdiente, hatte am Ende acht gekriegt wegen ihrer Piercings in den Brustwarzen. Magnus hatte sich anfangs nicht entscheiden können, ob er das sexy fand oder nicht, aber nachdem er schneller gekommen war als sonst, war die Sache entschieden.

Im Arrest war es leer bis auf den Wachposten, der mit auf dem Schreibtisch überkreuzten Beinen fernsah. Magnus klopfte an den Türrahmen.

»Hallo, ich komme, um Nummer dreiundzwanzig rauszulassen.«

Der Wachposten nahm die Füße vom Tisch und blätterte in seinen Papieren. »Da haben wir ihn ja. Samir Nasimi.«

»Du kannst mir auch gleich seine Sachen geben, dann hole ich ihn.«

»Klar.«

Magnus ging den leeren Gang entlang, Tür für Tür. Hinter den meisten war es still, nur in Nummer vier brüllte eine weibliche Whiskystimme: »... ihr verfluchten Drecksäcke, ihr werdet in der Hölle brennen, so etwas mit einer Dame zu machen, dafür wird Gott euch büßen lassen ...«

War das Schluckspecht-Britta aus Sundbyberg, die da drin rumschrie? Sie war eine lokale Berühmtheit, die Magnus des Öfteren in seiner Zeit als Uniformierter in Gewahrsam genommen hatte. Konnte sie wirklich noch am Leben sein?

Als Magnus die Tür von Nummer dreiundzwanzig öffnete, saß Samir mit angezogenen Beinen auf der harten Pritsche. Er wandte sich träge zu Magnus um, der den scharfen Geruch, der ihm entgegenschlug, zu ignorieren versuchte.

»Was hast du bloß angestellt, Junge?«

»Was machen Sie hier?«, murmelte Samir.

»Begrüßt man so einen Partner?«

»Wieso Partner? Für mich ist das gelaufen.«

»Natürlich nicht. Du hattest nur ein bisschen Pech, aber das lässt sich alles lösen.«

»Sie wissen haargenau, dass ich wegen Vergewaltigung angeklagt bin. Alle werden das erfahren, meine Freunde, die Schule. Und meine Eltern ...« Samir verbarg sein Gesicht unter der Achsel. »Wie kann ich jetzt noch Polizist werden?«

»Hör mal her. Ich weiß, was passiert ist, deswegen bin ich ja da. Alles kommt wieder ins Lot, dafür sorge ich, versprochen. Ich habe gerade das Vernehmungsprotokoll gelesen und mit dem Staatsanwalt geredet. Du kannst gehen.«

Samir blickte auf.

»Ich habe mich eingehend mit dem Staatsanwalt unterhalten und ihm klargemacht, dass ihr nur zwei verliebte Jugendliche seid, die halt Sex miteinander hatten.«

»Aber das spielt keine Rolle, im Gesetz steht ja offenbar, dass es eine Vergewaltigung ist, wenn sie unter fünfzehn ...«

»Hör zu, ich habe mit dem Staatsanwalt geredet, der eigentlich so verfahren wollte. Aber ich habe ihn darauf hingewiesen, dass es eine Ausnahme gibt, bei der es nicht als Vergewaltigung angesehen wird, wenn beide einverstanden waren und der Altersunterschied gering ist. Was ja hier der Fall ist. Nach einer Weile hat er immerhin zugelassen, dass du gehen kannst. Aber ich musste ihn ziemlich bearbeiten.«

Samir hatte wieder ein wenig mehr Leben im Blick. »Wollen Sie damit sagen, dass ich nicht mehr unter Verdacht stehe?«

»Der Tatvorwurf ist noch nicht ganz vom Tisch, aber es gibt keinen Grund, dass du eingesperrt bleibst. Außerdem bedeutet all das hier nicht, dass du wirklich verurteilt wirst. Die Ermittlungen sind noch nicht ganz beendet, aber ich werde alles tun, damit die Voruntersuchung ergebnislos geschlossen wird.«

»Wie denn?«

»Na, sobald die Ermittlungen abgeschlossen sind, wird der Verdacht gegen dich fallengelassen, davon bin ich überzeugt. Ich werde alles dafür tun.«

Samir sah misstrauisch aus. »Dann darf ich jetzt gehen?«

Magnus nickte. »Jepp. Aber du, wir müssen bereden, wie wir weitermachen. Ich bin für dich da, und ich hoffe, dass das umgekehrt auch gilt.«

Samir sank in sich zusammen. »Ich kann nicht mehr, ich wäre bei dem Ganzen fast draufgegangen, Mann.«

»Du hast keine Wahl, Junge, du steckst genauso tief drin in dieser Sache wie ich. Wenn wir nicht zusammenarbeiten, sind wir im Arsch.«

»Sie kapieren das nicht! Ich dachte, es wären die Jugoslawen, als die Bullen mich geholt haben.« Samir war aufgestanden und marschierte in der kleinen Zelle auf und ab. »Ich hatte Todesangst, ich dachte, ich würde sterben. Kapieren Sie das?«

Deshalb also hatte Samir sich in die Hose gemacht. Der Junge hatte schreckliche Angst. Nicht der beste Ausgangspunkt für Magnus. Jetzt musste er klare Kante zeigen.

»Hör mir zu. Du wirst nicht sterben. Ganz ehrlich, ich denke, dass du den Jugos scheißegal bist. Sie hätten dich sonst längst umgelegt, als sie die Möglichkeit dazu hatten.« Samir blickte Magnus entsetzt an. Magnus fuhr fort: »Dein Bruder hingegen steckt so richtig in der Scheiße, hinter ihm sind sie schließlich her. Also, damit wir beide das Beste aus der Situation machen, ist es wahnsinnig wichtig, dass wir zusammenarbeiten. Du kannst mir eine Menge Infos geben, die entscheidend für mich sind, und du kannst deinem Bruder helfen zu überleben.«

»Das schnalle ich nicht.«

»Setz dich hin. Es nervt, wenn du ständig auf und ab rennst.« Samir setzte sich auf die Pritsche. »Ich will alles wissen, was dein Bruder macht.«

»Aber was hat mein Bruder mit alldem zu tun?«

»Denk mal nach. Die Jugos machen alles, um ihn umzulegen. Wo er ist, werden auch sie sein. Und was ist dir lieber, Samir, dein Bruder für ein Jährchen im Knast oder mit ausgestochenen Augen am Flussufer?« Magnus ließ Samir kurz Zeit, diese beiden Alternativen sacken zu lassen, dann fügte er hinzu: »Und denk daran, dass du noch immer unter Verdacht stehst, eine Vergewaltigung begangen zu haben. Du brauchst meine Hilfe. Du brauchst mich.«

Magnus fasste nicht, was er da trieb, oder warum. Aber er konnte nicht aufhören, es ging einfach nicht. Seine Hände streichelten Kerstins hängende Brüste, kneteten sie. Kerstin stöhnte zufrieden. Sie beugte sich vor und steckte ihm die Zunge in den Mund, fuhr darin herum. Magnus bekam keine Luft und versuchte, sich loszureißen, konnte sich aber nicht rühren. Er war wie gelähmt, obwohl er alles spürte. Das Entsetzen über den plötzlichen Sexakt mit Kerstin war so stark, dass ihm übel wurde. Trotzdem konnte er nicht aufhören. Es geschah einfach, ohne dass er begriff, weshalb. Kerstin beugte sich herab und nahm seinen Schwanz in den Mund. Nie hätte er sich so etwas träumen lassen. Was, wenn sie überrascht wurden! Seine Kollegen würden ihn für den Rest seines Lebens mobben. Das durfte einfach nicht geschehen. Zugleich war es so verdammt schön, Kerstins Mund arbeitete weich und effektiv. Er wollte weg, aber es ging nicht. Er versuchte, sie fortzuschieben, doch sie saugte sich fest. Plötzlich hörte er Lachen hinter sich. Verdammt! Er drehte sich weg und hoffte, dass niemand ihn erkannte. Jetzt setzte Kerstin sich auf den Schreibtisch und spreizte bereitwillig die Beine. Er sah die zähe Feuchtigkeit an ihren Schamhaaren. Er näherte sich mit der Zunge, vollkommen panisch. Tat alles, um sich zu stoppen, aber kam immer näher. Kerstin juchzte vor Lust und schob sich weiter an die Schreibtischkante heran. Seine Zunge schmeckte die saure, warme Flüssigkeit. Die dicken Haare bohrten sich in seine Nasenlöcher. Kitzelten. Sie wuchsen rund um ihn herum, in seine Ohren hinein, hinab in seinen Hals. Er wollte um Hilfe rufen, bekam aber keine Luft. Versuchte, sich loszureißen, aber Kerstins Oberschenkel hielten ihn wie ein Keil. Ihm wurde bewusst, dass er sterben würde, dass er zwischen den fetten Stampfern ersticken würde. Mit einer letzten Kraftanstrengung packte er die Schreibtischkante und stieß sich weg. Er fiel nach hinten und landete in einem hohen Papierhaufen. Dieser wurde größer und größer, und er schaffte es nicht, sich aufzurichten. Plötzlich flogen Papierblätter von der Decke herab. Er fuchtelte mit den Armen, um sie abzuwehren, aber sie klebten an seinem Leib fest, machten es ihm unmöglich zu atmen. Das Prasseln wurde immer lauter. Er konnte nichts mehr sehen. Er kämpfte …

Magnus schlug die Augen auf. Der Schweiß rann an ihm herab, und das Laken roch scharf. Was hatte er gehört? Er lag reglos im Bett und lauschte. Prasselte da draußen nicht etwas? Er blickte zu Pia, die neben ihm lag. Sie hatte die Augen geschlossen, und ihr Brustkorb hob und senkte sich langsam. Hatte er sich das nur eingebildet? Ein Schauer durchlief ihn, als er sich an seinen Traum erinnerte. Der Gedanke, seine Zunge in Kerstins Mund zu stecken, bereitete ihm so viel Ekel, dass er sich fast übergeben musste. Da vernahm er draußen erneut ein Prasseln, dieses Mal war er ganz sicher. Er schob die Decke beiseite und stand auf. Schlich zum Fenster. Das Prasseln wurde deutlicher, und plötzlich hörte er lautes Knallen, als würde jemand eine Blechplatte hin und her biegen. Als er durch die Rollladen blickte, bestätigte sich sein Verdacht. Der Audi brannte lichterloh, und die Flammen erhellten den Garten. Eine Scheibe explodierte durch die Hitze und ließ Magnus zurückschrecken. Weiter weg auf der Straße sah er eine riesige Gestalt, die ihn an den Hulk erinnerte. Sie starrte reglos in Richtung Haus. Eine Hand wurde wie zu einem militärischen Gruß an die Stirn gelegt. Magnus blickte auf seine zitternden Hände. Als Pia hinter ihm murmelnd fragte, was denn los sei, bekam er keinen Laut heraus.

46

Adnan ging zur Rezeption in dem prunkvollen Gebäude. Die Decke war hoch, man sah geradewegs hoch in das zweite Geschoss. Mächtige Säulen unterstrichen den luxuriösen Eindruck ebenso wie mehrere Sofagruppen, die aussahen, als hätten sie ein Vermögen gekostet. Hätte Adnan nicht das Schild mit der Aufschrift *Frösunda Reha-Zentrum* gesehen, so hätte er geglaubt, am falschen Ort zu sein.

»Entschuldigung.«

Die junge Frau hinter dem Tresen blickte auf.

»Ich suche Hajir El-Batal.«

Sie sah sofort misstrauisch drein, antwortete aber dennoch freundlich. »Er ist im Augenblick bei der Krankengymnastik. Wen soll ich melden?«

»Adnan Nasimi.«

»Sind Sie ein Angehöriger?«

»Nein, muss man das sein?«

»Nein, nein. Ich möchte nur wissen, wen ich ankündigen soll. Setzen Sie sich einen Moment, ich werde sehen, ob Hajir heute Besuch empfangen kann.«

»Danke.« Adnan wählte einen dunkelbraunen Ledersessel und ließ sich nieder. Er blätterte kurz in einer Zeitschrift, bis die Frau von der Rezeption zu ihm zurückkam und sagte, dass Hajir ihn in zwanzig Minuten empfangen könne. Sie erklärte ihm auch, dass Hajir noch keine langen Besuche verkrafte und sich mehrmals am Tag ausruhen müsse.

Als der Augenblick gekommen war, in dem er Hajir treffen

würde, war er plötzlich nervös. Wie würde Hajir reagieren? Beim letzten Mal hatte er im Koma gelegen, der Besuch hatte nach der Begegnung mit der aufgebrachten Isabella in einer Katastrophe geendet. Adnan wurde in einen Aufenthaltsraum gebracht, in dem Hajir sein sollte. Er sah sich um. Es gab Tische und Stühle wie in einem Café und mehrere Besucher saßen mit Patienten herum. Er suchte nach Hajir, sah einen mageren Mann im Rollstuhl, einen weiteren auf Krücken. Sein Blick glitt zurück zu dem Mann im Rollstuhl, der plötzlich Adnan zuwinkte. Er starrte ihn an. War schockiert, als ihm klar wurde, dass es Hajir war. Er ging hin.

»Hallo.« Adnan ballte die Faust und streckte sie zum Gruß aus. Anstatt einzuschlagen, breitete Hajir die Arme aus. Adnan fasste sich schnell und beugte sich zu ihm herab. Sie umarmten sich, Adnan klopfte Hajir ein wenig unbeholfen auf den Rücken.

»Hi, Mann.« Hajirs Stimme klang immerhin nach Hajir. Sonst hätte es sich genauso gut um einen anderen Menschen handeln können, so ausgemergelt war er. Der früher so muskulöse Hajir war zu einer dürren Gestalt geschrumpft. Außerdem hatte er sich einen Bart wachsen lassen, sodass man seinen Mund nicht mehr sah. Nur die Stimme und die Augen verrieten noch, dass er es war.

»Hey, du siehst gut aus.« Adnan fiel nichts Besseres ein.

»Quatsch, ich weiß, dass ich furchtbar aussehe. Aber immerhin lebe ich.«

Adnan nickte. Konnte kaum fassen, dass sein bester Kumpel da vor ihm im Rollstuhl hockte. »Wie geht es dir?«

Hajir sagte ein paar Sekunden lang nichts. »Mir geht es gut. Ich kämpfe jeden Tag, mit der Krankengymnastik, mit den Schmerzen, mit dem Gedanken, dass ich vielleicht nie wieder werde gehen können. Aber mir geht es gut. Ich habe eine wundervolle Frau, und wir werden ein wundervolles Kind haben. Das Schicksal meint es gut mit mir.«

Adnan wunderte sich über die Antwort, das klang so gar nicht nach Hajir. Eher wie eine Predigt. »Schön zu hören«, sagte er.

Hajir fuhr fort, als hätte er Adnans Gedanken gelesen. »Ich versuche, positiv zu denken, davon reden sie hier die ganze Zeit. Ich denke an das, was ich habe und was ich immer noch tun kann, nicht an das, was ich nicht mehr tun kann.«

Adnan nickte. Er sah, dass ein Patient an einem anderen Tisch einen Strauß Blumen von seinen Besuchern bekam. Shit, er hätte auch etwas mitbringen sollen. Vielleicht nicht gerade Blumen, aber irgendetwas anderes.

»Und wie geht es dir, Adnan, was ist los?«

»Nicht so viel. Ich hab mich unter dem Radar gehalten, kann man sagen.«

Hajir sah plötzlich ernst aus. »Ich nehme an, dass du nicht mit den Bullen gesprochen hast.« Es war zugleich eine Frage und eine Feststellung.

»Nein, ich dachte, es wäre besser so, zumindest für den Anfang. Und die Bullen sind sowieso keine Hilfe.«

Er sah, dass Hajir nicht mit der Antwort zufrieden war.

Adnan versuchte, sich aus der unangenehmen Situation zu manövrieren. »Ich dachte, es wäre besser, wenn zuerst wir beide darüber sprechen, was wir machen sollen.«

»Und was, wenn ich nicht wieder aufgewacht wäre?«

»Aber scheiße, du weißt doch, dass ich immer für dich da bin.«

»Das habe ich zumindest geglaubt.« Hajir kratzte sich am Bart. »Wir müssen beide mit den Bullen reden, sonst geht es nicht.«

Hajir war total schräg. Überhaupt nicht der Alte. Adnan

versuchte, ihn zu überzeugen. »Du bist mein Bruder, das weißt du. Aber mit diesen Irren ist nicht zu spaßen. Wir müssen wissen, was wir tun. Alles den Bullen zu erzählen bringt uns nicht weiter. Wir müssen es selbst lösen, auf unsere Art.«

Enttäuschung glimmte in Hajirs Augen auf. »Ich habe mehr von dir erwartet, Adnan, ich habe mehr erwartet.«

»Scheiße, du weißt doch selbst, wie es abläuft. Wenn wir auspacken, haben die Bullen trotzdem keine Beweise, und Fatos wäre im Handumdrehen wieder auf freiem Fuß. Das wäre nur noch erniedrigender. Die kriegen ihre Strafe. Aber wir müssen den richtigen Moment abwarten. Wenn der kommt, schlagen wir mit hundert Prozent zu. Dann wird Fischfutter aus ihnen.«

»Und wie soll ich das anstellen, wenn ich zu dem hier verurteilt bin?« Hajir packte die Räder des Rollstuhls und schaukelte kurz vor und zurück. »Ich kann von hier aus gar nichts unternehmen. Das Einzige, was ich tun kann, ist, diesen Dreckskerl wegen versuchten Mordes vor Gericht zu bringen. Dann können wir auspacken. Denn wenn er in den Knast geht, dann habe ich die Macht. Ich habe überall Kontakte. Der Typ kommt nie mehr lebend heraus.«

Adnan konnte das nachvollziehen, war aber dennoch vor den Kopf gestoßen. Hajir sollte sich darauf verlassen, dass Adnan die Sache regelte. »Aber was soll ich deiner Meinung nach tun? Soll ich einen Bullen anrufen und sagen, dass ich ganz plötzlich reden will?«

»So schwer dürfte das ja nicht für dich sein.«

Unmöglich, dass Hajir es wusste. Oder doch?

»Du bist ja mit einer Polizistin zusammen.«

Adnan war baff. »Woher hast du das?«

»Isa erfährt viel. Aber nur die Ruhe, ich verrate nichts.«

»Sie hat mich reingelegt, ich wusste nicht, dass sie eine Polizistin ist.«

»Wie konntest du das nicht mitkriegen?«

»Was weiß ich, diese Typen scheinen zu allem bereit, um mich wieder hinter Gitter zu bringen.«

Hajir lachte auf einmal laut los. Die anderen im Raum blickten verwundert zu ihnen herüber. Dann verstummte er abrupt. »Denk mal nach. Glaubst du das selbst? Dass du so wichtig bist, dass eine Polizistin sogar mit dir ins Bett steigt?«

»Kapier ich nicht. Warum sollte sie sonst etwas mit mir anfangen?«

»Ja, das musst du selber rausfinden. Sie brauchte vielleicht nur ein bisschen Spannung im Leben. Oder sie ist hinter etwas anderem her.«

»Was denn?«

»Nur ein Gedanke. Welche Leichen hast du im Keller?«

»Gar keine. Zumindest keine, mit der sie etwas zu tun haben könnte.«

»Ach, und woher weißt du das? Wie viele hast du im Lauf der Jahre ausgeraubt oder mit Drogen versorgt?«

Das war eine neue Perspektive. Typisch Hajir, er analysierte alles immer bis ins kleinste Detail. Brachte Adnan dazu, über Dinge nachzudenken, auf die er vorher nicht im Traum gekommen wäre. »Äh, du nimmst mich nur auf den Arm«, antwortete er.

»Ich versuche nur, dir klarzumachen, dass du nicht Don Corleone bist.«

»Schon klar. Jedenfalls schön zu sehen, dass du immer noch der Alte bist.«

»Ich bin nicht der Alte. Das werde ich auch nie mehr sein.« Hajir gähnte und blickte auf seine Armbanduhr. »Jetzt ist es Zeit für meinen kleinen Powernap. Es geht an die Substanz, seinen besten Kumpel zu treffen.«

Adnan wusste nicht, ob Hajir das ironisch meinte oder

nicht. »Dann mach ich mal los. Ich versuche, bald wieder vorbeizuschauen.«

»Schau lieber auf einem Polizeirevier vorbei. Das hätte einen größeren Nutzen.«

Adnan antwortete nicht. Er verließ Hajir mit einem merkwürdigen Gefühl in der Magengegend. Irgendwie leer. Unausgefüllt. Hajir und er waren immer beste Freunde gewesen. Immer! Aber diesmal wusste Hajir nicht, wovon er redete. Er war zu sehr Opfer, um die Lage einschätzen zu können. Niemand packte aus. Ganz egal, was passierte. Das wusste doch nun wirklich jeder Kanake.

Adnan war unterwegs zu der sichersten Unterkunft, die er momentan hatte. Er hatte bereits eine Nacht bei Miran gepennt, aber wenn er noch eine Nacht mehr aushalten sollte, dann brauchte es ein paar drastische Maßnahmen. Er trug einen Korb voller Putzmittel. Ajax, Fensterputz, Geschirrlappen und irgendetwas Graues, das schäumte, wenn man es befeuchtete. Hier würde aufgeräumt werden. Als er in den Flur trat, schlug ihm der stickige Gestank entgegen, und er sah Mirans Füße über den Rand des Wohnzimmersofas hängen. Miran blickte überrascht auf, als Adnan die Putzmittel auf den Sofatisch stellte.

»Was ist das denn?«

»Etwas, das du noch nie benutzt hast. Aber es ist an der Zeit, dass du es lernst. Deine Wohnung muss geputzt werden, und du wirst mithelfen. Hier ist es so scheiß eklig, ich kapiere echt nicht mal, wie deine Läuse es geschafft haben zu überleben.

Miran sah ihn entgeistert an.

»Ich fange in der Küche an. Solltest du noch auf dem Sofa liegen, wenn ich zurückkomme, dann schmeiße ich dich hier raus. Kapiert?«

»Das ist immer noch meine Wohnung.«

Adnan achtete nicht auf Mirans lahme Proteste.

Nach einer Stunde bereute Adnan, dass er die Küche gewählt hatte. Obwohl er geschuftet hatte wie ein Irrer, hatte er nur den Kühlschrank und das Gefrierfach geschafft. Das verdreckte Geschirr, das sich in der Spüle, auf dem Tisch und dem Boden gestapelt hatte, legte er in die Badewanne ins Wasser, um überhaupt eine Chance zu haben, die Reste wegzukriegen. Das Aufräumen würde verdammt lange dauern. Zweimal war Adnan zu Miran ins Wohnzimmer gegangen, um ihm Dampf zu machen. Beim zweiten Mal hatte Miran sich immerhin aufgesetzt, die Ajaxflasche genommen und die Anweisungen auf der Rückseite gelesen.

»Ich kapiere gar nichts.« Miran starrte auf die Flasche.

»Schütte ein bisschen was davon in einen Eimer voller Wasser, dann passt es.«

Miran stierte ihn an.

Vier Stunden später fing es an, nach etwas auszusehen. Die Küche war aufgeräumt, und das Geschirr stand abgewaschen im Schrank. Adnan hatte Unmengen von Wäschesäcken mit schmutzigen Klamotten gefüllt, neue Laken gefunden und die Decken und Teppiche gelüftet. Das Badezimmer – das vor dem Reinigen eine unbestimmte Farbe gehabt hatte – glänzte nun weiß. Adnan hatte sich beim Scheuern der Toilette entgegen allen Erwartungen nur einmal übergeben. Mirans Beitrag hatte darin bestanden, dass er ein paar Regale im Wohnzimmer mit einem tropfenden Lappen und einer halben Flasche Ajax abgewischt hatte. Adnan musste eine Viertelstunde lang hinterherwischen, um den Schaum zu entfernen, aber Miran sah trotzdem sehr stolz aus.

»Shit, wie frisch es hier riecht.« Miran ging auf und ab. »Mannomann.«

»Kannst du in den Waschkeller runtergehen und eine Zeit reservieren? Kriegst du das hin?«

Miran blickte ihn fragend an.

»Die Schlüssel hängen draußen im Flur, jetzt komm schon.«

Miran schlurfte davon. Er schien seine verzwickte Aufgabe nicht begriffen zu haben. Eine Viertelstunde später war er zurück: »Du, Adnan, was ist heute für ein Datum?«

»Himmel, was hast du die ganze Zeit da unten getrieben?«

»Es war nicht so leicht zu finden.«

Adnan seufzte. »Schau auf den Kalender in der Küche.«

Miran tapste los und starrte wie hypnotisiert auf den Kalender. »Ich habe nicht den geringsten Schimmer.«

»Heute ist der Fünfzehnte.«

»Der Fünfzehnte ...« Miran stand da.

»Ja.«

»Der Fünfzehnte was?«

»Dezember, was dachtest du denn?«

»Dezember! Scheiße. Mann, riecht das frisch hier drin.« Miran verschwand durch die Wohnungstür. Ein paar Sekunden darauf öffnete sie sich wieder: »Du, welche Zahl war das noch mal?«

»Der fünfzehnte!« Hatte Miran mit einer neuen Droge angefangen?

Als sich die Wohnungstür erneut öffnete, brüllte Adnan: »Der fünfzehnte Dezember!« Er bekam keine Antwort. Stille. Aber es war jemand da. »Miran?« Warum antwortete er nicht? War es jemand anderes? Adnan zog leise eine Schublade des Küchenschranks heraus und griff sich das größte Messer, das er fand. Langsam schlich er mit erhobenem Messer in Richtung Flur.

»Sei so lieb und leg das Messer weg.« Beim vertrauten Klang der Stimme ließ Adnan seine Waffe sinken. Er sah seinen eigenen Schatten, der sich an der Flurwand abzeichnete, und begriff, was ihn verraten hatte.

Diar tauchte in der Türöffnung auf. »Für wen hältst du mich eigentlich?«

Adnan atmete aus. »Was?«

»Legst du das Teil bitte weg? Ich hab eine kleine Allergie gegen solches Zeug entwickelt.«

Zwei Fäuste trafen sich zum Gruß. Adnans Überraschung paarte sich mit Erleichterung und einer Art verwirrtem Freudenrausch. Er war nicht mehr allein. Nicht mehr allein mit seinen Überfallplänen. Nicht mehr allein gegen Mr Kraljevic & Co. Nicht mehr allein gegen den Psycho Vincent. Nicht mehr allein gegen die ganze Welt. Aber vor allem: Er war nicht mehr allein mit Miran.

47

Amanda platzte fast der Magen von dem großen Stück Käsekuchen, das sie während der Besprechung vertilgt hatte. Sie zupfte an ihrer Uniformhose herum, um dem Bauch mehr Raum zu geben, und verfluchte innerlich den Designer der Uniform. Die Hosen reichten an der Taille so hoch, dass man das Gefühl hatte, sie endeten unter der Brust. Sie hatte sogar das Männermodell gewählt, weil es etwas tiefer geschnitten war, aber das Problem blieb trotzdem. Sie blickte zu Robban.

»Danke für den Kuchen, ich hoffe, du verschläfst bald wieder.«

Robban grinste. »Nein, das reicht jetzt mal. Meine Frau hat keine Lust mehr zu backen.«

»War mir fast sicher, dass er von ihr ist.«

Amanda sollte heute mit dem Einsatzleiter Nils Söderling eine Patrouille bilden. Nils hatte noch einiges zu planen, bevor sie losfuhren, daher loggte Amanda sich an einem Computer ein, um ihre Mails zu checken.

Tobbe tauchte hinter ihr auf. »Erinnerst du dich an diese Stella, bei der wir letzten Sommer mal waren?«

Amanda schüttelte den Kopf.

»Die vergewaltigt worden war, aber nicht erzählen wollte, wer es war«, fuhr er fort.

»Die so vollgedröhnt war, meinst du, in Hässelby, oder?«

»Genau, ich habe gestern zufällig ihre Freundin getroffen, und sie hat mir erzählt, dass Stella sich das Leben genommen hat.«

»Nee.«

»Offenbar nur wenige Tage, nachdem wir dort waren.«

»Wie denn?«

»Mit Tabletten und Drogen, wie es scheint. Ich habe den Bericht nicht gelesen, wollte es dir nur schnell sagen. Fühlt sich ein bisschen komisch an, wenn man so kurz vorher noch da gewesen ist. Ich hatte damals nicht den Eindruck, dass sie selbstmordgefährdet wäre. Du?«

»Nein, überhaupt nicht. Wie tragisch.« Sie drehte sich wieder zum Bildschirm und las eine Mail, ohne zu registrieren, was dort stand. Ihre Hände zitterten auf der Tastatur. Sobald Tobbe weg war, suchte sie Stellas Identitätsnummer und öffnete den Polizeibericht. Stella war, zwei Tage nachdem sie dort gewesen waren, gestorben. Man hatte sie tot in ihrem Bett gefunden, in ihrer Wohnung lagen Unmengen von Schlaftabletten, Schnapsflaschen und Drogen. Es gab keine Hinweise auf einen Einbruch oder Gewalteinwirkung, daher hatten die Beamten den Fall als Selbstmord eingestuft.

Amanda startete eine Suche nach allen in den vergangenen zehn Jahren registrierten Selbstmorden in Stockholm. Daraufhin sortierte sie sämtliche Männer und Frauen über vierzig aus. Eine präzisere Ausschlussmöglichkeit gab es nicht. Nun musste sie jeden Bericht lesen, um herauszufinden, wie die fragliche Person sich das Leben genommen hatte. Sie druckte eine Liste mit allen Namen aus und hakte sie nach und nach ab, während sie auf dem Bildschirm mitlas. Ein paar waren vor einen Zug gesprungen, andere hatten sich erhängt. Aber die meisten Frauen hatten Tabletten geschluckt. Amanda erstaunte das nicht. Frauen griffen selten zu so drastischen Methoden wie Männer, wenn sie ihr Leben beenden wollten. Als sie fertig war, hatte sie insgesamt sieben Namen auf der Liste gelb markiert. Diese sieben stimmten mit dem überein, was sie suchte. Die

Vorgehensweise war Selbstmord durch Tabletten und Drogen, und es war in ihrer Wohnung geschehen. Keine hatte einen Abschiedsbrief hinterlassen. Außerdem hatten alle sieben Frauen kurz vor dem Selbstmord Anzeige wegen Vergewaltigung erstattet. Ohne Angaben zum Täter. Amanda starrte auf die gelb markierten Zeilen. Einer der Namen leuchtete besonders gelb: Sanna Dahlström – ihre Schwester. Amanda hatte ihren Nachnamen in Paller geändert, bevor sie sich bei der Polizeischule beworben hatte. Das war der Mädchenname ihrer Mutter, Amanda hatte sich schon immer gewünscht, so zu heißen.

Die Buchstaben auf dem Blatt verflossen ineinander. Während Sannas fröhliches, schönes Gesicht vor ihrem inneren Auge auftauchte, erinnerte sie sich an das, was Stella damals gesagt hatte: »Aber ich überlebe. Und zwar immer.«

Nach der Arbeit fuhr Amanda direkt nach Kungsholmen zu Jensines Friseursalon. Jensine war dabei, einer älteren Dame die Haare zu föhnen. Es dauerte eine Weile, bis Jensine Amanda bemerkte, aber dann legte sie den Föhn sofort beiseite und kam zu ihr.

»Ich kann heute leider nicht mit dir sprechen, ich bin total ausgebucht.« Jensine klang schroff.

»Aber ich habe jetzt einen Termin bei dir. Ich warte, bis du mit deiner Kundin fertig bist.« Amanda lächelte breit. Jensine ging zum Tresen, um in ihren Kalender zu schauen. Dann blickte sie zu Amanda auf. »In ungefähr zehn Minuten bin ich bei dir.«

Eine halbe Stunde später saß Amanda auf dem Friseurstuhl. Sie waren zu dem Entschluss gekommen, helle Strähnen zu machen und die Spitzen zu schneiden.

»Das sieht noch recht gut aus. Wann hast du sie dir das letzte Mal schneiden lassen?« Jensine musterte Amandas Haar.

»Vor zwei Monaten ungefähr.« In Wirklichkeit war es gerade einmal eine Woche her.

Jensine schien ihr nicht zu glauben, machte aber weiter. Amanda blickte sie in dem großen Spiegel an. Jensine war auch blonder geworden seit dem letzten Mal und sah überhaupt nicht wie in diesem Film aus. Wie sollte sie das Thema ansprechen, ohne Jensine zu sehr aus der Fassung zu bringen? Sie wollte so viel wie möglich erfahren, aber auch die Haare behalten, über die Jensine im Augenblick die Macht hatte.

»Zieh am besten auch den Pullover aus, damit er nicht dreckig wird«, sagte Jensine.

Amanda folgte dem Rat und hängte ihn an einen Haken unter dem Regal vor ihr. »Dir ist sicher klar, dass ich heute auch hier bin, weil es noch einige Fragen gibt.«

Jensine legte Amanda einen Schutzumhang um. »Ich habe nichts mehr zu sagen. Ganz ehrlich, warum verschwendest du deine Zeit damit, in Sannas Leben herumzuwühlen? Warum versuchst du nicht, sie so im Gedächtnis zu behalten, wie sie war, als es ihr gut ging?«

»Genau so habe ich sie ja im Gedächtnis. Wie sie damals zu Hause war, und das stimmt einfach nicht mit dem anderen überein.«

Jensine zog den Kamm durch Amandas Haare, bis ein Knoten sich widersetzte.

Amanda zuckte kurz und beobachtete Jensine, wie sie versuchte, ein paar verklebte Strähnen zu lösen. »Ich habe dich in einem Film gesehen, den du wahrscheinlich auch vergessen willst.«

Jensine hielt mitten in der Bewegung inne.

»Du weißt, wovon ich rede. So etwas kann man nicht verdrängen. Ein Film, im Netz verewigt, den alle sehen können, deine Freunde, deine Eltern, sogar deine Großmutter.«

Jensine antwortete in einem schärferen Ton: »Glaubst du, ich bin stolz darauf? Denkst du nicht, dass ich eine verdammte Angst habe, dass es rauskommt? Ich werde immer damit leben müssen, dass vielleicht eines Tages mein Kind oder jemand anderes ihn sieht. Ich führe jetzt ein anderes Leben, ich arbeite und schufte jede Woche. Ich gehe nicht mehr in Bars, ich nehme keine Drogen. Aber dieser Mist wird mich immer verfolgen. Darüber brauchst du mir keine Lehren zu erteilen.«

»Ich weiß, dass du es nicht freiwillig gemacht hast.«

Jensine schnaubte.

»Du wurdest vergewaltigt«, fuhr Amanda fort.

»Ich wurde nicht vergewaltigt.« Jensine sah sich um und sprach leiser. »Es war einfach nur ziemlich schräg.«

»Warum willst du es nicht sagen? Ich habe selbst gesehen, wie zugedröhnt du warst. Du wirkst völlig abwesend in dem Film.«

»Ja, ich war total weg. Das ist vermutlich meine einzige Entschuldigung. Aber ich muss für das einstehen, was ich getan habe. Und ich wurde nicht vergewaltigt, woher hast du das?«

»Darf ich fragen, wer der Mann in dem Film ist?«

»Das spielt doch keine Rolle.«

»Doch. Ich weiß, dass noch viele andere Frauen dasselbe erlebt haben. Deshalb möchte ich wissen, wer dieser Mann ist.«

»Was meinst du mit ›viele andere‹?«

Amanda schluckte, bevor sie fragte: »Gibt es auch einen Film mit Sanna?«

»Warte mal, welche anderen Frauen haben dasselbe erlebt?« Jensine erstarrte. »Bist du bei der Polizei, oder was?«

»Hat Sanna dasselbe durchgemacht?«

»Scheiße!« Plötzlich wirkte Jensine tief verängstigt. »Du hättest sagen können, dass du bei der Polizei bist.«

»Was macht das schon? Ich bin nicht dienstlich hier, sondern wegen Sanna.«

»Das macht verdammt viel. Ich habe mich mehrere Jahre von dieser ganzen Kacke ferngehalten, und jetzt kommst du an und bohrst darin herum. Ich will, dass du jetzt gehst!«

»Wovor hast du solche Angst?«

»Geh jetzt bitte!« Jensine legte den Kamm beiseite und nahm Amanda den Umhang ab.

Amanda senkte die Stimme. »Bitte, Jensine, du bist die Einzige, die mir noch helfen kann. Gib mir nur einen Namen.«

»Du kannst ja eine von den anderen fragen. Ich habe nichts zu sagen.«

»Es gibt keine anderen mehr.« Kunstpause. »Sie sind tot.«

Der Umhang fiel zu Boden, und Jensine kniete sich hin, um ihn aufzuheben. Blieb in der Hocke. Wie gelähmt. Sah mit flackerndem Blick auf. »Da hast du deine Antwort.«

48

Hallo, da bin ich wieder, mein lieber Freund. Mein einziger Freund, behaupte ich mal. So fühlt es sich jedenfalls an. Nicht einmal mit Annelie kann ich mehr reden. Sie wird nur wütend. Sie hasst Magnus. Findet es ungemein dumm, dass ich bei ihm bleibe. Ich sollte es besser wissen, meint sie, allein schon wegen meiner Arbeit. Manchmal ärgere ich mich furchtbar über ihre Bemerkungen, sie war ja immer die Starke. Sie hatte nie irgendeinen Widerstand zu überwinden. Wie kann sie es sich da erlauben, über mich zu urteilen? Sie ist ja nicht da, wenn Magnus seine guten Tage hat. Wenn er fürsorglich ist und alles für mich tut. Aber das ist jetzt schon eine Weile her, wenn ich darüber nachdenke. Er hat viel Arbeit, sagt er, und ist gestresst. Er arbeitet an einem großen Schlag gegen die jugoslawische Mafia, und die haben gestern unser Auto angezündet. Das war furchtbar. Sogar Magnus hatte Angst, aber jetzt findet er es albern, dass ich nicht allein zu Hause sein will. Er sagt, dass es keinen Grund zur Sorge gibt, dass sie es nur gemacht haben, um ihn zu erschrecken. Der Einzige, der sich wirklich um mich kümmert, ist Joakim. Als er gehört hat, was passiert ist, wurde er sehr besorgt. Wir saßen ganz lange zusammen im Büro und haben gesprochen, und er schien sich echt zu kümmern. Ich frage mich langsam, ob Joakim an mir interessiert ist oder ob er nur ein ungewöhnlich lieber Mensch ist. Aber ich glaube eher, dass er mich wirklich mag, das merke ich irgendwie. Letzte Woche war er ein paar Tage lang krank, und da war es so leer im Büro ohne ihn. Warum empfinde ich so etwas? Aber es ist doch ein schönes Gefühl. Fast so wie das, das ich am Anfang für Magnus empfunden habe. Aber ich bilde mir das wahrscheinlich nur ein. Was sollte Joakim an mir finden? Es gibt viel hübschere Mädchen bei uns auf der Arbeit.

49

In den letzten Tagen hatte Magnus die Hauptrolle gehabt. Alle auf dem Revier redeten von ihm und fragten, was passiert war. Gestern hatte Novas Teamchef ihn wegen des Wagenbrands vor seinem Haus vernommen, und jetzt saß Magnus in Niklas Holms Büro. Der Polizeichef höchstpersönlich wollte mit ihm reden. Magnus streckte sich in seinem Sessel, sein Selbstvertrauen war topp. Die Aufregung und die Schulterklopfer der Kollegen waren Balsam für die Seele.

Niklas Holm versuchte, seine Position in der Hierarchie zu betonen, indem er besonders formell klang.

»Ich bedauere sehr, was passiert ist, und hoffe, dass es Ihnen und Ihrer Familie trotz der Umstände gut geht.«

»Absolut, uns geht es gut, aber es ist immer schlimm, wenn so etwas passiert, vor allem, wenn es wegen des Berufs ist.«

»Ja, ich habe die Vernehmung mit Ihnen gelesen. Sie sind offenbar mit gewissen Teilen der jugoslawischen Mafia sehr vertraut und verdächtigen diese Leute in erster Linie der Tat.«

»Ja, genau. Ich arbeite schon immer sehr hart daran, zuverlässige Informanten an mich zu binden. In letzter Zeit gab es eine Menge interessanter Hinweise, dass sich etwas anbahnt.«

»Und warum dieser Angriff gerade jetzt? Gibt es einen besonderen Auslöser?«

»Nein, gar nicht. Aber es spricht sich bei denen schon schnell rum, welche Polizisten effektiv sind. Vor wem man sich hüten muss. Und ich habe die meisten Fälle mit anschließendem Schuldspruch vor dem Richter. Sie wissen ja selbst, dass das Raubdezernat die effektivste Abteilung im Haus ist. Mein Personal liegt nicht auf der faulen Haut, und dann sind es eben wir, die solchen Aktionen zum Opfer fallen. Aber so was klappt bei mir nicht. Mir machen sie keine Angst, eher umgekehrt. Das bringt mich eher dazu …«

Niklas Holm hob die Hand. »Ja, ja, ja. Obwohl ich neu hier bin, habe ich einiges über Sie und Ihre Einheit gehört. Hervorragende Arbeit. Aber ich stelle mir doch die Frage, woher die Jugoslawen von der Quelle in ihren Reihen wussten. Sind Ihre Informanten wirklich so zuverlässig, wie Sie sagen? Kann Ihnen so etwas noch einmal passieren?«

Magnus war durch die Unterbrechung irritiert, ließ sich aber nicht beirren.

»Ich verstehe, worauf Sie hinauswollen. Und nach meinem Gespräch mit Nova vermute ich auch, dass es auch bei uns eine undichte Stelle geben muss.« Magnus sah Niklas Holm an, um auszumachen, ob dieser ihm folgte.

»Ich habe von den Gerüchten gehört, ja.«

»Ich würde nicht sagen, dass es sich nur um Gerüchte handelt. Nova hat einen Kerl beschattet, der für die Jugoslawen Stoff verkauft hat, und sie haben mit eigenen Augen gesehen, dass er mit einer unserer Kolleginnen verkehrte.«

»Ja, ich weiß, was Sache ist. Aber es ist noch nicht bestätigt, dass dieser Adnan … äh …«

»Nasimi.«

»Adnan Nasimi, ja. Dass er immer noch für die Jugoslawen arbeitet.«

»Vieles spricht dafür. Abgesehen davon, ist es nicht gerade gut für unseren Ruf, wenn eine Kollegin mit einem Schwerkriminellen in die … so jemanden als Partner hat.«

Niklas hob eine Augenbraue. »Nein, das ist absolut nicht gut, und ich muss mir überlegen, wie wir damit umgehen.«

»Ja, wenn Sie meine Meinung wissen wollen, so scheint diese Amanda nicht mehr alle Tassen im Schrank zu haben. Mit dieser Frau will ich nicht mehr zusammenarbeiten, und ich denke, das wird auch für alle anderen gelten, wenn das rauskommt. Sie wissen ja selbst, wir Polizisten sind echte Tratschtanten, und es ist nur eine Frage der Zeit, bis alle davon erfahren. Lieber vorbeugen als heilen. Sie sind neu hier in Västerort, und jetzt könnte man mal demonstrieren, wo der Hammer hängt. Wenn Sie hier Schwäche zeigen, behalten die Leute genau diesen Eindruck, und Sie werden für den Rest Ihrer Karriere Gegenwind haben.« Magnus sah, dass er Niklas Holms Interesse geweckt hatte. »Nur ein Tipp vom Coach.« Magnus zwinkerte.

»Okay, ja, ich werde über Maßnahmen nachdenken. Wir dürfen die Angelegenheit nicht unnötig aufbauschen, bevor wir nicht genau wissen, um was es sich handelt. Aber nun zu Ihnen, wie fühlen Sie sich nach den Ereignissen? Ich habe mit der Personenschutztruppe gesprochen, und dort schlägt man vor, dass Sie und Ihre Frau für ein paar Wochen ins Ausland fahren. Bis sich alles beruhigt hat. Natürlich auf Staatskosten.«

»Nein, verdammt, wie ich schon sagte, mir jagt man so leicht keine Angst ein. Danke für das Angebot, aber ich werde gerade jetzt gebraucht, wo wir den Kerlen endlich auf der Spur sind. Ich will nicht mit eingezogenem Schwanz abhauen.«

Niklas Holm sah überrascht aus und versuchte noch eine Viertelstunde, Magnus zu überzeugen, seine Frau auf einen Urlaub in der Sonne mitzunehmen, aber Magnus war nicht umzustimmen. Er hatte den kleinen Samir wieder an der kurzen Leine, und das war sein bester Trumpf. Außerdem gelang es ihm, Niklas Holm dazu zu überreden, ihn bei den Ermittlungen gegen die Jugoslawen und gegen Adnan Nasimi bei Nova mitarbeiten zu lassen. Konnte es besser laufen? Bald würde auch Amanda aus dem Spiel sein. Dafür würde Niklas Holm sorgen, wenn er nicht total unfähig war.

Das Leben fühlte sich gleich leichter an. Die einzige Gewitterwolke am Horizont war die Frage, was Milorad Kraljevic als Nächstes aushecken würde. Wie wütend war der Typ darüber, dass er zu einem Attentat auf die Wohnung einer Polizistin verleitet worden war? Wie sicher waren die Jugos, dass Magnus nicht doch von der Entführung erzählen würde? Er überdachte die Lage und kam zu dem Schluss, dass alles ganz gut lief. Hätten sie es wirklich ernst gemeint, dann hätten sie ihn kaltgemacht, als die Möglichkeit da war. Oder? Irgendwo ahnte Magnus, dass er es nur einer einzigen Person zu verdanken hatte, dass er noch lebte: Vincent Bonnerud. Zusammen waren sie stark. Tragisch, aber wahr.

50

Diar mochte die Idee. Nach wenigen Tagen in Freiheit hatte er eingesehen, dass es einzig und allein auf die Kohle ankam. In der Bar war er eines Abends sogar so pleite, dass er den Frauen nicht einmal einen Drink spendieren konnte.

»Wir ziehen es im Weihnachtsgeschäft durch.« Diar hockte nach vorn gebeugt auf dem Sofa in Mirans Wohnung, die inzwischen auch Adnans ständiger Wohnsitz war.

»Was?«

»Den Überfall auf den Geldtransporter. Wir ziehen das im Weihnachtsgeschäft durch. Da ist er voll bis oben.« Diar klang entschlossen. Die Adern traten an seinen mit Tätowierungen übersäten Armen deutlich hervor.

Adnan nickte. »Wir müssen wieder hin und alles auskundschaften. Rauskriegen, wann sie fahren.« Er dachte nach. »Vielleicht haben sie an Weihnachten einen anderen Fahrplan, mit Spezialtransporten.«

»Klar werden wir alles auskundschaften. Aber wir brauchen jemanden vor Ort. Jemanden, der sich auskennt, wie die Geldtransporte funktionieren, wie oft die Bullen dort sind. Ladenkontrolleure. Das alles.« Diar fuhr sich mit der Hand über den kahl rasierten Schädel.

Adnan sagte eine Weile nichts. Er war froh, dass Diar dabei war. Diar dachte anders. Brachte mehr Details rein. Dinge, die am Ende entscheidend sein konnten. Jetzt war es fast wie früher. Er und seine Kumpels. »Ich hab da vielleicht jemanden. Sacha.«

»Welchen Sacha?«

»Sacha vom Café Momo. Du weißt, sein Bruder wurde vor knapp einem Jahr erschossen.«

»Ich weiß. Er hat was drauf.«

»Ich war vor einiger Zeit bei ihm und hab mit ihm geredet. Er schien ziemlich fertig zu sein wegen der Sache mit seinem Bruder.«

»Wer hat ihn abgeknallt?«

»Angeblich die Syrer.«

»Kann schon stimmen. Die machen im Moment alles, um die Bars zu übernehmen. Ich kenne den Typen nicht so gut wie du, ist er in Ordnung?«

»Sacha, ja. Er würde uns niemals reinlegen.«

Diar stützte sein Kinn auf die Hände. »Sagen wir, dass er dabei ist. Damit hätten wir einen Insider. Dann du und ich gegen zwei Wächter. Wir brauchen noch mindestens zwei, mindestens. Einen Fahrer und einen Mann, der bei dem Überfall mit dabei ist. Eigentlich brauchen wir auch noch ein paar Späher, aber wir können auch nicht zu viele sein, dann bleibt kein Geld über. Und je mehr wir sind, desto größer die Gefahr, dass einer querschießt. Wir brauchen Leute, die den Druck aushalten und es schaffen, so weiterzuleben, als wäre nichts passiert. Wir können uns keinen Typen erlauben, der gleich losrennt und sich eine neue Karre kauft. Auch wenn ich eine brauchen könnte.« Diar blinzelte Adnan zu.

Adnan bekam wieder ein schlechtes Gewissen wegen Diars Benz, der noch immer von den Bullen beschlagnahmt war. Aber Diar hatte es besser aufgenommen als erwartet. »Mach dir keinen Kopf, ich weiß, wie es läuft«, hatte er gesagt, als Adnan endlich den Mut aufgebracht hatte, es ihm zu erzählen. »Sie versuchen es immer so hinzubiegen, dass der Fahrer der Kiste auch der Eigentümer sein soll, aber wenn es hart auf hart kommt, nehmen sie niemals einen Wagen, der eine halbe Million wert ist. Das trauen sie sich nicht. Nur für alte Kisten sieht es schlecht aus.«

Adnan hatte sich wegen dieser Autogeschichte monatelang den Kopf zerbrochen. Die ungewöhnlich gelassene Reaktion von Diar hatte ihn überrascht. Erleichtert hoffte er nur, dass Diar recht hatte und den Benz wirklich bald zurückbekäme. Er würde demnächst wieder den Anwalt anrufen und nach dem Stand der Dinge fragen.

Diar fuhr fort: »Kennst du jemanden, den wir noch dazuholen könnten?«

Adnan schüttelte den Kopf. »Nein, niemanden, bei dem ich mir hundert Prozent sicher bin. Wenn man eine Weile weg war, hat man nicht mehr so den Überblick. Leute, die man gekannt hat, hängen mit Typen rum, die man nicht einschätzen kann. Ein klarer Kandidat wäre Hajir gewesen. Aber das ist ja jetzt gelaufen.«

»Ja, wäre für die Bullen nicht sonderlich schwer, einen Kerl im Rollstuhl ausfindig zu machen.« Diar lachte laut. Adnan fand das nicht sonderlich lustig, musste aber unwillkürlich grinsen, als er sich die Szene vorstellte: Hajir im Rollstuhl mit einer Kalaschnikow im Arm. Um sich schießend, während er versucht, wegzurollen. »Eigentlich sollte man darüber keine Witze machen. Hajir war immer bereit. Immer.«

»Ich weiß, Mann. Hab das nicht böse gemeint. Ich mag Hajir, und wir werden es ihm noch vergelten. Wir müssen nur den richtigen Moment abwarten. Irgendwann kommt der sicher.« Sie überlegten beide eine Weile. Dann rief Diar: »Ich weiß vielleicht jemanden.«

»Wen?«

»Kann ich jetzt noch nicht sagen. Muss ich erst mit ihm klären.«

Adnan wurde neugierig, aber er unterließ weitere Fragen. »Wenn wir keinen anderen mehr finden, haben wir ja noch jemanden, den wir eventuell nehmen könnten.« Adnan traute sich kaum, es vorzuschlagen. »Miran.«

»Miran! Der Kerl hat doch keine einzige Gehirnzelle mehr. Und das war schon so, bevor er ein Junkie wurde.«

»Lass mal, war ja nur ein Gedanke. Ich weiß, dass es nicht optimal ist. Aber was haben wir zu verlieren? Er ist auf jeden Fall in Ordnung, auch wenn er nicht gerade ein Intelligenzbolzen ist. Er kann den Fluchtwagen fahren und Ausschau halten.«

»Redet ihr von mir?« Adnan und Diar waren so sehr in ihre Diskussion vertieft gewesen, dass sie Miran nicht nach Hause hatten kommen hören. Es war nicht zu übersehen, dass er unterwegs seine Vorräte aufgefüllt hatte. Die unfreiwilligen Zuckungen seiner Kinnpartie und seine frische Begeisterung verrieten den echten Süchtigen.

Diar blickte Adnan vielsagend an. Dieser dachte trotzdem, dass es einen Funken Hoffnung gab.

»Shit, wir haben dich nicht kommen hören«, sagte Adnan.

»Hab ich euch erschreckt? Buh!«

Diars Gesichtsausdruck: Was hab ich dir gesagt?

»Drehen wir ein Ding? Ich bin dabei.« Miran versuchte, seriös auszusehen. »Wie ist der Plan? Wann legen wir los?«

Adnan fluchte innerlich. »Diar und ich unterhalten uns nur so. Ganz ehrlich, Miran, wir wissen nicht, ob du das aushältst. Natürlich wollen wir dich dabeihaben, aber du musst von dem Stoff runter. Schnallst du das?«

Miran verdrehte die Augen. »Logisch kriege ich das hin. Ist kein Problem, Leute. Lasst mal hören.«

Adnan schaute zu Diar und wartete auf ein Zeichen. Diar nickte.

»Wir schnappen uns einen Geldtransporter.«

»Einen Geldtransporter? Coooool.« Miran nickte so heftig, dass sein ganzer Körper wackelte.

Diar schaltete sich ein. »Nein, tut mir leid, aber ich glaube nicht, dass du das durchstehst. Du bist echt in Ordnung, Mann, aber das hier ist kein Spiel.«

Miran lehnte sich gegen den Türrahmen. »Bitte, ich weiß, dass ich im Moment ein bisschen neben der Spur bin, aber ich krieg das hin. Ich würde euch nie im Stich lassen. Wir sind Brüder.« Mirans Versuch, seriös zu wirken, scheiterte komplett, als seine Tics seinen ganzen Körper zum Zucken brachten. »Jetzt kommt schon. Gebt mir eine Chance. Ihr braucht mich. Auf wen könnt ihr euch sonst wirklich verlassen? Auf niemanden. Und wir können alles hier planen. Keiner weiß von meiner Wohnung. Wir können auch danach noch eine Weile hier abhängen. Als eine Art Versteck. Uns mit Essen und allem verbunkern. Eine Menge Filme gucken. Ihr wisst schon.«

Diar stand auf und schaute durch einen Spalt in den Gardinen auf den Hof hinab. »Du siehst zu, dass genug Essen für mehrere Wochen hier ist.«

Miran strahlte.

Diar drehte sich zu ihm um und visierte ihn mit dem Zeigefinger scharf an. »Unter einer Bedingung! Du wirst beweisen, was du taugst.«

»Ich tue alles, was du willst.«

»Morgen um einundzwanzig Uhr schließt Aziz seinen Laden. Dann wirst du dort sein und die Tageskasse rauben.«

Miran sperrte den Mund auf. »Meinst du den kleinen Supermarkt?«

»Jepp.«

»Ich kenne ihn, der Typ ist voll in Ordnung.«

»Wie gut kennst du ihn?«

»Hab ein paarmal dort eingekauft.«

»Schön, dann erkennt er dich nicht wieder.«

»Aber …«

»Willst du dabei sein oder nicht?«

Miran schluckte und wirkte gar nicht mehr so sicher. Schließlich antwortete er: »Ich bin dabei.«

»Gut, du gehst auch mit.« Diar schaute zu Adnan.

»Was? Ich?«

»Es ist besser, wenn ihr das zu zweit macht, dann seid ihr in der Überzahl. Dann gibt es weniger Widerstand. Aber Miran führt den Job aus, du bleibst im Hintergrund.«

»Aber ist es klug, dieses Risiko einzugehen, bevor wir richtig zuschlagen? Noch dazu in Tensta?«

»Alles wird gut gehen. Schnell rein und wieder raus. Keiner wird überhaupt die Zeit haben zu reagieren. Und dir kann ein bisschen Übung auch nicht schaden. Mal wieder den Stress spüren. Außerdem brauchen wir Kohle, um Sachen für den Überfall zu kaufen. Das ist doch kein Problem für dich, oder?«

Adnan blieb keine Wahl. Wenn er Nein sagte, würde Diar vielleicht aussteigen. Denken, dass Adnan zu schwach war. Und Diar hatte recht, ohne Kohle würden sie sich nicht vorbereiten können. »Nein, scheiße. Wir ziehen das morgen durch.«

Adnan fingerte an dem Nylonstrumpf herum, den er sich über den Kopf gezogen hatte. Das Teil saß, wie es sollte. Drückte die Nase platt und fuhr in den Mund, wenn er einatmete. Die Spucke bekam einen trockenen und staubigen Geschmack. Er sah zu Miran. Was zum Teufel trieb er? Miran zog und zerrte an seinem Nylonstrumpf und hatte ihn noch nicht weiter als über das rechte Auge gebracht. Und sie waren schon im Laden! Aziz' Supermarkt. Shit! Adnan blickte sich nach Kameras um, konnte aber keine entdecken. Heute brauchten sie Glück. Verdammt viel Glück! Miran war gar nicht mehr so begeistert gewesen, nachdem der Amphetaminrausch abgeklungen war.

»Wollen wir uns für heute Abend nicht doch ein paar Roofies besorgen? Die funktionieren irre gut. Man wird der übelste Krieger«, hatte er versucht, Adnan zu überreden.

Adnan hatte nicht nachgegeben, obwohl er wusste, dass die Pillen seinen Kumpel auf Trab gebracht hätten. Aber Miran sollte sauber sein. So sauber, wie das in der kurzen Zeit möglich war.

Adnan umklammerte seinen Baseballschläger und scannte blitzschnell den Raum. Es war ein gewöhnlicher Minisupermarkt. Sparsam eingerichtet mit Regalen, die das wichtigste Basissortiment enthielten. Wegen des grellen Lichts der Neonröhren brauchten die Augen eine Weile, bis sie sich an die Helligkeit gewöhnt hatten. Es schienen keine Kunden da zu sein. Und soweit Adnan erkennen konnte, war Aziz auch nicht in der Nähe. Hatten sie so einen Dusel, dass er auf dem Klo war? Das wäre der Oberhammer. Adnan wollte ein wenig weiter in den Laden vordringen, um die Lage zu erkunden, aber Miran stand ihm im Weg. Er zerrte noch immer an seinem Nylonstrumpf.

Adnan verpasste ihm einen Stoß in den Rücken und zischte: »Los jetzt, Mann!«

Miran ließ den Strumpf sein und hob stattdessen das Messer. Es war das größte Küchenmesser, das sie in der Wohnung gefunden hatten. Die Nylonstrümpfe hatte Miran aus einer Schreibtischschublade hervorgekramt, in der seine Tante ein paar Sachen zurückgelassen hatte, und es war höchst unklar, ob sie nach Anwendung gewaschen worden waren oder nicht.

»Hallo!«, schrie Miran, so laut er konnte. »Hallo, das ist ein

Überfall, und wenn ihr nicht tut, was ich sage, schneide ich euch die Kehle durch!«

Adnan wünschte, dass er sich verhört hatte, aber das war nicht der Fall. Was zur Hölle machte der Schwachkopf? Miran war am Tresen angelangt und sah sich verwirrt um. »Hallo!«

»Scheiße, Mann! Nimm einfach die Kohle, die Kasse ist doch offen!«

Miran wandte sich um und starrte Adnan noch verwirrter an. Die Augen aufgerissen, der Mund weit geöffnet. Adnan sah, dass Mirans Strumpf genügend Möglichkeiten ließ, ihn zu identifizieren, aber es war keine Zeit mehr, dies zu ändern.

»Leg einen Zahn zu!« Adnan schob ihn in die richtige Richtung.

Miran schien es nun doch geschnallt zu haben und sprang geradewegs über den Tresen. Auch wenn er dabei ein Gestell mit Süßigkeiten abräumte, konnte Adnan feststellen, dass der Sprung recht geschmeidig war. Mirans ausgemergelter Körper war hier von Vorteil.

Als Miran mit beiden Händen in die Kasse griff, kam plötzlich Aziz mit hoch erhobenem Besen herangestürmt. Er brüllte wie ein Besessener: »Haut ab, ihr Schweine! Glaubt ja nicht, dass ihr mich so leicht ausrauben könnt!« Er stieß mit dem Besen nach Miran, der mit den Armen fuchtelnd auswich. Aziz ließ nicht locker. In dem Alten steckte mehr Feuer, als Adnan gedacht hatte. Miran kämpfte, um wieder auf die andere Seite des Tresens zu gelangen, und Adnan musste eingreifen, damit das Ganze nicht vollkommen den Bach runterging. Er trat mit ein paar raschen Schritten näher und gab Aziz ein deutliches Zeichen mit dem Baseballschläger. Der Ladenbesitzer zuckte zurück. Das reichte, um Miran die Zeit zu verschaffen, wieder auf die andere Seite zu gelangen. Aber Aziz gab nicht nach. Plötzlich hielt er einen Tischabroller in der Hand und knallte ihn Miran gegen die Stirn. Miran beugte sich stöhnend nach vorn. Adnan packte ihn am Jackenärmel und zog ihn weg. In letzter Sekunde bemerkte er, dass das Küchenmesser noch neben der Kasse lag. Miran musste es dort abgelegt haben. Adnan fluchte laut und ließ Miran los. Er lief zum Tresen zurück und griff nach dem Messer, während Aziz mit dem Besen nach ihm schlug.

Tumult.

Das alles dauerte zu lange. Adnan zog Miran hinter sich her und sah aus den Augenwinkeln, dass Aziz zurückblieb. Trotzdem duckte er sich mehrmals aus Angst vor dem Besen. Draußen empfing sie die kalte Dezemberluft. Vielleicht würde es ja doch glattgehen? Er nahm den klebrigen Nylonstrumpf ab und wies Miran an, es ihm gleichzutun. Miran jammerte vor sich hin, tat aber, was ihm befohlen wurde. Seine Stirn blutete.

»Sieh zu, dass du keine Blutstropfen hinterlässt. Drück den Strumpf auf die Wunde.«

Sie gingen rasch um die Ecke, wo Diar in einem Fort Escort wartete, den er kurzgeschlossen hatte, bevor sie reingegangen waren.

»Wie ist es gelaufen?«, fragte Diar ohne Umschweife.

»Dieser Sack hat mich gegen den Kopf geschlagen«, klagte Miran.

»Aber habt ihr was?«

»Ja, alle Scheine.« Nun klang Miran stolz. »Und auch ein paar Schachteln Zigaretten.«

»Gut. Habt ihr irgendwelche Spuren hinterlassen?«

»Nee, Mann.«

Adnan entschied sich, Mirans Fehler nicht zu verraten. Sie hatten ja trotz allem ihren Auftrag durchgeführt. Und sie würden Miran beim Überfall auf den Geldtransporter brauchen, egal in welcher Form. Während Miran begeistert den Raub schilderte, verließen sie Tensta. Diar fuhr unauffällig. Er war routiniert. Ließ sich überhaupt nicht stressen. Erst nach fünf Minuten hörten sie die Sirenen, die unterwegs zu Aziz waren. Da befanden sie sich bereits auf Höhe von Solvalla und weit weg von dem Laden. Adnan war euphorisch. Es war lange her, dass er jemanden ausgeraubt hatte, und er hatte das heftige Gefühl ganz vergessen. Unsterblich.

Er war wieder der King. Adnan was back.

51

Es war, als würde sie das Schreckliche noch einmal erleben. Wie damals, als sie auf dem Weg zu Sanna gewesen war. Als sie wusste, dass etwas nicht stimmte. Als ihr klar war, dass sie etwas Furchtbares entdecken würde.

Amanda fand die Nummer in der Vegagatan in Sundbyberg und schlüpfte ins Haus, als ein kleiner Junge nach draußen trat. Sie bemerkte, dass er für die Jahreszeit viel zu leicht bekleidet war. Gleich darauf kam seine Mutter in Strümpfen hinterhergelaufen und rief, dass er Jacke und Mütze anziehen solle. Es war ein älteres Gebäude, dessen Treppenhaus viel breiter und luftiger war als der Aufzug, der anfangs vermutlich nicht geplant gewesen war. Amanda las die Namen auf der verglasten Tafel und fand den, den sie suchte. Jensine Sandström. Fünfter Stock. Amanda wählte den kleinen, klapperigen Aufzug und umklammerte den Schlüssel in ihrer Hand. Den Schlüssel, den ihr Ulrika, Jensines Kollegin, gegeben hatte.

Amanda war zum Salon gefahren, um den Pullover zu holen, den sie dort vergessen hatte. Ulrika hatte ihr besorgt mitgeteilt, dass Jensine noch nicht da war. Sie war schon zwei Stunden verspätet, und Ulrika hatte zwei Kunden wieder wegschicken müssen. Als Amanda angeboten hatte, bei Jensine vorbeizuschauen, hatte ihr die gestresste Ulrika erleichtert Jensines Reserveschlüssel in die Hand gedrückt.

Jetzt stand sie still vor der Tür, an der ein goldfarbenes Schild mit der Aufschrift *J. Sandström* angebracht war. Amanda lauschte, ob Geräusche aus der Wohnung drangen, aber das

Klirren von Geschirr kam aus dem Stockwerk darunter. Sachte öffnete sie den Briefschlitz. Die Klappe quietschte. Die Stille in der Wohnung schrie ihr zu: hereinkommen. Sie erschauderte und ließ die Klappe los, die mit einem lauten Knall gegen die Holztür fiel. Amanda drückte auf die Klingel, das schrille Läuten durchbrach kurz die Stille. Wieder nichts. Sie holte ihr Handy hervor und wählte Jensines Nummer. Gleich darauf hörte sie Klingeltöne in der Wohnung. Niemand ging ran.

Als sie den Anruf abbrach, hatte die Stille gewonnen. Amanda wusste es. Sie steckte den Schlüssel ins Schloss. Drehte ihn. Einmal, zweimal. Drinnen ging sie so nahe wie möglich an der Wand entlang, um keine Schuhabdrücke eines möglichen Täters zu zerstören. Sie öffnete die Tür zum Badezimmer und schaute hinein. Alles sah normal aus. Sie ging weiter Richtung Wohnzimmer. Obwohl sie geahnt hatte, was sie finden würde, erstarrte sie. Es war, als würde sie Sanna noch einmal sehen. Leblos auf dem Sofa. Jensines hellgrüne Augen starrten sie an. Der Mund stand halb offen. Der Körper bedeckt von einer rosafarbenen Decke, nur ein Arm hing darunter hervor. In einer Ader steckte eine Spritze. Leer. Amanda stand eine Weile da und musterte den leblosen Körper. Versuchte, sich klarzumachen: Diejenige, die da lag, gab es nicht mehr. In Gesellschaft der Toten entstand immer dasselbe Gefühl von Unwirklichkeit.

Dann rief sie bei der Einsatzzentrale an.

Die erste Streife war nach wenigen Minuten da. Es waren Ove und Mathilda aus einem anderen Team. Amanda hatte noch nie mit ihnen gearbeitet, sie hatten sich aber schon öfter auf dem Revier gesehen. Ove ging auf die fünfzig zu und war einer von vielen, die um eine Beförderung zum Teamchef rangen, sie aber niemals bekommen würden. Er kam keuchend die Treppe hoch und versuchte, neben Mathilda, die die Stufen mit deutlich weniger Mühe genommen hatte, möglichst autoritär zu wirken.

»Nun, was haben wir da?« Ove wollte über die Schwelle treten.

Amanda stellte sich ihm in den Weg. »Einen Mord, also nicht nötig, dass noch mehr Leute reingehen. Es ist besser, wir warten auf die Techniker.«

Hätte Ove noch roter anlaufen können, so hätte er es getan. »Ich muss aber feststellen, ob sie tot ist und um was es sich handelt.«

»Sie ist tot. Und ich bin auch Polizistin, selbst wenn ich gerade nicht im Dienst bin.«

»Und wie kommt es, dass du hier bist?«

»Jensine ist meine Friseuse. Ich war vor ein paar Tagen in ihrem Salon und habe meinen Pullover vergessen. Als ich ihn heute Vormittag abgeholt habe, war sie noch nicht zur Arbeit erschienen. Ihre Kollegin hat sich Sorgen gemacht, ich habe ihr angeboten, herzufahren und nachzusehen.«

»Wie bist du reingekommen?«

»Sie hatten ihren Schlüssel im Salon.«

»Es war also abgeschlossen, als du hergekommen bist?«

»Ja.«

»Und was sagt dir dann, dass es Mord ist?«

»Sie hat eine Spritze im Arm, und ich weiß, dass sie keine Drogen nimmt.«

Niemand sagte etwas.

»Das ist alles«, fügte sie hinzu.

»Das ist alles? Irgendwelche Anzeichen von Gewalteinwirkung?«

»Nein, nichts.«

Ove verdrehte die Augen. »Also haben wir nichts als eine

Frau mit einer Spritze im Arm. Und dafür willst du die Techniker und das ganze Programm auffahren. So ein Aufwand wegen nichts?«

Amanda wollte gerade widersprechen, als Oves Telefon klingelte. Er fluchte und ging ran. Amanda schloss aus dem Gespräch, dass er mit seiner Vorgesetzten sprach.

Nach einer Weile hielt Ove ihr das Handy hin. »Hier, das ist Ann-Louise.«

Warum wurden höherrangige weibliche Kolleginnen immer mit ihrem Vornamen benannt, männliche Kollegen dagegen mit Nachnamen? Amanda nahm das Telefon und redete mit Ann-Louise. Oder Nilsson, wie man sie genannt hätte, wäre sie ein Mann. Amanda erklärte in kurzen Worten, was passiert war, würzte ihre Angaben aber zusätzlich mit ein paar Details, um ihr Ziel zu erreichen. Jensine habe sich Sorgen gemacht. Habe gesagt, dass ihr jemand im Internet seltsame Dinge geschrieben hatte. Ann-Louise unterstützte Amandas Urteil, und nach dem Anruf hatte Ove nichts mehr zu melden. Er murmelte noch etwas wie »Das hättest du ein bisschen eher sagen können« und schickte Mathilda los, damit sie ein Absperrband holte.

Als Amanda eine Stunde später den Tatort verließ, herrschte dort volle Aktivität. Die Techniker waren gekommen und suchten nach Fingerabdrücken, Haaren, Hautresten, Kleiderfasern, Schuhspuren und anderen Hinweisen. Die Kripo hatte mit der Befragung der Nachbarn begonnen, und Amanda sah eine Beamtin mit einer Dame sprechen, die dieselbe Frisur hatte wie der Pudel, den sie im Arm hielt. Selbst musste Amanda ins Revier zu einem Gespräch mit Niklas Holm. Er hatte angerufen und sie umgehend in sein Büro beordert. Amanda ahnte, um was es ging.

Niklas Holm saß an seinem Schreibtisch, als sie hereinkam.

Fein gekleidet mit einer Polizeiuniform, an deren Schulterklappen eine Reihe von Goldstreifen glänzten. Sein Haar war ordentlich nach hinten gekämmt, keine Strähne lag quer. An der Wand hinter ihm hingen mehrere Porträts ehemaliger Polizeichefs. Allesamt Männer.

»Kommen Sie herein, Amanda. Setzen Sie sich.« Niklas Holm sah ernst drein.

»Danke, ich stehe lieber.«

»Aha. Zuerst möchte ich Ihnen mein Beileid aussprechen für Ihre Freundin.«

»Danke, aber ich kannte sie kaum. Sie war meine Friseuse.«

»Ja, ich habe die Gründe gehört, weswegen Sie dort waren und so weiter. Bis dahin klingt alles plausibel. Aber mittlerweile, Amanda, sind Sie in zwei ernste Vorfälle verwickelt. Erst ein Mordversuch gegen Sie, dann ein Mord an einer Bekannten von Ihnen. Wir müssen Maßnahmen ergreifen, bevor noch mehr geschieht.«

»Diese Dinge haben doch überhaupt nichts miteinander zu tun.«

»Ist es so? Können wir da sicher sein? Ich komme geradewegs zur Sache. Mir wurde zugetragen, dass Sie mit einer sehr kriminellen Person verkehren sollen, und wenn das stimmt, müssen wir dem auf den Grund gehen. Ich habe den Eindruck, dass Sie viel mehr wissen, als Sie bislang gesagt haben, über das Attentat auf Sie beispielsweise. Das ist nicht hinnehmbar und Ihre Eignung für den Polizeidienst steht infrage. Was haben Sie selbst zu sagen?«

»Wenn das so ist, habe ich eine Gegenfrage, Niklas Holm. Sind Sie der Ansicht, dass jemand, der seine Strafe abgesessen hat, für immer kriminell ist?«

»Sie geben also zu, dass Sie mit diesem Adnan Nasimi, so heißt er doch, zusammen sind?«

»Ich habe gar nichts zugegeben. Ich habe mich nur nach Ihrer Einstellung erkundigt. Und als Antwort auf Ihre Frage: Ich habe Adnan Nasimi in einem polizeilichen Kontext getroffen. Wie jemand auf die Idee kommt, dass wir zusammen sein sollen, weiß ich nicht.«

Niklas Holm seufzte. »Ohne zu viel sagen zu wollen, Sie sollten jetzt genau nachdenken, was das Beste für Sie ist. Mir wurde deutlich signalisiert, dass hier einiges im Argen liegt. Sie waren innerhalb kurzer Zeit in zwei Vorfälle verwickelt, die beide mit ihrem Privatleben zusammenhängen. Und Sie zeigen sich nicht sehr kooperativ. Ich habe entschieden, dass Sie in den Innendienst gehen, bis dies alles geklärt ist. Es gibt zu viele Fragezeichen.« Niklas Holm blickte zu Amanda und schien auf eine Reaktion zu warten. Als diese ausblieb, fuhr er fort: »Sie werden bis auf Weiteres im Uniformlager in Rosersberg arbeiten. Dort ist man bereits informiert, man weiß, dass Sie am Montag anfangen. Das ist zu Ihrem eigenen Wohl.«

Amanda lächelte ihren Polizeichef an. Sah, dass er Mühe hatte, ihre Signale zu deuten. Sie machte ein paar Schritte nach vorn und stützte sich auf seinen Schreibtisch. »Vielen Dank, dass Sie an mein Wohl denken. Ich bin unerhört geschmeichelt. Nur ist es so, dass auch ich ein paar Informationen erhalten habe. Das betrifft zwar nichts Illegales, aber man kann durchaus sagen, dass es moralisch Zweifel aufwirft.« Amanda blickte auf einen verwirrten Niklas Holm herab und merkte, dass er nicht den leisesten Schimmer hatte, wohin das führen würde. Sie holte ihr Handy hervor, suchte heraus, was sie ihm zeigen wollte, und legte es vor ihn auf den Schreibtisch. »Es gäbe sicherlich eine Reihe von Leuten, die Ihre Eignung infrage stellen würden. Als oberster Polizeichef und als Ehemann. Oder was meinen Sie?«

Niklas Holm verlor seine Fassung und fuhr auf. Sein Stuhl

kippte um und krachte zu Boden. »Das ist dreist, eine Unverschämtheit.«

»Da kann ich nur zustimmen. Total unziemlich für eine Person in Ihrer Position.«

Niklas Holm nahm das Telefon und zappte durch die Bilder.

Amanda fuhr fort: »Sie können sie gern löschen, wenn Sie wollen, ich habe Kopien.«

Nach kurzem Schweigen stellte Niklas Holm den Stuhl wieder hin und setzte sich. »Aha, und was wollen Sie damit erreichen?«

»Ich möchte, dass Sie auf meiner Seite sind. Dass Sie es nicht akzeptieren, wenn Mitarbeiter üble Gerüchte über andere verbreiten, und dass Sie verstehen, dass ich in dieser Sache das Opfer bin, nicht die Verdächtige.«

Er nickte schweigend.

»Natürlich darf ich meinen jetzigen Posten behalten, wenn ich will.« Amanda blickte Niklas Holm scharf an. »Aber Sie werden mir auch die Ermittlungen über den Mord an Jensine Sandström übertragen, da Sie der Meinung sind, dass ich mich mit dem Fall am besten auskenne.«

»Ihnen ist wohl klar, dass ich das nicht tun kann! Wie sollte das aussehen, Sie hatten ja noch nie zuvor eine solche Verantwortung.«

Amanda nahm das Handy und hielt es Niklas Holm unter die Nase. »Das hier bitte nicht vergessen! Außerdem hatte ich während meiner Anwärterzeit Ermittlungsdienst und habe von dort hervorragende Referenzen, verfasst von Kommissar Magnus Blomberg. Ich bin absolut in der Lage, eine Mordermittlung zu führen, und ich werde ins fünfte Stockwerk hochgehen und mit dem Morddezernat zusammenarbeiten. Ich fange am Montag an und hoffe, dass die Kollegen informiert sein werden …«

Niklas Holm starrte Amanda an. »Magnus Blomberg, sagten Sie?«

»Ja, er war mein Chef im Raubdezernat.«

»Aha, da sieht man mal.«

»Gibt es ein Problem damit?«

»Nein. Ich dachte nur ...« Er verstummte.

Amanda wurde auf einmal klar, wer hinter Niklas Holms hastiger Entscheidung steckte, sie ins Uniformlager zu versetzen. Sie triumphierte innerlich. Sowohl der Polizeichef als auch der Herr Kommissar würden wie begossene Pudel dastehen.

Amanda verließ das Büro. Sie war Vicky einen großen Gefallen schuldig. Sie fischte ihr Handy hervor und musterte die Fotos, die Vicky ihr geschickt hatte. Darauf war deutlich zu erkennen, dass der Polizeichef von Västerort nicht immer so korrekt gekleidet war wie heute, und ebenso deutlich war zu sehen, dass es sich bei der Frau, die neben ihm im Bett lag und ihm das Haar zerzauste, nicht um seine Gattin handelte.

52

Wir nähern uns Heiligabend. Ich weiß nicht, wie wir dieses Jahr feiern werden, ob wir zu meinen Eltern fahren wie üblich, oder nicht. Magnus weiß nicht einmal, ob er arbeiten muss. Das klingt merkwürdig, aber so ist es wohl mit seinen Ermittlungen. Scheint wichtiger zu sein als alles andere.

Gestern bin ich nach der Arbeit in die Stadt gefahren, um ein paar Geschenke zu kaufen. Joakim hat mich begleitet, er müsse sowieso in die gleiche Richtung, hat er behauptet. Jossan und Frida haben uns komisch nachgesehen, als wir rausgegangen sind. Sie stellen sich wahrscheinlich Fragen. Ich mir auch. Ich frage mich, was gerade passiert. Ich fühle mich wie ein neuer Mensch, wenn ich mit Joakim zusammen bin. Ich bin die ganze Zeit über fröhlich und zugleich nervös. Ich weiß nicht richtig, wie ich mich benehmen soll. Ich habe den Eindruck, etwas Verbotenes zu tun. Wir sind in ein richtig gemütliches Café namens Vetebullen gegangen, und Joakim hat das größte Zimtbrötchen bestellt, das ich je gesehen habe. Es passte nicht einmal auf einen großen Teller. Ich weiß nicht, was in mich geschossen ist, aber ich habe angefangen, von der anderen Seite zu essen. So ging es bestimmt eine Viertelstunde lang, und wir haben uns immer näher zueinander gekämpft. Es war völlig verrückt! Zum Schluss hat er mich geküsst. Ja, kaum zu glauben. Er hat mich geküsst! Und es war total schön. Aber jetzt bin ich verwirrt. Was ist, wenn er nur mit mir spielt? Warum sollte er mich haben wollen, er ist doch so jung und hübsch? Er könnte jede haben. Und ich habe schließlich Magnus …

Jedenfalls habe ich einen Rucksack für Lukas gekauft und für Ida einen Fotorahmen, auf dem *Friends* steht, da kann sie selbst Fotos von ihren Freunden reintun. Joakim war dabei und hat mit ausgewählt, also hoffe ich, dass alles passt. Meine Schwester meinte jedenfalls, dass Lukas einen neuen Rucksack braucht. Genug davon, ich hocke hier und bin total durcheinander. Ich kann nur an den Kuss denken. Wie kann so ein kleiner Kuss bloß in Dauerschleife im Kopf ablaufen? Es fühlt sich irgendwie unwirklich an. Ist es echt passiert? Ich sehne mich nach Montag, wenn ich wieder zur Arbeit gehen kann. Es ist lange her, dass ich mich so gefühlt habe. Was werde ich anziehen? Diese alte Jacke kann ich auf keinen Fall mehr tragen. Total bieder. Aber es darf nicht so aussehen, als hätte ich mir zu viel Mühe gegeben. Ich werde etwas Passendes finden. Jetzt nehme ich erst einmal ein heißes Bad und versuche, meine Gedanken zu ordnen. Ich freue mich auf die nächste Woche. :-)

53

Heute war Samstag. Ein freier Samstag für Magnus. Und den würde er mit so vielen sozialen Aktivitäten füllen, dass es für ein Jahr im Voraus reichte. Zuerst würden er und Pia zu seiner Mutter fahren und ihr beim Putzen der Wohnung vor Weihnachten helfen. Dann würden sie bei Pias Eltern zu Abend essen. Darauf hatte Magnus überhaupt keine Lust, aber manchmal musste man sich opfern. Es war schon eine Weile her, seit er Krister und Inga-Lill gesehen hatte. Mehrere Monate. Vielleicht sogar schon ein halbes Jahr. Konnte es wirklich schon so lange her sein? Ein Tag raus aus dem Irrenhaus konnte eigentlich nicht schaden. Kaum zu fassen, was derzeit im Revier abging. Niklas Holm hatte Amanda die Ermittlungen an einem Mord übertragen! Einfach so. Er hätte genauso gut Magnus ein Messer in den Rücken rammen können. Und umdrehen, um den Schaden noch zu verschlimmern. Was war seit ihrer Unterhaltung passiert? War Magnus zu forsch rangegangen? Hatte er Holm irgendwie vor den Kopf gestoßen? Der konnte ihn mal kreuzweise!

Magnus stellte sich nackt vor den Spiegel und musterte seinen Körper. Hatte er seit der letzten Woche ein Kilo verloren? Vermutlich wegen des Stresses, aber das war egal. Er hatte auch öfter die Treppe genommen. Ein Kilo weniger war immer gut. Pia rief aus der Küche nach ihm. Sie war schon fertig und wollte, dass er sich beeilte. Er konnte sich nicht erinnern, wann das beim letzten Mal der Fall war. Sonst war sie eine absolute Langschläferin. Er ging ins Schlafzimmer, öffnete die oberste Schublade der Kommode und wählte einen Slip aus dem Stapel. Er hatte die Unterhosen selbst zusammengelegt. Sorgfältig. Wollte nicht, dass sie zerknittert wurden. Er schlüpfte in ein paar Björn-Borg-Socken, nahm den Slip und schüttelte ihn. Kontrollierte, dass sich nichts Merkwürdiges im Schritt befand, bevor er ihn anzog. Nach was genau er suchte, wusste er nicht. Die Kontrolle war eine Sicherheitsmaßnahme, nur für den Fall. Als er sich angekleidet hatte und ans Fenster gegangen war, um die Rollos hochzuziehen, überkam ihn die nagende Unlust, die ihn in letzter Zeit immer öfter befiel. Er schaute in den Garten. Der Schnee blendete ihn. Er kniff die Augen zusammen und suchte Zeichen, dass dort jemand in der Nacht herumgeschlichen war. Sah ein paar kleinere Spuren, ging aber davon aus, dass es sich um Tierspuren handelte.

Als er die Treppe hinabkam, war Pia schon angezogen und wartete im Flur auf ihn.

»Frühstücken wir nicht erst?«, fragte er.

»Wir könnten unterwegs etwas kaufen und dann mit deiner Mutter essen. Das freut sie sicher.«

»Ja, da hast du recht. Daran hab ich nicht gedacht.« Er sah sie an. Sie wirkte munter und fröhlich. Ihre Augen leuchteten. Er ging zu ihr und küsste sie auf den Mund. »Guten Morgen, wie schön du heute bist.«

»Komm, beeilen wir uns. Ich habe einen Bärenhunger.« Sie drehte sich um und ging ins Freie.

Die eiskalte Luft schlug ihm entgegen, als er vor die Tür trat und dabei seine Frau von hinten anblickte. Er aktivierte den Alarm, ging hinaus und schloss die Tür ab. Sperrte wieder auf und ging hinein, deaktivierte den Alarm. Wiederholte die Prozedur. Rüttelte zur Kontrolle an der Tür. Abgeschlossen. Noch einmal rütteln. Abgeschlossen. Pia hatte bereits den Motor angelassen. Der neue BMW X5. Dunkelblau. Die Versicherung hatte sich ausnahmsweise nicht lumpen lassen. Hatte mehr ausbezahlt, als Magnus für den ausgebrannten Audi erwartet hatte. Er setzte sich auf den Beifahrersitz, hob die Füße und klopfte den Schnee von den Schuhen. »Fährst du?«

»Ja, was dagegen?«

»Nein, nein.« Er schlug die Tür zu. »Warte.« Er öffnete die Tür erneut und stieg aus. Streckte sich und stieg wieder ein. Klopfte den Schnee von den Schuhen. »Hab nur einen etwas steifen Rücken.«

Sie nickte.

Magnus' Mutter saß wie immer auf ihrem Windsor-Stuhl und blickte auf den Innenhof hinab. Noch gab es dort nicht mehr zu sehen als die Vögel, die in einem Futterhaus Körner pickten. Sie hatten zusammen gefrühstückt, und es schien, als habe dies seiner Mutter gefallen, obwohl sie nicht sehr viel gegessen hatte. Sie sah noch abgemagerter aus als sonst, und ihre Augen wirkten eine Nuance bleicher. Pia und er reinigten die ganze Wohnung, wischten und staubsaugten. Putzten die Spiegel. Machten den Kühlschrank sauber. Holten Weihnachtsschmuck aus dem Keller. Wechselten die Vorhänge und stellten Weihnachtsfiguren auf. Kümmerten sich um alles, nur auf einen Baum verzichteten sie. Der ließ zu viele Nadeln. Und Inger war vollauf zufrieden mit dem Tannenbaum, der jedes Jahr im Hof mit Lichtern geschmückt wurde.

»Ihr seid so lieb, Kinder.«

»Ist doch klar, dass wir helfen. Das macht uns Spaß«, sagte Pia.

»Es duftet so gut.«

Magnus fand das auch. Sie hatten gelüftet und den Alter-Mensch-Geruch aus der Wohnung vertrieben.

»Aber was hast du dir denn an deinem Arm getan, Liebes?«

Pia schob den Ärmel über den blauen Fleck, der sich inzwischen gelbgrün gefärbt hatte. »Nichts, ich bin nur über einen Teppich gestolpert.«

Magnus öffnete einen Küchenschrank und drehte alle Gläser und Dosen so, dass man die Etiketten sah.

Inger schwieg. Wandte den Kopf zum Fenster und blickte wieder auf das Futterhaus.

»Ihr wart sehr nett, liebe Kinder.«

Magnus machte den Kühlschrank zu. Es war Zeit zu gehen.

In Kristers und Inga-Lills Reihenhaus hatten sich auch Weihnachtsmänner, Engel und Kerzen eingeschlichen. Das war vermutlich vor allem Inga-Lills Verdienst. Krister überanstrengte sich nicht unbedingt, was den Haushalt betraf. Außer wenn es darum ging, für mehr Leute als nur sie beide zu kochen. Dann verbannte er seine Frau aus der Küche. Bereitete stets ein extravagantes Drei-Gänge-Menü zu, das in der Regel das meiste übertraf, was Magnus je gegessen hatte. Und dazu servierte er immer ausgesuchten Wein. Pias Vater hatte ein Faible für alkoholische Getränke und gönnte sich oft ein Glas zu viel. Magnus vermutete, dass Krister ohne Inga-Lill einer jener Kandidaten wäre, die er regelmäßig auf den Parkbänken einsammelte. Er war einer, der nie Nein sagen konnte. Zu nett für diese Welt.

Krister kam aus der Küche und brachte den Aperitif, hübsch in Cocktailgläser gefüllt mit je einer Kirsche. Pia lehnte ab, sie müsse fahren.

»Aber bis dahin dauert es doch noch mehrere Stunden«, sagte Krister.

Inga-Lill ließ den Blick zwischen Magnus und Pia hin und her wandern und machte eine Miene, die besagte: *Ich verstehe.* »Im Moment ist Alkohol vielleicht nicht so gut für unsere Tochter, Krister.«

Pia verzog das Gesicht und sah genervt aus. Oder enttäuscht?

Magnus nahm ein Glas entgegen. Nippte daran. Um Annelie später den ganzen Abend über auszuhalten, fing er am besten schleunigst zu trinken an. Blöde Fotze. Sie und ihr Trottel von Mann und die beiden Kinder waren noch nicht da. Typisch, immer zu spät. Und die Schuld daran gaben sie immer den Kindern.

Als die Familie schließlich eine Stunde später auftauchte, sagten sie fast gleichzeitig, dass Lukas beim Hockey-Training länger als sonst gebraucht habe. Magnus lächelte und sagte, dass das gar nichts mache. Und er meinte es auch. Die erste Stunde war ruhig und friedlich verlaufen. Jetzt versuchten Lukas und Ida, sich gegenseitig zu überstimmen, während sie ihren Großeltern von dem neuen Wii-Spiel erzählten, das sie bekommen hatten. Magnus öffnete sein zweites Bier.

»Wie läuft es bei der Arbeit?«, fragte Pelle.

»Bestens. Viel zu tun. Wir sitzen quasi Tag und Nacht an einem großen Fall.«

»Du bist doch nicht der einzige Polizist im Bezirk, oder?«, meldete sich Annelie zu Wort.

»Natürlich«, sagte Magnus. Seine Lippen lächelten. »Und wie läuft es bei dir?« Magnus sah zu Pelle.

»Ich habe gerade ein neues Web-Interface erstellt für ein Unternehmen, das sich ein wenig verjüngen wollte. Hab deren Homepage aufgefrischt, um es mal so zu sagen.«

»Interessant.«

»Ja, die waren megazufrieden und haben seitdem auch schon mehr Besucher auf der Seite gehabt. Aber das kann man alles natürlich nicht mit deiner Arbeit vergleichen. Gefühlt hört man ja praktisch jeden Tag von einem Schusswechsel oder einer Messerstecherei in den Nachrichten. Bei euch muss die Hölle los sein.«

»Wir haben zu tun.«

Pelle wandte sich an Pia. »Und du? Annelie meinte, du hast einen neuen Posten?«

»Na ja, man hat mir einen neuen Posten angeboten, aber ich habe mich noch nicht entschieden.«

Magnus blickte Pia fragend an. »Was denn? Davon hast du gar nichts erzählt.«

»Nein, ich habe nicht viel darüber nachgedacht.«

»Aber du hättest doch …« Magnus packte seine Bierdose fester. »Wie schön! Was ist es denn?«

»Ja, raus mit der Sprache«, sagte Inga-Lill.

»Richard möchte, dass ich und noch jemand bei einem neuen Projekt dabei sind. Ich habe gesagt, dass ich es mir überlegen werde. Es würde zu Anfang sehr viel Arbeit bedeuten.«

»Dann wärst du dort eine Art Chef?« Inga-Lill strahlte.

»Teamleiterin wäre vielleicht eine bessere Bezeichnung.«

»Mensch, wie schön. Glückwunsch Liebling!« Magnus drückte Pia. »Wer außer dir ist noch betroffen, sagtest du?«

»Joakim.«

»Joakim?«

»Ja, Jocke Perlstedt.«

Magnus nahm ein paar tiefe Schlucke von seinem Bier. Inga-Lill gackerte aufgeregt, und Krister war stolz wie ein Gockel. Annelie und Pelletrottel sprühten vor begeisterten Fragen über Pias und Jockes neue Arbeit. Magnus entschuldigte sich und ging ins Badezimmer. Packte das Waschbecken mit beiden Händen und stieß den Kopf in Richtung Wasserhahn, ohne zu treffen. Joakim Perlstedt! Magnus war ihm einmal begegnet! Das reichte! Eine überkandidelte Figur mit flaumigem Dreitagebart. War der Typ überhaupt schon von zu Hause ausgezogen? Magnus bemerkte ein paar Zahnpastaspritzer auf dem Badezimmerspiegel. Holte ein Stück Papier hervor und rieb sie weg. Warum hatte sie ihm nichts davon gesagt? Es war erniedrigend, nicht vor den Eltern eingeweiht worden zu sein. Wenn sogar Annelie und Pelle davon wussten. Aber er würde sich beherrschen und sich nichts anmerken lassen. Er würde das Gesicht nicht verlieren. Er drehte sich um und zog die Hose herunter. Wenn er schon mal da war, konnte er gleich auch einen Haufen setzen. Er spülte runter und wartete, bis er noch einmal spülen konnte. Wusch sich die Hände sorgfältig. Zweimal. Blickte auf sein Handy, bevor er wieder hinausging. Befürchtete, etwas Wichtiges zu verpassen. Vor allem hoffte er auf einen Anruf von Samir. Sie hatten nach dessen Abstecher in den Knast ein paarmal miteinander gesprochen, aber der Junge hatte nichts Interessantes liefern können. Wusste nicht einmal, wo sich sein Bruder herumtrieb. Versprach, sich anzustrengen. Wollte nur zu gern, dass Magnus den Staatsanwalt bearbeitete, damit dieser den Vorwurf der Vergewaltigung fallenließ. Aber das Display zeigte nichts an, weder Samir noch sonst jemand hatte angerufen.

Er holte tief Luft und legte sein selbstsicheres Ich wieder an. Ging zurück in den Hühnerstall.

54

Adnan hockte schweigend auf der Rückbank und blickte aus dem Seitenfenster. Sie waren unterwegs zur Feuerwache von Vällingby, um dort einzubrechen. Es war pechschwarz draußen, und der Schneematsch klatschte von unten gegen den Wagen, während der Regen auf das Blech trommelte. Auf den Vordersitzen saßen Diar und Alex Ryass. Alex war einer der Kumpane, die zusammen mit Diar für den Göteborgraub gesessen hatten. War nur wenige Tage nach Diar freigelassen worden, eine Art Geschenk des Himmels. Alex war die perfekte Verstärkung, breit und hoch. Bewegte sich mit ausholenden Gesten. Schreckte vor nichts zurück. Alex würde den angsteinflößenden Eindruck bei der Attacke übel erhöhen. Der einzige Nachteil: Der Kerl zog Probleme magisch an. Geriet häufig in Prügeleien. Wurde alle paar Tage von den Bullen festgenommen und musste Urinproben abgeben. Jetzt diskutierten Diar und Alex über Bekannte, die noch in Haft saßen. Welch einen Dusel sie gehabt hatten, weil sie schon freigelassen worden waren. Wer hatte so viel Scheiße gebaut, dass er noch drinsaß? Hatte jemand zu viel geredet? Hatte ihr Verteidiger einen guten Job gemacht? Wie waren die Wärter? Schwuchteln! Der Bau? Rattenscheiße! Adnan versuchte, sich in das Gespräch einzuklinken, wurde aber rasch hinausgekickt. Diar und Alex hatten offenbar viel nachzuholen. Wie ein Liebespaar, das lange getrennt war. Adnan konzentrierte sich stattdessen auf die Scheinwerfer, die hinter ihnen auftauchten. Spannte sich jedes Mal an, wenn verdächtig lange in ihren Wagen geleuchtet wurde. Diar hatte noch einen Ford

Escort für die Mission der Nacht kurzgeschlossen. Ein Escort war das Beste, meinte er. Am einfachsten zu starten.

Miran hatte heute frei. Seinen geglückten Ladenüberfall hatte er mit einer fetten Spritze gefeiert. Diar war deswegen komplett ausgetickt. Aber als Alex unerwartet aufgetaucht war, hatte er sich wieder beruhigt. Wollte Miran eigentlich von der Liste streichen, musste aber einsehen, dass sie ihn brauchten. Die Zeit war zu knapp, um einen anderen zu suchen. Adnan hatte Sacha bei einem Mittagessen in dessen Café bearbeitet. Sacha hatte Adnan seltsam angesehen, als dieser ihm alles erzählt hatte, dann war er zum Tresen gegangen und hatte Kunden bedient. Als er zurückkam, lag ein Funkeln in seinen Augen.

»Ihr müsst den Überfall so timen, dass ihr genau dann zuschlagt, wenn sie den Tresor öffnen. Bevor sie ihre Tragetaschen scharf stellen können. Sonst ist es gelaufen. Jeder Schein wird gefärbt.«

Adnan schluckte den letzten Bissen seines Essens hinunter. »Ich weiß. Da kommst du ins Spiel.«

Sacha streckte ihm seine geballte Faust hin. Abgemacht.

Als sie sich der Feuerwache näherten, drehten sie erst ein paar Runden im nahegelegenen Industriegebiet, um sicherzugehen, dass keine Streifenwagen oder Wachposten unterwegs waren. Diar parkte dann den Escort außer Sichtweite des Gebäudes, aber dennoch ausreichend nahe, damit sie das Zeug zum Auto schleppen konnten. Die Feuerwache war Alex' Idee gewesen. Hier gab es Werkzeug, das sie beim Überfall brauchen würden. Sie zogen Handschuhe und Mützen an, bevor sie ausstiegen. Schlichen zur Fahrzeughalle der Feuerwache. Alex machte sich daran, mit einem Glasschneider lautlos ein Loch in eines der Fenster zu schneiden. Streckte den Arm durch die Öffnung.

Ein Klicken, und die Tür war offen. Adnan sah, dass Alex auf einen Türöffner gedrückt hatte. Ihm wurde klar, dass Alex verdammt gut informiert war. Sie gingen nacheinander hinein. Verloren kein Wort. Gingen davon aus, dass mehrere Feuerwehrmänner in der Wache schliefen. Leuchteten mit Taschenlampen in alle Richtungen. Versuchten, alles abzuchecken. Adnan stolperte plötzlich über etwas und stieß gegen ein Regal. Ein Helm knallte zu Boden. Alex und Diar leuchteten in seine Richtung, um zu sehen, was passiert war. Sie standen eine Weile still da. Lauschten. Hörten nichts. Gingen weiter. Direkt zu den Stauräumen, in denen das Werkzeug aufbewahrt wurde. Adnan folgte dem wandernden Schein der Taschenlampe, als Alex die Gegenstände beleuchtete. Eine Minute fühlte sich an wie zehn. Adnan fand, dass alles zu lange dauerte. Er hörte sich selbst atmen und versuchte, kürzere Atemzüge zu nehmen. Sah, dass Alex eine Hydraulikpumpe fand. Er wühlte weiter und holte einen Schlauch und eine Rettungsschere hervor, die zu der Pumpe gehörten. Dann gab Alex ihnen mit einem Wink zu verstehen, dass sie abhauen sollten. Streckte sich und packte noch einen Rammbock, den er an Adnan weiterreichte. Was wollte er denn damit? Er sagte nichts. Sie trugen die Werkzeuge zum Wagen, und Adnan achtete darauf, nicht im Schneematsch auszurutschen. Bereute, dass er Turnschuhe für diese nächtliche Mission angezogen hatte. Das war eigentlich eine bewusste Entscheidung gewesen – für den Fall, dass sie davonlaufen mussten. Sie luden das Zeug in den Wagen und fuhren davon. Adnan bewegte die Zehen, was ein schmatzendes Geräusch in seinen Schuhen verursachte.

»Gut gemacht, Jungs«, sagte Diar.

»Mann, hatte ich einen Schiss, als du fast auf die Schnauze gefallen bist.« Alex funkelte Adnan an, der sich wieder auf die Rückbank gesetzt hatte. »Ich dachte, es geht in die Hose.«

»Keine Ahnung, über was ich da gestolpert bin. Aber ist es nicht komisch, dass die keine Alarmanlage hatten?«

»Die meisten Feuerwachen haben keine. Aber das ist ja gut für uns.«

»Wozu brauchen wir den Rammbock?«

Alex zuckte die Achseln. »So was ist immer praktisch. Man weiß nie, was passiert.«

Sie fuhren direkt nach Kungsholmen zu Mirans Wohnung. Schleppten die Sachen in einen leeren Vorratskeller, den sie aufgetan hatten, und verschlossen ihn mit einem Hängeschloss.

Am nächsten Tag gab es eine Besprechung in Mirans Wohnzimmer. Alle vier waren da. Miran lag auf dem Sofa. Adnan und Alex saßen in zwei Sesseln. Diar stand vor einem Whiteboard, das er zu diesem Zweck gekauft hatte. Sah aus wie ein richtiger Unternehmer, der seine Angestellten instruierte. Mit einem roten Stift zeichnete er das Parkhaus der Kista Galleria. Zeigte, wo man hinein- und hinauskam und welche Strecke der Geldtransporter fuhr.

»Ich checke das heute Abend dort noch mal. Sehe, ob sie immer noch gleich fahren.« Diar machte ein großes Kreuz an die Stelle, wo der Tresor lag. »Wir können nicht mit einem Auto rein. Das Risiko, nicht mehr rauszukommen, ist zu groß. Es gibt ja nur eine Ausfahrt und eine Einfahrt, die können sie leicht verriegeln.«

Miran hob den Kopf. »Fahren wir mit Mopeds?«

»Keine Fahrzeuge da drin. Wir schleichen uns zwischen den Säulen ran und hauen auf demselben Weg wieder ab. Fluchtwagen Nummer eins muss ganz in der Nähe stehen. Damit gelangen wir zu Fluchtwagen Nummer zwei, der maximal einen Kilometer entfernt wartet. Ich suche eine gute Stelle. Wir haben noch viel zu erledigen. Ich kümmere mich um die Autos. Adnan, schreib eine Liste.«

Adnan ging in die Küche, um etwas zu suchen, auf das er schreiben konnte. Er fand ein paar geöffnete Briefe und nahm eines der Kuverts. Er schrieb ihre Namen darauf und notierte Fluchtwagen eins und zwei unter Diar. Daneben Alex, der Wurfeisen, Klamotten und Masken organisieren würde. Zusammen würden Alex und Diar Waffenattrappen in einem Laden am Sveavägen klauen. Sie würden absichtlich eine der Attrappen beim Transporter liegenlassen, damit der Überfall im Falle einer Verhaftung weniger hart bestraft würde. Die richtigen Waffen sollte Alex besorgen. Adnan hatte keine Ahnung, wie Alex das anstellen würde, aber es schien, als hätte er gute Kontakte. Miran sollte eine Tasche beschaffen, die sie als Bombenattrappe verwenden würden, und eine Kette, an der sie befestigt werden konnte. Adnan würde eine Tasche für das Geld besorgen und eine sichere Stelle ausfindig machen, an der sie es danach verstecken konnten. Er hatte sich auch um Handys zu kümmern, die sie beim Überfall benutzen würden. Die Liste wurde länger und länger. Die Uhr tickte.

Adnan nahm die U-Bahn nach Rinkeby. Hasste das immer noch wie die Pest. Aber bald würde sich das ändern. Welche Karre würde er sich kaufen? BMW oder Benz? Er stieg bei Rinkeby Torg aus und fuhr mit der Rolltreppe hoch. Kam in einer neuen Welt heraus, verglichen mit Kungsholmen, wo er eingestiegen war. Statt alter, gepflegter Häuserfassaden grauer Beton, statt enger Hosen und trendiger Mützen lange Röcke und schwarze Schals. Adnan ging in das Café, das gleich neben dem Platz lag. Treffpunkt der Somalier. Es war spärlich eingerichtet mit kahlen Holztischen und wackligen Plastikstühlen. Die matte Beleuchtung sorgte dafür, dass der Raum noch düsterer wirkte, als er ohnehin schon war. Adnan sah sich nach dem Mann um, den er suchte. Ging zu einer Gruppe von Somaliern, die um einen Tisch hockten.

»Habt ihr Sharmaarke gesehen?«

Sie schüttelten den Kopf. »Er kommt meistens so gegen fünf.«

Adnan blickte zur Uhr. Halb fünf. Typisch, aber es hätte schlimmer sein können. Er bestellte ein Sandwich und eine Cola und setzte sich mit einer Zeitung. Beobachtete die Gruppe am Nebentisch. Sie spielten Poker. An weiteren Tischen saßen auch nur Männer, jeder hatte eine weiße Tasse vor sich stehen. Keine Frauen. Das war eine ungeschriebene Regel.

Um zehn nach fünf kam Sharmaarke. Adnan ging zu ihm und sagte Hallo. Erklärte, was er haben wollte. Sharmaarke grinste und entblößte eine Zahnreihe, die gelbschwarz war vom vielen Kat, das er über die Jahre gekaut hatte. Sharmaarke konnte immer liefern. Was er nicht hatte, besorgte er mit ein paar Anrufen. Gestohlene Handys kamen am laufenden Band herein, angeschleppt von kleinen Jungs, die sich ein bisschen was dazuverdienen wollten. Eine Viertelstunde später verließ Adnan das Café mit fünf Handys von verschiedenen Farben und Modellen. Sharmaarke war einen Tausender reicher – mit Scheinen aus Aziz' Laden.

Von Rinkeby fuhr Adnan zurück nach Kungsholmen und steuerte die Västermalmsgalleria an. Samir hatte ihn angerufen und wollte ihn treffen. Adnan hatte seit der Vergewaltigungsgeschichte kaum mit seinem kleinen Bruder geredet. Nur ab und zu kurz am Telefon. Samir hatte überhaupt nicht so fröhlich und positiv geklungen wie sonst, auch wenn er schnell wieder raus gewesen war. Aber wer war schon froh, einer Vergewaltigung beschuldigt gewesen zu sein? Man war gebrandmarkt. Ganz egal, ob schuldig oder nicht.

Samir wartete am Eingang.

Adnan bürstete ein paar Schneeflocken weg, die auf seiner Kleidung gelandet waren. »Mal was Neues, dich in der Stadt zu sehen.«

Samir blickte auf. »Zu Hause kann ich nicht mehr weggehen. Alle starren mich an.«

Adnan nickte. Er fühlte mit seinem Bruder mit. Sie gingen in die Galleria und schlenderten an den Schaufenstern entlang. Adnan schlug seine Kapuze hoch. Immer auf Nummer sicher.

»Hast du irgendwas gehört?«, fragte Samir.

»Worüber?«

»Über die Vergewaltigung natürlich.«

»Nein, scheiße. Aber warum hat sie dich überhaupt angezeigt, diese Braut?«

»Es war nicht sie. Ihre Mutter hat scheinbar Wind von mir bekommen. Ich passte wohl nicht zu ihrem Lebensstil oder so. Hab seitdem nicht mit ihr gesprochen. Sie hat auch nicht angerufen.«

»Und was lernen wir daraus? Spiele niemals mit einer Puppe aus anderen Kreisen.« Kaum hatten die Worte seinen Mund verlassen, fiel ihm sein eigener Fehler ein. Er spürte einen Stich in der Brust. Plötzlich hatte er das Bedürfnis zu erzählen. Von Amanda. Nie hätte er gedacht, dass dies eines Tages geschehen würde. Vielleicht war es, um Samir ein wenig aufzumuntern. Oder weil Adnan ständig an sie dachte. »Ich habe auch ein Mädchen kennengelernt, das nichts für mich war.«

»Wen denn?«

»Ein Mädchen halt, mit dem ich eine Weile zusammen war. Sie war leider bei der Polente.«

Samir riss die Augen auf. »Du warst mit einer Polizistin zusammen? Ich glaub, ich spinne!«

»Ich wusste es ja nicht. Hab es erst im Nachhinein gecheckt. Aber du erzählst das niemandem.«

»Nein, Mann. Was ist denn passiert?«

»Ich hab es rausgekriegt. Die scheinen heutzutage alles zu tun, um Leute auszuspähen. Aber das hätte ich niemals gedacht.«

»Dass sie dich berufsmäßig getroffen hat, meinst du?«

»Ja.«

Sie gingen in ein Schuhgeschäft, und Samir probierte ein Paar Stiefel an. »Warst du mit ihr im Urlaub?«

»Ja.«

»Shit, Mann! In deinem Leben ist in letzter Zeit verdammt viel passiert. Wie findest du die?« Samir drehte die Füße, um seinem Bruder die Stiefel aus allen Winkeln zu zeigen.

»Nicht übel.« Adnans Handy klingelte. Aus Versehen nahm er eines der Telefone, die er von Sharmaarke bekommen hatte. Dann hatte er das richtige gefunden und ging ein Stück zur Seite.

»Wer war das?«, fragte Samir, als er zurückkam.

»Sacha.«

»Sacha in Kista? Seht ihr euch?«

Adnan nickte. »Ab und zu.«

»Was war das für ein Handy, das du als Erstes rausgeholt hast? Hast du zwei?«

»Himmel, du fragst vielleicht Sachen.«

»Du erzählst ja nie etwas.« Samir zog die Stiefel aus und stellte sie zurück. »Sind sie immer noch hinter dir her, diese Jugoslawen?«

»Ich nehme es an. Aber ich hab einen Plan.«

»Was für einen?«

»Einen Plan halt.«

»Die haben unsere Familie angegriffen, Alter. Mama wäre

fast gestorben. Sie können das jederzeit wieder machen. Ist dir das egal?«

»Ich hab doch gesagt, dass ich einen Plan hab.«

»Aber was für einen? Ich will dabei sein.«

Adnan musste lachen. »Hör auf, Herr zukünftiger Oberkommissar.«

»Damit ist es jetzt vorbei, das ist doch klar. Und du findest das wahrscheinlich gut.« Samir lachte nicht.

Adnan blickte in sein finsteres Gesicht. »Misch dich nicht in Sachen ein, von denen du nichts verstehst.«

»Ich verstehe sehr genau, was du treibst. Und ich will mitmachen.«

Adnan dachte an den Tag zurück, als die Bullen Samir wegen der Vergewaltigung verhaftet hatten. Als er so viel Angst hatte, dass er sich vollgepisst hatte. Was hatte ihn in den letzten Monaten so verändert? Sobald einmal alles ruhiger war, würde er sehen, dass er seinen Bruder öfter traf. Ehrenwort.

55

Amanda und Vicky hatten einander angestachelt. Schon um sechs Uhr in der Früh waren sie im Kraftraum des Polizeireviers gewesen. Hatten Klimmzüge gemacht, Dips, Bankdrücken, Ausfallschritte. Hatten mit Hanteln, Kettlebells und Medizinbällen trainiert. Die Musik auf volle Lautstärke gestellt, um richtig auf Touren zu kommen. Metallica donnerte durch den Raum und hinaus in den Flur. Kollegen auf dem Nachhauseweg nach ihrer Nachtschicht lächelten müde im Vorbeigehen, mental waren sie schon im Bett und zogen die Decke über den Kopf. Kollegen, die gerade ankamen, guckten herein und konnten sich einen Kommentar nicht verkneifen. Aber danach war es immer herrlich, wenn es noch nicht einmal acht Uhr war und man bereits trainiert und geduscht hatte und mit dem ersten Kaffee des Tages sowie einem großen Teller mit Müsli und Joghurt am Tisch saß.

»Ist schon ein bisschen komisch, dass wir heute hier oben hocken, findest du nicht?«, meinte Vicky.

Amanda blickte sich in der Küche des fünften Stocks um, wo das Morddezernat und die Raubkommission saßen. Einer nach dem anderen kam herein und grüßte sie, als sie ihr Essen im Kühlschrank verstauten. »Ja, aber wir werden uns schnell daran gewöhnen.«

»Ich kann immer noch nicht fassen, wie du das durchgezogen hast. Wir werden bestimmt noch dafür bluten müssen.«

»Wieso sollten wir? Ich glaube nicht, dass Niklas Holm großes Interesse daran hat. Und wenn wir dazu noch gute Arbeit machen, wird sich niemand beklagen, oder?«

Vicky schüttelte den Kopf und sah unglücklich drein. »Ich hätte mir im Leben nicht vorstellen können, dass du die Fotos auf diese Weise benutzt. Das ist total peinlich. Stell dir vor, wenn ich ihm das nächste Mal begegne.«

»Wenn sich einer schämen sollte, dann doch er. Hör auf, ihn ständig in Schutz zu nehmen. Denk jetzt mal an dich selbst. Ich will dich bei diesen Ermittlungen dabeihaben, und dafür habe ich gesorgt. Niklas Holm kann von der ganzen Situation halten, was er will.«

»Ich wünschte, ich wäre ein bisschen mehr wie du. Ich bin zu naiv, wenn es um Kerle geht.«

»Ja, das bist du.« Amanda lächelte, und Vicky sah entspannter aus als wenige Minuten zuvor. »Da ist ja auch Crippe.«

Crippe Nilsson war zum Leiter der Voruntersuchung im Selbstmordfall ernannt worden, wie die Kollegen im Morddezernat den Mord an Jensine nannten. Amanda hatte bislang noch nicht mit Crippe gearbeitet, er war ihr aber aufgefallen, als sie beim Raubdezernat gewesen war. Die beiden Einheiten kooperierten viel, und Crippe wirkte ehrgeizig, vor allem aber wie jemand, der eine aufrechte Haltung vertrat. Jetzt saß er Amanda und Vicky gegenüber, die Ärmel bis zu den Ellbogen hochgekrempelt. Vor sich hatte er die Ermittlungsakte.

»Ich bin das Material durchgegangen. Momentan kann ich nichts sehen, was auf Mord hindeutet, außer der Tatsache, dass diese Frau niemand zu sein schien, der sich das Leben nehmen würde. Und du kanntest sie?« Crippe sah Amanda an.

»Ja, oberflächlich, sie war meine Friseuse. Und ich habe sie ein paar Tage vorher noch gesehen, da war sie überaus guter Laune.«

»Ihr kanntet euch also nicht besonders gut?«

»Nein, sie hat mir nur die Haare geschnitten. Dann habe ich sie ja auch gefunden, und ich weiß einfach, dass da irgendetwas nicht stimmt.«

»Ja, ich habe das hier gelesen.« Crippe blätterte in seinen Papieren. »Die Techniker haben nichts entdeckt, was auf Gewalteinwirkung hinweist. Allerdings haben sie ein paar Haare gefunden, die sie zur Analyse eingeschickt haben, und einen schönen Fußabdruck. Aber Haare können sich ja aus verschiedenen Gründen dort befinden, vielleicht hatte sie Besuch.«

»Ich weiß, dass du in dieser Sache skeptisch bist, dass es nichts gibt, was auf …«

»Nein, nein. Ich bin immer offen für Alternativen. Ich hatte schon mehrere Fälle, die sich am Ende als etwas ganz anderes entpuppt haben. Ich versuche nur, mir einen Überblick zu verschaffen. Schaue, was darauf deutet, dass es kein Selbstmord sein könnte. Dass sie keinerlei Anzeichen einer Depression gezeigt hat, ist ein guter Anfang, aber mehr momentan auch nicht. Wir können keine Mordermittlung führen, wenn wir keinen Mord haben, oder?«

Amanda legte ihre Karten auf den Tisch. Ohne ihre persönlichen Interessen zu verraten. »Die Sache ist die: Ich habe mehrere Selbstmorde in den vergangenen Jahren entdeckt, die Jensines Fall ähneln. Eine davon ist eine Frau, die ich wenige Tage vor ihrem Tod gesehen habe. Da war sie vergewaltigt worden. Die anderen Fälle sehen alle ähnlich aus. Sämtliche Frauen wurden vergewaltigt und haben kurz darauf Selbstmord begangen.«

Stirnrunzeln.

Amanda fuhr fort: »Ich habe bisher sieben Fälle gefunden, aber ich werde noch genauer nachsehen, ob da nicht noch andere sind.«

»Und wie kommt es, dass du die Fälle durchgegangen bist?«

»Ich hatte dasselbe Gefühl bei Stella, so hieß sie. Ein Kollege und ich waren bei ihr, weil sie vergewaltigt worden war. Sie hatte furchtbare Angst und wollte kaum etwas sagen. Dann hat sie sich ein paar Tage später das Leben genommen. Und das passt einfach nicht. Sie war irgendwie zu robust.«

»Ist Jensine vergewaltigt worden?«, fragte Vicky.

»Ja.«

»Was! Das habe ich nirgends gelesen«, sagte Crippe.

»Nein, ich habe noch nichts gesagt, weil ich mir selbst nicht sicher war. Aber sie hat mir gegenüber eine Sache erwähnt, die angeblich vor längerer Zeit passiert ist: Dass sie einmal gefilmt wurde, während sie Sex mit einem Kerl hatte, und dass der es ins Internet gestellt hat. Dass es ihr damals beschissen ging, aber dass sie es hinter sich gelassen hat. Nachdem sie ermordet wurde, na ja, da habe ich den Film im Internet gesucht, und ich habe ihn gefunden.« Amanda flüchtete sich in eine Notlüge. Aber es stimmte ja fast.

»Du hast den Film gefunden?« Crippe beugte sich über den Tisch.

»Ja, und in meinen Augen ist es eine Vergewaltigung. Sie sieht total weggetreten aus und scheint überhaupt nichts mitzukriegen. Leider ist das Gesicht des Mannes unkenntlich gemacht.«

»Aber das kriegen vielleicht die Techniker hin«, meinte Vicky.

Crippe sah nachdenklich aus. »Das ist hervorragend. Wir fangen mit dem Film an und schauen, ob das etwas gibt. Dann möchte ich, dass du uns die anderen Fälle vorstellst.«

»Ja, ich werde sie noch genauer durchgehen.«

»Gut, was für Ideen habt ihr noch?« Crippe notierte sich etwas auf seinem Block.

Amanda hatte in den letzten vierundzwanzig Stunden an nichts anderes gedacht. Sie antwortete: »Erst befragen wir noch die Nachbarn, die wir bisher noch nicht erreicht haben. Dann könnten wir Jensines Kollegen vernehmen und sehen, welche Kunden sie in letzter Zeit hatte. Und wir sollten natürlich auch mit ihren Eltern reden. Dann wäre es vielleicht auch angebracht, mit den Angehörigen der anderen Frauen zu sprechen. Ihr Telefon liegt bei uns, das wollte ich mir heute ansehen ...«

»Moment, warte mal. Wir sollten die Angehörigen noch nicht kontaktieren. Denk mal nach, sie leben in dem Glauben, dass ihre Töchter sich das Leben genommen haben, was vielleicht auch zutrifft, und dann tauchen auf einmal wir auf und sagen, dass es auch Mord sein könnte. Das geht nicht. Wir müssen erst schauen, wohin das hier führt.«

»Okay. Klar.«

»Wir fangen mit Jensine an und dem, was wir haben. Dann müssen wir hoffen, dass die Befragungen etwas Neues bringen.«

Amanda und Vicky nickten.

»Ihr könnt mich den ganzen Tag auf dem Handy erreichen. Sonst treffen wir uns am Nachmittag noch einmal zu einer Besprechung«, sagte Crippe zum Abschluss.

Amanda hakte einen weiteren Namen auf der Liste der zu befragenden Nachbarn ab. Noch hatte keiner etwas Interessantes zu berichten gehabt. Jemand hatte laute Schreie gehört, aber bei näherem Nachdenken stammten diese doch wohl aus dem Horrorfilm im Vierten. Ein anderer hatte ein verdächtiges Auto in der Gegend herumfahren sehen. Nein, er hatte keine Ahnung, was das für ein Auto war. Farbe? Blau vielleicht. Oder aber braun. Nummernschild? Keine Erinnerung. Sämtliche Nachbarn waren jedoch alle rührend der Auffassung, dass das Geschehene schrecklich war. Konnte man noch in dem Haus wohnen bleiben?

Amanda stieg die breite Treppe hinab. Das Namensschild an der nächsten Tür war silbern und modern im Vergleich zum Haus. Sie las: *Josefsson*. Klingelte. Erkannte die Frau wieder, die aufmachte. Es war die Frau, die ihrem Sohn in Strümpfen hinterhergelaufen war.

Amanda zeigte ihren Polizeiausweis vor. »Darf ich Ihnen ein paar Fragen stellen? Sie haben sicher gehört, was passiert ist und dass wir einen Mord nicht ausschließen?«

»Oje, ja. Furchtbare Sache.«

»Waren Sie am Freitag zu Hause?« Amanda blickte auf ihre Armbanduhr und schrieb Josefsson und die Uhrzeit in ihr Notizheft.

»Ja, ich bin so gegen fünf Uhr nach Hause gekommen.«

»Haben Sie irgendetwas Besonderes bemerkt?«

»Nein, nichts. Ich habe seither schon nachgedacht, aber mir fällt nichts ein.«

»Auch sonst nichts in der letzten Zeit?«

Die Frau schüttelte den Kopf. »Nein.«

»Kannten Sie Jensine?«

»Wir haben uns nur gegrüßt oder uns manchmal ein wenig unterhalten, wenn wir uns im Waschkeller getroffen haben oder so. Wie man sich unter Nachbarn halt kennt. Aber sie schien völlig normal zu sein.«

»Wohnen Sie allein hier?«

»Zusammen mit meinem Sohn. Er ist sieben.«

»Ist er zu Hause und kann ich kurz mit ihm sprechen?«

»Natürlich, kommen Sie doch herein.« Sie machte die Tür ganz auf und Amanda trat in den Flur.

»Morris, kannst du mal kurz kommen? Hier ist eine Polizistin!«

Morris kam. Sah neugierig aus. Hatte blonde Locken, die ihm ins Gesicht fielen. Er machte große Augen. »Bist du Polizistin?«

»Ja, und ich heiße Amanda.«

»Aber du hast ja gar keine solchen Kleider an.«

Amanda lachte. »Nein, die brauchen wir nicht immer.«

»Aber hast du eine Pistole?«

Sie zog ihre Jacke ein wenig hoch, und Morris' Augen wurden noch ein Stück größer. Seine Mutter legte ihm den Arm um die Schulter. »Hör jetzt mal der Polizistin zu, Morris.«

»Erinnerst du dich, was du letzten Freitag gemacht hast?«, fragte Amanda. »Ob du Leute gesehen hast, die nicht hier wohnen, beispielsweise?«

»Als Erstes hat Mama mich zur Schule gebracht. Dann hatte ich Mathe, glaube ich. Nein, Schwedisch. Dann, in der Pause, da …«

»Erzähl mir, was du nach der Schule gemacht hast«, unterbrach ihn Amanda.

»Ja, als ich heimgekommen bin, da bin ich sofort in die Wohnung gegangen, weil ich Hausaufgaben hatte. Die hab ich dann gleich gemacht. Und dann habe ich eine Weile ferngesehen, glaube ich. Dann habe ich was gegessen. Dann war ich auf dem Spielplatz. Aber nicht so lange, weil es so kalt war. Dann, als ich wieder reingekommen bin, hab ich gebadet, und dann …«

»Hast du jemanden gesehen, als du auf dem Spielplatz warst?«, fragte Amanda.

»Ja, Simon war da. Und Moa. Und dann kamen auch noch zwei Mädchen, ich weiß nicht, wie sie heißen.«

»Morris, ich glaube, die Polizei möchte wissen, ob du eine erwachsene Person gesehen hast, die du nicht kennst oder die vielleicht etwas Seltsames gemacht hat.«

Nachdenkliche Stille. »Nein, da waren nur meine Freunde.«

Amanda blickte zu Morris' Mutter. »Ich lasse Ihnen meine Visitenkarte da, rufen Sie mich jederzeit an, wenn Ihnen noch etwas einfällt. Alles, selbst Kleinigkeiten, kann wichtig für uns sein.«

»Ja, danke.« Sie nahm die Visitenkarte entgegen.

»Danke dir, Morris.« Amanda wuschelte seine blonden Locken, bevor sie sich zur Tür wandte.

»Aber ich habe zwei Erwachsene auf der Treppe getroffen, als ich rausgegangen bin.«

Amanda hielt inne. »Wann?«

»Als ich auf den Spielplatz gegangen bin.«

»Wie sahen sie aus?«

Morris zuckte die Achseln. »Weiß nicht. Groß.«

»Aha. Männer oder Frauen?«

»Männer.«

»Wie alt waren sie?«

»Megaalt. Bestimmt so alt wie Mama.«

»Kannst du ein wenig genauer sagen, wie sie aussahen, was sie anhatten?«

»Sie waren echt groß. Unheimlich. Einer hatte hier eine Narbe.« Morris fuhr mit einem Finger vom Auge bis zum Kinn.

Amanda versuchte, ihre Erregung zu verbergen. »Super, Morris, du erinnerst dich ja an richtig viel. Haben sie etwas gesagt?«

»Ja, aber ich habe nichts verstanden.«

Amanda versuchte, Morris dazu zu bringen, möglichst viel zu erzählen. Dann bedankte sie sich und lief zu Vicky hinunter, die bereits fertig war und im Wagen wartete.

»Das hat ja ewig gedauert, meine hatten nichts Brauchbares zu sagen. Deine?« Vicky schlürfte ein Proteingetränk aus einer Plastikflasche und schielte zu Amanda hinüber. »Was ist los?«

»Nichts. Aber ich glaube, wir haben da was.«

»Was denn?«

»Ein siebenjähriger Junge hat an dem Abend zwei Männer im Treppenaufgang getroffen.«

»Echt?«

»Er kann keine genaue Beschreibung geben, aber sie sprachen nicht Schwedisch, und einer von ihnen hatte eine große Narbe im Gesicht.«

»Weiß er, zu welcher Wohnung sie gegangen sind?«

Amanda schüttelte den Kopf.

Vicky fuhr fort: »Und ich hatte fast gehofft, dass du dich täuschst.«

»Warum?«

»Was denkst du? Wenn Jensine wirklich ermordet wurde, kurz nachdem du sie getroffen hast, hat es ja etwas mit dir zu tun. Und dann ist da dieser Adnan, mit dem du was hattest. Das ist verdammt gefährlich, Amanda. Wir reden von der jugoslawischen Mafia.«

»Nein, das hier sind andere.«

»Wieso sollten das andere sein?« Vickys Stirnfalte trat wieder deutlich hervor.

»Das hat mit meiner Schwester zu tun.«

»Jetzt kapiere ich gar nichts mehr. Wieso mit deiner Schwester? Die ist doch schon mehrere Jahre tot. Und sie hat sich das Leben genommen.«

»Da bin ich mir nicht mehr so sicher.« Amanda unternahm einen neuen Anlauf. »Sannas Fall gehört zu den sieben, die ich heute früh erwähnt habe.« Sie spürte, dass Vicky sie anstarrte. Es war warm im Auto, und sie öffnete ihre Jacke. »Jensine war Sannas beste Freundin. Sie hingen ständig zusammen rum, und ich weiß, dass Jensine nicht alles erzählt ...«

»Erzählt hat. Sie ist tot! Wir müssen mit Crippe reden.«

»Das geht nicht.«

»Wie, das geht nicht! Sie können beim nächsten Mal hinter dir her sein!«

»Wenn er das erfährt, wird mir der Fall entzogen. Man wird mich nicht über meine eigene Schwester ermitteln lassen. Ich habe es dir nur gesagt, weil du es irgendwann sowieso entdeckt hättest.«

»Na toll. Deswegen habe ich Dinge erfahren, die mit unseren gemeinsamen Ermittlungen zu tun haben. Ein paar kleine Details. Und du denkst nicht, dass Crippe etwas merkt, wenn er den Nachnamen deiner Schwester bemerkt? Paller ist ja unheimlich weit verbreitet!«

»Ich habe meinen Namen geändert. Früher hieß ich Dahlström.«

Frustriertes Schweigen.

»Vicky, ich will wissen, was mit Sanna passiert ist, und wenn ich das nicht selbst in die Hand nehme, wird das niemand sonst tun. Ich will nur, dass wir zusammen mit den Ermittlungen weitermachen. Ich brauche dich.«

»Lass uns zurückfahren.«

Amanda nickte und ließ den Motor an. Die Lüftung blies mit voller Kraft los.

»Ich will keine weiteren Überraschungen mehr«, sagte Vicky nach einer Weile.

Amanda konzentrierte sich auf die Straße. »Nein.«

Der Papierstapel auf dem Tisch war fast einen halben Meter hoch. Amanda war im Archiv gewesen und hatte die Vergewaltigungsfälle mit anschließendem Selbstmord hervorgesucht. Die Einbände der Akten hatten unterschiedliche Farben, je nach Jahr. Vicky kam direkt von Jensines Friseursalon und hatte noch ihre Jacke an. Crippe war in der Küche und holte den obligatorischen Nachmittagskaffee. Nachdem sie den Kollegen in der Einheit den Film mit Jensine gezeigt hatten, waren zwei Lager entstanden. Das eine fand, dass der Film ein Hinweis auf einen Mord sein könnte, das andere meinte, dass die Vergewaltigung auf einen Selbstmord hindeutete.

»Nun, wie ist es bei euch gelaufen?« Crippe ließ sich am Tisch nieder.

Amanda berichtete von den Männern, die Morris im Treppenhaus gesehen hatte.

»Das ist äußerst interessant.« Crippe rieb sich das Kinn. »Wie verlässlich erschien dir der Kleine? Er ist sieben, sagst du?«

»Ja, er wirkte ziemlich aufgeweckt. Ich glaube, dass es stimmt.«

»Sonst noch etwas?«

Amanda trommelte auf den Aktenstapel vor sich. »Ich will euch eine Sache zeigen.«

»Und ich habe eine Sache vom Salon«, sagte Vicky.

Amanda wurde neugierig.

»Fang du an, Amanda.« Crippe nickte ihr zu.

»Ich bin die einzelnen Fälle genauer durchgegangen. Leider haben wir nirgends Beweise der Spurensicherung, da alle von Anfang an als Selbstmord eingestuft wurden. Allen gemeinsam ist jedoch, dass die Angehörigen nicht die geringste Ahnung hatten, dass es ihren Töchtern so schlecht ging und dass sie einen Selbstmord planten.« Sie blickte zu Crippe und Vicky, um zu sehen, ob diese ihr folgten. Sie nickten. Amanda fuhr fort: »Keine der Frauen hat einen Abschiedsbrief hinterlassen oder sonst irgendwas angedeutet. Außerdem sind alle zu Hause mithilfe von Drogen und Tabletten gestorben.«

Vicky öffnete den Mund, um etwas zu sagen.

Amanda hob die Hand. »Kleinen Moment noch.« Sie setzte

neu an. »Alle Frauen haben vor ihrem Tod Anzeige wegen Vergewaltigung erstattet, und keine konnte sagen, wer der Täter war. Eine hat angegeben, es zu wissen, wollte sich aber noch überlegen, ob sie seine Identität verraten wollte. Zwei Tage nach der Anzeige wurde sie tot aufgefunden. Und schaut hier …« Amanda nahm das erste Blatt aus der ersten Akte und legte es vor Crippe und Vicky. »Magnus Blomberg hat die Voruntersuchung beendet. Kein Ermittlungsbericht.« Amanda griff zur nächsten Akte und zeigte deren erste Seite. »Magnus Blomberg.« Sie nahm die nächste. »Magnus Blomberg. Soll ich weitermachen?«

Stille.

Crippe schluckte. »Scheiße.«

Alle dachten nach.

»Aber warum sollte Magnus Blomberg so viele Vergewaltigungen zu den Akten legen?«, fragte Vicky.

Amanda zuckte die Achseln. »Das frage ich mich auch.«

Crippe sagte nichts.

Amanda wandte sich an Vicky. »Was hast du im Salon rausgekriegt?«

Die Pause war ungewöhnlich lang.

»Adnan Nasimi war am selben Tag zum Haareschneiden dort.«

56

Heute bin ich nicht zur Arbeit gegangen. Mir blieb keine andere Wahl. So wie ich aussehe, konnte ich einfach nicht. Oh Gott! Ich habe einen großen blauen Fleck am Rücken. Der lässt sich verstecken. Aber die geschwollene Lippe nicht, die sieht aus, als hätte ich zehnmal Botox reingespritzt. Weiß nicht, was ich noch tun soll. Was ich mache, es ist falsch. Es war vielleicht dumm, Annelie vor Magnus von dem neuen Posten zu erzählen. Ich habe es ja nur getan, weil ich unsicher war, ob ich zusagen soll. Ich wollte einen Rat von ihr. Joakim und Annelie finden beide, dass ich als Teamleiterin perfekt passen würde. Ich habe gezögert, aber das lag bestimmt daran, dass ich ahnte, dass Magnus ausrasten würde. Warum kann er sich nicht für mich freuen? Diesmal hatte er ja eigentlich sogar einen Anlass, ich habe Dinge gemacht, die ich nicht hätte tun sollen. Aber das weiß Magnus ja nicht. Wie konnte ich eigentlich? Andererseits fühlt es sich total klasse an. Ich brauche nur an Joakim zu denken, schon wird mir ganz warm, und ich überrasche mich dabei, wie ich dasitze und vor mich hin grinse. Wie jetzt, wenn ich an ihn denke. :-) Aber jetzt werden wir uns sehr lange nicht sehen. Ich werde den Posten nicht annehmen, ich habe keine Kraft für weitere Diskussionen. Selbt schuld, ich hätte es Magnus zuerst erzählen müssen, damit er sich nicht ausgeschlossen fühlt.

Jetzt nehme ich ein heißes Bad, danach kommt vielleicht etwas Gutes im Fernsehen. Oder vielleicht lese ich ein Buch. Wir werden sehen, ich habe ja noch ein paar Tage Zeit. Hoffentlich ist die Schwellung an der Lippe bis Weihnachten verschwunden.

57

Magnus kippte einen großen Spritzer Bier über den Saunaofen. Es zischte, und der heiße Dampf verbreitete sich über die beiden hölzernen Bankreihen. Er sog den Duft ein. Gab es einen schöneren Geruch? Er war schlapp nach dem Hockeyspiel. Rieb sich den schmerzenden Oberschenkel. Vermutlich hatte er sich ihn gezerrt, als er Crippe umgegrätscht hatte. Magnus wunderte es nicht, dass die meisten beruflich bedingten Verletzungen auftraten, wenn unter den Kollegen Hallenhockey gespielt wurde. Zu viele Gewinnsüchtige auf ein und demselben Spielfeld, alle darauf programmiert, dass Verlieren dem Tod gleichkam.

»Seid ihr mit den Jugoslawen irgendwie weitergekommen?«, fragte Erik von der Bank in Richtung Magnus.

Magnus schüttelte den Kopf. »Die sind kaum im Auge zu behalten. Wechseln ihre Telefone so oft wie die Unterhose.«

»Und es traut sich auch keiner, das Maul aufzumachen«, meinte Crippe. Magnus fand, dass er nach dem Tackling ein bisschen eingeschnappt gewirkt hatte, aber ein Bier in der Sauna lockerte die Stimmung immer auf. Crippe fuhr fort: »Sie kommen ja mit allem davon. Die Schießerei in Husby ist so gut wie geklärt, aber ohne Ankläger kommen wir nicht weiter.«

»Aber der Typ, auf den geschossen wurde, hat überlebt, oder?«, fragte Erik.

Crippe antwortete: »Ja, aber er behauptet, nichts zu wissen. Dass er unter irgendeinem verdammten Gedächtnisverlust leidet oder so.«

Magnus wischte sich den Schweiß von der Stirn. Er musste es fragen: »Wie läuft es mit dem Selbstmord? Habt ihr was gefunden, das in eine andere Richtung weist?«

»Es läuft gut. Die Mädels sind richtig auf Draht. Aber im Moment warten wir noch auf die Laborergebnisse.«

»Aber wie sieht es denn aus? Ist es Mord oder nicht?«

»Müssen wir noch sehen. Na, Jungs, Zeit für ein paar Bier, was?« Crippe öffnete die Tür, und die hereinströmende Luft kühlte angenehm. Meine Güte, der war ja maulfaul! Wenn er wegen der Grätsche sauer war, konnte er es doch sagen. Magnus leerte die Bierflasche und dachte über den vergangenen Tag nach. Er hatte mit Nova gearbeitet. Das Neueste: Diar Semakala und Alex Ryass sind aus der Untersuchungshaft entlassen und wurden im Grand Garbo in Sundbyberg gesichtet, ausgerechnet. Und wer war noch dort gewesen – niemand Geringeres als Adnan Nasimi. Magnus war ziemlich beeindruckt von Novas Überwachungstätigkeiten. Selbst hatte er nur mit der Telefonnummer des Arabers beitragen können. Aber das hatte noch keine Wirkung gezeigt. Der Feigling von Staatsanwalt hatte eine Abhöraktion abgelehnt. War der Meinung, es gebe keine konkreten Hinweise, dass Nasimi wieder kriminell aktiv war.

Stattdessen ließen Nova und Magnus mehrere Adressen überwachen. Ein Wagen beobachtete Diars Mietwohnung im Tenstagången. Einer kümmerte sich um Alex Ryass' Adresse, er war bei seiner Mutter gemeldet. Dort wohnte er mit ziemlicher Sicherheit nicht, aber mit etwas Glück tauchte er trotzdem dort auf. Magnus selbst hatte mit Petter in einem Saab in Råsunda gesessen – vor Amandas Haus. Magnus wusste, dass es pure Zeitverschwendung war. Die Chance, dass Nasimi dort vorbeispazierte, war extrem gering. Genauso gut hätten die Jugoslawen ins Polizeirevier kommen und ihnen auf einer Karte zeigen können, wo die ganzen Leichen vergraben waren.

Kurz nach elf Uhr am folgenden Tag landeten die Kollegen im Tenstagången einen Treffer. Diar Semakala kam aus dem Haus und stieg in einen Ford Escort. Zwei Tage zuvor gestohlen. Semakala fuhr zum Hjulsta-Kreuz und weiter in Richtung Akalla. Nova bündelte die Kräfte und zog die Wagen von den anderen Adressen ab. Magnus hörte im Polizeifunk, dass Semakala in der Norgegatan in Husby angehalten hatte. Nach fünf Minuten stieg ein großer Mann zu ihm ins Auto. Mit größter Wahrscheinlichkeit Alex Ryass. Die Fahrt ging weiter zur Kista Galleria, wo sie in das Parkhaus fuhren. Die Kollegen folgten ihnen. Der Escort drehte zwei Runden. Ließ den Mann aussteigen, der einen Parkschein löste und wieder einstieg. Sie rollten weiter in Richtung Ausfahrt, öffneten die Schranke mit dem soeben gekauften Schein und fuhren wieder hinaus. Inzwischen waren Magnus und Petter auch vor Ort und lösten den ersten Überwachungswagen ab. Die Fahrt ging zur Kymlinge-Umfahrung und weiter auf die E4, wo der Escort die Stadtmitte anpeilte. Nach einer Weile kam das dritte Überwachungsfahrzeug hinzu, und Magnus und Petter bogen bei Stora Essingen ab, um nicht aufzufallen. Die Kollegen gaben per Funk den weiteren Verlauf durch, sie folgten dem Wagen bis Hammarby-Hafen. Dort parkten die beiden vor TriffiQ, einem Laden für Berufskleidung. Nach fünfzehn Minuten in dem Geschäft kamen Semakala und Ryass mit mehreren Tüten unter dem Arm wieder raus und fuhren wieder in Richtung Stadtmitte. Magnus und Petter gingen in den TriffiQ und stellten fest, dass die beiden Männer vier blaue Overalls gekauft hatten. Um mehr Informationen zu sammeln, entschied der Nova-Teamchef, dass sie über den Diebstahl des Wagens hinwegsehen würden. Wichtiger war es, die Aktivitäten der Männer, ihren Aufenthaltsort, ihre Freunde zu kennen. Zehn Minuten später meldeten die Kollegen, dass sie den Escort in einem Industriegebiet aus den Augen verloren hatten. Nicht mehr zu finden. Magnus schüttelte den Kopf. Wollte nicht einmal daran denken, welche Infos ihnen damit durch die Lappen gingen.

Stümper!

58

Adnan und Miran bibberten vor Kälte in ihren Trainingsanzügen. Schauten zu, wie Alex und Diar im Wald Krieg spielten. Mit einer MP5 in der Hand versteckten die beiden sich hinter Bäumen, lugten hervor, hoben die Maschinenpistole, gaben Schüsse auf Bierdosen ab, die in unterschiedlicher Höhe und mit unterschiedlichem Abstand aufgestellt waren. Alex hatte ihnen alles erklärt: Das Magazin wurde von unten eingeführt. Zieht daran, um zu kontrollieren, dass es fest sitzt. Zielen und schießen, wenn der Punkt auf das Ziel zeigt. Bewegt euch, um verschiedene Positionen zu üben. Tut so, als würde das Ziel sich bewegen. Alex gehorchte seinen eigenen Anweisungen und rollte im Schnee herum, als wären die Bierdosen zum Leben erwacht. Erwiderte das unsichtbare Feuer. Ging hinter Steinen, Büschen und Baumstämmen in Deckung. Woher hatte Alex die Waffen? Die MP5 gehörte zur Ausrüstung der Polizei und war alles andere als einfach zu beschaffen. Adnan sprach die Frage lieber nicht laut aus. Am besten wusste man so wenig wie möglich, wenn etwas schiefging. Weniger Gefahr, sich zu verplappern. Hätte er gewusst, was ihn hier erwarten würde, so hätte er andere Klamotten gewählt. Stattdessen: Adnan und Miran wie Eiszapfen zwischen den Nadelbäumen. Adnan versuchte, sich warmzuhalten, indem er in die Luft boxte und kickte. Stellte sich vor, Vincent Bonnerud stünde vor ihm: ein linker Haken. Die Tunte ging sofort zu Boden. Er ließ Milorad Kraljevic vor seinem inneren Auge erscheinen. Stieß ihm das Knie in den Schritt, sodass dem Jugo die Luft ausging. Eine Rechte auf die Niere – Milorad sank auf die Knie. Adnan beendete das Ganze mit einem Roundkick gegen den Kopf.

»Wow.« Miran wich ein paar Schritte zurück. »Mach mal halblang, Mann.« Er zog eifrig an einer Zigarette, die fast komplett runtergebrannt war.

Dann waren Adnan und Miran an der Reihe.

Alex kam zu ihnen und reichte Adnan seine MP5. »Da.«

Adnan nahm sie entgegen. Fuhr mit der Hand über das Verschlussgehäuse und das Visier, rüttelte zur Kontrolle am Magazin. Er war es nicht mehr gewohnt, eine Waffe in der Hand zu halten. Er machte ein paar Schritte nach vorn, zielte auf die nächste Bierdose. Drückte den Abzug. Vorbei. Drückte erneut. Vorbei. Hörte plötzlich eine Schusssalve, die neben ihm losging. Sah Miran, der seine MP5 auf die Baumspitzen gerichtet hatte.

»Scheiße noch mal, ich hab dir doch gesagt, dass du nichts anrühren sollst!« Alex rannte hin und riss Miran die Waffe aus der Hand. »Die muss auf Einzelfeuer eingestellt sein, nicht auf Dauerfeuer.«

»Shit, Mann.« Miran zitterte. »Ich dachte, das wäre der Ein-Aus-Knopf oder so.«

»Was? Verfluchte Scheiße!« Alex sicherte die Waffe und hängte sie sich um die Schulter. »Mach weiter, Adnan, du schießt wie eine Schwuchtel!«

Adnan behielt die Ruhe. Hob die MP5 erneut. Justierte ein paar Mikromillimeter nach, um das Ziel genau im Visier zu haben. Drückte den Abzug. Sah, wie die Rinde hinter der Bierdose in Fetzen davonflog. Zielte erneut. Drückte den Abzug. Vorbei. Fluchte laut. Seine Gedanken waren woanders. Sein Konzentrationsvermögen nach dem gestrigen Tag mies.

Adnan hatte Amanda am Vorabend getroffen. Sie hatte ihm eine SMS geschickt. Wollte reden. Adnan hatte die Nachricht sofort gelöscht. Wütend. Für wen hielt sie sich? Aber die Fragen häuften sich. War alles nur ein Bluff gewesen? Ein Spiel? Arbeiteten die Bullen inzwischen mit solchen Methoden? Das war nicht möglich. Er wurde einfach nicht klug daraus. Versuchte, ihre Nachricht mit hundert Liegestützen zu verdrängen. Hundert Sit-ups. Hundert Liegestützsprünge. Das half nicht. Am Ende war die Verwirrung zu groß. Mächtiger als die Vernunft.

Sie verabredeten sich für denselben Abend am Ufer des Brunnsviken. Er fuhr mit dem Bus hin. Wollte den Bullen nicht mit einem gestohlenen Escort in die offenen Arme fahren. Außerdem war der große Tag zu nah, da wäre es zu blöd, wegen so einer Dummheit geschnappt zu werden.

Sie wartete auf ihn mit einer roten Canada-Goose-Jacke und einer schwarzen Mütze bekleidet. Das stand ihr. Sein Magen zog sich zusammen. Sein Vorsatz, wütend zu sein, kämpfte gegen etwas anderes. Sie sagten nichts, als sie sich trafen. Blickten sich nur hastig an und spazierten dann am Wasser entlang. Mehrere Leute fuhren im Licht der Straßenlaternen auf dem Eis Schlittschuh. Er musste an eines ihrer ersten Dates denken. Als sie in Sundbyberg um die Seen gewandert waren. Aber das war vorbei.

»Wie geht es?« Sie ergriff als Erste das Wort.

»Gut. Perfekt.« Er zog die Kapuze seiner Jacke über die Mütze und schielte zu ihr hinüber. Es dampfte aus ihrem Mund, wenn sie atmete. Ihre Blicke kreuzten sich, und er sah weg. Sie liefen eine Weile schweigend weiter. Er suchte nach etwas, das er sagen konnte.

»Was willst du?«, fragte er schließlich.

»Jensine ist tot.«

»Wer? Wie zum Henker …« Er hielt inne.

»Ich leite die Ermittlungen. Ich weiß, dass du bei ihr zum Haareschneiden warst.«

Totale Verwirrung. »Was zur Hölle … Wolltest du mich deshalb sehen? Ist das hier eine Art Verhör, oder was?«

»Das ist kein Verhör, ich wollte es dir nur sagen.«

»Warum denn? Sie ist nur meine Friseurin.«

»Wirklich? Warum betonst du das so? Ich weiß, dass du sie seit Langem kennst, und ich weiß, dass du mit ihrer Freundin zusammen warst. Dem Mädchen, von dem du mir in Sri Lanka erzählt hast. Die gestorben ist.«

Adnan schüttelte den Kopf. »Wer bist du eigentlich? Hast du Jensine über mich ausgefragt, oder um was geht es hier? Arbeitet die Polizei neuerdings so? Sag! Was willst du?«

»Ganz ruhig.« Amanda war weitergegangen, und Adnan folgte ihr. »Ja, ich wollte mehr über dich wissen, als wir uns kennengelernt haben. Also hab ich die Nummer deiner Friseuse rausgesucht und bin zu ihr gegangen. Das war vielleicht nicht ganz korrekt, aber ich bin ja Polizistin, wie du weißt. Bei deiner Vorgeschichte wollte ich hören, was jemand anderes zu sagen hatte. Jedenfalls habe ich es getan. War das richtig oder falsch?« Sie zuckte die Achseln.

Er sagte nichts.

»Und jetzt ist Jensine tot, und du warst am selben Tag zum Haareschneiden dort …«

»Und was zum Teufel hat das …«

»Hoffentlich nichts. Aber meine Kollegen werden dich darüber befragen wollen.«

Adnan fluchte innerlich. Wieso um alles in der Welt musste das gerade jetzt passieren?

»Wie ist sie gestorben?«, fragte er.

»Das darf ich dir natürlich nicht sagen.«

»Also denkst du, dass ich es war. Scheiße!«

»Habe ich überhaupt gesagt, dass sie ermordet wurde?«

»Aber klar, verdammt, das hast du gesagt.«

»Nein, ich habe nur erzählt, dass sie tot ist ...«

»Versuch keine solchen Tricks mit mir. Was hab ich dir eigentlich getan?«

»Ich glaube nicht, dass du es warst. Aber wie gesagt, ich kann dich auch nicht aus der Sache raushalten, wenn die anderen der Meinung sind, dass wir dich dazu vernehmen müssen. Sag mir alles, was du über sie weißt. Wer könnte ihr etwas antun wollen? Hat sie Drogen genommen?«

Wie hatte er es nur geschafft, in diesen Mist hineingezogen zu werden? Diar und Alex würden ausflippen, wenn sie das erführen.

»Früher hat sie welche genommen. Aber jetzt nicht mehr, soweit ich weiß«, sagte er.

»Was hat sie früher genommen?«

»Vor allem Kokain. Manchmal Ecstasy. Sie waren eine Zeit lang ziemlich wild drauf, muss ich sagen.«

»Wer?«

»Jensine und Sanna. Das Mädchen, das sich umgebracht hat.«

»Mit der du zusammen warst, meinst du?«

»Ja, mehr oder weniger. Ich hab dir ja erzählt, wie es war. Es fühlt sich verdammt komisch an, dass beide tot sind.«

»Ja, glaube ich.«

Sie kamen an zwei jungen Männern vorbei, die sich unter einer Straßenlaterne leidenschaftlich küssten. Einer von ihnen stöhnte laut. Adnan und Amanda blickten sich mit großen Augen an. Lächelten unwillkürlich. Als sie ein Stück von den beiden weg waren, lachte sie los.

»Hui, die sollten wohl besser mal nach Hause gehen.«

Adnan lachte auch. Hatte auf einmal Lust, sie zu umarmen. Ihren Duft einzuatmen. Alles Geschehene zu vergessen. Sie verstummten gleichzeitig. Blieben stehen und schauten sich an. Er machte einen Schritt auf sie zu. Schob eine Haarsträhne weg, die sich an ihrer Oberlippe verfangen hatte. Wollte sich vorbeugen und sie an sich drücken.

Doch stattdessen sagte er: »Sind wir fertig?«

Sie schwieg eine Weile, bevor sie antwortete: »Weißt du wirklich nichts über Jensine?«

»Nein, aber ich verspreche, mich zu melden, wenn mir etwas einfallen sollte.«

»Du brauchst nicht so ironisch zu sein. Mir ist schon klar, dass du nicht helfen willst. Aber es ist auch zu deinem eigenen Wohl, vergiss das nicht.«

»Du, ich habe mir dieser Geschichte überhaupt nichts zu tun. Wenn du mich holen lassen willst, nur zu. Aber das ist vielleicht nicht dein Ding, so eine gewöhnliche Vernehmung in einem Polizeirevier. Mit einem Verteidiger, so ganz nach Vorschrift. Dir wäre es wohl lieber, wir würden uns bei dir treffen, wo wir beide unsere Ruhe haben, auf dem Sofa, damit du auch was davon hast. Vielleicht ...«

»Hör auf. Ich weiß, es war nicht richtig, dass ich dich angelogen habe. Aber ich habe es gemacht, weil ich dich weiter treffen wollte. Das war total bescheuert, jedem Idioten ist klar, dass das auf Dauer nicht klappen konnte. Glaub mir, ich wollte es dir sagen, aber ich habe nie die richtige Gelegenheit gefunden. Und ich wollte nicht zerstören, was wir hatten ...«

»Du und ich, wir hatten gar nichts.« Er drehte sich um und ging zurück. Sie rief ihm etwas nach, aber er hörte nicht hin. Spürte etwas in der Magengegend. Stiche. Überraschend stark.

Adnan zielte erneut auf die Bierdose. Es nervte, dass Amanda in seinem Kopf herumspukte. Seine Gedanken waren blockiert. Aber eins war klar: Niemand würde je wieder auf ihm herumtrampeln. Nie wieder. Er hörte Alex hinter sich.

»Jetzt schieß doch, verdammt noch mal! Eine alte Oma würde die Bierdosen schneller umknallen als du.«

Adnan fuhr herum, die MP5 im Anschlag. Das Visier auf Alex' Stirn gerichtet. Sah dessen erstaunten Blick. Drehte sich wieder um und zielte auf die Bierdose. Drückte den Abzug. Hörte das Scheppern, als die Dose umfiel. Zielte auf die nächste. Drückte ab. Schoss fünf Dosen nacheinander ab. Sicherte die Waffe und hängte sie um die Schulter.

Alex kam zu ihm. »Ziele nie wieder auf mich, du Arschloch!«

Adnan war zufrieden. Er hatte Dampf abgelassen.

59

Amanda und Vicky hatten Emma Svanberg aufgesucht, die Freundin, die nach Stella Didrikssons Vergewaltigung bei ihr gewesen war. Sie saßen in einem Café im Vällingby-Einkaufscenter. Emma mit einer kurzen schwarzen Lederjacke und einem rosafarbenen Schal. Amanda und Vicky mit großen Jacken, um die schusssichere Weste und weitere Ausrüstung zu verbergen. Es war noch früh am Vormittag, und nur wenige Leute hatten den Weg ins Café gefunden. Das Personal legte Sandwiches, Salate und Obstkuchen für die Mittagszeit aus.

»Sie haben also keine Ahnung, wer Stella vergewaltigt hat?«, fragte Amanda.

»Nein, sie hat es mir nie gesagt. Und dann hat sie sich das Leben genommen. Oder nicht, wenn es stimmt, was Sie sagen. Ich fand es sehr seltsam, sie war einfach nicht der Typ, der so etwas tut. Ich kannte sie. Aber wer hätte sie umbringen wollen? Haben Sie eine Idee?«

»Bislang nicht. Deshalb ist es so wichtig, dass Sie uns alles sagen, was Ihnen einfällt. Auch Dinge, die vielleicht nicht bedeutsam erscheinen. Mit wem außer Ihnen traf sie sich sonst noch? Hatte sie einen festen Freund? Eine Freundin? Wo besorgte sie sich Drogen?«

»Ehrlich gesagt, ich weiß es nicht. Stella und ich waren eng befreundet, aber im letzten Frühjahr fing sie an, sich viel mit einer anderen zu treffen. Diana heißt sie. Ich mochte sie nie recht, seitdem hat Stella sich verändert. Wollte ständig ausgehen. Und sie nahmen immer Drogen. Ich war ein paarmal dabei, aber das war nicht mein Ding. Ich mag solche Clubs nicht.«

»Welche Clubs?«

»Bei denen man jemand sein muss, um reinzukommen. Den Türstehern schmeicheln oder Typen finden, die einen mit reinnehmen. Sie wissen schon. Diese Diana kannte eine Menge Türsteher, die beiden waren ständig zusammen aus. Danach rief Stella mich immer an und erzählte, was los war. Oder wenn sie irgendwie Angst hatte.«

»Angst wovor?«, fragte Vicky.

»Na ja, wenn sie mit einem Typen nach Hause gegangen war und es bereute, oder wenn sie so betrunken war, dass sie sich an nichts mehr erinnerte.«

»Sie hatte also keinen festen Freund?«

Emma schüttelte den Kopf. »Nein.«

»Bei welchen Clubs kannte Diana die Türsteher? Und wie heißt sie eigentlich mit Nachnamen?«

»Keine Ahnung, ich habe sie nur ein paarmal getroffen. Sie wohnte irgendwo im Süden von Stockholm, aber mehr weiß ich nicht.«

»In welchem Club waren sie denn am meisten?«

»Paradis heißt er, glaube ich. In der Nähe vom Norra Bantorget.«

Amanda nickte. »Sagt mir was. Kannte Diana dort die Türsteher?«

»Ich glaube schon. Oder vielleicht war es sogar der Eigentümer, keine Ahnung.«

»Und an dem Abend, als sie Sie angerufen und von der Vergewaltigung erzählt hat. Wo war sie da gewesen?«

»Im Paradis.«

»Woher wissen Sie das?«

»Ich nehme es an, weil sie meinte, dass sie nie wieder hingehen würde. Und dann hat sie erzählt, dass sie vergewaltigt wurde. Da dachte ich, dass sie dort vielleicht jemanden kennengelernt hat und mit ihm nach Hause gegangen ist. Und dass es dann passiert ist … Glauben Sie, derselbe Typ hat sie umgebracht? Um nicht ins Gefängnis zu kommen?«

»Wir wissen es nicht, aber es könnte sein.«

Emma wirkte erschrocken. »War es dann nicht meine Schuld? Er kann doch nicht wissen, dass ich die Polizei gerufen habe, oder?«

»Nein, absolut nicht. Sie haben alles richtig gemacht.« Amanda tätschelte beruhigend Emmas Hand. Sah Magnus Blombergs Namen vor sich: Voruntersuchung beigelegt, keine Hinweise auf Fremdeinwirkung.

Amanda und Vicky fuhren weiter zur nächsten Adresse. Bereiteten sich darauf vor, dass es nicht so einfach wie mit Emma Svanberg sein würde. Gleich würden sie die Eltern eines der Opfer besuchen. Ihnen erklären, dass ihre Tochter sich zwei Jahre zuvor vielleicht doch nicht das Leben genommen hatte. Dass es Anzeichen gab, dass sie ermordet worden sein könnte. Wie sagt man den Eltern so etwas?

Nachdem Amanda den Zusammenhang zwischen den Selbstmorden und den von Magnus Blomberg zu den Akten gelegten Vergewaltigungen aufgezeigt hatte, hatte sich Crippe selbst alle Fälle vorgenommen. Ihm war aufgefallen, dass manche Vernehmungen im Archiv fehlten und dass Magnus im Computersystem Protokolle von Vernehmungen anderer Kollegen geöffnet hatte, ohne den Schreibschutz zu aktivieren. Daher war es möglich, dass manche Vernehmungen im Nachhinein umgeschrieben worden waren. Crippe, Amanda und Vicky hatten das weitere Vorgehen diskutiert. Stimmten ihre

Vermutungen? Würden sie ihre Annahmen beweisen können? Wem ihrer Kollegen konnten sie davon berichten, ohne dass sich die Sache wie ein Lauffeuer verbreitete? Sie beschlossen, Niklas Holm einzuweihen. Auf Dauer war es nicht zu verbergen, dass sie mehrere beigelegte Voruntersuchungen neu aufrollten. Niklas Holm schien sich nicht sehr wohl in seiner Haut zu fühlen. Mit Crippe kam er noch am besten klar. Er sprach ausschließlich mit ihm und mied tunlichst jeden Blickkontakt mit Amanda und Vicky.

»Dies sind sehr ernste Anschuldigungen. Wenn es so ist, wie Sie sagen, wird das fürchterliche Folgen für das Ansehen der Polizei haben. Natürlich muss das geklärt werden, aber unter strengster Geheimhaltung. Bis wir wissen, wohin genau es führt. Und ich möchte laufend über alles informiert werden …« Niklas Holm wirkte geschockt. Er hatte den Skandal in seinem Bezirk bereits vor Augen.

Nun saßen Amanda und Vicky bei Lena Lindqvist am Küchentisch. Amanda blickte auf die große Wanduhr. Sie selbst hatte nach dem Brand eine ähnliche gekauft. Die Zeiger wiesen auf kurz vor elf, und Amandas Magen knurrte laut.

»Entschuldigung, ich bin nur schon ein wenig hungrig.«

Lena lächelte, aber ihr Blick verriet die innere Unruhe. »Also, was wollten Sie wegen Felicia besprechen?«

»Nun, zuerst möchte ich sagen, dass es uns leidtut, Sie noch einmal an all das erinnern zu müssen …« Amanda versuchte, bei Lena eine Reaktion auszumachen, aber sie saß starr da, den Blick auf den Tisch geheftet. Hörte sie überhaupt zu? »Aber einige neue Hinweise deuten darauf hin, dass Felicia ermordet wurde.«

Lena gab ein leises Stöhnen von sich und schlug die Hände vors Gesicht. Der Laut klang nicht wie der eines Menschen,

Amanda bekam eine Gänsehaut. Sie und Vicky sagten nichts. Gaben Lena Zeit, die neue Information zu verdauen.

Schließlich sagte Vicky: »Ist es in Ordnung, wenn wir weitermachen?«

Lena nahm die Hände vom Gesicht, sodass ihre rotgeweinten Augen sichtbar wurden. Sie nickte.

»Felicia hatte ja eine Vergewaltigung angezeigt, kurz bevor sie starb ... Wir haben mittlerweile mehrere Fälle entdeckt, die dem Ihrer Tochter ähneln. Einiges deutet sogar darauf hin, dass es sich um denselben Täter handelt. Möglicherweise wollte er seine Opfer zum Schweigen bringen.«

Nun schluchzte Lena laut. Stieß hervor: »Ich habe ... immer gewusst, dass ... es gab etwas, das ... nicht stimmte. Felicia liebte das Leben.« Lena riss ein Stück von der Küchenrolle ab und schnäuzte sich. Sagte ein wenig beherrschter: »Felicia ging es sehr schlecht nach der Vergewaltigung, aber ich weiß, dass sie stark genug war, um das zu überstehen. Dann, als die Polizei meinte, es sei Selbstmord gewesen, ja, da haben wir das halt geglaubt. Aber irgendwo wusste ich es immer. Sie hätte das überstanden, das weiß ich.«

Amanda fragte: »Welche Art von Mensch war Felicia? Ich meine ...«

»Ich verstehe. Ob sie Drogen nahm und in Bars ging und so. Ja, das tat sie. Sie war einundzwanzig, es war eine Phase im Leben. Ich versuchte, mit ihr zu reden. Ich weiß, dass sie manchmal Drogen nahm, das hat mir ihre große Schwester erzählt. Aber sie war kein Junkie, ganz und gar nicht. Vielleicht war sie ein wenig naiv, ja, das war sie. Ich dachte, dass es sich wieder geben würde.« Lena schluchzte wieder.

»Wir verstehen das, Lena. Sie haben da keine Schuld. Wissen Sie denn etwas über die Vergewaltigung?«, fragte Amanda.

Lena schüttelte den Kopf. »Nicht viel. Sie hat mich mitten

in der Nacht angerufen und wollte, dass ich sie abhole. Da war sie in der Kungsgatan, vor diesem Kebab-Laden. Ich bin sofort hingefahren, weil ich ihr angehört habe, dass etwas Schlimmes passiert war. Sie war vollkommen verstört. In diesem Augenblick wurde mir zum ersten Mal richtig bewusst, dass da was aus dem Ruder gelaufen war.«

»Stand sie unter Drogen?«

»Ja, sie war vollkommen weg. Ich konnte nicht begreifen, wie sie es geschafft hatte, mich anzurufen.«

»War das der Abend, an dem sie vergewaltigt wurde?«

Lena nickte. »Aber das war mir in diesem Moment nicht klar. Das hat sie mir erst am nächsten Tag erzählt. Und dann …« Schluchzer.

Die wichtigste Frage: »Wissen Sie, wo sie an diesem Abend gewesen ist?«

»Ich denke schon. Ihre Schwester hatte ihre Nachricht auf Facebook gesehen, dass sie ins Paradis gehen würden. Und der Club liegt ja ganz in der Nähe von der Stelle, an der ich sie abgeholt habe. Ihre Freundin meinte auch, dass sie dort waren, aber sie hatten sich im Laufe des Abends wohl aus den Augen verloren. Überhaupt, dieses Facebook ist grauenhaft. Die Leute haben sich weiter auf ihrer Seite gemeldet, obwohl sie tot war. Manche wussten es nicht einmal … Es dauerte mehrere Monate, bis ich jemanden erreicht habe, der die Seite entfernen konnte. Und zugleich wollte ich sie bewahren, irgendwie blieb sie dadurch am Leben, und alle ihre Freunde … Aber es wurde zu komisch, als wäre sie irgendwie noch da.«

Amanda und Vicky sprachen noch eine halbe Stunde mit Lena Lindqvist, bevor sie wieder ins Auto stiegen und zurück zum Revier fuhren, um zu Mittag zu essen. Amandas Magen brüllte inzwischen.

»Ich glaube, es ist Zeit für einen Besuch im Paradis«, sagte sie.

60

Mir fällt hier zu Hause die Decke auf den Kopf. Aber meine Lippe ist noch immer geschwollen, auch wenn es schon viel besser ist. Ich habe mir die Zeit mit drei Staffeln von »True Blood« vertrieben, irre gut, wenn man mal richtig drin ist. Ich hätte nicht gedacht, dass das etwas für mich ist, aber da Joakim so viel davon gesprochen hat, hab ich es mal ausprobiert. So schön, sich in eine andere Welt zu träumen und das Leben zu vergessen, das man selbst führt. Denn ich weiß gerade nicht, was ich machen soll. Ich kann nicht aufhören, an Joakim zu denken. Er ist in meinem Kopf, wenn ich aufwache. An ihn denke ich, wenn ich einschlafe. Wenn ich esse. Ich träume sogar von ihm. Und noch etwas – ich traue mich kaum, es zuzugeben –, ich fantasiere von Sex zwischen mir und ihm. Oje, ich weiß. Aber ich kann es nicht sein lassen. Das Beste von allem ist eigentlich der Moment, bevor es passiert, wenn er mich ansieht, mit mir redet, wenn ich weiß, dass es bald geschehen wird. Und dann bin ich enttäuscht, wenn mir klar wird, dass ich hier in meiner Einsamkeit hocke.

Ich merke, dass ich in letzter Zeit angefangen habe, anders zu denken. Dass ich gehen will. Ich will nicht mehr mit Magnus leben. Vorher hatte ich immer den Eindruck, dass es besser würde, wenn wir umziehen, wenn wir Kinder bekommen, wenn wir dies, wenn wir das tun. Ich frage mich, warum ich mir selbst so lange etwas vorgemacht habe. Warum habe ich mein Leben für ihn geopfert? Es ist doch klar, dass er mich nicht liebt, wenn er mich schlägt. Warum war es so verflucht schwer, das einzusehen? Ich bin doch nicht blöd? Im Gegenteil, normalerweise bin ich stark und setze mich durch. Aber mein Ich ist verschwunden, nichts von der alten Pia ist noch da. Ich gehe in meinem eigenen Haus auf Zehenspitzen umher. Weiß nie, wann die nächste Bombe explodieren wird. Himmel, ich habe sogar Angst bekommen, als ich im Flur am Spiegel vorbeiging und sich mein eigenes Spiegelbild bewegte. Ich dachte, ich hätte etwas falsch gemacht, dass es wieder Prügel geben würde. Bis ich mich daran erinnerte, dass ich allein zu Hause war. Das ist doch nicht normal.

61

Magnus und Petter hatten erneut gemeinsam Schicht. Sie hockten in ihrem Wagen und starrten auf das Gebäude, in dem Alex Ryass und seine Mutter wohnten, in der Hoffnung, dass sie Alex hier erwischten. Die Adresse wirkte tot, aber sie waren gezwungen, sämtliche Alternativen zu berücksichtigen. Und sollten sie Alex sehen, würden sie ihn diesmal nicht verlieren. Nicht, bevor sie wussten, wo die Bande sich aufhielt. Heute hatten sie einen Opel Corsa extra für die Observation angemietet. Zwei Stunden saßen sie schon da. Magnus' Hintern tat weh. Es war pure Zeitverschwendung, zu zweit an so einem Ort zu hocken. Viel wahrscheinlicher war, dass Ryass sich bei irgendeiner Braut verkrochen hatte. Aber solange sie über keine konkreteren Informationen verfügten, mussten sie brav hier sitzen und warten. In der Hoffnung, dass sie bald wieder zu einem Einsatz gerufen wurden.

»Ja, schon ein verdammtes Glück, dass wir die Fahndung nach Nasimi rechtzeitig eingestellt haben.« Magnus sagte dies eigentlich nur, um das Schweigen zu brechen. Sie hatten das Thema schon mehrmals besprochen.

»Hm«, sagte Petter.

Magnus rutschte hin und her. Streckte die Beine, so gut es auf dem engen Raum ging.

»Aber glaubst du, dass er es war?«, fragte Petter.

»Gut möglich, aber der Kerl ist schlau, geht vorher hin und lässt sich die Haare schneiden. Dadurch beweisen die Haare gar nichts.«

»Nein, vielleicht nicht. Aber wir müssen ihn trotzdem vernehmen.«

»Klar, aber nicht jetzt. Ist doch besser, wenn wir sie alle miteinander schnappen können. Sollen wir alles kaputtmachen, nur weil Nasimis Haare auf der Bluse dieser Friseuse waren? Im Arrest hätten sie kaum die Zeit, seine Personalien aufzunehmen, da wäre er schon wieder draußen. Und die anderen bekämen kalte Füße und würden alles abblasen ... was auch immer sie gerade aushecken.«

»Nur die Ruhe«, sagte Petter. »Ich sehe das ja genauso. Und dasselbe gilt für Crippe und die anderen. Ich verstehe nicht, warum du dich so aufregst. Eigentlich wollte doch nur Holm Nasimi so schnell wie möglich verhaften lassen, aber er hat ja einen Rückzieher gemacht, als er gehört hat, wie wir darüber denken. So funktioniert es doch, man muss nur gute Argumente haben, dann lösen sich die Probleme meistens.«

»Du findest es also in Ordnung, dass wir die ganzen Infos an Nasimis Freundin weitergeben, damit sie zu ihm rennen und ihm berichten kann, was wir gerade machen?«

»In meinen Augen ist das krank. Dass sie die Ermittlungen in einem Fall leitet, bei dem er Verdächtiger ist. Aber Holm hat da offenbar eine andere Auffassung. Und ich weiß nicht, wir haben Nasimi zwar in ihr Haus gehen sehen, aber wir können nicht mit Sicherheit sagen, ob er auch zu ihrer Wohnung gegangen ist.«

»Aber du hast sie doch zusammen im Bonobo gesehen!«

»In derselben Gruppe zumindest. Ich bin ziemlich sicher, dass sie es war, aber nicht hundertprozentig.«

»Weil sie ein bisschen hastig verschwunden ist. Warum wohl? Kriege nur ich hier ein mieses Gefühl?«

»Nein, ich finde auch, dass das alles eine klare Sprache spricht. Aber irgendwie ist sie doch auch keine, die mit einem

Kriminellen gemeinsame Sache macht. Und das scheint Holm auch so zu sehen. Sonst hätte er ihr den Fall doch sofort entzogen. Oder?«

»Keine Ahnung, was dieser Trottel denkt, aber ihr ist es offenbar gelungen, ihn um den Finger zu wickeln. Wie bei all den anderen auch.«

Er erntete einen fragenden Blick.

Magnus biss sich auf die Zunge. »Ich meine nur, dass sie ihr eigenes Spiel zu spielen scheint. Du weißt, jung, weiblich, genau das wollen die Chefs. Sie scheißen auf die Kompetenz. Wollen nur, dass es sich auf dem Papier gut macht. Politisch korrekt …«

»Aber hast du ihr nicht auch gute Referenzen gegeben? Das meinte Holm jedenfalls. Glaubst du, dass sie dich um den Finger gewickelt hat?« Petter lachte.

Machte er sich über ihn lustig?

»Das ist wohl ganz was anderes. Ich hocke mir hier doch nicht den Hintern breit, damit sie alles an Nasimi weitergibt.«

»Sehe ich auch so. Solange wir nicht wissen, wie es ausschaut, informieren wir Holm nur über das Nötigste, damit er zufrieden ist, den Rest behalten wir intern.«

Magnus nickte. Wie hatte er sich nur in diese Zwickmühle manövriert? Er hatte Amanda nach ihrer Anwärterzeit eine hervorragende Beurteilung ausgestellt. Nicht gerade zu seinem Vorteil, wenn nun herauskam, dass sie einen Großganoven fickte. Warum hatte er nicht früher daran gedacht? Er rieb sich am Sitz. Der enge Raum fühlte sich noch kleiner an. Er kurbelte die Fensterscheibe ein Stück herab, um frische Luft zu kriegen. Sie war eine Hexe. Sie hatte ihn verführt. Ihn ausgenutzt. Ihn getäuscht. Jetzt war er gezwungen mitzuspielen, um sich selbst zu retten.

Die frische Luft breitete sich im Wagen aus. Petter beklagte sich, dass es zu kalt wurde, und Magnus kurbelte die Scheibe wieder hoch. Wiederholte die Prozedur. Scheibe runter und wieder hoch. Petter schaute ihn fragend an. Magnus sagte nichts. Drehte sich weg, damit Petter nicht sah, dass seine Wangen rot anliefen. Ihm war sein eigenes Benehmen peinlich. Bislang hatte er sich bei der Arbeit immer beherrschen können. Warum hatte er eben die Kontrolle verloren? Er war gestresst, das wusste er. Es gab eine Menge loser Fäden. Aber es würde alles gut werden. Wenn er nur Samir dazu brachte, endlich mal ein paar brauchbare Informationen zu liefern, damit er Adnan Nasimi auf frischer Tat ertappen konnte. Milorad Kraljevic war noch immer ein Unruhefaktor, obwohl er in letzter Zeit keine Besuche mehr von ihm bekommen hatte. Aber sie konnten jederzeit auftauchen. Überall. Das wusste er. Sollte Vincent irgendwann seine Position verlieren, wäre dies das Ende für Magnus Blomberg. Kraljevic würde es nicht riskieren, ihn am Leben zu lassen. Garantiert nicht. Magnus dachte schon lange über Lösungsmöglichkeiten nach und neigte immer mehr zu einer Alternative, für die er allerdings riesiges Glück brauchte, damit es klappte.

»Muss nur kurz telefonieren.« Magnus stieg aus und schlug die Tür zu. War kurz davor, sie noch einmal zu öffnen und zu schließen, konnte sich aber im letzten Augenblick bremsen.

Er suchte Samirs Nummer hervor.

62

Das Bier machte die Runde, und Adnan versuchte, davon zu trinken, ohne etwas zu verschütten. Sie saßen in einem Taxi auf dem Weg zum Grand Garbo. Adnan, Miran und Diar drängten sich auf der Rückbank, während Alex auf dem Beifahrersitz Platz genommen hatte. Alex spielte DJ: wechselte die Radiosender und schraubte am Lautstärkeregler. Der Taxifahrer wirkte genervt, schien sich aber nicht mit dem großen Typen anlegen zu wollen, der wild gestikulierend die Lieder mitsang. Adnan sah, dass der Blick des Fahrers unruhig zwischen der Straße und dem schwarzen Drachen, der sich von Alex' Hals bis zu seinem Gesicht ringelte, hin und her flackerte. Kein besonders schönes Tattoo, fand Adnan, aber es erfüllte seine Funktion: Angst machen. Alex hatte sich auch drei Tränen unter ein Auge tätowieren lassen. Eine Träne pro getötetem Mann. Adnan fragte sich, welche Männer das wohl gewesen waren. Von einem wusste er es: irgendein Typ, der sich vor fünf Jahren geweigert hatte, eine Haschisch-Schuld zu begleichen. Alex, der sich damals nach oben arbeitete, wollte ein Exempel statuieren. Er hatte den Kerl mit bloßen Händen erschlagen und auf einer Müllkippe entsorgt. Dies hatte ihm bis heute in den Vororten den Ruf eingebracht, extrem brutal zu sein. Für wen die beiden anderen Tränen standen, wusste Adnan nicht. Stimmte es überhaupt? Oder war es nur eine Marketingstrategie, um den Status zu wahren?

Eigentlich fand Adnan, dass das Ganze eine schlechte Idee war. Noch ein letztes Mal auszugehen vor dem Überfall. Alex und Diar hatten es vorgeschlagen, und Miran war natürlich nicht schwer zu überzeugen gewesen. Adnan hätte es klüger gefunden, wenn sie sich so wenig wie möglich in der Öffentlichkeit gezeigt hätten, aber er hatte bald nachgegeben. Er war es auch leid, ständig bei Miran herumzuhängen. Die Wohnung sah wieder aus wie ein Schweinestall. Pizzakartons, Bierdosen und schmutzige Klamotten lagen überall herum, die Luft war neblig vom Zigarettenqualm. In der Küche türmte sich ein Berg an Geschirr, und der Putzlappen, den Adnan gekauft hatte, roch inzwischen säuerlich und war seltsam schmierig geworden. Adnan sehnte sich nach einer eigenen Bleibe. Nach eigenen Regeln. Einem eigenen Zeitablauf. Aber bis auf Weiteres musste er sich gedulden. Alles würde besser werden, wenn er erst einmal Kohle hatte. Bald.

Sie hatten bei Miran vorgefeiert und die Menge an leeren Pizzakartons und Dosen noch erhöht. Hatten sich auch Bacardi gegönnt. Miran meinte, sie sollten sich auch Koks besorgen, aber Adnan hatte dem einen Riegel vorgeschoben. In diesem Punkt unterstützt von Diar und Alex. Auch sie fanden es bescheuert, die Bullen quasi zu einer Hausdurchsuchung einzuladen. Mit Koks konnten sie nachher feiern. Miran wurde zwar sauer, aber er hatte keine Wahl. Trank ein paar Extragläser, um in Form zu kommen. Auch Adnan war heiß. Wollte Bräute treffen. Imponieren. Glänzen. Hatte sich in letzter Zeit eingeschlossener gefühlt als im Knast. Die Frage war, ob er es in der Zelle nicht sogar besser gehabt hatte. Dort hatte er jedenfalls nachts seine Ruhe.

Sie stiegen wie Könige aus dem Taxi. Grüßten die Türsteher. Adnan kannte alle bis auf einen von seiner Zeit bei Vincent. Die Sicherheitsbranche war klein in diesem Gewerbe. Jeder kannte jeden. Wer in diesem Beruf hängenblieb, war oft verbittert, weil er nicht Bulle geworden war. Wechselte das Lager.

Adnan bemühte sich, besonders freundlich zu sein. Redete. Riss ein paar Sprüche. Wusste, dass ein guter Draht zu den Türstehern früher oder später Nutzen bringen würde. Immer kannte jemand jemanden. Der wiederum jemanden kannte, der jemanden kannte – der ein feines Ding am Laufen hatte.

Im Club stampfte die Diskomusik. Der Bass ließ den Boden vibrieren. Sie gingen schnurstracks zur Bar, und Alex winkte den Barkeeper herbei. Brüllte etwas, das im Lärm unterging, aber die Bestellung schien dennoch angekommen zu sein. Bald wurden ihnen vier Cocktails und vier Schnäpse serviert. Zornige Blicke kamen von Typen, die schon länger gewartet hatten. Alex verteilte die Gläser und hob seines in die Höhe.

»Auf uns und die Zukunft!« Er zwinkerte.

Ihre Cocktails schmeckten nach Wodka und zu süß. Sie widmeten sich den Schnäpsen.

Adnan sah sich um und checkte das Angebot. Hübsche Mädels überall mit tiefem Ausschnitt und vollen Lippen. Das Grand Garbo war eine Goldgrube, man brauchte nie allein nach Hause zu gehen. Er versuchte, eine zu finden, die besonders interessant wirkte, fand aber, dass die meisten ein bisschen doof aussahen. Zu viel Schminke, zu viele Extensions, zu viel Botox. Zu viel von allem. Er merkte, dass er sie mit Amanda verglich. Fragte sich, was sie wohl jetzt machte. Dachte an neulich, als sie sich am Brunnsviken getroffen hatten. Wie gern hätte er … Plötzlich spürte er einen harten Schlag auf den Rücken.

»Was stehst du hier rum und träumst?« Alex starrte ihn an. »Los, komm, such dir eine aus und ran an den Speck. Wer weiß, wann wir wieder die Gelegenheit kriegen.«

Adnan blieb stehen, als Alex und Diar zu zwei Blondinen mit knallroten Lippen gingen. Miran war bereits in Richtung Dancefloor verschwunden. Adnan holte sein Handy hervor und suchte Amandas Nummer heraus. Blickte lange auf den Bildschirm. Schob das Telefon wieder in die Tasche. Er war nur betrunken. Brauchte eigentlich nur einen ordentlichen Fick. Aber er hatte keine Lust. Die Partystimmung war wie weggeblasen.

63

Samstagabend – die Vergnügungsviertel in der Stockholmer City lebten auf, trotz der Dunkelheit und der Kälte. Die Leute waren unterwegs, um Spaß zu haben. Aufgetakelte Mädchen in Stöckelschuhen staksten wie alte Omas auf den Gehsteigen dahin und stützten einander, um nicht im Schneematsch auszurutschen. Amanda und Vicky waren passender gekleidet – Hose, Stiefel und dicker Pulli. Sie gingen zu den Türstehern des Paradis, zeigten ihre Polizeiausweise und wurden hineingelassen. Einer der Türsteher trat beiseite und sprach mit jemandem über Funk. Amanda war klar, was er sagte, auch wenn sie ihn nicht hörte. *Achtung, Bullen!* Es war ihr egal. Sie waren nicht gekommen, um sich unauffällig unter die Leute zu mischen. Eigentlich wusste sie nicht genau, weshalb sie da waren. Nur, dass das Paradis von vielen erwähnt worden war, mit denen sie in den vergangenen Tagen gesprochen hatten. Sie war nicht überrascht. Es war einer der größten Clubs in der Stadt. Dass er noch dazu Vincent Bonnerud gehörte, machte es nur umso wahrscheinlicher, dass dort zwielichtige Dinge vor sich gingen. Ihr lief ein Schauer über den Rücken, als sie an ihn dachte. Ein ekliger Typ. Hoffentlich war er heute nicht da.

Die Leute starrten sie an, als sie reingingen. Die meisten kapierten, wer sie waren, andere hielten sie vermutlich für Bauerntrampel. Das Paradis war deutlich größer als das Bonobo. Mehrere Stockwerke mit großen Dancefloors. Die Musik war ohrenbetäubend laut. Sie liefen ohne Ziel umher und sahen sich um. Jemand stieß Amanda in den Rücken. Ein anderer trampelte ihr auf den Fuß. Einer der Gründe, warum man nie nüchtern in einen Club gehen sollte.

»Siehst du was Besonderes?« Vicky schrie in Amandas Ohr.

Sie schüttelte den Kopf. »Nur das, was ich erwartet habe – betrunkene Menschen.«

»Warum könnten denn die Mädchen hier gewesen sein? Was denkst du?«

»Ich weiß, wem der Club gehört, ich habe ihn mit Adnan bei der Einweihung eines anderen Clubs getroffen.«

Vicky hob die Augenbrauen. »Keine weiteren Überraschungen, haben wir das nicht ausgemacht?«

»Das ist keine Überraschung, ich sage es nur. Vincent Bonnerud heißt er, und ich habe irgendwie das Gefühl, dass er nicht ganz koscher ist.«

»Nein, wenn er Adnan kennt, dann ist er das vermutlich nicht. Warum hast du das nicht schon eher gesagt?«

»Ich sage es doch jetzt. Und es ist ja auch nur ein Gefühl. Der Club ist riesig, hier kann Gott weiß wer rumhängen und Mädchen zu sich nach Hause locken, oder nicht?«

»Absolut, aber trotzdem finde ich, dass diese Information ziemlich entscheidend ist.« Vicky klang wütend. »Adnan zieht sich wie ein roter Faden durch alles, falls du das noch nicht gemerkt hast. Er war mit deiner Schwester zusammen, die Jensine kannte. Er hat sich von Jensine die Haare schneiden lassen, und jetzt steht er unter Verdacht, sie ermordet zu haben – auch wenn du das nicht denkst. Du warst mit ihm zusammen, und jetzt kennt er sogar noch den Eigentümer des Clubs, in den die ganzen Mädchen gegangen sind. Betonung auf *gegangen sind.* Inzwischen sind sie nämlich alle tot. Gibt es noch etwas, das du nicht erzählt hast?«

Amanda schüttelte den Kopf. »Eigentlich nicht.«

»Raus mit der Sprache!«

»Wie ich schon meinte, nur ein Gefühl, dass der Eigentümer nicht ganz sauber ist. Aber wir können ihn ja nicht verhaften, bloß weil er ein ekliger Typ ist.«

Sie standen eine Weile schweigend da und beobachteten das Gewimmel. Ein paar Mädchen tanzten im Kreis um ihre Handtaschen, die sie auf einen Haufen auf den Boden gelegt hatten. Sie wippten mit den Hüften. Rekelten sich auf und nieder. Schwenkten die Hände über dem Kopf. Zeigten ihre Reize. Ein junger Mann drängte sich in den Kreis und lächelte ein Ich-bin-der-Schönste-auf-der-Welt-Lächeln. Wurde allerdings so schnell wieder hinausbefördert, wie er hineingekommen war.

»Siehst du die Tür da drüben?« Amanda deutete mit einem Kopfnicken auf eine Tür auf der anderen Seite der Tanzfläche, vor der ein Wachposten stand. »Ich frage mich, was dahinter ist.«

»Ich habe gesehen, dass sie ab und zu jemanden reinlassen.«

Sie schoben sich durch das Meer aus wankenden Menschen. Der Wachposten blickte sie grimmig an.

»Dürfen wir da rein?«, fragte Amanda.

»Das ist der VIP-Bereich, sind noch nicht viele da.« Der Wachposten machte keine Anstalten, die Tür zu öffnen.

Amanda sah ihn herausfordernd an.

Das half. »Klar«, sagte er schließlich.

Tatsächlich waren nicht viele Leute da. Nur ein paar Gruppen, die hier und da auf Sofas hockten und sich unterhielten. Weiter hinten im Raum stand ein weiterer Wachposten vor einer mit rotem Samt bekleideten Tür. Amanda ging hin, dicht gefolgt von Vicky.

»Tut mir leid, das ist privat«, sagte der Wachposten.

»Ich dachte, das hier ist ein Club für alle?«

»Hier leider nicht, das ist der Privatbereich des Eigentümers.«

»Ach, sieh an, ist unsere kleine Polizistin hier? Amanda, stimmt's?«

Amanda erkannte die unangenehme Stimme sofort und drehte sich um. Wurde von Vincents aufgesetztem Grinsen empfangen, widerwärtig nah an ihrem Gesicht. Sie machte einen halben Schritt nach hinten.

»Hallo. Ja, wir schauen uns ein wenig um. Aber hier kommen wir offenbar nicht weiter.«

»Ihr könnt gerne so oft kommen, wie ihr wollt, aber dieser Bereich ist nicht für Gäste, das ist eher eine Art Büro, könnte man sagen. Nun, darf ich euch etwas anbieten?«

»Nein danke, wir bleiben nicht lange.«

»Wie schade.« Er wandte sich an Vicky. »Und wer ist die hübsche Begleiterin?«

Vicky streckte ihm die Hand hin und stellte sich vor. »Viktoria, eine Kollegin von Amanda.«

Vincent hielt Vickys Hand, während er fortfuhr: »Wie ist es nur möglich, zwei so schöne Polizistinnen? Manchmal fragt man sich, ob die Polizei ihre Beamtinnen bei Model-Wettbewerben rekrutiert.« Er ließ den Blick über Vickys Körper schweifen, dann weiter zu Amanda, heftete ihn auf Brusthöhe. »Diese hier stört allerdings.« Er tippte gegen die schusssichere Weste.

»Ja, aber manchmal sind die ziemlich nützlich. Doch sag mal, hier wurden ja schon einige reingelassen, wo sind die denn hin?«

»Ah, du bist eine gute Beobachterin. Aber ich finde, dass meine VIP-Gäste sich nicht in der Disko zu drängen brauchen, wenn sie nicht wollen. Weißt du, es kommen ja ein paar bekanntere Leute hierher, und die möchten einen Auflauf vermeiden. Deshalb kann man auch von hier rein und wieder raus.« Er deutete auf einen Durchgang, der von Spotlights schwach erhellt wurde.

»Also sind all diejenigen, die wir reinkommen sahen, dort drüben wieder rausgegangen?«

»Vermutlich, ja. Wenn sie nicht hier irgendwo sitzen.«

»Nicht dumm.«

»Wie geht es denn Adnan, ich habe ihn eine Weile nicht mehr gesehen?« Vincent grinste. »Ihr wart ein so tolles Paar. Na, jetzt muss ich aber weiter, sofern ihr keine speziellen Fragen habt. Bestellt euch gern etwas an der Bar, das geht aufs Haus. Es ist immer nett, die Polizei hier zu haben.«

Amanda blickte ihm nach. Der Rücken unnatürlich durchgestreckt, der Brustkorb nach vorn geschoben. Er ging mit kurzen Schritten, die Füße platzierte er dabei in einer geraden Linie. Wie ein Zirkusartist auf einem Seil. Sein Hintern wackelte hin und her.

»Jetzt wird mir klar, was du meintest«, sagte Vicky, als sie wieder auf die Straße traten und zu ihrem Auto gingen. »Himmel, was für ein ekliger Typ.«

»Sagte ich doch.«

»Manchmal wünschte ich, man könnte rein auf Intuition hin eine Hausdurchsuchung starten. Ich glaube, ich schicke das mal als Gesetzesvorschlag an die Regierung.«

Amanda lachte. »Mach das.«

»Aber ehrlich, wenn wir die Erlaubnis hätten, auf unser Gespür hin einzugreifen, könnten wir einiges verhindern«, sagte Vicky. »Aber die Gesellschaft muss ja die Integrität aller Personen wahren«, fügte sie mit gespieltem Ernst hinzu.

»Meine Güte, du bist ja vielleicht auf dem Kriegspfad.«

»Mich macht das nur so wütend. Die, die sich am meisten darüber beklagen, dass die Polizei nicht genügend Verbrechen aufklärt, sind dieselben, die am lautesten nach dem Recht auf Integrität rufen. Regen sich wegen jeder Kleinigkeit auf.«

»Du denkst also auch, dass Vincent etwas mit den Vergewaltigungen zu tun hat?«

Vicky zuckte die Achseln. »Vielleicht, vielleicht auch nicht. Aber wenn wir den Club durchsuchen dürften, bekämen wir vermutlich eine Antwort. So oder so würden wir irgendeinen Mist finden, der Typ ist doch nicht normal.«

»Da hast du recht. Aber immerhin ist es nicht illegal, nicht normal zu sein. Ist vielleicht gar nicht so schlecht, dass es so ist, sonst hätten wir beide ein saftiges Problem.«

Vicky lachte und beruhigte sich ein wenig, als ihr klar wurde, wie unlogisch sie argumentiert hatte. Amanda lachte auch, obwohl sie wünschte, sie könnten vollständig darauf pfeifen, dass die Räumlichkeiten hinter dieser heiligen Tür privat waren. Am liebsten würde sie einfach hineinstiefeln.

Frustriert, weil sie keinen Schritt weitergekommen waren, fuhren sie zum Revier zurück.

Die Gedanken überschlugen sich. Amanda hatte Sannas lächelndes Gesicht vor ihrem inneren Auge. Sah ihren Namen, mit schwarzen Buchstaben im Polizeibericht abgedruckt. Stella, die mit verlaufener Mascara nichts erzählen wollte. Ihre Worte wie ein Echo: »Ich überlebe, das tue ich immer.« Felicia Lindqvists traurige Mutter am Küchentisch. Jensine mit einer leeren Spritze im Arm.

Gab es noch mehr Opfer? Wer war das nächste?

64

Ich grüble und grüble. Richard lässt nicht locker, er will absolut, dass ich den Posten annehme. Joakim auch, er möchte wissen, warum ich auf einmal meine Meinung geändert habe. Ob es damit zu tun hat, dass er mich geküsst hat. Er sagt, er versteht meine Lage und wird respektieren, dass ich verheiratet bin. Wenn es das ist, was ich will. Er versteht eigentlich gar nichts. Wie soll er auch? Ich verstehe es kaum selbst. Ich habe eine Liste erstellt mit Vor- und Nachteilen, und ich bin eigentlich nur auf Vorteile gekommen. Warum sieht Magnus das nicht so? Ich werde zusagen. Ja, das werde ich tun. Freude. Es fühlt sich schön an. Ich habe mich entschieden! Morgen werde ich es Richard sagen. Ich traue mich kaum, daran zu denken, wie Magnus reagieren wird, aber das werde ich dann sehen.

Gute Nacht, ich freue mich auf morgen früh.

65

Magnus ging zum Kopierraum und schielte zu Amanda, Crippe und Viktoria hinüber, die im Besprechungsraum saßen. Durch die großen Scheiben, die vom Boden bis zur Decke reichten, konnte er sehen, wie sie eifrig diskutierten. Vor ihnen lagen mehrere Packen Papier. Amanda hatte die Haare zu einem Knoten hochgesteckt. Sie notierte etwas auf einem Block. Er würde bereit sein, wenn sie den Raum verließen. Es sollte aussehen, als würde er nur im Vorbeigehen fragen. Ihn interssierte, wie es bei den Ermittlungen zum Mord an Jensine lief. Hatten sie einen anderen möglichen Täter außer Adnan Nasimi auf der Liste? Vor allem aber wollte er erfahren, warum sie neulich im Paradis gewesen waren.

Vincent hatte ihn am Samstag in der Nacht angerufen. Hatte erzählt, dass Amanda und eine andere kleine »Bulette« dort gewesen seien und herumgeschnüffelt hätten. Kaum zu glauben, aber Vincent hatte ein wenig nervös geklungen. Hatte gefragt, was zum Teufel da los war. Musste er seinen Lusttempel bis auf Weiteres schließen? Er verlangte, dass Magnus der Sache auf den Grund ging. »Vergiss nicht, dass wir im selben Boot sitzen«, hatte er gesagt.

Die Zusammenarbeit mit Vincent hatte vor einigen Jahren begonnen. Damals hatte es bestens funktioniert. Gelegentlich ein paar einfache Maßnahmen, um Vincent zu helfen, und Magnus hatte Zugang zu einer Welt bekommen, von der er zuvor nur träumen konnte. Aber jetzt? Irgendwie war ihre Beziehung immer frostiger geworden. Wenn du das nicht für mich machst … Wenn du nicht hier … Verdammte Scheiße! Sie waren beide voneinander abhängig, das hatte die letzte Zeit wirklich gezeigt. Vielleicht war der Augenblick gekommen, die Zusammenarbeit abklingen zu lassen. Die negativen Aspekte überwogen immer mehr. Aber würde Vincent das mitmachen? Magnus wusste es nicht. Vielleicht war es von Anfang an ein Fehler gewesen. Aber er hatte der Versuchung nicht widerstehen können.

Magnus kopierte ein Blatt, das er eigentlich nicht zu kopieren brauchte, und ging zurück zu seinem Schreibtisch. Er schielte wieder zum Besprechungsraum und sah, dass sie ihre Papiere einsammelten. Sie waren fertig. Magnus änderte die Richtung und ging in die Küche. Dort würde er hören, wenn sie rauskamen. Er holte eine Tasse aus dem Schrank und goss sich den letzten Rest Kaffee ein. Es war schon die vierte Tasse an diesem Morgen. Zwei andere hatte er auch nur getrunken, um in der Nähe des Trios zu sein, das sich von den übrigen Kollegen isoliert hatte. Alle wussten, woran sie arbeiteten, aber keiner wusste mehr als das. Waren sie etwas Großem auf der Spur? Was hatten sie im Paradis gemacht? Magnus war mindestens genauso erpicht darauf, es zu erfahren, wie Vincent.

Als er hörte, wie sich die Tür öffnete, verließ er den Pausenraum mit hoch erhobener Kaffeetasse.

»Hi, wie läuft es bei euch?« Magnus richtete die Frage an Crippe, der als Erster herauskam.

»Gut, sehr gut«, antwortete dieser nach kurzem Zögern.

»Ich wollte mich nur kurz wegen Nasimi mit euch abstimmen.«

»Was meinst du damit? Das haben wir doch schon gemacht.«

»Ich möchte nur sichergehen, dass wir die gleiche Linie fahren. Dass nichts unter den Tisch fällt. Wir haben eine Menge

Hinweise, dass sie bald zuschlagen werden. Wir sollten die Gelegenheit auf keinen Fall verpassen.«

»Das wollen wir auch nicht.« Diesmal antwortete Amanda.

»Schön, dann sind wir uns ja einig. Wenn nichts durchsickert«, sagte Magnus und blickte Amanda zum ersten Mal bei diesem Gespräch in die Augen, »dann haben wir gute Chancen, die ganze Bande zu fassen, und Nasimi kriegen wir so immerhin wenigstens für Raub. Für den Mord habt ihr noch nicht so viel, oder?«

»Wir arbeiten dran«, sagte Amanda. »Aber wir sind immer noch ganz auf deiner Linie.«

»Wunderbar, und wenn ihr irgendwie von seinem Aufenthaltsort erfahrt, dann …«

»Natürlich.«

»Habt ihr einen anderen möglichen Täter?« Magnus sprach zu drei Rücken, da sie sich ihren Schreibtischen zugewandt hatten.

Amanda schüttelte den Kopf.

Magnus ließ nicht locker. »Aber wo setzt ihr an? Habt ihr ein paar Tipps bekommen? Ich habe viele Informanten, die ich anhauen könnte.«

Crippe drehte sich um. »Absolut, wir melden uns, wenn es so weit ist. Aber im Augenblick ist das noch nicht nötig.«

Magnus fühlte sich abgekanzelt. Er sah den drei Rücken nach, die sich von ihm entfernten. Sein Blick wanderte reflexartig an einem davon hinab. Amandas Po war verdammt knackig in dieser Jeans. Aber er rief sich ins Gedächtnis, was sie ihm angetan hatte. Wie sie ihn gekränkt hatte. Nach allem, was er für sie getan hatte. Scheiße.

Als Magnus in seine Abteilung zurückkam, rief ihm Erik zu, Pontus Klinghammar habe ihn gesucht. Er sei bis neun Uhr telefonisch zu erreichen. Magnus sah auf seine Armbanduhr.

Viertel vor. Er beschloss, lieber hinzugehen. Die Staatsanwälte saßen im Gebäude nebenan, und es war immer besser, von Angesicht zu Angesicht zu sprechen, wenn es um Wichtiges ging. Magnus ahnte, dass es Samirs Vergewaltigung betraf. Er wollte nicht, dass der Fall jetzt schon zu den Akten gelegt wurde, dann würde Samir wieder anfangen zu wackeln. Magnus nahm nicht den Aufzug nach unten, sondern legte die fünf Stockwerke auf der Treppe zurück. Das Weihnachtsessen näherte sich. Er ging durch den Korridor, der die beiden Gebäude miteinander verband: Polizeirevier und Sitz der Staatsanwaltschaft. Er musste nicht einmal ins Freie.

Der Rezeptionist erkannte ihn und ließ ihn durch. Magnus kam an unzähligen Bücherregalen voller Gesetzestexte vorbei. Grüßte den einen oder anderen, dem er begegnete. Ging ein Stockwerk hoch und traf Klinghammar an seinem Schreibtisch an. Der Staatsanwalt schielte auf seine Uhr, als er Magnus erblickte.

»Störe ich? Du hast mich gesucht, da dachte ich, ich schau gleich mal vorbei«, sagte Magnus.

»Eine Minute habe ich noch. Ich wollte nur hören, wie es mit … äh …«, Klinghammar blätterte in einem Haufen Papier, »Samir Nasimi läuft. Haben wir was Neues? Wenn nicht, würde ich das Ganze gern abschließen, damit es nicht über das Wochenende liegenbleibt.«

»Na ja, leider haben wir da schon noch einiges zu erledigen. Wir haben beispielsweise noch nicht den Vater der Klägerin vernommen. Aber ich sorge dafür, dass das im Laufe der Woche gemacht wird.«

Klinghammar seufzte. »Ich mag es nicht, wenn sich die Sachen so hinziehen. Mit zwei Wochen haben wir die Frist ohnehin schon überschritten …«

»Ich lege die Vernehmung auf diese Woche. Versprochen.

Dann können Sie dem Jungen eine schöne Überraschung zu Weihnachten bereiten, wenn nichts dabei rauskommt.«

»Nun schön. Spätestens Freitag.«

»Spätestens Freitag«, wiederholte Magnus, bereits halb zur Tür draußen.

66

Alle waren zu einer letzten Besprechung bei Miran versammelt. Man merkte, dass es ernst wurde. Niemand redete über Bräute oder geile Autos. In zwei Tagen war es so weit. Sie hatten beschlossen, den Geldtransporter am zweiten Weihnachtsfeiertag zu überfallen. Oder besser gesagt, Alex hatte es beschlossen, und Diar war einverstanden. Keiner hatte einen anderen Vorschlag. Und eigentlich war es keine dumme Idee. Der Käuferansturm vor Heiligabend war an diesem Tag vorbei, die Geschäfte hatten aber wieder geöffnet. Viel Kohle und vermutlich weniger Bullen im Dienst. Vollgefressen mit Braten. Hering und Kartoffeln. Unmengen von Keksen und Schokolade.

Adnan, Miran und Sacha saßen auf dem Sofa. Diar auf dem Sessel. Alex stand und hatte Diars Rolle als eine Art Wortführer übernommen. Er zeichnete eine Karte vom Parkhaus auf das Whiteboard. Adnan nervte das. Alex hielt sich für den Leader. Fand, dass er am meisten getan hatte, dass er die besten Kontakte besaß. Glaubte vielleicht, das ihm die schwarzen Tränen im Gesicht Macht verliehen. Das konnte er komplett vergessen. Zumindest in diesem Kreis.

Sacha hörte schweigend zu. Er war zum ersten Mal bei einem Treffen dabei. Seine Anwesenheit brachte Ernst und Respekt in den Raum. Respekt für seinen toten Bruder. Respekt für Sacha überhaupt. Er hatte im Laufe der Jahre alles Mögliche getan, bevor er sich zur Ruhe gesetzt und ein Café eröffnet hatte. Manche meinten, dass sein Geschäft nur eine Fassade für Geldwäsche sei, und der Meinung war Adnan auch. Es ging das

Gerücht um, dass Sacha zu ausgefeilteren Betrügereien übergegangen war. Er nahm Hypotheken auf fremde Häuser auf und holte jedes Mal mehrere Hunderttausend Kronen heraus, was die wahren Eigentümer erst viel später bemerkten. Adnan verstand nicht, wie er das anstellte. Aber Sacha hatte es echt drauf. Adnan sah zu ihm rüber – warum machte er hierbei mit? Vielleicht fehlte ihm die Spannung. Adnan konnte nur Vermutungen anstellen.

Im Hintergrund lief der Fernseher, wo Micky Maus und Goofy in einem Wohnwagen einen Berg hinunterpurzelten. Jemand hatte die Vorhänge zugezogen, und es war miefig in der Wohnung. Adnan hatte ein Duftspray aus dem Badezimmer geholt und damit herumgesprüht, aber es half nichts.

»Mach den Fernseher aus, verdammt!«, fuhr Alex Miran an, der die Fernbedienung nahm und auf ein paar Knöpfe drückte, bevor er den richtigen fand. In den letzten Tagen hatte sich Miran deutlich zusammengerissen. Als habe er den Ernst der Lage kapiert. Alex zeigte mit einem Stift auf die Karte, die er gezeichnet hatte.

»Hier ist also die Safetür. Wenn der Geldtransporter ankommt, laufen wir zwischen den Pfeilern vor. Miran, du kriegst eine Attrappe. Das Einzige, was du dir merken musst, ist, sie dort abzulegen. Das schaffst du, oder?«

Miran nickte.

Alex fuhr fort: »Dann hältst du dich ein wenig abseits. Aber trotzdem in der Nähe. Kapierst du? Wir müssen mächtig aussehen, wenn es knallt. Und Sacha, du bist unser Auge in der Galleria, wenn dort Bullen sind, wenn …«

»Ich weiß, was zu tun ist.« Sacha antwortete ohne eine Regung im Gesicht.

Alex hatte seinen Meister gefunden – ließ Sacha in Ruhe. »Diar parkt den Fluchtwagen Nummer eins direkt vor dem

Parkhaus im Hanstavägen. Wenn alles läuft wie geplant, fahren wir den Kistagången hoch und unter das Viadukt nach Helenelund. Dort steht Fluchtwagen Nummer zwei. Auf diese Weise haben wir in wenigen Minuten das Auto gewechselt, noch dazu sind wir in einem anderen Polizeibezirk.« Alex sah zufrieden aus. Als wäre er es, der den Fluchtweg ausgekundschaftet hatte, und nicht Adnan und Diar, die einen ganzen Tag lang rumgekurvt waren, um die beste Stelle zu finden.

»Hast du die Wurfeisen besorgt?«, fragte Diar.

Alex schüttelte den Kopf. »Die kriege ich heute Abend.«

»Heute Abend?« Diar runzelte die Stirn.

»Ja, scheiße, ich hab erst versucht, selber welche zu basteln, aber das ging in die Hose. Nur kein Drama, ich krieg sie heute Abend.«

Alex ging jedes Detail durch. Der Plan war wasserdicht. Sie hatten zwei weitere Wagen als Back-ups platziert, falls sie öfter das Fahrzeug wechseln mussten. Oder wenn etwas anderes schiefging. Danach würden sie sich aufteilen. Einen Monat lang abtauchen. Nicht miteinander kommunizieren. Außer Adnan und Miran, da Adnan im Moment keine bessere Bleibe hatte. Wie würde er das bloß aushalten? Er plante, jeden Morgen eine Runde um Kungsholmen zu drehen. Vormittags Gewichte stemmen und abends zum Thaiboxen. Um in Topform zu sein, wenn sie wieder in die Stadt gehen konnten.

Die schwierigste Frage war gewesen, wo sie das Geld verstecken würden. Zu Hause bei jemandem war zu riskant. Obwohl keiner von ihnen an seiner Meldeadresse wohnte, bestand immer die Gefahr, dass die Bullen sie aufspürten. Dann durften sie wenigstens keine Kohle finden. Die Moneten im Wald zu verbuddeln war zwar auch nicht optimal, aber am Ende war es trotzdem die beste Lösung. Sie hatten vier verschiedene Plätze gesucht, um nicht gleich alles zu verlieren, wenn ein Orientierungsläufer, Beerensammler oder irgendein anderer Idiot über das Versteck stolpern sollte. Die Telefone für den Überfall, die Adnan besorgt hatte, würden sie nur während der Aktion anschalten. Die Bullen würden garantiert die Masten überprüfen und sehen, welche Telefone kurz vor und während des Überfalls Kontakt miteinander hatten. Das durften sie gern tun, denn keines der Telefone würde mit einem von ihnen in Verbindung zu bringen sein. Keiner durfte sein privates Handy dabeihaben. Diese würden weit vom Ort des Überfalls angeschaltet bleiben, um Verwirrung zu stiften, falls sie – trotz allem – geschnappt werden sollten. Adnan hatte Samir sein Telefon gegeben. Er war am Vormittag zu Hause bei den Eltern gewesen. Zum ersten Mal seit dem Tag, als Samir verhaftet worden war, und er selbst ja auch. Diese Fahrt zum Polizeirevier mit Amanda als Chauffeurin würde er nie vergessen.

Samir hatte überrascht gewirkt. Sie waren in seinem Zimmer und hatten ein wenig Zeit für ein Gespräch unter vier Augen. Adnans Onkel mit seiner Frau und ihren drei Kindern war nämlich auch zu Besuch. So war es traditionell an jedem Weihnachten. Nicht, weil sie das Fest feierten, sondern weil es eine nette Gelegenheit war, sich zu sehen, wenn das restliche Schwedenland lahmgelegt war.

»Du meintest doch, dass du mir helfen willst«, sagte Adnan.

Samir nickte mit großen Augen. Er saß an seinem Schreibtisch und schaute Clips auf YouTube.

»Jetzt kriegst du die Chance, aber stell keine Fragen.«

Zögern. »Was soll ich tun?«

»Sieh zu, dass mein Handy an ist und schick ab und zu eine SMS damit, vor allem übermorgen Abend.«

»Alles klar.«

»Es ist auch gut, wenn du es die ganze Zeit benutzt. Aber

vor allem dann. Mach keine Anrufe, schick nur SMS, damit es so aussieht, als kämen sie von mir.«

»An wen denn?«

»Das spielt keine Rolle.«

»Aber warum?«

»Keine Fragen, hab ich gesagt.«

»Aber was …«

»Wenn du helfen willst, dann tust du einfach, was ich dir sage.«

Samir schwieg kurz. »Schon klar. Was zum Teufel hast du vor?«

»Je weniger du weißt, desto besser. Für dich gibt es kein Risiko. Wenn jemand irgendetwas wissen will, hast du keine Ahnung von meinem Handy.«

Samir nickte. »Wohin gehst du danach?«

»Ich melde mich, um das Handy zurückzukriegen. Ich brauche wirklich deine Hilfe, Mann, du weißt selber, dass ich die Jugos bezahlen muss, sonst würde ich es nicht machen. Ich will ja mit der Scheiße aufhören, aber das ist nicht so leicht.«

Adnan hasste es, Samir in den Mist hineinzuziehen. Aber er war der Einzige, auf den er sich verlassen konnte. Und es bestand keine Gefahr, dass man Samir verdächtigen würde.

Nachdem ihm Samir einen lustigen Clip auf YouTube gezeigt hatte, gingen sie zurück zu den anderen. Für Adnan war es perfekt, dass Gäste da waren. Dadurch entging er lästigen Fragen. Zumindest von seinen Eltern. Als sein Onkel wissen wollte, was er mache, sagte er, er arbeite in einem Baugeschäft in der Stadt. Die anderen nickten nur zustimmend. Hossein hatte der Familie gegenüber stets Berufe für Adnan erfunden. Als Adnan im Gefängnis saß, hieß es, er sei auf einer Art Weltreise. Über Samir zu sprechen war meist einfacher, aber diesmal wurde die Stimmung gedrückt. Hossein rettete die Lage, indem er von Samirs Schule erzählte. Natürlich wurden die Vorwürfe gegen ihn nicht erwähnt. Adnan fand es allerdings merkwürdig, dass sie so lange nichts mehr von der Polizei gehört hatten. Normalerweise waren sie immer sehr schnell darin, Papiere zu schicken.

Als Adnan sich zum Gehen aufmachte, sah ihn seine Mutter fragend an, aber sie sagte nichts. Vermutlich verdankte er das den Gästen. Samir gab Adnan einen Klaps auf die Schulter und nickte ihm unauffällig zu. Adnan verstand dies als Bestätigung: Sein Bruder würde ihn unterstützen.

Das Treffen war vorbei, und Diar holte Pizza, die sie direkt aus den Kartons futterten. Sie tranken Cola dazu. Sacha war wieder gefahren, aber die anderen würden zwei Nächte in der Wohnung pennen. Ein paar letzte Dinge klären und sich absprechen, was sie den Bullen sagen würden, wenn einer von ihnen geschnappt würde. Das Beste war, so lange wie möglich die Klappe zu halten, um sich nicht in eigenen Lügen zu verstricken. Nie etwas zugeben, bevor die Bullen Beweise vorlegten. Vielleicht nicht einmal dann. Alex und Diar laberten auf die anderen ein, vermutlich hielten sie sich für erfahren, weil sie nach dem Göteborgraub auf freien Fuß gekommen waren. Alle schworen hoch und heilig, keinen der anderen zu verpfeifen. Niemals! Adnan fand es lächerlich, dass sie es überhaupt ansprachen. Das war ohnehin klar.

»Können wir uns auf Sacha verlassen?« Die Frage kam von Alex zwischen zwei Bissen von seiner Pizza.

»Sonst hätte ich ihn nicht dazugeholt«, antwortete Adnan.

»Er riskiert ja nichts. Wie können wir sicher sein, dass er nichts ausplaudert?«

»Das macht er nicht. Ich vertraue ihm genauso, wie ich dir vertraue.«

Alex hörte auf zu kauen. »Was? Findest du, dass er und ich auf demselben Niveau sind? Wir sind Brüder, verfluchte Scheiße, wir hier drin …« – Alex deutete mit einer kreisenden Bewegung auf die anderen – »wir würden füreinander töten. Was wissen wir über ihn? Sein Bruder wurde erschossen, und warum? Stell dir vor, er hat ihn vielleicht verraten. Er könnte eine verdammte Ratte sein. Was weißt du schon?«

Adnan antwortete ganz ruhig: »Er ist keine Ratte. Wir gehen das Risiko ein, das stimmt, aber er kriegt auch keinen sehr großen Anteil. Aber okay, wenn du ihm nicht vertraust, dann blasen wir alles ab.«

Alex sagte nichts. Seine Oberlippe zuckte, während er überlegte. Dann nahm er ein weiteres Stück von der Pizza. Kaute und schluckte. »Wir ziehen das durch. Wenn es schiefgeht, bist du verantwortlich.«

Adnan antwortete nicht. Alex war offensichtlich auf Streit aus. Wollte im Voraus einen Sündenbock finden. Wenn er wirklich an Sachas Loyalität gezweifelt hätte, hätte er den Überfall niemals mit vorbereitet. Adnan zupfte überflüssigen Käse von der Pizza und aß weiter.

Später ging Alex fort, um die Wurfeisen zu holen. Keiner wusste, wo oder bei wem er sie kaufen würde. Alex' Kontakte konnten ebenso gut Ratten sein. Adnan würde ihn fragen, sobald er zurück war.

Diar musste noch einen Wagen klauen, aber er wollte damit bis zum nächsten Morgen warten. Je kürzer vor dem Überfall, desto geringer das Risiko, dass jemand die Karre fand. Sie legten einen Film ein. *The Town – Stadt ohne Gnade*. Adnan hatte den schon lange sehen wollen. Ben Affleck hatte die Hauptrolle. Sie raubten Banken aus, und Ben verknallte sich in eine Braut, die er ausgeraubt hatte. Adnan musste unwillkürlich an Amanda denken. Es war überhaupt nicht dasselbe, aber dennoch Gefühle, die verboten waren. Warum konnte er nicht aufhören damit? Was er auch tat, ständig tauchte sie in seinem Kopf auf. Er hockte schweigend vor der Kiste – würden Ben und diese Puppe bis zum Ende zusammenbleiben? So war es ja immer in Filmen. Es knirschte in den Ohren, als er ein paar Erdnussflips aß.

67

Amanda schob die Handschellen hinter ihrem Rücken zur Seite, damit sie beim Sitzen im Wagen nicht drückten. Sie trug wieder Uniform und hatte am Heiligabend eine Sonderschicht angenommen. Das machte ihr nichts aus. Der Gedanke, nach Finspång zu fahren und Weihnachten mit ihren Eltern zu feiern, erschien ihr nicht sehr spannend. Da war es besser zu arbeiten. Leider fuhr sie mit Kerstin, aber Amanda beschloss, gute Miene zu machen, ganz egal, was passierte. Kerstin leistete auch Überstunden. An einem Feiertagswochenende bekam man sie leicht, man brauchte sich nur in den Dienstplan einzutragen, dann rief bestimmt jemand von der Personalverwaltung an. Vermutlich fand es Kerstin auch angenehmer, an einem solchen Tag zu arbeiten. Soweit Amanda wusste, war sie Single und kinderlos. Amanda hoffte inständig, dass sie sich mit fünfzig nicht in einer ähnlichen Lage wiederfand. Polizistinnen schien es oftmals so zu ergehen. Sie kannte mehrere Kolleginnen im Revier, die allein lebten und ihre Frist fürs Kinderkriegen schon lange überschritten hatten. Sie hatte sich oft gefragt, warum das so war. Hatte man als Polizistin eine geringere Auswahl an Männern? Bekamen die Herren einen Minderwertigkeitskomplex, wenn ihre Angetraute auf Ganovenjagd ging, während sie selbst in einem Büro hockten und Bleistifte spitzten?

»Hast du dich auch für heute eingetragen?« Amanda fand, es war an der Zeit, das Schweigen zu brechen.

»Ja, ich hatte nichts Besseres vor.«

»Ging mir ähnlich. Wer will schon ohne Kinder Donald Duck schauen?«

Kerstin lächelte.

Amanda fuhr fort: »Es kann ja recht spannend sein, an so einem Tag zu Leuten nach Hause zu kommen. Wenn sie Weihnachten feiern und alles. Da sieht man, wie es bei ihnen so ist.«

Kerstin schnaubte. »An Weihnachten sehen wir nur Elend. Männer, die saufen und ihre Frauen schlagen, und Kinder, denen es mies ergeht. Das ist überhaupt nicht spannend.«

»Nein, klar. Ich hab ja noch nie an Weihnachten gearbeitet.«

»Und Obdachlose, die man in die Kälte fahren muss, nur weil irgendeine alte Kuh sie nicht im Treppenhaus haben will. Die Leute haben keine Empathie mehr, alle denken nur noch an sich.«

Amanda war baff. Meine Güte, wie Kerstin vom Leder zog.

»Nein, diejenigen, die wir heute Abend treffen, feiern kein glückliches Weihnachten. Glaub bloß das nicht.«

Amanda brummte zustimmend. Wollte das Thema nicht weiter diskutieren, wenn Kerstin im Ausbildermodus war. Stattdessen steuerte sie die Shell-Tankstelle in Ulvsunda an. Ihr Tank war nur halb voll, und sie wollte nicht riskieren, dass ihnen der Sprit ausging. Heute saß sie am Steuer, und wenn etwas Aufregendes passierte, wollte sie mit von der Partie sein. Kerstin konnte da protestieren, so viel sie wollte.

Im Verkaufsraum der Tankstelle war alles weihnachtlich geschmückt, und es roch nach frischem Gebäck. Sie traf auf Roger, einen Hundeführer, den sie schon öfter bei der Arbeit gesehen hatte. Er nickte ihr zur Begrüßung zu, da er den Mund voll hatte. Lebkuchen, vermutete Amanda.

»Naschst du hier heimlich?« Amanda lachte und kam nicht umhin, auf sein Haar zu starren. Es war dunkel und zu einer seltsam hohen Frisur geschnitten. Er trug nie das Schiffchen, vermutlich hielt einfach keine Mütze auf seinem Kopf. Die Frisur war zu seinem Markenzeichen geworden.

Er kaute und schluckte. Kaute und schluckte. Nahm einen Schluck Kaffee. »Ertappt«, antwortete er. »Und du bist heute mit Fräulein Hasenfuß unterwegs?« Er deutete mit einem Kopfnicken auf Kerstin, die draußen noch tankte. Ein Spitzname, den alle kannten. Alle außer Kerstin.

»Und du mit Zack, wie ich gehört habe.«

»Hat der Köter gebellt? Dann muss ich mal ein ernstes Wörtchen mit ihm reden.« Rogers Augen fingen an zu leuchten, wenn er über den Hund redete. Zack war wie ein Familienmitglied für ihn.

»Hat er sich wieder erholt?« Amanda spielte auf einen Vorfall an, der sich einige Monate zuvor ereignet hatte. Zack war mit einem Messer verletzt worden, als Roger ihn einem Einbrecher hinterhergeschickt hatte.

»Entgegen aller Wahrscheinlichkeit, ja. Er hatte einen Schutzengel.« Roger schüttelte den Kopf. »Nächstes Mal, wenn ich ihn hinter einem Russen herschicke, werde ich zweimal nachdenken.«

Amanda horchte auf. »Einem Russen?«

»Ja, die haben echt einen Schlag. Es ist nicht der erste Hund, den sie fertigmachen. Ein Kollege in Uppsala musste seinen einschläfern lassen, nachdem ein Russe den Hund in einen Hinterhalt gelockt hatte. Nur gut, dass er das Tier angegriffen hat und nicht den Kollegen. Nein, verdammt, mit denen will man nichts zu tun haben. Richtige Kampfmaschinen sind das. Kommen in Banden ins Land, verüben Einbrüche und verkaufen Frauen.«

»Muss man dafür eine Kampfmaschine sein?«

»So läuft es halt. Sie schicken nur ihre Besten. Und dann

haben sie hier eine Kontaktperson, die alle Fäden in der Hand hält. Diesen Dreckskerl muss man finden. Aber das ist nicht so einfach. Er rennt ja nicht da draußen durch die Gegend.«

»Oder sie. Warum muss es unbedingt ein Mann sein?«

Roger schnaubte. »Ach, hör doch auf mit diesem Weiberkram. In diesem Fall ist es garantiert ein Mann. Aber ich bin überzeugt, dass Frauen dazu genauso in der Lage sind.«

»Das sind sie. Wenn auch nicht alle.«

Sie blickten zu Kerstin hinaus, die sich mühte, den Tankdeckel wieder aufzuschrauben. Roger schüttelte den Kopf und stopfte sich das letzte Stück Lebkuchen in den Mund.

»Kerstin will heute Abend scheinbar niemanden sehen. Hat sie was gegen dich, Roger?« Amanda ging zur Kasse und zahlte die Benzinrechnung. Winkte Roger zu, als sie hinausging.

Als sie weiterfuhren, dachte sie über die Ermittlungen nach. Crippe war der Meinung, dass sie Magnus bald mit den eingestellten Vergewaltigungsfällen konfrontieren müssten. Die Vernehmungen der Angehörigen hatten keine neuen Spuren gebracht, und Crippe sah Magnus als eine letzte Möglichkeit, weiterzukommen. Amanda hingegen wollte abwarten. Sie war noch nicht zufrieden. Magnus würde zu billig davonkommen und vermutlich nur wegen eines Dienstvergehens belangt werden. Sie hatten noch nicht genügend Beweise, nichts außer ein paar überarbeitete Vernehmungen und Indizien, die darauf hindeuteten, dass er in die Sachen verwickelt war. Amanda wusste nicht, was sie denken sollte. War Magnus wirklich so irre, dass er die Mädchen im Nachhinein umgebracht hatte? Mit wem arbeitete er zusammen? Nein, es gab noch immer zu viele Fragezeichen. Wenn sie Magnus in die Enge trieben, durfte er am Ende keine Möglichkeit mehr haben, den Kopf aus der Schlinge zu ziehen. Nicht einmal zu seiner Frau sollte er sich flüchten können.

68

Frohe Weihnachten! Heute ist ein Tag, an dem man glücklich sein soll. Sich fein kleiden, gut essen und bei seinen Liebsten sein. Aber ich habe keine Lust. Würde am liebsten zu Hause im Bett liegen und schlafen. Mehrere Jahre schlafen, und wenn ich aufwache, ist alles anders. Warum kann ich nicht ein Mal die Augen öffnen, und alles ist so, wie ich es möchte? Wenigstens ein bisschen. Bin ich egoistisch, wenn ich so denke? Es gibt viele, denen es schlechter geht. Die überhaupt keine Familie haben. Die nicht einmal ein Dach über dem Kopf haben. Warum beklage ich mich? Ja, warum? Ich habe doch alle Möglichkeiten der Welt, über mein Leben zu bestimmen. Aber ich liege da und tue mir selbst leid. Verdammt, Pia, tu was! Gib dir einen Ruck!

Gestern ist etwas passiert, das mich wirklich zum Nachdenken gebracht hat … ich habe meine Tage bekommen. Und ich war nicht enttäuscht wie sonst immer. Ich war vielmehr erleichtert. Ist das ein Zeichen? Das muss es sein. Es hat keinen Sinn, dass ich weiter so lebe. Die Frage ist nur, wie ich leben soll? Will ich ohne Magnus leben? Will ich das? Beim Gedanken daran wird mir schwindelig …

69

Magnus hob das Glas und stieß mit Krister und Pelle an. Sie waren bei ihrem dritten Whisky angelangt. Pia, Annelie und Inga-Lill tranken Glühwein. Auf dem Boden des Reihenhauses von Pias Eltern lagen noch die Bänder und das Papier herum, nachdem die Kinder ihre Geschenke aufgerissen hatten. Die Erwachsenen hatten das traditionelle Weihnachtsgeschenkespiel gespielt. Magnus hatte Zahnseide, eine Porzellanfigur, ein paar nach Zimt riechende Kerzen und ein Ding gewonnen, mit dem man sich am Kopf kratzen konnte. Nur Blödsinn – was anderes hatte er nicht erwartet.

Pia und er hatten ausgemacht, dass sie sich nichts kaufen würden, aber Magnus hatte sie dennoch mit Frühstück im Bett und einem Geschenk überrascht. Er wollte sie glücklich machen. In letzter Zeit hatte sie sich so merkwürdig verhalten. Er wusste, dass er zu weit gegangen war. Aber jetzt würde alles wieder gut werden. Er würde sich bessern und seine Launen in den Griff bekommen. Ja, so sollte es sein. Fester Vorsatz.

Er hatte das Weihnachtsgeschenk sorgsam ausgewählt, einen schwarzen Push-up-BH mit Spitze und dazu passendem Stringtanga. Hatte sich vorgestellt, wie sehr er ihr stehen würde. Wie es ihn geil machen würde.

Sie hatte sich bedankt und ihn angelächelt. Aber ihre Augen hatten etwas anderes gesagt. Die Unruhe in seiner Brust hatte mit Wucht zugeschlagen und sich durch den ganzen Körper verteilt, bevor sie sich in einen dumpfen Schmerz verwandelt hatte. Einen Schmerz, der noch immer anhielt.

Er sah sie an, wie sie ihm gegenüber dasaß. Sie war wunderschön an diesem Abend. Eine weiße Bluse aus irgendeinem glänzenden Material und darunter ein grau karierter Rock mit Nylonstrumpfhose. Waren das Stay-ups? Das würde er später kontrollieren. Plötzlich schaute sie ihn an, und er lächelte, aber sie wich seinem Blick aus. Der Schmerz in seiner Brust nahm zu, er trank einen Schluck Whisky. Er versuchte, sich davon abzuhalten, die Aktion zu wiederholen, aber sein Unterbewusstsein beharrte: Wenn er nicht sofort noch einen Schluck nahm, würde etwas passieren. Er hob erneut das Glas und trank. Seine Kehle brannte.

Als es kurz vor ein Uhr war und es Zeit wurde, nach Hause zu fahren, konnte er den Abend trotz allem als relativ angenehm einstufen. Es war lange her, dass ein Familientreffen so schmerzfrei vergangen war.

»Na denn, jetzt wird es aber Zeit. Wieder ein Weihnachten in netter Gesellschaft vorbei.« Er ging in den Flur, um seinen Mantel anzuziehen. Stellte genervt fest, dass Pia ihm nicht folgte. War sie so sehr in ihr Gespräch über ihr neues Leben mit mehr Training und gehaltvollerem Essen vertieft, dass sie nicht merkte, dass er aufgestanden war? Er nahm ihre Jacke und ging zurück zum Wohnzimmer. Erinnerte sich noch einmal daran, was er sich geschworen hatte. Schüttelte die Gereiztheit ab.

»Kommst du, Liebling?«

Pia saß noch auf dem Sofa und schaute ihn mit einem Blick an, den er bei ihr noch nie gesehen hatte.

»Nein, ich bleibe heute Nacht hier.«

70

Die Stimmung im Auto hob sich. Die Nervosität, die den ganzen Tag über in der Luft gelegen hatte, war verschwunden. Das Ephedrin hatte gute Dienste geleistet. Alle waren voller Zuversicht. Jetzt gab es keine Unsicherheit mehr. Keinen Zweifel. Kein Zurück. Nach dieser Sache wären sie Könige. Ein Leben im Luxus wartete auf sie. Zumindest nach einer Weile, wenn sie lange genug abgetaucht waren und die Kohle gewaschen war und ausgegeben werden konnte.

Das hier war der erste kritische Punkt. Alle versammelt in einem gestohlenen Wagen auf dem Weg zum Parkhaus. Wenn die Bullen sie anhielten, waren sie geliefert. Der Kofferraum voll mit Zeug, das ihnen mehrere Jahre wegen Vorbereitungen zu einem schweren Überfall einbringen würde. Sturmhauben, Krähenfüße, schusssichere Westen, Waffen. Adnan musterte jedes entgegenkommende Auto. Jedes Auto, das sie überholte. Jedes Auto, das hinter ihnen herfuhr. War es schon lange hinter ihnen? Hatten sie es schon einmal gesehen? Befanden sich Extraantennen auf dem Dach? Zusätzliche Rückspiegel? Sprach jemand in ein Headset?

Am Morgen waren Adnan und Diar losgezogen, um ein paar letzte Dinge zu regeln. Die Stadt lag ruhig da. Diar wollte den Fluchtwagen klauen, einen Ford Sierra, der ihm zufolge besonders schnell war. Adnan fuhr ihn in einem Escort, den sie ein paar Tage zuvor gestohlen hatten. Insgesamt waren sie jetzt bei sieben Autos. In der Umgebung platziert als Reserve, für den

Fall der Fälle. Den Sierra hatte Diar schon vorher in Äppelviken ausgemacht, und als sie dort angelangt waren, dauerte es nur wenige Augenblicke, bis der Motor lief. Sie fuhren weiter nach Helenelund, wo sie den Escort abstellten, der als Fluchtwagen Nummer zwei dienen sollte. Sie parkten ihn ordentlich am Bürgersteig, damit alles normal aussah. Anschließend fuhren sie eine Kontrollrunde, um zu schauen, ob die anderen Autos noch da standen, wo sie sie hingestellt hatten. Diar wirkte aufgeräumt, aber zugleich angespannt. Ungefähr so fühlte sich auch Adnan. An diesem Abend ging es ans Eingemachte, und es konnte viel passieren. Adnan konzentrierte sich auf das Positive: die Kohle und eine fette Abfindung für die Jugoschweine. Hoffentlich blieb nach der Auszahlung auch noch etwas für ihn übrig. Er wagte kaum, sich die Summe auszumalen, bei der sie landen konnten.

»Denkst du wirklich, dass an einem solchen Tag so viel Kohle drin ist?«, fragte er.

»Ja, Mann. Alle kaufen noch in letzter Minute ein. Außerdem können wir hoffen, dass Sacha recht hat und sie noch mehr Geld im Wagen haben.«

Sacha hatte ihnen gesagt, dass der Geldtransporter oft zu mehreren Orten fuhr und Geld einsammelte, und manchmal hatten sie auch Scheine dabei, mit denen sie Bankautomaten auffüllten.

Diar fuhr fort: »Mit einem Gelddepot oder einem Frachtzentrum der Post kann man das nicht vergleichen. Aber das hier ist einfacher. Weniger Risiko. Wir können es bald noch einmal machen.« Er grinste.

Adnan grinste zurück. In erster Linie, um nicht wie ein Schisser zu wirken.

Nachdem sie alle Fluchtfahrzeuge überprüft hatten, fuhren sie zurück zu Mirans Wohnung. Eine letzte Besprechung stand an. Eine Vollbesprechung, wie Alex es nannte. Er spielte weiterhin den Obermacker, aber Adnan war es egal. Solange später alles klappte, war er zufrieden. Dann konnte Alex so viele Versammlungen anberaumen, wie er wollte. Adnan würde zu keiner einzigen erscheinen.

Alex stellte sich vor das Whiteboard und ging erneut den Ablauf durch. Inzwischen klang das in Adnans Ohren wie ein Mantra. Auch er war der Meinung, dass man einen durchdachten Plan brauchte, aber er wusste, wie es wirklich ablaufen würde. Es würde drunter und drüber gehen, und sie würden improvisieren müssen. So würde es sein. So war es immer. Das Wichtigste war, dass sie einen ordentlichen Fluchtweg hatten. Wenn ihnen die Bullen auf den Fersen waren und das Denkvermögen auf die Probe gestellt wurde.

Als Alex den Plan noch einmal durchgegangen war, tankten sie Energie. Zur Abwechslung mal Kebab. Adnan machte es sich anschließend auf dem Sofa gemütlich, die Beine auf die Lehne gelegt, und ruhte sich eine Weile aus.

Ein paar Stunden später war es Zeit für die letzten Vorbereitungen. Adnan und Miran fuhren mit zwei gestohlenen Escorts zum Polizeirevier von Solna. Adnan parkte seinen Wagen vor dem Eingang und zog die Decke weg, wodurch eine Kiste auf dem Rücksitz zum Vorschein kam. Kabel in verschiedenen Farben standen hervor, und Adnan fand, dass das Teil ziemlich glaubwürdig aussah. Er stieg aus und versicherte sich, dass alle Türen abgeschlossen waren. Als er zu Miran ins Auto stieg, schielte er durch die großen Glasscheiben der Rezeption. Er konnte erkennen, dass dort jemand saß, aber niemand schien ihn bemerkt zu haben.

Miran fuhr den Sundbybergsvägen hoch und über die Eisenbahngleise. Parkte hinter einem Mehrfamilienhaus, außer Sichtweite des Polizeireviers. Adnan griff nach einer schweren

Kette und schlich damit in der Dunkelheit davon. Die Kapuze hochgeschlagen und das Kinn so tief im Kragen der Jacke, wie es nur ging.

Miran hatte die Aufgabe, Ausschau zu halten. Er folgte Adnan bis zum Eisenbahnübergang, dort blieb er stehen.

Adnan ging zu seinem Ziel. Arbeitete schnell. Zog die Kette durch das Gitter des großen Eisentors, durch das die Streifenwagen vom und auf das Gelände des Polizeireviers fuhren. Er sicherte die Kette mit einem dicken Hängeschloss. Vermied es, den Blick zur Kamera über ihm zu heben. Hoffte, dass niemand diese Sekunden überwachte. Als er fertig war, ging er langsam zurück. Am liebsten wäre er gerannt. Miran hüpfte auf der Stelle auf und ab.

Sie sprangen wieder in den Wagen. Adnan atmete aus.

»Alles gutgegangen?«, fragte Miran.

Adnan nickte und murmelte ein Ja.

»Damit werden diese Arschlöcher eine Weile beschäftigt sein.« Miran grinste.

»Ja, ein paar Wagen werden dadurch bestimmt aufgehalten, aber wir dürfen auf keinen Fall leichtsinnig werden. Es sind auch so genügend Bullen unterwegs.«

»Aber die werden sich den Kopf zerbrechen.« Miran sah stolz aus. Als wäre er auf die Idee gekommen.

Als sie am Huvudsta-Einkaufszentrum vorbeifuhren, begegnete ihnen ein Streifenwagen. Adnan hielt die Luft an und schaute in den Rückspiegel. Sah den Wagen hinter einer Kurve verschwinden. Atmete aus.

»Scheiße«, sagte Miran. »Was hätten wir gemacht, wenn sie gewendet hätten?«

»Abhauen natürlich. Sonst wäre alles im Eimer gewesen.«

Miran nickte und blickte noch einmal in den Rückspiegel. Adnan ebenso.

Diar und Alex hatten eine ähnliche Mission erledigt. Nur in Sollentuna. Hoffentlich konnten sie auf diese Weise die Polizeitruppen von Västerort und Norrort so weit stören, dass sie einen gewissen Vorsprung bekamen.

Alle vier trafen sich jetzt hinter einer geschlossenen Autowerkstatt. Die leeren Skelette einiger alter Fahrzeuge standen herum. Reifen und anderer Schrott lagen auf dem Boden, teilweise bedeckt von Schnee.

Sie zogen die Overalls an und sahen damit wie ganz gewöhnliche Bauarbeiter aus. Alex öffnete den Kofferraum und gab jedem eine schusssichere Weste und eine Sturmhaube. Adnan legte die Weste an und schob die Mütze in die Hosentasche. Die Weste vergrößerte seinen Brustumfang um einige Zentimeter, und er spannte die Muskeln darunter an. Er war nicht so oft im Kraftraum gewesen, wie er geplant hatte, aber er war trotzdem halbwegs in Form.

»Hier«, sagte Alex zu Diar und reichte ihm eine MP5. Er ging weiter zu Adnan, der auch eine Waffe bekam. Adnan kontrollierte, ob das Magazin richtig saß, und schaute durchs Visier. Miran erhielt seine Attrappe.

»Vergiss nicht, dass du sie dort lassen musst«, sagte Alex.

Miran nickte. Das war eigentlich seine einzige Aufgabe. Im Übrigen würde er dabei sein, um die Mannschaftsstärke zu erhöhen und die Sicherheitsleute einzuschüchtern. Damit sie sich nicht trauten, Widerstand zu leisten.

Sie stiegen in den Sierra. Ließen den Escort hinter einem Haufen Schrott stehen, wo man ihn von der Straße aus nicht sehen konnte.

Adnan bibberte vor Kälte. Die Scheiben beschlugen, und Diar drehte die Heizung voll auf. Er saß am Steuer. Er war der beste Fahrer.

Miran blies sich in die Hände und holte eine Tüte aus der

Tasche. Gab jedem mit zitternder Hand eine kleine Pille. Adnan nahm seine und schluckte sie hinunter. Der Rausch kam schleichend. Löschte geschickt jegliches Mitgefühl aus. Spülte alle Zweifel weg, die vorher in seinem Kopf herumgespukt hatten. Ihm war es jetzt scheißegal, was seine Eltern denken würden, wenn man ihn erwischte. Dass er verletzt werden könnte. Vielleicht getötet. Erschossen von einem Bullen. Niemals! Das würde nicht passieren. Und Amanda – sie konnte ihn mal! Es war ihm alles scheißegal!

Diar fuhr in Richtung Kista Galleria.

Zu dem Geldtransport, der sie reich machen würde.

»Handys einschalten.« Ein Befehl von Alex.

Adnan gab seinen PIN-Code ein und rief sofort Sacha an. Der antwortete mit einem Hallo. Adnan legte auf. Alle waren dabei.

Sie parkten im Hanstavägen. Vor der Galleria.

Warteten.

Adnan musste pinkeln. Hielt es zurück.

Schließlich piepste sein Handy. Er sah die Nachricht. Wie erwartet kam sie von Sacha. Sonst hatte niemand die Nummer.

»Frohe Weihnachten«, las Adnan. Das war der Code, dass der Geldtransporter nahte. Sacha hatte es geschafft. Er sollte zu den Sicherheitsleuten in der Galleria hochgehen. Sacha ging oft zu ihnen, um ein wenig zu quatschen, das wäre also nichts Merkwürdiges. Das Schwere würde sein, auf unverdächtige Weise länger dort zu bleiben und so auf den Überwachungsmonitoren zu sehen, wann der Transporter ankam. Aber jetzt befand sich dieser immerhin schon mal in der Anfahrt.

Adnan nickte Alex zu, der darauf sein Handy hervorholte. Adnan wusste, dass er 112 wählte, und konnte es auch an den Tönen hören.

»Geht ran, verdammt!«, fluchte Alex. Dann verstellte er seine

Stimme. »Hallo, hört genau her. Ich habe zwei Wagen vor die Polizeireviere in Solna und Sollentuna gestellt, in jedem davon ist eine Bombe. Die werden in einer halben Stunde hochgehen.« Er legte auf und zog seine Sturmhaube heraus. Die anderen taten es ihm gleich.

»Ihr wisst, was zu tun ist. Jetzt geht's los!«, schrie Alex.

Masssenweise Testosteron auf engstem Raum. Niemand konnte sie aufhalten!

71

Kripo – fünfter Stock. Zweiter Weihnachtsfeiertag, Amanda arbeitete erneut nach ihren Sonderschichten an den beiden Tagen zuvor. Crippe wollte bei den Ermittlungen keine Zeit verlieren, daher hatten sie beschlossen, dass zwei Tage zum Weihnachtenfeiern ausreichen mussten. Im Büro war es still, Amanda war die Erste, soweit sie sehen konnte. Es brannten keine Lampen, außer ein paar Adventskerzen in den Fenstern. Sie ging zum Waffenraum und holte ihre Sig Sauer, das OC-Spray und das Funkgerät. Befestigte die Ausrüstung an ihrem Gürtel. Wollte stets bereit sein, falls sie einen Außeneinsatz hatte. Dann ging sie in die Küche, um einen Kaffee aufzusetzen, und war überrascht, als sie auf Magnus traf.

»Oh, arbeitest du heute auch?«

Er drehte sich um und sah sie an. Wirkte erschöpft. Vielleicht hatte er schlecht geschlafen.

»Ich hab wieder mit Nova zu tun.«

»Ist was Besonderes?«

»Kann sein.«

Er machte keinen sonderlich gesprächigen Eindruck.

»Machst du gerade Kaffee?«

Er nickte und drehte sich wieder weg. Nahm einen Filter und schüttete Kaffeepulver hinein. Amanda musterte ihn von hinten. Wie hatte sie es nur ertragen, sich mit ihm einzulassen? Sie erschauerte. Aber sie hatte es für Sanna getan. Und würde es noch einmal tun, wenn es nötig wäre. Hoffentlich hatte sie bereits das erreicht, was sie wollte. Vieles deutete darauf hin.

Sie dachte nicht, dass es noch lange dauern würde. »Du hast dich nicht mehr gemeldet«, sagte sie.

Magnus hielt inne und wandte sich um. »Dann wären wir ja zwei, oder?«

»Vielleicht.«

»Vielleicht? Du hast dir auch nicht gerade die Ohren heiß telefoniert. Aber du hattest ja andere Sachen im Kopf, stimmt's?«

»Was denn?«

»Stell nicht nicht so dumm. Das ganze Revier weiß, mit wem du es treibst.«

»Da wissen die mehr als ich.« Sie trat einen Schritt näher. Er konnte nicht ausweichen, hinter ihm war der Küchenschrank. »Du wirkst eifersüchtig, Magnus. Bist du das?«

»Ich habe keine Lust, mir von einem Ganoven Hörner aufsetzen zu lassen. Das ist doch vollkommen krank! Für wen hältst du mich? Soll ich meinen Kollegen so eine Steilvorlage liefern? Glaubst du das?«

»Warte mal. Hast du nicht was vergessen? Ich bin Single und war es die ganze Zeit. Du bist verheiratet. Wie läuft es eigentlich mit deiner Frau?«

Die Frage schien ihn zu treffen. Die Fassade bröckelte.

»Bilde dir nicht ein, dass ich dich hier weiterarbeiten lasse. Sobald ihr mit diesem Fall fertig seid, hockst du wieder im Streifenwagen. Wenn du Glück hast. Wäre es nach mir gegangen, dann wärst du jetzt gar nicht hier, aber du scheinst Einschleimen an höherer Stelle zu beherrschen. Wie hast du es mit Holm angestellt? Ein Quickie auf seinem Schreibtisch vielleicht?«

Sie lächelte. Trat ein Stück zurück und ließ ihm mehr Raum. »Nicht ganz so, ich habe es eher auf deine Weise gelöst.«

»Deine Tage hier sind gezählt!«

Nein, deine, sagte sie still zu sich, als sie wegging.

Vicky kam schnaufend herein. Amanda und Crippe saßen bereits auf einem Sofa und unterhielten sich.

»Meine Güte, der wirkt ja sauer«, sagte Vicky und deutete mit einem Kopfnicken in Richtung Magnus, dem sie im Flur begegnet war.

»Vielleicht Probleme mit seiner Alten«, meinte Amanda achselzuckend.

»Ja, irgendwas hat er. Sorry, dass ich zu spät bin.«

Crippe antwortete: »Macht nichts. Ich hoffe, du hattest ein schönes Fest.«

»Jepp. Nur zu viele Süßigkeiten.«

»Wem sagst du das. Du, übrigens, hast du nicht letzte Woche die Angehörigen von Sanna Dahlström vernommen?«

»Ja, genau. Ich hab nur vergessen, das Protokoll auszudrucken. Ich kümmere mich gleich drum.«

»Ist dabei was rausgekommen?«

Vicky schüttelte den Kopf. »Nein, nichts Neues. Bin gleich wieder da.« Sie blickte beim Hinausgehen zu Amanda. Diese nickte ihr dankbar zu. Vicky hatte Crippe nicht verraten, dass es Amandas Eltern waren, die sie vernommen hatte. Vickys Konto an Pluspunkten wurde größer.

Crippe seufzte. »Wir treten auf der Stelle. Das Einzige, was wir haben, ist ein Schuhabdruck. Holm hat recht, wir müssen Magnus ins Verhör nehmen, das ist unsere einzige Chance.«

»Er würde nichts zugeben. Im besten Fall kriegt er ein Disziplinarverfahren an den Hals, und das bringt uns gar nichts. Im Gegenteil.«

»Hast du einen besseren Vorschlag?«

Amanda schluckte. »Ich will ins Paradis.«

»Wie denn? Und was glaubst du, dort zu finden?«

»Ich weiß es nicht, alles Mögliche. Einen Versuch ist es wert. Irgendetwas finden wir auf jeden Fall. Vielleicht nichts, was mit dem hier zu tun hat, aber irgendeinen Mist treibt Vincent Bonnerud ganz sicher.«

»Und warum denkst du das? Nur weil du nicht überall hindurftest? Das ist nicht genug.«

»Die Opfer waren ja auch alle im Paradis. Ich möchte, dass wir ein paar Ermittler hinschicken. Sie sollen sich unauffällig unter die Leute mischen und irgendeinen Anlass für eine Hausdurchsuchung finden. Alkohol an Minderjährige? Drogen? Vielleicht sogar an der Bar? Arbeitserlaubnisse der Türsteher? Wie viele Gäste haben sie und wie viele erklären sie beim Finanzamt? Was auch immer. Wir müssen da rein, so ist es einfach. Und wenn wir nichts finden, müssen wir trotzdem rein. Dann müssen sie etwas erfinden. Improvisieren. Das nennt sich echte Polizeiarbeit.«

»Ich kümmere mich darum.«

Amanda starrte Crippe an. »Einfach so?«

»Das Gespür täuscht einen Polizisten nie.«

»Eine Polizistin.«

Gab es keinen Anlass für eine Hausdurchsuchung, dann verschaffte man sich einen. Dies war eine Lektion, die Magnus Blomberg sie bei einer der ersten gemeinsamen Schichten gelehrt hatte.

Vicky kam mit einem Ausdruck der Vernehmung zurück, die sie mit Amandas Mutter durchgeführt hatte. Legte die Blätter vor Crippe auf den Tisch.

»Was ist los?«, fragte sie. »Magnus ist ja eben fast gerannt. Er sah total gestresst aus.«

»Vielleicht regt sich da draußen was«, meinte Crippe. »Sie

wollten ja, dass wir Nasimi in Ruhe lassen, weil sie dachten, dass er irgendein Ding in Kista drehen würde. Wenn wir Glück haben, schnappen sie ihn bald. Dann können wir ihn auch zu Jensine befragen.«

Amanda zog ihr iPhone aus der Tasche und wischte mit dem Finger über den Bildschirm, bis sie fand, was sie suchte.

»Sollte er uns dann nicht Bescheid sagen?«, fragte Vicky.

Crippe schüttelte den Kopf. »Das machen sie nie. Nova. Die haben Angst, dass ihnen jemand was kaputtmacht. Oder dass jemand anderes schneller ist als sie.«

»Wir fahren raus«, sagte Amanda und stand auf.

Crippe und Vicky schauten sie erstaunt an.

Zugleich meldete der Polizeifunk: *Prio-Aufruf von drei-null. Bombendrohung für die Polizeireviere in Solna und Sollentuna. Es ist bestätigt, dass vor beiden Revieren jeweils ein Wagen mit einem bombenähnlichen Gegenstand auf dem Rücksitz geparkt ist. Die Ein- und Ausfahrten für die Streifenwagen wurden ebenfalls sabotiert, wir arbeiten gerade daran, sie wieder freizumachen. Alle in den betroffenen Polizeirevieren befindliche Personen sollen sich umgehend in den Arrest begeben, bis wir über weitere Informationen verfügen. Der Einsatz läuft über Kanal 31, bitte alle mithören und sich bereithalten für eine mögliche Evakuierung festgehaltener Personen. Einsatz 31 für alle. Drei null Ende Prio-Aufruf. Over and out.*

»Jeder nimmt einen Wagen.« Amanda war bereits auf dem Weg zum Aufzug.

»Aber wie kommen wir überhaupt raus?«, rief Vicky ihr nach.

»Müssen wir sehen. Wenn wir Glück haben, dann haben sie unsere Garage vergessen und nur an die Streifenwagen gedacht.«

»Scheiße! Ich muss noch in den Waffenraum. Wir bleiben

auf unserem üblichen Kanal, ich höre solange bei 31 mit.« Crippe eilte los.

Amanda hob den Daumen. Die Tür des Aufzugs schlug zu, sie war unterwegs nach unten in die Garage. Sie blickte wieder auf ihr Telefon. Der Empfang im Aufzug war nicht sonderlich gut, aber sie konnte dennoch sehen, dass sich ihre drei Objekte bewegt hatten. Die Objekte: zwei Ford Escort und ein BMW, die Adnan und seine Kumpel gestohlen hatten.

Sie war Adnan nach ihrem Treffen am Brunnsviken gefolgt. Durch die Stadt bis nach Kungsholmen. Hatte beobachtet, wie er in der Bergsgatan in ein Haus gegangen war. Endlich war sie wieder dicht an ihm dran. Es war ja nicht Teil des Plans gewesen, dass er sie entlarven würde, bevor alles vorbei war. Aber so war es gekommen, und nun musste sie improvisieren. Ein paar Erkundungen im Melderegister zu den Bewohnern des Hauses, und Amanda hatte die Tante eines Miran Kudin gefunden, der häufig zusammen mit Adnan in diversen Berichten und Überwachungsnotizen vorkam. Nun kannte sie Adnans Versteck, und nachdem sie es ein paar Tage lang beobachtet hatte, kristallisierte sich ein umfassendes Bild seines Umfelds heraus.

Diar Semakala: Bei ihm hatte Adnan vor einiger Zeit zur Miete gewohnt. Hatte seinen ersten Raub mit dreizehn Jahren gemacht. Verlegte sich auf Supermärkte und Forex-Filialen, bis er schließlich Polizeihubschrauber abschoss und ein Frachtzentrum der Post in Göteborg überfiel.

Miran Kudin: Amanda erinnerte sich, dass Adnan einmal von ihm erzählt hatte. Auch er hatte ein saftiges Vorstrafenregister, aber die Schwere seiner Vergehen hatte drastisch abgenommen. Von Bankraub und Drogenverkauf in den Hochzeiten bis zu Kleindelikten und ungebührlichem Verhalten in den letzten sechs Monaten. Lang andauernder Drogenkonsum war vermutlich die Erklärung für diesen Niedergang.

Alex Ryass: Durch die Gangart und die raumgreifende Körpersprache konnte Amanda ausmachen, dass er es war. Außerdem war er fast zwei Meter groß, was die Identifizierung vereinfachte. Nach einem genaueren Blick ins Passregister war Amanda sicher. Ryass' Strafregister deckte nahezu jede Verbrechensart ab. Der Beschreibung zufolge hatte er sich drei Tränen unter ein Auge tätowieren lassen. Sympathischer Kerl! Alex war noch nicht sehr lange in Freiheit. Wie Diar hatte er in Göteborg in Untersuchungshaft gesessen.

Als Erstes hatte sie einen GPS-Sender unter einem gestohlenen Escort angebracht. Bald erkannte sie ein Schema: Autos wurden geklaut, während der Escort am selben Ort positioniert blieb. Sie brachte an zwei weiteren Wagen Sender an. Folgte ihnen täglich über ihr iPhone, auf dem sie eine Überwachungssoftware installiert hatte. Sie hatte die Sender im Internet gekauft. Ein Kinderspiel.

In der Garage war der Empfang ganz weg. Sie nahm einen Audi und schaltete den Polizeifunk ein. Hörte, dass sie noch immer mit dem Tor beschäftigt waren. Sie fuhr auf die Ausfahrt zu. Das Tor öffnete sich. Genau, wie sie gedacht hatte. Die Garagenausfahrt war offen. Da hatte jemand seine Hausaufgaben nicht ordentlich gemacht. Sie holte erneut ihr Telefon hervor. Empfang. Versuchte, beim Fahren auf den Bildschirm zu linsen. Der eine Escort stand in Helenelund, der andere in einem Industriegebiet in Kista, der BMW in Ärvinge. Die Symbole bildeten ein Dreieck. In der Mitte: Kista Galleria. Sie hatte vermutet, dass sie irgendwo in Kista zuschlagen würden, da sich der eine Escort viel in diesem Bereich bewegt hatte. Und Crippe hatte gesagt, dass jemand bei Nova von der Kista

Galleria gesprochen hatte. Vermutlich verfügten die Nova-Leute über mehr Informationen, aber sie war sicherlich die Letzte, die davon erfahren sollte. Sie fragte sich, ob wohl Crippe auch etwas vor ihr geheimhielt. Ob er ihr vertraute. Er hatte sie nur einmal gefragt, ob das Gerücht in Bezug auf Adnan Nasimi stimmte. Sie hatte verneint, und er hatte es nie wieder erwähnt.

Sie fuhr in Richtung Haga Norra. Ihr Telefon klingelte auf dem Beifahrersitz. Sie blickte auf das Display. Adnan. Ihr Magen zog sich zusammen. Tausend Fragen wirbelten in ihrem Kopf. Die Bedenkzeit war zu kurz. Sie nahm den Anruf entgegen.

»Wer ist dran?«, hörte sie eine Stimme im Ohr. Es klang wie Adnan, aber doch nicht ganz.

»Amanda. Und wer bist du?«

»Du musst mir helfen! Ich weiß nicht, was ich tun soll. Stecke bis zum Hals in der Scheiße.«

»Du, ganz ruhig. Mit wem rede ich eigentlich?«

Pause.

»Samir. Ich bin Adnans Bruder. Ich weiß, dass du mit ihm zusammen warst. Er wird mich umbringen, wenn er das hier erfährt, Mann.«

»Samir.« Das konnte interessant werden. »Was ist passiert? Und warum rufst du mit Adnans Telefon an?«

»Du musst mir helfen. Fuck! Ich wurde gezwungen. Erpresst. Ich will nicht, dass er stirbt.«

»Erzähl mir jetzt ganz ruhig, was passiert ist.« Sie fuhr auf die E4. Nördliche Richtung. Schneematsch spritzte unter dem Wagen.

Kurzes Schweigen. »Kann ich dir vertrauen?«

Adnans kleiner Bruder, der sie fragte, ob er ihr vertrauen konnte. Adnan, der ihrer Schwester Drogen verkauft hatte. »Natürlich«, antwortete sie. »Hör mal, Samir. Ich hab wenig Zeit. Sag mir, was passiert ist, sonst kann ich dir nicht helfen.«

Schweigen. Die Anspannung stieg. Schließlich:

»Adnan hat irgendwas vor in Kista. Er hat mir sein Handy gegeben, damit niemand es mit dem Ort in Verbindung bringen kann oder so was in der Art.«

»Was hat er vor?«

»Einen Überfall, glaube ich. Keine Ahnung. Nichts Gutes jedenfalls.«

»Warum erzählst du mir das? Willst du, dass dein Bruder ins Gefängnis geht?«

Samir atmete hastig. »Ich will nicht, dass er stirbt. Kapier das! Ich habe das alles einem Bullen erzählt, der mir versprochen hat, bei was anderem zu helfen. Dann ging alles schief. Wir wurden von ein paar großen Jugoslawen entführt. Einer davon heißt Milorad Kraljevic, der bedroht auch meinen Bruder. Ich wollte nicht mehr mitmachen, aber der Bulle hat mich gezwungen. Also hab ich Milorad von dem Überfall erzählt. Der hat dann gedroht, dass er meinem Bruder sagen wird, dass ich ein Verräter bin, und er hat gedroht, dass er meine Familie umbringt und …«

»Langsam. Nur damit ich dich richtig verstehe. Hast du Milorad Kraljevic gesagt, dass Adnan einen Raubüberfall in Kista plant?«

»Ja.«

»Und das hast du auch einem Polizisten erzählt? Wie heißt er?« Sie fragte, obwohl sie es eigentlich schon wusste.

»Spielt das eine Rolle?«

»Du rufst mich hier an und bittest um Hilfe. Ich habe keine Zeit für Gegenfragen. Antworte.«

»Magnus irgendwas.«

Amanda holte tief Luft. Die Neuigkeit, dass die Jugoslawen womöglich in einem Hinterhalt lagen, hatte sie überrumpelt. Das hatte sie nicht mit einberechnet.

»Und was soll ich jetzt machen, Samir?«

»Was weiß ich! Du bist ja die Polizistin. Und du magst meinen Bruder. Ich kapiere zwar nicht, warum er mit dir was hat, er hasst ja Bullen, aber egal. Die Jugoslawen werden ihn umbringen. Schnallst du das nicht?«

»Weißt du noch mehr, das du bis jetzt nicht erzählt hast? Die genaue Uhrzeit? Was überfallen sie? Welche Waffen haben sie?«

»Nein, ich weiß nicht mehr.«

Pause.

Die Polizeischule zischte rechts von Amanda vorbei.

Wieder Samirs Stimme im Ohr: »Aber er hat mal mit Sacha telefoniert. Der ein Café in der Galleria hat. Das war ein bisschen komisch, die beiden kennen sich eigentlich nicht so gut.«

»Über was haben sie sich unterhalten?«

»Keine Ahnung, mein Bruder ist weggegangen.«

»Ich muss jetzt auflegen, Samir, aber ich werde sehen, was ich tun kann.«

Flehend: »Versprich mir, dass er nicht stirbt. Bitte.«

»Ich tue, was ich kann.«

Sie legte auf. Umklammerte das Lenkrad und versuchte, die neuen Informationen zu verdauen. Bilanzierte: gute und schlechte Neuigkeiten. Das Gute: Magnus hatte Adnans kleinen Bruder bearbeitet, wie sie gehofft hatte. Das lief so weit in die richtige Richtung. Das Schlechte: die Beteiligung der jugoslawischen Mafia. Das konnte alles zunichtemachen. Adnan könnte sogar umkommen, wie Samir gesagt hatte. Kümmerte sie das? Durfte es nicht. Sie schob die Gefühle beiseite und konzentrierte sich auf die Fakten. Adnan saß auf Infos, die mit Sanna zu tun hatten. Infos, die sie brauchte.

Er durfte nicht sterben.

Nicht heute.

72

Oh, ich zittere beim Schreiben. Diese Tage waren die schlimmsten meines Lebens. Und zugleich irgendwie befreiend. Ich kann es nicht richtig erklären. Denn ich habe Todesangst. Ich weiß noch immer nicht, was mich da geritten hat. Dass ich mich getraut habe! Es klingt vielleicht verrückt, aber als ich Susi und Strolch im Fernsehen sah, musste ich an Joakim denken. Wie wir zusammen in dem Café saßen und dieses riesige Zimtbrötchen gegessen haben: Ich dachte, dass es sich so anfühlen muss. Man soll lachen und zusammen Spaß haben. Wann haben Magnus und ich das letzte Mal zusammen gelacht? Dann öffneten Lukas und Ida ihre Geschenke, die Joakim mit ausgesucht hatte. Ich konnte nur noch an ihn denken. Plötzlich hatte ich mich entschieden. Noch nie habe ich Magnus so baff gesehen. Zuerst hat er gelacht. Als ihm klar wurde, dass ich es ernst meine, wurde er wütend. Aber er hat sich vor den anderen zusammengerissen. Das war meine Rettung. Dass ich dort war, sonst hätte er mich zu Tode geprügelt.

Ich wohne jetzt bei Annelie und Pelle, bis ich etwas Eigenes gefunden habe. Sie unterstützen mich voll und ganz. Annelie war unheimlich froh. Pelle war überrascht, aber er wusste ja auch Bescheid. Annelie hat ihm sicher das meiste erzählt. Meine Eltern sind schockiert. Ich glaube, dass sie immer was ahnten, es aber lieber verdrängt haben.

Alles fühlt sich unwirklich an. Wie ein Traum. In der einen Sekunde verspüre ich Todesangst und frage mich, was ich getan habe. Habe ich das Richtige gemacht? Werde ich es bereuen?

In der nächsten Sekunde bin ich furchtbar erleichtert. Endlich kann ich mein Leben so leben, wie ich will. Kann ich das? Will ich das? Die Gedanken gehen kreuz und quer. Ich bin fast vierzig und habe keine Kinder. Habe ich mir diese Chance verbaut? Ich muss einen Tag nach dem anderen leben und mir sagen, dass es eigentlich nicht schlimmer werden kann.

Was sollte ich nur ohne dich machen, liebes Tagebuch? Kuss!

73

Magnus stieg auf die Bremse. Der Wagen vor ihm hatte wegen eines Alten mit seinem Köter an einem Zebrastreifen gehalten. Verfluchter Idiot! Hörte er die Sirene nicht? Magnus drückte auf die Hupe. Der Blödmann vor ihm blickte in den Rückspiegel. Magnus gab fuchtelnd zu verstehen, dass er zur Seite fahren sollte. Zeigte auf das Blaulicht, das auf dem Dach seines Wagens blinkte. Sobald der Weg frei war, drückte er aufs Gas. Reifenquietschen. Der Alte starrte ihm vom Bürgersteig, auf den er sich gerettet hatte, erschrocken hinterher. Magnus raste davon. Seine Gedanken schwirrten ungehemmt. Wie zum Teufel konnte sie nur? Diese Fotze! Hatte ihn vor der ganzen Familie erniedrigt. Okay, in letzter Zeit war es nicht besonders gut gelaufen, aber so war es schließlich in allen Beziehungen. Er hatte doch alles für sie getan. Verdammte Hure! Er konnte jede kriegen. Und er würde noch am selben Abend eine Braut abschleppen. Sie ficken, bis sie nach mehr bettelte und flehte. Ja, das würde er!

Er versuchte, sich zu konzentrieren, und hörte auf Kanal 31 mit. Sie hatten es noch immer nicht geschafft, die Kette am Tor durchzuschneiden. Warteten wohl auf den Rettungsdienst. Außerdem würde es eine halbe Ewigkeit dauern, bis die Bombenexperten vor Ort waren und feststellten, ob es sich überhaupt um eine Bombe handelte oder nicht. Was bestimmt nicht der Fall war. Es war ein Scheinmanöver, um sämtliche Polizisten in eine bestimmte Ecke zu locken. Dann konnten sie in aller Seelenruhe ihren Überfall durchziehen. Kapierten die anderen das nicht? Aber es war gut für ihn. Perfekt sogar. Nun konnte er sie selbst erwischen.

Der kleine Samir hatte sich endlich gemeldet. Es war so weit. Viel mehr als diese Information hatte Samir nicht zu liefern gehabt, aber er war sich ganz sicher gewesen, dass es an diesem Abend geschehen würde. In Kista, glaubte er. Das musste reichen. Kista war auch in Magnus' Augen der wahrscheinlichste Ort. Und seitdem der Alarm wegen der Bomben und der sabotierten Ausfahrten rausgegangen war, war er überzeugt, dass Samir recht hatte.

Erst im Wagen hatte er die Nova-Gruppe benachrichtigt. Wollte sie nicht zu früh dort haben. Es war sein Fall. Er besaß die Infos. Es war sein Informant. Niemand würde ihn überholen. Er wusste, dass Nova das Sondereinsatzkommando und das ganze Trallala anschleppen würde, aber er würde als Erster dort sein. Er war derjenige, der alles bezeugen konnte. Der den ersten Schuss abfeuerte. Der vielleicht sogar jemanden verhaftete. Er drückte an der nächsten Kreuzung auf die Hupe. Die Sirene heulte schneller, und er bog ab. Gab Gas. Blendete auf, um die Fahrer vor ihm zu warnen. Aus dem Weg, ihr Blödmänner! Manche schnallten es und hielten sich rechts. Andere bremsten abrupt, als sie das Blaulicht hinter sich sahen.

Das Headset in seinem Ohr knisterte.

Petter an Mange. Kommen.

Mange? Seit wann nannte ihn jemand Mange? Er drückte auf den Sendeknopf.

»Ja. Kommen.«

Position. Kommen.

»Bankhus 90.«

Dann bist du vor uns da. Wir verlassen in diesem Moment Kungsholmen, das Einsatzkommando ist auch unterwegs, nur zur Info. Kommen.

Wie erwartet. »Verstanden. Ich suche eine günstige Position und melde mich, wenn ich etwas sehe. Over and out.«

Passt. Over and out.

Er hatte es nicht mehr weit und beschleunigte auf der Umfahrung bei Kymlinge noch mehr. Schaltete die Sirene aus. Versuchte, einen Plan zu erstellen. Wo könnte er parken? Sollte er im Wagen sitzen bleiben? Welches Ziel war am wahrscheinlichsten? Das Juweliergeschäft Guldfynd – lag günstig an einem Ausgang des Parkhauses. Forex – lag noch besser mit einem Ausgang direkt auf die Straße. Als Wechselstube hatte Forex außerdem am meisten Bargeld vorrätig und war schon mehrmals überfallen worden, es war also nicht undenkbar. Irgendwelche Klamottenläden kamen nicht infrage. Nicht für Ganoven von diesem Kaliber. Hatten sie einen Insider? Jemanden, der wusste, wie mit dem Geld verfahren wurde? Das war nicht ungewöhnlich. Magnus wusste, dass die Läden die Scheine in eine Box legten und dass diese dann über eine Rutsche zu einem Safe im Parkhaus hinabrauschte. Bekam man diesen Tresor überhaupt auf? Sie würden ihn sprengen müssen. War das ein glaubwürdiges Szenario? Ja. Forex oder der Geldsafe? Der Geldsafe oder Forex?

Im Kreisverkehr von Hansta überholte er einen Mini Cooper. Eine blonde Tussi, die Pia ähnelte, am Steuer. Die Messer in der Magengegend stießen erneut mit voller Kraft zu. Was machte Pia jetzt? Wo wohnte sie? Am schlimmsten war es morgens beim Aufwachen. Wenn ihn alles überfiel und ihm klar wurde, dass er nicht träumte. Er hatte mehrmals versucht, sie anzurufen, und hatte ihr bestimmt über hundert SMS geschickt, aber sie antwortete nicht. War er nicht einmal eine Erklärung wert? Traf sie einen anderen? Natürlich tat sie das. Das erklärte alles. Er ballte die Faust und schlug auf das Lenkrad. Keuchte. Versuchte, sich zu beruhigen. Schob eine nervende Haarsträhne vom Auge weg. Fokussieren, Magnus. Fokussieren. Konzentration auf die Aufgabe. Um Pia würde er sich später kümmern.

74

Adnan hörte sein eigenes Herz schlagen. Die Sturmmaske klebte an der Haut. Er blickte zu Miran. Diesmal saß die Maske auch bei ihm.

»Yii-haa!« Alex johlte wie ein Cowboy. Streckte seine Faust in die Luft. Die anderen schlugen ein. Jetzt hieß es: Alex, Diar, Miran und Adnan gegen den Rest der Welt. Sie waren in einer Millisekunde aus dem Wagen. Ursprünglich hatten sie gewollt, dass ein Fahrer zurückblieb. Aber sie hatten beschlossen, dass alle bei der Attacke gebraucht wurden.

Das Ephedrin war auf dem Höhepunkt seiner Wirksamkeit. Rauschte im Blut. Bearbeitete das Gehirn. Boostete das Selbstvertrauen. Sie waren unschlagbar. Ultrakrieger.

Alex war als Erster auf der Laderampe. Lief lautlos zwischen den Betonpfeilern entlang. Die anderen folgten ihm. Adnan hielt die MP5 fest umklammert. Sah sich um. Die Garage voll mit Autos. Schräg geparkt zwischen den Markierungen. Neonröhren an der Decke. Glaswände umschlossen die Rolltreppe, die nach oben zum Shoppingbereich führte. Ein Stück weiter entfernt lud eine Familie mit zwei kleinen Kindern Einkäufe in ihren Volvo. Sie bemerkten nichts. Noch nicht.

Dann sah Adnan den Geldtransporter. Auf dem Weg zur Tür mit dem Safe. Der Wagen fuhr langsam. Blieb schließlich vor der Goldgrube stehen.

Sie hatten den Geldtransporter in einem Halbkreis umringt. Adnan kauerte hinter einem Wagen. Diar hinter einem Pfeiler. Alex und Miran konnte er nicht sehen.

Adnan kratzte sich durch den Stoff an der Wange. Stiegen die Sicherheitsleute denn nie aus? Hatten sie Verdacht geschöpft? Er hörte Stimmen, die sich von hinten näherten.

Die Türen gingen auf. Auf der Beifahrerseite stieg eine Frau aus. Hielt eine Tasche in der Hand. Adnan erkannte sie. Sie war schon öfter gefahren. Klein und mollig. Erleichterung. Mit ihr würden sie leicht fertigwerden.

Auf der Fahrerseite kam ein männlicher Sicherheitsbeamter heraus. Adnan schätzte ihn auf gut vierzig. Ihn hatte er noch nie gesehen. Vielleicht war er neu auf dieser Route? Der Sicherheitsmann sah sich um und ging zu seiner Kollegin, die vor der Safetür stand.

Adnan hörte die Stimmen hinter sich näher kommen. Er kauerte sich noch tiefer. Linste um den Auspuff herum. Zwei junge Frauen, beide mit einer Zigarette in der Hand, gingen in ihre Richtung. Er zog sich rasch wieder zurück. Hatten sie ihn gesehen? Die Stimmen verstummten. Die Schritte hielten inne. Sein Herz war kurz davor, die Brust zu sprengen. Er wandte sich wieder dem Transporter zu. Die Beifahrerin hantierte an der Tür herum. Die Tür ging auf. Jetzt war der Augenblick gekommen. Jetzt. Aber Alex musste das Startsignal geben. Was zum Henker trieb er? Erneut die Stimmen der beiden jungen Frauen.

In diesem Moment brüllte Alex los. »LEGT EUCH HIN, ABER PLÖTZLICH!«

Adnan fuhr hoch. Ein rascher Blick zu den Sicherheitsleuten. Dann drehte er sich zu den beiden Frauen um, die jetzt nur einen Meter von ihm entfernt waren. Er hob die Waffe.

»Zurück, sofort! Und werft die Handys weg!«

Er wandte sich wieder um. Versuchte zu erkennen, was da vorne passierte. Sah, dass Diar und Miran sich Alex angeschlossen hatten. Er blickte erneut zu den beiden Frauen. Die eine tippte auf ihrem Handy herum. Er handelte blitzschnell. Drehte die Waffe um. Schwang den Kolben gegen ihren Kopf. Sie fiel. Die Frau daneben schrie gellend auf. Er lief auf seine Kumpels zu. Hörte wieder Alex.

»WENN DU AUF DEN ALARM DRÜCKST, BIST DU TOT, DU FOTZE! IST DAS KLAR?«

Diar holte Taschen aus dem Safe und legte sie in eine andere Tasche. Adnan hoffte, dass sie voller Geld waren, er konnte es nicht erkennen. Alex brüllte weiter. Miran auch. Scheiße, wie er schrie, Miran.

Auf einmal warf Alex etwas in seine Richtung. Er packte aus reinem Reflex zu. Autoschlüssel. Ein paar große Schritte bis zur Hecktür des Transporters. Er drehte den Schlüssel im Schloss um. Öffnete. Noch zwei Taschen. Yes! Festgekettet. Er wandte sich um. Miran tauchte auf. Die Hydraulikpumpe samt Schere bereit. Miran schaltete die Pumpe an. Adnan nahm die Schere und begann zu schneiden. Erste Tasche frei. Weiterschneiden. Zweite Tasche frei. Sie sprangen heraus. Die Sicherheitsleute auf dem Boden. Die Hände hinter dem Kopf.

Adnan blickte sich um und stellte fest, dass noch mehr Leute kapiert hatten, was vor sich ging. Sie duckten sich hinter Autos. Versteckten sich hinter Pfeilern. Liefen auf die Ausgänge zu. Vereinzelte Schreie.

Diar holte immer noch Tüten aus dem Safe. Alex brüllte. Schwang seine MP5 ausholend hin und her.

Waren sie nicht bald fertig?

Adnan wandte sich wieder den Leuten zu. Ein Typ mit Handy am Ohr.

Er hörte sich selbst: »Wirf das Handy weg, du Arschloch! Willst du eine Kugel in den Kopf? Hä?« Er zielte auf den Mann, der das Handy fallen ließ. »Will noch jemand sterben? Dafür braucht ihr nur zu telefonieren! Ist das klar?«

Die junge Frau, die er niedergeschlagen hatte, lag noch immer auf dem Boden. Ihre Freundin schluchzend daneben. Blut an den Händen.

Adnan war es egal. Wie bescheuert musste man sein, um einen Anruf zu versuchen, während man eine Waffe vor der Fresse hatte.

Endlich! Diar kniete vor der Safetür. Zog den Reißverschluss der Tasche zu.

Sie konnten abhauen.

Alles war gelaufen wie am Schnürchen.

Plötzlich: Diar sprang auf. Richtete die Waffe in seine Richtung und schoss. Etwas pfiff am Ohr vorbei. Er fuhr herum. Sah einen Mann mit einer Pistole in der Hand, der sich hinter einen Kinderwagen schmiss. Dann zu einem Auto weiterkrabbelte. Adnan starrte zu Diar.

»Polente!«

Scheiße! Wie zur Hölle konnten die Bullen schon da sein?

Adnan hob wieder die Waffe und ging auf den Wagen zu, hinter den sich der Zivilbulle geflüchtet hatte. Feuerte eine Salve ab. Gelangte zum Wagen. Sah niemanden.

»Da drüben.« Mirans Stimme. »Hinter dem Lieferwagen.«

Adnan marschierte in die Richtung, die Miran anzeigte.

Hörte ein paar Schüsse. Das Blech knallte neben ihm.

Popcorn in der Welt der Roofies.

Er war unsterblich.

75

Amanda umklammerte das Lenkrad. Die Straße war eine reine Rutschbahn. Sie versuchte, Scheibenwaschwasser zu verspritzen, aber es kam nichts. Ein Lämpchen am Armaturenbrett zeigte an, dass keines mehr da war. Sie hatte so gut wie keine Sicht, die Scheibenwischer hatten den Schmutz lediglich weiterverteilt. Sie fuhr zu einem Lastwagen auf. Große Mengen an Schneematsch ergossen sich über die Scheibe.

Warum hatte Samir sie angerufen?

Sie bog in Richtung Kista ab.

Adnan musste ihm von ihr erzählt haben.

Über das Viadukt.

Warum hatte Adnan mit seinem kleinen Bruder über sie gesprochen?

Auf der Umgehungsstraße.

Würde Milorad Kraljevic ihn hinrichten?

Kista Tower in der Ferne.

Was konnte sie tun?

Nach rechts zum Kreisverkehr von Hansta.

Vielleicht war alles schon vorbei? Sie hatte nichts im Polizeifunk gehört.

Sie parkte an der Bushaltestelle gegenüber der Galleria.

Drückte den Sendeknopf des Funkgeräts: »Amanda an Crippe. Kommen.«

Ja. Kommen.

»Ich habe den Tipp bekommen, dass in der Kista Galleria ein Überfall stattfindet. Vermutlich war Magnus auch dorthin unterwegs. Ich bin an der Bushaltestelle, kann aber noch nichts erkennen. Kommen.«

Verstanden. Ich bin noch in Solna. Vicky, deine Position? Kommen.

Duvbo. Kommen.

Verstanden. Amanda, sind die Hinweise glaubwürdig? Kommen.

»Unbedingt, es passiert heute Abend, nur nicht klar, mit welchem Ziel. Aber wenn man die Scheinmanöver bedenkt, ist es wohl gerade am Laufen. Kommen.«

Pause.

Ich frage bei Nova nach, ob sie was wissen. Keine Einzelaktionen. Klar?

Sie blickte wieder auf ihr Telefon. Die Wagen standen noch immer an derselben Stelle. In einem Dreieck um die Galleria.

Was sollte sie tun. Nur dasitzen und warten? Sie schloss die Augen. Versuchte nachzudenken. Fuhr von der Bushaltestelle weg. Drehte eine Runde um das Einkaufszentrum. Nichts Auffälliges.

Von drei null. Erhalten Meldung von einem bewaffneten Raubüberfall auf einen Geldtransport in der Kista Galleria. Mindestens vier Täter mit Automatikwaffen. Wagen zum Einsatzort. Kommen.

Amanda hörte den Aufruf. Mehrere Streifen meldeten sich aus allen Ecken des Bezirks. Das Sondereinsatzkommando war offenbar bereits unterwegs. Ein Einsatzchef wurde ernannt und übernahm die Leitung. Der Zirkus hatte begonnen.

76

Hatte er getroffen? Keine Ahnung. Sein Puls überschritt die Obergrenze. Ein Haar hing ihm ins Auge. Magnus wusste, dass er sich selbst und andere in Lebensgefahr gebracht hatte, aber was hätte er tun sollen? Auf Verstärkung warten? Den Räubern gestatten, weiter Unschuldige zu misshandeln? Er würde sie fangen. Zumindest einen. Ob tot oder lebendig spielte keine große Rolle.

Er hatte seinen Wagen am Eingang in der Nähe von Forex geparkt. Alles hatte normal ausgesehen. Die Leute warteten geduldig, bis sie an der Reihe waren. Ihm wurde klar, dass das nicht das Ziel sein konnte. Er ging in die Galleria. Schob sich durch dicke Jacken und Tüten voller Artikel aus dem Schlussverkauf. Er beschleunigte seinen Schritt. Schubste eine Frau, sodass sie das Gleichgewicht verlor. Sie schrie ihm etwas auf Arabisch oder in einer ähnlichen Sprache nach. Er eilte die Treppe zur Tiefgarage hinab. Ihm kam ein junges Paar entgegen, das auf dem Weg nach oben war und aussah, als sei es einem Gespenst begegnet. Er begriff, dass er die richtige Spur hatte. Erkannte sofort, was los war, als er unten anlangte. Schlich sich zwischen geparkten Autos heran und stand plötzlich nur noch wenige Meter neben einem der Räuber, der ihm den Rücken zugewandt hatte. Magnus dankte Gott und hob die Waffe. Zu spät. Wurde von einem anderen entdeckt und musste sich hinter einen Kinderwagen schmeißen, um nicht von den Kugeln getroffen zu werden.

Nun kauerte er hinter einem Lieferwagen neben einem Vorderreifen. Irgendeine Frau schrie, und der Lärm hallte zwischen den Betonwänden. Er hörte die hastigen Schritte der Menschen. Von den Räubern kein Mucks. Sie wussten, wo er war. Er hielt seine Pistole schussbereit. Wie viele Patronen hatte er noch? Er hatte zwei Schuss abgegeben. Oder waren es drei? Scheißegal. Es gab noch mindestens fünf. Zeit, das Magazin zu wechseln, würde er nicht haben. Nicht jetzt. Er musste sich unbedingt wegbewegen, bevor einer der Ganoven auftauchte. Er machte einen Satz und rannte los. Nahm dabei aus den Augenwinkeln eine dunkle Gestalt wahr. Er warf sich hinter ein Auto. Der Schuss knallte ins Blech. Er kroch weiter zum nächsten Wagen. Und zum nächsten. Die dunkle Gestalt folgte ihm. Schoss auf jedes Auto, hinter dem er sich verbarg. Magnus hatte keine Chance für einen Gegenangriff. Es waren zu viele. Er merkte, dass er hyperventilierte. Das Denken fiel ihm schwer. Er sehnte Verstärkung herbei. Das Einsatzkommando. Dass sie ihn retteten. Oder Petter – wer auch immer. Wenn er nur hier wegkam. Er hangelte sich noch ein paar Autos weiter, die Waffe fest umklammert. Er wollte zum nächsten Wagen, aber jetzt gab es keinen mehr. Nur noch die Betonmauer. Grau. Hart. Unüberwindlich.

Er saß in der Falle.

Die Angst packte ihn mit voller Wucht. Ein Entsetzen, das er noch nie erlebt hatte. Er würde kein Held sein. Er würde die Ganoven nicht auf eigene Faust fangen. Er würde sterben. Abgeknallt. Bekannt als der Bulle, dem es an Urteilsvermögen gefehlt hatte.

Der Feind näherte sich. Außer Schussreichweite. Aber das spielte keine Rolle. Magnus schoss trotzdem.

Ein Schuss.

Zwei Schüsse.

Vier oder fünf.

Am Ende klickte die Waffe. Leer. Er drückte noch ein paarmal ab, bis er es begriff.

Der Räuber in blauem Overall und schwarzer Sturmhaube baute sich vor ihm auf. Mitten in der Schusslinie. Aber was half das, wenn er keine Patrone mehr hatte. Magnus löste das leere Magazin, es plumpste zu Boden. Er tastete nach dem Reservemagazin an seinem Gürtel. Fand es. Wusste, dass eine Mündung auf seinen Kopf gerichtet war. Dass es jeden Augenblick knallen konnte. Setzte den Wechsel des Magazins dennoch fort.

Seine Hand zitterte, und das Magazin stieß klappernd gegen den Griff, als er versuchte, es hineinzuschieben.

So also sollte alles enden.

Das Warten auf den Tod dauerte eine Ewigkeit.

77

Adnan zögerte, den Finger am Abzug. War darauf eingestellt gewesen, den Zivilbullen, der auf einmal angegriffen hatte, zu erschießen. Aber jetzt – der Typ hockte mit einer leeren Waffe zusammengesunken in einer Ecke. Bettelte um sein Leben. Adnan kümmerte der Bulle zwar einen Dreck, aber die Spielregeln würden sich drastisch ändern, wenn er abdrückte. Er würde den Rest seines Lebens gejagt werden. Den Namen eines Polizistenmörders würde man nie vergessen.

Aber er wollte trotzdem Angst machen. Drückte dem Bullen die Mündung an den Kopf. Wusste, wie dieser litt. Er war schon einmal in derselben Lage gewesen. Hatte auch gedacht, es sei vorbei. Die Furcht. Der Frust. Die Hilflosigkeit.

Er musste das hier zu Ende bringen, damit sie abhauen konnten. Er holte mit dem Griff aus und zielte auf den Hinterkopf des Typen, als auf einmal ein paar gigantische Hünen wie aus dem Nichts auftauchten. Sie liefen zwischen den Pfeilern entlang. Schnell. Entschlossen. Kraftvoll.

Wie war das möglich? Aber Irrtum ausgeschlossen. Kraljevics Männer. Alles wäre besser gewesen als das. Sogar das Sondereinsatzkommando.

Der Größte von ihnen: der Gorilla. Unterwegs in Richtung Geldtransporter. In Richtung Diar. In Richtung Tasche. Zwei andere Typen folgten ihm. Vermutlich dieselben wie an dem Tag, an dem Hajir niedergeschossen wurde.

Alex brüllte etwas. Aber niemand hatte die Zeit zu reagieren.

Der Gorilla hob einen Arm. Es knallte. Diar fiel zu Boden.

Adnan schrie. Oder war es noch immer Alex? Jemand schoss. Mehrere schossen. Auch Adnan. Er lief nach vorn und warf sich hinter ein Auto. Suchte Schutz.

Stille.

Das Blut rauschte.

Die Kohle!

Er lugte nach vorn. Sah, wie der Gorilla die Tasche nahm, die Diar noch in der Hand hielt, obwohl er leblos am Boden lag. Adnan feuerte eine Salve ab. Bekam eine aus einer anderen Richtung zurück und warf sich zur Seite.

Die Kohle!

Er schaute wieder nach vorn. Traute seinen Augen kaum: Miran, der auf Diar zulief. Mit einer Attrappe. Verdammt schlechter Zeitpunkt für einen Selbstmord.

Adnan sprang auf. Schoss nach rechts. Nach links. Gab Deckung. Sah, wie Miran Diars MP5 aufhob, anlegte und losfeuerte.

Der Gorilla kippte um. Landete auf dem Bauch, den Kopf in einem anormalen Winkel verdreht. Die Augen aufgesperrt. Überrascht.

Die folgenden Minuten: schwache Erinnerungsfragmente. Bullen kamen. Jemand schoss. Ein anderer schrie. Adnan, der die Tasche packt. Bullen überall. Jugoslawen. Die aufgerissenen Augen des Gorillas. Schüsse.

Adnan draußen auf der Straße.

Rennt.

Adnan, der Unsterbliche.

78

Aus den Meldungen, die Amanda auf Kanal 31 hörte, konnte sie sich nur sehr schwer ein Bild von dem machen, was passiert war. Einfach zusammengefasst: wilde Schießerei. Mehrere Verletzte. Tote. Flüchtige. Womöglich waren ein paar in einem Auto entkommen. Die Täter hatten sowohl auf die Polizisten als auch auf sich untereinander geschossen. Waren es zwei verschiedene Banden?

Amanda wusste es.

Aber wer war auf der Flucht?

Crippe informierte Amanda und Vicky auf ihrem internen Ermittler-Kanal:

Nova hat bestätigt, dass sie einen Tipp zu dem Überfall erhalten haben und dass Blomberg offenbar auf eigene Faust gehandelt hat. Unklar ist bislang, was genau im Parkhaus passiert ist. Ein Teil der Täter scheint flüchtig zu sein. Der Tipp weist auf Alex Ryass, Diar Semakala und Adnan Nasimi. Mit diesen Namen arbeiten wir vorerst. Nova lässt die Wohnungen von Semakala im Tenstagången und von Ryass in Husby beschatten. Von Nasimi haben wir keine Adresse. Ich denke, wir bleiben erst einmal in der Nähe und schauen, ob die Hunde Witterung aufnehmen. Kommen.

»Das klingt gut«, antwortete Vicky.

Amanda drückte auf den Sendeknopf. »Verstanden.«

Sie blickte wieder auf ihr Handy. Die Autos bildeten noch immer dasselbe Dreieck um die Kista Galleria. Sie verließ die Bushaltestelle und fuhr in Richtung des Wagens in Ärvinge. War dieser das Fluchtfahrzeug? Sie konnte nur raten, da sie noch keine weiteren Informationen erhalten hatte. Beim Fahren verfolgte sie die Durchsagen auf Funkkanal 31.

Es kam heraus, dass sich mindestens drei Täter auf der Flucht befanden. Drei waren von Schüssen getroffen worden, zwei wurden für tot erklärt, der dritte war schwer verletzt. Zwei hatte man gefasst: den Verletzten und noch einen. Ein Polizist war am Arm getroffen worden. Ein Unbeteiligter hatte ebenfalls einen Schuss abbekommen. Aus welcher Waffe, war nicht bekannt. Daran würden sich die Medien später laben können. Die Ganoven hatten eine weitere unbeteiligte Person niedergeschlagen, sie war aber bei Bewusstsein.

Mehrere Krankenwagen waren angefordert.

Ein Sammelpunkt und ein dort verantwortlicher Einsatzleiter wurden bestimmt, ebenso ein Einsatzleiter für den Tatort.

Straßensperren wurden eingerichtet.

Eine Voruntersuchung eingeleitet.

Ein Hubschrauber war unterwegs.

Die Hunde würden in wenigen Augenblicken die Suche aufnehmen.

Mitten in alldem Chaos gab es eine Struktur.

79

»Wie zum Teufel konntest du so bescheuert sein und auf eigene Faust eingreifen?«, brüllte Polizeieinsatzchef Nils Söderling Magnus an. »Du hättest erschossen werden können! Von deinen eigenen Männern. Keiner von uns wusste, dass du da unten warst, Herrgott noch mal.«

Magnus zitterte. Vermutlich eine Folge des Schocks. Er saß in eine Decke gehüllt in Söderlings Einsatzbus. Versuchte selbst zu kapieren, was passiert war.

»Ich hatte keine Möglichkeit, mich zu melden. Ich bin mitten in einen Schusswechsel geraten und musste an die Sicherheit der Passanten denken. Ich fange doch nicht an, ins Funkgerät zu quatschen, während auf mich geschossen wird. Da hat man was Besseres zu tun, das kann ich dir sagen.«

Söderling brummte etwas, das Magnus nicht verstand. Der Chef sah gestresst aus. »Und wenn ich es richtig verstehe, wurde die eine Bande von einer anderen überrascht, die einen der Ganoven erschossen hat. Stimmt das?«

Magnus nickte.

»Wurde jemand von deinen Schüssen getroffen?«

»Soweit ich weiß, nicht. Es herrschte ja ein ziemliches Chaos, wie gesagt.«

»Und wo warst du, als diese Jugoslawen hereingestiefelt kamen?«

Magnus schluckte. »Äh, ich hatte hinter einem Auto Deckung gesucht. War gerade dabei, das Magazin zu wechseln, als drei Typen auftauchten. Sie haben sofort angefangen zu schießen und haben versucht, an die Tasche mit dem Geld zu kommen.«

»Hast du gesehen, wer den Großen von ihnen erschossen hat? Fatos hieß er, oder?«

Der Hulk. »Nein, alles ging so schnell, und es schwirrten überall Kugeln durch die Luft. Ich musste in Deckung bleiben.«

»Verstehe«, sagte Söderling. »Du bleibst hier, ich werde dafür sorgen, dass dich jemand aufs Revier bringt. Deine Waffe kannst du gleich Emil geben. Du kennst ja das Prozedere.«

Magnus nickte erneut. Er kannte in der Tat das Verfahren, das nun folgen würde. Sah die Unmenge an Befragungen und Vernehmungen vor sich. Er freute sich nicht darauf. Wusste, dass er Scheiße gebaut hatte. Aber ihm würde schon eine glaubwürdige Geschichte einfallen. Niemand würde je erfahren, dass ihm die Jugoslawen das Leben gerettet hatten. Dass deren Eingreifen der Grund war, dass er noch lebte.

Er hatte fast vergessen, dass er selbst sie benachrichtigt hatte. Via Samir – der nicht die geringste Lust verspürt hatte, seinen Bruder bei Kraljevic zu verpfeifen. Aber Magnus hatte am längeren Hebel gesessen. Er hatte die Möglichkeit erkannt, den ganzen Abschaum an einem Ort zu versammeln. Um ein für alle Mal aufzuräumen.

Aber er hatte Pech gehabt. Anstatt eines riesigen Ermittlungserfolgs war es um das nackte Überleben gegangen. In seinem Versteck zu bleiben, während es um ihn herum Kugeln hagelte, war das Sicherste gewesen.

Dann hatten seine Kollegen das Parkhaus gestürmt. Hatten das Kommando übernommen. Die Ganoven zu Boden gezwungen. Einen davon erschossen. Handschellen angelegt. Zugelassen, dass ein paar flohen. Leider.

Aber Magnus lebte.

Und er konnte noch immer ehrenvoll aus der Sache herauskommen.

Er hatte sein Leben für die Allgemeinheit aufs Spiel gesetzt.

Ja, das hatte er tatsächlich.

Magnus legte die Decke weg und sah durch das Fenster des Einsatzbusses. Einige Journalisten lauerten bereits am Absperrband, um die beste Story zu erhaschen. Er streckte sich und stieg eilig aus.

»Guten Tag. Mein Name ist Magnus Blomberg, Kriminalkommissar. Ich habe die Räuber gestellt.«

80

Plötzlich war er draußen auf der Straße. Rannte wie ein Irrer. Der Untergrund rutschig. Die Tasche mit der Kohle über der Schulter. Die MP5 in den Armen. Die Sturmhaube noch im Gesicht. Sie hatte sich beim Rennen verschoben und bedeckte nun ein Auge. Aber er musste erst außer Sichtweite sein, bevor er sie abnahm. Hörte jemanden hinter sich. Jemanden, der schnell war. Adnan drehte sich um. Sah eine hochgewachsene, schlaksige Gestalt heraneilen. Erleichterung. Alex. Sah, dass auch er Geldtaschen dabeihatte. Wie zum Henker hatte er das geschafft?

»Scheiße!«, schrie Alex.

Adnan sah das ganz ähnlich, versuchte aber, sich zu konzentrieren. Später würde noch genügend Zeit zum Fluchen sein. »Wir nehmen den Wagen in Helenelund«, rief er. »Und wir müssen die Waffen wegwerfen.«

»Niemals!«, brüllte Alex. »Mich kriegen sie nicht mehr. Kapiert? Vorher knalle ich diese Arschlöcher ab.«

Sie rannten durch ein Industriegebiet. Adnan keuchte. Er hätte mehr trainieren sollen. Seine Kondition ließ zu wünschen übrig.

Vor ihnen heulten Sirenen.

Sie bogen um eine Ecke. Blieben an einem Backsteingebäude stehen und versuchten, die Bullen zu lokalisieren. Änderten die Richtung und rannten nach Husby.

Auch dort Sirenen.

Sie wechselten die Richtung und kamen in einen Schulhof.

Zwei Jungen standen rauchend da und starrten ihnen nach, als sie vorbeizischten.

Sirenen.

Sie hechteten zwischen zwei Lieferwagen auf einem Parkplatz. Sahen sich um. Polente überall. In jeder Windrichtung blinkte es blau.

Sie rannten wieder los. Auf einem Fahrradweg zwischen Bürogebäuden. Adnan hatte sich noch nie so gejagt gefühlt.

Seine Kräfte ließen nach. Die schusssichere Weste machte ihn langsamer.

Sie gelangten zu einem Waldstück und rasten einen Hügel hinauf. Hier war alles schwarz. Keine Straßenlaternen. Die Augen gewöhnten sich nach einer Weile an die Dunkelheit. Sahen wenigstens einen Meter weit. Sie warfen sich zu Boden, um Luft zu holen.

Konnten sie hier bleiben und warten, bis die Bullen weg waren?

Wunschdenken.

Adnan versuchte zu sprechen, bekam aber keine Luft. Schließlich: »Miran?«

»Weiß nicht.« Alex konnte auch nicht reden. Ungewöhnlich. Keiner erwähnte Diar. Aber sie wussten es auch so.

Dann sahen sie das, was nicht passieren durfte. Ein Hund, der auf der Straße umherschnüffelte. Dahinter folgte ein Bulle mit einer komischen Frisur. Oder war es eine Mütze? Der Hund – einer der größten Schäferhunde, die Adnan je gesehen hatte – lief mit der Schnauze knapp über der Erde in ihre Richtung.

Ihnen blieb keine Wahl.

Sie stemmten sich hoch.

Lange Laufschritte.

Die Angst, von der Bestie angefallen zu werden, verlieh

Adnan ungeahnte Kräfte. Er flog geradezu. Über Steine. Äste. Rutschte im Matsch aus, rappelte sich wieder hoch. Trotz der neuen Energie kam der Köter näher. Adnan spürte seinen Atem im Nacken, obwohl er noch gar nicht so nah war.

Plötzlich erinnerte sich Adnan. An diesen Russen, den er im Bonobo getroffen hatte. Putin: der von seinem erfolgreichen Kampf gegen einen Polizeihund geprahlt hatte.

Adnan schöpfte wieder Hoffnung. Beschleunigte noch mehr. Schrie Alex zu: »Mach gleich einfach das, was ich dir sage.«

»Was denn?«

Adnan blieb stehen. Musste zur Seite springen, um nicht von Alex überrannt zu werden.

Steckte den Zeigefinger in den Mund und hielt ihn in die Luft. Stellte fest, auf welcher Seite es sich besonders kalt anfühlte.

Alex starrte ihn an. »Was zum Henker treibst du?«

»Wir laufen ein Stück zurück. Dem Hund entgegen. Mach einfach, was ich sage.«

»Nie im Leben!«

Adnan hatte bereits gewendet. War unterwegs in Richtung Verfolger. Das kostete Überwindung. Alles in ihm wehrte sich dagegen. »Wir legen ihn rein«, rief er. »Komm schon. Jalla!«

Kaum zu fassen, aber Alex folgte ihm.

Nach einigen Metern sprang Adnan, so weit er konnte, zur Seite. Von da rannte er weiter. Alex kam hinterher. Adnan beschleunigte. Hörte Alex' Keuchen und seine ausholenden Schritte hinter sich.

»Was soll das werden, Mann? Du bist auf dem Weg zurück!«

Adnan war in einem Halbkreis gelaufen. Genau wie Putin gesagt hatte. Hoffentlich stimmte wenigstens die Hälfte des

Geredes des besoffenen Russen. Vielleicht auch nicht. »Jetzt liegen wir im Hinterhalt.«

Sie verringerten das Tempo, und Adnan drehte sich zu Alex um. Weiße Zähne leuchteten in der Dunkelheit auf. Grinsen. Alex hatte es geschnallt.

Sie marschierten weiter. Blaulicht wie Feuerwerk zu Silvester. Adnan war ganz und gar nicht überzeugt von seiner Idee. Aber hatten sie eine Wahl? The russian way.

Nun waren sie bald auf einer Höhe mit dem Suchtrupp. Sie warteten.

Er sah die Bestie nicht, als sie vorbeilief, aber er hörte das Geräusch der Pfoten im Schnee. Gleich dahinter: der Hundeführer. Reflektoren blitzten in der Finsternis auf.

Sie schlichen hinterher.

Ein Stück vor ihnen beleuchteten Straßenlaternen einen asphaltierten Gehweg. Noch weiter vorn: Statoil. Sie mussten etwas tun. Schnell. Adnan schaltete einen Gang hoch.

Der Bulle musste etwas gehört haben. Eine Ahnung. Er drehte sich um.

Adnan hatte keine Zeit zu reagieren. Alex hatte bereits die Waffe gehoben. Schoss eine Salve ab.

Die MP5 auf Dauerfeuer eingestellt.

Der Bulle wankte. Fiel zu Boden.

Panik. »Scheißdreck!«, schrie Adnan. Seine Stimme stieg ins Falsett. »Du solltest ihn doch nicht abknallen!«

Alex stand da. Keuchte. Starrte auf sein Werk. »Ich hab dir doch gesagt, dass ich nicht mehr in den Knast gehe.«

Adnan zupfte an seiner Sturmmaske herum. Hatte er sie immer noch auf?

»Genau das wirst du aber! Kapierst du das nicht? Du hast einen Bullen umgelegt!«

»Halt die Schnauze!«

Auf einmal sah Adnan die Augen in der Dunkelheit. Glitzernd ein Stück vor ihnen, in Kniehöhe. Sie kamen immer näher. Stiegen höher und höher.

Alex krachte zu Boden. Die Bestie über ihm. Bullig. Alex trat unter dem Gewicht hilflos um sich. Er brüllte, aber das war unter dem Knurren, Schlabbern und Schmatzen des Schäferhunds kaum zu hören.

Aus einem Impuls heraus: Adnan suchte in der Tasche nach seinem Messer. Ein doppelseitig geschliffenes, größeres Modell. Typ Rambo. Zog es aus der Scheide. Stach auf den Hund ein. Der Köter jaulte auf. Adnan zog das Messer heraus. Hob erneut den Arm. Stach zu. Die Bestie schien aufzugeben. Legte den Kopf auf den Boden. Ein Bein zuckte.

Alex schob den Hund beiseite und stand auf. Hielt sich den einen Arm. Seine Jacke war zerrissen. Blut tropfte in den Schnee. Sie konnten nichts machen. Alex war geliefert. Beide wussten es. Trotzdem weg.

Adnan und Alex hatten sich aufgeteilt, um die Verfolger zu verwirren. Um die Chancen zu erhöhen, nicht gefasst zu werden. Aber welche verdammten Chancen eigentlich? Sie waren Polizistenmörder! Sie würden für den Rest ihres Lebens auf der Flucht sein. Am liebsten hätte er Alex erwürgt. Fuck!

Adnan war eine Ewigkeit lang gerannt. Sein Kopf brummte. Die Angst überwältigte ihn. Griff jede einzelne Zelle an. Vernichtete das Ephedrin. Er war müde. Scheißmüde.

Er war unter der E4 durchgelaufen und befand sich nun in Sollentuna. Ein anderer Polizeibezirk. Aber das spielte keine Rolle mehr. Er wusste, dass jeder Bulle in Stockholm nach ihnen suchte.

Die Tasche fühlte sich immer schwerer an, und er wechselte hin und wieder die Schulter, um die Belastung zu verteilen.

Hatte auch die Waffe und die Sturmhaube hineingelegt. Wollte keine Aufmerksamkeit erregen. Ging langsam, wenn er jemandem begegnete. Rannte nur, wenn er dachte, dass es sicher war. Spielte Verstecken auf Villengrundstücken und hinter Mülltonnen, wenn es blau blinkte.

Er versuchte, möglichst auf direktem Weg nach Helenelund zu laufen, zu dem Escort, den Diar und er als Reserve abgestellt hatten. Doch es wimmelte überall von Polizisten. Ein Haken in die eine Richtung. Ein Haken in die andere. Das zehrte an den Kräften. Schließlich erreichte er sein Ziel. Er ging jetzt in normalem Tempo. Keine Bullen in Sicht. Er betete zu Gott, auch wenn er nicht an ihn glaubte, dass die Karre noch da stand.

Yes! Er lief hin. Öffnete die Tür, setzte sich auf den Fahrersitz und hob die Verschalung an, um an die Zündkabel zu kommen. Wenn er das hier hinkriegte, gab es vielleicht doch noch Hoffnung.

Eine Stimme neben ihm. »Keine Bewegung.«

Adnan wusste sofort, wer es war. Drehte sich zu ihr hin und hob automatisch die Hände über den Kopf.

Amanda zielte mit einer Waffe auf ihn. »Wenn du auch nur einen Finger rührst, puste ich dir den Schädel weg. Ist das klar?«

»Ich war es nicht.« Adnan räusperte sich. »Ich hab den Bullen nicht erschossen.«

»Halt die Klappe! Hast du sie umgebracht?«

War der Hundeführer eine Frau gewesen? Also, der sah doch …

»Hast du Sanna Dahlström ermordet?«

Verwirrung.

»Wovon zum Teufel redest du? Ich hab dir doch erzählt, dass sie sich das Leben genommen hat. Was soll das hier?«

»Sie wurde ermordet. Wer hat es getan?«

Seine Gedanken rasten. »Sie hat Selbstmord begangen.« Pause. »Woher weißt du, wie sie heißt?«

»Antworte einfach!« Amanda fuchtelte mit der Pistole umher.

»Immer mit der Ruhe. Wenn du es sagst, wird es stimmen. Aber warum sollte ich wissen, wer sie umgebracht hat?«

»Was ist in diesem Haus in Sri Lanka passiert?«

Totale Verwirrung.

»Sag es!«, schrie sie.

»Willst du mich festnehmen? Wenn ja, tu es. Dann können wir in Ruhe über Urlaubserinnerungen plaudern.« Er sah plötzlich, dass sie weinte.

»Sie war meine Schwester.«

Auf einmal waren sie nicht mehr allein. Alex kam auf sie zu. Sah irrer aus als je zuvor. Richtete die Waffe auf Amanda, die mit dem Rücken zu ihm stand.

»LASS DIE KNARRE FALLEN, DU FOTZE!«

Amanda schien zu zögern, gehorchte dann aber. Hob beide Hände und ließ die Waffe fallen.

Adnan sprang aus dem Auto. Öffnete die Tasche und holte die MP5 hervor. Richtete sie auf Amanda. Ihre Blicke trafen sich. Atemnot. Was hatte sie gesagt? Ihre Schwester? Da ging ihm ein Licht auf: die Ähnlichkeit. Er hatte ja schon immer gefunden, dass sie jemandem ähnelte. Sanna. Wie zum Teufel … ihm blieb keine Zeit zum Nachdenken.

»Schieß auf mich«, sagte sie kaum hörbar. Führte die Hand an den Brustkorb und zeichnete mit dem Zeigefinger ein Viereck darauf.

»Lass deine Hände oben!«, brüllte Alex hinter ihnen.

»Schieß auf mich«, wiederholte sie.

Im Hintergrund waren Sirenen zu hören. Sie schienen sich zu nähern. Alex war kurz davor, Amanda in den Rücken zu schießen.

Sie bewegte die Lippen. »Schieß.«

Das Visier mitten in das Viereck, das sie ihm gezeigt hatte. Er konnte es kaum fassen, aber offenbar hatte er abgedrückt. Sie kippte rückwärts und wirkte überrascht, obwohl sie ihn dazu aufgefordert hatte. Lag auf dem Rücken und hielt sich die Brust. Versuchte zu atmen.

Er beugte sich vor und nahm die Waffe auf, die sie zu Boden hatte fallen lassen. Setzte sie ihr an die Stirn. Sein Puls raste.

»Erschieß diese verfickte Nutte!« Alex näherte sich mit ausholenden Bewegungen.

Adnan blickte sie an. Angst? Sein Finger berührte den Abzug.

»Adnan, ich bin schwanger.«

Was sagte sie da?

»Es ist dein Kind.«

»Was zum Henker …?« Alex war schon sehr nahe. Hatte er es gehört? Hatte er es begriffen?

Adnans Gehirn übertourig. Er richtete stattdessen die Waffe auf Alex. Zielte zwischen die Augen. Drückte ab.

Sah Alex in Zeitlupe: wie er nach hinten kippte. Wedelnde Arme. Die Beine in einem unmöglichen Winkel. Verblüffter Gesichtsausdruck.

Dann ein langgezogenes Stöhnen, wie Adnan es noch nie gehört hatte. Von ihm selbst. Er bekam keine Luft mehr. Riss seine Jacke auf. Sauerstoff. Sirenen, immer näher.

Amanda versuchte, ächzend ihre schusssichere Weste abzunehmen.

Adnan ging in die Knie: »Du musst in diesen Club rein. Bonobo. Hörst du?«

81

Amanda umklammerte das Lenkrad, so fest sie konnte, um nicht mehr zu zittern. Ihre Brust schmerzte. Die Metallplatte in der schusssicheren Weste war an der Stelle verbogen, wo die Kugel getroffen hatte. Sie war froh, dass das Geschoss nicht durchgegangen war, wie das bei mancher Munition der Fall war. Aber sie hatte das Risiko in Kauf nehmen müssen. Sonst hätte Alex Ryass sie erschossen. Jetzt lag er mit einem Loch in der Stirn im Schnee. Sie sah durch das Wagenfenster zu ihm hin. Schloss die Augen. Wusste, dass sie an seiner Stelle hätte liegen können. Versuchte, den nächsten Zug zu bedenken. Ihre Kollegen würden bald hier sein.

Auf Kanal 31 herrschte ein wildes Durcheinander. Niemand schien zu wissen, was Funkdisziplin bedeutete. Sie drückte den Sendeknopf, als es einmal kurz ruhig wurde.

»Vorrang, Vorrang.«

Wer bittet um Vorrang? Kommen.

»31-6912. Ich habe einen der Räuber erschossen. Position: Gehweg zwischen Kistagången und Helenelund. Kommen.«

Verstanden! Ein Täter erschossen. Sind weitere flüchtig? Kommen.

Pause.

»Ja, einer, der in einem gelben Opel verschwunden ist. In Richtung Sollentuna. Und Amanda an Söderling. Kommen.«

Ja. Kommen. Söderling klang gestresst.

»Ich habe den Tipp bekommen, dass einer der Ganoven im Bonobo Zuflucht suchen will. Ein Club in der Stadt. Ich schlage vor, dass wir die Adresse ab sofort überwachen lassen. Kommen.«

Woher hast du den Tipp? Kommen.

»Von einem sehr zuverlässigen Informanten. Ich bin jetzt unterwegs dorthin. Kommen.«

Warte. Du hast gerade einen der Täter erschossen, also bleibst du, wo du bist. Wir schicken eine andere Streife hin. Ist jemand frei? Kommen.

Amanda antwortete so schnell, dass niemand dazwischenfunken konnte. »Söderling, ich habe den Täter gesehen und kann ihn identifizieren. Ich fahre dorthin. Kommen.«

Du bleibst, wo du bist, du kennst die Vorschriften, wir müssen deine Waffe einziehen. Ist das klar! Kommen.

Sie fluchte innerlich. Gab sich aber nicht geschlagen. »Wir reden hier von einem Polizistenmörder, und nur ich habe ihn ohne Maske gesehen. Willst du wirklich, dass wir ihn wegen unserer Vorschriften nicht kriegen?«

Pause. Jetzt brannte vermutlich in Söderlings Kopf ein Feuerwerk ab. Konnte er wirklich die Gelegenheit verstreichen lassen? Die Gelegenheit, einen Polizistenmörder zu fassen?

Okay, wenn du ihn ohne Maske gesehen hast, dann fahr.

Amanda trat in das Hotel, das direkt gegenüber dem Bonobo lag. Schwache Beleuchtung. Kristallleuchter hingen an der Decke. Sie bestellte ein Mineralwasser und setzte sich an einen Tisch mit guter Sicht auf die Straße. Elegant gekleidete Leute starrten sie an. Sackförmige Hose und Stiefel: offenkundig nicht gefragt an so einem Ort. Vicky und Crippe waren in der Nähe postiert. Ebenso zwei Männer von Nova, Petter und einer, der offenbar Micke hieß. Sie trank ihr Glas in einem Zug leer. Die eiskalten Bläschen kitzelten im Gaumen.

Ab und zu ging jemand in den Club, aber es war nicht allzu

viel los. Es gab bessere Ausgehtage als den zweiten Weihnachtsfeiertag.

Ein Türsteher in schwarzem, eng anliegendem Anzug stand am Eingang und ließ die Gäste hinein. Zum größten Teil fein gekleidete Männer, denen es nicht an Geld zu mangeln schien. Sie verfolgte das Geschehen eine Stunde lang. Anderthalb Stunden. Schließlich sah sie einen Mann mit legerer Kleidung: Baggy Jeans und Kapuzenpullover mit einer Lederjacke darüber. Der Mann sprach kurz mit dem Türsteher und ging dann in den Club. Amanda ergriff die Gelegenheit. Sagte ihren Kollegen per Funk:

»Das war er. Der Mann, der gerade reingegangen ist.«

Bist du ganz sicher?, fragte Crippe.

»Zu neunundneunzig Prozent.«

Dann los.

Sie gingen zum Türsteher und zeigten ihre Polizeiausweise. Er ließ sie ohne Zögern hinein. Polizeibesuche in Clubs waren nichts Ungewöhnliches. Amanda sah sich um. Deutlich weniger Gäste als beim letzten Mal. Mehrere Sofas waren unbesetzt. Ein paar vereinzelte Personen hockten an der Bar. Der Mann, den sie suchten, war nicht zu sehen. Amanda ging zum hinteren Teil des Clubs, wo ein weiterer Typ in schwarzem Anzug eine Tür bewachte. Man konnte die Tür kaum sehen, sie war schwarz angemalt und in eine schwarze Wand eingelassen.

»Polizei.« Sie zeigte auch diesem Türsteher ihren Ausweis. Sein Gesicht zeigte keine Regung. »Wir suchen einen Mann mit Kapuzenpullover und Lederjacke, der vor wenigen Minuten hier reingekommen ist. Hast du gesehen, wo er hingegangen ist?«

»Nein, leider nicht.« Steinernes Gesicht.

»Tja, hier ist er ja nirgendwo …« Amanda ließ den Blick durch den Raum schweifen. »Und in der Menge verschwinden kann er auch nicht, dafür sind zu wenige Leute da.«

»Tut mir leid, vielleicht ist er auf die Toilette gegangen.«

»Crippe, schaust du mal auf der Toilette?«

Crippe nickte und ging los. War wenige Augenblicke später wieder zurück. Kopfschütteln.

Amanda wandte sich wieder an den Türsteher. »Wärst du so nett und machst die Tür auf?«

»Das geht leider nicht. Das ist privat, hier hat die Öffentlichkeit keinen Zutritt.«

»Aber du hast doch eben den Mann reingelassen.«

»Davon weiß ich nichts. Meine Schicht hat gerade erst angefangen.«

Okay. Samthandschuhe weg.

»Du, wir können das Ganze auf zwei Arten lösen. Entweder du kooperierst, und alles läuft friedlich und ruhig ab. Oder du kooperierst nicht, und dann wird es verdammt wehtun.« Sie drückte den Sendeknopf ihres Funkgeräts. »31-6912 an Einsatzkommando. Kommen.«

Petter antwortete in ihrem Ohrhörer. Klang verwundert. »Das Einsatzkommando ist doch gar nicht hier, willst du, dass ich sie rufe?«

Amanda: »Gut, dann könnt ihr reinkommen. Over and out.«

»Äh, aber …« Amanda zog den Ohrhörer heraus, und Petters Stimme verschwand. Sie blickte den Türsteher an, der seine Gesichtszüge nun nicht mehr ganz unter Kontrolle hatte. Ein Mundwinkel zuckte.

»Ich rufe schnell den Eigentümer …« Er holte sein Handy hervor.

Amanda nahm es ihm weg. »Du rufst niemanden an. Das Einzige, was du tust, ist, diese verdammte Tür zu öffnen! Klar?«

»Dafür komme ich in Teufels Küche.« Ein Anflug von Angst in seinem Blick.

»Das ist eine Hausdurchsuchung, dagegen kannst du sowieso nichts machen. Los jetzt!«

Er öffnete die Tür.

Sie gelangten in einen kleineren Raum mit einer Bar und ein paar Sofas. Einige der Männer, die Amanda von ihrem Beobachtungsposten in den Club hatte gehen sehen, waren hier. Einer saß auf einem Barhocker und trank einen Cocktail. Er hatte eine Glatze und trug eine Brille. Ein anderer hatte einen Schnurrbart, war klein und richtig fett. Der Mann mit dem Kapuzenpullover und der Lederjacke saß auf einem Stuhl.

Crippe packte Amanda am Arm und flüsterte: »Da ist er.«

»Egal.«

Crippes Augenbrauen zogen sich zusammen.

»Das ist er nicht.« Amanda musterte jeden Winkel des Raums.

»Hast du uns den Falschen gezeigt?«

»Ja und nein.«

»Wie, ist das … Scheiße noch mal! Sag mir, dass ich mich täusche.«

Amanda blickte ihn durchdringend an.

Crippe rang nach Fassung. »Gibt es überhaupt einen Tipp von einem sehr zuverlässigen Informanten?«

Sie zuckte die Achseln. »Jetzt haben wir unsere Chance, diesen Club unter die Lupe zu nehmen. Entweder du hilfst mir oder du bewachst Mister Stoneface da drüben.« Sie deutete mit einem Kopfnicken auf den Türsteher, der auf den Boden starrte und jeglichen Blickkontakt mit den Gästen vermied. Gästen, die nun diskret ihre Portemonnaies und Handys einsteckten und sich daranmachten, davonzuschleichen.

Crippe massierte sich die Stirn. Stieß einen langen Seufzer aus. Dann sagte er zu dem Türsteher: »Mach die Tür da hinten auf.«

»Ich muss …« Mister Ausdruckslos deutete auf sein Funkgerät.

»Mach«, sagte Crippe. Dann befahl er Vicky: »Du sicherst diesen Raum. Keiner darf raus.« Vicky nickte. Verstanden.

Der Türsteher sprach mit jemandem hinter der Tür. Auf Russisch? Sie schienen zu diskutieren. Wirkten uneins. Schließlich ging die Tür auf. Amandas Herz schlug schneller. Der Russe mit der langen Narbe im Gesicht starrte sie an. Er trug dieselbe Kleidung wie die anderen Türsteher, hatte aber kein Namensschildchen an der Brust. Grimmige Miene. Hätte er Türsteher Nummer eins in diesem Moment erwürgen können, so hätte er es vermutlich getan. Er fluchte etwas auf Russisch. Schlug sich zweimal mit der Faust auf die Brust, machte einen Satz nach vorn und rannte wortlos an Amanda und Crippe vorbei.

Amanda blieb ganz ruhig und gab Petter und Micke per Funk Bescheid. Die beiden saßen inzwischen sicher schon auf Kohlen und würden sich gern der Herausforderung stellen, einen Russen mit Elitesoldatenausbildung dingfest zu machen.

Türsteher Nummer eins war um einiges hilfsbereiter. War vermutlich der Ansicht, dass ein Fluchtversuch sinnlos war.

Er führte sie durch die Tür.

Sie gingen einen dunklen Flur mit schwacher Deckenbeleuchtung entlang. An dessen Ende: eine Eisentür mit Codeschloss. Amanda bedeutete dem Türsteher mit einem Nicken, aufzumachen. Seine Hand zitterte, als er die Zahlen eingab. Amanda drückte den Griff herab. Die Tür war schwer.

Es dauerte eine Weile, bis sie begriff, was sie sah.

Ein blasser und fetter Hintern wippte rhythmisch. Stieß hart zu. Röchelndes Stöhnen.

Der Mann machte einen Satz zurück, als er den Besuch bemerkte. Erschrockener Gesichtsausdruck, glitzernde Schweißperlen auf der Oberlippe. Er zog seine Hose hoch und wäre um ein Haar hingefallen. Crippe befahl ihm, sich hinzulegen.

Zurück zu dem rustikalen Tisch: Arme und Beine festgebunden mit dicken Ketten, die an der Decke verankert waren. Nicht in der Lage, sich zu bewegen. Die Beine gespreizt. Maulkorb.

Der zottelige Körper reglos.

Augen ohne ein Leuchten.

Sahen Amanda an.

Plötzlich setzten sich alle Puzzleteile zusammen. Der Artikel in der Zeitung – ein aus dem Zoo gestohlener Pavian. *Bonobo – the love monkey.* Der Aschenbecher mit einem Affenkopf darauf. Der von Sanna gezeichnete Affe in ihrem Tagebuch. Adnan, der sich vor dem Haus in Sri Lanka übergab.

Amanda ging zu dem Tier und legte die Hand auf den haarigen Arm.

»Julia«, flüsterte sie.

Leere Augen – ein Zwinkern. Hörte sie auf den Namen – Julia? Der Pavian aus dem Kolmården Zoo. War sie das?

Plötzlich stand er da: Vincent Bonnerud. Trotz der hageren Figur füllte seine Präsenz den Raum. Eine weiße, knallenge Jeans, Nietengürtel, pastellfarbenes Hemd mit tiefem V-Ausschnitt.

»Sieh mal an, schon wieder netter Besuch. Aber euch ist wohl ein Detail entgangen.« Vincent machte ein paar Schritte weiter in den Raum. Dominante Haltung. »Dies ist ein privater Bereich und ihr habt keinen Hausdurchsuchungsbefehl. Ich kann euch garantieren …«

»Moment mal.« Amanda hob ihre Hand. »Dir ist schon klar, dass wir dich verhaften und aufs Revier mitnehmen, oder?«

Vincent lachte auf. Laut und sehr kurz. »Weswegen denn? Weil meine Kunden Affen mögen?« Er zeigte auf den Mann, der mit hochroten Wangen am Boden lag und an die Wand starrte. Crippe stand seelenruhig daneben.

Vincent fuhr fort: »Wenn ich mich nicht täusche, so hat der schwedische Staat im Jahr 1944 die Sodomie für legal erklärt. Staatlicherseits ist es also vollkommen in Ordnung, wenn man Tiere fickt. Weswegen willst du mich verhaften, Amanda Paller? Diebstahl? Tierquälerei? Mein Anwalt wird mich in ein paar Stunden rausholen, ihr aber kriegt einen Riesenärger …«

Er war verrückt. Aber nicht verrückter als sie. Sie ging volles Risiko:

»Vincent Bonnerud, du bist festgenommen. Und diesmal wird Magnus Blomberg dir nicht helfen. Er wird selbst verdächtigt, einen Verbrecher in mehreren Vergewaltigungsfällen geschützt zu haben, und dir ist sicher klar, wen er da geschützt hat, oder?«

Sie hielt inne und ließ die Worte wirken. Vincent erblasste. Sein Blick flackerte.

»Nun, Vincent Bonnerud, wir werden sehen, wer hier den Riesenärger bekommt. Sodomie ist bestimmt nichts, womit man im Knast prahlt. Oder?«

EPILOG

Adnan zögerte, als er durch das Tor zum Friedhof trat. Wie würde Hossein reagieren, wenn er ihn sah? Und Samir? Die Trauergemeinde stand weiter vorn. Schwarze Rücken. Gesenkte Köpfe. Adnan wurde schwindelig. Ein Druck auf seiner Brust: wie eine tausend Kilo schwere Hantel, die der Helfer über ihm nicht wegheben wollte. Dann sah er die Räder, den Rollstuhl. Darin eine magere Gestalt, die ihn anblickte. Hajir. Ein Bruder, der einen niemals im Stich ließ.

Die Tränen brannten in den Augen.

Er hatte sich zwei Monate lang versteckt, dabei in Laubenkolonien in kleinen Puppenhäusern übernachtet. Schweinekalt. Manchmal hatte er sich die Hände über einem Gasofen gewärmt. Ein paar Nächte hatte er auf dem Boden öffentlicher Toiletten geschlafen oder in Treppenhäusern. Aber dort war das Risiko, entdeckt zu werden, sehr groß. Es gab immer jemanden, der an Obdachlosen Anstoß nahm. Denn genau das war er. Obdachlos. Er traute sich nicht in Mirans Wohnung. Wusste nicht, ob die Bullen von dem Versteck wussten. Eigentlich wusste er nicht einmal, ob er sich überhaupt zu verstecken brauchte. Wurde er verdächtigt? Für den Überfall? Den Mord an dem Polizisten? Die Hinrichtung von Alex? Er hatte keine Ahnung. Amanda wusste alles, aber hatte sie etwas gesagt? Hatten die Bullen irgendwelche Beweise?

Die Angst hatte ihn aufgefressen. Buchstäblich. Er hatte keinen Appetit mehr, er aß nur noch das, was er zum Überleben brauchte. Zum Nachdenken. Aber wollte er das überhaupt? Vielleicht wäre es besser, das Denken sein zu lassen.

Er war ein Mörder. Er hatte Alex hingerichtet. Aber welche Wahl hatte er gehabt? Entweder Alex oder Amanda. Er hatte sie gerettet. Und ihr Kind. Er würde Vater sein! Stimmte das überhaupt? Oder hatte sie das nur so gesagt? Er hatte keinen blassen Schimmer. Und obendrein war sie Sannas Schwester. Warum?

Der brutale Mord an dem Polizisten war in den ersten Wochen täglich Thema in den Nachrichten gewesen, und Adnans Angst bekam jedes Mal einen neuen Schub, wenn er davon hörte. Die Polizei suchte noch immer nach mindestens zwei Räubern. Bedeutete das, dass Miran entkommen war? Es wurde auch gesagt, dass einer der erschossenen Ganoven mit dem Polizistenmord in Verbindung gebracht werden konnte, aber dass es noch einen weiteren Täter geben könnte. Die Polizei hoffte auf Hinweise aus der Bevölkerung.

Adnan gab einen Dreck auf das, was in den Medien verbreitet wurde. Er wusste, dass die Bullen die Wahrheit verdrehten und Fakten zurückhielten, um die sensationslüsterne Öffentlichkeit und die flüchtigen Täter reinzulegen. Scheiße! Sie hatten sogar behauptet, dass die Kohle noch immer weg war. Warum logen sie in so einem Punkt? Adnan kapierte das nicht. Wollten sie, dass die Räuber sich gegenseitig verdächtigten? Dass sie durchdrehten und sich gegenseitig verpfiffen? Amanda hatte die Kohle genommen. Sein übelster Fehler überhaupt – als er sie eine Sekunde lang aus den Augen gelassen hatte, um die Zündkabel miteinander zu verbinden. Dann hatte er in eine Pistolenmündung geblickt.

»Ich kann dir das Geld nicht lassen. Tut mir leid«, hatte sie gesagt.

»Du weißt, wie sehr ich es brauche.«

Sie hatte den Kopf geschüttelt.

Die Sirenen waren da schon zu hören gewesen.

Er war gefickt.

Der Geistliche las etwas aus einem Buch, und die Leute traten vor, um Blumen auf den Sarg zu legen. Adnan hielt sich im Hintergrund, wollte nicht riskieren, entdeckt zu werden. Die Beerdigungen von Alex und Diar hatte er aus Sicherheitsgründen gemieden, aber diese hier war alle Risiken wert. Seine Mutter war an einem Herzinfarkt gestorben. Er hatte es erfahren, als er Samir angerufen hatte, um ihn zu beschimpfen. Er war zu diesem Zeitpunkt rasend vor Wut und hatte alle Schuld auf seinen kleinen Bruder geschoben. Eine Ratte. Dabei konnte es jeder gewesen sein. Diar. Alex. Sacha. Bullen, die sie beschattet hatten. Aber die Jugoslawen? Wie zum Teufel …? Er schnallte es einfach nicht. Samir war nicht auf die Anschuldigungen eingegangen. Ihre Mutter war tot. Ihr Herz hatte es nicht mehr ertragen können, dass sie zwei kriminelle Söhne hatte. Der Bescheid, dass Samir nicht mehr wegen einer Vergewaltigung verdächtigt wurde, kam erst mehrere Wochen, nachdem der Staatsanwalt beschlossen hatte, die Anklage fallen zu lassen. Da war es zu spät.

Alles war zu spät.

Das Kleid klebte ihr am Leib. Sie schob ihre Sonnenbrille ins Haar, als der Kellner mit dem Essen kam. Wollte sehen, was sie aß. Reis mit Curry.

»Thanks«, sagte Amanda.

Der Kellner öffnete die Mineralwasserflasche und verließ den Tisch. Die kalten Schlucke taten gut in der schwülen Hitze. Obwohl sie im Schatten saß.

Sie war zurück auf Sri Lanka. In Negombo, wo sie und

Adnan ihre Reise beim letzten Mal begonnen hatten. Hier schien die Zeit stillgestanden zu haben. Derselbe Kellner. Dasselbe Personal an der Hotelrezeption. Dasselbe Essen. Das war Balsam auf die Seele. Herrlich.

Die Hausdurchsuchung im Bonobo war der Startschuss zu einem von Schwedens größten Sexualverbrechenskandalen gewesen. Man fand Unmengen von pornografischen Filmen, die per Internet auf der ganzen Welt verbreitet worden waren. Kinder und Tiere kamen darin fast überall vor. Eine Sonderermittlungsgruppe war eingerichtet worden, und inzwischen stand Vincent Bonnerud unter Verdacht, das ganze Netzwerk gegründet zu haben – unabhängig davon, was er und seine Anwälte behaupteten.

Amanda hatte den Film mit Sanna gefunden. Den Film, vor dem sie sich so sehr gefürchtet hatte. Sannas Vergewaltigung war auch gefilmt worden. Dann wurde sie ermordet – nahm Amanda an, weil sie bei der Polizei Anzeige erstattet hatte. Wie auch die anderen jungen Frauen. Aber das würden sie nie beweisen können, nur durch ein Geständnis würden Vincent und seine Lakaien wegen Mords verurteilt werden können. Außer in Jensines Fall, da hatten die Schuhe des Russen mit der Narbe mit dem Schuhabdruck in Jensines Wohnung übereingestimmt. Hier bestand Hoffnung auf Gerechtigkeit, auch wenn die Chancen auf einen Schuldspruch bei fünfzig-fünfzig lagen. Eine Frage blieb – was hatte Magnus Blomberg davon gehabt, Vincent Bonnerud behilflich zu sein? Geld? Sodomie? Niemand wusste es, aber jeder hatte eine Meinung dazu. Der Affenficker: Gerücht Nummer eins im Polizeirevier. Wie gestört musste man sein, um auf so etwas zu stehen?

Für Amanda war die Mission zu Ende. Das Leben der Personen, die an Sannas tragischem Schicksal beteiligt waren, war komplett auf den Kopf gestellt. Adnan war zwar noch auf freiem

Fuß, dank ihrer eigenen Schwäche, aber er steckte tiefer in der Scheiße als je zuvor. Warum blieb dann das Gefühl von Genugtuung aus?

Amanda bezahlte ihr Essen und ließ reichlich Trinkgeld auf dem Tisch zurück. Dann ging sie durch die Eingangshalle und hinaus auf die Straße. Ihr Guide war bereits da und wartete in seinem weißen Minibus. Als er sie sah, stieg er aus und öffnete die Tür.

»Hello again, Miss Paller. Nice to see you.«

Sie hatte denselben Guide angeheuert, den sie und Adnan beim letzten Mal gehabt hatten. Damals hatten sie zusammen auf der Rückbank gesessen. Nun setzte sie sich auf den Beifahrersitz. Durch den ungewohnten Linksverkehr bremste sie mehrmals unwillkürlich mit.

»You here alone?«, fragte der Guide.

»Yes.«

»Why? Where is your husband?«

Sie lächelte. »He was not my husband, and we are not seeing each other anymore.«

»Oh, I'm sorry.« Der Guide wirkte bekümmert. »You looked very in love.« Er schüttelte den Kopf.

Amanda lehnte sich zurück und schaute durch die Scheibe hinaus. Froh, ihren Gedanken freien Lauf lassen zu können. Sie blickte auf das Leben, das entlang der Straße ablief. Holzbuden, in denen exotische Früchte verkauft wurden. Baufällige Hütten, in denen Familien wohnten. Davor Wäscheleinen, an denen Klamotten trockneten. Dann plötzlich ein anderer Stadtteil, in dem es normale Häuser gab, die von hohen Mauern umgeben waren. Hier wohnten die Reichen, erklärte der Guide.

Sie waren unterwegs nach Pinnawala. Einen Ort, an dem es ein Waisenhaus für Elefanten gab.

»You like the elephant orphanage?«, fragte der Guide.

»Well, yes.«

»I remember you were there last time as well. Now they have monkeys also, did you know?«

»Really?«

»Yes, someone gave the orphanage lots of money and I heard the permission was to take care of some monkeys that had been treated very bad.«

»Interesting. And who gave the money, do you know?«

»No, no. I just heard. But it was very very much money. Actually, I think it was someone from Sweden.«

»Really?«

»Yes, people very rich in Sweden, right?«

Amanda lächelte und rückte ihre Sonnenbrille zurecht.

»Yes, they are. Very rich.«

Die Tür wurde geschlossen und von außen verriegelt. Magnus schlug dagegen und sah, dass der Wärter zurückkam. Blickte ihn durch das Guckloch an, das gerade einmal Platz für ein Auge ließ, wenn man nahe davorstand.

»Kannst du bitte noch mal aufmachen«, sagte Magnus.

Der Wärter schüttelte den Kopf. »Hör jetzt auf, Blomberg. Wir haben für so einen Unfug keine Zeit.«

»Aber du weißt, dass ich Panik kriege …«

Die äußere Tür schloss sich. Im Guckloch war nichts mehr zu sehen. Die Angst wand sich wie eine Schlange in seinem Körper. Er versuchte, seinen Atem zu kontrollieren. Sog tief die Luft ein. Ließ sie langsam entweichen. Legte sich auf die Pritsche, die Arme hinter dem Kopf verschränkt. Stand auf. Legte sich wieder hin. Die Arme hinter dem Kopf. Er starrte an die Decke. Das hier konnte nicht real sein. Bald würde er aufwachen und merken, dass er alles geträumt hatte. Aber er wusste, dass es nicht so war. Morgen musste er wieder in den Gerichtssaal. Tag zwei der Verhandlung. Sein Körper zuckte unfreiwillig. Das Schluchzen war nicht zu unterdrücken.

Er hatte es gespürt. Dass alles zusammenstürzen würde. Aber er hatte weitergekämpft und gehofft, dass sich alles lösen würde. Irgendwie. Hatte die Wirklichkeit verdrängt. Die Wahrheit. Wie in dem Moment, als die Journalisten ihn nach dem Überfall interviewt hatten. Da war er der Held gewesen. Alles in Butter. Dann aber waren zwei uniformierte Kollegen zu ihm gekommen und hatten gesagt, dass er ihnen aufs Revier folgen müsse. Magnus hatte sich geweigert. Warum aus dem Rampenlicht treten, wenn alles so gut lief? Da hatten sie erklärt, dass er festgenommen sei. Er habe keine Wahl. Wolle er ein Theater veranstalten? Nein, das wollte er natürlich nicht. Er folgte ihnen und setzte sich auf die Rückbank des Streifenwagens, nicht hinter den Fahrer, sondern hinter den Beifahrersitz. Unter Polizisten: der Platz für die Gauner. Einer der Kollegen setzte sich neben ihn. Da erst fiel der Groschen. Alles brach zusammen. Es war vorbei. Mitten in der Panik – auch Erleichterung. Er konnte nicht mehr. War fix und fertig.

Er hatte erst gedacht, dass Samir hinter alldem steckte. Dass der Junge wütend geworden war und ihre Zusammenarbeit ausgeplaudert hatte, nachdem Magnus ihm gesagt hatte, dass er sich die Polizeischule in den Arsch stecken konnte. Aber dann hatte sich gezeigt, dass Pia ihn wegen häuslicher Gewalt angezeigt hatte. Sie hatte sogar Fotos ihrer Verletzungen und ein Tagebuch vorgelegt. Wie konnte sie ihm so etwas antun? Nach all den gemeinsamen Jahren.

Und dann war er immer tiefer gefallen. Magnus wusste ja dass Vincent ein kranker Wichser war, aber er hätte sich nie vorstellen können, in was ihn dieser Wahnsinnige alles hineingezogen hatte. Plötzlich wurde er der Beihilfe zu mehreren

Morden verdächtigt. Nachdem Vincent die Mädchen unter Drogen gesetzt und ausgenutzt hatte, hatte er Magnus die Beweise ausradieren lassen. Anschließend hatte Vincent die Mädchen selbst ausradiert. Hatte Magnus glauben lassen, dass die Betroffenen für ein paar Scheinchen eingewilligt hatten, die Anzeigen zurückzuziehen. Wie hatte er nur so blauäugig sein können?

Das eine führte zum anderen. Bei der Hausdurchsuchung in seinem Haus fand man sein Filmprojekt, dem er passenderweise den Titel »Unter der Uniform« gegeben hatte.

Das war schließlich der Todesstoß gewesen.

Der Gerichtssaal war voll besetzt. Journalisten, Kollegen und andere Zuschauer schlugen sich um die Plätze. Magnus konzentrierte sich auf einen Kratzer in der Tischplatte. Sein Verteidiger Tommy Martinsson saß neben ihm und blätterte in seinen Papieren. Magnus blickte zur anderen Seite des Saals hinüber. Pia sah auch nervös aus und sagte etwas zu ihrer Anwältin.

Der Staatsanwalt Christoffer Ekelund ergriff das Wort.

»Die Vorwürfe lauten: grobe häusliche Gewalt in Form von psychischer und physischer Misshandlung gegenüber der Klägerin Pia Blomberg in den Jahren …«

Magnus konzentrierte sich wieder auf die Tischplatte. Was da passierte, war nicht real. Er kniff sich in den Arm. Verdammt!

Die Stimme des Staatsanwalts drang durch seine Gedanken. »… Vergewaltigung durch gewaltsames Erzwingen von Geschlechtsverkehr mit Malin Simonsson im Nachtclub Paradis …«

Magnus hatte nicht verstanden, wer Malin Simonsson war, als er diese Anschuldigung zum ersten Mal gehört hatte. Dann hatte der Beamte, der ihn vernahm, mehr Details genannt:

kräftige Hämatome am Hals, Todesangst, Blutungen im Enddarm. An jenem Abend hatte sie Rebecka geheißen.

»... Verletzung des höchstpersönlichen Lebensbereichs durch Montieren einer Videokamera in der Frauenumkleide ...«

Lautes Gemurmel im Saal. Magnus und der Kratzer in der Tischplatte wurden beste Freunde.

»... Schutz eines Verbrechers durch das Vernichten von Beweisen in sieben Fällen von Vergewaltigung, die bei der Polizei angezeigt wurden ...«

Sein Gesicht brannte vor Scham. Hier saß er. Magnus Blomberg. Ein hoch respektierter Polizeikommissar. Inzwischen in einem Atemzug genannt mit Schwedens Affenfickerszene. Dabei hatte er doch nur ein wenig Spaß haben wollen.

Er schielte wieder zu Pia. Dachte sie auch, dass er ein Mörder war? Dass er auf Tiere stand? Dachte sie das wirklich?

Er würde es nie erfahren.